Bitter bloeisels

Rothea Beukes kan haar man staan as dit moet. Maar sy vind spoedig uit dat sy nie 'n kans staan teen die groot Duitser, Dieter Richter, nie – want sy het nie die geld en die mag van die Richters om teen hulle te kan veg nie.

En die prys wat sy gaan verloor? Klein Albie Richter, seun van haar suster Barbara en haar man Ernest, wat in 'n botsing gesterf het. Die Richters eis voogdyskap oor die klein seuntjie en verwag sy moet hom sonder meer aan hulle oorhandig.

Toe gryp Albie in. Hy sit so 'n keel op toe Dieter hom kom haal, dat hy verplig is om Rothea na die familieplaas, Schloss Hoffnung, saam te nooi. Sy het geen ander keuse nie. Sy moet ter wille van Albie gaan. En dit is goed ook, want daar is allerhande geheimsinnige onderstrominge op die plaas aan die gang.

Daar is Ilse Bauer wat op Dieter verlief is en Rothea wil wegkry; daar is mevrou Olga Richter wat haar ongasvry en vyandig behandel; maar daar is ook Carl Richter wat haar vriendelik ontvang en behandel. Die ergste is egter die aanslae op Albie se lewe. Wie sal so 'n klein kindjie se dood verlang? En waarom?

Rothea het haar vermoedens en sy wens Dieter het haar nooit hierheen laat kom nie. Sy wil wegvlug, want sy het hier verlief geraak en vrees vir haar eie lewe, maar sy kan nie. Sy is verantwoordelik vir Albie se veiligheid. Daarom bly daar vir haar net een ding oor: sy moet die aanvaller aan die kaak stel.

Bitter bloeisels is 'n spannende liefdesverhaal vol intrige.

Daar kom 'n tyd

Dit was 'n toevallige en uiters onromantiese ontmoeting: hy het by 'n verkeerslig van agter in haar motor vasgery. Maar Wynand Meiring was 'n besonderse man en kort daarna was Marinda met hom getroud. Op pad huis toe na die Bosbok Motel waarvan hy mede-eienaar is, gryp die noodlot egter in en al haar pragtige drome spat aan skerwe.

Ontredderd en alleen is sy verplig om hulp te vra van Hugo, Wynand se broer en die pragtige motel se ander eienaar. Hugo, 'n verbitterde en ontnugterde mens, glo sy is 'n fortuinsoeker en maak die lewe vir haar ondraaglik. Boonop begin sy Wynand beter ken deur sy vriende . . . en vriendinne.

En tog: alles het sy bepaalde uur, en vir elke saak onder die hemel is daar 'n tyd. Ook 'n tyd om lief te hê . . .

Kaptein Casanova

Kaptein De Villiers het 'n oog vir 'n mooi nooi, veral as dit 'n junior lugwaardinnetjie is. Tot Janine, die hoofwaardin, se spyt is daar talle junior waardinne. Maar Janine laat haar nie maklik onderkry nie – sy laat almal baie goed verstaan dat sy en die kaptein verloof is en hy dus verbode terrein vir enige vrou is.

Toe Petri Pretorius die vertraging van die vlug na Las Palmas aankondig, weet sy min dit is die begin van 'n hele nuwe lewe vir haar. Nico, haar so-te-sê-aanstaande, het spesifiek op hierdie vlug plek bespreek om by haar te wees voordat hy die volgende dag in die Franse Ope moet speel.

Maar dan blyk 'n teddiebeer op die vliegtuig, op 'n ou oom se skoot, om meer as net 'n speelding te wees . . . en almal op die 013-vlug se lewens word onherroeplik verander.

Ettie Bierman
Keur 8

Bitter bloeisels
Daar kom 'n tyd
Kaptein Casanova

Jasmyn

EERSTE UITGAWE VAN:
Bitter bloeisels: Klub Dagbreek, 1984
Daar kom 'n tyd: J.P. van der Walt & Seun, 1997
Kaptein Casanova: J.P. van der Walt & Seun, 1990

Eerste uitgawe in 2012 deur Jasmyn,
'n druknaam van NB-Uitgewers,
'n afdeling van Media24 Boeke (Edms) Bpk,
Heerengracht 40, Kaapstad 8001
© Ettie Bierman 2012
Alle regte voorbehou
Omslagfoto deur Gallo Images
Geset in 11 op 14 pt Sabon
Gedruk in Suid-Afrika deur
Interpak Books, Pietermaritzburg

Produkgroep afkomstig van goed bestuurde bebossing
en ander beheerde bronne.

ISBN 978-0-624-05675-1
Epub: 978-0-624-05676-8

Inhoud

Bitter bloeisels

1

"Albie is myne," herhaal Rothea en plak die gehoorbuis neer.

Sy kyk na die slapende seuntjie in die bababed langs die sitkamerbank. Natuurlik is hy hare. Barbara was haar suster en sy is Albie se peetma. Die Richters het geen reg om hom van haar weg te neem nie.

Die telefoon lui weer, maar sy antwoord nie. Dieter Richter se prokureur het aan haar geskryf, toe het hy self geskryf. Nou het hy al die pad Upington toe gekom en haar gebel. Sy het 'n oordosis van haar suster se swaer gehad en sien nie kans om verder te stry en oor Albie tou te trek nie.

Rothea streel oor die sagte babahare. Rooibruin, soos haar eie. En sy oë toon reeds hulle gaan eendag donker wees. Albie is 'n Beukes, nie 'n Richter nie.

Toe Barbara en Ernst getroud is, het sy ma of broers nie eers 'n kaartjie van gelukwensing gestuur nie. Ook nie met Albie se geboorte nie. Ná die motorongeluk was hulle die eerste mense wat sy laat weet het, maar die Richters was nie by die begrafnis nie. Maande lank het sy niks van hulle gehoor nie. Dit kon hulle blykbaar nie skeel of Albie ook beseer was en wie na hom omsien nie. En nou, uit die bloute, 'n eis om voogdyskap . . .

Was sy verkeerd om onderhandelings te weier? Te weier dat Ernst se broer haar kom spreek? Sy is al familie wat Albie ken en sy maak hom in 'n beknopte eenkamerwoonstel groot. Mag sy hom 'n ouma en twee ooms misgun, plus 'n lewe op 'n plaas waar geld nie 'n kwessie is nie?

Sy is besig om Albie se luiers uit te spoel toe 'n klop aan die voordeur klink. Iemand wat matborsels of ensiklopedieë verkoop, of tant Malie om die resep van daardie ryspoeding te kry, dink sy. Of dalk Theo . . . om te sê hy is jammer omdat hy onredelik was. Rothea kam haastig haar hare voor sy gaan oopmaak.

Dis nie haar oudverloofde of buurvrou nie. In die gang staan 'n vreemde jong man, lank, donker en breedgeskouer. Hy dra nie 'n tas vol borsels of boeke nie.

"Juffrou Beukes?" verneem hy kortaf.

Rothea verstyf. Hý mag vreemd wees, maar nie sy stem nie. Sy wil die deur toeklap, Albie gryp en wegvlug.

Sy knik onwillig.

"Dieter Richter. Goeienaand," groet hy.

"Ek sal nie sê aangename kennis nie, meneer Richter," antwoord Rothea kil. "Die ontmoeting is onwelkom, ongevraagd en onnodig. Maar aangenaam? Gewis nie."

Onwillekeurig gaan haar hand uit na die deur, maar sy reflekse is vinniger. Hy druk sy voet tussen die deur en die kosyn in.

"Jy mag dit geniet om soos 'n standerdses-skoolmeisie telefoonhoorstukke neer te gooi en deure toe te klap. Ek vind dit onnodig en kinderagtig," sê hy geïrriteerd. "Ek dink nie ons het netnou klaar gepraat nie. Mag ek binnekom, juffrou Beukes? Of wil jy hê al die bure moet ons privaat sake aanhoor?"

Rothea staan stug opsy. Sy is dankbaar die woonstel is skoon en netjies. 'n Paar hemde en broekies van Albie hang voor die oop venster om droog te word, maar gelukkig geen van haar eie kledingstukke nie.

Dieter stap reguit na die bababed. Hy draai die lamp en trek die laken versigtig weg om na die slapende kind te kyk, buk laer en streel oor een van die saamgeklemde vuisies.

Verbasend teer en handig, dink Rothea. Volgens die bietjie wat Ernst van sy oudste broer vertel het, is Dieter nie

10

getroud nie en sy glo nie hy is aan kinders gewoond nie.

Dieter draai die lamp terug en kom regop, terwyl hy berekenend om hom kyk.

Teen haar sin wil Rothea verskoning maak vir die gehawende mat wat sy tweedehands gekoop het, die gordyne wat nie daarby pas nie en die bank wat heel duidelik snags as 'n bed diens doen. Die Richters is skatryk, gesiene karakoelboere in die Maltahöhe-distrik en Ernst het die weelde van Schloss Hoffnung beskryf, waar hy gebore is en sy familie steeds woon. Dieter Richter is groter, jonger en aantrekliker as wat Rothea hom voorgestel het. Sy fisieke teenwoordigheid laat haar besittings armoediger en stowweriger lyk as wat dit in werklikheid is.

Sy gaan nie verskonings maak omdat hierdie 'n verknopte woonstel pleks van 'n huis is nie, besluit Rothea, óf verduidelik óf haar geldelike omstandighede probeer regverdig nie. Dit is haar en Albie se tuiste waarvoor hulle lief is en wat Dieter Richter daarvan dink, kan haar nie 'n duit skeel nie.

"Hy trek op Ernst," merk Dieter op.

"Hy het my suster se hare en oë."

Dieter se een wenkbrou lig. "Dis nie nodig om so verdedigend te wees nie. Ons betwis in geen opsig die moederskap nie."

'n Blos stoot van Rothea se nek in haar gesig op. "Bedoel jy dat my suster . . ."

Dieter gee haar nie kans om klaar te praat nie. "Ons is volwassenes, juffrou Beukes. Jy kan begryp dat jou suster vir ons 'n onbekende faktor is. Ons het haar nooit ontmoet nie en in die verlede het Ernst se optrede nie bewys gelewer dat sy goeie oordeel vertrou kan word nie."

"Daar was net een man vir Barbara," sê Rothea kil, "en dit was Ernst. Hulle was baie lief vir mekaar. In die drie jaar wat hulle getroud was, was Ernst gelukkig – gelukkiger as in enige van sy jeugjare op die plaas."

11

Dieter haal sy skouers op. "Ernst was jonk en nog nie vir verantwoordelikhede gereed nie."

"Omdat jy en jou ma hom nie verstaan het nie. Eienaardig dat hy dan as pa en eggenoot verantwoordelik was."

"Verantwoordelik?" eggo hy vraend. "Om twee-uur die nag van 'n partytjie af terug te kom, te vinnig te ry en beheer oor sy motor te verloor?"

Rothea het nie gedink die Richters sou moeite gedoen het om oor die besonderhede van die ongeluk navraag te doen nie.

"Dit was twintig oor twee," verdedig sy haar swaer. "En Ernst het nie beheer verloor nie. 'n Ander motor het hom op 'n draai van die pad af gedruk."

" 'n Motor waarvan die bestuurder nie opgespoor kon word nie. In elk geval, ek het nie gekom om oor Ernst te praat nie, juffrou Beukes. Wel oor sy kind. Soos my prokureur jou in kennis gestel het, is ons bereid om Albrecht 'n tuiste op Schloss Hoffnung aan te bied. Ook om jou te vergoed vir onkoste aangegaan."

"Soos ek jou en jou prokureur in kennis gestel het: Albie is nie te koop nie," antwoord Rothea. "Ek is sy peetma. Julle het geen reg om hom van my weg te neem nie."

"Reg? Jy maak 'n fout. Op sterkte van bloedverwantskap het ek net soveel reg op hom soos jy."

Rothea se bruin oë vonk. "Het jy Albie ses maande lank versorg? Die plek van sy ma ingeneem en hom versorg toe hy nie meer 'n huis gehad het nie? Hom sy eerste woordjies geleer en hom vasgehou toe hy sy eerste treë gegee het? Moenie met my van reg praat nie, Dieter Richter, en moenie my geld aanbied nie. Jy kan 'n hond met 'n been omkoop en 'n kind met 'n suigstokkie, maar jy sal vind ek is 'n gedugter opponent."

"Ek verwys na die wetlike reg volgens 'n hofuitspraak."

Die eerste keer is Rothea skielik onseker. "Wil . . . Is julle van plan om hof toe te gaan?"

"Indien jy die voogdyskap betwis." Dieter kyk met 'n mate van deernis na die fyn meisie voor hom. Hy kan begryp dat sy aan haar suster se baba geheg geraak het en dat dit moeilik sal wees om van hom afskeid te neem.

Rothea haal 'n keer diep asem. "Ek besef 'n onbenullige ontvangsdame se salaris kan nie met die Richter-miljoene meeding wanneer dit by lang en uitgerekte hofsake kom nie. Maar my aanspraak op Albie is op morele gronde gebaseer. My ouers is jonk oorlede. Barbara was my enigste familielid en ons was 'n identiese tweeling wat baie geheg aan mekaar was. Ons was van graad een af saam in die kinderhuis, toe 'n losieshuis en later 'n woonstel. Met Barbara se troue het sy vanselfsprekend aanvaar dat ek by haar en Ernst sal bly. Ek het die kamer langs Albie s'n gehad en ek het hom die aand opgepas toe sy . . . toe hulle verongeluk het."

"Ek ken die omstandighede," antwoord Dieter kortaf. "Ek erken haar dood moes vir jou 'n skok gewees het en dat jy haar seuntjie liefhet. Maar beteken dit nie dat jy vir hom net die beste wil hê nie?"

Rothea sien waarheen hy mik. "Geldelike gewin is nie al wat saak maak nie. Kan julle hom 'n plaasvervanger vir sy ma gee? Soos ek gesê het, ek en Barbara was identies. Ek glo nie Albie kom die verskil agter nie. Hy dink ek is sy ma."

" 'n Baba ken nie die verskil in voorkoms nie en sal enigiemand wat hom versorg as sy ma beskou. As ontvangsdame by 'n hotel, sien Albrecht jou net saans en naweke. Op Schloss Hoffnung sal hy meer aandag kry. Hy sal 'n voltydse oppasster hê, asook 'n ouma en twee ooms."

"Volwassenes. Hier is Albie bedags in 'n kleuterskool met volop maats van sy eie ouderdom."

Dieter stap ergerlik op en af, kom sit dan oorkant Rothea op een van die twee kombuisstoele wat by 'n opvoutafeltjie staan.

"Hoe oud is jy, juffrou Beukes?" wil hy onverwags weet.

13

Rothea lig haar ken uitdagend. "Jou prokureur het genoeg ander inligting uitgesnuffel. Jy weet seker onder meer hoe oud jou broer se vrou was."

Dieter glimlag skeefweg. "Drie-en-twintig. Jy is nie 'n tipiese voorbeeld van 'n gevestigde oujongnooi nie. Het jy nie trouplanne nie?"

"Nee."

Dieter lyk skepties. "Jy is seker nie onbewus daarvan dat jy nogal aantreklik vir die ander geslag is nie. Vind jy die situasie bevredigend? Sonder 'n man en 'n huis, met 'n ander se kind om groot te maak? Wil jy nie trou en kinders van jou eie hê nie?"

Nogal aantreklik! dink Rothea. Dankie, meneer Richter, vir 'n halwe kompliment wat jou heel duidelik dwars in die krop gesteek het.

"Ek is gelukkig soos ek is," antwoord sy.

"Uit eie keuse, of omdat kêrels afgeskrik word deur die feit dat jy die las van 'n kind het?" hou Dieter vol.

Sy vrae is te na aan die waarheid. Rothea kyk selfbewus weg toe sy Theo se afskeidswoorde onthou.

Ek is lief vir jou, aster. Baie lief. Genoeg om die res van my lewe saam met jou deur te bring. Maar ek was nie voorbereid om 'n kitsgesin op die koop toe te kry nie. Ek wil jou nie met 'n kind deel wat nie eens myne is nie.

Rothea het haar wysgemaak Theo van Wyk is suinig en selfsugtig en sy is beter daaraan toe sonder hom. Maar die pyn en seerkry het gebly en sy hou aan hoop; elke keer wanneer die telefoon lui of daar 'n klop aan die deur is, bly sy hoop dis hy en hy kom terug . . .

"Albie is nie 'n las nie," stry Rothea. "Hy is 'n dierbare kleinding en 'n bron van vreugde en geselskap."

"Geselskap die volgende tien jaar, terwyl jy ouer en eensamer word?"

Dit klink soos 'n berg voor haar en 'n vreesaanjaende vooruitsig.

14

"Albie sal ook ouer word en 'n maat vir my wees," hou sy dapper vol.

" 'n Kind se geselskap is nie genoeg nie. 'n Vrou het die liefde en kameraadskap van 'n man nodig. Die dag gaan kom wanneer jy dankbaar sal wees Albrecht is versorg en dat jy vry is om jou eie toekoms te beplan."

"As die dag aanbreek, sal ek jou laat weet, meneer Richter, maar tot dan hou ek Albie by my en geniet dit."

Dieter het sy ma en Carl belowe hy sal kalm bly, anders het hy hierdie moedswillige rooikop-vroumens 'n dwars antwoord gegee. Op die plaas het hulle geredeneer Ernst se skoonsuster sal die aanbod verwelkom. Maar hulle het Dorothea Beukes nog nie goed genoeg geken nie.

"Waarop hoop jy?" vra Dieter reguit. "Op hoër vergoeding? 'n Plek op Schloss Hoffnung vir jouself, saam met Albrecht? As dit jou einddoel is, juffrou Beukes, gaan jy bedroë daarvan afkom."

"Schloss Hoffnung," sê Rothea sarkasties. "Jy laat dit soos Utopia klink. Ernst het gesê al wat op die plaas is, is blêrende lammers en kreunende windpompe, doringdraad en sand en droogtes. Genoeg om 'n mens van verdriet van jou verstand af te dryf. Dink jy ek wil dáár woon? Jy moet jou kop laat lees, meneer Richter. Ek vra niks van jou nie. Ek en Albie is gelukkig en tevrede soos ons is. Hoekom het jy kom inmeng? Twee en 'n half jaar lank wou hulle hom nie hê nie. Hoekom nou? Nou skielik?"

"My moeder is nie gesond nie en die verlies van Ernst was vir haar 'n harde slag. Die baba sal haar in 'n mate troos. En omdat hy ook Dieter Albrecht heet – die tradisionele familienaam dra – ag ek dit my plig om na die kind om te sien. Ernst sou van my verwag het om te sorg dat sy kind nie gebrek ly nie, ondanks die vervreemding. Albrecht is my eie bloed en my erfgenaam."

"En myne."

Dieter ag dit blykbaar nie belangrik genoeg om daarop

15

te antwoord nie. "Jy sê jy is die baba se peetma? Op grond waarvan?"

"Toe Albie gedoop is, het Barbara gevra of ek sy peetma sal wees."

"Het sy jou in 'n oomblik van sentiment gevra?" Dieter maak 'n minagtende gebaar. "Of het sy 'n wettige dokument laat opstel om jou amptelike status te bepaal?"

Rothea voel terneergedruk toe sy haar kop skud. "Ernst en Barbara was so jonk – te jonk om aan 'n testament, voog, trustee, wettige peetma of sulke morbiede dinge te dink."

"Of aan polisse of geldelike voorsiening vir hul kind," las Dieter by. "Selfs as huidige tuiste is hierdie koue, beknopte kamer ontoereikend. Wanneer Albrecht ouer word en aktiewer raak, sal die situasie onmoontlik word. Het jy al daaraan gedink, Dorothea?"

"Natuurlik." En sy het oor die situasie verbouereerd geraak, dink Rothea. "Ek weet ek sal 'n groter woonstel moet soek, of 'n . . . 'n huis," skerm sy. "Albie sal 'n tuin en speelplek nodig hê."

"Korrek. Het jy al 'n geskikte plek gevind? 'n Deposito vir die huis gereed?" Hy klink beleef en belangstellend, maar Rothea is nie om die bos gelei nie. Sy weet hy bedoel dit sarkasties.

"Jy weet ek het nie."

Dieter knik. "Al vind jy 'n geskikte woonstel, sal die huur te hoog wees. Of 'n huis. Jy sal nie die paaiemente kan bekostig nie. Is ek reg?"

"Ja." Vervlaks, dink sy, hy weet hy is reg! Hoekom dit invryf?

Haar hart klop onreëlmatig en haar bene voel bewerig. Albie is al stukkie van Barbara wat oorgebly het. Sy kan hom nie afstaan nie. Wat bly dan vir haar oor? Om smiddae by 'n leë woonstel te kom, met niemand om voor te sorg en lief te wees nie. Nie eers te weet wat Albie doen,

16

hoe dit met hom gaan en of hy dalk nog 'n tand gekry het nie . . . Hoe kan Dieter Richter dit van haar vereis? Albie is haar eie. Haar en Barbara s'n, en sy sal haar hande vir hom deurwerk.

Dieter stop ingedagte sy pyp. "As hierdie toutrekkery tussen ons in die hof eindig, wat reken jy sal die uitspraak wees oor die geldelike omstandighede waarin my jong nefie grootword?"

Rothea sluk. "Ek hoop die regter sal besef ek probeer my bes en dit in oorweging neem voor sy uitspraak."

"Jou bes, ja," knik Dieter. "Maar as jou beste nie goed genoeg is in vergelyking met wat ons hom kan bied nie?"

Daarop het Rothea nie 'n antwoord nie. "Indien dit op 'n hofsaak uitloop, sal die storie in die koerante kom. Wanneer Albie ouer is en hoor hy was die onderwerp van 'n skandaal, sal dit hom emosioneel nadelig beïnvloed," propbeer sy 'n ander uitweg soek.

"Waarom dus hardkoppig wees en nadelige gevolge veroorsaak?" wil Dieter weet.

"Ék hardkoppig?" Sy besef haar stem is te skril. 'n Klaende gehuil weerklink toe Albie wakker skrik.

Rothea is bly oor die onderbreking. Sy haas haar na Albie en tel hom op.

"Toe nou maar, toe maartjies . . . Jy is veilig. Mamma sal nie laat hulle jou wegvat nie."

Albie is nie op sy beste wanneer hy ontydig wakker gemaak word nie. "Mamma soetie gee!" gebied hy huilend en weier om gesus te word.

Rothea is van Dieter se oë op haar bewus. Sonder om om te draai, sê sy verdedigend: "Albie het self met 'Mamma' begin. Dit was sy eerste woord. Moes ek hom reggehelp en probeer leer het om 'n lang naam soos 'tannie Rothea' te sê? Reken jy dit sou tot sy sekuriteitsgevoel bygedra het?"

"Ek het niks gesê nie."

Rothea kyk vlugtig om, maar Dieter se gesig is stil en

17

geslote en sy kan nie daaruit wys word wat deur sy gedagtes gaan nie.

Dieter staan op en hou sy arms uit. "Gee hom vir my," beveel hy.

Instinktief hou Rothea Albie stywer vas, asof sy hom teen sy pa se familie wil beskerm. Ernst het gesê hulle is koue, liefdelose mense, trots en ontoegeeflik; tipies Teutoons en daarop gesteld dat hulle tot die verhewe Germaanse ras behoort, asof hulle gedurende die wêreldoorlog leef en alle ander nasies tweederangs is. Hoe kan sy 'n weerlose ou seuntjie van skaars twee jaar aan hulle oorhandig?

"Ek sal hom nie laat val nie," sê Dieter.

"Hy is swaar . . ."

Dieter behandel haar opmerking met die minagting wat dit verdien. Hy lig die klaende Albie met gemak uit Rothea se arms

"Wat vra hy – wat is 'n soetie?"

"Soetigheid," verduidelik Rothea stug. "Lekkergoed, of iets."

"Dis maklik." Dieter glimlag terwyl hy 'n pak sjokolade uit sy sak haal. "Ek was voorbereid . . ."

Albie hou gewoonlik nie van vreemdelinge nie en Rothea wag dat die huil in gille oorgaan en dat hy skop en spook om by haar terug te kom. Maar Albie stel haar teleur en sy het nie met die pak blinkpapier-sjokolade rekening gehou nie. Albie weet wat dit is en wil daarvan hê. Soeties kry voorkeur bo die vreemdeling op wie se heup hy sit. Sy oë blink afwagtend en hy wys met 'n vinger.

"Soetie hê!"

"Dis te laat in die aand. Hy sal siek word en . . ." Rothea bly stil toe sy sien Dieter luister nie na haar nie. Goed, laat hy dan maar self sy fout agterkom, dink sy met genotvolle sadisme.

Dieter skeur die blinkpapier af en hou die lekkergoed uit.

'n Vet vuisie sluit daarom. "Nog . . ." vra Albie met 'n volgepropte mond.

Dieter gee goedvertrouend. 'n Karamel-sjokolade en 'n noga. 'n Koffiegeur, dan 'n peperment.

Dis die groot, giftige groen peperment wat die laaste druppel in die emmer is, tesame met die karamel wat uit haastigheid nie deeglik gekou is nie. Albie het 'n groot aand-ete van maalvleis en kapokaartappels gehad, saam met melk en geroomde pere. Dit alles beland op Dieter – oor sy das, sy wit hemp en pak klere.

Rothea onderdruk 'n grinnik. Sy is nie haastig om te help nie. Sy wag 'n volle minuut lank voor sy 'n nat hand-doek uit die badkamer bring en Albie van Dieter se skoot aftel.

Sy glimlag liefies. "Wil jy steeds hofsake hê, meneer Richter?"

Met die handdoek verrig Albie se oom wondere en hy is minder gepla as wat Rothea gehoop het.

"Hanna sal hom kan hanteer. Sy is baie ervare." Dieter is egter versigtig genoeg om die pak sjokolade te bêre en veilig buite spoegafstand te bly. "Is hy siek?" vra hy met 'n behoedsame blik in Albie se rigting.

"Albie 'poeg," verklaar Albie trots. "Albie 'poeg baie!"

"Dit was pragtig. Albie moet weer poeg. Báie," prys Rothea hom.

"Nog soetie?" vra hy hoopvol.

"Môre kan jy nog kry. Nou eers weer slaap." Rothea trek vir hom skoon nagklere aan, bring sy eenoog-teddie-beer en lê Albie terug in die bed. Sy wag tot sy asemhaling diep en reëlmatig is voor sy na Dieter draai. "Nee, hy is nie siek nie. Maar almal weet 'n kleuter moenie laat in die aand lekkergoed kry nie. Is jou klere baie bemors?"

"Nee."

Rothea hou haar gesig ernstig. "Wil jy jou broek uittrek dat ek hom was?"

"Nee, dankie."

"Jy kan intussen 'n kombers om jou draai en, as jy bang is hy val af, hom met doekspelde vassteek."

"Nee," herhaal Dieter kwaad. "Jy het dit met opset gedoen, nie waar nie?"

"Wat?" vra sy vroom. "Hom sjokolade gevoer? Nee, ek dink dit was jy gewees, meneer Richter, wat nie na my raad wou luister nie. Kleintjies is nogal 'n handvol, stem jy nie saam nie?"

So maklik is Dieter nie bereid om die ronde aan Rothea af te staan nie. Hy vryf oplaas met die handdoek en gee sy nat broek 'n pluk. "Hanna sal weet wat en wanneer om hom te voer."

Rothea was geamuseerd en 'n rukkie lank kon sy haar vrese vergeet. Maar sy word ru tot die werklikheid teruggebring.

"Wie is Hanna?"

"Hanna Berger. 'n Kinderoppasster wat my moeder gehuur het. Sy het self kinders, hoewel hulle getroud en uit die huis is. Hanna sal goed vir Albrecht wees, 'n plaasvervanger-ma en 'n geduldige kameraad."

"Klaar gehuur?" wil Rothea weet. "Julle is baie seker van jul saak."

Dieter ontken dit nie. "Ek het reeds aansoek gedoen om Albrecht wettiglik aan te neem. Ek vertrou my aansoek sal gunstig oorweeg word."

"Ek het ook navraag gedoen. Babas vir aanneming word slegs aan getroude pare toegeken. Hoekom sal jou aansoek toegestaan word, maar nie myne nie?"

"Ons situasies verskil."

"In watter opsig? Jy het geld en ek nie? Die Richters het invloed en 'n Beukes nie?" vra Rothea verbitterd.

Dieter skud sy kop, maar verduidelik nie verder wat hy bedoel het nie. "Op die plaas is 'n eendedam, ponies, honde, katte en ander troeteldiere. Wat kan 'n lewe op die dorp hom bied om daarmee mee te ding? As jy aandring om Albrecht te hou, sal dit uit selfsug wees."

Rothea kies haar woorde versigtig. "Besef jy hoe Albie eendag sal voel wanneer hy uitvind ek het hom gedwee aan julle oorhandig, sonder teëstand? Hy sal dink ek het nie omgegee nie en die wete sal diep kwets. En ek sal nie daar wees om te verduidelik dat ek nie genoeg geld vir hofsake gehad het nie."

Rothea kyk Dieter vas in die oë en sluk aan die knop in haar keel voor sy verder praat. "Ek aanvaar dis jul bedoeling dat ek nie eendag daar sal wees om te verduidelik nie? Jou idee dat ek Albie nie weer sal sien nie en dat hy van my moet vergeet?"

Dieter sug en kyk weg. "Dit sal verkieslik wees so, bo die verskeurdheid van vakansies of naweke saam met jou, wat nuwe afskeide sal meebring. 'n Kind vergeet gou. Ek gee toe hy sal in die begin 'n bietjie oor jou huil, maar hy sal gou aan Hanna gewoond raak. Sy ken kinders en dis immers waaroor sy gehuur is . . ." Hy gee 'n ondersbo-glimlag. "Om te weet wanneer is slaaptyd en wanneer soetie-tyd."

Rothea beantwoord nie sy glimlag nie. Hoe het hy gesê? *In die begin 'n bietjie oor haar huil* . . . Sy sien 'n prentjie van 'n troostelose en verwarde Albie.

" 'n Middeljarige vrou, waarskynlik streng en uiters korrek in 'n witgestyfde voorskoot en toerygskoene," merk sy op. "Sal vyftig- of sestigjarige Hanna Berger saam met Albie op die mat rondkruip agter albasters en karretjies aan?"

"Hy kruip seker nie meer nie. Op twee-en-'n-half loop kinders mos al."

"Jy weet wat ek bedoel," hou Rothea vol. "Eendedammetjies is gevaarlik vir kleuters en Albie is te klein om op 'n ponie te ry. Hy is nie aan honde en katte gewoond nie en sal bang wees vir al die vreemde diere."

21

"Albrecht is 'n seun en 'n Richter. Dis tyd dat hy leer om nie bang te wees nie."

Rothea het teenargumente of minstens gerusstellings verwag. Maar Dieter is skynbaar nie lus om verder te stry nie.

"Tannie Rothea? Is dit wat die mense jou noem? Rothea?" vra hy.

"My vriende, ja. Hulle noem my Rothea." Sy staan op om Albie toe te maak, nadat hy hom oopgeskop het. "En hy is Albie. Sommer net Albie. Ernst het hom so genoem."

"Albrecht is ietwat van 'n mondvol vir so 'n klein kêreltjie," stem Dieter saam. "'n Duitse volbloednaam leen hom egter nie tot afkortings nie. My matriargale moeder sal dit as 'n belediging beskou om hom Albie te noem."

"As Ernst hom nie sy oupa se familiename gegee het nie, sou julle hom steeds wou hê?"

"Ja." Dieter bêre sy pyp, staan op en stap deur toe. "Ek het die naweek vry en bly tot Sondagaand op Upington. Ek sal graag beter kennis wil maak met my naamgenoot." Met sy hand op die deurknop draai hy na Rothea. "Sal dit geleë wees as ek hom môremiddag om drie-uur kom haal om die aand en nag by my deur te bring?"

Rothea se oë is groot en donker en haar handpalms skielik klam. "Die nag by jou deurbring? Tot wanneer?"

"Sondagaand, wanneer ek teruggaan plaas toe."

"Alleen?"

Dieter begryp wat sy bedoel. "Ek is nie onmenslik nie, Rothea," sê hy sag. "Ek sal Albie nie onmiddellik van jou wegneem nie."

"Wanneer dan? Oor 'n week? 'n Maand?"

"Moet jou nie vooruit daaroor bekommer nie. Drie-uur dan?"

"E . . . Albie slaap gewoonlik tot drie-uur," probeer Rothea uitvlugkans soek.

22

"Vieruur?" stel hy voor.

"Dis die tyd wanneer ek gewoonlik met hom in die park gaan loop," skerm sy.

"Ek sal hom neem en jou 'n ruskans gee. Is vieruur geskik?"

Rothea druk die agterkant van 'n moeë hand teen haar oë, waar die trane baie vlak sit. Dis die begin van die einde, soos tant Betta altyd sê: jy kan nie 'n rivier se water met 'n sif keer nie.

"Miskien . . ." Sy sluk pynlik en begin weer. "Miskien kwart oor vier. Hy slaap soms langer."

"Kwart oor vier is in die haak. Ek sal met Hanna reël. Auf wiedersehen. Schlafen sie wohl. Tot siens. Lekker slaap."

Rothea het op skool Duits geneem. Sy verstaan wat hy sê, maar antwoord Dieter nie in sy eie taal nie.

"Goeienag."

Toe hy weg is, tel Rothea Albie op en hou die klein lyfie styf teen hare vasgedruk terwyl sy vrye teuels aan die trane gee. Môreaand dié tyd is Albie weg . . . Die eerste nag dat hulle geskei is. Hoeveel nagte sal hulle nog bymekaar wees?

Dieter was reg toe hy gesê het dit sal selfsugtig wees om Albie tot elke prys by haar te hou, besef sy. Sal hy eendag vir haar dankie sê wanneer hy van die eende en skaaplammers, honde, katte en volop speelplek hoor? Van sy eie ponie wat hy kon gehad het? Van sy erfenis waarvan sy hom ontneem het?

Op agtien sal Albie waarskynlik al uit die skool wees. Sal hy nie dan dalk uit eie keuse na haar toe terugkom nie? Dis 'n strooihalmpie om aan vas te hou. Maar dis eers oor sestien jaar . . .

"Melle, 'seblief?" vra Albie.

"Ja, my liefie, jy kan melk kry," belowe Rothea boetvaardig, jammer omdat sy hom wakker gemaak het en wetende hy moet dors wees ná al die soetigheid en naarword. Sy sit

23

hom nie terug in die bed terwyl sy die stoof aanskakel om die melk te verhit nie. Met Albie op haar arm, loop sy na die venster. Sy lig 'n hand om die kantgordyn weg te skuif en na die straat onder die venster af te kyk.

Dieter Richter is besig om in sy groot Duitse motor te klim. Terwyl sy kyk, lig hy 'n hand om te wuif en haar teenwoordigheid by die venster te erken. Rothea laat die gordyn haastig sak en stap weg, kwaad vir haarself omdat sy Dieter Richter nie in sy peetjie kon laat wegry het en meer selfbeheersing aan die dag gelê het nie. Sy weet mos hy bly by die duur en weelderige Hotel König. Hoekom wou sy kyk wanneer hy wegry? Wat maak dit aan haar saak watter kant toe hy ry?

2

Ernst het nie die waarde van geld geken nie. Ses maande voor die tyd al het hy vir Barbara die duurste en spoggerigste stootkarretjie gekoop wat hy kon kry: rooi en witgestreep met fraiings om die sonskerm. Die karretjie maak Rothea hartseer, tog geniet sy dit om Albie in die straat af te stoot. Dis asof sy ryk is . . .

En Albie geniet die Saterdagoggend-uitstappies om kruideniersware te koop. Soos gewoonlik kry hy 'n suigstokkie by Herr Mentz van die supermark en 'n appel by tant Betta van die groentewinkel.

"Waarom lyk jy so bedruk, hartjie?" wil sy weet, terwyl sy 'n groot rooiwang uitsoek. "Het Ernst se mense weer gelol?"

Rothea knik en tant Betta sug gelate. "Jy kan nie die Grootrivier met 'n sif keer nie, meisie." Sy hurk voor die stootkarretjie. "Dus gaan jy 'n regte Richter word, Albie, en ook eendag met 'n lang, slap kar rondry?"

24

"Dis nog glad nie 'n uitgemaakte saak dat ek gaan instem nie," keer Rothea.

"Wat die ryk Richters wil hê, kry hulle."

"Ek gaan Albie se goed inpak en padgee. Vlug . . . Johannesburg toe. Ek kan altyd by 'n ander hotel werk kry."

Tant Betta bedien 'n klant en kom dan terug na Rothea. "Ek hoop nie jy het regtig aan so 'n onsinnige plan gedink nie?"

Rothea is ernstig. "Ek het. Laas nag toe ek nie kon slaap nie, het ek aan alle moontlike uitweë gedink. Ek kan selfs tikster word, of sekretariële werk doen. Of in Pretoria gaan woon."

"Hulle sal jou opspoor en so 'n dom ding sal water op die Richters se meul wees. Hulle sal sê jy is onverantwoordelik en nie bevoeg om 'n kind te versorg nie. Hoekom hom wegneem? As Albie kon kies, sou hy waarskynlik sê hy verkies Hoffnung se kasteel bo tant Betta se groentewinkel."

"Aan wie se kant is tante?" verwyt Rothea.

"Albie s'n. Én jou kant. As jy weet hy het alles wat sy hart beheer, kan jy weer 'n normale jongmeisie wees, sorgvry en met geld om 'n slag weer vir jou 'n nuwe rok te koop. Onthou, hy ís immers 'n Richter, of dit wil of nie. Hy is geregtig om soos een te leef. Barbara sou nie wou hê haar kind moet swaarkry en gebrek ly nie. Sy het van mooi dinge gehou. En Albie aard na haar . . ."

Rothea se gesig is somber terwyl sy die volgelaaide karretjie terugstoot woonstel toe. Albie se oë blink en sy wange lyk soos die appel wat hy present gekry het. Rothea kyk met teerheid na hom. Die gedagte om hom te verloor, is pynlik. Tog bly tant Betta se woorde by haar.

Sy pak die kruideniersware weg en maak Albie se gunstelingkos vir middagete. Slap skyfies en springmielies, en koeldrank met 'n lepelvol roomys daarin. Die kleuterskool se dieetkundige sou oor die voedsaamheid van die ete gefrons het, maar Rothea is lus om Albie te bederf. Dalk die laaste keer?

Sy raak al hoe meer gespanne hoe nader dit aan kwart oor vier raak. Sy het Albie se tas gepak, haar eie hare gewas en haar vleiendste rok aangetrek: 'n liggroen sonrok wat die groen in haar oë uitbring en haar hare 'n donkerder rooi maak. Die ry sproete oor haar neus is nou minder opvallend en haar vel sagter. Sy sit selfs grimering aan en trek hoëhaksandale aan.

Waarvoor? vra sy vir die spieël. Om Dieter te beïndruk? Hy stel in Albie belang, nie in haar nie. Sy kan gister se langbroek en verslete T-hemp aanhê, vir al wat hy sal omgee. Rothea weet al dié dinge en dat sy vir hom 'n struikelblok na sy einddoel is, 'n irritasie en 'n meulsteen waarvan hy ontslae wil raak. Tog, om vieruur borsel sy weer haar hare sodat hulle los oor haar skouers val en soek die parfuum wat Theo vir haar gegee het.

Albie het ook sy beste kerkklere aan en sy probeer hom skoon hou met 'n prenteboek en stories van die drie bere en Rooikappie.

"En toe vra sy vir Wolf: 'Hoekom is Ouma se ore so groot?'" vertel Rothea met groot oë vol dramatisering. In die stil straat hoor sy 'n motordeur toeklap en haar stem weifel: "En toe . . ."

"Wattoe?" por Albie haar aan.

"Anderdag vertel ek wattoe. Oom Dieter is hier om jou te kom haal en julle gaan lekker in die park speel."

Vandag het Dieter nie weer 'n pak aan nie, maar 'n wit seilbroek en 'n hemp wat sy oë blou laat lyk. Rothea herken hom skaars agter die reuse-teddiebeer en bus wat hy vashou. Albie neem die speelgoed opgewonde toe hy hoor hulle is syne. Hy is doodtevrede toe sy oom hom aan die hand neem en deur toe stap.

Dieter draai verskonend na Rothea. "Ek is jammer jy het soveel moeite gedoen om jou reg te maak. Daar was

skynbaar 'n misverstand. Die bedoeling is nie dat jy saam-
kom nie. Dis beter dat Albie geleidelik gewoond raak dat
jy nie altyd by is nie."

Rothea se wange word rooi. "Ek het my nie . . . nie reg-
gemaak nie," stamel sy verleë. "Ek gaan uit. Ek het 'n . . .
'n afspraak vanaand."

Selfs in haar eie ore klink dit onoortuigend.

"Hoe laat bring jy Albie môre terug?" wil sy weet.

"Nie later as vieruur nie."

Albie is ongeduldig toe Rothea hom te lank groet en te
styf vashou. Hy wriemel los en draf vooruit die gang af.

"Geniet jou afspraak," sê Dieter.

Toe hulle weg is, bel Rothea een van die meisies wat
saam met haar ontvangsdame by die Augrabies-hotel is.
Voor sy te terneergedruk raak en weer begin huil, moet sy
liewer geselskap soek en gaan kuier.

"Haai," groet sy. "Het jy iets aan die gang, Wanda?"

"Ja, duisende dinge! Of . . . eintlik net één, maar die
ding is so beeldskoon dat ek hom nie deur my vingers wil
laat glip nie. En ek moet wraggies vanaand werk! Op 'n
volmaan-Saterdagaand . . . Kan jy dit glo? Ék kon nie, toe
ou Hessler my bel en sê Marie is siek en ek moet inkom."

"Wat makeer Marie?"

"Niks nie, raai ek. Sy het seker ook meer lus vir haar
kêrel as vir werk. Ons sou gaan partytjie hou en gaan dans
het. Ek het hare laat doen en alles. Ek is sommer lus en
bedank!"

Rothea kyk deur die woonstel, waar Albie se doeke voor
die venster hang en van sy speelgoed op die bank lê. Enig-
iets is beter as om die hele middag en aand alleen hier te
sit. Sy moet besig bly, om haar gedagtes af te lei.

"Ek sal in jou plek gaan werk," bied sy aan.

Wanda gee haar nie kans om van plan te verander nie.
"Jy is 'n skatlam! As Gerhard dink wat ek hoop hy dink,
kan jy my strooimeisie wees."

27

Die naaste wat sý aan die kansel sal kom, dink Rothea. Op pad hotel toe maal die woorde van 'n ou volkspele-liedjie deur haar kop. *Almal het maats, net ekke nie . . .* Of sal Theo haar weer kom opsoek wanneer Albie nie meer by haar is nie?

Rothea sorteer die hotelgaste se pos in die verskillende vakkies agter die ontvangtoonbank. Haar vingers klem om 'n kamersleutel wat sy aan die rak wou hang. Hoekom het sy netnou gedink "wanneer" Albie weg is? Hoekom nie "as" nie? Berus sy dan reeds in die wete dat sy hom gaan afgee? En, ás sy die stryd verloor, wíl sy Theo terughê? Barbara was nie erg oor hom nie, onthou sy. Haar suster het haar destyds al gewaarsku Theo het nie genoeg rug-graat nie en syne is 'n mooiweerliefde. Ernst was te gaaf om te kritiseer, tog het hy ook gepraat van 'n ander ou aan wie hy haar wil voorstel. Hulle het Theo van Wyk beter opgesom as sy.

Rothea vul die hotelregister in vir twee oorsese toeriste wat die valle kom besigtig. Terwyl sy skryf, skuif 'n gesig tussen haar en die pen en die bladsye in. Donker hare wat soos 'n skoolseun s'n vooroor oor sy voorkop val. Blougrys oë en 'n vierkantige ken met 'n effense kuiltjie in wanneer hy glimlag. Soos toe hy gesê het: "Nie 'n tipiese voorbeeld van 'n gevestigde oujongnooi nie . . ."

"Nee, ek wil nie!"

"Pardon?" vra die een Amerikaner. "My address?"

Rothea skud haar kop selfbewus en gaan aan met skryf. Is dit wat eensaamheid aan 'n mens doen – dat jy nader-hand hardop met jouself begin praat? In teenstelling met Dieter Richter is Theo so opwindend soos gister se weer-voorspelling, dink sy; sy wil hom nie terughê nie. Sy kan nie glo dat sy dit eens op 'n tyd oorweeg het om met om te trou nie. Maar wat help dit om te bespiegel of sy Dieter of Theo verkies? Nie een van die twee wil háár hê nie.

En wat help dit om "nogal aantreklik" te wees?

Rothea is moeg en tam toe sy laat die aand terugstap huis toe. Sy is nie lus om haar te haas nie, toe sy in die gang kom en haar telefoon hoor lui.

"Hardloop!" roep tant Malie, die buurvrou, uit toe sy verbykom. "Jou foon het van sesuur af aanmekaar gelui. Dit moet dringend wees."

Albie! dink Rothea dadelik. Sy kan nie haar sleutel raakvat om die voordeur oop te sluit nie. Iets het met Albie gebeur. Hy het weggeraak. Of hy is siek.

"Hotel König hier," sê 'n manstem. "Bly asseblief aan vir meneer Richter."

Dit ís Albie, besef Rothea paniekbevange.

"Goeienaand, Rothea?"

Ondanks haar bekommernis gaan 'n tintelende gevoel deur Rothea by die aanhoor van die warm, diep stem.

"Wat is verkeerd?" wil sy weet.

"Luister self . . ." Dieter se stem vervaag toe hy die gehoorbuis wegdraai. In die plek daarvan klink agtergrondgeluide wat aanvanklik vir Rothea onbekend is. Tot sy die geluide as gille en skreeue herken. Onmiskenbaar dié van Albie.

"Wat makeer hom?" vra sy ontsteld.

Dieter hoor haar vraag vaagweg, tussen die lawaai deur. "Makeer hom? 'n Akute aanval van bedorwenheid, dis al. Ek het nog nooit tevore 'n kind met so 'n humeur teëgekom nie. Hoekom het jy hom nie van kleins af geleer om sy humeur te beteuel nie?"

"Albie is nie humeurig of bederf nie," verdedig Rothea hom. "Hy is nog 'n baba. Hy is in 'n vreemde omgewing met vreemde mense en hy is bang."

"Ek kan niks hoor wat jy sê nie," sê Dieter ergerlik. "As ek jou kom haal, sal jy oorkom?"

"Natuurlik."

Rothea se hart wil breek toe sy haar indink hoe die arme kleintjie voel. Sy moes geweet het hy is nog te jonk om 'n

29

nag uit te slaap en moes Dieter gewaarsku het. Maar hy sou nie na haar geluister het nie. Sy pak haastig 'n tas met die noodsaaklikste, sluit haar woonstel en draf die trap af om by die ingang te wag. 'n Minuut later hou die Mercedes stil.

"Jy was slim, Rothea Beukes," sê Dieter grimmig. "Jy het die kind baie afhanklik van jou grootgemaak. Of het jy hom voorgesê om so 'n kabaal op te skop sodat ek sal skrik en hom terugbring?" Hy laai Rothea se tas in en trek weg.

"Ek het gehoop Albie slaap teen dié tyd lankal."

"Slaap . . .?" Dieter laat sy sin onvoltooid en kyk wrewelrig na haar. "Ek het verskeie kere gebel. Jy was tot baie laat uit gewees. Het iets gebeur?"

Maak dit aan hom saak? wonder Rothea. Of is die enigste rede hoekom hy omgee, omdat sy nie beskikbaar was toe hy haar nodig gehad het nie? Rothea wil sê sy is haar eie baas en kan uitbly so laat sy wil, sonder dat dit iets met om te doene het. Maar sy waag dit nie. Dieter Richter se gesig lyk soos 'n donderwolk en sy is bang vir die hael en blitse.

"Ek het gewerk," antwoord sy.

Dieter se wenkbroue lig ongelowig.

"Werk? Ek dag jy het gesê jy het 'n afspraak."

"Ek was by die hotel. Een van die ontvangdames was siek en 'n ander een het reeds reëlings getref om uit te gaan, toe bied ek aan om haar plek in te neem."

"Jy hoef nie soveel moeite met ingewikkelde verduideliking te doen nie," antwoord Dieter koelweg. "Jy skuld my niks nie."

Rothea trek haar skouers agteroor en haar ken lig uitdagend. "Goed, my kêrel se motor het op 'n verlate pad sonder brandstof gaan staan. Is jy nou tevrede?"

Dieter brom iets in Duits wat Rothea nie verstaan nie. Hy ignoreer haar en konsentreer op die pad.

30

Sy suite is op die derde verdieping van die hotel. Toe die hyser se deure oopskuif, hoor Rothea Albie se histeriese gehuil.

Die kinderkamer loop uit die sitkamer. Albie staan regop op sy deurmekaar beddegoed, sy twee vuisies desperaat om die tralies van sy bababed geklem en sy gesig opgehewe van al die gehuil. Langs hom lê die nuwe teddiebeer en bus, 'n karretjie en 'n wollerige hasie. En op die bedkassie staan 'n onaangeraakte koeldrank, vrugtesap en melk – alles bewyse van vrugtelose pogings om hom te paai. 'n Ouerige vrou in 'n oorjas buk by die koppenent met 'n sjokolade wat sy na Albie uithou. Nie eers die helderpers blinkpapier lok hom nie. Hy stoot die lekkergoed weg, stamp sy voete en huil harder.

Toe sy Rothea in die deur opmerk, kyk die vrou op. Sy self lyk naby aan huil.

"Fräulein Beukes? Ek is Hanna. Ek het alles probeer. Alles wat ek kon. Niks werk nie. Die arme Schätzen hou aan na jou roep . . ."

"Albie!" roep Rothea saggies uit. "Wat is dit, my liefie?"

Die gegil hou in die middel van 'n hoë noot op. Albie se oorlogsbui verander soos kwiksilwer. Sy gesig straal en sy trane is iets van die verlede.

"Mamma!" lag hy en steek sy arms na Rothea uit.

Hanna slaan haar hande in ongeloof saam. "Fräulein kan met die kind toor!"

Dieter is minder beïndruk. "Hy is verwen en het die ferm hand van 'n man nodig."

By die aanhoor van sy stem, dreig 'n nuwe tirade om Dieter verkeerd te bewys. Albie gluur hom vyandig aan en verberg sy gesig teen Rothea se arm. Toe sy hom optel, klou hy haar wanhopig vas, met 'n greep om Rothea se nek wat dreig om haar te versmoor.

Rothea onderdruk 'n grinnik. Sy ruil Albie se luiers om terwyl sy sussend met hom praat, soos Barbara altyd gedoen het toe hy in sy moeilike tandekry-stadium was. Sy knip die tas oop om as verdere troos Albie se verrinne-weerde eenoog-teddiebeer vir hom te gee. Toe gaan sy in die leunstoel langs sy bed sit, trek 'n kombers om hom en neurie 'n slaapliedjie wat sy by haar suster geleer het. Albie is uitgeput, maar tevrede noudat Rothea by hom is. Die greep om haar nek verslap. Binne 'n paar minute val sy oë toe, sy lang wimpers halfmane oor sy koorsige, rooi wange. Rothea wieg hom nog 'n rukkie saggies heen en weer; toe lê sy hom in die bed neer.

"Hy sal nou slaap," fluister sy vir Hanna.

"Dis goed Fräulein het sy speelgoed gebring. Wanneer hy wakker word, sal hy tevrede wees as hy 'n bekende be-sitting langs hom sien."

"Ek veronderstel jy het vanmiddag vergeet om van Albie se speelgoed saam te stuur," merk Dieter op. Die kritiek is duidelik in sy stem.

"Jy het vir hom 'n nuwe teddiebeer en 'n bus gekoop wat mooier is as sy ou goed. Ek het gedink Albie sal daar-mee tevrede wees. En . . . En nóg 'n tasvol goed sou te veel gewees het om te dra."

Dieter knik en stap uit. Rothea weet nie of dit ja of tot siens beteken nie. Sy het nou haar werk gedoen en moet se-ker so gou moontlik padgee. Sy laat die tas met speelgoed en ekstra klere vir Albie, ingeval 'n nuwe krisis opduik.

"Kom sit," nooi Dieter toe Rothea aarselend deur die sitkamer stap. Hy wys na die rusbank en kom oorkant haar in een van die goudkleurige rooshoutstoele sit. "Ek wil net gou praat, Rothea."

Praat of rusie maak? Rothea sê niks nie, sit net gespanne met haar hande in haar skoot saamgeklem.

"Het jy Albie voorberei dat hy 'n nag weg van jou en julle woonstel gaan deurbring?" wil Dieter weet.

"Ja. Ja, ek het. Ek het gesê hy gaan lekker saam met sy oom Dieter in die park speel en 'n nag saam met hom . . .

vakansie hou. Ek . . . ek het verduidelik wat vakansie is," voeg sy verdedigend by.

"Was hy al ooit met vakansie? Weg van die huis? Weg van jou af?"

Die vrae kom soos 'n salvo geweerskote en dien nie om Rothea meer om haar gemak te stel nie.

"Ek wou Ai-Ais toe gaan, selfs dalk Etosha of Namakwaland toe, maar ek het uitgestel tot Albie groter is en die vakansie saam met my kon geniet."

Dieter is ongeduldig. "Dis nie wat ek gevra het nie. Ek probeer vasstel hoekom Albie ons, die kamers langsaan en die hele hotel vanaand op hol gehad het. Gaan hy bedags by die kleuterskool ook so te kere?"

"Hy het die eerste dag 'n bietjie gehuil, maar daarna was hy heeltemal tevrede."

"Omdat hy weet jy kom hom aan die einde van die dag haal." Dieter stap rusteloos op en af, gaan staan dan voor die venster en uitkyk. "Hoe lank het Albie geneem om aan te pas ná sy ouers se dood?"

"Hy het nog nie te volle aangepas nie, al is dit al ses maande," erken Rothea. "Hy vra steeds soms na sy ma en pa en huil oor hulle."

"Wanneer hy vra, hoe verduidelik jy aan hom van sy ouers?"

Rothea is self nog nie aan die gemis gewoond nie en is 'n paar tellings stil, terwyl sy die hartseer onderdruk.

"Ek het by die biblioteek boeke oor kindersielkunde uitgeneem, maar ek is bevrees ek weet steeds nie hoe om die situasie te hanteer en hoe om aan Albie te verduidelik waar sy ma en pa is nie. Wanneer hy na hulle vra, probeer ek 'n direkte antwoord ontwyk. Ek speel 'n speletjie met hom of gee hom lekkergoed of iets om sy aandag af te trek. Hy is te jonk om van dood te verstaan en die gedagte sal hom bang maak."

"Hy is 'n seun en op amper drie behoort hy meer selfvertroue te hê en nie soveel vrese nie. Hy is te veel 'n mamma-se-seuntjie."

Rothea wil nie weer rusie maak nie en sluk die haastige antwoord terug wat sy wou gee.

"Soos ek erken het, is ek nie 'n kindersielkundige nie. Jy weet seker beter hoe om 'n jong seuntjie te hanteer."

Dieter se mondhoeke lig. "Is jy sarkasties? Is dit 'n aanval? Of oorgawe?"

Geen man het die reg om . . . om . . . só te lyk wanneer hy glimlag nie, dink Rothea onthuts; só te glimlag en 'n mens van stryk te bring nie . . . Sy kyk vinnig weg, af na haar hande, en veg teen die blos wat in haar gesig opstoot. Weet Dieter Richter watter uitwerking hy op meisies het? wonder sy en dink dan: Ja, waarskynlik. Hy het seker al genoeg nooiens in die verlede gehad wat dit vir hom gesê het.

Sy vind dat dit haar skielik weer aan Barbara en Ernst laat dink. Sy kan nie glo dat Ernst en Dieter broers was nie. Daar is wel 'n sterk ooreenkoms wat voorkoms betref, maar in geaardheid verskil hulle hemelsbreed. Ernst was 'n warm mens, sagmoedig en baie beskermend teenoor Barbara. Hoewel hy dit nie kon bekostig nie, kon hy nie genoeg geskenke vir Barbara gee nie. Toe sy seun gebore is, was hy die trotsste vader in die hele wêreld en het gereeld 'n middag by die werk afgeneem om by Albie te wees en met hom te speel.

Dis moeilik om sy broer in 'n soortgelyke rol voor te stel – dié van 'n teer en liefdevolle eggenoot en sentimentele pa. Rothea kan glo Dieter is 'n Don Juan onder die dames. Selfs dat hy dalk eendag met die mooiste en gesofistikeerd-ste van sy ritse nooiens sal trou. Maar help doeke was, vloere vryf en sy seuntjie in 'n stootkarretjie die straat af stoot? Nee, sy glo nie.

Rothea kan nie onthou waaroor hulle gepraat het en wat Dieter gevra het nie.

34

"Ekskuus?" vra sy.

"Daarom reken ek dit sal goed wees as jy môreoggend hier is wanneer Albie wakker word."

"Ja, hy mag dalk weer huilerig wees. Naweke wanneer daar nie kleuterskool is nie, laat ek hom gewoonlik tot sewe-uur slaap. Om aan die veilige kant te wees, sal ek sorg dat ek môreoggend so teen halfsewe hier is."

"Ek het bedoel jy slaap vannag hier."

"Ek het nie slaapklere gebring nie."

"Wat was dan in daardie yslike tas? Ek het aanvaar jy beplan om tot môreaand te bly."

"Dis Albie se goed. Ek het nie gereken om te bly nie."

Dieter beskou dit blykbaar nie as 'n probleem nie. "Wat jy nodig het, kan ek of Hanna vir jou leen."

Rothea het haar eie woonstel nodig, en die sekuriteit van haar eie bed. Sy wil nie hier bly nie, want Dieter Richter laat haar ongemaklik voel. Haar hart gee allerhande wilde bokspringe wanneer hy vir haar glimlag en dis veiliger om hom liewer te vermy.

"Jou kamer is reggemaak en ek het nie lus om tyd en brandstof te mors deur op en af taxi te speel nie. Ek het gedink ons kan môre by die Rosetuin na die langste laning palms in die wêreld gaan kyk en op die eiland middagete geniet. Albie sal dit geniet."

Sy ook, dink Rothea. Sy skud haar kop.

"Dankie, liewer nie."

"Hoekom nie?"

"Ek het my eie lewe om te lei en . . . en ek het môre dinge om te doen."

"Dinge om te doen . . ." na-aap Dieter haar spottend. "Jy het my laat verstaan jou hele lewe wentel om Albie. Is dit nie so nie?"

"Dit was. Jy het my egter laat verstaan dis tyd dat ek 'n lewe van my eie opbou. Dit is presies wat ek van môre af gaan begin doen."

"Ek wens dit was so eenvoudig." Dieter bestel vir hulle koffie en kom dan weer oorkant Rothea sit. "Vroeër vanaand in die motor het ek gesê Albie is baie afhanklik van jou. Die ontvangs wat jy van hom gekry het toe jy by die hotel aangekom het, het my korrek bewys. Dis duidelik dat hy 'n tydperk van aanpassing nodig sal hê voor hy van jou geskei kan word. Ek is bevrees ek sal in die begin jou samewerking nodig hê."

Soos toe Albie van al die sjokolade naar geword het, begin Rothea die situasie geniet. Die selfversekerde, outokratiese Dieter Richter wraggies besig om hulp te vra? Sy het nie gedink so 'n uur sal aanbreek nie.

"Samewerking?" vra sy oënskynlik verbaas. "Ek dag jy tel die sekondes om Albie onder my oorbeskermende invloed weg te kry. Hy is mos 'n mamma-se-seuntjie. Hoekom wil jy my teenwoordigheid môre hê? Sal ek nie jou manlike invloed vertroebel nie?"

"Ek sê steeds jy maak 'n meisiekind van Albie. Maar ek was nie bewus watter rol jy in sy lewe speel en hoewel hy op jou vertrou nie. Jy het gesorg dat jy onmisbaar vir hom is."

"My opregte verskoning," sê Rothea vermakerig. "Ek besef nou ek moes Albie mishandel en laat hongerly het, om jou taak te vergemaklik. Ek moes hom geslaan en nie liefgehad het nie."

Dieter het kalm probeer bly, maar Dorothea Beukes besit die gawe om hom kwaad te maak. "Het iemand al ooit vir jou gesê dat jy besonder irriterend en uitputtend is wanneer jy jou probeer slim hou? Of aangebied om jou oor sy skoot te trek en jóú die pak slae te gee wat jy verdien?"

Rothea kyk op na hom. Wat sy op Dieter se gesig lees, laat haar dieper op die bank terugskuif.

"Jy sal nie . . . Jy sal dit nie waag nie!"

"O ja . . .?" Dieter steek sy hande in sy broeksakke, asof hy hulle nie vertrou om die versoeking te weerstaan nie. "Dis wat 'n stroomop rooikop soos jy nodig het."

Rothea het van die koffie vergeet wat Dieter bestel het en is dankbaar oor die onderbreking toe 'n kelner met die skinkbord binnekom.

"Jy speel mos so graag ma," merk Dieter op. "Sal jy skink?"

Rothea bly onrustig, tot hy met sy koppie weer by die venster gaan staan, 'n veilige afstand van haar af. Sy onthou wat Ernst eendag gesê het: "Ek bejammer die meisie wat met Dieter trou. Hy is 'n moeilike mens om mee saam te leef. Maar dalk sal Mutti vir haar gunstelingseun 'n vrou vind wat so dolverlief op haar man is, dat sy nie sal omgee as hy haar soos 'n vloerlap behandel nie. 'n Duitse vrou, natuurlik . . ."

Dieter sit sy koppie met 'n harde klikgeluid neer.

"Dis laat en ek wil gaan slaap. Maar eers moet ons klaar oor môre praat. Ek hoef nie heldersiende te wees om te weet jy hou nie van my nie. Korrek?"

Rothea loer na hom oor haar koppie se rand. "Korrek."

"Maar om Albie se ontwil sal jy 'n poging moet aanwend om met my oor die weg te kom. Kinders het 'n fyn aanvoeling vir atmosfeer en dit sal tot sy onsekerheid bydra as ons twee gedurig haaks is. Dus – ter wille van Albie – sien jy kans om op die oog af voor te gee om vriende te wees?"

"Ja." Om dubbel seker te maak, herhaal Rothea sy presiese woorde: "Op die oog af, voor te gee . . ."

"Ons vorder," sê Dieter spottend. "Goed, oor een punt het ons darem nou uitsluitsel. Punt nommer twee: Stem jy in om vannag hier oor te bly en môre die dag saam met ons deur te bring?"

Rothea weet sy kan nie weier nie. "Ja," stem sy in. "Om Albie se onthalwe."

"Natuurlik," glimlag Dieter wrang. "Daaroor het ons ook eenstemmigheid. Nie een van ons twee sal dink dis om jou of my onthalwe nie."

3

"Palle," sê Albie.

"Palms, my liefie," help Rothea hom reg. Sy voer Albie van die biefstuk wat Dieter vir hulle by die Rosetuin se restaurant bestel het. Sommer 'n hamburger sou beter gewees het, want 'n biefstuk is te groot vir 'n twee-en-'n-halfjarige en driekwart daarvan gaan vermors word, dink sy.

Sy sê egter niks nie. Pleks van Dieter se oordeel te kritiseer, probeer Rothea vriendelik wees. "Palle . . . Dis ook vordering, want tot dusver was alles vir Albie blomme. Bome, struike, palms . . ."

"Dit wys jou hy is ryp vir nuwe ervarings en nuwe woorde," merk Dieter op.

Wat Dieter Richter betref, is Rothea oordrewe ingestel op kritiek en teregwysings.

"Ek het hom al voorheen Rosetuin toe gebring en hom die palms gewys," antwoord sy, dadelik op die verdediging.

"So het jy tevore gesê. Ek is jammer ek het nie oorspronkliker ontspanning vir julle uitgedink nie."

"Ek het nie gesê ek is verveeld nie. Inteendeel, ek het hard probeer om die dag so aangenaam moontlik te maak."

"Ter wille van Albie en ons vredesooreenkoms?"

"Ja. Of watter ander redes is daar?"

Dieter bestel nagereg en, as 'n bonus, vir Albie 'n bruismelk.

"Vandag was 'n redelike aangename dag," gee hy toe. "Wat egter van môre en oormôre en volgende week? Is jy nog van plan om ons eis van voogdyskap te betwis?"

Rothea sug, die apfelstrudel vergete in haar bord. "Ek weet nie. Ek wil nie daaraan dink nie, want ek . . . ek besef wat julle hom alles kan gee . . ."

"Op Schloss Hoffnung, weg van jou af?"

Rothea is skielik moeg, te moeg om weer te stry en rusie te maak en nuwe argumente uit te dink.

"Ek wens jy het Barbara ontmoet. As julle haar geken het, sou die Richters nie so verbitterd oor Ernst se keuse gewees het nie, sou julle nie gevoel het hy het benede sy stand getrou nie, en sou daar nie vervreemding tussen Ernst en sy familie gewees het nie."

"Jy sê julle twee susters was baie eenders." Dis eerder 'n stelling as 'n vraag en Rothea se wange word skielik rooi.

"Ek was nie besig om my eie beuel te blaas en jou met 'n omweg te vertel hoe wonderlik ek is nie. Ons was 'n identiese tweeling, maar nie in geaardheid nie. Barbara het 'n sterker en 'n mooier persoonlikheid as ek gehad. Op skool was sy die gewilde een, dirigent by die atletiek, klaskaptein en almal se gunsteling. Maar julle reken sy was voddery, net omdat sy 'n Afrikanernooi was! Julle het haar ongesiens veroordeel, al was sy die ideale vrou vir Ernst. Haar en haar onskuldige kind . . ." Rothea veg om haar selfbeheersing te herwin en probeer 'n mondvol nagereg eet.

"Die vervreemding was as gevolg van Ilse," sê Dieter. "Nie oor Barbara nie."

"Ilse?" Rothea frons. "Ilse wie?"

"Bauer." Ook Dieter het skynbaar sy smaak vir die apfelstrudel verloor. Hy stoot sy bord opsy. "Ilse is 'n pragtige meisie, verfynd en sensitief. Dit was ons onaangename taak om aan haar te sê haar verloofde was ontrou aan sy beloftes, hy het haar versaak en met 'n vreemde meisie getrou. By haar 'n kind gehad . . . Dink jy dit was vir my moeder maklik? Om Ilse se vermorste uitset te sien, haar trane, haar skok en verbittering? Dink jy nie Ernst moes mans genoeg gewees het om self vir sy aanstaande vrou te sê hy sien nie meer kans om met die huwelik voort te gaan nie, want hy het Barbara Beukes liefgekry?"

Rothea het nog nooit van Ilse Bauer gehoor nie. Sy het tyd nodig om dié nuus te verwerk en in te neem wat Dieter gesê het.

39

"Ek is jammer," sê sy stadig. "Ek het nie van die ander meisie geweet nie."

"En jou suster?"

"Ek weet nie. Dalk . . . Was Ernst en hierdie . . . Ilse verloof?"

"Hulle sou binne 'n maand getrou het," antwoord Dieter kortaf. "Die Bauers is jarelange huisvriende van ons en Ilse is soos 'n eie dogter in ons huis. Ernst het haar in die steek gelaat en van die plaas af padgegee sonder enige verduidelikings. Sy skielike verdwyning en onverwagte huwelik met 'n wildvreemde meisie het 'n opskudding en 'n skinderveldtog veroorsaak. My moeder veral het baie daaronder gely en ek glo haar swak gesondheid is aan Ernst se koelbloedige optrede te wyte."

"Ek is jammer," herhaal Rothea. "Ek weet jou ma is nie meer jonk nie en ek kan glo dit was vir haar 'n bitter ondervinding. Wat makeer haar? Is dit haar hart?"

"Sy het twee beroerte-aanvalle gehad." Dieter se antwoord is kortaf en hy borduur nie daarop voort nie.

"As gevolg van die skok van Ernst se huwelik met my suster?"

"Onder meer." Dieter voeg nie by dat die beroerte as gevolg van 'n derde skok was nie, wat moontlik dieper gesny het as slegs Ernst se verdwyning en onverwagte huwelik. Hy en Rothea was albei lief vir Ernst en wat help dit om sy herinnering verder oneer aan te doen? Veral waar daar twyfel oor die kwessie bestaan en Ernst se skuld nie onteenseglik bewys kan word nie?

Rothea roer Albie se bruismelk vir hom en help hom om die strooitjie vas te hou. Sal Albie dalk vir die ma 'n plaasvervanger kan wees vir die seun wat sy verloor het? wonder sy. Of sluit haar verbittering teenoor Ernst dalk sy kind ook in?

"En jou jongste broer?" vra sy. "Is hy nog op Schloss Hoffnung?"

Dieter se wenkbroue trek saam. "Carl? Ja. Maar hoe lank weet ek nie. Soos met Ernst, is boerdery nie in sy bloed nie. Hy praat van stad toe gaan en 'n kans gegun word om die lewe te geniet. Carl is nog jonk, jonger en voortvarender selfs as wat Ernst was. Hy het 'n voorliefde vir meisies en geld. Hy sal sy erfenis op oorsese vakansies, seiljagte, vroumense en vinnige motors verkwis en 'n mens voel 'n verpligting om my jonger boet teen homself te beskerm."

"Om hom teen wil en dank te dwing om op die plaas te bly, wetende dat hy nie 'n boer is nie?" vra Rothea, gedagtig aan Ernst en onbewustelik met 'n mate van verwyt in haar vraag.

Dieter kyk ver, verby die tuin se palmlaning, na die onstuimig vloeiende stormwater van die Oranje. "As Ernst op die plaas gebly het, sou hy nog geleef het."

Rothea begryp wat hy bedoel. Maar sy onthou van Barbara en Ernst se seuntjie.

"Op skool het 'n onderwyser eendag iets treffends gesê wat my nou nog bybly. 'Moenie arm voel wanneer jou drome nooit bewaarheid word nie, want slegs hy wat nooit gedroom het nie, is werklik arm.' Gun Carl sy drome, anders sal hy nooit gelukkig wees nie."

"Al kos sy droom hom sy lewe?"

Soos Dieter, staar Rothea doer ver teen die water. "Ek weet nie," antwoord sy eindelik so sag dat hy nader moet leun om te hoor wat sy sê

Terwyl Rothea Albie kleedkamer toe neem, betaal Dieter die rekening. Toe hulle uitkom, wag hy vir hulle by die motor.

"Wil Albie voor sit?" bied Dieter aan.

Albie weet dis 'n baie duur motor, wat baie roomyse en koeldrank se geld kos. Tot dusver het hy op die agterste sitplek gesit en sal graag wil omruil. Maar hy kyk onseker na sy oom en na die glimmende Mercedes-Benz. "Mamma waar sit?"

41

"By jou, my liefie," stel Rothea hom gerus en kyk vraend na Dieter. "Sluit jou aanbod ons albei in? Of sal ons massa te groot wees vir die sitplek?"

Dieter bestudeer die skraal meisietjie wie se massa by beraming nie meer as vyftig kilogram kan wees nie. Hy glimlag toegeeflik. "Ek reken ek het plek vir albei."

Pure seun, het Albie 'n voorliefde vir alles met enjins en wiele. Hy sit vorentoe op Rothea se skoot, sodat hy die paneelbord en meters en wysers en ander aanloklikhede kan bykom om mee te speel. Maar die vlees is sterker as die gees. Halfpad op pad hotel toe is hy reeds aan die slaap, vas teen Rothea se skouer en albei armpies styf om haar nek.

"Hy is te swaar vir jou. Ek sal hom dra," bied Dieter hoflik aan toe hulle voor die König se ingang stilhou.

"Dis tyd dat Albie wakker word. Dis al laat – amper vieruur. En jy het gesê jy wil vyfuur ry."

"Ek is nie haastig nie. Al ry ek sesuur en kom later by die huis aan, sal dit nie saak maak nie. Laat Albie nog 'n uur of wat slaap. Dit sal beter wees as ons tydens ons bespreking nie onderbreek word nie."

Die vredesverdrag vergete, is Rothea dadelik op haar hoede. "Watse bespreking?"

Dieter lig die slapende kind versigtig in sy arms op. Oor Albie se skouer kyk hy terug na Rothea.

"Ek dink jy weet, Dorothea Beukes."

Hulle is eenders, dink Rothea met 'n skielike pluk van haar hartsnare. Die groot, sterk, breedgeskouerde man en die klein seuntjie . . . Sy het aanhou glo Albie se hare gaan rooibruin wees en sy oë donker. Maar die rooi word al minder in die babahaartjies en Albie se oë word grys, soos Ernst s'n. Mense wat Dieter en Albie saam sien, sal aanvaar hulle is pa en seun. Albie is nie meer heeltemal so 'n Beukes soos sy aanvanklik bly hoop het nie.

By die suite oorhandig Dieter die slapende Albie aan Hanna. "Sal jy 'n drankie drink, Rothea?" vra hy.

42

"Ek drink nie, dankie."

"'n Koeldrank dan? Koffie of tee?"

"Niks nie, dankie."

"Geen onderbrekings nie?" terg Dieter.

Rothea is gespanne. "Wat wil jy met my bespreek?"

Dieter wag tot hulle in die sitkamer gaan sit en die deur tussen hulle en Albie se kamer toe is. Hy lyk vreemd onwillig om te begin.

"Albie se weggaan, nè?" vra Rothea. Sy gaan in 'n lae stemtoon voort, haar oë onsiende op haar inmekaargevlegde hande gerig: "Eintlik is daar niks om te bespreek nie. Ek het van die begin af geweet ek kan nie teen julle wen nie en ek sal Albie moet afstaan. Terwyl ek snags nie kon slaap nie, het ek baie nagedink en tot die slotsom gekom jy was reg. Dit sal selfsugtig wees om Albie te probeer hou, want ek kan hom nie dieselfde bied as julle nie. Neem hom en," Rothea se stem breek en sy sluk eers voor sy verder gaan, "en ek hoop hy is ge-gelukkig op die plaas."

Sy het verligting verwag, miskien 'n dankie of 'n gerusstelling dat Albie maklik sal aanpas en op Schloss Hoffnung gelukkig sal wees. Maar Dieter antwoord nie.

"Sal julle vir hom . . . goed wees?" stamel sy bewerig. "Al is hy Barbara se kind en . . . en al het sy vir julle soveel hartseer veroorsaak? Onthou, Albie is maar net 'n baba en . . . en moet hom nie daarvoor blameer nie."

Dit lok 'n reaksie van Dieter uit, hewiger as wat Rothea verwag het. Hy raak 'n woord in Duits kwyt wat Rothea nie op skool geleer het nie. "Dink jy ek is 'n sadis wat my griewe op 'n onskuldige kind sal wreek? Wat dink jy van my, dat jy vra ek moet vir hom goed wees?"

Rothea skrik vir die woede in sy stem, maar sy staan haar man. "Dis die laaste kans wat ek sal kry om vir Albie te pleit. Hierna is dit tot siens. Dan is hy op homself aangewese en sal ek nie daar wees om hom te help of . . . of vir hom in die bresse te tree nie."

Hierdie oomblik het Rothea gevrees, vandat sy die prokureur se eerste brief ontvang het. Sy het haar voorgeneem sy gaan sterk wees, sy gaan nie huil nie. Sy byt haar onderlip vas en druk die agterkant van haar hand teen haar mond voor sy verder praat.

"Ek weet ek sal hom nie mag sien nie. Maar as ek bel . . . sal julle my toelaat om met hom te praat? En wanneer hy ouer is en skool toe gaan, mag hy vir my skryf?"

"Kan ons die melodrama asseblief opsy skuif?" vra Dieter bruusk. "Sal jy 'n oomblik lank ophou praat en my 'n kans gee? Ek het by 'n vorige geleentheid gesê Albie is ongelukkig baie afhanklik van jou en dit sal onwys wees om hom sonder 'n tydperk van aanpassing van jou te skei."

In Rothea se binneste is 'n flikkering van hoop. Maar sy is bang om te gou bly te word en haar opnuut aan seerkry bloot te stel. Sy kyk onbegrypend na Dieter. Bedoel hy dalk dat sy Albie nog 'n tyd lank by haar mag hou, tot hy ouer is en minder afhanklik van haar? Dalk tot hy ses is en begin skoolgaan?

"Ek bedoel jy sal voorlopig moet saamkom wanneer ek hom plaas toe neem."

Rothea se oë rek en haar mond gaan oop, sonder dat sy kan praat of 'n woord uitkry.

"Saamgaan? Ek . . . ek kan nie," hakkel sy.

"Hoekom nie?"

"Omdat . . . Ek . . . ek werk! Ek het my woonstel en . . . en alles. Ek kan nie sommer alles los en weggaan nie."

"Beteken jou werk en jou woonstel dan meer vir jou as Albie?"

"Natuurlik nie!" antwoord sy verontwaardig. "Maar my baas by die werk was vir my goed en ek het pas 'n verhoging gekry. Wanneer Albie siek was en . . . en destyds met die ongeluk, was meneer Hassler baie tegemoetkomend. Ek kan nie sommer bedank en hom in die steek laat nie."

"Maar jy is bereid om Albie in die steek te laat?" hou Dieter vol.

"Moenie dit sê nie! Jy weet dis nie waar nie. Ek was nie op universiteit nie. Ek het nie kwalifikasies nie en werk op Upington is skaars. Ontvangsdame is vir jou seker nie 'n indrukwekkende werk nie, maar dis al wat ek kan doen. Waar kry ek eendag weer ander werk?"

"Werk is nie 'n probleem nie. Ek ken Heinz Hassler. Ek kan met hom reël om jou agterna terug te neem, of ek kan vir jou werk by die König kry, of enige ander hotel."

Rothea het 'n oomblik lank vergeet hy is 'n Richter, met aansienlike invloed wat oral mense ken wat hom graag gunste sal wil bewys.

"En wat word intussen van my woonstel en my meubels?" wil Rothea weet.

"Ek ken 'n meisie met wie ek kan reël om jou woonstel met meubels en al oor te neem. Tydelik, solank dit nodig is."

"Ek koop . . . ek is verplig om soms op rekening te koop," erken Rothea verleë, met haar oë op die punte van haar sandale. "Ek het maandelikse verpligtinge om na te kom. Dankie vir die aanbiedinge, maar ek kan hulle nie aanvaar nie. Ek kan nie maande lank met verlof gaan nie."

"Jy het 'n lae dunk van my as jy reken ek beplan om jou werkloos, haweloos en met onbetaalde skuld te laat," sê Dieter kortaf. "Jy gaan nie Schloss Hoffnung toe met vakansie nie. Jy gaan om te werk en ek sal jou 'n salaris betaal. Een-en-'n-half keer dié wat jy as ontvangdame gekry het."

"Ek wil nie jou goedhartigheid hê nie."

Dieter is ergerlik. "Ek bied dit ook nie aan nie. Ook nie gunste en gawes nie. Jy sal vir Albie verantwoordelik wees wanneer Hanna van diens af is en ek sal dit waardeer – as jy bereid is – indien jy my moeder soms geselskap hou. Sy is baie eensaam en kan nie lees of televisie kyk nie. Sien jy

45

kans om saans 'n halfuur lank vir haar uit 'n tydskrif of 'n boek voor te lees, of wil jy liewer nie?"

"Hoekom sal ek nie wil nie? Ek kry jou ma jammer en ek het nie 'n grief teen haar nie."

"Gaaf. Dan is dít darem gereël."

Dinge vorder te vinnig na Rothea se smaak. "Ek het nie gesê ek gaan saam plaas toe nie. Jy het skynbaar alles vooraf bedink, maar sonder om my in ag te neem. Jy neem die besluite en tref die reëlings en ek moet sonder meer daarmee inval. Dis blykbaar die soort reaksie waaraan die Richters gewoond is. Het jy in ag geneem dat ek moontlik 'n goed georganiseerde lewe het en nie kans sien om alles te ontwrig nie, net omdat julle skielik, ná bykans drie jaar, jul plig teenoor Albie onthou het? Omdat julle skielik besluit het 'n lewe saam met sy tante is nie meer goed genoeg vir hom nie?"

"Dit was nie skielik nie. Ons moes wag om die saak eers te bespreek. Ernst se dood was vir ons almal 'n skok wat verreikende gevolge gehad het."

"Alles reg," antwoord Rothea en haal Dieter se eie woorde van gisteraand aan. "Jy hoef nie soveel moeite te doen om te verduidelik nie. Jy skuld my niks nie. Ek kan begryp dat 'n kind jul lewe op Schloss Hoffnung sal beïnvloed en dat julle 'n halwe jaar nodig gehad het om daaroor te beraadslaag."

Dieter tel stadig tot by vyf. Dit help egter nie veel nie. Sy humeur begin kort raak.

"Ons het nie beraadslaag nie. Van die begin af was dit 'n uitgemaakte saak dat Albie se plek op Schloss Hoffnung is."

"Hoekom het julle dan so lank gewag? Nie eers begrafnis toe gekom of julle bekommer wie vir Albie sorg nie?"

"Helmut Krüger het die Richter-gesin by die begrafnis verteenwoordig en vasgestel dat die baba deur 'n familielid versorg word."

"Ek kan verstaan dat dit vir jou gerieflik was om jou verpligtinge op jou prokureur af te laai. Maar wat van jou ma? Ek het 'n telegram gestuur en 'n brief geskryf, waarop sy nie gereageer het nie."

"My moeder het die brief vier maande later eers gelees."

"Omdat sy steeds teenoor Ernst en Barbara verbitterd was?"

"Omdat sy in die hospitaal was ná die beroerte-aanval en in 'n koma was."

In Rothea se mond is opeens 'n bitter smaak van self-verwyt. Sy was so gou om te oordeel, maar sy het nie die omstandighede geken nie, nie geweet hul prokureur was wel by die begrafnis nie. Vir al wat sy weet, was daar waarskynlik 'n krans ook. Alles was so deurmekaar en sy was nie haarself daardie dag nie.

"Verwyte, teëstand, vrae en argumente . . ." Dieter pluk die koelkas se deur oop en haal 'n bier uit. "Medisinaal, as versterking vir die senuwees," verduidelik hy oor sy skouer. "Toe jy gedink het ek beplan om Albie summier van jou weg te neem, het jy gedreig met hofsake, koerantstories, emosionele onstabiliteit, eendedammetjies waarin 'n kleuter sal verdrink en perde wat hom sal afgooi. Noudat ek instem jy kan saam plaas toe kom, is dit steeds nie vir jou goed genoeg nie. Sien jy waarom ek kla dat jy uitputtend is, Dorothea Beukes? Wat moet die Richters doen om jou tevrede te stel?"

"Uit my lewe verdwyn!" antwoord Rothea uitdagend.

"En Albie aan sy lot oorlaat om skaars bokant die broodlyn te oorleef? Ons is terug by die wegspringplek . . . Die toutrekkery. 'n Goed georganiseerde lewe, sê jy? Is jy gelukkig en tevrede daarmee, Rothea? Het jy alles wat jou hart begeer?"

Rothea het gedink die naaste wat iemand daaraan kan kom, is skatryk Olga Richter. Maar aardse skatte is nie vergoeding vir swak gesondheid nie.

"Het enigiemand ooit alles wat hy of sy begeer?" kom sy met 'n teenvraag.

"Sinisme?" Dieter se mondhoeke krul spottend. "Jy is te jonk daarvoor, kleine Fräulein. Is daar dalk 'n ander rede hoekom jy nie uit Upington wil weggaan nie? 'n Vriend, miskien, wat belangriker as Albie is?"

"Ek het voorheen gesê daar is niemand nie."

Dieter neem 'n sluk bier en gaan sit rustig agteroor op 'n stoel, asof die argument afgehandel is. "Dan sien ek hoegenaamd nie wat die probleem is nie. Jou werk en aardse besittings is veilig en daar is nie 'n kêrel wat intussen met 'n ander meisie sal wegloop nie. Al wat dus oorbly, is jou ingebore koppigheid en jou voorliefde vir stry. Jy het gesien in watter toestand Albie gisteraand was toe jy nie hier was nie. Wil jy 'n herhaling daarvan hê en hom permanent emosioneel ontwrig?"

"Ek is nie seker of dit goed sal wees as ek saam met hom plaas toe gaan nie." Rothea kyk af na haar hande en na haar kortgeknipte vingernaels. Heel duidelik 'n meisie s'n wat bedags werk en tuis haar eie huiswerk behartig, dink sy wrang. Die meisies met wie 'n man soos Dieter Richter sosiaal meng, het seker almal lang, rooigeverfde naels. Hulle dra nie drie jaar oue sandale en goedkoop katoenrokke wat elke afdelingswinkel om die hoek in ritse aanhou nie.

"Nie seker nie?" vra Dieter fronsend. "Hoe bedoel jy?"

"Omdat die reëlings tydelik van aard is. Waarskynliker net 'n week of drie, tot Albie aan sy nuwe omgewing gewoond is. Daarna sal my teenwoordigheid op die plaas oorbodig wees en jy sal die eerste persoon wees om dit aan my te sê. Die een of ander tyd sal hy van my moet afskeid neem en julle as sy mense aanvaar. Hoekom die afskeid uitrek?"

"Jy weet self te veel veranderings op een slag sal nie goed vir Albie wees nie. Jy het volgehou die vreemde diere op

48

die plaas sal hom bang maak. Jy sal as buffer dien tussen Albie en alles wat vir hom onbekend is. Sodra hy aan ons, Hanna, die diere en die plaaslewe begin gewoond raak, kan jy jou geleidelik onttrek. Jy kan een van my motors gebruik om op Mariental gaan inkopies doen, jou hare laat doen, gaan eet of by vriende op die buurplaas kuier. Ek weet nie of jy tennis speel, swem of perdry nie. Jy sal wel iets vind om jou besig te hou. Stadigaan sal Albie daaraan gewoond raak dat jy nie altyd daar is nie en sal hy ophou om oor jou te huil."

"Hoe lank het jy gereken sal ek op Schloss Hoffnung moet bly?"

Rothea se vraag is 'n teken van oorgawe, maar Dieter gee geen teken dat hy dit as sodanig herken nie. "Dis vir Albie om te besluit. Ons sal sien hoe dinge ontwikkel. Wanneer kan jy gereed wees om te vertrek?"

Die vraag betrap Rothea onverhoeds. "Ek weet nie. Ek moet inpak, my klere regkry . . ."

"Twee weke?" stel Dieter voor.

"Drie," vra Rothea. "Albie sal ook nuwe klere nodig hê waaraan ek miskien moet werk en verstel, en ek het net saans tyd."

"Wat het Albie nodig?"

"Alles is gedaan of te klein vir hom. Broekies, hempies, skoene . . ."

"Dis geen probleem nie. Ek sal met Helmut Krüger reël om die nodige fondse te voorsien. Koop wat nodig is."

"Ek kan bekostig om . . ."

"Om 'n hele winkel leeg te koop," val Dieter haar in die rede. "Ek weet dit en ek sê dankie dat jy bereid is om al jou spaargeld te gebruik. Maar van nou af is Albie se behoeftes my verantwoordelikheid. Jy het my prokureur se telefoonnommer en adres. Laat hom weet hoeveel geld jy nodig het, of koop op rekening. Ek sal betaal."

Rothea wil 'n haastige antwoord oor sy onbeperkte

skatte kwytraak, maar al die stoom, argumente en haar verdediging het verkrummel. Haar aggressiwiteit en die beskermende muur wat sy tussen haar en Albie se familie opgebou het, het vermurwe en sy voel alleen en weerloos.

"Soos jy verkies," antwoord sy moeg.

Dieter lyk verbaas. "Instemming en oorgawe, sonder teëstribbeling? Ek kan dit nie glo nie! Ek en jy sal dalk uiteindelik oor die weg kan kom, Dorothea Beukes. Helmut sal jou help met enige probleme wat mag voorkom. Bel hom net en hy sal tot jou beskikking wees wat geld betref, of ander probleme."

Jou prokureur, maar nie jý nie, dink Rothea. Dieter Albrecht Richter het waarskynlik belangriker sake op sy agenda as om met 'n kind en sy onwillige tante opgesaal te word. Jy teken liewer 'n tjek as om self met probleme opgeskeep te sit.

"Jy sou nie agter die voetligte 'n reuse-sukses gewees het nie, Mädchen," terg Dieter. "Jou gedagtes lees soos 'n oop boek. Jammer, maar ja, ek laai alles op Helmut af. Ek sal ongelukkig nie die volgende twee weke hier kan wees nie. Ek moet Frankfurt toe gaan in verband met sake, maar ek sal probeer om op Hoffnung te wees wanneer julle aankom. Kan jy 'n motor bestuur?"

"Oor sekere bereikinge in 'n mens se lewe is jy dankbaar. Ek het my matrieksertifikaat, ek is aangeneem in die kerk en ek het my rybewys. Dankie, meneer Richter, maar ek kan gelukkig motor bestuur."

"Gaaf. Dan sal dit nie vir Helmut nodig wees om julle op Upington te kom haal nie. Reël met hom om 'n motor of 'n bakkie of 'n kombi te huur – volgens jou behoeftes – om mee plaas toe te kom."

"Dankie," sê Rothea formeel. "Ek dink nie dit sal vir Albie belangrik wees of sy oom op die plaas is of nie, wanneer ons aankom nie."

"Ek stem saam, maar ek belowe nogtans Albie sal voor-keur kry bo 'n saketransaksie."

Belangrik vir Albie om 'n bekende gesig te sien – of vir háár – dat Dieter daar sal wees om hulle te ontvang? won-der Rothea. Sy weet daar is ander reëlings om te tref en honderd-en-een vrae wat sy Dieter behoort te vra, maar sy kan aan geneen dink nie.

"Schloss Hoffnung is miskien nie Utopia nie, maar daar is meer as blêrende lammers, kreunende windpompe en sandduine," sê Dieter. "Ons het die somer goeie reën ge-had. Die veld is mooi en die damme is vol."

"Hardapdam is daar naby, nie waar nie?"

"Ja, met 'n natuurreservaat en 'n groot verskeidenheid wild en watervoëls. 'n Mens kan 'n boot huur, waterski of visvang. Sal 'n nabye vakansieoord tot Schloss Hoffnung se draaglikheid bydra?"

"Aan my maak dit geen verskil nie. Ek gaan daarheen om te werk. Dis vir Albie wat jy van die bokke en voëls en bote moet vertel."

"Hy sal die hoenders en swembad op die plaas verkies." Dieter is onverwags geamuseerd. "Ons onthaal dikwels, maar jy sal die teësinnigste gas wees wat al ooit op Hof-fnung gekuier het. Ek hoop jy sal binne die eerste dag tot ander insigte kom en die rus geniet."

"Ek sal probeer."

Die glimlag op Dieter se gesig verdwyn om hom somber te laat lyk.

"Miskien moet ek jou voorberei, Rothea, dat dit – veral in die begin – nié 'n vakansie sal wees nie. Soos jy opge-merk het, is my moeder nie meer jonk nie. En soos jy weet, is sy nie gesond nie. Haar verstand is nie te alle tye helder nie en sy leef soms in die verlede, wanneer sy teen Ernst uitvaar en hom van dinge beskuldig wat liewer verswyg moet word. Sommige dae aanvaar sy dat Ernst weggegaan het en nie met Ilse getrou het nie, ander kere is sy verbitterd teenoor hom en Barbara. Wat jou betref – ek is eerlik wanneer ek sê jy sal nie met oop arms ontvang word nie. Albie is welkom, maar nie sy ma se suster nie."

"Ek begryp."

"Maak ek die situasie duidelik genoeg? En is jy bereid om in sulke omstandighede saam met Albie te kom?"

Dit gaan om meer as slegs Albie, besef Rothea met 'n sinkende gevoel in haar binneste. Sy ken die man skaars. Sy het hom maar Vrydagaand die eerste keer ontmoet en dis skaars agt-en-veertig ure gelede, waarvan hulle die helfte geslaap en die helfte gestry het. Tussenin het hy haar skaars raakgesien en sy glo nie hy sal eers onthou watter kleur oë sy het nie. Tog, hoewel dit onsinnig is en sy dit nie wil erken nie, selfs nie eens teenoor haarself nie, sou sy nie so geredelik ingewillig het om plaas toe te gaan as sy nie geweet het Dieter Richter sal ook daar wees nie.

Rothea is bang haar gesig is weer 'n spieëlbeeld vir haar gedagtes. Sy kyk af na haar skoot. "Ja, ek is bereid."

"Terwyl ons hieroor praat, moet ek Ilse miskien ook noem. Ek het mos verduidelik sy kuier dikwels op die plaas . . ."

Dieter se stem is anders as toe hy van sy ma gepraat het. Soos toe hy gesê het: *Ilse is 'n pragtige meisie, verfynd en sensitief.* Die sinkende gevoel in Rothea se binneste word 'n loodswaar gewig in haar hart terwyl sy wonder: Vir wie kom Ilse Bauer kuier? Die ma? Carl? Of . . . vir Dieter?

Rothea is verbaas oor hoeveel die antwoorde op haar vrae saak maak. Ilse is van Duitse afkoms en die twee gesinne is jare lange huisvriende. Die meisie ken Dieter dus goed. En Dieter het beklemtoon dat Ernst haar swak behandel het en hoe jammer hy vir arme Ilse voel. Jammer? herhaal Rothea teenoor haarself. Of strek Dieter se gevoel vir Ilse Bauer verder as jammerte en vriendskap?

"Sy is soos 'n eie dogter in julle huis," voeg Rothea by.

Dieter knik. "Daarom is dit onvermydelik dat jy en Ilse

by mekaar sal uitkom. Dis te begrype dat sy 'n grief teen jou suster koester. Barbara was die oorsaak dat haar verlowing verbreek is en dat Ernst nie met haar getrou het nie."

"En ek is Barbara se identiese tweelingsuster?"

Dieter haal sy skouers hulpeloos op. "Ek weet nie hoe Ilse teenoor jou sal optree nie. Ek het net gedink dis miskien billik om jou vooraf te waarsku."

"Dankie." Rothea dwing 'n dapper glimlag na vore. "Daniël in die leeukuil? Of steek ek my kop in 'n bynes?"

"Albei. Solank jy voorbereid en vooraf gewaarsku is . . . Dan sien ons mekaar oor drie weke op Schloss Hoffnung?"

4

"Het jy alles, hartjie?" vra tant Barbara bekommerd. "Naelvyl, hangers, Bybel, 'n ekstra handdoek, seep en 'n tandeborsel? Alles wat 'n mens altyd vergeet om in te pak?"

Rothea beskou haar vier bultende tasse en papierkardoese. "Ek reken so, tant Betta. Wat ek vergeet het, kan ek op Maltahöhe of Mariental koop."

Ludwig Krüger lyk ook besorg. "Die motor se dokumente en versekering? Jou aanwysings hoe om op Schloss Hoffnung te kom?"

"Almal in," antwoord Rothea. "Albie en sy teddiebere en nuwe rooi bus ook."

"Onthou, as jy motormoeilikheid het of verdwaal, ek is heeldag op kantoor en tot jou beskikking."

"Ek ook, kindjie," las tant Betta by. "Heeldag by die winkel, en jy het my telefoonnommer as jy my nodig het."

"Ek sal bel," belowe Rothea. "Maar moenie bekommerd wees nie, ek hou daarvan om motor te bestuur en ek sal regkom. Dis nie só ver nie en wanneer ek moeg raak, sal ons oorslaap."

Albie onthou hoe Rothea hom voorgesê het en hy wag gretig langs haar om sy stukkie soos 'n resitasie op te sê.

"Dankie vir die baie appels en pele. Hulle was baie lekker."

"Ag, my skatlam . . ." Tant Betta tel hom op en gee hom 'n soen. "Tannie gaan jou mis Saterdagoggende. Vir wie gaan ek nou die vetste rooiwange uitsoek?"

"Tannie bêle."

Tant Betta gee hom nog 'n soen. "Ek sal hulle bêre, maar sal jy terugkom om hulle te kom eet?"

"Tlugkom," belowe Albie.

Rothea is net so bewoë soos tant Betta. "Dankie dat tant Betta altyd daar was wanneer ek tannie nodig gekry het. Dankie vir die luister na my klagtes en vir die opbeuring."

"Jy weet hoe lief ek vir jou en Barbara was, kindjie. Julle was soos my eie dogters."

Rothea sluk aan die trane en draai na die prokureur om hom te groet.

"Dankie, oom Helmut, dat u begrafnis toe gekom het, vir al die geduld en bystand die afgelope drie weke en vir die tjeks wat u so geredelik geteken het."

"Dit was 'n plesier. Daar is 'n groot som geld tot jou beskikking gestel en jy het net 'n kwart daarvan vir Albie gebruik, en niks vir jouself nie."

"Ek het 'n bietjie spaargeld gehad en dit wat van die Richters se geld oorgebly het, moet in 'n trustfonds vir Albie inbetaal word."

"Ek sal so maak."

Rothea probeer glimlag. "Nogmaals dankie vir die krans vir Barbara en Ernst. En nogmaals jammer vir daardie eerste lelike brief wat ek aan u geskryf het."

"Wat ek verdien het. Moenie daaroor bekommerd wees

nie, Rothea. Ek het al erger briewe ontvang." Die gryskop-man glimlag, maar agter die goueraambril is sy oë natuur-lik blink. "Pas jouself en Albie mooi op . . ."

"Ek sê nog, jy moes daardie afkoopsom aanvaar het wat die Richters aangebied het," laat tant Betta van haar hoor.

Rothea skud haar kop terwyl sy die mandjie kos in-laai wat tant Betta gebring het. "Ek het nie die geld nodig nie."

"Daar is dalk 'n ryk buurman en hier loop jy rond in jou suster se ou klere . . ."

"Die buurman sal nie weet hulle is oud nie." Rothea sluit die motordeur aan Albie se kant en plaas haar handsak en 'n los trui op die agterste sitplek. Dan kom sy terug na haar twee dierbare vriende wat by haar woonstel opgedaag het om haar te kom afsien.

Tant Betta vergeet sy het nie haar winkelvoorskoot aan nie en frommel haar rok in haar vereelte hande. "Ag, hart-jie, is dit nou rêrig tot siens?"

Rothea hou haar styf vas. Dit wat tussen hulle gesê kon word, is gister al gesê toe sy lemoene en appels vir die lang pad gaan koop het.

"Dis miskien net 'n maand, tante, dan is ek terug," pro-beer Rothea moedig bly.

"Of twee of drie maande. Of ses . . . Ek sal nog hier wees wanneer jy terugkom, meisie."

Ludwig Krüger maak keel skoon. "Ek ook, Rothea. Jy weet waar om my te kry as jy my nodig het. En onthou, ek het nie 'n vrou wat sal raas wanneer ek saam met 'n mooi meisie gaan koffie drink nie."

Rothea druk sy hand styf in albei hare vas. "Ek sal ont-hou. En wanneer ek alleen terugkom, gaan ek twintig kof-fie-drinke nodig hê . . . Mooi bly. En tant Betta ook!"

"Môle bly!" eggo Albie toe Rothea hul sitplekgordels vasmaak, ratte verander en stadig wegry.

Rothea het haar bekommer of hy sal moeg word van die lang rit. Maar Albie is soet. Hy geniet die ongewone motorrit en die nuwe ervaring van stilhou langs die pad en tannie Betta se kosmandjie uithaal. Die Russiese worsies en gekookte eiers wat hy soms nie by die huis wou eet nie, verdwyn saam met die kaastoebroodjies en tamaties. Die koffie en lemoensap is nie genoeg nie. Hy slaap 'n rukkie en toe hy wakker word, vra hy: "Melle, 'blief?"

Rothea hou op Grunau stil vir koffie, brandstof en melk vir Albie. Op Keetmanshoop weer om 'n kleedkamer te besoek en hande te was. Die kokerboomwoud en die vingerklip hou vir Albie geen bekoring in nie. Of Rothea van die grootpad afdraai of nie, maak nie saak nie. Hy slaap rustig onder die reisdeken op die agterste sitplek.

Rothea het al foto's van die woud en Mukurob gesien, maar geld en tyd het nog altyd ontbreek om die twee besienswaardighede te gaan besigtig. Miskien sal sy 'n kans kry in die volgende paar weke, dink sy. Dieter het mos beveel sy moet met gereelde tussenposes van die plaas af weg wees, sodat Albie daaraan gewoond sal raak dat sy nie altyd by hom is nie.

Dis 'n lang pad en Rothea het oorweeg om oor te slaap, indien nodig. Maar om sesuur bevind sy haar op Mariental, met minder as honderd kilometer plaas toe. Hoewel sy moeg is, is dit nie die moeite werd om nou na 'n hotel op die dorp te soek nie. Sy soek eerder aanwysingsbordjies na die sewentiende eeuse Kasteel Duwisib, soos oom Helmut Krüger beduie het die pad na Schloss Hoffnung toe loop. Die plaas is glo veertig kilometer duskant die kasteel, op die Helmeringhausen-pad.

Die bordjies is duidelik. Rothea sou nog 'n kwartier verkies het om haar voor te berei, toe sy die ligte van die plaasopstal sien.

"Albie!" roep sy. "Word wakker. Ons is by die huis."

Sy is bly hy het 'n paar uur geslaap, want sy wil nie hê

dat sy aankoms op die plaas deur moegheid bederf word, soos so dikwels die geval met kleuters is nie. Albie is nie 'n moeilike, huilerige kleintjie nie en dit moenie die eerste indruk wees wat die Richters van hom kry nie.

Selfs in die dowwe maanlig kan Rothea die indrukwekkende drieverdieping-kliphuis met die swart grasdak sien, amper soos die poskaarte wat sy van die Duwisib-kasteel gesien het. "Schloss" beteken ook kasteel en dis duidelik waar die plaas sy naam vandaan gekry het. Om die huis strek terrasse en kranse, anders as wat Rothea verwag het. Die bietjie wat sy van die omgewing gesien het, het haar laat dink die huis sal op 'n plat vlakte gebou wees, sonder veel bome. Die tuin is egter ruig, met uitgekapte klippaadjies wat na 'n tennisbaan lei en in die agtergrond die donker glimmende water van 'n swembad.

Rothea weet nie of sy van die koue kliphuis hou en of dit 'n indruk van gasvryheid skep nie. Dis te onherbergsaam, dink sy, te groot en donker en onbekend . . . Sy probeer die onrustigheid in haar demp, by die gedagte aan wat miskien agter die donker voordeur op haar wag.

Die deur gaan oop om 'n streep lig oor die toegegaasde stoep te gooi. As Rothea hul gasheer self verwag het om hulle welkom te heet, is sy teleurgestel. Dis Hanna Berger wat uitkom en oor die stoep draf.

"Naand, Fräulein Beukes. Die arme klein Schätzen sal moeg wees ná die lang pad. Gee hom vir my . . ."

Hanna se arms gaan om Albie en sy druk hom gerusstellend teen haar vas. Rothea voel skielik oorbodig, alleen en onwelkom. Albie se plek is hier, maar sy wens sy kon ook weet sy het by die huis gekom en sy wens daar was iemand om háár gerus te stel en styf vas te hou.

'n Ander man, ouerig en met 'n wit oorjas, volg op Hanna se hakke, groet formeel in Duits en begin die tasse uitlaai.

Dis al, sê Rothea vir haarself. Hy het gesê hy sal probéér om tuis te wees met hul aankoms. Hy is waarskynlik nog oorsee met sake besig. Albie het vir Hanna. En sý is nie belangrik genoeg dat hy sy saketransaksies moet kortknip net om haar te ontvang nie.

Maar Dieter is daar. Breedgeskouer en aantreklik in 'n wit safaripak met 'n krawat om sy nek. Van die motor oor die stoep is 'n ver ent, maar Rothea is onmiddellik van Dieter Richter bewus toe hy in die lig van die voordeur verskyn. Sy staan vasgenael. Haar hart spring in haar keel om haar byna te versmoor en sy kan geen woord uitkry nie. Is dit liefde? wonder sy verward. In boeke praat hulle van die maanskyn wat helderder is, die sterre blinker, en die lug wat na rose en jasmyn ruik. Maar dis nie met haar so nie. Die maan lyk dowwer en die sterre koud en ver. Sy ruik net 'n bloekom êrens en die vrees en onsekerheid in haar binneste is nie 'n heerlike, opwindende tinteling soos vonkelwyn deur haar are nie. Sy wil omdraai en wegvlug na die bekende veiligheid van haar motor.

"Goeienaand. Welkom op Schloss Hoffnung." Dieter se stem is formeel en dis na Albie wat hy kyk, pleks van na Rothea.

Albie is verheug om sy oom weer te sien. Alle vaak is weg toe hy uit Hanna se omhelsing loswriemel en na Dieter hardloop.

Rothea weet sy is selfsugtig en besitlik. Maar net hierdie een keer sou sy wou hê dat Albie haar moes nodig hê, dat hy skaam en terughoudend moes wees en aan haar vasklou. Sy probeer om nie seergemaak te voel toe Albie Dieter heel duidelik bo haar en Hanna verkies nie. Dis goed dat hy tuis voel, dink sy weemoedig. Hoe gouer Albie aanpas, hoe gouer kan sy weggaan om met die res van haar eie lewe voort te gaan.

Maar watter lewe? Die vooruitsig is leeg en neerdrukkend. Terug na haar beknopte woonstel en haar werk by die hotel. Na aande met 'n boek voor die televisie. Na herinneringe en eensame, doellose naweke . . .

"Hans sal afpak. Kom binne, Rothea," sê Dieter.

Die gaasstoep voel vir Rothea groter as 'n rugbyveld, met nêrens 'n stoel, 'n bank of 'n tafel om die glimmende klipoppervlak te verbreek nie. Sy stap stilswyend agter die ander aan, deur die uitgekerfde eikehoutvoordeur tot in die portaal. Dis 'n ruim vertrek, ook met die minimum meubels. In die middel staan 'n antieke geelkoperlamp wat twee somber skilderye en 'n Persiese mat teen die klipmure verlig. Buite die dowwe ligkring staan 'n rolstoel en 'n figuur wat hulle inwag – klein en broos met silwerwit hare in 'n bolla gekam. 'n Swaar sjaal is oor die smal skouers gedrapeer en 'n ander een oor die bene en knieë. Teen haar keel en weerskante van haar ore is 'n skittering van diamante, getemper deur die sagter glimming van pêrels. Haar kop is trots omhoog gelig en toe sy haar nek in hul rigting draai, sien Rothea die gesig. Dis hard en koud en Olga Richter se oë lyk soos die diamante wat sy dra, 'n vyandige skittering in die kil swart oë.

'n Rilling gaan onwillekeurig deur Rothea, asof sy kouekoors het.

Olga Richter rol haar stoel vorentoe en haar oë gaan vlugtig oor Rothea.

"Zeigen sie mir das kind. Wys my die kind," gebied sy in 'n verrassend helder stem.

"Ons sal nou-nou Ernst se kind vir Moeder wys. Groet u nie eers ons gas en heet haar welkom nie?" vra Dieter.

"Nein. Ich bin müde. Nee. Ek is moeg. Bringen sie mir das kind. Bring die kind vir my," herhaal sy. Sy ignoreer Rothea terwyl haar oë na Albie dwaal.

Dieter se stem bly steeds vriendelik, hoewel effens bestraffend. "Dorothea verstaan nie Duits nie. Ek stel voor dat – terwyl sy 'n huisgas op Schloss Hoffnung is – ons haar in ag neem en Afrikaans praat. Mutti het haar nog nie gegroet nie . . ."

Rothea verwag dat Olga Richter sal weier. Haar skouers

ruk en haar lippe is opmekaar gepers. Maar toe haar oë haar seun s'n ontmoet, kyk sy eerste weg.

"Dit is vir my aangenaam om u te ontmoet, Fräulein Beukes," sê sy in swaar geaksentueerde, maar gemaklike Afrikaans. Sy laat die verwelkoming soos 'n belediging klink en die blink swart oë draai weg om weer na Albie te soek. Toe sy hom vind, versag haar gesig onverwags. "So, dit is Albrecht . . . Kom hier, kind!"

Albie het verstaan wat sy sê, maar die bevel was te skerp. Hy gee sy Duitse ouma net een kyk, begin huil en hardloop na Rothea toe.

"Optel! Albie optel!" vra hy skril.

Rothea is dankbaar oor die troos van die stewige warm figuurtjie op haar heup. Sy druk Albie teen haar vas tot hy kalmer is en die klaerige huil in 'n hik oorgaan.

"Hy is moeg. Ons het ver gery en dis verby sy bad- en slaaptyd," sê sy verdedigend.

Hanna is aan Rothea en Albie se kant. "Natuurlik is die kleine Schätzen moeg. Dis natuurlik dat hy sal huil."

Olga Richter is nie ingenome met 'n skreeuende kleuter wat op sy tante se heup sit en niks met sy pa se familie te doen wil hê nie.

"Die kind wil slaap. Neem hom na sy kamer en versorg hom, Hanna," gebied sy. Sy begin Dieter na 'n saketransaksie in Frankfurt uitvra, of hy Herr Reissner te sien gekry het en wat die uitslag van hul samesprekings was. "Die meisie ook, Hanna," voeg sy as 'n nagedagte by. "Wys haar haar kamer. En gister het 'n sekere Herr Vossler uit Wiesbaden geskakel, Dieter. Hy sê jy het vergeet om hom te kom spreek."

"Nie vergeet nie. Nie tyd gehad nie," antwoord Dieter.

Rothea is dankbaar om te kan wegkom. Sy stap met die marmertrap op agter Hanna en Albie aan. Olga Richter se verwelkoming was ongasvry en daarop gemik om haar onwelkom te laat voel. Maar wat Dieter betref, is sy nie

60

so onbelangrik soos sy ma probeer voorgee nie. Uit die gesprek kon sy aflei hy het vroeër van oorsee teruggekeer om op Schloss Hoffnung te wees wanneer hulle aankom. Of was dit ter wille van Albie?

Rothea se gesig is somber toe sy die antieke geelkoperbed en stinkhoutmeubels in haar kamer beskou. Darem een troos: hulle het haar nie in 'n beknopte agterkamertjie op die volgende verdieping ingedruk en 'n dagreis te perd van Albie af nie. Sy kamer is langsaan hare.

Albie se kinderkamer is nóg weelderiger as hare en net waar Rothea kyk, is speelgoed. 'n Rooi driewiel staan voor Albie se bed, saam met 'n speelperdjie, nog 'n nuwe teddiebeer en ontelbare karretjies, busse, kruiwaens, sandemmertjies en grafies en alles wat 'n kleuter se hart kan begeer. Die muurpapier en gordyne is opsigtelik nuut, met 'n dieremotief, en veiligheidsdiefwering is aangebring voor die vensters wat na die balkon lei. Ook nuut en 'n helderblou geverf. Tussen twee ingeboude kaste loop 'n deur uit na 'n donkerblou en groen badkamer, wat Rothea aanneem sy met Albie sal deel.

Albie is amper te moeg om op sy voete te staan, maar tipies seun is hy koppig – nie bereid om in die bed gesit te word en te gaan slaap sonder om hom te laat geld nie.

"Stolie," eis hy. En Hanna mag dit nie vertel nie. Die storie moet van Rothea kom.

"Rooikappie?" bied sy aan.

"Van die bere. Pappa beer en mamma beer en baba beer en Sneeuwitjie."

"Gouelokkies," help Rothea hom reg.

"Sneeuwitjie," dring hy huilerig aan. Hanna kan hom nie troos en in die bed sit nie. Hy is eers tevrede toe Rothea kom en hy ken die verskil tussen Gouelokkies en Sneeuwitjie, wat beteken hy wil albei stories hoor.

Hanna is nie seergemaak omdat sy opsy geskuif word nie, slegs bewonderend teenoor Rothea.

61

"Fräulein is so goed vir hom . . . Amper soos sy eie, regte mamma."

Rothea voel die branderigheid van trane teen haar ooglede. Dis die eerste vriendelike woord wat sy gekry het sedert sy op die plaas aangekom het. Sy wonder hoe Barbara sou reageer het as sy vanaand hier was. Sou sy ook bereid gewees het om die minste te wees, om geïgnoreer en saam met Albie na haar kamer gestuur te word, met 'n koue ontvangs en 'n gevoel dat sy onwelkom is? Nee, besef sy. Ernst sou hier gewees het as 'n buffer tussen Barbara en sy familie. Ernst, met sy warmte en mensliewendheid, sou vir die ongasvryheid vergoed het.

Rothea begin met die verhaal van Jan en die boontjierank, tot Albie rustig is en sy oë onwillig toeval.

"Sal ek nog 'n rukkie by hom bly, ingeval hy wakker word?" fluister sy vir Hanna.

Hanna skud haar kop. "Hy slaap vas, Fräulein."

Albie het warm melk, beskuitjies en kaas gehad, maar Rothea twyfel of die Richters hulle vir aandete oor haar gaan ontferm. Sy sit rustig by Albie, toe sy 'n klop aan haar kamerdeur hoor.

"Herr Richter, wat kom verneem of u gereed is, Fräulein," sê Hanna. "Gaan eet, ek sal na die kleine omsien."

Rothea het Dieter verwag. Maar 'n vreemde jong man staan in die gang voor haar kamerdeur.

"Onthou jy toe jy sestien was, Rothea Beukes, en die fortuinvertelster gesê het jy gaan 'n lang, donker vreemdeling ontmoet wat 'n belangrike rol in jou toekoms gaan speel?"

Rothea lag. "Al wat sy gesê het, was van 'n blou brief wat ek gaan kry. Maar sy was kleurblind. Dit was 'n pienk kaartjie die volgende dag onder my motor se reënveër." Rothea aarsel. "Is jy broer Carl?"

Hy skud sy kop. "Net Carl. Dit sou 'n ramp gewees het as jy my suster was, want ek het nie gedink dis moontlik nie."

Rothea begryp nie mooi nie. "Ekskuus?"

Carl bekyk haar waarderend. "Ek dag identiese twee-linge is identies."

"Hulle is."

"Hulle is nie," stry hy. "Ernst het ná die tyd vir ons 'n troufoto gestuur en ek het met hom saamgestem Barbara is die antwoord op enige man se drome. Ek het nie gedink dis moontlik dat haar identiese tweelingsuster selfs nog mooier as sy kan wees nie."

Rothea se moraal was laag en Carl se bewondering is balsem vir haar wonde.

"Jy vlei my, maar dankie vir die goeie medisyne."

"Teen Moeder en Dieter?"

Carl is korter en blasser van vel, maar toe hy sy een wenkbrou vraend lig, lyk hy skielik net soos sy oudste broer. Hy is nie so aantreklik soos Dieter nie, maar gawer, dink Rothea. Sy hou van hom en is dankbaar dat hier ie-mand soos hy is. In 'n kil en ontoegeeflike huishouding is Carl Richter tot dusver die enigste een wat haar soos 'n mens behandel, eerder as soos 'n meulsteen wat teen wil en dank verduur moet word.

"Moet jou nie aan hulle twee steur nie," vervolg Carl. "Moeder is bevooroordeeld en my ouboet het nog nooit 'n oog vir 'n mooi meisie gehad nie. Of anders het hy met opset gejok."

"Gejok? Hoekom?"

"Om 'n voorsprong bo my te hê en my af te skrik. Jy lyk gewis nie soos Dieter jou beskryf het nie."

Moenie, probeer Rothea haarself keer, want sy weet dis soek na seerkry. Wat maak dit in elk geval saak? Sy besef dis goeie raad, maar haar hart wil nie na haar verstand luister nie.

"Hoe het Dieter my beskryf?"

"Ek met my groot mond . . ." skerm Carl. "Kom, ons moet gaan eet. Moeder wag."

"Ek gee nie om as jou broer vir almal vertel ek lyk soos 'n voëlverskrikker nie. Is dit wat hy gesê het?" hou Rothea vol.

"Dieter het nie bedoel om jou te beledig nie en nee, hy het ook nie gesê jy is lelik nie," verdedig Carl sy broer. Hy draai sy kop skeef om weer na Rothea se bates te kyk. "Gelukkig verskil ons smaak. Ek reken jy is allesbehalwe vaal, maer en moederlik. Dieter kort 'n bril."

Rothea kyk na hom sonder om te antwoord. Ja, sy wou mos vra, wetende wat die antwoord gaan wees . . .

Carl hou sy hande op, palms na Rothea se kant toe gedraai. "Moenie vir mý kwaad wees nie. Dis nie ek wat so gesê het nie, dis Dieter wat so blind is. En ek sê mos, ek stem nie saam met sy beskrywing nie. Hoe kan 'n rooikop-Delila met sulke kurwes vaal en maer wees? En moederlik? Jý?" Hy grinnik breed. "Nee, Rothea Beukes. Jy is die soort aster wat 'n ou saamneem op 'n seiljagvaart wat langer as 'n dag gaan duur. Of 'n naweek Kyalami toe. By gebrek aan sulke opwindende vermaak, sal ons met 'n aand saam aan tafel begin?"

"Ek is nie eintlik honger nie."

"Jy is alreeds nie baie gewild nie en as jy Moeder en Dieter onnodig laat wag en die aandete verniet vertraag, glo ek nie dit sal tot jou gewildheid bydra nie," raai Carl haar aan.

Rothea kyk na sy formele donker pak klere, dan na haar verkreukelde rok en stowwerige sandale.

"Ek moet seker beter klere aantrek . . ."

"My ma sal nie omgee nie en Dieter sal nie oplet nie. Hy het Ilse op sy brein en geen ander meisie se kleredrag sal tot hom deurdring nie."

Rothea staan botstil. "Ilse?" vra sy, asof sy nog nooit die naam gehoor het nie.

"Kom!" Carl rem haar aan die arm die gang af. "Netnou kla ek ook jy is te maer, as jy nie wil eet nie . . ."

Rothea is bang Dieter of sy ma hoor as sy Carl verder uitvra. Sy stap stilswyend langs hom met die marmertrap af, verby die ingangsportaal en deur 'n lang, smal galery tot in die eetkamer. Olga Richter is besig om in 'n skril stem te praat. Rothea was skynbaar die onderwerp van bespreking, want toe die ouer vrou haar sien, bly sy skielik stil. Haar regterhand lê slap op haar knieë, maar die ander een klem krampagtig om die rolstoel se armleuning.

Rothea voel ongemaklik en probeer die gespanne stilte oorbrug. "Dit spyt my indien ek u laat wag het, mevrou Richter."

Olga Richter draai haar kop weg en kyk weg sonder om te antwoord.

Carl knipoog bemoedigend vir Rothea, voor hy na sy broer draai. "Nogal die moeite werd om voor te wag, is sy nie?"

Dieter lewer nie kommentaar nie. "Slaap Albie?" wil hy van Rothea weet.

"Ja."

"Het hy weer gehuil?"

Wéér . . . asof Albie 'n tjankbalie is! "Nee, hy het nie."

"Dan was hy met sy kamer en met Hanna tevrede?"

"Sy kamer is pragtig en Albie was in sy skik met al die nuwe speelgoed."

"En met Hanna?" herhaal Dieter.

Rothea wil hom nie 'n geleentheid bied om weer te sê Albie is bedorwe, huilerig en te afhanklik van haar nie. "Albie was soet en tevrede."

"Dan kon Hanna seker alleen regkom om hom te bad en in die bed te sit? Dis nie deel van jou pligte om Albie saans te versorg nie."

Kritiek omdat sy laat was? Nagelaat het om vir aandete te verklee? Hanna se gevoelens seergemaak het?

"Dit spyt my," sê Rothea styf. "Ek was onder die indruk dat ek gedoen het wat van my verwag word en waarvoor ek betaal word. As ek Albie die heel eerste aand geheel en al aan sy oppasster oorlaat, waarom het ek dan in die eerste plek saamgekom? Sal ek môre inpak en teruggaan?"

Dieter trek sy skouers op asof dit vir hom om 't ewe is. "Ek het aan jou gerief en vrye tyd gedink. Sal ons gaan aansit?"

5

Dieter sit aan die hoof van die tafel, met sy moeder regs van hom en Carl aan die oorkant, langs Rothea. Terwyl 'n meisie in 'n swart rok die sop bedien, praat die twee broers oor Frankfurt en Londen, lammers en die huidige markprys vir karakoelpelse. Hul ma neem nie aan die gesprek deel nie. Haar oë is stip op haar bord gerig – omdat sy sukkel om met 'n lomp linkerhand die lepel te hanteer, of omdat sy wil vermy om na hul kuiergas te kyk, weet Rothea nie. Ná die sop volg 'n visvoorgereg met slaai, dan wildsboud, groente en verskillende bygeregte. Laastens vars vrugte en roomys.

Rothea is bly sy hoef nie te gesels nie, sodat sy haar aandag by die korrekte eetgerei kan bepaal. In huishoudkunde op skool het hulle geleer die mes en die vurk aan die buitekant word in die reël eerste gebruik, probeer sy onthou, baie selfbewus en bang sy maak 'n gek van haarself.

Koffie word in die klein sitkamertjie bedien, maar Carl se ma is reeds kamer toe en hy is weggeroep vir 'n telefoonoproep. Dieter neem sy koppie, maar hy lyk moeg en nie in die luim om moeite te doen om Rothea te laat tuis voel nie.

"Sal dit vir almal makliker wees as ek in die toekoms my etes saam met Albie en Hanna in die kinderkamer nuttig?" vra Rothea.

"Nee." Dieter se weiering is kortaf.

66

"Ek het gedink . . ." Rothea neem 'n sluk van die sterk swart koffie. Medisinaal, dink sy, soos Dieter se bier nou die aand. "Jou ma hou nie van my nie . . ."

"Of jy teenwoordig is of nie, saam met ons eet of nie, sal nie aan haar houding 'n verskil maak nie. En solank jy 'n gas in my huis is, sal ons jou as sodanig behandel. Albie moet op Hanna steun, nie op jou nie."

"Sodat ek gouer kan vertrek?"

Dieter sug en vryf 'n moeë hand deur sy hare, sodat hulle soos 'n skoolseun s'n vooroor op sy voorkop val. "Ons het al hierdie dinge reeds bespreek. Ek sien nie die nodigheid om weer in 'n argument gewikkel te raak nie. Is jou huisvesting bevredigend?"

"Dankie, ja," antwoord Rothea net so formeel.

"Nog koffie?"

"Ek het nog, dankie."

Rothea het gedink om die laaste slukkie te neem en dan ook kamer toe te gaan. Maar Dieter keer toe sy haar koppie op die silwer waentjie terugplaas en aarselend in die middel van die vertrek bly staan.

"Ons moet oor Albie praat. Kan jy swem?"

"Kan ek . . . swem?" Die vraag was uit die bloute en Rothea is bang sy het verkeerd gehoor.

Dieter maak 'n ergerlike gebaar. "Swem. Hier is 'n swembad wat diep genoeg is dat 'n kleuter daarin kan verdrink. Kan jy jouself goed genoeg help om Albie met veiligheid in die water toe te laat?"

"Ek dink so."

"Dink is nie goed genoeg nie. Kan jy of kan jy nie?"

"Ek kan swem. Redelik goed. En ek het 'n boek in die biblioteek uitgeneem oor hoe om babas en klein kindertjies aan water gewoond te maak."

"Het jy die boek saamgebring?"

"Nee. Maar ek het dit gelees voor ek dit weer ingehandig het." Rothea is vies vir haarself omdat sy teenoor Dieter altyd verskonend en op die verdediging is. Maar hy is anders as Carl, by wie sy kan ontspan en op haar gemak wees. "En ek het navraag gedoen na moeder-en-kindklasse . . ."

"By die munisipale swembad op Upington?" Dieter se gesigsuitdrukking is sardonies. "Gelukkig is jy dié darem nou gespaar," spot hy. "Ek het 'n veiligheidsheining om die swembad laat aanbring en bevele gelaat dat die twee hek-kies ten alle tye op knip moet wees. Sien asseblief toe dat Albie nie met die knippe peuter nie en wanneer hy swem, sorg dat dit onder toesig is. Is dit duidelik?"

Rothea knik gedienstig, dankbaar oor die moeite wat hy gedoen het om vir Albie se veiligheid te sorg.

"Soos jy moontlik opgelet het, is die tuin teen 'n skuins helling uitgelê, met gebruik van steil kliptrappe, terrasse en paadjies wat na die tennisbaan en stalle lei. Dit mag ge-vaarlik wees. Hou Albie weg van die trappe, waar hy kan val. Verstaan jy?"

"Ja."

"Die stalle is verbode vir hom, so ook die eendedam en die krale waar die karakoelramme is. Reg?"

Rothea stem met al die veiligheidsmaatreëls saam, maar nie met sy outokratiese behandeling van haar, asof sy ook 'n kind is wat nie vir haarself kan dink nie.

"Ek het Albie ses maande lank opgepas en hy het niks oorgekom nie," antwoord sy koelweg.

"Ek wil hê daar moet geen misverstand wees sodat jy later kan sê jy het nie geweet nie. 'n Plaaswerf hou meer gevare in as 'n eenkamerwoonstel. Het jy alles begryp wat ek uitgewys het?"

"Ja." Ja, baas; nee, baas; drie sakke vol, baas! dink sy opstandig. Wie dink hy is hy? En sý? Kamma 'n gas in sy huis, maar dis nie hoe hy haar behandel nie . . .

"Gaaf. Dan kan daar geen verwyte later wees nie. Goeie-nag." Dieter glimlag vlugtig toe hy deur toe stap en dit hoflik vir Rothea oophou. "Slaap gerus."

68

Die half onderstebo glimlag het dieselfde uitwerking op Rothea se hartsnare as drie weke gelede. Sy bly aan die onderpunt van die trap staan terwyl hy na sy studeerkamer stap en die deur agter hom toemaak. Rustig slaap? dink sy ironies. Terwyl hy terselfdertyd met daardie skewe glimlag gewaarborg het dat sy 'n slaaplose nag sal hê . . .

Carl is gawer, vertel sy haarself terwyl sy met die trap opklim kamer toe. Vriendeliker en nie so 'n boelie soos sy ouer broer nie. Carl het haar Delila genoem, terwyl Dieter haar behandel soos iets wat die hond op 'n vullishoop gevind het. Sy moenie toelaat dat Dieter vir haar belangrik word nie, want hy vind haar vaal, so maer soos 'n telefoonpaal en moederlik. Buitendien het hy 'n nooi met die naam Ilse.

Dit moet dieselfde Ilse wees, mymer sy. Ilse Bauer, die pragtige, verfynde en sensitiewe meisie wat soos 'n eie dogter in die huis is. Ilse, wat deur Ernst in die steek gelaat is 'n maand voor hul troue . . . Soek sy nou by 'n ander broer troos?

Rothea word met 'n kloppende hoofpyn wakker en met Albie wat energiek op en af op haar bed spring. Onder sy een arm het hy 'n jong bulterriër, nie ouer as agt weke nie, te oordeel na die vet lyfie en ronde magie. Onder die ander arm is die groot, rooi bal wat Rothea gisteraand voor sy bed sien lê het.

"Uitpeul. Babyte. Pietal!" jaag hy Rothea aan.

"Stadig, my skatjie," kalmeer sy hom. "Wat sê jy?"

Soveel opwinding wag dat Albie skaars tyd het om alles mooi duidelik te herhaal. Ná 'n lang ruk eers vind Rothea uit hy wil uit, buite speel met Piet, wat wil hardloop. Piet is die Staffordshire-terriër, wat meer wil doen as net speel en hardloop.

Piet wil kou ook, met 'n bulterriër se manie om sy kake oefening te gee. Rothea klim uit die bed, trek 'n seilbroek en T-hemp aan en volg Albie buitentoe.

"Het jy al geëet?" wil sy weet.

Hy het, drie keer al, maar Rothea kan nie uitvind wat nie. Tanna was egter by. Tanna, kom Rothea agter, is kortpad vir tannie Hanna. En solank ontbyt onder Hanna se toesig was, is sy tevrede dat Albie wel iets geëet het wat hom tot middagete sal hou.

Albie wil alles gelyk sien – die ander honde, katte, swembad, eende en skape, saam met die hoenders. Dan wil hy swem.

Gedagtig aan Dieter se reëls en regulasies, is Rothea versigtig waar sy Albie toelaat. Sy probeer die moets en moenies onthou en die plekke vermy wat vir 'n geesdriftige kleuter gevaar mag inhou.

"Piet swem!" soebat Albie toe sy hom ongemerk van die stalle wegkeer, terug na die gelykte van die tuin en grasperke naby die huis.

Rothea neem haar swemkostuum en handdoeke, die hond, die bal en Albie. Toe knip sy die swembadhekkie oop en voel met haar voet die watertemperatuur.

"Ek word seker oud, Albie, maar as jy en Piet dit wil waag . . ."

Albie is nie vir koue water bang nie. Piet ook nie. Rothea benadruk watter die vlak kant is en leer Albie hoe om aan die opblaasmatras vas te hou. Sy sorg dat sy naby hom op die wal sit, op haar handdoek en in haar swemklere. Om Albie se ontwil en ook om die arme babaterriër te red as dinge te wild gaan.

"Dag," groet 'n onvriendelike damestem.

Rothea het gehoop dis ontbyt. Vir Carl Richter sou dit mooi gewees het, en waarskynlik vir Dieter ook, maar Rothea het nie 'n besondere waardering vir blondines in posbusrooi bikini's nie, veral nie op haar nugter maag tienuur die oggend nie.

"Goeiemôre," antwoord sy. "Soek u een van die Richters?"

70

Die meisie kyk haar op en af. "Nee. Ek weet Dieter is Mariental toe," lig sy Rothea koelweg in.

Ilse Bauer? wonder Rothea, wetend haar raaiskoot is reg. 'n Ander meisie sal haar nie so sonder uitnodiging tuismaak nie.

Ilse sprei 'n wit handdoek op die gras oop, skop haar goue spykerhaksandale uit en bind haar lang hare met 'n serp op haar kop vas. Sy is skynbaar nie van plan om te swem nie, want sy soek 'n donkerbril en strek haar dan op haar handdoek uit. Ook maar goed, want met al daardie armbande en goue kettings om haar nek sou sy soos die Titanic gesink het, dink Rothea.

Sy kry skaam oor haar kleingeestigheid. "Ek glo nie ons het al ontmoet nie . . ." huiwer sy onseker, terwyl sy haar swart eenstukkostuum 'n pluk gee en haar hare netjies vee.

"Ek weet jy is Beukes." Die meisie se opmerking en houding moedig nie nadere kennismaking aan nie.

"Kyk, Mamma, kyk!" skree Albie en spring van die wal op die trap, asof dit 'n groot prestasie is.

"Kyk!" Hy klouter uit en herhaal sy vertoning met 'n groot geplas.

Die blondine lig haar donkerbril om afkeurend te kyk waar die lawaai vandaan kom. "Kan jy hom stil hou? Ek het hoofpyn."

"Albie!" roep Rothea, warm in die gesig. Van ergernis of verleentheid weet sy self nie. "Kom speel by Mamma!"

"Albie spling!" herhaal hy.

"Ja, ek sien. Albie spring ver. Maar jy gaan moeg word. Kom sit hier by Mamma, dan vertel ek jou 'n storie."

"Sneeuwitjie!"

"Sjuut . . . Nie so hard nie. Die tannie wil slaap," maan Rothea en laat hom naby haar op die handdoek sit. "Daar was eendag 'n dogtertjie, net bietjie groter as jy, wat by haar stiefma gebly het . . ."

71

Lank voor Rothea en 'n ademlose Albie by die huisie in die bos kom, is hul teësinnige luisteraar heel duidelik geïrriteerd.

"Kom ons twee ouens speel liewer met jou mooi rooi bal," stel Rothea voor. "Maar moenie skree en raas nie, hoor! Die tannie se kop is seer."

"Salfies smeer?" bied Albie besorg aan en draf op kort, vet beentjies nader.

"Nee!" Rothea is net betyds om hom by die bottel sonbrandolie te keer, voor hy die inhoud op Ilse se kop omkeer. "Kom ons speel vang-vang . . . Saggies, hoor!"

Rothea is besig om die bal vir Albie en Piet te gooi, toe dieselfde meisie in die swart rok wat gisteraand aan tafel bedien het, 'n skinkbord op die tafel onder die grassambreel neersit.

"Frühstück – ontbyt, Fräulein," kondig sy skaam aan en wys na die koffie, broodrolle en verskillende konfytsoorte en vars vrugte op die skinkbord.

Ilse Bauer wag tot Klara heel bo met die kliptrap is op pad terug kombuis toe, toe gebied sy vanuit die hoogte: "Ek sal ook koffie geniet. Bring asseblief vir my 'n koppie en 'n ekstra pot koffie. Warm melk, nie koud nie."

Rothea knik en staan op. As toekomstige vrou van die huis het Ilse seker die reg om haar rond te stuur . . .

"Was ist los, Fräulein? Wat makeer?" vra Klara bekommerd toe Rothea die kombuis instap.

"Bitte. Asseblief," stel Rothea haar gerus. "Würdest du uns bitte noch eine kaffee bringen? Sal jy asseblief vir ons nog koffie bring?"

Die Duitse meisie straal omdat die kuiergas uit Upington hulle taal kan praat en haas haar om die vars pot koffie gereed te kry.

Rothea moes vir die ketel wag om te kook en vir warm melk. Toe sy uiteindelik met die skinkbord aan die onderpunt van die trappe aankom, is haar eie ontbyt koud en sit Carl uitgestrek op 'n seilstoel, nog half deur die slaap, maar in sy swembroek.

"Ek het vanoggend 'n harem tot my beskikking!" Hy spring galant op om die skinkbord te neem en dit vir Ilse aan te bied. "Ken julle twee mekaar?"

Ilse glimlag in Rothea se rigting. "Ons het nie formeel ontmoet nie, maar ek het aangeneem sy is Barbara se suster. Ek kan nou verstaan dat Ernst met die eerste oogopslag halsoorkop op Rothea se tweelingsuster kon verlief raak. Ernie het altyd 'n swakheid vir rooikoppe gehad, in so 'n mate dat ek soms oorweeg het om my hare te kleur."

Rothea is verbaas oor die onverwagte ommeswaai. Eers afsydige hoogmoed, nou vriendskaplike aanvaarding.

Rothea word 'n antwoord gespaar toe sy Albie sien. Carl en Ilse sit met hul rûe na die swembad, by die handdoek wat Ilse netnou weggesleep het. Hulle het nie opgelet nie, maar Rothea is op sy veiligheid ingestel. Met een vinnige beweging is sy op haar voete en aan die hardloop.

"Albie!" gil sy. "Stop! Los die bal!"

Rothea besef self sy moes nie geskree en gehardloop het nie, liewer kalm gebly het en rustig met Albie gepraat het. Toe hy haar sien, kyk hy om. Terselfdertyd reik hy weer uit na die groot rooi bal wat aan die diep kant van die swembad dobber en toe sy skree, skrik hy en verloor sy ewewig. Hy tuimel vooroor, vet vingertjies nog steeds uitgestrek na die bal wat hy probeer bykom. Die water sluit oor sy kop en hy sink na die bodem.

Rothea dink nie aan koue water en haarkapsels nie. Sy duik in die swembad en af in die water na waar sy die skynsel van 'n groen baaibroekie sien.

Albie het nie die gevaar besef nie, maar toe hy aanhou val sonder om die vastigheid van die trap onder hom te voel, raak hy paniekbevange. Hy vergeet wat Rothea hom saans met badtyd geleer het, die twee keer toe hulle by die munisipale swembad was en ook vanoggend. Hy hou nie sy asem op en probeer dryf nie. Hy gryp na die wal, maar daar is niks nie. Net water . . . Hy wil skree Mamma moet kom. Pleks van 'n hulpkreet, stroom water sy keel binne. Dit is in sy mond, sy keel en maag. Toe hy stik, kom nog water in. Koud en baie . . .

Rothea kry 'n stuk baaibroek beet, terwyl Albie voor haar verbytol. Hy gryp haar vas soos 'n drenkeling 'n lewensredder op die oop see, om haar arms en aan haar hare. Voor Rothea se oë dwarrel 'n stroom borrels verby, maar aan die stamp teen haar rug voel sy dat hulle onder op die bodem is. Albie se greep verwurg haar byna en hy hang soos 'n dooie gewig aan haar. Sy kan nie beweeg nie. Angs maak haar kouer as die troebelgrys water. Waar is Carl en Ilse? Hoekom help hulle nie? Sy het volgehou sy kan swem, maar nie goed genoeg om Albie betyds bo te kry nie . . .

Dieter! Sy naam is 'n stil klank. As hy net hier was . . .

Rothea gebruik geweld om haar een arm los te kry. Sy stut haarself teen die wal, skop met haar voete teen die bodem en maak maalbewegings met haar arm. Niks gebeur nie. Dan stadig, geleidelik, begin hulle styg, agter die borrels aan. Die grys word ligter, 'n witblou, dan deurskynend. Skielik, genadiglik, breek haar kop bo die water se oppervlak. Die son skyn warm in haar gesig en die teue vars lug is die soetste wat sy nog geproe het.

"Was daar 'n krisis?" vra iemand.

"Die kind het byna verdrink!" roep 'n manstem uit.

"Dieter?" prewel Rothea.

"Nee, dis Carl." Hy lig Albie uit die water, help Rothea op die wal en gee haar 'n handdoek.

Rothea wil praat, maar al wat uitkom, is water wat na chloor ruik en haar laat stik.

"Hoes alles uit," sê Carl sussend. "Jy sal beter voel."

"Was daar regtig drama?" vra Ilse ontsteld. "Ek dag sy oordryf. Ek het nie gesien die kind val in nie."

74

"Ek ook nie. Meisie . . .?" Carl raak aan Rothea se skouer. "Hoe voel jy? Moet ek 'n dokter kry?"

"Ek is reg. Wat van Albie? Waar is hy?" Sy sien Albie, 'n handdoek om hom gedraai en op Ilse Bauer se skoot. "Haal hy asem?" roep sy vreesbevange uit.

"Natuurlik haal hy asem," antwoord Ilse. "Wat het jy gedink? Dat hy dood is?"

Die woord "dood" is vir Rothea steeds nie maklik om te hoor nie. Trane van verligting stroom oor haar wange.

Carl hou haar vertroostend teen sy bors vas. "Toe maar, alles is nou verby. Albie het niks oorgekom nie."

"Hy kon . . . dood gewees het."

"Nee wat, moenie so daaraan dink nie," troos Carl. "Klein Albie is veilig."

Rothea hoor 'n motor stilhou en 'n deur toeklap.

"Hier is Dieter," merk Ilse op. "Ek het hom later verwag. Hy is vroeg terug van die dorp af."

Rothea kom meteens agter Carl se arms is om haar nek en teen haar lyf kan sy die growwe tekstuur van sy borshare voel. Hoe moet dit vir Dieter lyk? Sy ken sy broer skaars . . .

"Nee, sit nog 'n rukkie hier by my, tot jy beter voel," keer Carl toe Rothea hom probeer wegstoot.

"Ek voel klaar beter, dankie." Rothea vee die trane af en sit regop.

"Het iets gebeur?" vra Dieter skerp.

Van die vyf mense is Carl die kalmste. "Moenie onnodig op loop raak nie. Al wat gebeur het, is dat Albie sy bal wou bykom en in die swembad geval het. Rothea het hom uitgehaal sonder dat skade gedoen is."

"Rothea?" Dieter klink ontevrede. "Hoekom nie jy nie?"

"Sy was te vinnig. Toe ek wou induik, het Rothea hom al by die wal gehad."

In die oomblik van stilte ná Carl se verduideliking klink Rothea se stem onnatuurlik hard. "Sy bal het ver weg op die gras gelê. Hoe het die bal in die diep kant gekom?"

"Moenie jou oor 'n onbelangrike ou bal ontstel nie," paai Carl. "Die hond het seker daarmee gespeel."

"Die hond? Hy is te klein om 'n groot bal rond te sleep."

"Dan seker Albie self."

Rothea voel steeds bewerig, maar haar verstand is helder en sy weet dit was nie die hond nie. Of Albie nie. Het iemand die bal in die swembad gegooi? Wetende Albie sal dit probeer uithaal en sy is nie byderhand om te keer nie?

'n Siddering laat Rothea ril. Die son skyn warm, maar sy bewe opeens asof sy koud kry. Sy kom stadig orent, loop na Ilse en tel Albie van haar skoot af op.

"Mamma," huil hy en hou haar vas.

"Die bal het anderkant die swembad op die gras gelê toe ek weg is kombuis toe," hou Rothea vol. "En Albie het hier duskant gespeel. Piet ook."

"Rothea het geskrik," sê Ilse. "Sy ly aan skok en weet nie wat sy sê nie. Kom, dan neem ek jou en Albie in huis toe, dat jy 'n bietjie kan gaan lê, Rothea."

"Nee!" Instinktief gee Rothea van die ander meisie af pad en hou Albie stywer vas.

"Het jy hom alleen gelaat, by die swembad en sonder toesig?" vra Dieter.

Ilse wil blykbaar vir haar vroeëre onvriendelikheid teenoor Rothea vergoed. "Dit was nie Rothea se skuld nie," tree sy vir haar in die bresse. "Albie was nie sonder toesig nie. Ek en Carl was hier, maar ons het gesels en nie gekyk wat Albie doen nie."

Dit lyk of Dieter nog beskuldigings teenoor Rothea wil kwytraak, maar Ilse gee hom nie kans nie.

"Moenie 'n groot bohaai oor niks maak nie, Dieter. Jy is vroeg terug. Was die dorp besig? Het jou dipstof gekom en het jy vir my die pienk handdoeke gekoop wat ek gevra het?"

"Ek weet nie of hulle pienk of rooi is nie," antwoord Dieter kortaf. "Jy moet self kom kyk."

76

"Mansmense . . ." Ilse knipoog vir Rothea. "Almal kleurblind. Maar vir wie sou ons hare ingedraai het en bikini's gedra het as die Adams nie daar was nie?" Sy lag koketterig en steek haar arm besitlik deur Dieter s'n, terwyl hulle met die kliptrap opstap motor toe.

6

"Miskien moet jy in die toekoms sorg dat jy of Hanna altyd by Albie is, Rothea," raai Carl haar aan. " 'n Ongeluk gebeur so maklik."

"Ek was die heeltyd by, net 'n paar minute gou kombuis toe."

"Ilse het nie die reg gehad om jou te hiet en gebied nie. Jy is hier ter wille van Albie, nie om vir haar koffie aan te dra nie."

Rothea is lank stil, terwyl sy onthou met watter bewondering Ilse in Dieter se gesig opgekyk het, hoe vertroulik sy haar arm deur Dieter s'n gesteek het en hoe besitlik sy teenoor hom was.

"Ilse het meer reg om hier te wees as ek. Ek neem aan sy is die volgende mevrou Richter van Schloss Hoffnung," merk sy op.

"Hul verlowing is nog nie amptelik nie." Carl hou 'n wysvinger oor sy mond en trek groot oë. "En moenie dat Dieter uitvind ek het hom en Ilse met jou bespreek nie. Hy slag my af, bietjie vir bietjie, stukkie vir stukkie. Jy is nie veronderstel om van enige trouplanne te weet nie. Selfs Moeder weet nog nie. Moet asseblief niks teenoor haar noem nie. Enige verwysing na 'n huwelik herinner haar aan Ernst, dan is sy opnuut verbitterd. Moenie met haar oor Dieter se troue praat nie."

"Ek sal nie. Jou ma wil in alle geval niks met my te

doene hê of met my praat nie. Is Ilse Duitssprekend? Haar Afrikaans is so goed . . ."

Carl lag meewarig. "Sy is Duits. Dink jy Schloss Hoffnung se baas sou enigsins in 'n meisie belangstel wat nie van suiwer Germaanse afkoms is nie?"

"Seker nie."

"Gewis nie," korrigeer Carl. "Jy kan vir jou ook 'n mooi bikini koop en jou hare bleik. Dit sal niks help nie. Jou van is nie Bauer nie."

"Dieter het gesê hy gaan Albie wettiglik aanneem en sy erfgenaam maak. Sal Ilse daarmee tevrede wees? Wat as hulle self kinders het? Dalk ook 'n seun. Wat word dan van Albie?"

Carl deel nie Rothea se bekommernis nie. "Dan is daar twee Dieter Albrechts. En daar is genoeg geld vir albei om eendag ruim te leef. Vir tien seuns om die befaamde Richter-naam en -skatte te beërwe."

"En jy?" Rothea kyk ondersoekend na die bruingebrande jong man langs haar, bang sy is dalk te persoonlik. Maar ter wille van Albie moet sy weet. "Vergewe my dat ek vra, Carl, maar wat van jou? Jy is immers die derde seun. Gee jy nie om as Ernst of Dieter se afstammelinge die familieplaas erf nie?"

Carl strek sy bene lank voor hom uit en kyk na die huis, die tuin en in die verte die uitgestrekte skaapkampe wat tot oor die horison strek.

"Sal ek jou by 'n geheim inlaat, Delila? Ek sal bly wees. Dankbaar. Verlig. Ek het genoeg geld van my pa geërf om 'n leeftyd te hou en ek is te lief vir diere om 'n karakoelboer te wees. Ek help graag wanneer die lammers aankom, of as 'n ooi limfklierverswering het, vrotpootjie, lintwurm of wat ook al. Maar om 'n onskuldige lammetjie van skaars vier-en-twintig uur keelaf te sny, net om die vel te kry? Vir 'n ryk ou tante wat by haar vriendinne met haar karakoelpels wil spog? Nee dankie, dan gaan vee ek eerder skoorstene."

78

"Ernst het na jou geaard," sê Rothea sag. "Hy was ook nie 'n boer nie. Mielies of koring, ja, miskien, maar nie karakoelpelse nie. Hy en Barbara het beter by mekaar gepas as wat hy en Ilse sou."

"Ja. En Ilse sal gelukkiger by Dieter wees as wat sy en Ernst sou gewees het. Dalk het alles ten goede ontwikkel. Ek dink Ilse was van die begin af op Dieter verlief, sonder dat sy dit wou erken."

"En Dieter?" huiwer Rothea. "Is hy dalk net jammer vir Ilse? Voel hy miskien verplig om Ernst se plek in te neem?"

"Wat probeer jy sê?" vra Carl reguit. "Dat Dieter Ilse nie liefhet nie? Nee, daar is jy baie verkeerd, meisie. Dieter het nog nooit na 'n ander nooi gekyk nie. Dit was altyd net Ilse, selfs toe sy aan Ernst verloof was. Hoekom vis jy so uit?" skerts hy. "Maak dit vir jou saak dat Dieter Ilse se uitset help koop?"

Rothea kan Carl nie in die oë kyk nie en stry teen die blos wat in haar gesig opstoot.

"Natuurlik nie. Ek en Dieter het van die begin af gebots. Ek hou nie van hom nie en hy kan trou met wie hy wil."

" 'n Mens hoef nie van 'n man te hou om op hom verlief te raak nie. Toe ek jou uit die swembad gehaal het en jy bang en deurmekaar was, hoekom het jy eerste na Dieter geroep?"

"Het ek? Is nie," stry Rothea. "Jy het verkeerd gehoor."

Carl kyk met vernoude oë na Rothea, na haar rooi wange en neergeslane wimpers. Hoekom lyk sy selfbewus en ontken sy dit so hewig? Is daar iets tussen haar en sy broer aan die gang?

"Ek wil nie nou oor Dieter praat nie," sê Rothea.

"Oor wie dan? Ek en jy?" terg Carl. Die glimlag strek egter net om sy mond en sy oë bly behoedsaam.

"Nee. Oor . . . Ilse. Dis belangrik. Ek moet weet. Ons kan nie swyg en dit as . . . as 'n ongeluk afmaak nie. Soos jy weet, het sy my kombuis toe gestuur. Toe jy by die swembad kom, waar was sy? Wat het sy gedoen?"

"Sy het by die tafel gestaan."

"Daar waar die bal gelê het?" vra Rothea gespanne.

Carl skud sy kop. "Moenie probleme skep wat miskien nie bestaan nie. Wat help dit om te spekuleer en vrae te vra? Ilse was as kind al emosioneel en soms 'n bietjie ongebalanseerd. Maar sy is 'n goeie mens en sy was baie erg oor Ernst."

"Maar Albie is onskuldig en weerloos. En hy is tog Ernst se kind ook. Hoe kan Ilse . . ."

Carl leun vooroor en sit albei sy hande om Rothea s'n. "In Duits het ons 'n spreekwoord: 'Moenie moeilikheid duskant halfpad ontmoet nie.' Jy is Barbara se suster en kyk hoe vriendelik was Ilse teenoor jou. Hoekom sou sy Albie uitsonder?"

Ilse is Carl se toekomstige skoonsuster en die Bauers is jarelange vriende van die Richters. Daarom sê Rothea nie hardop wat in haar gemoed omgaan nie. Vriendelik? wonder sy. Dit was nie opreg nie. Toe sy en Ilse alleen was, het Ilse duidelik laat blyk dat sy steeds verbitterd is. Eers toe Carl en Dieter bygekom het, het Ilse voorgegee dat sy gaaf en vriendelik is. Dit was vals, waarskynlik net om Dieter te beïndruk en te wys hoe grootmoedig en dapper sy is.

"Die wind het die bal in die water gewaai," sê Carl ferm. "Dis wat gebeur het en moenie verder daaroor tob nie. Ilse sal Albie geleidelik aanvaar. Hy is so 'n dierbare kleinding dat sy nie anders sal kan as om hom lief te kry nie."

"Maar . . ."

Carl druk 'n soentjie op haar palm, dan op haar gewrig. "Geen gemaar nie. Laat Albie môre van die swembad wegbly en met sy driewiel speel. Keer hom net by die trappe. Die klippe is skerp en kan 'n kleintjie lelik sny as hy daarop val."

"Ek weet en ek sal op my hoede wees." Rothea trek nie

80

haar hand uit Carl s'n nie. In 'n stormsee is hy op die oomblik haar enigste hawe. Ook haar troos en 'n bron van raad.

"Carl, ek het nog 'n probleem . . ." begin sy.

"Vra maar . . . My skouers is breed en dis nie lam-seisoen nie. Die pseudo-boer het baie tyd om prins Valiant te speel teenoor dames in nood. Wat pla jou?"

"Jou ma. Nee, dis nie sy wat my pla nie," is Rothea haastig om hom te verseker. "Dis my salaris wat ek tot dusver nie ten volle verdien nie. Dieter het gevra ek moet saans vir haar lees. Maar hoe kan ek? Jou ma vermy my en sy kan my nie voor haar oë verdra nie."

Carl ontken dit nie. Hy kou ingedagte aan 'n grasstingel. "Ek is self ook voel-voel in die donker. As ek egter moet raai hoe jy die kloof kan oorbrug, sou ek sê jy moet begin by Ernst. Praat met my moeder oor hom. Al verseg sy om dit te erken, verlang sy na Ernst en sy moenie haar hartseer opkrop nie. Gesels met haar oor die troue, oor Barbara en Albie, sodat dit vir haar as 'n uitlaatklep kan dien."

Rothea stem nie met die terapie saam nie. "Moet ek nie 'n ander aanknopingspunt soek nie?"

"Nee. Wanneer 'n mens in 'n motorongeluk was, is die beste raad om oor die skok te kom om so gou moontlik weer in 'n motor te ry. Met my ma is dit dieselfde. Praat veral met haar oor die geld ook, sê vir haar Ernst het die geld nodiger as sy gehad en sy het dit nog nie veel gemis nie."

"Geld?"

"Geld," herhaal Carl. Hy lyk skepties. "Hoe klink jy so verbaas? Jy weet mos daarvan."

"Ek weet niks van enige geld nie. Watse geld?"

"Ek wil dit nie bespreek nie. Ernst was immers my broer. My tweede ouboet, vir wie ek tot daardie dag groot agting gehad het."

Rothea verstaan nie. "Tot watter dag? Tot wat gebeur het?"

"Tot die geld uit die brandkluis verdwyn het en my moeder as gevolg van die skok haar eerste beroerte-aanval gehad het," antwoord Carl kortaf. "Nou weet jy. Sal ons gaan swem?"

Carl staan op en begin aanstap, maar Rothea keer. "Ek weet nog niks nie. Watter brandkluis?"

"Die een in Dieter se studeerkamer, waartoe net ek, hy, Ernst en my ma toegang gehad het."

"Asseblief, Carl, dis vir my pynlik om alles druppelgewys uit jou te trek. Wat presies het gebeur?"

Die eerste keer toon Carl ook emosie. Hy duik in die swembad, swem oor na die ander kant en skud sy hare uit sy oë. "Het Barbara haar suster nie ingelig nie? Nie met haar diamantring gespot, haar duur uitset en weelderige wittebrood nie?"

Rothea het alle lus om te swem verloor. Sy loop oor die plaveisel na waar Carl teen die wal hang. "Barbara het nie 'n diamant-verloofring gehad nie. Net 'n eenvoudige trouring wat nie duur gekos het nie. Die paar lakens, teegoedlappe en tafeldoeke wat sy gehad het, het sy self gekoop. En daar was geen wittebrood nie."

"Wat het Ernst dan met die geld gedoen? 'n Huis gekoop? 'n Nuwe motor?"

"Nee. Hulle het aanvanklik in 'n woonstel gewoon om geld bymekaar te maak vir 'n huis wat baie basies sou wees: drie slaapkamers, een badkamer, geen gesinskamer nie. Met 'n groot verband. En die motor waarin . . . waarin hulle verongeluk het, was dieselfde een wat Ernst van die begin af gehad het. Die rooi Audi. Hul meubels was goedkoop, op huurkoop gekoop. Ek het die paaiemente help betaal wanneer Ernst platsak was. Ek kla nie, ek noem dit net as 'n bewys dat Ernst brandarm was. Hul boedel was bankrot. Ek het ook 'n motor gehad wat ek en Barbara saam afbetaal het, maar ek moes dit verkoop om hul skuld te betaal. Wat praat jy dus van 'n diefstal?" Rothea is omgekrap en moet eers haar trane wegvee voor sy kan voortgaan. "En van . . . van geld wat Ernst geneem het? Hy het nie. Hy sou nie. En wat het daarvan geword?"

"Dis mos wat ek ook vra. Weet jy hoeveel geld was betrokke, skoonsus? Nie vyftig of honderd rand nie. Duisende. Dit was in die brandkluis toegesluit en die nag toe Ernst weg is, het die geld verdwyn. As dit nie Ernst was nie, wie dan?"

"Ek weet nie." Rothea laat haar gesig in haar hande sak en vryf oor haar oë. "Ek weet nie . . ."

"Het Ernst nie 'n ander nooi gehad vir wie hy duur geskenke gekoop het nie? Gedobbel? Die perde of die aandelemark?"

"Nie waarvan ek weet nie . . ."

Carl is boetvaardig en vol berou. "Ek het gedink Dieter sou jou daarvan vertel het. Ek is jammer dat ek die een moes wees. Ons moes nie oor dié dinge gepraat het nie, nooientjie. Wat help retrospeksie? Dit maak net ou wonde oop waaroor die rowe al gegroei het. Dis halftwee. Aangesien die vreeslik Deutsche Mädchen hier is, sal daar waarskynlik geposjeerde gefileerde haring, ganslewer en aspersiepunte met aartappels vir middagete wees. Dis 'n mond- en 'n spyskaartvol. 'n Maagvol ook. Wil jy en Albie nie kom swem en 'n eetlus opbou nie?"

Al wat Rothea wil doen, is om alleen by Albie te wees.

"Ek het 'n groot ontbyt gehad, dankie. Ek wil nie middagete hê nie en Albie kan later eet." Sy roep Albie, wikkel hom weer in die handdoek toe en stap met hom in haar arms weg.

Die tuin is 'n lushof. Uitgestrekte grasperke omring deur kleurvolle blombeddings, palms, struike en jakarandabome, waarin massas bougainvillea en gouereën deurmekaar rank. 'n Swerm vinke kwetter in 'n wilgerboom en in die lug hang die geur van magnolias. 'n Tropiese paradys waarin 'n visdam en spuitfontein soos 'n turkoois amasonietsteen glinster.

En in hierdie prag en weelde gaan Albie van nou af grootword, dink sy vol weemoed en met 'n tikkie afguns. Sy gaan hom meer mis as hy vir haar.

Hoe kon Ernst Schloss Hoffnung verruil vir die onaantreklike, armoedige huisie waarin hy en Barbara gewoon het? Sy weet wat die antwoord is. Omdat hy Barbara liewer gehad het as aardse weelde. Daarom weet sy ook Ernst was onskuldig. Hy sou nie die geld uit die brandkluis geneem het nie. Iewers is daar 'n misverstand. Is daar iemand wat Ernst in 'n swak lig wou stel? peins sy. Ilse, uit wraak omdat Ernst 'n ander meisie bo haar verkies het? Maar Ilse het nie tot die kluis toegang gehad nie . . .

"Visse kyk." Albie wikkel hom los en hardloop saam met Piet om na die spuitfontein te kyk.

Rothea se senuwees is gedaan. "Stadig! Moenie inval nie, Albie!"

Sy gaan sit op 'n klip tussen die varings, katstert en papirusbiesies.

"Liefie, toe Mamma jou en tannie Ilse alleen gelos het, het sy met die bal gespeel?"

"Piet bal speel?"

"Nee, nie Piet nie. Tannie Ilse. Daar by die swembad. Het sy jou bal in die swembad gegooi?"

Rothea bly geduldig en probeer op verskillende maniere bepaal of Albie van die bal onthou en wie dit in die swembad gegooi het. Maar hy weet nie. Hy het nie gesien nie en hy wil nie oor die swembad praat nie, want Mamma het nie gou gekom nie. Sy onderlip bewe en nie eers sy hondjie kan hom troos nie. Hy kom klim op Rothea se skoot en wys haar hoe al die water by sy keel ingegaan het.

Rothea stry teen haar instink om hom vas te hou, want dis deel van die proses om haar geleidelik te onttrek, soos sy ingestem en Dieter belowe het. Die versoeking is groot om Albie te liefkoos, om hom afhankliker van haar as van Hanna te maak en hom aan te moedig om te huil wanneer sy nie naby is nie. Dit sal so maklik wees, en as troos vir haarself dien. Maar wie gaan op die ou end daaronder ly? Albie. En wat sal dit help? Sy sal hom steeds moet afstaan. Hoe gouer sy haar voorberei en minder tyd saam met hom deurbring, hoe beter.

"Jy moet gaan eet. Tanna soek jou dalk al," sê sy dapper.

Rothea stap met hom aan die hand huis toe, waar hulle Hanna op die systoep aantref, by 'n vrolike, gedekte tafel met 'n visgereg in die vorm van 'n lokomotief. Rosyntjies en olywe vorm die wiele en Hanna het spookasem gemaak om die rook uit die enjin voor te stel.

"Sien, Albie, dis 'n trein. Sê dankie vir Tanna en eet alles op."

"Tankie, Tanna," sê Albie gehoorsaam. Maar hy eis dat Rothea langs hom kom sit en die skoorsteen eet.

"Nee, Mamma wil nie eet nie. Ek moet nou eers loop. As jy soet bly en al jou kos opeet, kom ek nou-nou terug."

"Saamgaan, 'blief?" soebat hy.

"Nee, jy kan nie saamgaan nie. Jy moet by Tanna bly."

Albie gooi sy lepel neer. "Lelike trein! Wil hom nie hê nie!"

"Nee, skatjie, jý is nou lelik," betig Rothea hom en tel die lepel op. "Kom, wees nou 'n soet seuntjie . . ."

Albie wil nie 'n soet seuntjie wees nie. Hy wil nie die lepel neem nie, wil nie alleen bly nie. "Lelik!" skree hy en probeer sy bord op die vloer omkeer.

Rothea red die duur porseleinbord net betyds. Sy lig 'n dreigende wysvinger. "Jy is stout. Mamma het jou nie so geleer nie."

Albie begin skril huil. "Nie tout nie!"

"Jy ís stout." Rothea skep 'n lepel vis en hou dit voor hom. "Proe net hoe lekker proe 'n trein . . ."

So maklik is dit egter nie om 'n oormoeg en oorspanne kleuter in 'n toegeeflike luim te kry nie. Albie onthou van die water wat alles in sy maag ingekom het netnou, toe Mamma nie daar was nie en hy alleen moes bly. Sy het gesê as hy soet bly en sy kos opeet, kom sy nou-nou terug. Dit onthou hy baie goed. Die lepel vis is 'n bedreiging, want as hy dit eet, gaan sy weg en kom eers nou-nou terug. Dan is hy weer alleen . . .

Hy stamp die lepel voor hom weg. Dis egter nie genoeg nie. Om van die res van die gevaar ontslae te raak, klap Albie met sy plathand in die middel van die vistrein, so hard soos hy kan. Wiele, stukke skoorsteen, rook en buffers spat in 'n vlaag van tuna, rosyntjies en olywe oor Rothea. Oor haar hare, haar gesig en in haar oë, om in 'n pappery op haar skoot af te gly, saam met 'n taai bal spookasem.

"Wil jy steeds in die toekoms jou etes saam met Albie neem?" vra 'n geamuseerde stem van die glasdeur af.

Rothea besef sy moes verwag het Albie se skril stem en die lawaai sal in die huis hoorbaar wees en iemand sal kom kyk wat aangaan. Maar nou, juis op hierdie tydstip . . .

"Is jou klere baie bemors? Wil jy jou hemp en baaikostuum uittrek dat ek hulle kan was?"

Rothea kan nie sien nie. Sy vee met haar arm oor haar gesig. Sy maak nie weer die fout om te vra of dit die ander broer is nie. Net Dieter sal haar in so 'n onaardige situasie betrap. Dan nog boonop vir haar lag . . .

"Hier . . ." 'n Sakdoek word in haar hand gedruk. "Gebruik myne. Daardie flentertjie kant wat julle vroumense 'n sakdoek noem, is niks werd nie."

Rothea tas blindweg daarna, maar sy kan nie mooi raakvat nie en haar hand raak per ongeluk aan Dieter s'n. Die eerste keer is dit soos sy in boeke gelees het wat gebeur wanneer jy verlief is. 'n Stroom van honderd volt flits deur haar arm tot in haar skouer. Sy ruk haar hand weg, so skielik dat die sakdoek val. Sy is bly haar gesig is vol geroomde tuna, want dit dien as kamoeflering vir die nuwe blos wat haar wange tint.

Dieter is steeds geamuseer. "Ek het nie verder gegaan en soos jy 'n kombers en doekspelde aangebied indien jy skaam

86

is nie. Dit was nie 'n kombers wat ek aangegee het nie, net my sakdoek. Maar lyk my nie dis genoeg nie. Hanna, sal jy asseblief 'n nat handdoek bring?"

"Mamma eina?" Albie weet hy het verkeerd gedoen en probeer regmaak wat hy vertrou het. Hy help afvee en skoonmaak.

Toe Rothea uiteindelik haar taai ooglede los van mekaar het, is die breë grinnik op Dieter se gesig die eerste ding wat sy sien.

"Kleintjies is nogal 'n handvol, stem jy nie saam nie?" vra hy vroom.

Rothea lag verleë. "Goed, hierdie ronde is joune."

"Is ons nou kiets?"

"Ja."

"Gelykop?"

"Sê maar so," erken Rothea.

Dieter hou sy sakdoek in die lug. "Dis 'n wit vlag. Aangesien elkeen een val het en die telling gelykop is, sal ons vrede maak?" Dieter steek sy hand uit. " 'n Handdruk om die vredesooreenkoms te seël?"

Sy kan nie . . . nie weer aan sy hand raak en dieselfde elektriese sensasie van netnou ondervind nie . . .

Sy regterwenkbrou lig sardonies. "Nee? Wat skort? Wil jy nie 'n staakvuur hê nie, Dorothea Beukes?"

Dieter se bruingebrande hand met die lang vingers en netjiese, kortgeknipte naels is steeds na haar uitgesteek. Rothea kan haar nie keer nie. Asof gehipnotiseerd gaan haar hand na syne uit. Dis 'n groot hand, sterk en beskermend, die vel koel en glad.

Maar die handdruk wat Dieter haar gee, is onpersoonlik. Hy weet heel duidelik nie watter gewaarwordinge sy aanraking in haar wakker gemaak het nie.

"Ek wou nie met jou rusie gemaak het nie, Dieter," sê sy sag. "Dit was. . . omstandighede."

"Ekskuus?" vra Dieter verbaas. "Sê weer."

"Ek wou nie met jou rusie gemaak het nie."

"Nee, dit wat jy daarna gesê het . . ."

Rothea is skielik weer ongemaklik. Die volt het verdubbel en dit voel asof sy haar hand op 'n rooiwarm stoof gedruk het. Sy probeer terugtrek, maar Dieter se vingers hou haar gevange en dieselfde skewe glimlag waarteen sy so weerloos is, speel weer om sy mond.

"Van die . . . die omstandighede?" hakkel sy.

"Nee. Tussen die rusie en die omstandighede," hou hy vol. "Wat het jy tóé gesê?"

"Ek weet nie."

"Ja, jy weet goed."

"E . . . Dieter?" huiwer sy.

Hy slaag 'n sug van verligting. "Daarso . . .! Dit was moeilik en ek het nie gedink jy sal dit weer regkry nie. Was dit nou so onmoontlik, Rothea? So 'n onoorkomelike probleem om my naam te gebruik? Dis die eerste keer dat jy dit gedoen het. Ek weet my naam is Duits, maar is dit vir jou baie moeilik om te sê?"

"Nee. Nee, dit is nie."

"Hoekom was ek dan so lank meneer Richter? En toe sommer net niks nie?"

"Ek . . . ek weet nie." Rothea wens hy wil ophou glimlag. Ophou spot. Wens hy wil weggaan en haar alleen los. Dieter Richter laat haar soos 'n standerdses-skoolmeisie voel wat pouse die eerste keer met 'n seun gesels.

"Gaaf," sê hy. "Punt een op die agenda is suksesvol afgehandel. Ek is Dieter en die wit vlag tussen ons is gehys. Nou punt twee: Dieter Albrecht junior. En sy middagete wat hy nie wil eet nie. Albie, ou vriend, kom hier, dat ek en jy 'n slag gesels . . ."

Albie draf agter Rothea aan en gryp 'n handvol van haar visbesmeerde T-hemp in 'n vuisie saam, terwyl hy agterdogtig na sy oom loer.

"Albie nie kom nie!" daag hy Dieter parmantig uit.

Dieter kyk na die opstandige twee-en-'n-halfjarige wat agter Rothea wegkruip.

"Goed, as jy dan nie wil kom nie . . . Piet, waar's jy? Kom eet van hierdie lekker treinvis."

Die bulterriër laat hom nie twee keer nooi nie. Hy lek aan die stukkie tuna wat Dieter na hom uithou, besluit hy hou daarvan en begin die gemors op die stoep oplek.

Dieter kyk nie na Albie nie. Al sy aandag is by die hond. "So 'n lokomotief is lekker, nè, my honne?"

Albie is ook honger en die baie koue water het hom nog hongerder gemaak. Vyf tellings lank bly hy sterk, toe is die versoeking te veel.

"Albie ook eet?" vra hy.

"Jong, ek weet nie . . . Al wat oor is, is die pienk rook wat op Mamma se skoot geval het," sê Dieter.

Albie gryp met die lepel na die spookasem en prop alles in sy mond.

"Piet is 'n babatjie," sê Dieter.

"Klein babatjie," stem Albie saam.

"Sy mamma is ver."

"Op annerplaas," eggo Albie.

"En sien, hy is tevrede. Piet weet sy mamma is weg en hy moenie oor haar huil nie, want hy is 'n soet hond en almal sal vir hom lag as hy huil."

Albie verstaan wat sy oom sê. Hy vee die laaste trane weg. Toe klim hy vrolik op Dieter se skoot en drink sy glas lemoensap.

"Sien," sê Dieter oor die bruin krulkop vir Rothea. "Al wat nodig is, is 'n bietjie kindersielkunde en 'n ferm hand, dan gee hy nie probleme nie."

"Ek is jammer, ek het nie sielkunde op universiteit gehad nie."

"Het jy ons staakvuur vergeet?" herinner Dieter haar.

"En ek het landbou en veeteelt geneem. Maar my logika sê 'n mens moenie te veel aan hom toegee nie, anders raak hy verwen."

"Ráák? Ek dag hy is dit reeds."

Dis seker Ilse wat Dieter in 'n goeie bui geplaas het. Hy lag terwyl hy Albie op sy skouers lig. "Vandag is Vrydag, vol somer en die naweek het reeds begin. Pleks van skoor soek, Dorothea, wil jy nie liewer saam met my kom nie, dan gaan kyk ons na Albie se ponie? Ek hoop hy kies 'n meer romantiese naam vir haar as Piet of Koos of Klaas."

" 'n Ponie? Albie s'n?"

"Albie s'n," beaam hy.

Die ponie is die mooiste dingetjie wat Rothea nog gesien het. Heuningkleurig, met 'n satyngladde vel, wit maanhare en groot, natblink oë.

Dieter haal 'n appel uit sy sak wat hy na Albie uithou. "Dè, gee vir haar die appel om te kou, sodat jy met haar vriende kan maak."

Albie het in sy lewe nog nooit 'n perd gesien nie, maar hy is nie bang nie. Hy neem die appel by Dieter en druk dit by 'n opening tussen die sysagte roomwit maanhare in.

"Nee, my vriend, haar mond sit nie daar nie. Dis haar oor daardie," sê Dieter droogweg. "Probeer 'n bietjie laer . . ."

Die pikante klein ponie speel saam. Sy wil ook nie 'n appel in haar neusgate hê nie. Sy lig haar kop en neem fyntjies met haar tande die appel uit Albie se hand.

"Sien, sy is baie sagmoedig," merk Dieter op, ter wille van voorbehoude wat Rothea mag hê. "En aan kinders gewoond. Sy sal Albie nie afgooi, skop of byt nie."

"Dis goed en wel, ja. Nie nou nie. Maar wat as sy groter word?"

"Sy sal nie, sy is 'n ponie," verduidelik Dieter.

"Op die oomblik, ja. Maar ponies word mos later perde."

Dieter verstaan nie dadelik nie. Hy draai sy kop skeef en frons. Toe bars hy uit van die lag.

"My twee dom stadsjapies . . . Druk 'n appel in haar oor en reken ponies word mos later perde. Soos leeus olifante word? Jul opvoeding is erg verwaarloos, suster. As jy in jou woordeboek kyk, sal jy lees 'n ponie is 'n perd van 'n klein ras. Soos byvoorbeeld 'n Basoeto-ponie. 'n Ponie is nie 'n vulletjie nie, Rothea. Sy sal nie groter word nie. Nog 'n ronde aan my? Wat is die telling nou? 2-1? Ons vorder . . ."

"Ek het geweet, maar vergeet," probeer Rothea haar waardigheid behou.

"Soos jy netnou die wit vlag vergeet het?" Dieter se stem is skertsend, maar sy oë hou Rothea s'n gevange. "En die skietstaking, Rothea?"

"Ek het nie . . . nie bedoel om . . . om skoor te soek nie. Die sielkunde was sommer net 'n opmerking." Rothea wens sy kan drie woorde met Dieter Richter praat sonder om soos 'n tienderjarige te bloos en te stamel en te stotter. Sy begeer om soos Ilse 'n duur baaikostuum van 'n goeie snit aan te hê, met 'n jakkie van egte Indiese sy bo-oor geknoop om in sagte valle tot by haar knieë te reik, pleks van Barbara en Ernst se ou klere. Sy gee die swart eenstuk weer 'n pluk en rem die verbleikte T-hemp laer af. Maar Rothea weet sy probeer haarself bluf en dit dien geen doel om haar as 'n grasieuse en gesofistikeerde model te wil voordoen nie. Haar van is nie Bauer nie en vir Albie se familie sal sy nooit iets meer wees as slegs sy armoedige tante nie. Nie net maer en vaal en moederlik nie – nog met vis en room besmeer daarby.

"Saggies, Albie," maan Dieter. "Streel haar saggies. Báie saggies. Onthou, sy is 'n klein ponie en sy kry maklik seer. Moenie aan haar hare trek nie." Hy wys Albie hoe om oor die voorkop en ore te vryf en diep van iewers nog 'n stuk-

kie appel op wat Albie sy nuwe vriendinnetjie kan voer.
"Wat gaan haar naam wees?"

"Piet," verklaar Albie.

"Piet? Nee, daardie naam sal die deug nie, ou maat. Sy
is 'n mamma-perd, nie 'n pappa nie."

Albie ken nie pappas nie en volgens sy ervaringsveld lyk
alle perde eenders.

"Piet," herhaal hy met beslistheid.

"Die hond is Piet. Die perd kan nie ook Piet wees nie. Jy
sal deurmekaar raak," probeer Dieter weer.

Albie hou voet by stuk. "Piet-hond," sê hy en wys na die
eerste Piet. "Piet-perd," voeg hy by en streel oor die ponie
se maanhare soos oom Dieter hom gewys het.

"Wel, een ding kan ons sê," lag Dieter. "En dit is dat
Albie konstant is. Wil jy op Piet-perd se rug ry, Herr Rich-
ter?"

Rothea vergeet van die vuurstaking toe Dieter Albie op
die ponie se rug tel. Vir haar lyk die perd groter as 'n re-
noster of 'n seekoei en sy sien al hoe Albie daar eenkant op
die grond lê, sy kop teen 'n skerp klip en met bloed wat in
die sand wegsyfer.

"Nee, jy kan nie! Albie is nog te klein! Hy kan nie vas-
hou nie en hy sal afval!"

"Wil jy 'n sissie wees, Albie?" vra Dieter.

Dié woord het Albie by die kleuterskool geleer. Hy weet
nie dat hy kant kies nie, net dat hy nie een wil wees nie.

"Goed, klim op!" gebied Dieter.

"Nee, hy kan nie, hy gaan val!" keer Rothea.

"Het iemand al ooit vir jou gesê, Dorothea Johanna
Beukes, dat jy veels te veel praat?" vra Dieter.

"Dit gaan nie nou oor my nie, maar oor Albie. Hy is nog
nie eens drie nie, Dieter. Hy is 'n baba. Hy weet nie van
regop sit en vashou nie. Tel hom af!"

"Albie, maat . . ." Dieter se stem is gewigtig. "Weet jy
wat 'n sameswering is?"

"Ja," beaam Albie.

"Jy leer gou, vriendjie. Dan sal jy weet as ek sê nou moet ons manne saamstaan, anders gaan die vroumense se gekerm en getorring ons onderkry. Glo jy aan 'n vennootskap?"

"Tenno skaap," knik Albie plegtig, sy aandag vas op sy oom gevestig.

"Gaaf. Ek sien jy het ook ondervinding van histeriese meisiekinders en weet waarvan ek praat. Kan jy vashou?"

Albie kan. Hy wys Dieter hoe hy albei hande in die ponie se maanhare kan vasdraai, sonder om Piet-perd seer te maak.

Op die ponie se rug is 'n miniatuur-babasaal, 'n kwart so groot soos 'n volwasse ruiter s'n. Dieter verstel die stiebeuels tot hy seker is Albie se voete het 'n behoorlike greep om die ponie se buik. Ook Albie se een hand is in die perd se maanhare en die ander een aan die saalknop. Dan lei hy die ponie aan die teuels uit die stal, op in die smal gang en tot buite op die grasperk.

Albie is sprakeloos. Hy geniet elke oomblik van die nuwe avontuur, meer gesteld daarop om die ponie se nek te streel as om sy oom en Mamma met sy vertoning van dapperheid te beïndruk.

Dieter stap met Albie en Piet-perd 'n draai oor die grasperk, om die stalle en die motorhuise. Hy kom voor Rothea tot stilstand.

"Sê ekskuus," terg hy.

Rothea besef sy het onnodig soos 'n viswyf te kere gegaan. Dieter is verbasend goed met sy hantering van kleuters. Hy sal 'n goeie pa wees, dink sy met hartseer en 'n pynlike leemte in haar binneste. Hy sal trou en seker kinders van sy eie hê, maar dan is sy lankal terug op Upington, terug in haar eensame woonstel. Hierdie tydjie op Schloss Hoffnung sal net 'n herinnering wees, brandhout vir die lang winter wat troosteloos voor haar uitstrek.

"Ekskuus."

'n Vreemde klank in haar stem laat Dieter ondersoekend na Rothea kyk. Hy knoop die ponie se teuels aan 'n tak en draai terug na haar.

"Rothea?" vra hy en plaas sy wysvinger onder haar ken om haar gesig op te lig. "Wat is verkeerd?"

Rothea draai haar kop vinnig weg, te trots dat hy haar hartseer en verlange in haar oë moet lees en sy eie aflei-dings maak.

"Ja, goed. Dis 3-1."

"Dis nie wat ek gevra het nie." Dieter trek haar nader. Met sy handpalm teen Rothea se wang dwing hy haar ge-sig weg van die skaapkrale en die stalle.

'n Vorige keer het Dieter gesê haar gesig is 'n spieëlbeeld van haar gedagtes. Rothea is bang hy kan sien watter ver-langens in haar gemoed is. Toe hy sy arm om haar skouers sit, rem sy weg.

"Waarheen wil jy gaan? Kom hier," beveel Dieter.

"Nee! Moenie! Ek moet Albie huis toe neem. Hy moet gaan . . . gaan slaap. Hy slaap elke middag. Soos by die kleuterskool. Anders raak hy moeg en iesegrimmig en dan wil hy weer nie . . . nie eet nie. Hy moet 'n bietjie rus van twee tot drie. Of drie tot vier . . ."

Dieter se arm is sterk om haar skouers toe hy haar terug-trek. "Ek het voorheen gesê jy praat veels te veel . . ."

Rothea se hart klop met sulke wilde hamerslae teen haar ribbes dat sy seker is Dieter moet dit hoor. Sy druk haar hand teen sy bors en stoot sy arm weg.

"Ek is nie Ilse nie!"

"Ek weet. Dink jy my sig is so swak dat ek nie een vrou-mens van 'n ander kan onderskei nie?"

Rothea stoot harder teen sy bors en wikkel haar skouers onder sy arm los. Toe hy haar aan die elmboog wil neem, staan sy vinnig tru.

Dieter probeer nie verder nie. Sy hande bly slap langs

sy sye hang en sy mondhoeke lig in 'n spottende glimlag.

"Is jy bang vir my? Hoekom soveel teëstand? Ek is nie besig om jou te verlei nie, Rothea Beukes. Wat het jy gedink? Dat ek jou wil soen? Al wat ek wou doen, is om uit te vind hoekom jy in trane wil uitbars. Wat is verkeerd? Reken jy nog Albie is te klein om op 'n ponie se rug te ry?"

"Nee."

"Moes ons met middagete vir jou gewag het? Carl het gesê jy is nie honger nie. Of is dit jou kamer? Het Klara vergeet om vir jou handdoeke te gee?"

"Ek het laat ontbyt geëet en ek het handdoeke, dankie."

"Nou wat skort dan? Wil jy my nie sê nie, dan sorg ek dat dit regkom?"

Regkom? Hoe kan dit, as hy met Ilse gaan trou en sy moet weggaan Upington toe?

"Dis net dat . . . dat Albie moet gaan slaap. Dis al halfvier."

Dieter kyk op sy horlosie. "Dis nou twintig oor drie."

Rothea het 'n raaiskoot gewaag, gedink dis later. Dis asof sy ure lank hier by Dieter gestaan het en sy voel nog sy palm teen haar wang, sy arm om haar skouers . . . Hoekom kon sy Carl nie verkies het nie? Carl hou van haar en vind haar aantreklik. Met Carl sou alles soveel makliker en minder pynlik gewees het. Dalk selfs moontlik.

"Kom ons begin van voor af," stel Dieter voor. "Ek sal nie aan jou raak nie. Kom staan hier by my en vertel my hoekom jou oë netnou soos dié van 'n vasgekeerde wildsbok gelyk het. Is dit Albie? As jy wil, kan jy 'n paar weke langer bly. Selfs maande. Susan sal jou woonstel en jou werk oppas."

"Ek wil nie weke lank bly nie."

"Ek weet ons het anders besluit, maar wil jy dan liewer 'n volgende vakansie by Albie kom kuier?"

"Nee. Dankie, Dieter, maar wanneer ek weggaan, wil ek nooit terugkom nie."

Dieter wens hy kon weet wat agter die koppigheid en Rothea se weiering skuil. "Ek is jammer as jy ongelukkig by ons is. Sal Salamander help?"

"Wat is Salamander? Salf of medisyne?" vra Rothea.

Dieter kyk nog 'n oomblik na die hartvormige gesig met die ry sproete oor die neus. 'n Fyn, gevoelvolle gesig, skraal en vroulik-mooi. Maar met die tekens van onlangse trane . . .

"Kom kyk wat Salamander is, Rothea."

Dis 'n vosperd, mooier selfs as die ponie.

"Kan jy ry?" vra Dieter.

"Toe ek vyf was, het ek een keer by die dieretuin op 'n perd se rug gery."

"Dan kan jy nie ry nie. Salamander is nie 'n ponie nie en om van sy rug af te val, is verder as van Piet-perd s'n. Jammer, ek is nie beskikbaar om jou te leer nie, want hulle sê dis erger as om saam met 'n vroumens muurpapier te plak of haar te leer motor bestuur. Ilse sal by my oorneem."

Salamander is skielik minder mooi en Rothea is nie lus om die bles teen sy voorkop te streel nie.

Dieter kyk vraend na haar. "Hoekom nie? Ilse is 'n uitstekende ruiter wat al trofeë gewen het, onder meer vir onderrig en dressering. Sy sal beter weet om jou touwys te maak as ek of Carl."

Rothea wil nie. "Ilse is seker baie besig en ek wil nie op haar tyd inbreuk maak nie."

"Al wat sy bedags doen, is handdoeke koop en tafeldoeke borduur. Om jou te help sal vir Ilse afleiding wees. Goeie ontspanning, wat sy nodig het."

Hoewel meer subtiel gestel, sluit Dieter se opmerking aan by wat Carl gesê het. *Emosioneel en soms ongebalanseer.* Goeie afleiding en ontspanning? Sodat Ilse besig sal wees en van Albie vergeet? Nie weer die bal aan die diep kant van die swembad gooi nie?

Rothea besef sy is oorkrities, want sy het geen bewyse

nie. Soos Carl volgehou het, kon dit die hond of die wind gewees het. En wanneer Ilse haar leer perdry, sal hulle weg van die plaas af wees, terwyl Hanna 'n oog oor Albie hou.

"Of val 'n perd in dieselfde kategorie as 'n been en 'n suigstokkie?" wil Dieter weet.

Waarvan praat Dieter? Watter kategorie?

"Onthou jy nie?" terg hy. "Jy het my daarvan beskuldig ek kan 'n hond met 'n been omkoop of 'n baba met 'n suigstokkie, maar gewaarsku jy is van sterker stoffasie gemaak."

"Dit was minder mooi van my," erken Rothea. "Dankie vir die gebruik van Salamander." Sy haal 'n keer diep asem. "Goed. Sal jy by Ilse hoor of sy kans sien?"

"Ek het klaar by haar gehoor. Ilse wil met jou vriende wees, Rothea. Sy is baie alleen en sy hou van jou. Sy wil bitter graag jou vriendskap wen."

Dus het Ilse daarin geslaag om Dieter ook te bluf, soos vir Carl. Rothea sê niks nie, knik net.

Dat Ilse alleen is, is korrek. Carl en sy ma is seker nie genoeg geselskap nie en sy wil haar verloofde hê.

"Dieter!" roep sy van die huis af. "Die koffie word koud!"

Dieter gee Rothea 'n suikerklontjie om die hings te voer en roep Hans om die ponie af te saal. "Kom jy saam koffie drink?" nooi hy.

Soos met Albie, weet Rothea sy moet Dieter ook vermy, nie aan die skeiding dink nie en haar van hom losmaak.

"Nee dankie. Ek moet kamer toe gaan. Ek het nog nie klaar uitgepak nie."

"Reg, pak uit of hang uit of wat vroumense ook al gedurig met hul klere wil doen. Sien jou later." Dieter laai Albie weer op sy skouers en stap huis toe.

Uitpak was 'n flou verskoning. Haar skamele besittings is alles in die kaste. Miskien moes sy tant Betta se raad gevolg en nuwe rokke gekoop het. Of 'n jakkie van Indiese sy . . . Onnodige geldmors, dink sy. Albie het klere nodiger as sy. Warm langbroeke en 'n jassie. Sy kom met 'n skok terug aarde toe, na die weelde om haar. Albie het meer nuwe klere as wat hy in 'n leeftyd kan dra. Hy het niks meer nodig nie en hy sal nie hierdie winter in die koue woonstel in Vierde Straat wees nie.

Vrydagaand was Rothea te moeg van al haar ervarings en die vorige dag se lang motorrit. Saterdag tot laat is hulle met Albie se driewiel, bal en die twee Piete bedrywig. Eers Sondag kry Rothea kans om met Dieter en Carl se ma te gesels. Sy trek die geelhout-riempiesbank nader aan Olga se rolstoel.

"Nein. Ich möchte schlafen. Nee. Ek hou daarvan om te slaap."

Dieter is in sy studeerkamer, maar Carl knipoog vir Rothea, as bemoediging om haar nie deur sy ma se wens om te gaan slaap te laat afskrik nie.

"Onthou u wie ek is, mevrou Richter?" vra Rothea sag.

Olga Richter frons.

"Ek is Barbara se suster en Albrecht se tante."

"Barbara?"

"Haar suster. Ek het Ernst geken en, soos u, was ek lief vir hom."

"Ernst?"

Weer net die een naam en as Rothea Olga beter geken het, sou sy geswyg het. Sy gaan moedig voort: "Ek het Ernst drie jaar geken en die ongeluk was vir my net so 'n skok soos vir u. Hy was nog so jonk . . ."

Die stilte rek uit. "Mag ek 'n rukkie hier sit en vir u uit 'n tydskrif voorlees?" vra Rothea.

"Nein."

Rothea sien toe die ouer vrou onderlangs na haar kyk.

Hul oë ontmoet en 'n telling lank hou Olga Richter die jong meisie se blik gevange. Toe vra sy kil: "Wat soek jy hier?" Die half deurskynende grys oë flikker vyandig. "Het Dieter jou gevra om te kom?"

Rothea wens sy was op die vraag voorbereid. Dit het 'n dubbele betekenis en suggereer 'n verhouding wat, sover dit Dieter aangaan, nie bestaan nie.

"Dieter het met my gereël om saam te kom, sodat ek Albrecht kan help aanpas."

"In ruil vir wat?"

Rothea staar na haar. Dink mevrou Richter sy het onder valse voorwendsels Schloss Hoffnung toe gekom? Beskou sy haar as 'n indringer wat die verhouding tussen Ilse en Dieter mag vertroebel, daarom dat sy so aggressief en vol wantroue is?

"Dieter sal nie met jou trou nie," verklaar Olga uitdagend. "Hy het my belowe dit sal 'n Duitse meisie wees en nie Ernst se oorskiet nie. Ernst was sleg. Ek wil hom vergeet en ek verbied jou om in hierdie huis sy naam te noem. Hoe durf jy van hom praat?"

"Ek het maar net gedink om goed te doen."

"Barbara was 'n slet wat my seun gesteel het. Nou wil jy dieselfde doen. Jy hoort nie hier nie en jy moet weg." Olga se hande klem om die rolstoel en sy haal hygend asem. "Sleg!" skree sy skril. "Gee pad onder my oë uit!"

Rothea se bene het nie genoeg krag om op te staan nie. Toe sy nie gou genoeg gehoorsaam nie, swaai Olga Richter haar stoel om. Die bande fluit op die klipvloer toe sy die rolstoel vinnig tussen die meubels deurstuur en by die sitkamerdeur uit verdwyn.

Carl is erger omgekrap as Rothea. "Dit was my fout, ek wat jou van die wal in die sloot gehelp het. My raad was goed bedoel en ek het nie so 'n uitbarsting verwag nie. Ek is bevrees jy het haar omgekrap en sy sal jou nie vergewe nie, nie solank jy op die plaas is nie." Hy kom langs Rothea op die riempiesbank sit en neem haar hand in syne. "Hoe lank bly jy nog?"

"Ek weet nie. 'n Week. Twee . . . Ek wens ek kon môre teruggaan. Ek moes van beter geweet het. Jou ma se bitterheid teenoor Barbara en Ernst is te diep gewortel. Ek moes eers met haar vriende gemaak het, haar voorberei het en nie uit die bloute oor Barbara-hulle begin praat het nie. Ek was dom. Onnosel, Carl."

Terwyl Rothea by Albie is om te kyk of hy rustig is en of Hanna alleen regkom, lig Carl sy broer oor die fiasko in. Toe Rothea verby die studeerkamer stap, roep Dieter haar in.

"Sit," beveel hy.

Carl is ook daar en hy wink Rothea nader om langs hom op die bank te kom sit.

"Moenie Rothea kwalik neem nie, Dieter," keer hy en plaas sy arm beskermend om haar skouers. "Sy is nog jonk en jy weet self Mutti is moeilik."

Dieter ignoreer hom. "Ek het gehoop jy en Moeder sal mekaar vind, Rothea. Wat het jou besiel om so taktloos te wees? Hoekom het jy nie oor Albie gepraat nie? Oor die weer? Resepte of breiwerk of perde? Hoekom op aarde oor die een onderwerp wat vir Moeder taboe is?"

"Sy het gedink Moeder het Ernst vergewe," paai Carl.

"Sommer self so gedink? Kon sy nie eers vra, voor sy dit gewaag het nie?"

"Rothea het dit vooraf met my bespreek," probeer Carl wal gooi.

"Met jou, maar nie met my nie?" Hoewel Dieter met Carl gepraat het, is dit na Rothea wat hy beskuldigend kyk. "Is my mening van my ma se geestestoestand nie belangrik genoeg nie?"

"Jy was besig en ek wou jou nie pla nie," antwoord Rothea in 'n klein stemmetjie.

"Toe pla jy Carl liewer en tussen die twee van julle vang julle 'n gemors aan? Moeder se bloeddruk is weer op, sy het oorhaastige afleidings oor jou teenwoordigheid op die plaas gemaak en die saak het in 'n onaangename situasie ontaard wat verhoed kon gewees het."

Dieter swaai terug na Carl en in sy oë is 'n onnatuurlike flikkering. "Nou die dag langs die swembad was al erg genoeg, toe jy Rothea in 'n seekatgreep op die wal beetgehad het. Dit was totaal onnodig. Soos nou . . . Sy sal nie omval nie. Los haar en laat haar eenkant op 'n stoel sit. Wil jy hê Moeder moet hier verbykom en Rothea weer 'n slet noem, en sleg en ek weet nie wat alles nie?"

"Moeder is in haar kamer." Hy kyk uitdagend na Dieter. "Wat is fout, ouboet? Is jy jaloers? Afgunstig omdat Rothea my bo jou verkies? Is dit nie goed vir jou ego nie?"

Dieter verbleek en sy stem is koud. "Ek dink aan Rothea se goeie naam."

"Jy hoef nie. Jy is nie haar baas nie en Rothea kan doen wat sy wil. Sy het uit vrye keuse langs my kom sit en by die swembad het sy haar ook nie teëgesit nie. Wat is jy so iesegrimmig, ou broer? Is dit liefdesprobleme? As jy en Ilse 'n argument gehad het, is dit onbillik om jou griewe op my en Rothea uit te haal."

"Ilse?" Dieter is steeds vererg en lus om Carl by te dam en die selftevrede grinnik van sy gesig af te vee. "Al rede waarom ek Ilse gebel het, is om te reël hoe laat sy môre vir die les kom. Hoekom sal ons argumenteer?"

Carl se stem is onskuldig. "Hoe sal ek weet?"

Dieter verontagsaam die vraag. "Sal nege-uur môre-oggend jou pas, Rothea? Ek sal met Hans reël om Salamander op te saal, en met Hanna om Albie op te pas."

8

Rothea is dankbaar dat sy Carl die volgende oggend nie te siene kry nie. Hy het nie reg gemaak nie en sy voel verneder toe sy aan gisteraand se insinuasies dink. Carl speel 'n speletjie wat sy nie verstaan nie. Hy het vir haar gewink om langs hom op die bank te kom sit en hoe kon sy by die swembad teëstribbel? Hy wou haar troos en sy was nie haarself nie. Sy het aan Albie gedink en was nie eers ten volle van Carl se arms om haar bewus nie.

Seekatgreep! Sy is opnuut oor Dieter se woordkeuse ontstoke. Dis 'n belediging.

Sy weet nie wat Carl wou bereik nie. Dieter vermaak? Hom terugbetaal oor 'n vorige potjie wat hy en sy broer oor 'n nooi geloop het? Of was Carl ernstig, dat hy meer as vriendskap vir haar voel? Dié dat hy uitdagend teenoor Dieter was en haar nie wou laat gaan toe sy op 'n stoel wou gaan sit het nie? Rothea weet nie. Haar hoofpyn van Vrydag is terug en sy het min lus vir Ilse en haar eerste les in perdry.

Ilse is laat. Dis tien oor nege toe Rothea perdepote hoor en Ilse op 'n groot swart hings verby die stalle galop. Rothea is seker die Duitse meisie het haar gesien, dog sy groet of wuif nie en ry voort huis toe.

Halftien kom. Kwart voor. Tienuur . . . Rothea weet nie of van haar verwag word om agter Ilse aan huis toe te loop nie. Sy wil nie steur as Ilse eers 'n rukkie by Dieter wil kuier nie.

Elfuur kom Ilse eindelik saam met Dieter deur die tuin aangestap. "Rothea?" roep sy. "Waar kan sy wees, Dieter? Ek soek die hele wêreld vol na haar, maar ek kry haar nie. My keel is hees geroep en ek was al drie keer by die stalle. Dink jy sy wil nie meer gaan ry nie? Dan moes sy mos net so gesê het, pleks van weg te kruip en ons vir die gek te hou."

"Hier's ek," sê Rothea kortaf.

Dieter lyk verbaas toe hy haar sien staan. "Waar was jy die hele oggend?"

"Ek het by die stalle gewag, van vyf voor nege af."

Ilse laat haar nie van stryk bring nie. Sy lag ongeërg. "Jy het seker agter 'n pilaar of om die hoek gestaan en nie gehoor ek roep nie. Alles reg, Rothea. Ek is nie haastig nie en kan begryp dat jy sku is. Ontspan en moenie bang wees nie. Ek is goed met beginners."

"Ilse is geduldig en jy hoef nie vir haar skaam te wees as jy sukkel nie, Rothea," moedig Dieter haar aan. "Jy sal gou regkom."

Ilse kyk met 'n glimlag na Rothea se verbleikte seilbroek. "Het jy nie 'n rybroek nie?"

"Nee."

"Ek sou met die grootste plesier vir jou een van myne leen, maar die broek sal vir jou te klein wees. Toe maar, dis niks nie, jy lyk piekfyn en ons sal seker nie ander mense langs die pad kry nie."

"Geniet die les," groet Dieter. "Ek het 'n vergadering by die boerevereniging. Sien julle om eenuur."

"Hans, hou vir haar die stiebeuel vas," beveel Ilse terwyl sy liggies op haar perd se rug wip en Rothea se gesukkel suur beskou.

Toe die Mercedes verbykom, wuif Ilse vrolik. Sy hou Salamander aan die toom vas en laat die twee perde rustig stap.

"Waaroor het jy en Dieter Vrydag so lank by die stalle gesels?" vra sy koel.

Rothea besef Dieter en die huismense kan hulle sien, maar nie hoor nie . . .

"Vrydag?" Rothea dink na. "Oor Albie en sy hond en ponie. Oor Upington, Salamander en of ek kan perdry."

"Upington en wanneer jy daarheen teruggaan?"

"Ja."

"Wanneer gaan jy?"

"Ek het nog nie besluit nie."

"Jy is 'n las vir die huismense. Jy stoot Mutti se bloed-druk op en arme Dieter kan nie sy werk doen as jy gedurig om hom rondhang nie. Die idee was dat jy net die naweek kuier. Om langer van die Richters se gasvryheid misbruik te maak, is dikvellig. Die kind het jou nie nodig nie."

Dis nie vir Ilse om te besluit of Albie haar nodig het of nie, dink Rothea. Wat praat sy altyd van "die kind"? Albie het mos 'n naam.

Ilse spoor die perd aan en kies koers kloof af, in die rig-ting van die rantjies.

"Is dit al waaroor jy en Dieter gesels het? Hoekom het dit dan gelyk of Dieter baie naby aan jou staan?"

Rothea wil haar vervies, maar sy is bang die onskuldige Albie sal dit dan weer ontgeld.

"Hy het nie naby my gestaan nie."

"En hoekom wou jy nie agterna kom koffie drink nie? Wou jy my vermy omdat jy skuldig gevoel het?"

"Ek was nie dors nie, dis al."

Ilse kyk skepties op. "Ná jy ook nie middagete gehad het nie? Moenie dink ek is onnosel nie. En moenie my on-derskat nie. Het Dieter Salamander vir jou gegee of net geleen?"

"Wat sou ek met 'n perd in 'n woonstel maak as hy hom vir my gegee het?"

"Dis wat ek ook gewonder het. Tensy jy nie beplan om weer na jou woonstel terug te gaan nie . . ."

Rothea vryf Salamander se ore en antwoord nie. Sy moes nie gekom het nie. Sy kon haarself leer perdry het of dit gelaat het.

"Carl sê die naweek toe Dieter jou op Upington gaan besoek het om oor die kind te praat, het julle die hele Son-dag saam deurgebring. Wat het julle gedoen?"

"Ons was by die Rosetuin."

Die paadjie word te smal vir twee ruiters langs mekaar. Ilse ry op 'n drafstap vooruit.

"Alleen?" roep sy oor haar skouer uit.

"Albie en honderde ander mense was by." Rothea probeer konsentreer om saam met die perd se ritme te beweeg. Op te wip wanneer sy rug opkom en af te sak saam met hom. Van 'n les is geen sprake nie. Of sy regkom of nie, kan Ilse nie skeel nie.

"Is jy nog bo?" Dis eerder 'n beskuldiging as 'n vraag.

Rothea byt op haar tande en klou vas.

Hulle ry onder 'n digte plaat soetdorings deur, met hier en daar 'n kiepersol en aalwyne wat soos oranje kandelare tussen die rotse blom. Rothea het egter nie kans om die uitsig of die natuurskoon te waardeer nie. Om op die sweetvos se rug te bly en vir laaghangende takke te koes, verg al haar aandag.

Toe sy om die draai tussen die twee klipkoppies uitkom, wag Ilse haar in. Die groot hings staan dwars getrek sodat hy die paadjie versper en Ilse se hand skiet uit om Salamander aan die teuels tot stilstand te dwing.

"Reg, nou kan ek en jy praat," lig sy Rothea in. "Jy is nie so onskuldig soos jy probeer voorgee nie, Dorothea Beukes. Ek ken jou soort, jou en jou suster se soort. Goedkoop flerries, net daarop uit om 'n man te vang, al steel julle hom van 'n ander meisie. Dieter is ryk en boonop aantreklik, nè? 'n Dodelike kombinasie vir 'n gewetenlose fortuinsoeker, nè?"

Rothea is spierwit. "Wat insinueer jy?"

"Moet ek dit duideliker stel?" Ilse ruk Salamander se toom nader sodat sy Rothea in die gesig kan kyk. "Ek sal nie toelaat dat die geskiedenis hom herhaal nie. Dieter Richter is myne. Gehoor? Barbara was 'n groter dief as Ernst en jy aard na haar. Ek waarsku jou: bly weg van Dieter af."

Rothea se weerstand is skielik laag. Ter wille van Albie

het sy kalm gebly. Maar wat Barbara betref, kan sy nie stilbly nie. Barbara is dood en nie hier om haar naam te verdedig nie.

"Jy praat van soort? Barbara was tien van jou soort werd. Sy was eerlik en fatsoenlik. Warm en liefdevol en verfynd. Geen wonder Ernst het jou gelos om met haar te trou nie. Dieter sal ook sy fout uitvind. Jou ware kleure herken en ook baie vinnig van jou ontslae raak."

Ilse se kop ruk op en haar oë blits. "Feeks!" sis sy. Sy pluk 'n karwats uit haar kamas en haar arm swaai in 'n boog omhoog.

Rothea verwag sy gaan die hou deur haar gesig kry en keer met 'n opgeligte hand vir haar oë. Maar die karwats swiep by haar verby om Salamander met 'n venynige slag teen die nek te tref. Terselfdertyd skop Ilse hom hard in die lies en los die toom.

Van skrik runnik die sweetvos skril. Sy oë rol wild in hul kasse en hy spring paniekbevange weg. Rothea val skuins oor sy nek, haar verskrikte greep dwarsoor die plek waar die karwats sy nekvel oopgekloof het. Die nuwe steekpyn wat deur sy nek brand, vererger die perd se angs. Hy byt die stang vas en skuim tou uit sy trillende neusgate. Sy bene pomp vinniger en sy hoewe vlieg oor die grond in 'n poging om die brandpyn agter te laat. Graspolle, klippe, gate en sandkolle trek in 'n dowwe vlaag onder Rothea verby en die wind wapper haar hare oor haar oë. Sy rem met al haar krag aan die teuels, maar sy is nie sterk genoeg om die hings in te hou nie. Hy het die stang tussen sy tande en sy nek is in 'n sekel gekrul terwyl hy in dolle vaart deur die kloof op loop sit, in die rigting van waar hulle gekom het – huis toe, waar Salamander instinktief weet veiligheid lê.

Rothea weet sy is nie ervare genoeg om bo te bly nie. Haar een voet is uit die stiebeuel en met elke afkomslag verloor sy haar ewewig. Sy let op die paadjie is dieselfde een van vroeër. Weer netnou deur die plaat bome . . . Sy onthou die lae takke en lang wit dorings, soos beeshorings. Teen hierdie snelheid sal sy nie betyds kan koes nie. Haar kop sal van haar lyf afgeskeur of haar oog sal uitgesteek word.

Toe die bome in sig kom, raak Rothea bang. Sy ruk haar ander voet ook uit die stiebeuel sodat sy kan afspring. Opeens het sy geen greep meer nie en nie beheer oor haar bewegings nie. Met die volgende galop begin sy val. Haar hande reik wanhopig na iets om vas te hou. Salamander se nek is egter taai van bloed en sweet en haar vingers gly los. Een oomblik nog voel sy die breë rug onder haar, die volgende oomblik is daar niks nie. Sy hoor 'n gil, sonder dat sy besef dis sy wat skree. Sy ondervind 'n swewende gevoel, asof sy van 'n hoë duikplank gespring het. Toe tref sy die grond met 'n slag wat die lug uit haar longe pers. Dit voel soos 'n voorhamerhou wat haar skouer tref, toe word alles om haar donker.

Rothea weet nie hoe lank sy daar gelê het nie. Toe sy bykom, is alles stil. Die dawerende perdepote is weg, die gil en selfs die voëls. Teen haar wang en in haar mond is sand. Sy bly lê, terwyl sy haar bene versigtig beweeg. Hulle is albei nog daar. Haar arms ook. Maar haar skouer het seergekry. Toe sy op haar knieë sukkel, skiet 'n kool vuur van haar linkerarm af op in haar nek. Sy onthou opeens van Ilse en kyk behoedsaam rond. Ilse is egter nêrens in sig nie. Haar perd is ook weg. Sy besef as sy by die huis wil kom, sal dit op eie stoom en sonder Salamander moet wees.

Met haar gesonde arm hys Rothea haar aan 'n stuk boomstomp regop. Sy merk sy het in 'n sandkol te lande gekom, wat haar redding was. As sy op harde grond of op 'n klip geval het, het sy seergekry.

Rothea se sin vir rigting is daarmee heen en sy weet nie watter kant toe sy moet begin aansukkel nie. Waar is die huis? Haar perd?

Haar oë soek na die kol doringbome waarvoor sy so 'n vrees gehad het. Hulle was vorentoe. En anderkant hulle lê die rantjie, dan die opstal . . . Die bome is skuins na regs, nie waar sy hulle verwag het nie. Ook baie verder weg. Sy vee die sand uit haar mond en konsentreer daarop om een voet voor die ander te plaas. Om haar verstand helder te hou en haar aan te moedig, tel sy haar treë. Ná elke vyftig rus sy. Dan weer vyftig, miskien sestig, as sy die krag het . . .

Sy moes Ilse nie so kwaad gemaak het nie. Dit was haar eie skuld dat die meisie haar humeur verloor het. Barbara sou nie omgegee het wat Ilse Bauer van haar dink nie. Sy sou haar skouers opgehaal en die skelname van haar afgeskud het.

Eers toe Rothea koelte voel, besef sy sy het die bome bereik.

Sal Ilse haar nie dalk kom soek nie? Wat was Ilse se bedoeling? Dat die perd moet skrik en haar afgooi?

Carl het gesê op die plaas is dassies en toe Rothea 'n blaf hoor, aanvaar sy dis een van hulle. Sy weet nie watter geluid 'n dassie maak nie en hier sal nie 'n hond in die veld wees nie. Gelukkig is dassies nie aggressief nie. Hulle sal haar nie aanval nie en dis al wat op die oomblik saak maak. Dit, en om een voet voor die ander te sit en aan te hou loop.

Die das is egter reusagtig toe hy om die rots storm – baie groter en beweegliker as wat Rothea verwag het. Die bruin lyf flits tussen die lang buffelsgras en miershope deur, net 'n streep wat hier en daar grondvat. Rothea vryf oor haar oë, bang sy yl, en om beter te kan sien. Tóg 'n hond?

Die volgende oomblik is die groot grysbruin lyf by haar, blaffend en stertswaaiend en met 'n tong wat haar hand lek.

"Wat sien jy, Fritz?" vra Dieter se stem ver weg.

Sy vryf haar oë, maar die newels gaan nie weg nie. Dis

wensdenkery, besef Rothea. 'n Produk van 'n oorvrugbare verbeelding wat haar laat glo Dieter is hier.

Selfs die klank van naderende perdepote word vir Rothea deel van die droombeeld. Sy weet hulle sê 'n perd is 'n slim dier, maar Salamander sal nie terugkom om te kyk wat van haar geword het nie. En dis nie een van Dieter se Weimaraners hierdie wat haar hand lek nie. Dis 'n dassie.

"Fritz?" roep Ilse. "Het jy haar gekry?"

Die hond blaf opgewonde en nog een kom by om aan Rothea te snuif. Die perdepote word harder. Iets anders as 'n hondeneus raak aan haar. 'n Hand en 'n arm vat om haar en hou haar vas.

"Is jy beseer?" vra Dieter besorg.

Ilse kom met 'n waterbottel aangehardloop. "Ek was mal van bekommernis! Dit was my fout. Ek moes van beter geweet het as om jou die karwats te gee. Salamander is nie aan sulke rowwe behandeling gewoond nie."

Rothea neem 'n sluk water. Die karwats vir háár gegee! Wie is deurmekaar, sy of Ilse?

"Ek kon Salamander nie inhaal nie, kon julle ná 'n ruk ook nie meer sien nie. Dis toe dat ek besluit het om huis toe te jaag en Dieter en die honde te kry om na jou te gaan soek. Wat het gebeur? Het Salamander jou afgegooi?"

"Ja. Nee . . . Ek het self afgeval. In sand."

"Dankie tog, ons het jou gekry en jy is ongedeerd."

"Ons moet Rothea by die huis kry. Sy ly aan skok," sê Dieter.

Sy een arm gaan om Rothea se middel, die ander om haar knieë. Hy tel haar op sy perd se rug. Met 'n arm steeds om haar lyf, steek hy sy voet in die stiebeuel en klim agter Rothea op.

Ilse frons. "Is julle twee se gesamentlike massa nie te swaar nie? Laat ek Rothea liewer by my neem."

Dieter skud sy kop. "Jy is nie sterk genoeg om haar vas te hou dat sy nie afval nie."

Teen haar rug is Rothea van die veiligheid van Dieter se breë skouers bewus, wat haar teen die bewegings van die perd stut. Deur die dun materiaal van sy hemp kan sy die hitte van sy lyf voel deurslaan. Hy ruik na tabak en naskeermiddel. Sy wens die rit hou jare lank aan: net sy en Dieter, met Ilse en die wêreld om hulle afgesluit, ver weg . . . Net die klank van die perd se hoewe en die gekwetter van vinke om die middagstilte te versteur. Wat kan 'n meisie meer vra as om net so styf te sit teen die breë bors van die man wat sy bo alles liefhet?

Rothea is in 'n heerlike droom, wat aan skerwe spat toe hulle tuis kom. Sy verwag om Dieter te sien toe haar ooglede lomerig oopgaan. Maar die eerste wat sy sien, is Albie wat met sy voete en al bo-op die balkonreling voor sy kamer staan. Die glasdeur op die eerste verdieping agter hom staan wawyd oop en hy is besig om te kyk of hy handeviervoet op die smal ysterstawe van die reling kan loop.

Sy vergeet van Dieter. Die newels verdwyn om haar yskoud en skielik nugter te laat. Nee . . . Nee, asseblief nie, pleit sy woordeloos. Nie 'n tweede keer in vier dae nie . . . sy glyval uit Dieter se arms van die perd se rug af en begin hardloop.

Dieter is egter vinniger as sy en eerste by die sydeur.

"Bly hier!" gebied hy Rothea. "Ek sal hom daar afkry. Moenie na hom roep of skree nie. Jy of Ilse moenie sy aandag probeer trek nie."

Rothea is dankbaar dat Dieter hier is om oor te neem. Maar sy kan nie op die stoep wag nie, nie wetend of hy betyds was nie. Toe hy die trappe drie-drie ophardloop, storm sy bewerig agterna.

'n Ry ballonne en gevlegde kreukelpapier hang in Albie se kamer. 'n Tafel is ingebring, waarby Olga Richter, Carl en Hanna sit. Dit lyk soos 'n gevriesde tablo – die drie mense, elk met 'n teekoppie en 'n koekbordjie, wat almal regop sit en Dieter verbaas agterna staar.

110

Rothea pyl op die glasdeur af, met Ilse kort op haar hakke. Dieter is daar. By die balkonreling, sy arms om die klein figuurtjie terwyl hy hom aftel.

"Ou grote, ek dink nie jy moet sommer hier loop nie. Doen dit eers wanneer jy in 'n sirkus is," sê hy rustig.

"Waar's Albie?" vra Carl, skielik bekommerd oor waarheen almal so haastig op pad was.

"Veilig," antwoord Dieter bot. "Nie aan jou te dankie nie, broer." Hy dra Albie na binne en sit hom by die tafel neer. "Het jy nie gesien die glasdeur is oop nie? Het niemand opgelet nie?"

Carl frons. "Watter glasdeur? Nee. Ek het nie eers besef hier ís 'n glasdeur nie. Was Albie buite?"

"Buite, op die reling," beaam Dieter grimmig. "Of het jy ook nie geweet daar is 'n reling nie, Carl?"

"Nee, ek het geweet." Carl sit sy bord neer, die skyf koek en roomtert onaangeraak. "Wat ek nie geweet het nie, is dat Albie buite was en probeer opklouter het. Mensdom, dis hoeveel meter! Es mach überhaupt nichts! Ich fühle mich fiebrig." Ter wille van Rothea slaan hy weer oor na Afrikaans. "Dit maak glad nie saak nie. Ek voel skoon duiselig. Het hy nie afgeval nie?"

Dieter wys na die ongedeerde Albie, wat 'n voorliefde vir roomtert ontwikkel het, veral om dit met sy vingers te skep en af te lek.

Rothea laat hom begaan, nie in 'n toestand om hom tafelmaniere te leer nie. As hy afgeval het, het hy nooit weer roomtert of sjokoladekoek of 'n vistrein geëet nie, mymer sy. Dit was 'n ongeluk. Blote nalatigheid, sê sy vir haarself. Maar in haar hart weet sy dit was nie. Soos dit ook nie die wind of die hond was wat Albie se bal in die swembad laat beland het nie.

Die vensters het knippe wat maklik oopgemaak kan word, selfs deur 'n kleuter. Daarom het Dieter diefwering laat aanbring. Die glasdeur is egter moeiliker. Albie kan

111

nie 'n sleutel draai, en 'n Yale-slot en terselfdertyd 'n deur-handvatsel nie. Sy koördinasie is nie goed genoeg nie. Dit moes 'n grootmens gewees het. 'n Volwassene wat weet kleuters hou van nuwe ervarings en die balkon sal Albie na buite lok; wat weet die reling is smal; wat weet die pure seun, die twee-en-'n-halfjarige Albie sal nie die gevaar be-sef nie en probeer bo-op klim.

Wie het 'n grief teen Albie? Wie haat 'n klein, onskul-dige ou seuntjie genoeg om hom te wil verongeluk?

Rothea voel siek en naar, haar verstand afgestomp. Haar nagmerrie-val en seer skouer is vergete.

Ilse Bauer? vra sy instinktief. Sy het vroeër gewonder wat Ilse wou bereik deur Salamander op loop te jaag. Of Ilse wou hê sy moet afval en haar nek breek, sodat sy uit die pad kan wees en Ilse Dieter vir haarself kon hê, sonder kompetisie. Nou kom 'n tweede vraag by haar op: Wou Ilse haar wegkry sodat sy vinnig kon terugkom huis toe, na Al-bie, sonder dat sy tante by is om 'n wakende oog te hou?

Carl het gesê Ilse was van kleins af emosioneel onge-balanseer. Wat met haar en Ernst gebeur het, kon haar toestand vererger het, in so 'n mate dat sy steeds 'n grief teen Ernst koester. Teen Barbara ook. Maar veral teen hul kind . . .

Rothea is nie seker wanneer sy en Dieter beplan om te trou nie. Maar sy voel aan Ilse hou nie van kinders nie. By die swembad was dit ook baie duidelik dat Albie op haar senuwees werk. Wanneer sy haar intrek as die nuwe mevrou Richter van Schloss Hoffnung neem, sal sy nie 'n lastige kleuter in die huis verwelkom nie; een wat raas en lawaai, stories wil hoor, met koek en koeldrank mors en haar irriteer nie; een met wie sy Dieter moet deel nie. Haar eie kinders eendag dalk. Maar nie 'n ander s'n nie. 'n An-der man s'n, 'n man wat haar veronreg en in die steek gelaat het. Is dit genoeg rede dat sy vroegtydig van Albie ontslae wil raak?

"Ek het uitdruklike bevele gelaat dat die glasdeur altyd gesluit moet wees," sê Dieter skerp, "en dat Albie in geen omstandighede op die balkon toegelaat mag word tensy Rothea, Hanna, ek of iemand anders by is nie."

"Herr Richter, ek is die skuldige een," erken Hanna.

Olga Richter se kop draai van die een mens na die ander, asof sy nie in staat is om te verstaan wat aan die gang is nie. Maar die ander vier mense verstar ná Hanna se bekentenis. Rothea weet nie of haar vrees en agterdog ook by hulle opgekom het nie. Saam met hulle staar sy gespanne na die Duitse vrou, wat haar hande inmekaar wring en heel duidelik diep ontstig is.

"Jy?" Dieter se vraag het die skerpte van 'n sweepslag.

"Toe sy mamma vanmôre met die perd weg is, het die kleine vreeslik oor haar gehuil, mein Herr. Om hom te troos, het ek gesê ons sal 'n teepartytjie hou, met sy Grossmutter grootmoeder en Onkel Carl en Onkel Dieter as hy betyds terug is van die vergadering. Met koek, tee en koeldrank. Asseblief, ek was besig om tee te drink en . . . en ek het geslaap . . . nie gesien die deur is nie gesluit nie. Die Herr kan my maar wegjaag . . ." Sy begin hygend huil, druk haar voorskoot teen haar gesig en vlug weg na haar kamer.

"Nee, dit was nie die arme Hanna se skuld nie, want sy het dit goed bedoel en sy was te besig om na die deur op te let," sê Rothea. "Sal ek agterna gaan en haar gerusstel?"

Dan kan sy terselfdertyd die geleentheid kry om by Hanna uit te vind of Ilse vanoggend in Albie se kamer was, dink Rothea. Dalk terwyl sy by die stalle gewag het. Of miskien later, toe Ilse teruggekom het om Dieter en die honde te kom haal om na haar te gaan soek.

"Nee, bly," keer Dieter. "Jy het self 'n onaangename ondervinding gehad en ek sal later met Hanna praat."

"Gode sy dank dat Albie ongedeerd is," sug Ilse, self bleek geskrik. "Hier kon vandag lelike drama plaasgevind het as ons 'n minuut te laat was."

Rothea hou haar onderlangs dop. Goeie toneelspel? Of is die bleekheid nog as gevolg van haar woedebui in die kloof? Miskien omdat sy so styf teen haar verloofde op sy perd se rug gesit het, sonder dat Ilse iets daaraan kon doen?

"Ek dag die drama was dat Rothea van 'n perd afgeval en byna haar nek gebreek het," merk Carl op. "Sy is nog springlewendig. Wat het gebeur? Was prins Valiant betyds op die toneel met sy wit perd en sy honde, om 'n dame in nood te hulp te snel?"

"Sy was halfpad terug huis toe, duskant die rantjie, toe ek en Dieter haar gekry het," antwoord Ilse. "Sy het van Salamander afgeval, maar gelukkig in 'n sandkol."

"So het ek afgelei. Salamander het netnou ruiterloos hier aangedraf gekom, skuimbevlek en met loshangende teuels. Ek wou inderhaas in my Ferrari spring en Rothea se lewenslange dankbaarheid gaan verdien, maar ek het geweet my bekwame ouboet sal die situasie goed onder beheer hê. Hy het klaarblyklik ook."

"Is Salamander hier? Het hy self huis toe gekom?" wil Rothea weet.

"Ja. Hy weet waar sy kos en water is."

Rothea spring op. "Ek wil hom gaan help."

"Help?" Carl aarsel 'n oomblik. "Praat jy van die nek-wond? Hans het kom sê. Toe maar, Hans sal hom roskam en versorg. Hy en sy seun weet meer van perde en honde en lammers af as 'n veearts."

Rothea sien dat Dieter op 'n vreemde manier na haar kyk en sy kan raai wat hy dink. Dat sy 'n wreedaard is, dat sy diere mishandel . . . met 'n karwats 'n perd se nek oopslaan . . .

Rothea wil verduidelik wat werklik gebeur het, maar nou is nie die tyd nie, ook nie terwyl almal by is nie. Sy onthou Ilse is Dieter se verloofde, die meisie wat hy liefhet en met wie hy gaan trou. Sal hy vir haar dankie sê as sy sy aanstaande vrou swartsmeer en haar in 'n swak lig stel? Of sal Dieter glo sy vertel leuens en minder van haar dink?

"Wel, Rothea, nou kan jy perdry," spot Carl. "Hulle sê 'n mens kan nie voor jy 'n slag goed afgeval het nie. Hoe het dit met die les gegaan?"

"Nie te goed nie."

"Swak," erken Ilse kamma verleë. "Die mislukking was aan my te wyte, want Rothea het nie genoeg vertroue in my gehad nie. Sy was heeltyd te bang vir die perd. Ek het haar probeer gerusstel dat Salamander ingebreek is en Dieter nie vir haar 'n wilde perd sou gegee het, wetende sy is onervare nie. Maar ek dink Rothea was steeds bang die sweetvos byt of skop haar."

"Byt of skop?" Carl kyk ongelowig na Rothea. "Salamander? Hy is die sagmoedigste dier in die stalle."

Rothea wens hulle wil oor ander dinge praat. Oor Albie. Probeer vasstel wie die glasdeur oopgemaak het.

"Rothea is 'n dorpsjapie, Carl," verduidelik Ilse. "Sy het nie soos ek en jy en Dieter op 'n plaas grootgeword nie. Sy ken nie perde nie. Vir 'n oningewyde is 'n groot hings seker vreesinboesemend, met sy lang tande en skerp hoewe. Moenie vir Rothea lag omdat sy 'n karwats wou hê om haar teen so 'n monster te verdedig nie. Sy het kop verloor toe hy begin galop, dis al."

Carl lyk steeds of hy sulke domheid nie kan begryp nie, selfs nie van 'n dorpsjapie nie. "Salamander is 'n lammetjie. Jy kon seker self dink as jy hom slaan, sal hy juis wild raak en op loop sit."

"Wat is 'n monster? Was ist los? Wat is verkeerd?" vra Carl se ma pruttelrig. "Bitte, asseblief, sal iemand my sê waarvan almal praat? Is dit die kind, Albrecht?"

"'n Monster is ein muster," verduidelik Carl. "Ek weet self ook nie was ist los nie, Mutti. Waaroor al die gepraat is nie. Ma sien self Rothea en Albie is springlewendig."

9

"Albrecht?" herhaal Olga vaag. "Ek wis die Afrikaanse meisie het van 'n perd afgeval. Maar wat is dit van Albie?"

Dis die eerste keer dat sy oor haar kleinkind besorg is, die eerste keer dat Olga Richter enigsins positiewe emosie toon, dink Rothea.

"Het Ma nie gehoor nie?" vra Carl ongeduldig. "Hy het op die balkonreling geklim. Ek skat ná al hierdie ophef het almal versterking nodig. Wil een van julle meisies nie kyk of hier nog van Hanna se tee oor is nie?"

Op die tafel staan 'n ketel, melk en suiker. Toe Rothea 'n kraan in die badkamer oopdraai om 'n beker water te tap, voel sy weer 'n steekpyn in haar beseerde skouer. Dieselfde kool van netnou brand weer van haar arm tot in haar nek. Sy onderdruk dit. Carl en Dieter se ma het verward geklink, peins sy, terwyl sy die ketel volmaak en aanskakel. Soos met Ilse, wonder sy: Is dit toneelspel? Of is Olga Richter werklik so vaag en sonder begrip soos sy voorgee?

Sy sien gisteraand soos 'n film voor haar verbyflits, die rukkie toe sy die riempiesbank nader getrek het in 'n poging om met die ouer vrou 'n aanknopingspunt te vind. Sy sien weer Olga Richter se vyandigheid, die kilheid in haar onnatuurlike, half deurskynende oë. Sy onthou die harde ontoegeeflikheid en die behendigheid waarmee sy die rolstoel tussen die meubels in die sitkamer deurgestuur het. Toe was sy nie vaag nie, maar het ten volle besef wat om haar aangaan en wie Rothea Beukes is. Selfs skerpsinnig genoeg om vrae te vra en die Afrikaanse meisie se teenwoordigheid naby haar oudste seun te veroordeel.

Rothea gooi 'n paar sakkies in die teepot en skink kookwater in. Carl en Dieter se ma is nie so hulpeloos soos almal reken nie, besef sy. Aan tafel het sy gesukkel om 'n mes en 'n vurk te hanteer. Maar met die rolstoel was sy skielik baie vaardig.

En – selfs al ís die regterhand onhandig – 'n mens het nie twee hande nodig om 'n sleutel, 'n Yale-slot en 'n deurhandvatsel te draai nie.

Tot dusver het sy slegs Ilse verdink, omdat Ilse die sterkste motief en die beste geleentheid gehad het. Maar Olga was heeloggend tuis en sy kon Vrydag by die swembad gekom het. By die agterdeur is 'n skuins sementafrit aangebring, sodat 'n rolstoel daar kan af en Olga in die tuin kan kom, wat glo in die verlede haar groot liefde en stokperdjie was.

Is Ilse onskuldig, 'n slagoffer van omstandigheidsgetuienis? Sy hou nie van die meisie nie en sy is bang vir haar. Juis daarom moet sy egter versigtig wees om billik te bly. Teësin en vyandigheid bring mee dat 'n mens nie objektief kan oordeel nie.

Ilse is oordrewe vriendelik wanneer Dieter by is en die teenoorgestelde wanneer hulle twee alleen is. Dit gaan dus om Dieter, nie om Albie nie, redeneer Rothea. Maar dieselfde geld vir Olga Richter. Sy bly Olga se oë sien, wat hare gevange gehou het; hoor weer die stugheid, die ongenaakbaarheid toe sy gevra het: "Wat soek jy hier?" en: "In ruil vir wat?" Dus, weer eens gaan dit oor Dieter, nie sy broer se kind nie. Sy is terug by die begin . . . Met twee verdagtes. Of twee onskuldiges.

Dieter het gewaarsku sy sal onwelkom op die plaas wees. Maar dit was sý wat onwelkom sou wees, sý as 'n grootmens, in staat om vir haarself te sorg. Is Dieter nie bewus van hoe sy ma en Ilse oor Barbara en Ernst se kind voel nie? Hoe kon hy Albie plaas toe laat kom, wetende wat die situasie is? Wetende daar mag selfs vir Albie gevaar wees?

Sy vryf weer met 'n moeë hand oor haar oë, soos netnou in die veld op pad na die doringbome. Soveel vrae waarop sy in werklikheid nie antwoorde wil hê nie. Sy wil Albie gelukkig sien: Dieter in beheer van die situasie, Ilse tevrede met die las van 'n stiefkind en die ouma wat haar kleinseun se teenwoordigheid geniet, met 'n oplettende Hanna in bevel van die kinderkamer.

Al gevolgtrekking waartoe Rothea kom, is dat Dieter onbewus is van die onderstrominge op Schloss Hoffnung. Daardie mense is sy ma en sy verloofde. Dis te verstane dat Dieter blind sal wees vir hul foute, dat 'n aanslag op Albie se lewe deur Dieter as 'n ongeluk of agtelosigheid beskou sal word. Sy kan hom nie blameer nie. Hy het sy ma en Ilse lief.

Rothea oorweeg om Carl se hulp te vra, maar as bondgenoot is die jongste Richter-broer nie veel werd nie. Hy stel nie in kleuters belang nie. Sy Ferrari en watter nooi hy Saterdagaand gaan uitneem, is belangriker. Carl is gaaf, vriendelik, sjarmant en vol komplimente, waarvan hy party miskien opreg bedoel. Maar hy dink net aan homself. As sy vir hom sê sy dink Albie verkeer in gevaar, sal Carl lag en sê sy het mooi groen oë.

Rothea skink vir Albie koeldrank en sny vir hom 'n laaste stukkie roomtert. Toe dra sy die skinkbord tee in.

Carl spring galant op, maar Dieter is eerste by.

"Gee, laat ek die skinkbord neem, Rothea."

Rothea onthou wat 'n vorige keer gebeur het toe haar hand per ongeluk aan syne geraak het. Nadat sy 'n paar minute lank winduit, flou of dalk selfs bewusteloos was, vertrou sy nie haar reaksies nie. Sy sorg dat sy die skinkbord aan die verste twee punte vashou en toe Dieter dit neem, los sy so vinnig dat hy die koppies amper laat val.

Dieter draai nie dadelik weg om dit vir die ander mense aan te bied nie. Hy kyk af in haar gesig.

"Is iets verkeerd, Rothea?" vra hy sag.

Rothea voel weer sy skouer teen haar rug, sy arm om haar middel; voel weer die hitte van sy lyf; ruik die tabak en naskeermiddel; onthou hoe gelukkig en tevrede sy was . . .

118

Ja, alles is verkeerd! wil sy uitroep.

"N-Nee . . ."

Dieter is nie tevrede nie. "Voel jy nie goed nie?" dring hy aan.

Moenie, dink sy. Moenie aan my aandag gee wanneer Ilse by is en met sulke vernoude oë na my kyk nie.

"Ek voel piekfyn." Sy kyk weg, skielik met oordrewe konsentrasie besig om Albie se koeldrank vir hom te gee.

"Haai, Dieter, weet jy, Rothea is kamma veronderstel om 'n pasiënt te wees en hier doen sy al die werk terwyl ek agteroor sit," sê Ilse boetvaardig. "Gee Albie vir my. Ek sal hom sy koeldrank en roomtert voer, Rothea."

"Nee!"

In die plotselinge stilte wat volg, hang die weerklank van Rothea se skerp weiering. Sy besef dit het te kras geklink.

"Ek wil hom nie daaraan gewoond maak om kos van vreemdelinge te neem nie," probeer Rothea retireer. Selfs vir haar klink die verskoning onbeholpe en onoortuigend.

"Albie is nie 'n hondjie nie," bestraf Ilse haar ligweg. "Waarvoor is jy bang, dat ek hom 'n stukkie rou vleis met arseen in sal gee? Strignien in sy koeldrank sal gooi?"

"Ja."

Sy het gepraat voor sy gedink het. Die oomblik toe die woord uit is, besef Rothea wat sy gesê het, maar dis te laat.

"Sien jy nou, Dieter!" roep Ilse uit. "Ek probeer so hard om met Rothea vriende te wees, maar sy wil nie. Sy haat my. Sy probeer my op allerhande maniere seermaak. Het jy gehoor wat sy so pas gesê het, Dieter?"

"Ek . . ." Rothea druk haar vuis teen haar mond, net so omgekrap soos Ilse. "Ek is jammer."

Ilse ignoreer haar. "Van die heel eerste dag af, toe ek saam met haar wou kom swem het, het Rothea my probeer kwets. Sy ken seker baie feëverhale vir kinders. Maar watter een het sy Vrydagoggend gekies om hard en luidrugtig vir Albie te vertel? Van Sneeuwitjie. Van hoe wreed die stiefma

119

teenoor die dogtertjie was, wat volgens haar toevallig net so oud soos Albie was. Dit was wreed van Rothea. Sy het dit so beplan, om my seer te maak."

"Ek het nie." Rothea byt haar duimnael vas en skud haar kop. "Albie het gesê hy wil dit hoor."

"Onthou jy toe ek gesê het Rothea probeer altyd die skuld op my laai? Toe sy kamma vir my by die stalle gewag het? Sien jy nou, Dieter, ek was onskuldig. Want kyk, nou probeer sy weer die skuld op arme Albie pak. Hy het van die drie beertjies gepraat, niks van Sneeuwitjie nie. Dit was Rothea se eie plan, net om my te ontstel."

"Nee," probeer Rothea keer.

Ilse pluk 'n sakdoek uit en vee haar trane af. "Ek is alleen en ek het nie vriendinne nie. Ek wou so graag Rothea se vriendskap wen. Ek het vanoggend 'n ander afspraak gekanselleer om oor te ry en haar met Salamander te help. Ek was geduldig. Ek het haar gewys hoe om op 'n perd se rug te klim, hoe om te sit en hoe om die teuels te hou. Maar sy het my beledig en gesê sy weet. Sy wou nie na my raad luister nie. Sy het die karwats by my gegryp en gesê sy sal self regkom. Hoe kon jy my kwalik neem vir wat gebeur het, Dieter? Ek kon nie die karwats teruggryp nie. Ek kon nie keer toe sy die perd slaan nie. Glo jy my nou, nadat jy gehoor het Rothea beskuldig my daarvan dat ek Albie wil vergiftig?"

"Julle meisies is oorspanne," probeer Carl olie op die troebel water gooi. "Hou nou op om mekaar in die hare te vlieg en drink jul tee. Tee help vir die senuwees."

"Glo jy my nou dat Rothea my haat?" hou Ilse vol. "Dat sy koud en liefdeloos en selfsugtig is, Dieter?"

Ook Dieter probeer paai. "Toe nou maar, Ilse. Kom ons laat dit daar."

"Laat dit daar dat Rothea gesê het ek wil Albie gif ingee?"

"Rothea het te haastig gepraat en nie bedoel wat sy gesê

het nie," keer Dieter. "Sy moes baie hard geval het, al was dit in sand, want agterna was sy duiselig en deurmekaar. Sy ly aan skok. Moet jou nie aan haar steur nie, Ilse."

Dieter se woorde het nie die gewenste uitwerking nie. Pleks om te kalmeer, begin Ilse hygend huil.

"Ek het so my bes probeer, maar Rothea haat my. Sy haat diere. Salamander is so liefdevol en sagmoedig. Maar sy het hom byna doodgeslaan met die karwats . . ."

Rothea is yskoud, met net haar skouer wat vuurwarm gloei. Sy wil ook huil, maar sy weet dan sal sy heeltemal kop verloor en sal Albie ook aan die huil gaan. Dis al wat nog nodig is – dat Albie ook histeries raak en 'n kabaal opskop.

"Ek het Salamander nie geslaan nie," antwoord sy.

Ilse huil harder.

"Jy het! Ek was by en ek het jou self gesien. Hans het gesien en Carl weet ook hoe arme Salamander se nek lyk. Dit was nie dorings of 'n tak wat hom gekrap het nie. Net 'n karwats kon sy nekvel so wreed oopgekloof het. Dis duidelik dat hy mishandel is. Jy het op hom gery en jy het die karwats gehad. Wat probeer jy sê? Dat jy hom nie geslaan het nie? Wie het dit dan gedoen? Ek?"

Rothea bewonder Ilse se durf en vindingrykheid. Sy besef sy is nie teen haar opgewasse nie. Al sê sy dit was Ilse, Ilse wat haar tussen die klipkoppies ingewag het, haar humeur verloor en die perd geskop en geslaan het, sal niemand haar glo nie. Sy kan sien Dieter, sy ma en Carl is aan Ilse se kant, terwyl hulle afkeurend na haar kyk. Hulle is plaasmense, met 'n liefde vir perde, en hier kom 'n stadsjapie, rou en onervare, bang vir 'n groot sweetvoshings se tande en hoewe. So bang dat sy 'n wapen teen die monster wou hê . . .

Dieter lyk ook asof hy die kluts 'n bietjie kwyt is en nie dadelik mooi weet hoe om die rusie tussen die twee meisies te hanteer nie. Hy kyk na Ilse, dan na Rothea.

"Laat Ilse Albie se koeldrank vashou. Om van 'n perd af te val wat in volle vaart was, is nie 'n grap nie. Kom, ek help jou kamer toe en gee jou 'n kalmeerpilletjie."

Tevrede dat sy haar doel bereik het en dat Dieter haar kant gekies heet, stribbel Ilse nie teë of probeer verhoed dat hy alleen saam met Rothea is nie. Sy lyk oorwinnend toe sy Albie op haar skoot tel en sy koeldrank vir hom aangee.

"Ek makeer niks nie," stry Rothea.

"Jy kan skaars op jou voete staan en dit lyk asof die geringste windjie jou sal omwaai. Kom!" Dieter neem haar gebiedend aan die arm.

"Albie . . ." kry sy dit pleitend uit.

"Ilse sal na Albie omsien en sorg dat die glasdeur gesluit bly. Ek het klaar met Hanna gepraat en sy sal nou-nou hier wees om oor te neem, sodra sy kalmer is."

Rothea besef hy was reg: sy kan skaars regop staan en haar skouer pyn al erger. Carl is hier en wanneer Hanna nou-nou terugkom, sal sy by Albie wees. Niemand sal waag om weer die deur oop te maak nie. Ook nie om te gou op die hakke van die vorige een 'n ander "ongeluk" te bedink nie.

Dieter stuur Rothea na die deur, tot in die gang. "Soos Ilse gesê het, behoort jy na regte 'n pasiënt te wees wat rus en stilte nodig het. Ontspan, Albie is in veilige hande."

Rothea laat haar willoos weglei na haar eie kamer. In veilige hande? herhaal sy in haar binneste. Ilse Bauer se hande? Is Dieter blind of so verlief op Ilse dat hy nie kan oordeel nie?

Dieter stoot die kamerdeur agter hulle toe. Hy laat Rothea in 'n stoel sit, terwyl hy met gevoude arms teen die spieëlkas stelling inneem.

"Ek is jammer as my hantering miskien effens hardhandig voorgekom het. Maar ek wou van die geleentheid gebruik maak om alleen met jou te praat."

122

"Oor Salamander?" Rothea wag onseker, bang vir die nuwe storm wat oor haar kop gaan woed.

"Salamander is later op die agenda. Nee, oor Albie."

"Dink jy dalk dit sal beter wees as ek hom wegneem?" vra Rothea hoopvol.

Dieter is lank stil, sy oë onsiende op die oorkantste muur gerig. Hy druk 'n hand teen sy voorkop en sug. "Terug Upington toe? Dit sal nie die oplossing wees nie. Die gevare sal steeds daar wees. Hier of op Upington sal . . ." Hy maak nie die sin klaar nie. Tot Rothea probeer regop sit, weg van die rugleuning van die stoel af, merk hy die trek van pyn om haar mond. "Wat makeer?"

"Niks. Ek is effens styf van die perdry."

Rothea weet nie hoe hy dit so vinnig reggekry het nie. Een oomblik nog het Dieter teen die spieëlkas geleun, die volgende oomblik het hy haar weer aan die arm, terwyl hy haar dwars draai om haar skouer te bekyk.

" 'n Bietjie styf van perdry, sê jy? Daar's bloed besig om deur jou hemp te syfer. Hoekom het jy niks gesê nie, vroumens?"

"Ek wou jou nie kwaad maak nie . . . nie lastig wees nie."

Dit was die verkeerde antwoord.

"My nie kwaad maak nie?" eggo Dieter sarkasties. "Wat dink jy het jy nou reggekry? My in die sewende hemel van geluk geplaas? Verduiwels, Rothea, dink jy ek is ook 'n monster? Kwaad wees omdat jy seergekry het, pleks van jou te help?"

"Dis net 'n skraap. Ek sal self regkom, dankie."

"Soos jy tot dusver reggekom het? Sit stil sodat ek daarna kan kyk."

Rothea probeer wegdraai en haar arm losmaak. "Jy hoef nie, dankie. Ek sal salf en 'n pleister opsit."

"Wat jy hoe gaan regkry? Met een hand, sonder dat jy kan sien of bykom."

123

"Ek sal bykom."

Dieter sê 'n erger woord as netnou. "Ek is nie lus om eers weer te argumenteer nie. Trek jou hemp uit, terwyl ek die noodhulptas gaan haal."

Dieter stryk ergerlik uit, af met die gang en die trap. Toe hy vyf minute later terugkom, sit Rothea steeds in die stoel, in dieselfde posisie en met haar T-hemp aan. Hy is lus en pluk haar daaruit en as Rothea nie 'n beseerde skouer gehad het nie, het hy dit gedoen.

"Jy gedra jou erger as 'n kind! Liewe land, dis nie nou die tyd om skaam te wees nie. Wil jy hê die skouer moet ontsteking kry en sweer, sodat jy aan almal kan vertel hoe wreed die Richters jou behandel het?"

"Hanna kan my help," hou Rothea koppig vol. "Of Rosina of Klara."

"Rosina is in die kombuis besig, Klara het die middag vry en Hanna het meer probleme van haar eie as wat sy op die oomblik kan hanteer."

"Ek kan nie my T-hemp uittrek nie." Rothea kyk af na haar voete en na die geblomde mat. "Dis al wat ek . . . aanhet."

Dieter se mondhoeke lig vlugtig. "Ek weet. Toe maar, as ek dit reeds gesien het, maak dit nie saak nie. En as ek dit nog nie gesien het nie, sal ek dit nie herken nie. Wil jy hê Ilse moet by wees om jou kuisheid te beskerm?"

Rothea het 'n oordosis van Ilse Bauer gehad.

"Of Carl? Sal jy eerder verkies hy moet die wond ontsmet en verbind, en nie ek nie?"

"Nee."

"Nou maak dan soos ek sê en hou op om my tyd te mors!"

Rothea besef dat dit kinderagtig sal wees om aan te hou weier. Sonder om na hom te kyk, loop sy badkamer toe en maak die deur styf agter haar toe. Sy wil die skuif opsit, maar waag dit liewer nie. Haar skouerspiere is stram en die bloed het droog geword, sodat die materiaal aan die wond vassit. Met haar hemp uiteindelik ná 'n lang gesukkel uitgetrek, voel sy opeens skaam en weerloos. Sy draai die grootste badhanddoek om haar en druk 'n ander een voor teen haar vas, saam met haar hemp. Die drie dra nie veel by om haar selfvertroue te gee nie.

"Is jy klaar? Mag ek inkom?" Dieter klop aan die deur.

Rothea kruis haar arms haastig oor die handdoek. Sy was onder die indruk hy wag dat sy terugkom kamer toe. Maar hy het seker water en 'n wasbak nodig om die sny te verbind.

"Ja."

"Rothea? Ek vra of ek mag inkom?"

"Ja," herhaal sy effens harder.

Dieter glimlag sardonies. "Ek wou seker maak daar is geen misverstand nie."

Hy laat haar op die bad se rand voor die venster sit, haar rug na die lig gekeer.

"Mag ek die handdoek 'n millimeter ver wegtrek?"

"Ja."

Dieter gee een kyk na die skraal, bruingebrande skouers voor hom, gee dan 'n fluit tussen sy tande deur.

"Dis erger as net 'n skraap. Dieper as wat ek verwag het. Hoe het dit gebeur?"

"Ek dink dit was 'n boomstomp wat my teen die skouer getref het toe ek geval het."

"Ek sal die sny moet skoonmaak en ontsmet. Ek gaan eers die droë bloed uitkry, dan die grond, dan goed wat soos gras en droë blare lyk. Sê as ek te rof werk."

Terwyl hy rustig praat om Rothea op haar gemak te stel, tap Dieter water in die wasbak. Hy knip die noodhulptas oop, haal watte, salf, verbande en 'n ontsmettingsmiddel uit.

"Op 'n afgeleë plaas is dit noodsaaklik dat 'n boer kennis van noodhulp het. Brand dit?"

Rothea is oorbewus van sy knie teen hare, sy heup wat elke keer teen haar bobeen skuur wanneer hy oorleun. Die ontsmettingsmiddel brand, maar sy byt op haar tande en sit roerloos.

"Nee, dis nie seer nie."

Agter teen haar nek kan sy die warmte van sy asemhaling voel en hy het netnou 'n ander soort tabak gerook. Soeter . . . Of nee, iets met 'n muskusgeur . . . Sy hou haar rug regop en sit doodstil, terwyl sy aan ander dinge probeer dink en voorgee die elektriese aanraking van sy vingers het geen uitwerking op haar nie.

"Die verband wat ek aansit, is tydelik. Die sny is diep en ek sal verkies dat 'n dokter daarna kyk. Steke is moontlik nodig."

Rothea wil intelligent gesels, maar sy kan aan geen opmerking dink nie. Sy wil nie nou oor sy ma of Ilse praat nie, bang sy sê iets verkeerd.

"Daar's hy," sê Dieter. "Klaar en gedaan. Was dit nou iets om so vreeslik voor wal te gooi?"

Dit was. Erger as wat hy ooit sal weet.

Dieter lig haar hare uit haar nek en streel oor haar kaal rug. Soos hy met 'n siek ooi of lammetjie sou doen, dink Rothea. Hy is 'n boer wat medelye het met een van sy diere wat ly. Of anders is dit broederlikheid, soos wat hy teenoor Albie of 'n jonger suster sou openbaar. Sy moenie die gebaar as liefdevol sien nie. Al rede hoekom hy so naby haar gestaan het, was om die wond by te kom. En toe hy haar hare opgelig het, was dit sodat hulle nie in die verband vasgevang word en infeksie veroorsaak nie.

Dieter begin die watte, skêr en pleister wegpak. "Die wond is nie rooi of opgehewe nie, nogtans wil ek dokter Smuts skakel om uit te kom." Hy bly 'n oomblik stil voor hy ongeërg byvoeg: "Jy kan maar omdraai. Trek slaapklere aan en klim in die bed. Ek sal Rosina vra om vir jou tee en 'n kalmeerpilletjie te bring. Ons sal môre of oormôre praat, Mädchen. Jy is nie nou daartoe in staat nie. Probeer slaap. Ek sal na Albie kyk."

"Dankie."

"Plesier. Sal jy verder regkom?"

"Ja. Weer eens dankie vir jou moeite."

"Alles reg."

Kompleet soos twee vreemdelinge . . . Sou hy met Ilse ook so kortaf en saaklik gewees het?

Dieter loop deur toe, maar hy skop-skop na die mat soos 'n skoolseun na 'n koeldrankprop voor hom op die sypaadjie sou skop.

"Jy het seker netnou gedink ek het onnodig gou kwaad geword en jou verskree?"

Hy was oorheersend en 'n tipiese groot boelie en Rothea wil hom nie heeltemal skotvry daarvan laat afkom nie.

"Wel, jy wás nogal kras . . ."

"Ek weet ek was. Maar ek het 'n goeie verskoning. Dis omdat ek omgee. As dit nie vir my saak gemaak het dat jy seergekry het nie, sou ek nie so ongeduldig geword het toe jy soos 'n koppige kind geweier het dat ek die wond skoonmaak en ontsmet nie."

"Jy is seker reg, Dieter," stem Rothea bedees saam. "As daar ontsteking in die wond gekom het – 'n sweer of bloedvergiftiging – sou almal geskinder het dat die Richters hul kuiergas swak behandel."

"Die Richters se kuiergas, ja . . ." Dieter glimlag skeefweg, onweerstaanbaar met 'n onverwagse kuiltjie in sy vierkantige ken. Rothea wil haar wang teen syne druk, oor sy hare streel, hom vashou.

Sy wag tot hy weg is voor sy orent kom en by die spieël gaan staan, haar nek byna verrek en sy handewerk beskou. Daar is nie slegs 'n verband nie, maar hegpleister bo-oor, netjies en professioneel gedoen. Oor een aspek was Dieter reg: sy sou nie kon bykom en sien en met een hand die wond kon skoonmaak, ontsmet en verbind nie.

Sy beskou haar weerkaatsing objektief in die spieël, hare wat in toutjies hang, met 'n slordige bondel handdoeke en 'n stowwerige hemp om haar gedraai. Nie baie prikkelend en romanties nie. Aan Dieter het dit niks gedoen om te weet onder die handdoeke en hemp het sy bo geen klere aan nie. Sy kon selfs sónder handdoeke hier gesit het en dit sou hoegenaamd niks aan hom gedoen het nie. Tussen haar en 'n ooi en 'n perd is daar geen verskil nie. Ten beste is sy soos 'n jonger suster vir wie hy jammer gevoel het. Dié feite moet sy onthou en oor en oor vir haarself sê, as sy nie haar kop bitter hard en baie seer wil stamp nie.

10

Dokter Piet Smuts kom sewe-uur die aand op Schloss Hoffnung aan, ná ander plaasbesoeke: 'n bevalling en oom Koos Buitendach van die buurplaas, wat glo van 'n windpomp afgeval en sy been gebreek het.

"Jy is gelukkig, Doratjie," sê hy vaderlik terwyl hy sy stetoskoop en spuitnaald bêre. "Jou skouer is jonk en elasties, anders het jy ook nou soos Koos in gips gelê." Hy wend hom tot die jong boer wat bekommerd by die voetenent van Rothea se bed staan.

"My voorskrif, Dieter, is vier dae in die bed. En 'n behoorlike ingebreekte ryperd wat nie soos 'n rodeo-os agterop skop en haar afgooi nie. Gee haar 'n mak perd, ou seun. As die kind 'n tweede keer afgegooi word, kom sy straks nie so lig daarvan af soos dié keer nie. Hoffnung is mos bekend vir sy lammers en teelperde. Het jy nie 'n beter ryding vir 'n mooi meisie nie, Dieter?"

Dieter lag toegeeflik. "Ek sal 'n ander perd uitsoek, dok, en volgende keer leer ek haar self."

Rothea slaap tot elfuur die volgende oggend. Sy kan nie

onthou wanneer laas sy 'n kans gehad het om 'n paar dae in die bed te bly om te lees, te slaap en sommer net te rus nie. Daar was altyd luiers, etes, wasgoed en ander werk. Nou is daar ander mense om dit te doen. Klara dra skinkborde aan en deur die venster sien sy Albie en Hanna op die gras speel. Een hele dag met sy hond en sy ponie. Dan weer met sy driewiel, sy kruiwa, stootskraper en ander speelgoed.

Hanna bring hom soggens en smiddae om by Rothea te kuier. Maar hy is te lusteloos om lank op die bed stil te sit, voor hy weer wil uit om te gaan speel. Sy driewiel het ook 'n neem gekry. Vuurwa. Seker omdat hy rooi is. Vuurwa sorg vir ure se genot, af in die motorpad, om die huis en oor die gras. Albie is gehoorsaam. Oom Dieter het beveel hy en Vuurwa moet van die steil kliptrap af wegbly. Albie ry tot by die verskillende hekkies, maar daar draai hy terug.

Dalk nie soseer gehoorsaamheid nie as dat die hekke gesluit is, dink Rothea.

Dieter kom ook elke middag en aand 'n paar minute by die pasiënt inloer. Hy is besig met nuwe weidingskampe wat een van sy voormanne aanlê, plus windpompe en 'n nuwe dam wat hy bou.

"Moenie sleg voel as Carl nie kom nie," troos hy Rothea. "Dis nie dat Carl nie belangstel nie. Hy is 'n paar dae Hardap toe om 'n nuwe boot uit te toets."

"Ek het nie eers agtergekom ek is 'n besoeker kort nie."

"Het jy Carl nie gemis nie?" Sy stem is skielik vreemd, soos sy gesig . . .

Maak dit saak of sy Carl mis? Rothea se polsslag is skielik vinniger. Gee Dieter om hoe sy oor sy broer voel?

Sy kan nie reguit nee sê nie, dan klink dit onbeleef teenoor Carl wat nog altyd gaaf en vriendelik teenoor haar was.

"Nie eintlik nie. Ek slaap die meeste van die tyd en julle sorg so mooi vir my."

129

Dit lyk asof Dieter iets wil vra, maar van plan verander. "Moeder vra gereeld na jou uit, maar haar bloeddruk is nie lekker nie. Sy lê ook. Sodra sy beter voel, sal sy kom kyk hoe dit met jou gaan."

"Dankie. Maar sy hoef nie moeite te doen nie. Ek wil nie 'n oorlas wees nie."

"Taktvol gestel," skerts Dieter. "As jy haar beter ken, Rothea, sal jy haar verstaan. Ek wil graag hê julle twee moet vriende wees."

"Hoekom? Ek sal tog nie veel langer hier wees nie. Albie het verbasend gou aangepas. Een goeie ding van my besering is dat hy geleer het om Hanna te aanvaar. Dus maak dit nie veel saak of jou ma mý aanvaar nie, maak dit?"

"Ja."

Dieter gesels oor dokter Smuts wat gebel het om na sy pasiënt se welstand te verneem, oor oom Koos wat gips en al reeds weer op die windpomp was, en oor Rosina wat vir Albie 'n koek gebak het volgens die prentjies van die huisie in die bos waar Hansie en Grietjie uitgekom het.

Oor almal, net nie oor Ilse nie.

Toe hy weg is, wonder Rothea waarom hy netnou ja gesê het. Dat sy binnekort sal teruggaan? Dat Albie aanpas? Of dat dit saak maak of sy en sy ma vriende is?

Gedurende die tye dat Rothea nie slaap of lees nie, het sy baie tyd om te dink. Die rusie tussen haar en Ilse in die kloof en dit wat Ilse haar later in Albie se kamer teen die kop gegooi het, maal oor en oor deur haar gedagtes.

Ilse het gevra: "Sien jy nou ek was onskuldig? Hoe kon jy my kwalik neem vir wat gebeur het, Dieter?" En sy het meer as een keer gevra: "Glo jy my nou, Dieter?"

Noudat Rothea kalmer en minder deurmekaar is, wonder sy oor Ilse se woordkeuse. Het Dieter Ilse se onskuld dan in 'n stadium betwyfel? Haar kwalik geneem? Haar weergawe oor wat gebeur het nie geglo nie? Hoekom noem hy glad nie haar naam nie en praat nie oor Ilse nie?

Nadat Rothea 'n paar keer deur middel van Klara verneem en uitgevra het, kom Hans persoonlik, hoed in die hand, om die Fräulein die goeie nuus te bring dat Salamander se nek nie septies of ontsteek is nie, ook nie enige swelsel toon nie.

"Sie sind einen guten Arzt," prys Rothea hom. " 'n Báie goeie dokter. Dankie. Vielen dank."

Hans draai sy hoed om en om tussen sy hande, duidelik ongemaklik. "Nein, dit is nie in Fräulein se plek om my te bedank nie."

Rothea begryp nie mooi nie. Sy is onseker of dit haar Duits is wat ontoereikend is en of sy 'n sosiale flater begaan het. Nie in haar plek om hom te bedank nie? Behoort Dieter, as die hoof van die huis, dié eer te hê?

"Sprechen sie Afrikaans oder Englisch? Praat u Afrikaans of Engels?" vra sy.

Nee, Hans praat nie veel Afrikaans of Engels nie.

"Het jou seun Salamander gesond gedokter dat ek hóm moet bedank?" probeer Rothea.

Hy sal haar waardering aan Claus oordra, maar dit is steeds nie in haar plek nie.

"Bitte, asseblief," antwoord Rothea. Sy begryp nie en weet nie wat ánders om te sê nie.

Hans sit sy hoed op, onthou dan hy is steeds in die huis. Hy pluk dit haastig weer af, groet en lyk verlig dat sy plig afgehandel is en hy kan teruggaan na die stalle, krale en kampe waar hy tuis voel.

Vrydagaand ná aandete kom Klara eers verneem of dit geleë is, toe bring sy mevrou Richter in en stoot haar stoel tot langs Rothea se bed.

"Dieter het voorgestel ek moet na u gesondheid verneem en u 'n aantal minute geselskap hou," sê Olga, asof sy die rympie vooraf uit haar kop geleer het.

Dieter se voorstel. Uit hoflikheid teenoor 'n gas in die

huis? Of maak dit werklik aan hom saak of sy en sy ma oor die weg kom? Rothea is steeds nie seker nie, maar om watter rede ook al, was dit 'n mooi gebaar van hom en Rothea is bly vir 'n tweede geleentheid om met Olga Richter te gesels en dalk reg te maak wat sy die eerste keer verbrou het.

"Ek is bly oor die geselskap, mevrou Richter. Dankie dat u die moeite gedoen het," antwoord sy warm.

"Ja."

"Met my skouer gaan dit beter. Hoe gaan dit met ú? Met die bloeddruk?"

"Met die wat?"

"Blutdruck – bloeddruk," vertaal Rothea. "Wie fühlen Sie sich ietzi? Hoe voel u nou?"

'n Flikkering van verbasing wys in mevrou Richter se oë, maar sy lewer nie kommentaar op Rothea se gebruik van Duits nie.

"Goed, dankie," antwoord sy stoïsyns.

Rothea tel 'n tydskrif van haar bedkassie op wat Dieter vir haar gebring het.

"Hier is 'n artikel in oor volgende jaar se wintermodes. Ek het na die foto's gekyk, maar dit nog nie gelees nie. Wil u dat ons dit saam lees? Dat ek die artikels hardop voorlees, mevrou Richter?"

"Vir my? Hoekom sal jy jou tyd met my mors, juffrou Beukes?"

Sy is darem nie meer "u" nie en dis vordering, besluit Rothea optimisties.

"Ek mors nie my tyd nie. Ek wil graag met u vriende wees, mevrou Richter."

Die ouer vrou dink oor Rothea se woorde na.

"Waarom? Ek is nie 'n interessante mens nie. Waarom wil jy met my vriende wees?" vra Olga fronsend, asof sy Rothea nie vertrou nie.

Vir 'n ryk vrou wat 'n vol lewe gehad het en, volgens die dinge wat Carl haar vertel het, op sosiale vlak en in die kerk 'n leidster van die gemeenskap was, moes dit 'n bitter erkenning gewees het. Die figuurtjie in die rolstoel lyk klein en broos, die skouers krom en die bene onder die reisdeken weggekrimp. Rothea ondervind 'n impuls om die bleek hand in hare te neem en 'n drukkie te gee, soos met 'n kind wat ongelukkig is. Maar Olga Richter mag dink dis jammerte en Rothea ken haar nie goed genoeg om te weet of Olga miskien met haar kat en muis speel nie.

Sy bly steeds Albie se vyandige ouma wat nie in hom belangstel nie, wat hom nooit na haar toe roep of hom 'n lekkerding gee soos ander oumas nie; wat die bal aan die diep kant van die swembad kon gegooi het en die glasdeur kon oopgemaak het . . .

"U onderskat uself, mevrou Richter," sê sy. "Ek is seker u glo nie werklik u is oninteressant nie. U het 'n wye algemene kennis, baie belangstellings en baie wat u ander mense kan leer."

"Wat kan ek ander leer?"

Olga is steeds agterdogtig en Rothea is bly toe sy een van die ouer vrou se stokperdjies onthou. "Hoe om tuin te maak, byvoorbeeld."

"Tuin? Wie stel in tuinmaak belang?"

"Almal stel belang. Ek in die besonder. U tuin is 'n lushof. Hoe kry u dit reg dat die magnolias so pragtig blom?"

"Tee- en bloekomblare. Maar hulle is nie so mooi soos ander jare nie. Uit die rolstoel kan ek hulle nie goed voed nie."

"Tee- en bloekomblare, sê u? Om die grond alkalies te maak? Soos vir kamelias, brunsfelsias en hortensias? Ek sien . . . En watter soort kunsmis verkies u? 2:3:2 of 3:2:1?"

Sy was skynbaar te geesdriftig.

Olga Richter trek haar penorent en haar kop lig hoogmoedig.

"Jy hoef my nie te vlei nie, juffrou Beukes. Dit is duidelik dat jy voldoende van tuinbou weet sonder my wenke. Vind jy my tuin arm, daarom dat jy kunsmis voorstel? Hoffnung se grond was nog altyd voldoende, sonder winkelkompos. En so sal dit immer wees."

Al wat Rothea van die twee soorte kunsmis weet en van magnolias en ander plante wat alkaliese grond verkies, is wat sy in tydskrifte en biblioteekboeke gelees het. Maar Olga Richter gee haar nie kans om te verduidelik nie.

Haar hande soek na die chroomringe om die wiele. "Ek moes my nie deur Dieter laat mislei het nie!" Met 'n regop rug en haar kop hoog gelig, ry sy uit die kamer en in die gang af.

Rothea voel lus om te huil. Sy het weer verbrou.

Ook maar goed Ernst het jou nooit Schloss Hoffnung toe gebring nie, sus, mymer sy. Jy was soms haastiger van geaardheid as ek, maar het ook makliker seergekry en moed verloor. En drie jaar gelede was alles varser in almal se geheues. Ilse was seker giftiger en Ernst se ma toegeefliker. Dis goed jy het nooit gekom nie. En veral nie Albie destyds ná sy geboorte al gebring nie, want selfs nou was al te gou . . .

Barbara sou nie aangebly het ná die episode by die swembad en die balkon nie, dink Rothea. Ter wille van haar kind se veiligheid sou sy hom weggeneem het. Maar Barbara was sy ma, terwyl 'n tante nie soveel reg het nie; nie meer reg op hom as 'n oom nie . . .

Rothea gaan sit in 'n stoel voor die venster, waar sy 'n uitsig oor die tuin het. Hanna rus 'n bietjie, want Dieter speel met Albie. Met hom en Piet-hond en sy vuurwa. Aan die opgewonde gille kan Rothea hoor Albie is in die sewende hemel. Sy oom het 'n kartondoos agterop die driewiel vasgemaak, waarin die bulterriër kan saamry.

Sy onderdruk die seer in haar hart. Dis mos wat sy wou gehad het – dat Albie aanpas, dat hy gelukkig en tevrede by sy pa se familie is, wat hom soveel meer kan bied as sý.

Maar 'n tevrede Albie beteken dat sy soveel gouer sal weggaan. Sy wil nie. Sy wil die res van haar lewe op Schloss Hoffnung bly. Sy twyfel of Ilse besef hoe gelukkig sy is. Besef Ilse dat sy met die wonderlikste, mees fantastiese en begrypendste man op aarde gaan trou? Waardeer Ilse Dieter se deugde?

Sy wil nie teruggaan Upington toe nie. En hoe kán sy, as sy steeds glo dat die ding met die bal en die glasdeur nie ongelukke was nie? Dieter het gesê hulle sal daaroor praat wanneer sy gesond is. Sy voel beter as Maandag, maar nog effens bewerig en met 'n las van hoofpyne. Dieter wil haar waarskynlik nie ontstel nie. Hy wag seker tot ná die naweek, tot sy sterker en weer op die been is.

Saterdagmiddag kom Carl terug van Hardapdam af, van sy motorboot en seilboot en nooiens en uiteet en ander vermaaklikhede. Hy het skynbaar werk om eers af te handel, want hy wag tot die aand om by die pasiënt te kom inloer.

Hy klop, maar bly op die drumpel staan.

"Dis nie moontlik nie," sê hy ongelowig. "Dit kan onmoontlik waar wees!"

Rothea weet sy behoort Carl teen hierdie tyd te ken. Maar sy laat haar met 'n ou slagyster vang. "Wat is nie moontlik nie?"

"Dat jy nóg mooier kon geword het as wat ek jou die afgelope vyf dae onthou het."

Rothea lag. "Hallo, Carl. Welkom terug. Hoe is dit dat jy so lekker vakansie kon hou, so in die middel van die week?"

"My ouboet was so gaaf. Ek lyk seker oorwerk, want hy het daarop aangedring dat ek 'n bietjie wegkom. Ek het nie eintlik teëgestribbel nie, behalwe dat ek nie van jou wou weggaan nie."

"Hoe loop die nuwe enjin?"

"Soos 'n droom. Soos jy ook soos 'n droom lyk wat waar geword het. Jy is pragtig, selfs in 'n kamerjas en nagklere."

"Ek gaan nou-nou bad en aantrek. Ek is lankal nie meer siek nie."

"Jy het harsingskudding opgedoen, sê dok Smuts. In so 'n geval moet die pasiënt versigtig wees om genoeg rus te kry. Bly nog 'n paar dae in die bed. Slaap en rus."

"Dis al wat ek die afgelope week gedoen het. Dit was 'n heerlike, ongekende weelde."

Carl kom langs haar sit en hou Rothea se hand vas. "Jy lyk pure komhierso. Watter ander man, behalwe ek, het dit hierdie week raakgesien?"

"Niemand nie."

"Ja, want al man hier is my ouboet. En hy is te oud en klaar op 'n ander nooi verlief."

"Dieter is net vyf jaar ouer as jy, nie waar nie?"

"Nét vyf jaar?" spot Carl. "Ek is twee-en-twintig, dus is hy amper dertig. Stokoud wat jou en my betref, veertjie. 'n Ou soos Dieter wil saans om nege-uur gaan slaap, terwyl ek en jy nog wil jol. Of wat sê jy?"

Rothea sê niks nie. Sy is drie-en-twintig en Dieter is sewe-en-twintig. Wat haar betref, 'n ideale ouderdom. Soos in die verlede, probeer Carl elke geleentheid benut om sy broer in 'n negatiewe lig te stel. Dis amper asof hy haar wil afskrik. Haar wil waarsku sy gaan seerkry as sy 'n gevoel vir sy ouer broer sou ontwikkel.

"Wanneer laas het jy Ilse gesien?" vra Rothea versigtig.

"Selfde tyd as jy. Verlede Maandag, net voor ek dam toe is."

"Is sy nie vandag hier nie? Sy kom mos gewoonlik na-weke kuier."

"Sy het nie hierdie naweek gekom nie. Ook nie die af-gelope week nie, volgens Mutti. Sy het opgemerk Ilse is skaars, sy bel nie en sy kom ook nie oor nie. Dalk was daar ietwat van 'n struweling tussen die twee verliefdes."

Oor Salamander? Rothea wil nie te gou bly word nie.

"Was Ilse nie dalk ook hierdie week êrens heen nie, Carl?"

Carl kyk lank na Rothea, toe streel hy oor haar blink rooibruin hare.

"Ons het netnou van drome gepraat, bloeiseltjie. Moenie dié droom wat later nagmerries kan word nie. As Ilse ook 'n paar dae weg was, was dit Johannesburg toe om lakens en komberse en linne en goed vir haar uitset te gaan koop."

Rothea kyk anderpad, na die gordyne, die muur en die venster. "Wanneer trou hulle?"

"Niemand weet met sekerheid nie, maar voor die einde van die jaar. Dieter is nie 'n man wat bereid is om te wag wanneer hy iets wil doen nie. Hoe gaan dit met Salamander?"

"Volgens Hans is sy nek glo so te sê gesond. Carl, wat beteken dit as iemand wat Duits is, sê iets is nie in jou plek nie?"

"Nie vir jou nodig nie. Wie het so gesê?"

"Hans."

"In verband waarmee?"

"Ek weet self nie heeltemal so mooi nie. Dis nie belangrik nie."

"Was dit in verband met Salamander?"

"Ek dink so. Ons het 'n kommunikasieprobleem gehad."

Carl lyk asof hy wil uitvra, maar hy het skynbaar 'n gewigtiger saak wat hy met Rothea wil bespreek.

"Hanna," sê hy.

Hanna beteken Albie. Rothea verstyf. "Wat van Hanna, Carl? Wat is verkeerd?"

"In die huidige stadium nog niks nie. Maar ons moet aan die toekoms dink, Rothea."

Rothea se mond is droog en haar handpalms skielik klam. "Wat probeer jy sê?"

"Dat ons op ons hoede moet wees. Kyk, jy weet, en ek weet, dat alles op Schloss Hoffnung nie pluis is nie. Iemand het 'n grief teen Ernst se kind. Meer wil ek nie sê nie, want ek weet nie wie en presies hoe die vurk in die hef steek nie. Ek sê net ons moet wakker wees, want niemand weet wanneer die persoon weer kan toeslaan nie. Albie is 'n onskuldige babatjie wat weerloos is teen 'n grootmens met moorddadige neigings. Hy kan nie homself beskerm nie, dus moet ek en jy dit vir hom doen. Hanna kan nie. Sy is oud en agtelosig, afgeleef en onoplettend. Jy weet wat met die oop balkondeur gebeur het. Sy het dit nie eers raakgesien nie, want sy kort boonop 'n bril. Ek reken ons moet van haar ontslae raak, Rothea. Albie het net een lewe en as hy dié verloor, wat bly oor?"

"Niks nie . . . Stem jy saam met my dat hier iets vreemds aan die gang is, Carl?"

"Iets vreemds?" Carl lag sinies. "Dis die onderbeklemtoning van die eeu, aster. Onheilspellend, sou ek sê. Of glo jy Dieter, naamlik dat almal onskuldig en lief vir Ernst se pragtige ou seuntjie is?"

"Is dit wat Dieter sê?"

Carl maak 'n magtelose gebaar. "Dieter sê niks nie. Wat kán hy sê as sy verloofde . . ." Hy keer homself. "Nee, ék mag ook niks sê nie. 'n Mens het geen bewyse nie."

Carl verdink Ilse dus, besef Rothea. Dieter ook? Daarom dat hy Ilse die afgelope week nie plaas toe genooi het nie? Wat van hul ma? Het enigeen van die twee seuns al ooit daaraan gedink dat hul ma miskien 'n dubbele rol speel?

"Jou ma het 'n keer kom inloer en met my gesels," vertel Rothea. "Hoe gaan dit vandag met haar?"

Carl antwoord nie. "Ons het van Hanna gepraat wat Albie nie kan beskerm nie. En van Dieter se verloofde wat . . . Goed, ons gebruik jou taktvolle uitdrukking . . . Dieter se verloofde waarmee iets vreemds aan die gang is. Maar hoekom praat jy nou van my ma?"

Rothea weet sy durf niks sê nie. Dis immers sy ma . . . Hoe kan 'n mens jou eie ma van 'n poging tot moord verdink?

"Omdat my ma deesdae nie haarself is nie?" dring Carl aan toe Rothea nie dadelik antwoord nie.

"Ek het niks daarmee bedoel nie, Carl, sommer net gevra hoe dit met haar gaan."

"Sleg. Dis weer haar bloeddruk. Haar verstand is heeltemal deurmekaar en sy weet nie wat sy sê of doen nie. Ek wil nie daaroor praat nie."

"Sy het rus nodig, meer as ek."

Carl hou sy hand voor sy gesig en kyk nie na Rothea nie. "Dink jy . . . rus sal help?" vra hy skor.

Rothea se hart klop met pynlike slae; haar hoofpyn teen haar slape ook.

"Sal my ma ooit weer die Mutti wees wat ons as kinders geken het, Rothea? Ooit weer logies kan dink?"

Rothea het nie woorde om Carl te bemoedig nie. Dit wat nie tussen hulle gesê is nie, hang swaar in die lug. Carl en Dieter se ma, vir wie hulle lief is . . .

"Sy sal regkom," sê Rothea sag. "Gee jou ma net tyd."

"Tyd? Hét ons tyd, Rothea?" vra Carl in 'n gefolterde stem. "Teen die tyd dat sy eindelik begin regkom, is dit miskien te laat. Hanna moet van haar pligte onthef word, want sy is nie bevoeg om Albie op te pas nie. Ek weet 'n mens kry haar jammer en is bereid om haar agterlosigheid oor te sien en haar 'n tweede kans te gee omdat sy die geld nodig het. Maar sal Albie 'n tweede kans kry?"

"Ek weet nie. Maar wat kan ons doen?"

"Jy moet met Dieter praat en hom oortuig om Hanna te laat gaan. Oorreed hom Klara moet hom oppas."

"Klara is 'n jong kind, sku en teruggetrokke. Sy sal nie beter as Hanna wees nie."

"Enigiemand is beter as ou Hanna. Belowe my jy sal Dieter ompraat."

139

Rothea aarsel. "Ek kan probeer . . ."

"Jy moet beter doen as om net te probeer. Selfs Rosina of Beatrix uit die kombuis sal goeie plaasvervangers wees. Wanneer sien jy Dieter weer?"

"Seker môre die een of ander tyd."

"Sê hom jy is nie met Hanna tevrede nie. Sê jy verkies Klara. As jy Albie liefhet, moenie uitstel nie. Red hom nóú, Rothea, terwyl jy nog kan."

11

"Klara?" Dieter lyk asof hy nie reg gehoor het nie. "Sy het muisneste, kan nie boe of ba sê nie en kyk altyd voor haar op die grond. Sy kan nie eers Afrikaans praat nie. Wie het hierdie onsinnige idee in jou kop geplant?" Sy oë is versluier en sy mond is in 'n onverbiddelike lyn saamgepers. "Was dit Carl?"

Rothea hoef nie te antwoord nie. Die skuldige trek op haar gesig is genoeg.

"Ek dag so," merk Dieter grimmig op. "Sê vir Carl ek weier. Hanna bly om Albie se oppasster te wees. Carl kan maar daaruit sy eie afleidings maak, ek gee nie om nie."

Dit is 'n vreemde opmerking om te maak. Rothea kyk na Dieter, maar sy is te bang om te vra watter afleidings Carl sal maak. Te bang ook om te vra wat van Ilse geword het en hoekom sy sedert verlede Maandag nog nie weer naby die plaas was nie. Geen nuus is goeie nuus, dink sy optimisties. Miskien was die struweling ernstig en het Ilse die verlowing verbreek. Of Dieter dalk, as hy minder blind vir Ilse Bauer se foute geword het.

Hy het van Klara gepraat wat nie veel te sê het nie, maar Rothea kom agter Dieter is ook baie stil. Sedert sy hom 'n halfuur gelede by die swembad gekry het, het hy uitgevra

140

na haar skouer en ontplof oor 'n plaasvervanger vir Hanna Berger. Dis al. Hy het nie gesels of van sy dam vertel, of van die nuwe weidingskampe of Albie, soos op ander dae nie. Hy lyk moeg en 'n gespanne spiertjie spring teen sy mondhoek, asof hy bekommerd of senuweeagtig is.

Albie plas aan die vlak kant van die swembad met 'n opblaas-eendjie wat sy oom vir hom van Mariental af gebring het. Dieter gaan maak seker dat die lugklep stewig toe is, dan kom sit hy weer langs Rothea. Hy haal 'n pen en 'n notaboek uit sy sak en plaas dit voor haar.

"Teken asseblief vir my jou naam, om absoluut seker te maak," versoek hy.

"Seker te maak waarvan?"

Dieter slaan met 'n gebalde vuis op die tuintafel sodat die skinkbord en sy ma se duur porselein-teekoppies die lug in wip.

"Kan jy nie een keer in jou lewe iets doen, Rothea Beukes, sonder om vrae te vra nie?"

Rothea gryp die pen en teken inderhaas en sonder om te vra waarvoor hy haar handtekening nodig het.

Dieter hou haar dop.

"Is jy dubbelhandig?" wil hy weet.

"Bedoel jy . . ."

"Ek bedoel wat ek sê. Of weet jy nie wat dubbelhandig beteken nie? Of jy links of regs ewe handig is. Is jy?"

"Nee."

"Dus is jy uitsluitlik regs?"

"Ja."

"Selfs onder druk?"

"Juis dan, sou ek reken." Rothea huiwer onseker. "As 'n mens geskrik het of . . . of onder druk verkeer, soos jy sê, gebruik jy seker jou beste hand. Wat in my geval die regterhand is. Ek begryp nie mooi nie."

"Ek het ook nie, tot 'n week gelede, tot Hans slim genoeg was om my daarop te wys. Ek was oortuig jy is nie links nie, nogtans wou ek bo alle twyfel seker maak, sodat ek gemoedsrus kan hê."

Dieter ruk die bladsy uit die notaboek uit, skeur dit in fyn flentertjies en gooi die stukkies in die asbak.

"Dis sodat jy dit ook kan hê."

"Ekskuus?" vra Rothea.

"Gemoedsrus kan hê, wetende ek beplan nie om jou handtekening te vervals nie."

"Ek het nie so gedink nie."

"Ek weet jy het nie en dit was onbillik van my." Dieter leun oor die tafel en neem Rothea se hand in syne. "Ek het bekommernisse, maar dis nie 'n verskoning dat ek my skok en ontnugtering op jou moet uithaal nie. Jy is onskuldig, Rothea. Ook wat Salamander betref. Ek weet jy het hom nie met die karwats geslaan nie."

Rothea kyk na Albie en na die swembad, sonder dat sy iets inneem. Sy het die eerste keer in vyf dae 'n rok aan en sit die materiaal van die romp in plooitjies en vou, sodat sy besig bly en nie in Dieter se oë hoef te kyk nie. As dit nie sy was wat Salamander se nek oopgeslaan het nie, weet hy natuurlik dit moes Ilse gewees het . . .

"Die hou was aan die linkerkant van die perd se nek," verduidelik Dieter. "Verstaanbaar as die ruiter links was, maar niemand wat regs is en boonop nie met die hantering van 'n karwats vertroud is nie, sou die hou aan die regterkant toegedien het omdat die persoon die karwats in sy of haar regterhand sou vasgehou het."

Hy is reg, besef Rothea. Ilse se perd was links na voor en sy het die karwats uit daardie rigting op Salamander se nek afgebring. Is dit wat Hans bedoel het met "nie in haar plek" om hom te bedank omdat hy die wond versorg het nie? Het hy bedoel Ilse moes vir hom en Claus dankie gesê het, nie sý nie?

"En, indien ek nog getwyfel het," vervolg Dieter, "vir so 'n harde hou sou jy 'n langer afstand nodig gehad het as slegs van Salamander se rug af. Jy sou verder weg moes gewees het. Ek erken ek was Maandag in die middel van die wêreld en my verstand het stilgestaan, anders sou ek dit self besef het."

"Alles reg," antwoord Rothea. "Maandagmiddag was Albie en die balkondeur belangriker as ek."

"Ewe belangrik," korrigeer Dieter haar. "Jy kon ook verongeluk het. Ek moes instinktief aangevoel het jy is onskuldig, nie gewag het tot Hans dit wetenskaplik aan my bewys het nie. Ek is jammer, Rothea. Een klein ou woordjie wat uit ses letters bestaan . . . Ek weet jammer is nie veel werd om te vergoed nie, maar wat kan ek anders sê?"

"Jy hoef niks te sê nie. Nie eers jammer nie. Salamander is 'n kosbare en lieflike perd wat jy vir 'n dom groentjie geleen het en vanselfsprekend moes ek leer ry. Jy is te besig om my te leer en Ilse was die aangewese een. Jy het nie vooraf geweet ek sou met haar rusie soek en kry wat ek verdien het nie. As iemand te blameer is vir wat gebeur het, is dit ek, nie Ilse nie."

Dieter lyk minder gespanne en asof hy sy bekommernis 'n oomblik afgeskud het.

"Ek het al baie dinge vir jou gesê, Rothea Beukes. Maar was een daarvan dat jy 'n baie spesiale nooientjie is? Jy hoef nie die skuld op jou te neem en vir Ilse verskonings te soek nie. Ek ken haar van kleins af en ek weet hoe gou haar humeur kan ontvlam. Ek het Dinsdagoggend oorgery Fernsicht toe. Eers wou Ilse my nie sien nie en het sy vir haar ma gesê om verskoning te maak dat sy nie tuis is nie. Maar ek het in die sitkamer gaan sit en geduldig gewag. Ek het Ilse gekonfronteer. Sy het eers draaie gegooi, maar ná 'n ruk het sy alles erken. Van die les in perdry waarvan niks gekom het nie, die rusie tussen julle in die kloof, dat sy haar humeur verloor en die perd geslaan en toe in die lies geskop het, sonder om aan die gevolge te dink. Wat sy

143

egter nie wou erken het nie, was waaroor die rusie tussen julle twee ontstaan het. Wil jy my sê?"

"Nee."

Dieter wag dat Rothea daarop uitbrei en haar redes verskaf, maar sy bly stil.

"Was dit oor Ernst en jou suster?"

"Nie . . . eintlik nie."

"Niks waarmee ek kan help nie?" hou Dieter vol. "Niks wat ek kan oplos nie?"

"Nee."

"Weer die berugte Beukes-koppigheid?" terg hy.

Rothea se hand lê roerloos onder syne. Sy is bang as sy beweeg, onthou hy skielik dat hy nog steeds haar hand oor die tafel vashou en los dit baie vinnig.

"Ek het Ilse baie kwaad gemaak," verduidelik sy. "Ek weet nou ek moes nie. Ek is ook jammer, Dieter, omdat dit vir jou 'n skok moes gewees het. Maar Ilse het nie gedink nie. Sy het gereken ek sou Salamander kon hanteer en vergeet ek is 'n groentjie."

" 'n Skok?" Dieter skud sy kop. "Soos ek gesê het, het ek en Ernst en Carl Ilse van kleins af geken. Ek verstaan haar."

Tog het hy haar lief? Rothea wag hoopvol dat Dieter dit ontken, maar Carl het haar gemaan sy moenie drome droom wat later nagmerries kan word nie; gewaarsku sy moet nie te veel verwag, sodat sy teleurgestel kan word nie . . .

"Ek pleit skuldig omdat ek nie besef het Ilse koester waarskynlik 'n grief teen jou omdat jy Barbara se suster is nie," erken Dieter. "Dit kon soveel erger gewees het as slegs 'n beseerde skouer."

"Wat al weer gesond is," glimlag Rothea. "Moenie oor 'n simpel ou skouer sleg voel nie, Dieter. Gelukkig het ek twee van hulle."

"Die wond het eers later begin bloei, anders sou ek gouer besef het jy is beseer."

"Ek het dit self nie behoorlik besef nie. Buitendien het jy Albie en die balkonreling gehad om jou oor te bekommer."

"Ja." Dieter laat Rothea se hand los en stap op en af oor die baksteenwerk langs die swembad. "Rothea, dink mooi. Dink deeglik na en probeer onthou . . ."

Hy kom voor Rothea tot stilstand, sy gesig gespanne en met die spiertjie wat teen sy slaap sigbaar is.

"Probeer jou bewegings nagaan . . . Was jy gister by die swembad? Het jy gistermiddag die hek oop vergeet aan die bopunt van die paadjie wat na die swembadpomp lei?"

Rothea se mond is opeens soos 'n stuk kurk, sodat sy sukkel om die ontkenning uit te kry. "Nee. Ek was nie gistermiddag buite nie; nie in die tuin nie; nie naby die swembad óf die pomp nie. Wat . . . wat het gebeur?"

"Niks nie, want ek was genadiglik betyds om die hek weer toe te maak. Vóór Albie met sy driewiel daar naby gekom het om die hek na die steil trap wawyd oop te vind, teen die paadjie af te val en dalk meer as net 'n arm of been te breek. As die skerp rand van 'n klip hom teen die kop getref het, kon hy verongeluk het. Daarom het ek gedurig teen die trap gewaarsku en voor Albie se koms 'n veiligheidsomheining en die hekke aangebring. Weet jy niks van die hek af nie? Het jy niemand in enige stadium daar naby opgemerk nie?"

"Nee. Kon . . . was dit nie dalk Albie wat met die knip aan die hek gespeel het nie?"

"Gespeel het, ja, maar die hekke het almal veiligheidsknippe wat deur die SABS getoets is. Hulle is kinderbestand. Ek het Rosina en Klara en Hanna ondervra, Beatrix, Hans, Claus, Otto en alle ander werknemers wat soms naby die werf kom. Ek is tevrede dat geeneen van hulle skuld daaraan gehad het nie."

Gistermiddag, dink Rothea. Toe sy eers vir Rosina gehelp het om 'n poeding te maak, toe 'n bietjie gelees het en later rustig met Carl gesit en gesels het, kon Albie sy kop oopgeval en nooit weer bygekom het nie.

Gister was Saterdag. En Ilse was verlede Maandag laas hier. Sy was die hele week nie naby die plaas nie . . .

Ilse was verdagte nommer een, maar dit was iemand anders wat die hek oopgemaak het, hopende Ernst se seuntjie val hom te pletter . . . Soos Dieter verlede Maandag, is Rothea ook skielik die kluts kwyt en in die middel van die wêreld. Om tyd te hê om te dink en die inligting te verwerk, neem sy 'n handdoek en Albie se hempie wat op 'n stoel lê. Sy gaan hurk op die wal van die swembad en tel Albie uit.

"Die son is warm en my liefie gaan vreeslik seer brand. Môre lyk jy so rooi soos Piet se tong. Kom, trek jou hemp aan en kom speel 'n bietjie in die koelte."

"Albie swem!" kla hy.

Rothea druk die nat kinderlyfie teen haar vas. "Sê weer . . ."

"Albie swem," herhaal hy en wriemel los, terug in die water.

"My bokkie . . .! Jy kan 'n *ss* sê! Dis nie meer *th* nie. Sê: sewe sakke sout . . ."

"Sewe sakke . . . thout."

"Twee uit drie. Dis baie goed, skatlam!" Rothea druk 'n soen op die wipneus met die plaas-sproete wat hy die afgelope week bygekry het. "Jy is vreeslik slim en jy praat so goed, jy kan sommer môre al skool toe gaan."

"Th . . . Skool," eggo Albie, trots toe hy met die tweede probeerslag die klank regkry. Hy vlei hom teen Rothea aan. "Mammie lief . . ."

Rothea hou hom vas en veg teen die trane. Hoe kan sy ooit van hom afskeid neem? Hy sukkel nog met die r-klank ook, maar sy is dalk nie hier wanneer hy dit begin reg sê nie . . . Wanneer hy begin wissel, leer fiets ry en die eerste dag skool toe gaan nie . . .

146

Hy is so 'n dierbare en liefdevolle kleintjie. Hoe kan daar iemand wees wat hom haat en uit die weg wil ruim?

Ilse is al een wat moontlik regverdiging daarvoor gehad het, wat nie 'n stiefkind sal wil hê wat eendag saam met haar eie kinders die Richter-skatte kan erf nie; wat nie 'n lastige kleuter in die huis sal wil hê om haar te irriteer wanneer sy van haar wittebrood af terugkom nie en wat nie aan kinders gewoond is nie.

Maar Ilse het nie die hek oopgemaak nie. Dus blykbaar ook nie die rooi bal aan die diep kant van die swembad ingegooi en die glasdeur na die balkon oopgesluit nie. Ilse is onskuldig. Maar as dit nie sy was nie, wie dan?

Rothea trek Albie se hemp aan. Liewer 'n nat hemp as rooiverbrande skouers en rug. Sy laat die handdoek vir hom langs die wal as hy dalk nou-nou koud kry. Toe kom sit sy weer oorkant Dieter onder die helder geel sambreel.

"Wat van jou . . ." Rothea hou inderhaas op en stel haar vraag anders. "Weet jou ma nie dalk wat gebeur het nie? Was sy nie in enige stadium buite in die tuin, dat sy kon sien wie miskien naby die hek was nie?"

"My ma?" Soos netnou, toe Rothea die kwessie van Hanna se onbetroubaarheid geopper het en gevra het of Klara nie dalk Albie se versorging moet oorneem nie, lyk dit weer asof Dieter nie seker is hy het reg gehoor nie.

"Jou ma kom mos . . . soms in die . . . die tuin," hakkel Rothea, spyt sy het nie liewer stilgebly nie. Met Ilse het sy haar blykbaar misgis. Wie sê dis nie die geval met Olga Richter ook nie?

"Ek praat van die hek wat na die swembadpomp toe lei," herhaal Dieter, asof dit veronderstel is om alles te verklaar.

"Ja, ek weet."

"Die hek is op dieselfde vlak as die swembad. Van die boonste terras na hierdie een trappie, sonder 'n afrit vir 'n rolstoel. My ma kan in die boonste deel van die tuin kom

147

– by die rose, die grasperke, die vywer en die groentetuin. Maar nie by die swembad se pomp nie. Sy het gisteroggend nie goed gevoel nie. Dok het uitgekom en haar ander bloeddrukkapsules gegee. Hy het haar 'n inspuiting gegee en beveel sy moet in die bed bly. Sy was nie buite nie, nie naby die tuin nie."

Hy is onnodig breedvoerig, met oorbodige besonderhede, asof hy weet wat deur haar gedagtes gegaan het, dink Rothea.

"Ek het nie bedoel sý was die skuldige nie. Ek het net gedink jou ma het dalk iemand toevallig naby die hek gesien."

"Soos ek verduidelik het, was sy nie daartoe in staat nie. My ma sê sy het Vrydagaand met jou gesels. Ek is jammer dat daar weer 'n bietjie wrywing tussen julle was."

"Dit was my skuld. Ek was te oorgretig."

Dieter glimlag. "My ma sê dit was háár skuld. 'n Mens is nooit te oud om te leer nie, selfs nie van kunsmis nie. Het my ma jou gevra waarvan Rothea 'n afkorting is?"

"Nee."

"Dan het sy my seker geglo sonder om dit met jou te kontroleer. Ek het verduidelik dis Dorothea, wat toevallig 'n Duitse naam is. Sy begin haar vooroordeel teenoor jou vergeet. Al sal sy lank neem om dit te erken, hou sy van jou."

"Ek begin jou ma verstaan en . . . en ek hou ook van haar."

"Waar het jy leer Duits praat?" vra Dieter onverwags.

"Wie het gesê ek praat Duits?"

Sy glimlag verbreed. "My ma. Sy het baie ander dinge ook van jou gesê."

"Op skool het ek Duits geneem en ek het 'n Duitse vriendin gehad."

"En jy weet alles van tuinmaak af . . . Al wat dus nog skort, is jou Afrikaanse van."

"Jammer, daaraan kan ek niks doen nie."

"Nie?" Dieter se wenkbroue lig vraend. "Ons praat later daaroor, ook oor die bal en die balkondeur. Nou moet ek gaan werk. Ek het lank genoeg van die stoep af geboer . . . Sal jy my verskoon sodat ek na my skape kan kyk? Ek verwag 'n paar dosyn aankomelinge en vier van die ooie was vanoggend rusteloos. Dié tyd van die jaar is 'n boer altyd op sy hoede vir limfklierversering."

Rothea is bly Vrydagaand se gesprek tussen haar en Dieter se ma was toe nie heeltemal so 'n gemors soos sy gedink het nie; bly ook dat Dieter se ma onskuldig is. Maar indien Ilse en Olga Richter albei onaanvegbare alibi's het, wie is dan skuldig?

"Alles reg, Dieter," antwoord sy."Ek weet hulle sê 'n stoepboer is 'n slegte boer. Gaan gerus aan sonder om jou aan my te steur. Dis in elk geval tyd om Albie vir sy middagete in te neem."

Hanna Berger? skiet 'n derde naam Rothea opeens te binne, met die felheid van 'n donderslag. Sy het gelees 'n mens kry skoenlappers in jou maag wanneer jy bang is. Maar die fladdering onder haar ribbes is dié van valke en arende. Is Hanna die een? Is dit waarom Carl reken Dieter moet die vrou afdank, omdat sy nie in 'n posisie behoort te wees waar sy vir Albie se welstand verantwoordelik is nie?

Maar hoekom het Dieter volstrek geweier? Stem hy nie saam nie en besef hy nie die implikasies van sy besluit nie? Reken hy werklik Hanna is beter as Klara of Rosina of Beatrix?

Op pad uit kyk Dieter om. "Ek ry môre Windhoek toe om die markagente gaan spreek. Lus om saam te gaan?"

Rothea se hart gee 'n baldadige boksprong. Dieter wil haar geselskap hê . . .

Toe besef sy dis net om haar weg te kry sodat Albie kan leer om minder afhanklik van haar te wees.

Haar hart gaan in 'n bedeesde bondeltjie lê, skaam omdat hy so voortvarend was.

"In die omstandighede wil ek Albie nie alleen laat nie," skud sy haar kop. Nie alleen nie, nie by Hanna Berger nie . . .

"Die gedagte is dat Albie saamgaan. Sewe-uur môre-oggend? Pak 'n tandeborsel in. Ons mag dalk lus kry om die nag daar oor te bly, want die pad is lank."

"Ek sal inpak, ja. Ek hoop jy kry 'n paar tweelinge!" roep Rothea agterna toe hy wegstap.

Dieter kyk weer om.

"Lammers, bedoel ek," verduidelik sy.

Olga is die volgende môre by die voordeur om hulle af te sien. Klaar aangetrek, in haar rolstoel en met 'n velletjie papier in die hand.

"Dieter, koop asseblief in Windhoek vir my 'n sak 2:3:2 en 3:2:1," versoek sy. "Klara het die nommers op 'n stukkie papier neergeskryf, sodat jy nie die verkeerde kunsmis koop nie."

Rothea se oë is blink. Sy hurk langs die rolstoel en neem Olga Richter se hand in hare.

"Ek het nie Vrydag bedoel om slim te klink nie. Omdat ek in tuinbou belangstel, lees ek altyd die artikels in tydskrifte of neem biblioteekboeke oor struike en bome uit. Maar ek het nog nooit 'n tuin van my eie gehad nie."

Olga se slap hand roer onder Rothea s'n, probeer haar vingers 'n drukkie gee.

"Hoffnung se tuin is joune, Dorothea."

Rothea is versigtig om die broos hand nie te styf vas te hou en haar dalk seer te maak nie.

"Ek sal graag 'n bietjie tuinmaak, maar ek weet nie hoe nie. U sal my moet help en wys en leer, mevrou Richter."

"Tante Olga," korrigeer sy. "Nie mevrou Richter nie. Dit is te formeel. Ek sal jou graag leer, Dorothea."

150

"Danke, gut. Vielen dank, baie dankie, tante Olga," antwoord Rothea bewoë.

"Bitte – asseblief. Jy en Dieter en Albrecht moet versigtig ry," maan Olga. Sy aarsel, want sy weet nie wat om te doen nie, is bang sy doen die verkeerde ding. "Albie . . .? Wil jy Ouma asseblief groet?"

Rothea is bang hy weier, bang hy klou aan haar vas en begin huil. Sy por hom aan en stoot hom liggies vorentoe. "Gee Oumie 'n soenie, my liefie . . . Ons gaan ver ry en arme Oumie moet alleen agterbly."

Albie is heeltemal gewillig, veral toe hy die silwerpapierlekkergoed sien wat sy ouma na hom uithou.

"Saggies, skatjie," keer Rothea toe die soentjies en drukkies te geesdriftig word, hopende op nog 'n lekkergoed as beloning.

Ook Olga Richter se oë is vreemd blink toe sy die kinderlyfie met haar gesonde arm teen haar vashou.

"Jy is 'n liewe kind, Albie."

"Liewe . . ." herhaal Albie en gee haar 'n taai omhelsing, vol sjokolade.

Dieter is in sy skik dat die twee mekaar gevind het, maar uit eie ervaring ook versigtig. "Moet net nie vir hom 'n karamel of 'n groen peperment gee nie, Moeder. Wat is daardie tweede een? Ek dink ons bêre hom liewer tot êrens naby Rehoboth."

"Ja. 'n Goeie reis, hoor!" roep Olga oplaas, toe hulle hul tasse uitdra motor toe.

Carl kom ook wuif, vaak en nog in sy slaapklere.

"Moet niks doen wat ek nie sal doen nie, Rothea!"

12

"'n Ongevraagde opmerking," sê Dieter toe hulle onder die laning jakarandas en by die motorhek uitry.

"Carl wou maar net help," antwoord Rothea.

"Help? Is dit wat hulle dit deesdae noem?" Sy gesig is stil en geslote. "Ek kan aan meer beskrywende werkwoorde dink."

"Waar Bo?" wil Albie opgewonde weet.

"Rehoboth? Wat sjokolade betref, luister jy deegliker as wanneer ek sê jy moet bad en jou speelgoed bêre. Rehoboth en die volgende sjokolade is nog ver. Eers gaan ons die toebroodjies en worsies en tamaties en eiers eet wat Rosina vir ons ingepak het. Ons gaan versamelvoëlneste sien, en mensbome en lekker ver ry, Windhoek toe. Dalk nog daar slaap as ons baie moeg is," sê Rothea.

"Oumie Piet en Piet kosgee?" verneem Albie bekommerd.

"Oumie sal mooi vir Piet en Piet sorg."

"Albie kosgee?" wil hy weet, gedagtig aan die mandjie op die agterste sitplek.

Dieter ry nog 'n halfuur aan, tot hulle 'n geskikte boom met betontafeltjies langs die pad kry. Toe trek hy die Mercedes-Benz van die pad af.

Albie het 'n vroeë ontbyt van graanvlokkies en roereier gehad, maar Rosina se padkos verdwyn teen 'n vinnige tempo. Toe sien hy 'n akkedis by die vullisdrom waarna hy beter en op sy hurke wil gaan kyk.

"Dit sal hom 'n kwartier lank besig hou," glimlag Rothea. "Nog koffie, Dieter?"

"Dankie."

Met sy hande om die koppie, draai Dieter na Rothea. Hy lyk gespanne en met diep kepe om sy mond.

"Ek het voorgestel ons ry Windhoek toe, omdat ons tuis nie rustig kan praat nie. Jy was geheg aan jou suster, Rothea. Wat sou jou reaksie gewees het indien Barbara jou geskok en teleurgestel het?"

"Ek kan nie sê nie. Sy was 'n perfekte suster."

"Of, as jy gedink het jy ken Barbara en jy het uitgevind sy is in werklikheid vir jou 'n vreemdeling?"

Rothea wens sy weet waarop die vrae oor Barbara afstuur, sodat sy die regte antwoorde kan gee. Gaan dit oor Ernst?

"Ek is jammer, Dieter, identiese tweelinge ken mekaar te goed. Tussen ons het daar telepatie en 'n intuïtiewe aanvoeling bestaan. Sy kon nie 'n vreemdeling geword het nie en ons het nie ander broers of susters gehad sodat ek onpartydig kan oordeel nie."

"Moenie jammer wees nie. Ek moes nie gevra het nie. Hierdie is my probleem, een waarmee jy nie kan help nie."

"Dalk is dit my probleem ook, as dit gaan om die man wat met my suster getroud was. Bedoel jy dit was Ernst wat jou geskok en teleurgestel het omdat hy geld uit die brandkluis geneem het? Hy het nie. Ek weet hy het nie. Ernst was te eerlik en hy en Barbara was arm, soos ek vir Carl gesê het."

"Ek het destyds my bedenkinge gehad, maar ek kon niks bewys nie. Ek weet ook nou dat dit nie Ernst was nie, nadat ek insae in sy boedel se likwidasie- en distribusierekening gehad het en toevallig ook in sekere bankstate. Nee, dit gaan nie om Ernst nie, Rothea. Carl het jou aangeraai om met Moeder oor Ernst en Barbara te gesels, nie waar nie? Het jy nie besef dit was verkeerde raad nie? Dit was raad wat 'n verdere breuk tussen jou en my ma kon veroorsaak het."

"Ek het. Maar Carl het volgehou hy ken jou ma beter as ek."

"Hy was reg. Dis dié dat hy presies geweet het hoe om haar seer te maak en hoe jy haar sal ontstel, sodat sy 'n renons in jou sal kry. Hy was slim, báie slim! Hy het dieselfde

153

taktiek met my gevolg. Hy het my van jou bondels kêrels op Upington vertel, wat om jou saampak soos om 'n heuningkoek."

Rothea is verstom. "Bondels kêrels? Daar was net een, wat vinnig van die toneel af verdwyn het omdat ek saans moes doeke was en kind oppas."

"Net een?" herhaal Dieter om dubbel seker te maak.

"Net een, ja. Theo van Wyk. Ons was 'n rukkie lank verloof. Daar was nooit ander kêrels nie. Iemand wat vaal, maer en moederlik is, is nie eintlik 'n heuningkoek nie."

Rothea hou Dieter onderlangs dop, maar hy lyk nie skuldig nie; lyk nie of hy die beskrywing herken nie.

"Wás verloof?" vra Dieter weer.

"Vyf maande gelede, ja."

"Treur jy nog oor Theo?"

"Theo wie?" vra Rothea. "Ek onthou skaars nog sy van en hy was dit nie werd om oor te treur nie. Ek glo nie ek sou ooit regtig met hom getrou het nie. Ek was 'n bietjie verlief op hom. Maar daar is 'n verskil tussen verlief wees en om lief te hê, 'n verskil tussen 'n kêrel saam met wie jy gaan fliek en uiteet, en die man saam met wie jy die res van jou lewe wil deurbring. Theo was nie die één nie."

"Omdat jy hom ook stokoud en vervelig gevind het?"

Rothea snap nie hoekom Dieter so 'n snaakse opmerking maak nie. "Hy was een-en-dertig. Dis nie stokoud nie."

"Dankie," antwoord Dieter droogweg. "Sewe-en-twintig dus ook nie?"

"Nee, natuurlik nie! Liewe land, eers van honderd af begin 'n mens van oud praat. Hoekom vra jy?"

"Weer eens as gevolg van my edelmoedige, geslepe broer. Het jy ook vir Carl gesê ek is vervelig en ek werk op jou senuwees?"

"Wát?" Die beskuldiging is te vergesog en Rothea is steeds te verstom om te dink voor sy die erkenning maak. "Ek het net mooi die teenoorgestelde gesê!"

Dieter is 'n oomblik lank minder somber. "So het ek bly hoop. Dankie."

"Carl was altyd so gaaf en vol komplimente. Hoekom het hy vir jou gejok en so lelik van my gepraat?"

"Die gaafheid was 'n front, sodat jy hom sou vertrou en sodat hy jou ten opsigte van my kon beïnvloed."

"Maar . . ." Rothea frons onbegrypend. "Hoekom? Wat wou hy bereik?"

"Baie dinge, veral om ons twee uitmekaar te dryf. Hy wou jou van die plaas af weghê. Carl was bang jy en Moeder vind mekaar en, bo alles, ek en jy. Dit sou 'n onoorkomelike belemmering vir hom gewees het, want dan het jy saam met Albie permanent op Schloss Hoffnung aangebly en dit het nie by sy planne ingepas nie. Julle moes albei weg. Jy, omdat jy die gevaar van nog Richter-erfgename inhou, Albie te toegewyd oppas en te veel ongemaklike vrae stel. En Albie . . . Jy kan seker self twee en twee saamtel en vier kry."

"Ek kry drie," erken Rothea. "Of . . . Ek weet nie." Sy is lank stil, ingedagte en peinsend. "Ek is amper te bang om te raai, indien ek dalk weer verkeerd is, soos so dikwels in die verlede. Maar . . . gaan dit om geld?"

"Geld?" Dieter knik sinies. "In die besonder oor erfgeld wat Carl reken na hóm toe moet kom, omdat hy as derde seun meer reg daarop het."

Die frons op Rothea se voorkop word dieper. "Maar ek het Carl eendag daaroor uitgevra – of hy gegrief voel omdat Albie jou erfgenaam is. Hy het ongeërg gelag en gesê hy het genoeg van sy pa geërf om hom 'n leeftyd te hou."

"Sien jy wat ek met 'ongemaklike vrae' bedoel? Jy was te na aan die kol. Carl het 'n diepgewortelde grief en 'n haat teenoor Albie omdat hy hom dalk eendag van sy erfenis mag beroof. Carl vergeet egter hy het reeds sy erfenis weg. Dit wat hy van sy pa geërf het. Maar daardie geld is gedaan. So ook dié van sy ma wat hy uit die kluis geneem

155

het. Hy was nalatig genoeg om sy bankstate in die sitkamer te laat rondlê, waar enigeen dit kon sien en ook kon sien dat sy rekening oortrokke is. Die geld is op bote, motors en perdewedrenne uitgemors. Carl is platsak. Geld het 'n obsessie geword, sodat hy sy perspektief verloor het en bereid is om 'n kind se lewe op te offer om sy doel te bereik."

"Carl . . ." sê Rothea skor. "Carl? Ek het . . . ander verdink. Selfs vir Hanna."

"Agterdog wat hý gesaai het, toe hy aangedring het Hanna is onbetroubaar."

Rothea is lank stil terwyl sy oor alles nadink.

"Hy het 'n paar keer gevra hoe lank ek op die plaas gaan aanbly. Ek het geglo dit was omdat my kuier vir hom aangenaam is. Ek . . . ek is te verslae, ek weet nie wat om te sê nie. Ek het almal verdink, behalwe hom. Nou, opeens, is al die los drade saamgeknoop. Carl was die oggend by die swembad, maar hy het my laat glo dit was . . . iemand anders wat die bal ingegooi het."

"Soos met Ernst destyds, is Carl bedrewe om die skuld op ander te pak. Het jy nie opgelet hoe gou hy altyd die onderwerp verander het wanneer dinge vir hom warm geword het nie? Hoe vinnig hy die keer met die oop glasdeur oor Salamander gepraat het, en toe jy steeds peinsend en ingedagte gelyk het, vir tee gevra het nie?"

Rothea onthou, nou skielik, maar sy het haar deur Carl se vriendelikheid en komplimente laat mislei. Selfs toe hulle oor Ernst gepraat en Carl beken het dat hy ook tot die brandkluis toegang gehad het, het sy aanvaar hy is onskuldig, anders sou hy nie erken het hy was ook in 'n posisie om die geld te neem nie. Sy het geglo Ilse speel goed toneel, maar Carl het 'n toekenning verdien.

Nommer drie was die hek wat na die pomp toe lei. Ook dit pas in, want Carl het toe pas van die dam teruggekom. Die waarskuwings en aanwysings was alles daar, tog was sy te blind om dit raak te sien.

156

Met die kosmandjie weggepak en in die motor op pad Rehoboth toe, bly Rothea se gedagtes 'n maalkolk van skok en verwarring. Sy onthou dit was Carl wat gesê het Ilse is emosioneel en geestelik ongebalanseer; dat sy ma se verstand aangetas is en dat sy nie weet wat sy doen nie; dat Hanna onbetroubaar is. As Carl haar nie met opset op 'n dwaalspoor gelei het nie, het sy gouer besef hy was die een met die beste geleenthede en sterkste motief. Dieter was slimmer en wakkerder as sy.

"Daarom dat jy Carl Hardapdam toe gestuur het?" vra sy.

Dieter knik. "Ek moes tyd kry om die stukkies van die legkaart finaal inmekaar te pas en te besluit wat my te doen staan. Tyd waarin ek gerus kon wees dat Carl weg en Albie veilig is."

"Wat gaan van hom word?" vra Rothea sag. "Wat gaan nou gebeur?"

"Hy bly my broer, my eie vlees en bloed. Hy is nie 'n boer nie. Ek weet dit en jy ook. Ons weet ook dat hy nie in dié omstandighede op die plaas kan aanbly nie. Ek het baie transaksies oorsee met karakoelhandelaars en markagente wat tydrowend en uitputtend is. Ek kan die boerdery nie elke drie maande los nie. Ek sal Carl Frankfurt toe stuur as my verteenwoordiger in Duitsland en Wes-Europa. Hy sal daar gelukkiger wees in 'n administratiewe hoedanigheid. En ek ook. Jy en Albie ook."

So 'n reëling is vir almal die beste, stem Rothea saam. Sy weet nie of sy Carl ooit weer wil sien nie; ooit wil onthou hoe hy gevra het of sy onthou toe sy sestien was en die fortuinvertelster voorspel het sy gaan 'n lang, donker vreemdeling ontmoet wat 'n belangrike rol in haar toekoms sou speel.

Min het sy vooraf geweet . . .

Dieter se kneukels span wit om die stuurwiel en hy draai sy kop vlugtig om na die peinsende meisie langs hom te kyk.

"Het jy gedink dit was Ilse?"

Dieter se vraag is te na aan die waarheid. Rothea kyk deur die ruit na die telefoonpale wat verbyflits en na 'n paar verdwaalde kokerbome. Sy wens Albie kon as verskoning dien om die onderwerp te verander, maar hy lê opgekrul op die agterste sitplek, vas aan die slaap, en is nie 'n hulp nie.

"Aanvanklik ja," erken sy eerlik. "Ek was bevooroordeeld en nie objektief teenoor Ilse nie."

"As gevolg van Salamander en wat Carl ook oor Ilse te sê gehad het?"

"Ja. Ja, dit ook," ontwyk sy 'n direkte antwoord.

"Wat het Carl gesê? Dat ek smoorverlief op Ilse is en nie kan wag om met haar te trou nie?"

"Iets van dié aard."

Die Mercedes het niks gedoen om sy baas se gramskap te verdien nie, maar Dieter moor die motor teen die opdraand uit.

"Ek kon dit raai! Jy het seker al die stories vir soetkoek opgeëet, sonder om daaraan te dink om my te raadpleeg?"

"Was hy . . . Carl te ver vooruit?" vra Rothea, met haar blik doer ver op die horison, op 'n windpomp en 'n trop karakoelooie.

"Te ver vooruit?" Dieter lag grimmig. "Hy was hoegenaamd nie eens in die teenwoordige tyd nie. Ek ken Ilse twintig jaar. As ek op haar verlief wou raak, sou ek dit tien jaar gelede al gedoen het. Sy is vir my soos 'n suster, soms veeleisend en irriterend, maar ek verduur haar ondanks alles, en omdat ek haar jammer kry. Ernst het haar – hoewel dalk met goeie rede – swak behandel en met my vriendskap het ek probeer vergoed. Maar van liefde en trouplanne was daar geen sprake nie."

Carl het nie alleen die skuld nie. Ilse en Dieter dalk ook, dink Rothea.

Hardop vra sy: "Wat van die pienk handdoeke?"

"Die handdoeke wat ek daardie oggend op Mariental vir Ilse moes koop? Pienk handdoeke, pers tafeldoeke, naellak of die jongste tydskrifte – wat is die verskil? Ek het al die items op haar lysie gekoop, wetende Fernsicht is ver van die winkels af en wanneer daar 'n geleentheid dorp toe is, moet bure mekaar uithelp. Die handdoeke was wel seker vir Ilse se uitset bedoel, maar wat my betref, kan hulle in haar onderste laai of trousseau-kis lê tot oor honderd jaar. Ek gaan my gewis nie met daardie dekselse pienk goed afdroog nie."

Die laaste sin is ergerlik gesê, maar het die soetste klanke wat Rothea nog gehoor het. Sy het egter te lank geglo Dieter behoort aan Ilse Bauer om binne drie minute anders oortuig te word.

"Wat van Sneeuwitjie?" wil sy weet.

Dieter kyk haar skeef aan. "Wát van Sneeuwitjie?"

"Die storie van die stiefma waaroor Ilse my verwyt het en my beskuldig het dat dit 'n taktlose keuse was?"

"Dis maklik om 'n stok te kry wanneer 'n mens iemand wil slaan," antwoord Dieter. "Veral as die iemand naïef en liggelowig is."

"En haar arm wat Ilse so besitlik deur joune gesteek het?"

"Sy het skoene aangehad met hakke soos die toring van Babel. Sy was seker bang sy trap mis teen die steil trappe."

"En toe sy na jou geroep het toe ons by die stalle staan en gesels het?"

"Die koffie was gereed. My ma kon net sowel geroep het, of Rosina of Beatrix, pleks van Ilse. Ek wil nie nou oor Ilse praat nie. Ek het nie die hele ent pad Windhoek toe gekom om oor Carl en Ilse te gesels nie. Daar is belangriker en gewigtiger sake om te bespreek."

Rothea is opnuut gespanne. Sy wag dat hy daarop uitbrei, maar hy doen dit nie. Hoewel daar op 'n Maandagoggend skuins voor twaalfuur nie veel verkeer op die pad tussen Kalkrand en Rehoboth is nie, verg die pad skynbaar al Dieter se aandag.

"E . . . wat wil jy bespreek?" vra sy toe hy stilbly.

"Jou."

Rothea is skielik bang. Dit beteken Albie en Upington en haar werk en die woonstel wat wag.

"Liefie . . . Skatjie!" Sy leun oor die sitplek en skud Albie, maar hy het vrede met haar bekommernisse en slaap rustig voort, Rehoboth en die sjokolade vergete.

"Daar's ons eerste versamelvoëlnes!" beduie sy opgewonde.

"Dis 'n mossienes."

"Ek 'n kokerboom!"

"Ons het dosyne van hulle die afgelope honderd kilometer gekry."

"En . . . is dit nie 'n welwitschia daardie nie?"

"Welwitschias kom van Walvisbaai af noordwaarts in die woestyn- en semiwoestyndeel voor en kan vyftig kilometer van Swakopmund af op die grondpad na Windhoek besigtig word."

"Is dít so? Welwitschia mirabilis, nè? Ek het oor die oerplant nagelees. In die volwasse stadium het die plant net twee parallelnerwige immergroen blare wat tot nege meter lank word en by die basis tot nege meter breed. Sommige se ouderdom . . ."

"Rothea . . ." sê Dieter.

Rothea het hom met Albie en Piet-hond en Piet-perd in aksie gesien, nie 'n goeie deurslag van Dieter Richter se normale ongeduld en kort humeur nie.

". . . word op tweeduisend jaar geskat. Wild vreet graag die blare, veral in droogtetye wanneer water nie beskikbaar is nie."

"Sal jy ophou om bog te praat en my van stryk te bring!" roep Dieter kwaad uit.

"Dis nie bog nie! Dis wat ek in historiese en geskiedkundige boeke gelees het en . . ."

"En . . .?" vra hy.

'n Haastige kyk na die manier waarop hy die stuurwiel vashou en sy mond saamgepers is, laat Rothea vinnig die res van die geskiedkundige gegewens vergeet. Sy skuif weg van hom af, sit in 'n bedremmelde bondeltjie teen die deur.

"Sit duskant toe," beveel hy. "Is die sluitknoppie ingedruk?"

Rothea skuif haastig weg en druk die knoppie in.

"Ek ken die pad vorentoe," sê Dieter. "Daar is geen versamelvoëlneste, kokerbome, mensbome of welwitschias nie. Reg so?"

"Ja."

"Niks waarop jy kommentaar hoef te lewer of in vervoering oor kan raak nie. Reg so?"

"Ja."

"En slaap Albie?"

Rothea kyk senuweeagtig om. Gelukkig is dit wel die geval. "Ja," antwoord sy 'n derde keer.

"Gaaf." Nader aan Windhoek is die pad besiger, met 'n snelperk, maar dit pla Dieter skynbaar nie. Sy hande hou die stuurwiel meer ontspanne vas en hy draai half dwars in die sitplek om na haar te kyk. "Het ek alle moontlike onderbrekings uitgeskakel?"

"Ek . . . ek dink so." Rothea wil byvoeg sy is bereid om sonder teëstribbeling, sonder rusies terug te gaan Upington toe, maar sy bedink haar, bang om Dieter weer te irriteer en kwaad te maak.

"Behalwe die moontlikheid van 'n pap band of 'n klip teen die windskerm." Hy hou stil en trek 'n veilige afstand van die grootpad af. "So ja, nou kan ons rustig praat . . ."

Dit herinner Rothea aan Ilse en die kloof. Sy kyk asof gehipnotiseer na hom.

"Goed. Lyk my ek het jou volle aandag . . . Onthou jy, Rothea Beukes, toe jy gesê het 'Albie is myne,' en die telefoon se gehoorbuis neergegooi het?"

Die herinnering is vars in Rothea se geheue en sy weet Barbara sou gesê het dit was onbeleef en nie baie verfynd nie.

"Ek onthou, en ek is jammer, Dieter."

Hy grinnik breed. "Moenie wees nie, want ek is nie. Ek dink dit was daardie presiese oomblik wat jy my belangstelling geprikkel het. En verder gevorder het, toe jy gesê het: 'Ek sal nie sê aangename kennis nie, meneer Richter. Die ontmoeting is onwelkom. Ongevraag en onnodig. Maar aangenaam? Beslis nie.' En jy het by die eindpunt uitgekom toe jy my voet tussen die deur en die kosyn vasgeknyp en ná 'n lang geredekawel stug opsy gestaan het."

"Jou voet vasgeknyp het? Dis nie baie romanties nie," antwoord Rothea, nie seker of hy spot of ernstig is nie.

"Dit was nie seer nie," verseker hy haar, steeds met 'n breë grinnik. "Ek het potplante soos vlieënde missiele verwag, plus die eetkamertafel bo-op my voet. Selfs dit sou my nie gekeer het nie. Ek het op jou verlief geraak die oomblik toe jy eenkant toe gestaan en vinnig gekyk het watter soort wasgoed hang voor die venster om droog te word. Was jy bang daar was van jou eie kledingstukke by Albie s'n?"

"Ja, natuurlik. Geen meisie hou daarvan wanneer 'n vreemde man instap en van haar . . . van haar klere sien nie." Rothea draai ook dwars, sodat sy Dieter deeglik kan beskou en geen uitdrukking op sy gesig kan mis nie. "Wat het jy gesê?"

"Ek weet nie. Ek het allerhande deurmekaar goed gesê. Van die vlieënde missiele?"

"Nee. Daarná."

Dieter dink na. "Van toe jy eenkant toe gestaan het, stug en onwillig?"

"Nee. Daarvóór . . ."

"Van die eetkamertafel se poot wat ek op my voet verwag het?"

Sy hét verkeerd gehoor, besef Rothea. Dieter het dit nie gesê nie.

'n Tyd gelede het hy dieselfde speletjie met haar gespeel oor die gebruik van sy voornaam. Toe was dit egter suksesvoller as nou.

'n Man spog nie met 'n sesde of sewende sintuig nie, nogtans voel Dieter aan iets belangriks word van hom verwag.

"Die klere, wasgoed, missiele, tafel en voet?" raai hy alles tegelyk, met die hoop een tref die kol.

"Nee."

Rothea staal haarself dat sy doof is of dat Dieter dit nie bedoel het nie.

"Is dit ook 'n mossienes, daar in die top van die soetdoringboom?" vra sy.

Sy moet net nie weer oor voëlneste begin praat nie, dan is hy nou-nou weer die kluts kwyt en kry hy nie die woorde uit nie . . . Dieter gee voor om rond te kyk en belangstellend te wees, terwyl hy alle neste in hul peetjie verwens.

"Ek dink dis vinke."

"So ver noord?"

Dieter doen meer as om net die neste te verwens. "Luister, Rothea, kan ons nie asseblief later oor voëls en oor noord, oor neste en oor suid praat nie?"

"Wat van Ilse? Wat gaan nou van haar word?"

"Wie?"

"Ilse."

Soos Rothea met Theo netnou, vra Dieter: "Ilse wie?"

"Bauer."

"Sy is ook lief vir vakansies, motors, mere en duur hotelle. Miskien is nommer drie haar gelukkige nommer. Miskien pas sy en die derde boer uiteindelik goed bymekaar. Sy sal in elk geval meer van Frankfurt hou as van Mariental en Maltahöhe. En asseblief ook nie oor Ilse nie . . ." voeg hy by.

"Ja, asseblief," beaam Rothea. Sy skraap haar moed bymekaar om een laaste keer te probeer. "Wat het jy netnou tussenin gesê? Asseblief, Dieter, dis belangrik . . ."

"Wat my nie sou gekeer het nie? Omdat ek toe reeds besef het ek is halsoorkop en onherroeplik smoorverlief op jou?"

Rothea slaak 'n sug en los haar duime wat sy vasgehou het. "Ek dag jy sou dit nooit sê nie . . ."

Dieter se gesig is skielik ernstig.

"Daardie oomblik het ek dit besef. Én by die Rosetuin en op die plaas, toe ek jou oorkant my by die eetkamertafel sien sit het. Jou plek is op Schloss Hoffnung, Rothea. Ek het jou lief. Tot op sewe-en-twintig was ek te besig en het ek geglo ek kan sonder vroumense klaarkom. Sonder die ander, ja, maar nie sonder die regte een nie. Ek wou jou in afwisselende stadiums verwurg, omhels, skud, soen en oor my skoot trek, wat ook al as 'n uitlaatklep sou dien en die bevredigendste sou wees. Maar bo alles wil ek jou as my vrou hê, Rothea Beukes."

Hierdie keer het Rothea noukeurig geluister, sodat sy nie weer hoef te twyfel en te vra wat hy gesê het nie.

Dis seker wat hy bedoel het toe hy gesê het hy sal haar self leer perdry en dat hy graag wil hê sy en sy ma moet vriende wees.

"Het jy gehoor wat ek gesê het?" vra Dieter.

Rothea skrik, bang dat die kans verlore gegaan het terwyl sy ingedagte was.

"En ek wil jou as my man hê, boelierige en baasspelerige Herr Dieter Albrecht Richter. Tussen die kritiek dat ek Albie verkeerd grootmaak, dat hy 'n mamma-se-seuntjie is en dat ek onder bevel Schloss Hoffnung so gou moontlik moet verlaat, het ek teen my gesonde verstand en beterwete in onherroeplik verlief geraak op 'n alwetende Duitser wat humeurig is en my hiet en gebied en vir my kwaad word sonder rede."

"Sonder rede?" Dieter vind dit skynbaar baie snaaks. "Maar ek beloof, al waaroor ek in die toekoms kwaad sal word, is wanneer jy die roosterbrood verbrand en die marmelade op die ontbyttafel vergeet."

"Ek sal nie," belowe Rothea. "Botter en roereier en spek en koffie ook nie."

Albie word wakker en vra waar Rehoboth is en wanneer hy sy groot groen peperment kry, maar sy oom hoor nie. Hy het in hierdie stadium belangriker dinge om na te luister.

"Jy sal nie? Beteken dit jy sal tóg soms die roosterbrood gewoonweg braai?"

"Ja, Dieter Richter . . ." Rothea hou hom 'n armlengte weg en kyk af in die wolkgrys oë met die donderweer in die frons tussen die wenkbroue. "Jy is 'n kritiese, nare, alwetende, befoeterde mansmens. Maar dis hoe ek van my Adams hou . . ."

Dieter vergeet van die verbygaande verkeer en die mossieneste en die vinke en twee-en-'n-halfjarige wat sjokolade wil hê. Sy hand streel oor die blinkrooi hare en oor die slanke lyn van haar nek en keel.

"En jy is 'n slim, stroomop, moeilike en geskiedkundige vroumens." Saam met sy vingers kom sy mond by om oor die sagte wang en die lang wimpers te streel. Ook sy ander hand en sy arm om die slanke middel. "Maar dis ook hoe ek van my Evas hou . . ." Sy mond soek na haar wimpers, haar oor en wenkbroue, die punt van haar neus en die sagte, vroulike ken. Toe, uiteindelik, vind hy haar bo- en onderlip. Haar sagte, gewillige lippe . . .

"Ses weke was vir 'n volbloed-Afrikanerboer veels te lank . . ." fluister hy hees, vol ingehoue emosie. Hy bring sy gesig nader en dwing Rothea se kop agteroor. Hy doen wat hy al meer as 'n maand lank begeer het om te doen, naamlik om Dorothea J. Beukes te soen soos sy ses weke lank gevra het om gesoen te word. Lank en deeglik . . . En, met so 'n paar kom-hierso-slaapkameroë, met volle oorgawe . . .

"En vir 'n volbloed-Afrikanerboervrou . . ." eggo Rothea. Toe onthou sy wat Dieter by 'n vorige geleentheid kwytgeraak het, hoe hy haar gewaarsku het oor rooikopmeisies wat te veel praat. Haar hare is 'n tipiese Beukes-bruin, nogtans swyg sy en gee haar onvoorwaardelik oor aan twee sterk Richter-arms wat om haar skouer span en haar styf vashou. Onder sy dwingende lippe gaan haar mond oop, asof met 'n wil van hul eie.

Maar sy voel vier kort woordjies is nie regtig baie praat nie en in die omstandighede is hulle miskien belangrik en veelseggend.

"Ek het jou lief," fluister sy hees.

Dieter hoor die verlange in haar stem. Soos hy al so lank wou, sluit sy arms vaster om haar.

"En ek vir jou . . ."

"Waar Bot?" vra Albie. Hy weet ook nie waar Windhoek is nie, maar dis seker hier naby êrens. "Waar pepement?"

"Sjuut . . ." fluister sy oom en tante tesame. "Netnou. Later . . ."

Daar kom 'n tyd

1

"Ek kan nie verstaan dat ons so sukkel om pêrelpienk te bemerk nie," merk Marinda fronsend op. "Dis my geliefkoosde . . ." Sy bly stil om die koppelaar te trap toe sy sien dat die verkeerslig rooi is. Dis 'n kuns wat sy nog nie bemeester het nie – om te gesels én te bestuur. Eersgenoemde ontvang gewoonlik die meeste aandag. Seker daarom dat sy nooit 'n goeie bestuurder sal word nie. Nog 'n ding wat sy nooit sal regkry nie, is om eerste die rem te trap en dán die koppelaar. "Dis my geliefkoosde skakering en dit verander nie van kleur 'n ruk nadat jy dit aangewend het nie."

"Pêrelpienk is te na aan skulppienk," verduidelik Veronica. "Ons sal een van die twee moet onttrek."

"Op my aanbeveling sal dit . . ."

Haar voorkop tref die windskerm met 'n harde slag toe 'n motor hulle van agter stamp. Daar is die nare geluid van knarsende metaal, glas of iets wat breek en die motortjie bokspring vorentoe.

"Vervlaks . . ." prewel Marinda verslae. Sy sit 'n oomblik lank doodstil en haal 'n paar keer diep asem om tot verhaal te kom. "Deksels!" roep sy dan uit, skielik woedend. Sy pluk haar deur oop en vlieg uit die motor.

"Dís nou mooi!" skree sy vir die bestuurder van die motor wat op hare se buffer sit. "Dis pragtig!"

Die deur van die groot, geel motor word stadig oopgemaak en 'n paar lang bene kom te voorskyn. Die ligte verblind Marinda, dog sy kan sien dat daar 'n lelike duik in haar motor se kattebak is en by haar voete lê stukke rooi plastiek of bakeliet of iets.

"Kyk hoe lyk my motor!" roep sy woedend uit. "Wat het jy gemaak? Aan die slaap gesit?"

"Ek is vreeslik jammer," sê die man boetvaardig. "Het jy seergekry?"

"Nee, maar kyk hoe lyk my motor!"

"Ek is jammer," maak hy weer eens verskoning en stap nader om die skade te bekyk. In sy motor se ligte kan Marinda sien dat hy jonk is en dat hy blykbaar ook geskrik het. Dadelik is sy skaam omdat sy soos 'n viswyf tekere gegaan het. 'n Ongeluk gebeur so maklik en dit kon sý gewees het wat so iets oorgekom het. Die arme ou het hom seker boeglam geskrik toe sy soos 'n warrelwind uitgevlieg en op hom begin skel het . . .

"Wat het jy gemaak?" vra sy meer redelik. "Anderpad gesit en kyk?"

Die jong man vee met die agterkant van sy hand oor sy gesig.

"Ek weet nie wát ek gemaak het nie . . . Kyk, ek is verskriklik jammer. Ek sal jou my naam en adres gee en alle skade vergoed. Gelukkig is joune 'n ou motor en is daar reeds 'n paar ander stampe."

"Dis nié 'n ou motor nie," begin Marinda se stem te bewe. "Ek het hom 'n maand gelede gekoop."

"Dan is ek éérs jammer," sê die jong man sag. "Ek sal jou motortjie mooi laat regmaak. Die skade is nie so erg nie. Dis net die duik in die kattebak en die agterste liggie wat stukkend is. Hier is my naam en adres . . ." Hy haal 'n sakboekie en pen uit sy sak, skryf vinnig iets neer en skeur die bladsy vir Marinda uit.

"Moet jy nie liewer jóú naam vir hom gee sodat hy met jou kontak kan maak nie?" stel Veronica voor.

Marinda neem sy pen en die boekie om haar naam en adres neer te skryf, en nou eers kom sy agter hoe groot sy regtig geskrik het. Haar hand bewe so dat sy skaars kan skryf en sy moet hard konsentreer om mooi duidelike

170

blokletters te maak en haar telefoonnommer te onthou.

"Dis die eerste keer dat so iets met my gebeur," maak sy bewerig verskoning. "Moet ons nie die polisie of iemand ontbied nie?"

"Dis nie nodig nie. Net in geval van 'n ernstige ongeluk. Marinda Reynecke, is dit?"

"Ja. Kan jy my adres en telefoonnommer lees?"

"Ja, jy het dit baie duidelik geskryf. Ek sal jou vroeg Maandagoggend skakel, Marinda, en dan tref ons reëlings om jou motor te laat herstel. Moenie bekommerd wees nie. Ek sal sorg dat dit behoorlik gedoen word en dat jy die minimum ongerief hoef te verduur. En ek is nogmaals jammer, hoor!"

"Dis in die haak. Ek is jammer dat ek onmiddellik begin rusie maak het, maar ek het groot geskrik. Het jý nie dalk seergekry nie?"

"Nee wat, dit was net 'n ligte stampie. Ek het al veel erger oorgekom."

"Jou motor het self 'n lelike stamp weg."

"Dis nie die ergste nie . . . Ee . . . Het julle dames dalk lus om 'n drankie – medisinaal – saam met my te gaan drink?"

Marinda kyk onseker na haar vriendin.

" 'n Drankie sou welkom gewees het, maar ek glo nie ons het tyd nie."

"Ons het nie tyd nie," beaam Veronica. "Ons is op pad na 'n vergadering en ons is reeds effens laat."

"Ek is jammer, dames. En ek is jammer dat ek jou laat skrik het, Marinda, en jou nuwe motor gestamp het. Maandagoggend vroeg skakel ek jou en neem jou motor garage toe."

Marinda se knie bewe en haar voet ruk op die koppelaar, en sy moet drie keer probeer voor sy daarin slaag om weg te trek.

"Ek wens daar was tyd om gou te gaan koffie drink . . .

Of ek wens ek het gerook of iets gedoen waarmee ek my senuwees kan kalmeer," sê sy vir Veronica. "En die ding waarvoor ek nou die allerminste op aarde lus is, is om 'n bemarkingsvergadering by te woon. Ek kan nie reguit dink nie en as meneer Arends vir my iets moet vra, sal ek hom die simpelste spul antwoorde gee. Dink jy hy sal verstaan as ek sê dat ons langs die pad 'n ongeluk gehad het?"

"Nie meneer Deetlef Arends nie. Hy verstaan nooit nie. Ek voel skuldig. As jy my nie kom oplaai het nie, het daardie man jou nie gestamp nie."

"Dan het iemand anders my dalk gestamp of iets veel ergers gebeur."

Sy kyk in haar truspieëltjie en sien dat die groot motor nog steeds agter hulle ry, maar 'n veilige afstand handhaaf. Veronica begin van die ongeluk vertel waarin sy drie jaar gelewe was, maar Marinda luister net met 'n halwe oor. Sy moet hard konsentreer om te bestuur en nie 'n dom ding aan te vang wat 'n nog groter ongeluk kan veroorsaak nie. Sy is so senuweeagtig dat dit voel of die motors in die bane langsaan haar enige oomblik gaan vasdruk, of dat die man in die groot motor agter hulle weer in haar gaan vasry. Sy is dankbaar toe hy by die volgende afrit liggies toeter blaas en afdraai.

"Hy was nogal 'n mooi ou," val sy Veronica in die rede. "En baie gaaf."

"Gaaf? Ek sou so dink! Nadat hy jou byna verongeluk het, is dit die minste wat 'n mens kan verwag – dat hy gaaf sou wees. Maar dit was nie nodig dat jý so simpatiek en vriendelik moes wees nie. Dit was nie jy wat die ongeluk veroorsaak het nie."

"Ek weet. Maar hy het so moeg en vervaard gelyk dat ek vir hom jammer gevoel het."

"Jammer? Hy was nie moeg en vervaard nie. Hy was effens hoërig in die takke."

"Was hy? Ek het niks agtergekom nie."

"Ek ook nie, tot ek sy asem geruik het. Dis dié dat sy reflekse blykbaar 'n ietwat vertraag was en seker dié dat hy nie daarvan wou hoor om die polisie te ontbied nie."

"Hy mag 'n drankie of twee ingehad het, maar hy was beslis nie dronk nie en ek glo nie 'n mens ontbied die polisie in geval van so 'n ligte ongelukkie nie."

"Miskien nie. Wat is die ou se naam en waar woon hy?"

"Ek het nie eens gekyk nie, net die valletjie papier in my sak gedruk . . ."

Marinda haal die sakboekblaadjie uit haar sak, skakel die dakliggie aan en gee dit vir Veronica.

Veronica bestudeer die naam en adres en toe sy nie dadelik iets te sê het nie, kyk Marinda bekommerd na haar.

"Wat skort? Het hy 'n vals naam en adres verstrek?"

"Oppas, daardie vragmotor gaan voor jou inswaai . . . Nee, hoe sal ek weet of dit 'n vals naam is?"

"Wat is sy naam?"

"W. Meiring."

"Dit klink nie na 'n vals naam nie . . . Dekselse vragmotor! Nou wil hy weer in die linkerbaan ry . . .! As 'n mens 'n vals naam wil gee, sal jy nie aan Meiring of so 'n tipe van dink nie. Was dit Botha of Smit of Venter, dán sou ek begin suspisieus raak het. Nee, Meiring klink eg. Ek wonder waarvoor die W staan . . . Willem? Wim? Wynand?"

"Ek het nie mooi gekyk hoe hy lyk nie. W. Meiring is miskien eg, maar ek wonder hoekom hy 'n posbusnommer gegee het?"

"Miskien woon hy in 'n posbus."

"As jy nog lus het om grappe te maak, kan jy nie baie bekommerd wees nie. Weet jy wat dit jou gaan kos as jy self vir die skade moet betaal?"

"Nee. Maar ek gaan nie betaal nie. Wimpie gaan betaal."

"Hy woon op Witrivier."

"Witrivier! Gaan hy my Maandagoggend van Witrivier

173

af skakel en spesiaal Johannesburg toe ry om my motor te laat herstel?"

"Ek glo nie."

"Ek glo ook nie. Hy is seker in Johannesburg vir 'n paar dae."

"Ek glo nie jy gaan óóit weer van hierdie Meiring hoor nie, Marinda. As hy 'n paar dae in Johannesburg is, hoekom het hy dan nie 'n Johannesburgse adres gegee waar jy hom kan skakel nie?"

"Hy was seker te deurmekaar geskrik om nugter te dink. Jy het te min vertroue in jou medemens. Hierdie ou het nie soos 'n skelm gelyk nie. Sy hare was nie uitermatig lank nie en hy was netjies versorg."

"En maak netheid van hom 'n eerlike persoon? Jy moet solank na parkeerplek begin soek."

"Ons sal nie op 'n Saterdagaand parkeerplek in die straat kry nie. Ek gaan liewer reguit parkeergarage toe. Ek wed jou, Veronica, hy sal vroeg Maandagoggend skakel. Hy is 'n ordentlike man."

"Net omdat hy lank is, met breë skouers, blou oë en korterige hare?"

"Ek dag jy het nie mooi gekyk hoe hy lyk nie?"

"O, ek het daardie dinge so terloops raakgesien. Ek het hom nie so bestudeer soos jy nie. Maar ek voel tog jy moes liewer sy motor se registrasienommer so aandagtig bestudeer het. Dan het jy darem 'n houvas op die man gehad."

"Plaas dat ek dit gedoen het! Ek was ook so deur die wind geskrik . . . Is daar 'n Witrivier-telefoonnommer by?"

"Nee."

" 'n Johannesburgse nommer?"

"Daar is geen telefoonnommer nie, Marinda."

"As ek nie so groot geskrik het nie, sou ek nie so agterlosig gewees het nie. Maar dis die eerste keer dat so iets met my gebeur. Volgende keer sal ek beter weet wat om te

174

doen. Kom ons vergeet nou van Wim Meiring. Jy is ver-
niet bekommerd. Hy sal my skakel en vir die skade betaal.
Waaroor ék bekommerd is, is daardie besonderhede waar-
voor Deetlef Arends gaan vra die oomblik wat sy twee be-
markingsagente elk met 'n skemerkelkie in die hand staan.
Jy moet maar die praatwerk doen. Ek is nog onervare en
onthou, ek ly aan skok."

Om elfuur Maandagoggend het Marinda al 'n dik stapel
verslae met aandag deurgewerk, vier skoonheidsalonne op
die platteland geskakel, laboratoriumverslae gelees en oor-
getik en 'n dosyn of meer telefoonoproepe gehad, waarvan
nie een van W. Meiring was nie.

Almal is Maandagoggende baie besig, probeer sy haarself
troos. Hy sal vanmiddag skakel, of dalk môreoggend. Hy
weet mos dis nie doodsake nie. Haar motor kan mos da-
rem nog loop.

Om eenuur kom Veronica hoor of Marinda tyd het om
vir middagete uit te gaan.

"Nee, ek is toegegooi onder die werk. Ek het vanmiddag
'n grimeringdemonstrasie by een van die groot afdelings-
winkels en sal dan sommer daar iets te ete soek."

"Het hy nog nie geskakel nie?"

"Nog nie. Miskien moes ek tóg maar my motor verseker
het, soos my pa my aangeraai het. Maar die jaarlikse pre-
mie was amper die helfte van die oorspronklike prys van
die motor."

"Nee, hy is mos so 'n mooi ou en mooi ouens is mos nie
skelm nie . . . Ek sal vir jou 'n boodskap neem as hy dalk
skakel wanneer jy nie op kantoor is nie."

Marinda grinnik en steek 'n hand uit toe die telefoon
skril lui, dog dis maar weer net nóg 'n skool wat skakel om
te hoor of Tania Skoonheidspreparate nie gratis monsters
vir matriekafskeide gee nie. Marinda verduidelik geduldig
dat hulle kwota gratis parfuummonsters reeds in Junie uit-

gereik is en dat hulle nuwe voorraad eers volgende Janua-
rie aankom. Sy is jammer, maar hulle sal dalk meer sukses
by ander kosmetiekfirmas hê. Die juffroutjie klink taamlik
deur die wind en Marinda glimlag toe sy die gehoorbuis te-
rugplaas. Dís wat haar 'n hekel aan onderwys gegee het: al
die buitemuurse bedrywighede. Om skool te hou was niks.
Dit was soms selfs lekker. Maar daar was nooit genoeg tyd
vir skoolhou nie. Kunswedstryde, tenniswedstryde, kuns-
klub, debat, kermis, klasfunksies en matriekafskeide het
soveel van jou dag in beslag geneem dat daar kwalik nog
tyd was vir skoolhou. Dié moes sommer so tussenin ge-
skied. En bewaar jou arme onnie-siel as jou matriekuitslae
aan die einde van die jaar onder die provinsie se gemiddeld
was. Dan kry jy sommer vroeg in die nuwe jaar vakin-
speksie en as jy nog nie geleer het om mooi storietjies te
verkoop nie, word jy baie maklik na Sopieslaagte of Pam-
poenfontein gesekondeer en dan vergeet die departement
van jou. Al wat jy dan word, is slegs 'n nommer. Jy moet 'n
nommer hê, anders kan hulle nie elke maand aftrekkings
van jou karige salarissie maak nie.

Nee, één jaar van onderwys was genoeg om haar van
alle hoë ideale ten opsigte van die opvoeding van die jeug
te genees en baie vinnig ander werk te laat soek. Sy werk
nou al amper tien maande vir Tania, eers as skoonheids-
deskundige en nou as bemarkingsbeampte, en sy sal nooit
spyt wees dat sy van debatte en kermisse en klasfunksies
en matriekafskeide weggehardloop het nie. Die ure is nou
langer en die salaris effens kleiner, maar die werk is baie
aangenamer en die werksomstandighede makliker. Sy sal
nooit weer gaan skoolhou nie.

Marinda skakel die kosmetiekafdeling van die groot af-
delingswinkel om hulle afspraak van vanmiddag se demon-
strasie te bevestig en gaan spreek dan 'n voorraadklerk om
te hoor of sy vanmiddag gratis monsters pêrelpienk lipstif-
fies gaan uitdeel ná die demonstrasie. Sy hoop werklik dit

help om die pêrelpienk se verkope op te stoot, want dis haar geliefkoosde skakering en sy is bang die vervaardiging daarvan word gestaak as dit swak verkoop. Omdat sy ligte hare en 'n goudbruin vel het, pas die helderpienk kleur met die metaalskynsel haar goed, maar sy is seker dis ook 'n brunet se skakering en vanmiddag gaan sy dit aan haar kliënte wys.

Om vyfuur die volgende middag het W. Meiring nog nie geskakel nie en Marinda begin bekommerd raak. Hy mag natuurlik siek wees of in 'n tweede ongeluk betrokke gewees het, maar sy besef dat die kanse skraal is. Hy was seker nooit van plan om haar te skakel en die skade te herstel nie. Sy voel verneder omdat sy haar so met hom misgis het. Hy het so gaaf en eerlik gelyk. Is hy dan die soort man wat 'n dame groot skade aandoen en dan net stilbly, sodat sy met die gemors bly sit? Gaan dit hom nie die res van sy lewe hinder nie? Of lag hy lekker omdat sy so naïef en goedvertrouend was? Sy kan dit nie glo nie. Iewers moet 'n logiese verklaring vir sy stilswye wees.

Waaroor sy haar die meeste kwel, is dat haar motor nie padwaardig is nie. Haar ouers vertrek oor 'n paar weke oorsee met vakansie en daar is baie dinge om te bespreek. Sy was van plan om hierdie naweek Lichtenburg toe te ry om by hulle te gaan kuier, maar sy kan nie so ver ry met 'n motor waarvan die agterliggie nie brand nie. En sy is ook bang vir wat haar pa oor haar agtelosigheid gaan sê . . .

Woensdagmiddag, op pad huis toe, kry Marinda 'n verkeerskaartjie. Die beampte is vriendelik en simpatiek, maar hy het seker soveel slimstories in sy lewe moes aanhoor, dat hy nie deur haar onsamehangende verduideliking beïndruk is nie.

"Ek begryp dat u wag om van die man te hoor, juffie, maar intussen is u motor 'n gevaar op die pad en ek stel

177

voor u moet die agterliggie so gou moontlik laat herstel."

Marinda bekyk die pienk kaartjie en sy kook van woede. Dis die eerste keer in haar lewe dat sy vir iets beboet word en dis nie eers haar skuld nie. Dis daardie Meiring-man s'n en hý gaan die kaartjie en die skade aan haar motor betaal. Sy het in elk geval nie die geld nie. Maar dis die beginsel wat haar grief. Die ongeluk was nie haar skuld nie. Hoekom moet sý die skade dra? Hoekom moet so 'n vent skotvry daarvan afkom?

"Wat kan jy aan die saak doen?" wil Veronica die volgende oggend weet.

"Ek kan baie daaraan doen. Dis seker nie so onmoontlik om die vent op te spoor nie. Ek het 'n oom wat in Nelspruit in die bank werk. Ek gaan hom skakel en hoor of hy nie van 'n Meiring weet wat op Witrivier woon en met 'n nuwe, geel motor ry nie."

"Dis te sê ás die vent ooit op Witrivier woon. Dis dalk heeltemal 'n vals naam en adres wat hy verstrek het."

"As dit die geval is, dan is dit tot daarnatoe en moet ek maar betaal. Maar dan het ek darem iets aan die saak probeer doen. Maar ek dink dit is sy regte naam en adres. Hy het nie met voorbedagte rade 'n vals naam probeer verskaf nie. Ek dink hy het net agterna begin dink hy kan dalk daarmee wegkom, gedink ek sal nie die moeite doen om hom vir 'n kwessie van 'n honderd rand of wat te probeer opspoor nie. Of dalk het sy vriendin hom aangeraai om stil te sit en kyk wat ek doen."

Nee, oom Peet Reynecke ken nie 'n Meiring nie en geel motors is volop. Maar die bank het 'n lys van posbusnommers in die Laeveldse distrik en dit sal maklik wees om vas te stel wie huur posbusnommer 5170, Witrivier. Hy sal haar vroeg môreoggend skakel op kantoor en laat weet wat hy kon uitvind.

Marinda plaas die gehoorbuis met 'n tevrede glimlag terug. Al waaroor sy effens skuldig voel, is dat sy op Tania se onkoste 'n ver oproep gemaak het. Maar dis ook nie die ergste nie. Sy het al dikwels in die verlede onkoste in verband met haar werk gehad waarvoor sy geen eis ingehandig het nie. Een oproep sal hulle nie armer maak nie. Sy hoop net haar oom spoor die man op. So 'n vent soos daardie Meiring-ou moet 'n les geleer word.

Vrydae is altyd dol dae vir Marinda. Op Vrydae kom die bestellingslyste in van alle winkels, apteke en salonne wat Tania-produkte aanhou, asook die bestellings van hulle reisende verteenwoordigers. Om alles te kroon, kies die rekenaar juis vandag om steeks te raak en dis 'n ietwat verwilderde Marinda wat haar oom Peet se oproep net ná elfuur beantwoord.

"Dis 'n Wynand Johannes Meiring, Marinda, en sy adres word aangegee as Die Bosbok Motel, Witrivier."

"Woon hy daar of werk hy daar, oom Peet?"

"Nee, hy werk daar. Hy is blykbaar die bestuurder."

"Hoe 'n soort plek is daardie motel? Bouvallig?"

"Alles behalwe! Dis 'n spogplek."

"Dan behoort hy 'n goeie salaris te kry en kan hy die onkoste van die herstelwerk aan my motor betaal."

Marinda skryf die motel se telefoonnommer neer, gesels nog 'n rukkie met haar oom wat sy jare laas gesien het, en dan moet sy wikkel om die getikte lyste voor middagete by meneer Arends te kry. Sy sal seker nie voor Maandag kans kry om daardie Meiring-man te skakel nie.

"Het jy vanaand 'n afspraak?" kom deel Veronica haar toebroodjies met Marinda. "Of sal ons vanaand gaan fliek? Ek sal jou kom oplaai."

"Dankie, maar ek het ongelukkig 'n ete-afspraak met Don Lewis."

"Daardie ou wat wil hê jy moet 'n paar grimeringsadvertensies vir hom doen?"

"Dis hy. Hy is 'n gawe ou en as hy dink ek is dalk fotogenies, sal ek graag modelleerwerk wil doen. Die geld sal meer as welkom wees – en dink net hoe opwindend dit sal wees om 'n tydskrif oop te maak en in my eie gesig vas te kyk."

"Dit sal oulik wees, maar moet net nie so versot raak op modelwerk dat jy ons vir 'n advertensiemaatskappy verruil nie."

"Ek sal nie. My pa kry stuipe as ek weer van werk verander."

"Dis mooi as vandag se kinders nog ontsag vir hulle pa's het. Wat gaan jou houding wees as jy daardie Meiring kan opspoor? Gaan jy hom goed die waarheid vertel?"

"Ja, beslis, tensy hy 'n grondige rede het waarom hy my nog nie geskakel het nie. Ek sal so ewe terloops laat val dat ek 'n goeie prokureur het en dat jy 'n getuie was. Dit sal hom laat skrik."

"Bosbok Motel. Goeiemiddag," antwoord 'n vriendelike damestem.

"Goeiemiddag. Mag ek asseblief met meneer Meiring, die bestuurder, praat?" versoek Marinda.

Sy hoef nie lank te wag nie.

"Meiring. Goeiemiddag," groet 'n saaklike stem.

"Dis Marinda Reynecke wat praat."

"In verband waarmee?"

Marinda vererg haar op die plek. Gaan hy alle kennis in verband met die ongeluk ontken en maak of dit nie hy was nie?

"Luister, meneer Meiring," sê sy ysig, "jy sal nie so maklik daarvan afkom nie. Ek het 'n goeie prokureur en ek is van plan om 'n saak teen jou te maak."

"Ek is jammer, mejuf- . . . ek neem aan dis mejúffrou Reynecke"

"Dit is," sê Marinda bitsig.

"Ek is jammer, mejuffrou Reynecke, maar ek weet nie waarvan jy praat nie. Kan jy my asseblief inlig?"

"Moenie my 'n tweede keer vir die gek hou nie. Ek sal my nie soos verlede Saterdagaand vir die gek laat hou nie. Moenie dink jy sal ontsnap nie. Ek gaan 'n saak maak. Ek het 'n goeie prokureur en –"

"So het jy al tevore gesê," val hy haar kortaf in die rede. " 'n Mens dreig nie twee maal met dieselfde ding nie. Drei-gemente is in elk geval onsmaaklik. Maar ek dink jy het die verkeerde Meiring beet. Dis seker met my broer wat jy wil praat."

"Is dit nie meneer W. Meiring nie?" vra Marinda vies, dog sy praat met haarself. Hy het reeds die gehoorbuis neergesit.

"Hallo. Wynand Meiring," sê 'n ander en meer bekende stem ná 'n paar minute in Marinda se oor.

"Dis Marinda Reynecke wat praat."

Daar is 'n paar oomblikke lank stilte en dan sê hy baie vriendelik: "Marinda! Ek is só bly jy het my geskakel! Weet jy hoe het ek gesukkel om jou op te spoor?"

"Maar ek het mos my telefoonnommer vir jou gegee?"

"Jy het 'n nommer vir my gegee, maar dis die verkeerde nommer. Ek het jou omtrent tien keer al geskakel en elke keer kom ek by 'n verkeerde nommer uit."

Marinda weifel effens. Sy is nie seker of sy hierdie storie glo nie.

"Dink jy ek jok?" pleit hy. "Wat is jou nommer?"

"24-5686."

"5686? Jou lawwe meisiekind . . . Jy het 8656 geskryf! Geen wonder ek het elke keer by die verkeerde plek uitge-kom nie. Die mense daar het my verseker daar werk geen Marinda Reynecke nie en het hulle al vir my begin ver-vies."

"Ek is jammer . . . Ek was so oorhoeks geskrik dat ek seker die syfers omgedraai het."

"Toe maar, noudat jy my geskakel het, is daar geen skade gedoen nie. Het jy al jou motor laat regmaak?"

181

"Nee, ek weet nie hoe of waar nie. Ek het gewag dat jy my skakel."

"Natuurlik, meisie . . . Luister, laat jou motor regmaak en stuur die rekening vir my. Ek sal dit betaal."

"Hoe weet jy jy kan my vertrou?" terg Marinda liggies. "Wie sê ek laat nie sommer die ander duike ook uitslaan en plaas dit op jou rekening nie?"

Sy hoop nie die man is van plan om sake op hierdie manier te laat doen nie. Sy het nie die kontant om die rekening voorlopig te betaal nie en sy het gehoop sy sal meneer W. Meiring met die blou oë en breë skouers weer te siene kry.

"Ek ken ook geen garage nie en is bang hulle loop my in," voeg sy by.

Wynand Meiring huiwer 'n oomblik en dan sê hy vriendelik: "Ek kom volgende naweek Johannesburg toe. Sal jy Saterdagaand saam met my gaan eet, dan besluit ons wat die beste is om te doen?"

"Goed. Ken jy Johannesburg? Weet jy waar Claimstraat is?"

"Ek ken Johannesburg goed en ek weet waar jou woonstelgebou is. Tot Saterdagaand so teen agtuur se kant dan?"

"Ja. En . . . dankie."

"Dis in die haak, astertjie. Moenie intussen weer ongelukke maak nie!"

Marinda plaas die gehoorbuis glimlaggend neer en draf Veronica se kantoor binne.

"Dit was alles my skuld! Ek het my telefoonnommer verkeerd neergeskryf en Wynand kon my nie opspoor nie. Hy kom Saterdagaand kuier en dan gaan ons eet. Dan gaan ons besluit hoe om my motor reg te kry en hy gaan alles betaal. En ek was tog reg gewees, Veronica. Hy ís 'n gawe ou!"

"Ek is bly vir jou part dat dinge reg uitgewerk het. Jy is eintlik blý hy het in jou vasgery, nè?"

182

"Ek glo dat alle dinge 'n doel het. En ek glo nie die doel van die ongeluk was om my platsak te maak en raas te laat kry by my pa nie. Ek glo ook dat alle dinge ten beste gebeur . . ."

2

Marinda bekyk haarself vir oulaas in die spieël en skud haar lang hare los oor haar skouers toe die deurklokkie net ná agtuur lui.

"Mensig!" sê Wynand bewonderend. "Dis nie dieselfde meisie wat in 'n patetiese bondeltjie in haar somber swart baadjiepakkie by haar stukkende motor gestaan het nie!"

"Toe was ek eintlik op pad werk toe en ek was deur die blare geskrik."

"Ek sou jou nie herken het nie. Ek het nooit besef dis so 'n beeldskone meisiekind wat ek byna verongeluk het nie. Dink net hoe 'n verlies dit vir die samelewing sou gewees het."

Marinda raak effens verleë onder sy opregte bewonde-ring.

"Waar gaan ons uiteet?" vra sy skamerig.

"Net waar jy wil. Luister, jy het seker 'n benoude week gehad toe jy begin vermoed het ek gaan jou nie skakel nie? Ek is regtig jammer, maar daar was geen manier waarop ek jou kon opspoor nie. Ek het nooit daaraan gedink om jou motor se nommer te neem nie."

"Ek ook nie! Agterna was ek spyt, want . . ." Sy bly skielik stil.

Wynand se oë vonkel.

"Want jy het besef jy sal die skurk nie kan opspoor nie," voltooi hy haar sin laggend. "Maar hoe het jy my telefoon-nommer gekry?"

"So 'n bietjie fyn speurwerk," terg sy laggend. "Verskoon my, ek gaan net gou 'n jas haal."

"Dit sal sonde wees!" roep Wynand agterna, die gang af.

"Wat?"

"Om 'n jas oor daardie rok aan te trek! Vergeet die jas. Jy sal nie koud kry nie. Of anders sal ek jou warm hou."

"Grootmond, noudat hy weet ek het nie 'n man of 'n kêrel of 'n groot broer wat hom hof toe sal neem nie!"

"Wie sê jy het nie 'n kêrel nie?" vra hy met 'n warm glimlaggie.

Marinda kry skielik skaam en laat haar oë verleë sak.

"O ja, ek het vergeet van die stringe kêrels wat agter my aan hardloop . . ."

"Nie stringe nie, Marinda. Net een. Net een baie verliefde kêrel. En dis eerlikwaar 'n baie mooi rok hierdie. Blondines wat bruin gebrand is, lyk pragtig in wit. Swem jy dikwels?"

"Net naweke en die res van die tyd lê ek maar buite op die balkon om bruin te brand."

"Jy moet op Witrivier kom kuier. Daar brand die son 'n mens gou bruin."

"Jy lyk self of jy in die swembad boer."

"Daar's nie tyd vir sulke dinge by Bosbok nie. En selfs al wás daar, sou my broer my nie toegelaat het om my tyd so nutteloos te verwyl nie."

Marinda kyk vlugtig na hom, maar hy lag en sy wonder of sy haar die effens verbitterde stemtoon verbeel het. Sy wonder wat hy by die motel doen. As hy dan nie die bestuurder is nie, wat is hy dan?

"Jou broer? Ek dink ek het per abuis by hom uitgekom toe ek jou geskakel het."

"Dis heel moontlik. Mense raak dikwels met die twee Meirings deurmekaar. Net die name, nie die persoonlikhede nie . . . Is jy reg? Sal ons maar gaan?"

Die lelike stamp sit nog steeds aan die geel motor se regterbuffer.

"Ek sal daardie duik nooit laat uitklop nie," lag Wynand.

"Hoekom nie?"

"Omdat dit my altyd aan 'n allerfraaiste ou meisietjie met groen oë en blonde hare en aan 'n opwindende ontmoeting sal herinner."

Daarop het Marinda geen antwoord nie. Sy lag effens en laat Wynand toe om haar in die motor te help en die deur versigtig toe te klap. Terwyl hy om die motor stap, loer sy ongemerk deur die voorste ruit na hom. Hy is aantrekliker as wat sy hom onthou het. Daardie Saterdagaand het hy 'n ligte broek en 'n sporthemp aangehad, maar 'n man lyk altyd op sy mooiste in 'n donker pak en 'n wit hemp. Net soos 'n uniform, doen 'n donker pak beslis iets vir 'n man . . . Sy hoop nie hy sny gou sy hare nie. Dis mooi as hare wat so effentjies krul, lank gedra word. Hy het dik hare en sy is bly hy gebruik nie haarolie nie. Geoliede hare wat die paadjies van 'n kam wys, is nooit vir haar mooi nie. Hierdie een se hare is mooi skoongewas en . . .

"En?" onderbreek Wynand haar gedagtes toe hy langs haar agter die stuurwiel inskuif. Sy voel dat sy onder daardie blik bloos. Dis asof hy haar gedagtes kon lees, asof hy geweet het wat sy sit en dink het terwyl sy hom so aandagtig bekyk het. "Wat is die uitslag? Slaag of druip?"

Marinda weet nie wat om te antwoord nie. Hy het haar onverhoeds betrap.

"Toe maar, ek sal ophou om jou te terg," troos hy. "Weet jy dalk van 'n besonderse eetplek? Ek ken 'n paar oulike restaurante, maar ek wil nie na 'n plek toe gaan waar ek al vantevore meis- . . . waar ek al was nie. Vanaand wil ek na 'n baie spesiale plek toe gaan, want dis 'n baie spesiale meisie wat ek vanaand uitneem."

"Kom ons gaan na 'n plek toe waar ek ook nog nooit tevore was nie," stem Marinda opgewonde saam.

"En eet iets wat ons nog nooit tevore geëet het nie."

"En drink iets wat ons nog nooit tevore gedrink het nie!"

"En doen iets wat ons nog nooit tevore gedoen het nie."

"Ee . . ." lag Marinda en voel tot haar verleentheid dat sy al weer bloos. Hierdie man besit die gawe om haar soos 'n skooldogter te laat voel.

"Marinda! Dís nie wat ek bedoel het nie," sê hy vroom. "Ek het bedoel ons soek 'n plek waar 'n mens kan dans en dan dans ons die Uggh. Of het jy hom al gedans?"

Marinda kan maar net lag en haar kop skud.

"Hou jou oë oop. Ek gaan sommer doelloos deur die stad ry en dan kyk ons of ons 'n oulike plek ontdek."

Na 'n uur is Wynand hopeloos verdwaal en het Marinda ook nie die vaagste benul waar hulle is nie.

"Ons draai by die volgende straat links, hou drie blokke aan, draai dan regs en dan weer regs, en dan wed ek jou gaan ons 'n plek sien wat paddaboudjies, oe-la-la's en die Uggh adverteer," stel Wynand voor.

"Wat is oe-la-la's?"

"Ek weet nie. Ek het dit nog nooit gedrink nie."

Marinda raak aan die lag. Wynand neem haar hand en druk 'n ligte soentjie daarop. Sy wens hulle kan sommer net aanhou en aanhou ry. Sy is honger, maar sy weet hulle vrolike stemming gaan verbreek wees as hulle 'n eetplek vind en uitklim en tussen mense is. Sy wens dis nie oormôre Maandag en dat Wynand moet teruggaan Witrivier toe nie. Sy wens hulle twee is nou op pad na 'n ver-ver plek . . .

"Edenvale!" roep Wynand verslae uit.

"Edenvale?" eggo Marinda fronsend. "Wat van Edenvale?"

"Dis waar ons op die oomblik is, liefste," antwoord hy lakonies.

"Kan nie wees nie . . ."

"Moet wees . . . Ons het nou-nou by 'n poskantoor ver-

bygery en voor op het in duidelike vet swart letters ge-
staan: Edenvale Poskantoor. En kyk wat staan voor op
daardie winkel . . ."

"Edenvale Mansuitrusters," adem Marinda verbaas.
"Liewe land, Wynand! Ons is verskriklik verdwaal. Ken jy
die pad terug stad toe?"

"Nee, maar ek weet die snelweg Witrivier toe gaan by
Edenvale verby. Wat sê jy – sal ons nie in die pad val Wit-
rivier toe nie? Twee-uur môreoggend kan ons by Bosbok
intrek. Ons kuier 'n paar uur daar en môre bring ek jou
terug. Toe, dit lyk of dit gaan reën. Dink net hoe lekker
gaan dit wees om te ry en te ry terwyl die bande op die nat
pad suis . . ."

'n Oomblik lank klink dit baie aanloklik, maar dan skud
Marinda haar kop.

"Jy sal baie vies wees as jy Sondag die lang ent pad moet
terugry om my huis toe te neem."

Wynand trek 'n suur gesig.

"Ou bloukous . . . Vir 'n mooi meisie is jy darem 'n regte
ou nat kombers."

"Verwyt in plaas van bedankings?"

"Slim antwoorde in plaas van liefdevolle inskiklikheid?
Kry jy nie koud nie?"

"Nee, dis lekker warm in die motor."

"Sien jy wat ek bedoel as ek sê jy is 'n bloukous en 'n nat
kombers?" terg hy liggies. Hy steek 'n arm uit en trek haar
styf teen hom. "Natuurlik kry jy koud en beloftes maak
skuld. Ek het mos belowe om jou warm te hou . . ."

"Daar's 'n plek wat koffie adverteer," merk Marinda lo-
merig op.

Wynand swaai behendig uit en draai by die padkafee
in.

"Vier koffies, asseblief," bestel hy.

Die kelner loer verbaas of daar nog twee mense agterin
die motor sit.

187

"Hierdie meisie is baie dors," verduidelik Wynand ernstig. "Sy vra jy moet vir haar vier koppies stomende koffie bring."

"Wynand!" lag Marinda. "Netnou glo hy jou!"

Wynand plaas sy arms om haar skouers en draai haar na hom toe.

"Sal jý mý glo as ek jou sê dat ek jou liefhet, Marinda Reynecke?"

Marinda is skielik baie geïnteresseerd in die motor se radio.

"Kyk na my," gebied Wynand stil.

Marinda kyk vinnig op na hom en dan weer net so vinnig weg. Wynand sit sy wysvinger onder haar ken en lig haar gesig na hom toe op.

"Jy is die antwoord op al my drome, Rinnie. Ek het nog nooit 'n meisie soos jy ontmoet nie. Ek weet dis baie gou en ek wil jou nie bang maak nie en wil ook nie nou al 'n antwoord hê nie. Maar ek wil net hê jy moet weet dat ek jou liefhet."

"Wynand, moenie . . ." begin Marinda en dan sterf haar stem weg. "Moenie . . ."

"Ek sal nie," sê Wynand sag. Hy plaas sy hande weerskante van die fyn gesiggie en druk 'n sagte soentjie op haar mond. Dan skuif hy skielik weg en sê in 'n ander stemtoon: "Hier kom ons koffie . . ."

Wynand lig sy koppie en klink dit teen hare.

"By gebrek aan iets sterkers – 'n gebrek wat later aangevul sal word – op ons!"

"Op ons," herhaal Marinda effens bewerig.

Daar is oneindig baie dinge waaroor gesels kan word nadat 'n liefdesverklaring gemaak is, en Marinda en Wynand is geen uitsondering nie. Hy vra haar uit oor haar vriende en haar stokperdjies en haar werk en haar ouers, en sy gesels asof in 'n droom. Sy kan nie glo dat dit haas 'n wildvreemde man is wat hier styf teen haar sit nie. Dit voel asof sy hom al jare ken, asof sy hom maar altyd geken het. Sy kan nie glo dat sy 'n tyd van eensaamheid en 'n tyd van Saterdagaande saam met vriendinne deurbring geken het nie. Dalk was dit onbewustelik 'n tyd van voorbereiding vir hierdie wonderlike aand.

"Nou weet jy alles van my af," keer sy naderhand. "Maar al wat ek van jou af weet, is dat jy in Witrivier woon, dat jy 'n nuwe geel motor het waarmee jy taamlik roekeloos ry, dat jy nie 'n fantastiese sin vir rigting het nie en dat jy my liefhet."

"Wat wil jy nog weet, my liefste?" fluister Wynand teen haar hare.

"Het jy nie dalk 'n . . . nooi nie?" fluister Marinda met groot oë.

"Ek het," erken Wynand reguit en ernstig.

"En wat sal sy sê as sy hoor jy het my lief?"

"O, sy sal seker weer niks te sê hê nie en die hele tyd met die radioknoppies sit en vroetel en weier om na my te kyk."

"Wynand . . .! Jou lawwe mansmens!"

"Ek is nie laf nie, Rinnie. Ek was nog nooit in my lewe so ernstig nie. Ek glo dat niks op aarde sonder 'n goeie doel gebeur nie en vanaand het ek uitgevind waarom ek daardie Saterdagaand in jou vasgery het. As ek jou nie ontmoet het nie, was my lewe leeg en doelloos."

Marinda sit warm en tevrede teen hom en ná 'n lang ruk begin sy hom oor die Bosbok Motel uitvra. Maar hy gesels oor Witrivier en oor die Laeveld en oor die wildtuin wat so naby lê – oor die motel het hy nie veel te sê nie.

"Wat van jou broer?" vra Marinda lomerig.

"Wat van my broer?" herhaal Wynand haar vraag kort-af.

"Nee, niks eintlik nie. Ek het sommer net gewonder wat doen hy by die motel."

"Hy deel die bevele uit en jaag my rond."

"Hy klink nie na 'n baie aangename persoon nie?"

"Hy is nie."

"Is hy in 'n posisie om jou te beveel?"

"Ongelukkig, ja. Maar dis net tydelik en net omdat hy meer geld in die motel gesteek het as wat ek kon."

"Is julle vennote?"

"Hy is die senior vennoot. Hy is die eienaar-bestuurder, maar jy hoef nie bang te wees nie, Rinnie. Die junior eienaar-assistent-bestuurder verdien 'n groot genoeg salaris om 'n vrou te onderhou. Hy het sy eie grasdakhuisie 'n ent van die hoofgebou af, in 'n lemoenboord, en hy kan op 'n manier koskook en kouse stop en afstof en huis aan die kant maak en alles."

"Waarvoor het hy dan 'n vrou nodig?"

Dog Wynand lag net en weier om uitgelok te word.

"Haai, ons moet wikkel as ons nog daardie baie spesiale eetplek wil gaan ontdek."

Marinda is onwillig om van die padkafee af weg te gaan. Die oomblik wat die geel motor by die uitgang uitry en die pad terug Johannesburg toe kies, sal hierdie kosbare paar uur onherroeplik verby wees. Dit sal skielik net 'n herinnering geword het . . .

"Het jy al ooit op 'n Saterdagaand in jou kispak by 'n Edenvalese padkafee warmbrakke en limonade vir aandete gehad?" vra sy.

Wynand lag lekker. Hy weet dadelik wat sy graag wil doen. Hy flits die motor se ligte en trek haar stywer teen hom vas.

"Dis hoekom ek jou liefhet, Rinnie. Omdat jy jý is. Daar is nie nog 'n meisie soos jy nie."

"Het jy dan al soveel ander meisies geken dat jy goed kan oordeel?" skerts sy. Maar eintlik wil sy baie graag 'n antwoord op haar vraag hê. Sy het agtergekom dat hy hom vroeër vanaand amper verspreek het toe hy gesê het hy ken 'n paar oulike restaurante, maar dat hy haar nie na 'n plek

190

wil neem waar hy al vantevore was nie. Wat hy amper gesê het, was dat hy nie na 'n plek toe wil gaan waar hy al saam met ander meisies was nie.

"Ek het my normale kwota gehad," antwoord Wynand onverstoord. "Maar daar was geen nooi vir wie ek enige besonderse gevoel gehad het nie. Wat van jou? Enige besonderse kêrels?"

Marinda vertel hom van Paul en van Don saam met wie sy verlede Saterdagaand gaan eet het, en wat wil hê sy moet vir 'n paar tydskrifte poseer. Wynand is saam met haar opgewonde en druk 'n warm soentjie in haar nek en dan op haar ken, haar wang, die punt van haar neus en uiteindelik op haar sagte mond.

"Jy is die beste ding wat nog met my gebeur het," fluister hy en dan merk hy vies op: "Hier kom daardie ellendige kelner al weer! Hy het blykbaar 'n kursus geloop oor wanneer om ongeleë en onwelkom te wees."

"Dis jý wat die ligte geflits het!"

"Herinner my tog om nooit in die toekoms weer ligte te flits nie, sal jy, my liefste? Ee . . . Twee warmbrakke en twee limonades, asseblief. Nee, wag, verdubbel daardie bestelling. Ons het iets om te vier."

Die kelner stap kopskuddend weg en Marinda en Wynand lag.

"Wat gaan ons môre doen?" wil Wynand weet.

"Moet jy nie môre terugry Witrivier toe nie?"

"Eers laat môreaand. Ek sal deur die nag ry en Maandagoggend 'n paar uur steel om te slaap – en as Hugo iets te sê het, pak ek my goed en ry terug na jou toe. Jy sal nooit met my rusie maak nie, sal jy, Rinnie?"

"Nooit nie, behalwe as jy vir my moeg word en my nie meer wil hê nie. Dán sal ek baie met jou rusie maak."

"Dan sal jy nooit met my rusie maak nie, my liefling. Al is ons honderd jaar getroud, sal ek nooit vir jou moeg word nie."

191

Die volgende oggend vroeg hou die geel motor voor Magnoliahof stil en kom hamer Wynand aan Marinda se voordeur.

"Jy het dan gesê jy kom my eers tienuur oplaai?" loer sy verslae om die deur, bang dat hy die krullers in haar hare sal sien.

"Goed, dan gaan sit ek maar twee uur lank buite in die koue in my motor en kom klop ek om tienuur weer aan jou deur."

"Kom wag in die sitkamer, jou lawwe mansmens," lag sy.

Sy laat die voordeur oop en vlug kamer toe voordat hy haar kan sien. Dan pluk sy met koorsagtige haas laaie en kaste oop en trek so vinnig aan as wat sy kan. Sy wil nie kosbare tyd vermors nie, tyd wat sy saam met Wynand kon deurgebring het. Binne 'n kwartier staan sy in die sitkamer, 'n wit langbroek aan, 'n rooi truitjie en 'n donkerblou gestreepte serp in haar hare.

"Dis nie moontlik nie," sê Wynand verbaas.

"Ek is 'n vinnige meisie!"

"Ja, maar ek het nie gedink dat jy vanoggend nog mooier kan wees as gisteraand nie. Ek het gedink ek sal vanoggend sien dat ek 'n fout gemaak het, dat geen meisie so beeldskoon én so lief en dierbaar kan wees nie."

"Sal ek nóg liewer en dierbaarder wees en vir jou koffie gee om te drink?"

"O, sy is bang, nè?" sê Wynand geamuseerd. "Sy is bang ek wil haar behoorlik môre sê en nou wil sy kombuis toe vlug onder die voorwendsel dat sy koffie wil gaan maak."

"Môre, Wynand," giggel Marinda en steek haar regterhand na hom toe uit.

Wynand vang dit in albei syne en trek haar ferm nader.

"Is dit hoe 'n aster haar verloofde groet? Kom hier, my lief, sodat ek jou behoorlik kan dagsê . . ."

Heelwat later wikkel Marinda haar uit sy arms los en sê effens uitasem: "Ek wil regtig graag vir jou koffie en iets te ete gee. Jy is seker te vroeg by die hotel weg om ontbyt te kry."

"Ja, maar moenie moeite doen nie. Gee net vir my 'n glas koue water. Dit gaan goed saam met liefde."

"Koue water wat gekook is, met koffiepoeier en melk en suiker daarin?"

"En miskien 'n roereier en spek en roosterbrood daarby . . ."

Wynand kom sit op 'n hoë kombuisstoeltjie en hou Marinda met blink oë dop terwyl sy ontbyt maak. Hy sny vir haar die brood, maar verder wil hy nie help nie.

"Slaag of druip?" wil Marinda weet toe hulle buite op die balkon sit, elkeen met 'n volgelaaide bord en twee koppies koffie.

"Al kon jy nie eers 'n eier kook sonder om dit te laat brand nie, slaag jy met volpunte. Maar dit herinner my aan iets . . . Het ek vroeg gisteraand geslaag of gedruip nadat jy my so fyn bekyk het?"

Marinda neem 'n groot mond vol spek en roosterbrood sodat sy nie hoef te antwoord nie.

"Nog koffie, Wynie?" vra sy liefies.

"Dis nie regverdig nie!" kla hy verontwaardig. "Ek het my hele hart aan jou blootgelê en jou aan my ewige liefde verseker, en jy het nog nie een maal eers vir my gesê jy hou van my nie."

"Ek hou van jou," antwoord Marinda onskuldig. "Nog koffie?"

"Nee dankie. Is dit al?"

"Nee, ek het nog baie eiers en spek en tamaties in die yskas en kan baie maklik vir jou nóg kos maak."

Wynand weier om saam te skerts.

"Is dit al, Rinnie? Hou jy net van my en niks meer nie?"

"Ek is lief vir jou, Wynand, en ek dink ek sal baie gou

meer as net dit vir jou wees. Maar 'n meisie het tyd nodig. Jy het gisteraand gesê jy wil nie dadelik 'n antwoord hê nie en ek hou jou by jou belofte. Wanneer kom jy weer vir my kuier, dan kan ons weer praat?"

"Ek weet nie," sê hy effens dikmond. "Dis een van die dae skoolvakansie en dan is dit ons besige tyd. Ek weet nie wanneer Hugo my weer 'n naweek sal afgee nie."

"Dan skryf ek maar vir jou, of stuur 'n telegram met my antwoord," sê Marinda liggies.

Dadelik is Wynand weer sy vrolike lieftallige self.

"Volgende naweek het ons 'n klomp kongresgangers by die Bosbok en ek sal seker moet bly om te help, maar die naweek daarna kom ek weer vir jou kuier en dan kom ek my antwoord haal. Reg, Rinnie?"

"Reg, Wynie."

"Gaaf. Nou waar gaan ons heen? Bronkhorstbaai toe of Hartbeespoortdam toe?"

"Dit maak nie saak nie. Het jy nie lus om vleis te gaan braai nie? Ek het baie vleis in die vrieskas en ons kan gou 'n paar toebroodjies smeer."

"Top! Ek het hout in die motor."

"Jý pak darem snaakse bagasie in as jy vir 'n nooi gaan kuier . . ."

"Ek het nie geweet ek gaan vir 'n nooi kuier nie. Ek het gedink ek gaan vir 'n kantoorjuffrou in 'n korrekte, sombere, swart baadjiepak aandete koop en besigheid met haar gesels. Al wat ek vir háár ingepak het, was my tjek-boek. Die hout was sommer nog in die bagasiebak ná ons verlede naweek by Leeukop gaan vleis braai het."

Marinda haal vleis en brood uit en begin dit bewerk, maar Wynand stap sitkamer toe, waar hy sy baadjie uit-getrek en oor 'n stoel gehang het. Ná 'n paar minute is hy terug en sit 'n tjek op die kas neer.

"Dis om die skade van jou motor te betaal. Ek is jammer dat jy alleen die moeite moet hê, maar ek hoop die tjek is groot genoeg om die garage se rekening te betaal. Ek gee liewer nou vir jou die tjek, voor ek vergeet."

"Ag, Wynand, dis nie nodig nie," keer Marinda, skielik bewoë. "Ek kan self vir die skade betaal."

"Dink jy ek sal dit toelaat?"

"Dankie . . ."

"Moenie my bedank nie. Dis die minste wat 'n ou kan doen nadat hy iemand se motor deur nalatigheid beskadig het. Weet jy hoe verlig ek daardie aand was toe ek gesien het dis in 'n dame se motor wat ek vasgery het? Toe die motordeur oopvlieg, was ek bang daar spring 'n groot, sterk man uit wat my wil opdons."

"En al die tyd is dit toe 'n lieftallige ou dametjie wat om verskoning vra omdat sy so skielik voor jou stilgehou het, sonder om haar hand uit te steek en te wys dat sy gaan stilhou? Die minste wat sy darem kon gedoen het, was om oor die rooi verkeerslig te ry en jou die ergernis te spaar."

"Ja, sy was baie moedwillig," grinnik Wynand. "Maar sy het darem agterna vir haar onnadenkende optrede vergoed."

"Wat het jy daardie aand gedoen, dat jy nie gekyk het waar jy ry nie?" vra Marinda nuuskierig.

Wynand haal sy skouers op en lag verleë.

"Ek het van 'n partytjie af gekom en dalk het ek 'n drankie of twee te veel ingehad. Ek is regtig jammer dat dit gebeur het."

"Ek is nie! As dit nie gebeur het nie, het ek jou nooit ontmoet nie en het ek seker nou gesit en boek lees of my hare gewas en later by 'n vriendin gaan tee drink. Dit was 'n heerlike stamp en al het ek byna my nek gebreek, sou ek nie spyt gewees het nie."

"Was jy nie senuweeagtig om daarna weer te bestuur nie?"

"Nee. Ek is so 'n swak bestuurder dat so iets my wel vroeër of later sou oorkom, en ek is dankbaar dit het my met so 'n dierbare mansmens oorgekom. Dit kon 'n ander dame gewees het, of 'n lelike, vet ou man of iemand wat my wou slaan en sê dit was mý skuld."

"As hy baklei het of jou wou slaan, sou ek hom darem goed opgedons het!" sê Wynand dreigend.

"Jy sou nie daar gewees het nie, liefling."

"Ek hou van die 'liefling', maar ek wil met jou stry. Ek sou doer op Witrivier aangevoel het daar is 'n mooi dame in nood en ek sou kom help het."

"Ek weet jy sou. Dink jy dis genoeg toebroodjies?"

"Meer as genoeg. Ek hoop nie jy is van plan om 'n klomp ander mense saam te nooi nie?"

"Nooit nie! Wynand . . .! Ek sien nou eers wat die bedrag op die tjek is! Jy hoef nie vir my 'n nuwe motor te koop nie. Al wat jy gedoen het, is om die agterste liggie uit te stamp en 'n ligte duikie in die kattebak te maak."

"Koop dan maar bruidsuitset met die kleingeld. Kan ek die goed in hierdie mandjie pak?"

"Ja, maar dit is nie nodig om vir my soveel geld te gee nie. Ek kry nou bitter skaam."

"Ek sou dit nie vir jou gegee het as ek dit nie kon bekostig nie. En ek gaan tog ook op die tafeldoeke eet en met die handdoeke afdroog wat jy gaan koop, nie waar nie?"

"Dit lyk na 'n lekker vleisbraai wat julle gehad het," sê Marinda liggies.

"Dit was nie. As dit was, sou daar nie soveel bier oorgebly het nie. Bronkhorstbaai?"

"Of tot by die einde van die wêreld . . . Ek sal enige plek saam met jou gaan."

"Grootmond! Noudat sy weet daar is nie getuies nie. Sal jy daardie selfde woorde gebruik as daar 'n predikant by is?"

"Jy moet minder praat, liefling, en kyk waar jy ry. Netnou ry jy weer in 'n arme onskuldige motor in, of eindig ons weer in Edenvale . . ."

3

"Hoekom het jy nog nie daardie verslae geparafeer nie en hoekom is daar sterre in jou oë?" wil Veronica teen teetyd Maandagoggend van haar vriendin weet.

"Raai?"

"Jy is verlief."

"Korrek. Weet jy op wie?"

"Op W. Meiring."

"Op Wynand Meiring. Hy is die mees fantastiese ou, Veronica. Ek het halsoorkop op hom verlief geraak, binne die eerste minuut nadat ek hom weer gesien het."

"So gou? Dit sal oorwaai. Jy het net so oor Paul van Wyk gevoel nadat jy twee keer met hom uit was."

"Nie net so nie. Ek sal nooit weer 'n ou so liefhê soos vir Wynand nie."

"Dis gaaf. Maar wat sê hý van hierdie verliefdheid?"

"Hy het niks gesê nie. Net iets gevra."

"Ek weet jy brand om my te vertel, dus: Wat het hy gevra?"

"Hy het my gevra om met hom te trou."

"Met julle eerste afspraak?"

"Ons tweede. Ons was gister Bronkhorstbaai toe en terwyl hy met die seilbootjie op die water gesukkel het en die ding al wou omslaan, vra hy my om met hom te trou."

"Hy moet baie oulik wees om 'n boot en 'n meisie gelyktydig te behartig."

"Ek sê mos hy is oulik! Ons het nie in die water beland nie en ek het ja gesê."

"Moes jy nie eers mooi daaroor nagedink het nie? Wat weet jy van hom af?"

"Ek weet dat hy breë skouers en blou oë het en die mooiste glimlaggie wat ek nog gesien het. Ek weet dat hy mooi bruin gebrande hande het en lang, smal vingers, en dat hy pragtig lyk in 'n baaikostuum, en . . ." Marinda sien dat

197

haar vriendin nie geamuseerd is nie. " 'n Mens kan iemand baie gou opsom en leer ken, Veronica. Hy is aantreklik en sjarmant, maar hy is ook eerlik, opreg en betroubaar en hy sal 'n goeie man vir enige vrou uitmaak."

"Is hy toe bestuurder van die motel?"

"Assistent-bestuurder. Sy broer Hugo is die bestuurder. Maar hy het 'n veertig-persent-aandeel in die Bosbok Motel en Hugo het sestig persent."

"Klink of hy baie geld het."

"Ek weet nie. Maar dit maak nie saak nie. Ek sou met hom getrou het al het hy skoorstene gevee."

"Waar het hy soveel geld gekry om in 'n luukse motel te steek?"

"Hy was 'n handelsreisiger en was 'n jaar gelede in 'n motorongeluk betrokke. Sy been en rug is beseer en hy het 'n paar duisend rand kompensasie uit sy assuransie gekry en daarmee het hy en sy broer die motel begin."

"Het die broer geen geld gehad nie?"

"Hugo het meer geld gestoot as Wynand, dié dat hy die beherende aandeel in die motel het. Hy het glo hulle familieplaas verkoop en met die geld wat hy gekry het saam met Wynand die Bosbok Motel begin."

"Dit klink heerlik romanties. En nou gaan jy ná julle troue die koningin van die Bosbok Motel word? Of het hierdie Hugo 'n vrou?"

"Hy is nie getroud nie. Of Wynand sê hy ís, maar met die motel. Hy stel nie in meisies belang nie."

"Wanneer trou julle?"

"Ons het nog nie op 'n datum besluit nie, maar dit sal in Desember wees."

"Desember! Dis volgende maand!"

"Ek sien nie hoekom 'n mens moet wag nie. As 'n mens seker is, wil jy so gou moontlik jou lewe saam met daardie persoon begin."

"Jy moet nog eers jou pa se toestemming kry."

198

"Ek is oor een-en-twintig en my pa en ma sal in elk geval dadelik van Wynand hou. Ons gaan oor twee weke Lichtenburg toe sodat Wynand kan ouers vra."

"Wat van sy eie ouers?"

"Hulle is nege jaar gelede in 'n motorongeluk oorlede."

"Jy sal natuurlik nie by Tania aanbly nie?"

"Dit sal 'n bietjie moeilik wees om elke dag van Witrivier af in te kom kantoor toe . . . As jy nou klaar besware geopper het, wil jy saam met my gaan eet, sodat ek vir jou die grootste biefstuk kan koop en die grootste bottel vonkelwyn om die ontdekking van W. Meiring mee te vier?"

"Graag, dankie. Het hy vir die skade aan jou motor betaal?"

"Hy het vir my 'n tjek gegee waarmee ek byna 'n nuwe motor kan koop."

"En vir die verkeerskaartjie?"

"Ek het hom nie daarvan vertel nie."

"Hy klink na 'n vonds wat amper te goed is om waar te wees. Drink hy nie dalk nie, Marinda?"

"Net 'n paar biere gister en gisteraand 'n bietjie vonkelwyn. En dan drink hy seker op 'n partytjie 'n paar drankies, net soos enige normale mens. Hy het nie voete van klei nie, my vriendin."

"Alle mans het, party net erger as ander. Wanneer gaan jy kennis gee by Tania?"

"Môre of so. Daar is nog 'n bietjie tyd."

"Dan beter jy vandag daardie laboratoriumverslae deurwerk en parafeer. Deetlef Arends wil dit op sy lessenaar hê voor twee-uur vanmiddag."

"Ek het nie lus vir werk nie. Ek sit aan Wynand en dink, ek sit en wonder hoe die motel lyk. Ken jy die Laeveld?"

"Ek ken net die pad reguit wildtuin toe."

"Wynand sê hy spring dikwels 'n naweek weg soontoe, sodat hy van sy broer se tirannie kan ontsnap. Hy klink na 'n regte monster en 'n slawedrywer."

"En jy gaan saam met so 'n man woon?"

"Ek gaan nie saam met Hugo woon nie. Dis met Wynand wat ek gaan trou, nie met sy broer nie. Hulle het elkeen 'n eie huis, kilometers van mekaar en in 'n lemoenboord. Die motel lê in 'n lemoenboord en as 'n mens soggens wakker word, ruik jy die geur van dounat lemoene deur die oop vensters. Klink dit nie lieflik nie?"

"Amper te goed om waar te wees. Sal jy ook 'n werk hê by die motel om te doen?"

"Wynand sê nee, sy vrou mag nie werk nie. Maar ek sal dalk aflos as ontvangsdame as hulle my nodig het."

"Of dalk om ertappels in die kombuis te skil of skottelgoed te was. Hoe weet jy dis nie 'n armoedige en bouvallige ou motelletjie doer in die boendoes nie?"

"Ek het vuurhoutjies en skryfpapier en 'n pen met die Bosbok Motel se naam en embleem op in Wynand se motor sien lê. Dis 'n spogmotel en my oom het gesê dis 'n luukse plek. Jy soek spoke wat nie bestaan nie, my vriendin."

"Ek wil keer dat my vriendin dalk seerkry."

"Wynand is 'n eerlike ou. Ek het hom daardie Saterdagaand al goed uitgekyk. Ek is nie so tot oor my ore verlief dat ek my blind staar teen Wynand se foute nie, Veronica. My oë is wawyd oop en ek besef dat Wynand die man is aan wie ek my toekoms met 'n geruste gemoed kan toevertrou. Waarom is jy nie saam met my bly dat ons gaan trou nie?"

"O, ek ís bly en ek soek nie fout nie. Maar wat is die foute in Wynand waarvan jy netnou gepraat het?"

"Dis nie foute nie en dis maar die soort dinge wat 'n mens by enige jong ou kry. Miskien ry hy 'n bietjie roekeloos en miskien weet hy net 'n klein bietjie te goed hoe om 'n meisie te vlei en miskien . . . is hy 'n bietjie te lief vir 'n drankie of twee. Maar dis nie belangrik nie en ek dink dis naar van my om hom so met jou te bespreek. Hy is 'n dierbare ding en hy verdien iemand beter as ek."

"Jy is self 'n baie oulike persoon en dis nie nodig dat jy die eerste huweliksaansoek wat jy kry moet aanneem nie."

"Wie sê dis my eerste huweliksaansoek?" lag Marinda, maar sy voel half vies vir Veronica. Die feit dat sy nie ook dadelik op hol is oor Wynand nie, neem 'n bietjie van die blink weg. Maar sy kan verstaan dat Veronica skepties is. Sy is nog steeds verbitterd oor daardie ou met wie sy drie maande lank uitgegaan het voor sy skielik by iemand gehoor het dat hy getroud is. Sodra sy 'n ander gawe kêrel het, sal sy weer positief teenoor die lewe ingestel wees.

"Nou ja, jy is nog nie getroud nie en nog steeds in diens van hierdie maatskappy, en ek stel voor dat jy daardie drome uit jou oë vee en 'n bietjie werk doen, anders het jy nie tyd om vir my daardie biefstuk en vonkelwyn te gaan koop nie."

Wynand sit sy leë koppie senuweeagtig op die koffietafeltjie neer, skakel die televisie af, kyk pleitend na Marinda en maak keel skoon.

Maar Marinda is van kleins af 'n papbroek. Sy ken haar pa en sy is skielik bang. Haar oë pleit by Wynand dat hy moet verstaan en dan vlug sy kombuis toe, onder die gemompelde voorwendsel dat sy nog koffie gaan maak. Sy gaan staan by die wasbak en probeer na die stemme vanuit die sitkamer luister. Dis egter net 'n gebrom en sy kan niks uitmaak nie. Sy hoop nie Wynand maak 'n gemors van die ouers vraery nie. Netnou sê haar pa nee en wat gaan hulle dán maak?

Die melk kook naderhand op haar ma se silwerskoon stoof oor en die ketel kook asof hy betaal word en sy het die koppies al drie keer uitgevee en anders op die skinkbord gepak, en nog steeds kom Wynand haar nie haal nie. Sy is naderhand verplig om die koffie sitkamer toe te neem.

Wynand spring galant op en neem dit by haar, maar sy kan nie aan sy gesig wys word wat haar ouers se reaksie was nie. Haar ma is ook van geen hulp nie. Sy sit doodluiters en brei en iemand het blykbaar weer die televisie aangeskakel. Haar pa sit kalm die jongste rentekoerse met Wynand en bespreek, so asof daar nie pas om sy enigste dogter se hand gevra is nie.

"Wat brei Mamma?" vra Marinda met 'n onnatuurlik harde stem.

" 'n Trui vir jou pa."

"Ek kry nou ook skielik lus om te brei. Wynand, wil jy nie graag 'n handgebreide trui hê nie?"

Wynand is egter druk in gesprek met haar pa. Hy stem met alles saam wat haar pa sê en knik ernstig met sy kop. Ja, hy reken ook dat opbetaalde vastetermyn-aandele met 'n gewaarborgde rentekoers die beste belegging is wat die moderne man kan maak.

"Hoekom moet ons altyd na sulke dinge luister?" vra Marinda ergerlik. "Hoekom bring Pappa altyd die werk huis toe? Los tog die aandele en rente en dinge by die bank."

Meneer Reynecke loer oor sy bril na sy dogter.

"En waaroor wil jý liewer gesels, Marinda?"

Dis 'n goeie opening wat haar pa vir haar laat, dog Marinda is te lafhartig om daarvan gebruik te maak. Dis in elk geval Wynand se werk om ouers te vra, nie hare nie.

"Ek dink sommer net aan Wynand, Pappa," stamel Marinda. "Wie sê hy is in rentekoerse en dinge geïnteresseerd?"

"Enige persoon met meer as tien rand in sy besit moet in beleggings geïnteresseerd wees," antwoord meneer Reynecke ferm. "Is dit nie so nie, Wynand?"

"Ja, oom, dit is so," stem Wynand vurig saam en kyk nie na sy nooi nie.

Marinda is senuweeagtig en verveeld. Ná 'n ruk maak sy die koppies bymekaar, kyk veelbetekenend na haar aspirantman en tel die skinkbord op. Wynand, dierbare slim mansmens wat hy is, spring dadelik op.

"Gee vir my, Rinnie," sê hy vinnig. Hy neem die skink-bord by haar en volg haar kombuis toe.

"En toe?" vra sy bekommerd. "Wat het my pa en ma gesê? Nee?"

"Ek het toe nooit gevra nie. Jy vlug dan weg en laat my alleen in die leeuhok. Daniël se moed het hom op die laaste nippertjie begewe. Kom saam met my terug sitkamer toe, dan vra ek."

"Ek wil nie by wees nie . . ."

"Jy het belowe om alle dinge met my te deel. Ek gaan nie vra as jy nie by is om te help nie."

Marinda sluk moedig. "Nou goed dan. Maar jy moenie 'n gemors van die vraery maak nie. Jy moet mooi vra."

Wynand stap tot in die middel van die sitkamer en bly dan hulpeloos staan. Marinda trek haar rok mooi netjies oor haar knieë en kyk afwagtend na hom. Hy skakel die televisie vinnig af, blaas sy neus 'n keer, maak keel skoon en stamel dan: "Oom en t-tannie . . . Marinda wil iets vra . . ."

"Is nie! Dis jý wat iets wil vra . . ."

Meneer Reynecke kyk na die groot oë wat sy vrou vir hom maak en sit sy koerant neer.

"Wie wil wat vra?"

"Dawid!" sê sy vrou ergerlik en veelbetekenend. "Die kinders wil iets vra . . ."

"Ek sien so. Daarom het ek mos my koerant neergesit en gevra wie wil wat vra."

"Ja, maar Pappa het dit op so 'n snaakse manier gevra dat arme Wynand nou bang is om dit te vra!" roep Ma-rinda ontsteld uit.

Haar pa kyk ondersoekend na sy dogter en na sy vrou.

"Bang is om wát te vra?"

"Oom, tannie . . ." sê Wynand vinnig. "Ek wil graag met Marinda trou."

Hy gaan sit verlig noudat die woorde uit is en snuit sy

203

neus nog 'n keer. Hy glimlag vir Marinda en wag dan gespanne op haar pa se antwoord.

"Dit kan ek verstaan en dit kon ek sien die oomblik toe julle netnou hier aangekom het," sê Marinda se pa. "Wat het jý te sê, Marinda?"

Nou kom dit na haar kant toe en Marinda besef dat sy vir Wynand moet help.

"Ek het Wynand lief en ek sal dit waardeer as Pappa toestemming gee dat ons mag trou," sê sy stil.

"Maar hoe lank ken jy hom al?" wil haar pa weet. Dis die vraag waarvoor sy die bangste was.

"Ons ken mekaar al amper ses weke, oom," antwoord Wynand die gevreesde vraag namens haar. Sy hoop dat die wit leuentjie hom vergewe sal word. Hulle ken mekaar nie van daardie aand af dat hy haar motor gestamp het nie. Haar pa weet ook nie eers hoe hulle ontmoet het nie – dít mag hy nie nou al weet nie. Eendag, so teen die doop van hulle vyfde baba, sal sy hom dit ewe terloops vertel.

"Ses weke is 'n bietjie kort, is dit nie?" frons haar pa.

"Ja, oom," beaam die arme Wynand, net soos hy flussies alles oor die rentekoerse beaam het.

"Het jy my dogter lief?"

"Ja, oom."

"Ek sal graag 'n bietjie met jou wil gesels voordat ek my toestemming gee. Marinda, gaan brei jy en jou ma iewers buite op die stoep, sodat ek alleen met Wynand kan gesels."

"Ek het nie breiwerk nie, Pa!" roep Marinda verskrik uit. Die uitdrukking in arme Wynand se oë . . . sy kan hom nooit alleen by haar pa los nie.

"Gaan sit dan solank steke vir 'n mou op en help jou ma brei. Daardie trui van my sal nie voor die winter klaar kom nie."

Marinda ken haar pa en sy ken hierdie stemtoon van hom. Dis beter dat sy nie verder teëstribbel nie en saam met haar ma buite op die stoep gaan sit. Sy hoop die kruis-verhoor duur nie te lank nie en dat Wynand nog lewe wan-neer dit verby is. Dis dalk ook goed dat hy haar pa nie vroeër ontmoet het nie, anders het hy haar nooit gevra om met hom te trou nie . . .

Marinda se ma en pa is nie vreeslik in hulle skik met die planne vir so 'n oorhaastige huwelik nie, maar hulle enigste dogter is so klaarblyklik verlief op Wynand en in die sewende hemel van geluk dat hulle nie haar vreugde wil demp nie. So op die oog af lyk hy ordentlik en eerbaar en hy is blykbaar 'n vermoënde man wat vir haar sal kan sorg en hulle lieflingdogter kan nie só ver uit wees met haar oordeel nie . . .

Marinda soen haar pa, omhels haar ma en gryp Wynand styf om die nek. Die trane dreig om te kom en sy begrawe haar kop in sy skouer. Hy druk haar styf vas.

"Dankie, oom, tannie . . . Ek sal goed wees vir u dogter en poog om u nooit teleur te stel nie. Ek sal na die beste van my vermoë vir Marinda sorg."

Skielik is die ander drie ook bewoë en dis Marinda wat haar kop oplig en Wynand saggies van haar af wegstoot.

"Dis 'n huwelik wat bespreek word, nie 'n begrafnis nie," probeer sy liggies sê. "Ons moet lag, nie huil nie."

"Die huil kom agterna, ná die troue," terg Wynand. "En dan gaan dit te laat wees. Dan is jy vas. Vir altyd en altyd."

"Jy is baie kordaat, noudat die ouers vra agter die rug is en jy geweeg is en nie te lig gevind is nie!" spot Marinda.

Wynand maak asof hy sweet afvee.

"Ouers vra was moeiliker as om jóú te vra! Ons moet maar liewer nooit eendag skei nie, want ek sal nooit 'n ander vrou vat nie. Die ouers vra is te eg en het my amper van die troukoors genees!"

"Dis nou te laat om kleinkoppie te trek, ou matie! Nou is jy vas en jy beter goed wees vir my. Jy het nou gesien dat ek 'n kwaai pa het."

Wynand is nog nie in staat om grappies oor pappa Reynecke, die bankbestuurder, te maak nie.

"Jy sal nooit jou hande in koue water hoef te steek nie," terg hy sy toekomstige vrou. "Ek sal vir jou 'n primusstofie koop waarop jy die water kan warm maak. Hoe laat is dit? Amper twaalfuur? Kom ons ry gou dorp toe en gaan koop vir jou 'n verloofring!"

Marinda sien dat haar pa nie baie ingenome is met die oorhaastige ringkopery nie, maar sy is te opgewonde om veel ag daarop te slaan. Dis Wynand se geld en as hy vandag vir haar 'n ring wil koop, dan is dit sy saak.

"Het jy genoeg geld?" vra Marinda verleë toe hulle op pad dorp toe is. "Jy was seker nie van plan om hierdie naweek vir my 'n ring te koop nie."

"Ek het 'n tjekboek met baie leë blaaie saamgebring," antwoord hy. "Weet jy wat jou pa se grootste beswaar was?"

"Dat ons mekaar nog nie lank genoeg ken nie?"

"Nee. Dat ek nie my besigheid deur sý bankgroep doen nie! Daardie puntjie het my amper my vrou gekos."

Wynand leun met sy elmboë op die toonbank en bekyk die ringe in die blou fluweelkassie voor hom en Marinda.

"Watter ring is vir jou die mooiste?"

"Hulle is almal mooi," antwoord sy en vra dan onderlangs: "Min of meer hoeveel moet die ring kos, Wynand?"

"Nee, ék weet nie. Ek het nog nooit vantevore 'n verloofring gekoop nie. Julle vroumense bekyk die goed mos altyd in die vensters. Jy weet seker wat 'n verloofring moet kos."

"Hou op om so moedswillig te wees. Ek wil nie voor die mense vir jou vra hoeveel geld jy bereid is om te spandeer nie."

Dis vir Wynand vreeslik snaaks. Hy haal eers dié ring uit en dan weer daardie een en pas hulle almal aan haar vinger. Marinda raak baie verleë. Dis 'n moeilike posisie waarin sy haar bevind. Sy en Wynand moes buitekant bespreek het hoeveel hy bereid is om te betaal.

"Ee . . . Ek dink ons moet eers 'n rukkie wag," verduidelik sy vir die verkoopsdame.

Wynand is baie geamuseerd.

"Nee, as ons wag, wil jy dalk nie meer verloof raak nie. Kies 'n ring. Is hierdie al verloofringe wat u het, mevrou?"

"Ons het duurder ringe, maar dié word in die agterste brandkluis toegesluit."

"Mag ons hulle sien, asseblief?"

Wynand gaan al op die ry af en pas elke ring aan Marinda se vinger. Dié wat te groot of te klein is, word teruggesit en die ander in 'n netjiese ry voor Marinda.

"Hierdie klomp pas almal. Al wat jy moet doen, is om een te kies."

Marinda pas dié een aan en dan dáárdie een en tel heel laaste die een met die breë goue band en die twee reguit gesnyde diamante op.

Wynand neem dit uit haar hand en steek dit self aan haar vinger.

"Ek het geweet dit gaan hierdie een wees. Nee, moenie hom weer afhaal nie, nie eers as jy bad of hande was nie. Wat kos die ring?"

Die dame verwyder die pryskaartjie versigtig en sonder om die ring van Marinda se vinger af te haal, maar nie voor sy die ontsaglike prys gesien het nie. Sy probeer dadelik die ring afhaal, maar Wynand neem haar hand in syne en druk 'n soentjie op haar vinger. Dan skryf hy doodluiters 'n tjek uit. Marinda staan verslae langs hom. Is hy nie jammer om sy swaarverdiende geld so uit te gee nie? Sy sou met 'n veel kleiner diamant tevrede gewees het. Dis om aan hom verloof te wees wat tel, nie hoeveel karaat haar ring is nie.

Toe Wynand sy naam en adres agter op die tjek skryf, skud die ouerige dame glimlaggend haar kop.

"Dis nie eintlik nodig nie. Die dametjie ís mos oom Dawid Reynecke, die bankbestuurder, se dogter, nie waar nie?"

"Dis ék wat vir die ring betaal," terg Wynand en neem die sertifikaat van waarborg by die dame. "Nie my skoon-pa nie."

Die verkoopsdame blyk 'n ou skoolvriendin van Marinda se ma te wees.

"Gaan julle tweetjies saam met jou ouers oorsee vir julle wittebrood?" verneem sy belangstellend.

"Nee, mevrou Botha, ons sal trou voor my pa-hulle vertrek en dan vir 'n week of twee see toe gaan," verduidelik Marinda.

Daar is 'n oor en weer gelukwensery en groetestuurdery en dan staan Marinda buite op 'n sypaadjie in Lichtenburg, met 'n blinknuwe verloofring aan die vinger en met haar aanstaande aan haar sy.

"Dankie, Wynand, vir die mooiste ring wat ek in my hele lewe nog gesien het. Ek is jammer dat dit jou so baie geld gekos het."

"Moenie die oomblik bederf deur van geld te praat nie. Ek wou graag vir jou 'n duur ring gekoop het . . . Dis een-uur. Het ons tyd om voor ete gou 'n drankie te gaan maak en ons verlowing te vier? Hoe laat eet julle gewoonlik?"

"So twee-uur se stryk."

"Is hier 'n hotel of iets naby?"

"Of iets, ja," terg Marinda. "Wat het jy in gedagte gehad? 'n Padkafee en warmbrakke by die drankie?"

Net daar voor al die mense wat op 'n Saterdagoggend in Lichtenburg kom inkopies doen het, gooi Wynand sy arms om Marinda en soen haar lank en deeglik.

"Wat nou?" lig sy wenkbroue verbaas toe sy haar blosend uit sy arms loswoel en 'n paar treë retireer. "Mag ek nie my verloofde en toekomstige vrou soen nie? Gaan dit elke keer jou reaksie wees as ek jou soen? Jy sal dit baie gou moet afleer, anders trek ek jou oor my skoot."

"Ek hoop nie jy kies elke keer 'n sypaadjie op 'n besige Saterdagoggend as jy my wil soen nie. Ek hoop my man gaan in die toekoms meer romantiese plekke kies om sy vrou te soen!"

"Wys vir die mense jou verloofring, dan sal hulle nie so staar nie," raai Wynand haar aan.

Hulle stap die hotel se sitkamer binne en Marinda kyk nuuskierig rond. Sy kan die kere wat sy al in die hotel was op haar een hand se vingers tel. Haar pa is nie 'n man wat al ooit die tyd of begeerte gehad het om in hotelsitkamers te sit en drankies drink nie.

"'n Limonadebier, asseblief," versoek Marinda ongemaklik.

"'n Mens vier nie iets met bier nie. Wil jy nie 'n whisky of 'n brandewyn drink nie?"

"Liewer nie, dankie. Netnou raak ek siek en dan is my dag bederf."

"'n Klein botteltjie vonkelwyn en 'n dubbele whisky," bestel Wynand by die kelner en glimlag verontskuldigend teenoor Marinda. "Ek het 'n dubbele whisky nodig ná daardie onderhoud met jou pa. Ek wil nooit weer in my lewe so 'n benoude uur deurmaak nie."

"Wat het my pa jou alles gevra?"

"Jy sal eendag weet wanneer jy hoor watter vrae ek aan ons dogter se kêrel gaan stel as hy die vermetelheid het om my om ons dogter se hand te vra."

"Was dit baie erg?"

"Erg, ja," antwoord hy en slaan sy drankie in een teug weg. "Drink gou, dan is daar tyd vir nog een voor Daniël weer by die leeukuil moet aanmeld."

"Jy laat my ma en pa soos twee outokrate klink."

"Hulle is, maar minder so as my ouboet. Wag totdat jy hóm ontmoet het . . . Jy gaan nog spyt wees jy het onder die Meirings in getrou. Jou vuurdoop lê nog voor, terwyl myne verby is. Wag tot ou Hugo met jou klaar is . . . Jy sal nooit weer dieselfde wees nie."

"Jy oordryf. Hoe kan jou broer so erg wees? Wat doen hy?"

"Hy dwarsboom alles wat ek doen, kritiseer my . . ."

"Is dit die rede waarom julle nie stryk nie?"

"Nee, ons stryk nie omdat Hugo mý plaas besit het, mý nooi afgeneem het, mý lewe amper verongeluk het. Maar kom ons gesels oor meer aangename dinge en jy sal Hugo tog in elk geval nie ontmoet voordat ons getroud is nie. Ek sal jóú nie huis toe neem nie, want netnou moet ek jou ook aan hom afstaan."

Wynand is ooglopend ontsteld en bestel vir hom nog 'n drankie voor hy verder praat.

"Ek sal eendag vir jou die hele geskiedenis vertel, nie omdat ek die meisie nog steeds bemin nie, maar sodat jy Hugo beter kan leer ken. Jy hoef nie bang te wees hy meng met ons huwelik in nie. As ek met 'n vrou daar aankom, sal hy dit eenvoudig net moet aanvaar, en bewaar sy siel as hy met my vrou rusie maak. Hy sal met mý te doen kry . . . Ek is in elk geval oud genoeg om te trou met wie en wanneer ek wil."

"Sal hy probeer keer as hy weet ons het trouplanne?" vra Marinda stadig.

"Nee, maar hy sal sê ek moes hom in die saak geken het."

"Wat beteken dít? Dat jy sy toestemming moes gevra het?"

"Ek kan trou met watter meisie ek wil en hy kan my nie keer nie. Hy moenie dink ek is nog sy klein boetie wat geboelie kan word nie."

"Het jy hom al ooit van my vertel?" vra Marinda op 'n ingewing. "Weet hy dat jy 'n meisie ontmoet het aan wie jy van plan was om verloof te raak?"

Wynand drink eers sy drankie klaar voordat hy antwoord.

"Hoekom moet ons hierdie dag bederf deur oor Hugo te sit en praat? Ek sien genoeg van hom gedurende die week om nie nog op die dag van my verlowing oor hom te praat nie. Kom, jou ma wag en jou pa sal vies word as ons so lank wegbly. Hou jy nog van jou ring?"

Marinda raak die koue diamant met bewende vingers aan.

"Ek sal nooit aan hierdie ring gewoond kan raak nie en ek sal altyd bang wees hy raak weg. Kan jy glo dat ons sowaar verloof is?"

"Ek sal dit nie glo voordat daar nóg 'n ring – 'n plat, goue ring – aan jou vinger pryk nie. Ek is nog altyd bang jy sê jy het 'n fout gemaak en dat daar 'n ander ou is van wie jy meer hou as van my."

"Nooit!"

"Marinda, ás daar ooit so iemand is," sê hy skielik dringend en baie ernstig, "jy sal dit dadelik vir my sê, nè?"

Dis asof daar 'n ysige windjie deur Marinda waai.

"Daar sal nooit so iemand wees nie. Maar dieselfde geld vir jou. As jy ooit eendag iemand ontmoet vir wie jy liewer word as vir my, sal jy dit ook dadelik vir my sê, nè? Ek sal jou nooit teen jou sin by my hou nie. 'n Mens se vryheid is kosbaar. Jy kan nooit 'n ander persoon volkome besit nie."

"Ek wil van vandag af alles met jou deel. Jou trane, jou hartseer, jou vreugde, jou verdriet, jou blydskap . . ."

"Hoekom val die klem meer op trane? Verwag jy om my eendag trane te laat stort?"

"Ek sal enigiets in my vermoë doen om jou hartseer en verdriet te spaar, my liefste. Maar daar gebeur soms dinge wat buite 'n mens se beheer is. En as dit gebeur, wil ek hê jy moet na my toe kom. Jy moet op my skouer kom huil en dan sal ek die seer wegsoen en 'n pleister opplak."

211

Marinda se glimlag is skeef. Dis 'n nuwe Wynand hierdie, een wat sy nog nie teëgekom het nie. Dit raak 'n teer snaar aan om hom so ernstig te sien en sy neem haar voor om 'n goeie vrou vir hom te wees. Sy sal nooit iets doen wat hom sal seermaak of ongelukkig maak nie. Dis die hoogste eer wat 'n man 'n vrou kan aanbied – om haar te vra om sy naam te dra. En sy moet dit waardig wees en nooit iets doen wat hom hierdie dag sal laat berou nie.

"Daar sal nie seer wees nie en daar sal nie pleisters nodig wees nie. Al wat ek van die lewe vra, is om jou vrou te mag wees. Dan sal ek nooit ongelukkig of hartseer wees nie."

4

Wynand sleep 'n protesterende Marinda agter hom aan oor die sand en dompel haar kop eerste in die golwe.

"Dít sal jou leer, jou waternimf met die groen oë, om vir my te sê jy wil liewer op die strand lê as om saam met my te kom swem! Jy het dan belowe om aan jou man onderdanig te wees en hom te steun in alles wat hy wil doen."

"Hy het nie gesê hy sal op 'n koue dag in die y-ysige water van die Indiese Oseaan wil swem nie," proes Marinda sout seewater uit.

"Hoekom het jy gedink bring hy sy vrou Durban toe vir haar wittebroodsdae?" vra Wynand en keer haar op haar maag om. "Om heeldag op die strand te lê en mooi lyk? Sy het gesê sy is lief vir swem en hy het haar geglo en see toe gebring."

"Nie op 'n – 'n ysige d-dag nie!" hoes Marinda.

Wynand tel haar uit die water en skud haar.

"Al die seewater uit?"

"Ja, ek dink so . . . Jou boelie! Net omdat jy groter en sterker as ek is, dink jy jy kan klein meisietjies terroriseer?"

"Haai, ek is so jammer," sê Wynand vroom. "Was jy nie lus om te swem nie? Wou jy regtigwaar liewer op die strand gelê en sonbrand het? Ek dag jy maak 'n grap en wil hê ek moet jou in die water gooi . . ."

"Hoekom het ek nie liewer met 'n man getrou wat tevrede is om op 'n koue dag by die hotel te bly en legkaarte te bou of boek te lees of sommer net na die uitsig te sit en kyk nie?" kla Marinda. "Hierdie energieke man van my gaan my oud hê lank voor my tyd."

"By die huis gaan daar tyd wees om Sondagmiddae legkaarte te bou en boeke te lees. Daar is nie veel anders om te doen nie. En noudat ek vrou gevat het, sal ek seker nie meer so dikwels Johannesburg toe ry om vir my nooi te gaan kuier nie. Hoekom bly jy aan die sink? Kan jy nie dryf nie? Ek dag jy sê jy is so 'n uitstaande swemster?"

"Ek kan dryf en swem mits ek nie elke keer weer onder die water ingedruk word nie!" roep Marinda uit en probeer Wynand se voete onder hom uitduik. Maar hy is veels te vinnig vir haar en swem baie beter as sy.

"Ek sal jou elke Saterdagmiddag in Bosbok se swembad les gee," spot hy. "Dalk swem jy dan oor tien jaar net so goed soos ek."

"Oppas vir verdrink! Jou kop is so groot dat jy sal sink, en jou mond is so groot dat die water vinnig sal instroom."

Dog Wynand lag net lui en swem met gemaklike hale buite haar bereik.

"Jy moet vir jou 'n eenstuk-baaikostuum kry wat van die punt van jou tone tot onder jou ken kan toerits," sê hy. "Ek hou nie daarvan dat die ander ouens op die strand met leepoë na my vrou staar nie."

"Ek sal nie vir my 'n ander baaikostuum kry nie. Dis goed dat hulle staar. Dit maak jou jaloers en hou jou op jou tone."

"O ja?" sê Wynand skielik reg agter haar.

213

Marinda gil, maar dis reeds te laat. Wynand het haar omgedop en druk haar kop hardhandig onder die water. Hy pluk haar regop, gee haar kans om gou asem te kry en druk haar dan weer onder die water. Dan druk hy haar styf teen hom vas en trap water sodat hulle nie sink nie.

"Moet nooit weer met my parmantig wees nie, my vrou," sê hy dreigend. "Moet my ook nooit weer uittart of vermaak nie. Jy moet sommer vroeg in ons getroude lewe hierdie drie lessies leer." Die uitdrukking in sy oë pas egter nie by sy woorde nie.

Marinda plaas haar arms om sy nat skouers en nek en soen hom.

"Oegh . . . Jy smaak pure sout seewater!"

"Jammer, maar jý ook!" sê Wynand ná 'n rukkie vies.

"Ek kry nou koud en wil gaan aantrek. Is ek nog geskiet om vanaand by Die Glashuis daar teen die kranse te gaan eet en dans?"

"Ek weet nie of dit jý is wat ek genooi het of 'n ander aster nie. Ek sal eers in my dagboekie moet kyk."

"Ek ook. Ek dink ek het vanaand 'n afspraak met 'n lang, donker, lenige man met blou oë."

"Dis ek."

Marinda lag net en hulle hardloop hand aan hand op die strand uit tot waar hulle handdoeke lê. Sy bibber van die koue en Wynand gooi sy handdoek om haar en droog haar vinnig af.

"Nou sit jý met 'n nat handdoek," keer Marinda. "Jy is te kosbaar om siek te word. Ek was juis so bekommerd omdat jy gisteraand so laat uit was, sonder 'n warm trui of baadjie. Hoekom het jy so laat teruggekom?"

"Hoe weet jy dit was laat?" terg hy speels. "Jy het dan al heerlik gelê en slaap! Wag nie eers vir haar man nie . . ."

"Ek was te vaak. Het jy drie uur lank aan één drankie gedrink?"

Wynand is so verleë soos 'n skoolseun wat op heterdaad

betrap is en Marinda het nie die hart om met hom rusie te maak nie.

Saam met hulle kamersleutel gee die klerk vir Wynand 'n brief. Marinda staar verruk na die eerste brief wat aan meneer én mevrou Wynand Meiring geadresseer is. Sy kan nie glo dat sy sowaar met hierdie dierbare, lieflike, wonderlike mansmens getroud is nie.

Dankie, Heer, bid sy woordeloos, *vir hierdie man wat U aan my gegee het. Maak dat ek hom altyd waardig sal wees . . .*

"Van wie af is ons brief?" wil sy nuuskierig weet.

"Van Hugo af," antwoord Wynand kortaf.

Marinda kyk vinnig na haar man. Dit was op haar aandrang dat hy van Lichtenburg af vir Hugo 'n telegram gestuur het om te sê dat hulle op daardie dag trou. Dis slegs omdat sy so daarop aangedring het, dat hy die telegram gestuur het en vir Hugo laat weet het hulle gaan Durban toe vir hulle wittebroodsvakansie. Sy wou hom nie toelaat om doodstil te bly en dan so ewe met 'n vrou op Witrivier op te daag nie, maar het gevra om vir sy broer te wys wat hy met sy week vakansie gedoen het. Al stryk die twee nie, het sy gevoel dis Hugo se reg om in kennis gestel te word as sy jonger broer in die huwelik tree. Wynand was taamlik dikmond oor die telegram, maar op die ou end het hy tog gemaak soos sy gevra het . . . en nou wonder sy skielik of hulle die regte ding gedoen het. Hoekom het Hugo Durban toe geskryf, en blykbaar op dieselfde dag as wat hy die telegram ontvang het? Is dit moeilikheid? Gaan daar iets in staan wat die begin van hulle getroude lewe saam gaan vertroebel? Hugo maak nie reg met Wynand nie en as dit enigsins in haar mag gaan wees, sal sy haar man teen dié tiran van 'n ouer broer help.

"Kom ons gaan drink iets sterkerigs om die koue te verdryf en dan gaan ons bad en aantrek vir 'n heerlike aand. Daar is natuurlik 'n lieflike uitsig daar van bo van die berg af. Dink net, ek gaan kreefkelkie en garnale eet en yskoue vonkelwyn drink terwyl ek langs jou sit en oor die see uitkyk . . . Wat meer kan 'n man vra?"

"Kom ons lees gou Hugo se brief," stel Marinda voor toe hulle in die kamer kom.

Wynand val op die bed met die wit-en-silwer valletjiesdeken neer en trek die brief uit sy sak.

"Ou Hugo sal hom wat verbeel as sy brief sowaar in die wittebroodsuite van die vyfster-Almara Hotel gelees word!"

Marinda sit met haar hande styf in haar skoot geklem en wag dat Wynand klaar lees. Aan sy gesigsuitdrukking kan sy nie wys word in watter trant die brief geskryf is nie en sy wag gespanne.

"Wat skryf Hugo?" probeer sy ligweg vra toe hy opstaan en die brief op die spieëltafel neergooi.

"Lees maar self," antwoord hy kortaf. Hy stap badkamer toe en klap die deur hard agter hom toe.

Marinda tel dit met bewende hande op. Dis nie 'n lang brief nie. Daar is net een bladsy. Sy bekyk eers die handskrif, dan die handtekening onderaan en dan lees sy vinnig en bang.

Dit is saaklik, amper soos 'n sakebrief. Hy spreek sy verbasing uit dat Wynand hom nie in kennis gestel het van sy voorgenome huwelik nie, wens hom sterkte toe en spreek die hoop uit dat hy sy verblyf in Durban sal geniet. Sal 'n mens dit maar sy wittebroodsvakansie noem? Om sake te vergemaklik, sluit hy 'n tjek in. Hy weet dit sal nuttig wees. Wynand hoef nie voor 21 Desember by die motel aan te meld nie. Hy sal tot dan alleen die fort hou.

Dis 'n vet tjek. Is die Meirings dan só ryk? wonder Marinda. Of is Wynand se broer tog geheg aan hom, dat hy vir hom so 'n groot trougeskenk stuur? Wat ook al die rede, sy is bly dat hulle vir Hugo die telegram gestuur het, al het hulle so 'n koel, formele briefie terug ontvang. Nou

216

is die ys darem gebreek. Sy moet erken sy sien nie uit na die oomblik wanneer hulle voor die Bosbok gaan stilhou en sy Wynand se ouer broer in die oë moet kyk nie. Sy weet Wynand het nie reg gemaak deur Hugo nie na die troue te nooi nie, maar al het sy met hom geredeneer en al het haar pa skuins opgekyk, het Wynand voet by stuk gehou. Hulle Meirings is nie sentimentele mense nie en hulle hou nie van formaliteite nie. Hulle is nie familievas nie en al het hy Hugo uitgenooi, sou hy nie kon kom nie. Desember is seisoenmaand en daar is dan gewoonlik 'n sitruskongres aan die gang en hulle kan nie gelyk van die motel af weg wees nie, en Lichtenburg is buitendien nie 'n hanetreetjie van Witrivier af nie. Nee, Hugo sal verlig wees as sy broer stil trou en dan met sy vrou aanmeld ná alles agter die rug is.

Marinda was nie tevrede nie, maar sy het met nog 'n sy van Wynand kennis gemaak wat vir haar vreemd was. Hy kan onmoontlik steeks wees as hy wil. Hy wil nie sy broer op sy troue hê nie en hy wil 'n stil troue hê – uit en gedaan.

Marinda het nie omgegee nie. Sy glo 'n groot huweliksonthaal is 'n vermorsing van geld en sy wou haar ouers nie die moeite en onkoste aandoen nie, veral aangesien hulle self besig was om klaar te maak vir die oorsese vakansie waarna hulle elf jaar lank uitgesien het. Sy wou ook nie daarvan hoor dat hulle hulle vertrekdatum uitstel nie. Hulle vlug sou 'n week ná die troue vertrek en dit het almal eintlik ideaal gepas. Terwyl sy in Durban was, sou sy weet hulle sit hulle nie by die huis en verknies oor hulle enigste dogter se doen en late nie. Hulle sal iewers in Switserland of Oostenryk sit, sonder vaste reisplanne en sonder 'n adres waar hulle bereik kan word en vertel word watter dinge nou weer verkeerd is by die huis. Dis mos 'n ideale vakansie: om heeltemal weg te kom van alles en goed uit te rus.

Haar ma het vir haar 'n lang, ligroos, noupassende rok

217

gemaak en sy het vir haar die mooiste pienk slaprandhoed met pienk blomme op gekoop, met bypassende ligroos satynskoene. Wynand het vir haar 'n dierbare ronde ruikertjie van pienk rosies gegee en dis al wat sy wou hê. Veronica wou strooimeisie wees, maar daar is sy nes Wynand. Sy hou nie van grootdoenerigheid nie en eintlik het sy Veronica nog nie vergewe omdat sy nie van Wynand hou nie, omdat sy nog steeds skepties is.

Noudat sy terugdink, wonder sy of daar meer as vyftig mense in die ou klipkerkie op Lichtenburg was. Sy glo nie. Dit was net haar heel naaste familielede wat gekom het, asook 'n paar van haar vriende en 'n paar van Wynand s'n. Sy is jammer haar oom op Nelspruit kon nie kom nie. Sy wou hom graag aan Wynand voorgestel het. Daar was min mense, maar dis reg so. 'n Huwelik is nie 'n openbare skouspel nie. Dis die bruid en bruidegom se dag en 'n mens wil dit nie bederf hê deur huilende babatjies en skreeuende, stout kinders en toesprake en heildronke en grappe en luidrugtigheid nie. Daar is altyd oormatige . . .

"Wat sit jy so alleen in die skemerdonker kamer?" vra Wynand verbaas en skakel die lig aan. Hy kom sit langs haar op die bed en trek haar op sy skoot. "Hartseer? Verlang jy na jou pa en ma? Ek wonder waar sit hulle op hierdie oomblik en of hulle ook aan hulle dogter sit en dink?"

"Hulle is seker nou iewers in Switserland. Daar sal seker by die motel 'n brief op ons wag. Dis vir my naar om nie vir hulle te kan skryf nie, nie te weet waar ek hulle kan bereik nie."

"Dit pas mý! Netnou skryf jy vir hulle en kla dat jou man jou mishandel."

"Ja, jy is mos so 'n groot boelie!"

Die Glashuis is alles en nog meer as wat sy advertensiebrosjures beloof het. Daar is 'n asemrowende uitsig oor die see en die hawe.

"Ek wonder of my pa-hulle nou na dieselfde sterretjies sit en kyk as ons," mymer Marinda. "Dit voel vir my of hulle so ver weg is."

"Dis maar net tienduisend of wat kilometer. Maar Pa sal nie hoor as sy dogter om hulp roep nie. Haar man kan haar maar mishandel. Hoor wat speel die orkes: 'Daar's altyd iets om my te herinner.' Dis een van my groot gunstelinge. Sal ons dans?"

Wynand is 'n uitstekende danser en hy hou haar lekker styf vas. Net soos daardie keer in die motor, wens sy dat hierdie aand en hulle vakansie nooit moet verbygaan nie en dat hulle vir altyd en altyd net so kan aanhou dans . . . Dis hemels om in Wynand se arms te wees en sy hart sterk en reëlmatig teen haar wang te voel klop. By hom voel sy veilig en beskerm. Hy is haar man en hy sal goed vir haar wees . . .

Die volgende dag is dit weer koud en reënerig en hulle besluit om tot by Margate te ry. Daar is 'n paar oulike plekkies langs die pad wat Wynand vir Rinnie wil gaan wys. Nee, sy sal nie in die koue water hoef te swem nie, hulle sal net kyk en so hier en daar iets te drinke soek om die koue te verjaag.

"Jy hét mos onder meer vir die dominee belowe om ná ons troue met my motors te ruil, nie waar nie?" terg Marinda haar man toe die geel motor kragtig teen 'n bult uit dreun.

"Ons sal vir jou 'n nuwe een koop," belowe Wynand. "Hugo sal vir ons afslag kry by 'n motorhawe op 'n ander dorp. Die motorhawens op Nelspruit en Witrivier is nie baie lief vir my nie."

"Ek wil nooit 'n ander motor hê nie. Ons moet ons ou motors hou, want dis hulle wat ons met 'n stamp en 'n stoot bymekaar gebring het."

"Ek gaan nie die gele baie lank hou nie. Dis een van

219

my groot swakhede – motors. Mooi en vinnige motors en meisies . . ."

"Mag ek netnou die motor bestuur?"

Wynand druk 'n soentjie op die punt van haar neus, maar skud sy kop.

"Ek het nie vertroue in vrouebestuurders nie. Hou mos sommer sonder rede stil, stoot tru en stamp 'n mens se nuwe motor 'n yslike duik in. Jy is nie aan hierdie ou se krag gewoond nie, Rinnie, en netnou maak jy 'n ongeluk. Eers as ek tevrede is jy is vertroud met die motor, mag jy bestuur . . . Gaan ons vanaand te moeg wees om vir oulaas by Die Dolfyn te gaan eet en dans?"

"Moenie sê iets is vir oulaas nie. Dit maak my hartseer. Ons het nog die hele dag van môre voor die vakansie verby is."

"Het jy dan nie lus om huis toe te gaan en vir jou man te begin huishou nie?"

"Nee!"

"Jy moenie sulke grappe maak nie. Ek skei jou net hier-so in Scottburgh, moedswillige Marinda. Die eerste Sater-dagaand by die huis kook jy 'n kis-ete en dan nooi ons ou Hugo om by ons te kom eet sodat jy 'n goeie indruk kan maak. Ou Ellie sal jou kom help. Sy is die ontvangsdame en jy sal van haar hou. Baie hulpvaardig en vriendelik."

"Ek is bly daar is darem één vriendelike persoon by die motel. Gaan jou broer my nie blameer vir ons geheimsin-nige huwelik nie?"

"Wat was geheimsinnig daaromtrent? Hy het geweet ek het baie nooiens – 'n nooi in Johannesburg, en dat ek soos enige normale man die een of ander tyd 'n strop om my nek sal kry. Ons het selfs vir hom 'n telegram gestuur om hom te laat weet wanneer dit gebeur. Ek is niks aan hom verskuldig nie en hy kan gaan doppies blaas."

Om die vrede te bewaar, verander Marinda liewer die gesprek.

"Die eerste Saterdag nadat ons tuis is, is Kersdag. Dit sal gaaf wees as Hugo dan by ons kan kom eet. Op so 'n dag moet die familie bymekaar wees. Ek wens my pa-hulle kon net gou vir die dag teruggevlieg het om saam met ons te wees."

"Nee, ek is nie lus om Kersdag teen Hugo se lang gesig vas te kyk nie. Nee, ons nooi hom liewer die Saterdag daarop vir ete."

"Dan is dit Nuwejaarsdag."

"Ek begin ook nie my nuwe jaar met hom nie," lag Wynand. "Ons nooi hom om die derde Saterdag te kom kuier."

"Waar het jy altyd saans geëet? Vir jouself kos gemaak?"

"Nooit gehoor nie! Ons eet almal altyd in die groot restaurant of die koffie-kafeteria. Maar ek wil nie nou oor die huis gesels nie. Die volgende plekkie is Park Rynie en daar wil ek afdraai. Daar is 'n oulike hotelletjie waar ons kan gaan tee drink . . ."

Op hulle laaste aand in Durban is Marinda skielik hartseer en baie bang vir die toekoms. Wynand lag vir haar, maar toe hy die trane sien, is hy skielik ernstig. Hy gaan sit met sy vrou in een van die groot leunstoele op die balkon en vee haar trane een vir een met sy groot sakdoek af.

"Ek het jou pa en ma belowe ek sal jou nooit laat huil nie. Sê vir jou man waaroor die trane is, sodat hy weet hoe hy jou kan troos."

"Ek is so bang ek is nie 'n goeie vrou vir jou nie."

Wynand is baie dik van die lag, maar sy stem is teer toe hy antwoord: "En ek is weer bang ek is nie 'n goeie man vir my mooi vrou nie. Maar sien jy dat ek daaroor huil?"

"Jy is so kalm en selfversekerd, maar dis omdat jy na jou eie huis en 'n bekende omgewing toe teruggaan. Jy hoef nie bang te wees die mense baklei met jou en jy kan nie aanpas

221

nie. Ek het nou nie meer 'n huis nie. Ander mense woon in my woonstel en my meubels is alles verkoop. Selfs my pa en ma is nie by my ander huis nie . . ."

"Maar jy het nóg 'n ander huis en daar gaan jou groot, sterk man wees wat sorg dat niemand met sy vrou baklei nie. Hy sal almal met 'n groot stok slaan as hulle sy vrou net een keer skeef aankyk."

Marinda pak snuif-snuif en met rooigehuilde oë. Dan gooi sy skielik haar goue sandale en 'n stapel sakdoeke bo-in die tas en lag.

"Weet jy waaraan ek dink as ek so kort-kort my neus snuit?"

"Aan die gemors wat ek van die ouers vra gemaak het," antwoord Wynand met 'n suur gesig. "Ek het gewonder wanneer jy my daaroor gaan begin terg. Ek weet ek het my neus vier keer binne twee minute gesnuit, maar dit was om tyd te wen en moed bymekaar te skraap om daardie kwaai pa van ons vierkantig in die oë te kyk."

Eers by Greytown is Marinda in die luim om te gesels en draai sy die motor se radio sagter. Dit was 'n wonderlike wittebroodsvakansie, maar dis verby en nou begin haar lewe as getroude vrou.

"Hoe laat reken jy om op Witrivier aan te kom?"

"Tienuur vanaand," antwoord Wynand afgetrokke.

"Jy kan nie tien uur aanmekaar bestuur nie. Sal ons nie iewers oorslaap nie?"

"Ek dink dis beter dat ons aanstoot en by die huis kom. As ek te moeg raak, kan jy die laaste ent bestuur. Dáárvan sal jy hou, nè?"

"Ek wil bestuur net om te voel hoe dit is om nie teen elke heuweltjie in laagste rat op te kruip en 'n verwytende stoet motors agter my te hê nie."

Op Utrecht stop hulle vir 'n laaste iets te ete, op Ermelo vir 'n nog haastiger iets te drinke, en by die motel anderkant Machadodorp draai Wynand van die grootpad af.

"Ek is nou moeg en styf gesit. Dis vriende van my wat die motel besit. Kom ons ontspan hier vir 'n uur en eet 'n behoorlike aandete."

"Ek sal dan verder bestuur."

"Ons sal sien. Van hier af begin die berge en dit lyk of dit mistig gaan word. Ek sal nie gerus voel as jy op 'n gevaarlike pad bestuur nie. Jammer, maar liewer nie. 'n Ander dag, nie vanaand nie."

Sam Marx is vreeslik bly om Wynand te sien en verras om te hoor die skraal, blonde meisietjie by hom is sowaar sy vrou. Hulle móét saam met hom kom eet en hierdie verrassing vier. Marinda is nie baie ingenome met Wynand se vriend nie, maar sy is moeg en honger en dit sal dalk gaaf wees om 'n uur of wat te rus voor hulle verder ry.

Wynand en Sam sit al met hulle tweede drankies toe sy van die kleedkamer af kom, en hulle is besig om ou rugby-praatjies op te diep.

"Ek het vir jou ook 'n whisky bestel," sê Wynand ferm. "Sam betaal en jy kan nie 'n koeldrank of koffie drink nie. Dit sal jou eetlus bederf."

Om tienuur sit Marinda nog steeds met haar halfvol glas, driekwart aan die slaap. Wynand en Sam trek nou by die derde toetswedstryd teen die Leeus en daar is nog nie die geringste aanduiding dat hulle gaan eet en vertrek nie.

"Rinnie, jy bly agter by ons," terg Sam. "Ons trek al by ons halfdosynmerk en jy sit sowaar nog met jou eerste drankie."

"Kan ons nie nou gaan eet nie?" vra Marinda pleitend vir Wynand.

"Nou-nou, aster, nes ons die vierde toets gewen het." Hy soen haar op die wang en draai onmiddellik weer na Sam toe. "Onthou jy daardie kragtige voorspelers op Nuweland daardie jaar? Hierdie outjies wat ons nou het, kan nie by daardie bulle kers vashou nie."

Marinda draai haar glasie om en om en sit net kringe op die tafeltjie en maak. Sy wens hulle het nie hier aangekom nie. Sy hou nie van Sam Marx nie en dis sy skuld dat Wynand die een drankie ná die ander wegslaan en skoon van haar bestaan vergeet. Wanneer gaan hulle eendag hier wegkom en hoe laat gaan hulle by die huis aankom?

"Glimlag 'n bietjie?" versoek Sam. "Jy lyk nie soos 'n bruid nie."

"Ek voel nie soos 'n bruid nie! Is dit nie al baie laat nie, Wynand?"

"Ons sal nou-nou gaan eet," antwoord Wynand kortaf. "Sam en ek het mekaar lank laas gesien en daar is baie om oor te gesels."

Marinda krimp inmekaar. Dis die eerste keer dat Wynand so onvriendelik met haar praat en sy voel asof sy kan begin huil. Dis mos nie onredelik van haar om by die huis te wil kom nie. Wynand is self seker doodmoeg en honger. Hoe kan hy lus wees om ure lank met hierdie Sam-man opgeskeep te sit? Sy hoop nie al Wynand se vriende is van hierdie soort nie . . .

Om halftwaalf onthou Wynand skielik dat hy 'n vrou het en bestel vir haar 'n bord toebroodjies. Hy self is nie honger nie. Hy rek hom uit, grinnik verleë vir sy vrou en neem afskeid van Sam Marx.

"Wil julle nie vannag hier slaap nie?" vra Sam en knipoog vir Marinda. "Wynand is 'n bietjie ver heen om nou nog huis toe te bestuur. Slaap hier en –"

"Nee dankie," val Marinda hom koud in die rede. "Ons verkies om by die huis te gaan slaap en ons ry nou dadelik. Ons moes nooit by jou aangekom het nie, Sam Marx!"

"Moenie met my vriende baklei nie," sê Wynand bars. "Vra vir Sam om verskoning. Nou da-dadelik! Jy het hom verle . . . beledig . . ."

"Wynand kan nie bestuur nie," sê Sam onderlangs vir Marinda.

224

"Maria . . . Marinda sal bestuur," sê Wynand stadig en versigtig. Hy vroetel in al sy sakke voordat hy die sleutels kry en hulle na Marinda gooi, sodat sy moes koes om hulle nie in die gesig te kry nie. Dit lyk of hy om verskoning wil vra, maar hy is so onvas op sy voete dat hy na 'n stoel moet gryp om nie te val nie.

Marinda kry hom ferm aan die arm beet en sleep hom na buite waar die motor staan.

Die naglug doen niks aan Wynand nie. Hy slinger na die bestuurder se kant van die motor toe, maar Marinda trek hom met geweld om na die ander kant en bondel hom in die motor.

"Sal jy . . . r-regkom?" mompel Wynand met 'n dik stem en leun met sy kop teen die venster.

Marinda knik en sukkel om die motor aan te skakel en die skakelaar vir die ligte te kry. Toe sy met 'n ruk wegtrek, val Wynand teen haar en sy druk hom ongeduldig regop. Die enjin het baie meer krag as wat sy verwag het en sy moet vinnig rem toe sy op die grootpad indraai, maar gelukkig is daar geen motors nie.

Wynand steur hom nie aan haar nie. Hy lê weer met sy kop teen die ruit en haal diep en snorkerig asem. Marinda is verlig, want in hierdie toestand is sy bang vir hom. Dis beter dat hy slaap, sodat sy al haar aandag by die pad kan bepaal en die bordjies kan dophou sodat sy nie verkeerd ry nie. Sy is bewerig van ontsteltenis; die pad is vreemd en dis baie mistig.

'n Bord flits aan die linkerkant van die pad verby sonder dat sy gesien het wat dit sê, maar sy draai nie om nie. Hulle is op die regte pad en sy is haastig om Wynand in die bed te kry.

Skielik doem daar uit die digte mis voor haar 'n ry wit dromme in die middel van die pad op. Sy skrik en pluk aan die stuurwiel. In plaas daarvan dat sy rem trap, trap sy die brandstofpedaal en die motor tref die dromme. Sy pluk die stuurwiel regs om, maar verloor beheer oor die motor. Daar is twee harde slae en sy is vaagweg daarvan bewus dat iets haar teen die kop tref, voordat alles om haar genadiglik swart word . . .

Toe Marinda haar kop oplig, is dit doodstil om hulle, so stil dat sy die reën op die motor se dak kan hoor neersif. Sy kyk deurmekaar om haar rond. Waar is sy en wat het gebeur? Dan sien sy 'n skewe wit drom spookagtig voor haar in die pad lê en meteens is alles helder: sy het die dromme raakgery . . . Sy druk haar vuis in haar mond om 'n gil te keer en kyk verwilderd om haar rond. Wynand! Waar is Wynand? Die sitplek langs haar is leeg en die linkerdeur hang windskeef oop. Waar is Wynand? Het hy hulp gaan soek?

Sy ruk en pluk om haar deur oop te kry en strompel buitetoe. Dit reën sag en alles is doodstil.

"Wynand?" roep sy. "Wynand! Waar is jy?"

Sy hardloop om die motor en roep weer. Daar is geen antwoord nie.

"Wynand! Moenie my alleen los nie . . ."

Daar is 'n ander skewe drom voor haar en sy gryp met haar hande aan die koue metaal asof dit 'n anker is. Sy kan nie helder dink nie en vee met die agterkant van haar hand oor haar oë.

Dan sien sy meteens die gestalte 'n paar treë agtertoe in die middel van die pad lê. 'n Gil sterf in haar keel weg en sy begin hardloop.

"Wynand! Praat met my! Het jy seergekry?"

Die nag is doodstil. Sy probeer Wynand op sy rug draai en dan laat sy hom op die nat pad terugval en strompel gillend 'n paar treë weg. Sy druk weer haar vuis voor haar mond en val op haar knieë. Ná 'n lang ruk kry sy in 'n mate beheer oor haarself en strompel met bewende bene terug na die stil gestalte in die middel van die pad. Sy sak

226

op haar knieë langs hom neer en hortende snikke skeur deur haar.

"Ag, Heer, gee hom terug vir my . . . U het hom geneem, maar ek wil hom terughê. Moenie dat dit gebeur het nie. Maak hom weer lewendig . . . Gee hom terug vir my! Dit was net 'n ongeluk en dit het so vinnig gebeur. Moenie hom op hierdie manier van my af wegneem nie . . ."

Die trane op haar yskoue wange meng met die reën wat nog steeds sag neersif en Marinda kom in 'n saamgetrekte bondeltjie orent. Sy moet hulp kry . . . Sy gee 'n paar onseker treë in die rigting van die motor en dan moet sy vinnig na een van die dromme gryp om op haar voete te bly. Sy sak oor die drom terwyl pynlike golwe van mislikheid in haar opstoot en alles om haar begin draai. In haar onderbewussyn weet sy dat sy die polisie of iemand moet ontbied, maar sy kan nie dink nie. Dis Wynand wat daar anderkant in die pad lê. Dis Wynand . . ."

Ná 'n lang ruk is sy vaagweg daarvan bewus dat ligte oor haar skyn en sy kom deurmekaar orent en knip haar oë.

"Daar lê nog iemand by daardie drom," sê 'n manstem. "Dit lyk vir my na 'n vrou."

Hande trek haar van die drom af weg en lê haar op 'n jas of iets neer. Die koue reën val in haar gesig en sy steek 'n hand uit om te probeer keer.

"Het jy seergekry?" vra 'n stem langs haar. "Kan jy my hoor?"

"Ja . . . Ons was in 'n ongeluk . . ."

"Hoeveel mense was in die motor?" vra die stem dringend.

"Net . . . ek en my . . . man."

"Dis die een wat daar agter lê," praat die eerste stem weer. "Hy is dood. En hierdie vrou lyk beseer. Ons moet haar by die hospitaal kry."

Sy sterk arms lig Marinda op, maar sy begin wild spartel.

"My man!"

"Laai haar in die motor en jaag met haar hospitaal toe. Ek sal hier bly tot die polisie kom."

Marinda wil nie in die vreemde motor klim nie, maar die man sit haar versigtig op die agterste sitplek neer en ry vinnig weg. Sy skud haar kop en vee oor haar oë. Is dit van Wynand wat hulle gepraat het? Hoekom moet Wynand agterbly? Hoekom het hulle hom nie saam met haar in hierdie motor gelaai nie?

"Wynand . . ." prewel sy.

"Toe maar, mevroutjie . . . Lê jy net doodstil. Ons sal jou nou by 'n dokter hê. Dit lyk nie of jy kwaai seergekry het nie. Jy is net deurmekaar van skok."

"My man . . ."

"Hy het sleg seergekry. Lê jy net doodstil. Ons is nóú by die hospitaal."

Maar Marinda weet die man jok vir haar. Wynand is nie beseer nie. Hy is dood. Sy het self netnou na sy gesig gekyk en sy het geweet hy lewe nie meer nie.

5

Marinda is so geskok en verslae dat sy skaars die vrae kan beantwoord wat die hospitaalpersoneel vir haar vra. 'n Simpatieke maar baie ferm suster sit haar in die bed en 'n dokter ondersoek haar en gee haar 'n inspuiting. Sy hoor dat hy iets sê van geen inwendige beserings nie, maar dalk 'n geval van vertraagde skok, en sy wens hulle wil nie so van haar en . . . Wynand praat asof sy doof of bewusteloos is en nie kan hoor of verstaan nie. Sy weet wat gebeur het. Sy weet die motor lê daar iewers anderkant Nelspruit tussen die gebreekte dromme en sy weet . . . Wynand lê ook daar in die koue, nat nag. Of dalk het . . . iemand hom al . . . weggeneem.

Skielik ril sy asof sy kouekoors het en probeer uit die bed klim.

'n Verpleegster is dadelik by en druk haar ferm terug.

"Lê maar net stil, mevroutjie. Alles sal regkom. U sal netnou lekker aan die slaap raak."

Marinda staar stom na haar. Alles sal regkom? Wat is daar wat kan regkom? En hoe sal sy kan slaap? Slaap, terwyl alles wat die lewe vir haar die moeite werd gemaak het daar iewers buite in die middel van die pad lê. Sy wíl nie slaap nie!

"Nee, mevrou," keer die verpleegster. "U moet stil lê!"

Toe Marinda wakker skrik, is dit helder lig en het sy 'n verblindende hoofpyn. Die vorige nag se gebeure spoel soos 'n swart golf oor haar en sy sluit haar oë. Sy is nog nie in staat om die nuwe dag in die oë te kyk nie. Solank sy met toe oë in die bed lê, het die dag nog nie begin nie en kan sy nog wegvlug.

"Ja, sy is wakker," hoor sy 'n verpleegster of iemand sê.

"Koors en pols?"

"Ek sal dit nou neem, dokter."

'n Koue hand neem haar gewrig en iemand probeer 'n koorspennetjie in haar mond druk. Sy draai haar kop weg.

"Nee, ons moet saamwerk," sê 'n stem langs haar.

Marinda maak haar mond oop, maar sy weier om na die persoon te kyk.

"Normaal, dokter."

"Sy kan ná ontbyt ontslaan word, suster."

Marinda wil nie ontbyt eet nie en sy wil ook nie bad nie. Sy trek stadig en werktuiglik aan en weier dat die verpleegster haar help. Sy makeer niks nie en sy wil liewer alleen gelaat word.

"Het jy nie mense nie, mevroutjie?" vra die suster bekommerd.

"Nee . . ."

"Jou man se mense – kom hulle jou nie haal nie?"

Vir die eerste keer onthou Marinda van Hugo Meiring. Iemand moet hom seker laat weet.

"My man se broer . . . Hy is by die Bosbok Motel op Witrivier. Ek moet hom laat weet wat gebeur het."

"Die polisie het hom in kennis gestel, mevroutjie. Hy moes die . . . Hy moes sy broer gaan uitken het."

"Dan weet hy reeds . . . Was hy by die hospitaal?"

"Nee, mevroutjie." Die suster kyk nuuskierig na haar, maar vra nie uit nie. "Kan ons vir jou 'n taxi ontbied?"

"Waarheen?"

"Ek weet nie. Waarheen wil jy gaan, mevroutjie? Na jou man se broer toe?"

"Ee . . . Kan ek nie nog 'n rukkie by die hospitaal bly nie?"

"Jy kan met die grootste plesier op die bank in die ingangsportaal gaan sit."

"Op die . . . bank?"

"Ek is jammer, maar ons het nie 'n kamer vir jou nie. Maar ek dink dis beter dat jy huis toe gaan, mevroutjie."

"Ja, dis beter dat ek huis toe gaan. Dankie, suster . . ."

Die suster bly bekommerd om haar draai, maar sy het baie werk om te doen en 'n junior verpleegstertjie kom soek na haar: dokter Petersen het haar nodig.

Marinda stap doelloos deur die gange tot in die ingangsportaal en gaan sit in 'n patetiese bondeltjie op die bank by die deur. Wat moet sy nou doen? Waarheen moet sy gaan? Sy staar verwese om haar heen, maar almal is te besig om veel ag op die bleek, huilende meisie te slaan.

'n Jong man en vrou kom binne. Die man dra 'n groot tas, maar dié sit hy neer om 'n vorm in te vul. Toe hy klaar met die ontvangsdame gepraat het, sit hy sy arms om sy jong vroutjie.

"Sterk wees, my lief. Sterk wees."

Die vroutjie begin huil en Marinda draai haar gesig na die muur toe. Maar dan begin sy opnuut huil. Sy is alleen en sy verlang na Wynand. Dis asof dit hý is wat daardie woorde vir haar gesê het. *Sterk wees, my lief* . . . Hy het haar ook soms "my lief" genoem. En nou is hy weg . . . Sy verlang na hom en sy wil hê hy moet by haar wees. Sy het hom op hierdie oomblik so bitter, bitter nodig. Sy het hom nodig om vir haar te sê wat sy nou moet doen. Sy is nie sterk genoeg om alleen te staan nie. Die besef dring tot haar deur dat sy nou alleen is – vir altyd en altyd alleen is. Wynand is vir altyd weg en hy sal nooit terugkom nie.

Sy probeer desperaat onthou wat die laaste woorde was wat hy vir haar gesê het. Dis belangrik dat sy weet, want dis al wat sy het . . . Haar gedagtes skram weg van die ongeluk. Sy herleef fases van hulle terugrit, wat hy gedoen het en wat hy gesê het. Oor die paar uur by die Naboom Motel skeer haar gedagtes vinnig heen. Sy wil dit nie onthou nie. Sy begin sistematies dink aan die oomblik toe hulle van die motel weggery het. Wynand het met haar gepraat, dit weet sy.

Dan onthou sy skielik wat hy laaste gesê het. Hy het gevra of sy sal regkom. Warm trane loop oor Marinda se wange. Hy wou weet of sy sal regkom . . . Is dit simbolies dat juis dít Wynand se laaste woorde aan haar was? *Nee, Wynand,* sê sy woordeloos. *Ek sal nie regkom nie. Ek kán nie. Ek het jou nodig. Ek verlang na jou en ek wil hê jy moet terugkom. Al is dit net vir een minuut. Jy is nou maar 'n kort tydjie van my af weg en klaar kan ek nie sonder jou lewe nie. En my ganse leeftyd lê nog voor . . .*

Marinda kyk naarstiglik deur haar handsak, op soek na iets wat aan Wynand behoort. Sy wil iets konkreets in haar hand hou en daaraan vashou om haar krag te gee. Maar daar is niks nie. Net die verdroogde pienk rosie wat uit haar trouruiker gekom het en 'n rooi angelier wat Wynand vir haar gegee het. Dit was in die glasie op hulle tafel by

Die Glashuis in Durban . . . Sy klem die twee verkrimpte blomme in haar hand vas en haar oë is verwilderd. Sy onthou wat Wynand gesê het toe hy die rooi blom vir haar gegee het. *Ek sal jou altyd liefhê, my lief.* Altyd? Is altyd dan so gou verby?

Sy kom op 'n papierservet af van die teekamer in Margate. In groot letters staan daar in Wynand se handskrif: *Ek het jou lief, Marinda Meiring!* Sy druk die servet met albei hande teen haar mond vas. *Daar's altyd iets om my te herinner* . . . Dit was Wynand se geliefkoosde liedjie en dis baie waar woorde daardie. Daar sal altyd iets wees om haar te herinner. En herinnerings is 'n swak plaasvervanger.

Sy kyk drie maal op haar horlosie voordat sy besef dat dit byna twaalfuur is. Dis al amper twaalf ure sedert . . . dit gebeur het. Wynand is al amper 'n volle dag . . . weg.

Sy dwing haar gedagtes in 'n ander rigting en skielik onthou sy van haar ouers. Haar liggaam ruk en sy byt die agterkant van haar hand vas. Haar pa en ma is baie ver in die vreemde en weet nie wat gebeur het nie. Daar is geen manier hoe sy hulle kan laat weet nie. Sy verlang verskriklik na haar ouers, maar dit sal nie help nie. Sy is heeltemal alleen.

Ná 'n ruk stap sy onseker na 'n telefoon toe. Haar vingers is so koud en dom dat sy nie die nommer van die Bosbok Motel kan opsoek nie. Sy gaan soek na 'n kleedkamer, drink 'n paar monde vol water en spoel haar gesig af. Sy kyk of sy kleingeld het, stap terug na die telefoonhokkie toe en skakel vir Hugo Meiring.

"Is dit baie dringend?" vra 'n vriendelike damestem. "Kan ek nie 'n boodskap neem nie?"

"Dis . . . dit is dringend. Ek wil graag met meneer Hugo Meiring praat."

"Watter naam sal ek gee?" weifel die dame nog steeds.

"Dis mevrou Meiring. Mevrou Wynand Meiring."

Marinda hoor dat sy met iemand anders praat en dan

sê 'n saaklike manstem skielik in haar oor: "Meiring hier. Hallo? Hallo . . .?"

Marinda skraap haar moed bymekaar. "Dis Marinda wat praat."

"Marinda wie?" vra die stem koel.

"Marinda Meiring."

"O ja, Marinda . . . Dis mos jou naam. Waarmee kan ek jou help?" Die stem is nog steeds koel en baie onpersoonlik.

"Ek is . . . jammer van jou broer, Hugo. Ek is jammer die polisie moes jou in kennis stel. Dit was seker 'n geweldige skok vir jou?"

"Ja."

Net daardie een kort woordjie; geen trooswoorde vir haar nie.

"Waarvandaan skakel jy?" vra hy.

"Van die hospitaal af."

"Die hospitaal? Jy is mos nie beseer nie."

Dan het hy darem na haar welstand verneem . . .

"Ek is 'n paar uur gelede ontslaan. Wat moet ek doen, Hugo?"

"Nee, ek weet nie. Wat wíl jy doen?"

"W-wil . . . jy my nie sien nie?"

"Nee."

"Is daar nie iets wat ek moet doen nie?"

"Was die polisie al by jou?"

"Polisie?"

"Jy moet 'n verklaring aflê."

"In verband met Wy- . . . met wat gebeur het?"

"Dis reg. Hoekom klink jy so vreemd? Makeer jy iets?"

Skielik verbrokkel Marinda se selfbeheersing en sy begin onbedaarlik huil. Sy hoor dat Hugo skerp iets vra, maar sy is nie in staat om te antwoord nie. Nou eers dring die volle besef tot haar deur dat Wynand nie meer daar is nie en dat sy heeltemal alleen is. Nie eers Wynand se broer gaan haar help om haar smart te dra nie. Haar ouers is baie ver en sy is alleen.

Sy smyt die telefoon neer en hardloop by die voordeur uit. Buite in die tuin staan 'n bankie en sy sak daarop neer. Sy laat rus haar kop op die koue ysterleuning en huil sodat sy nie die blomme en bome en geparkeerde motors voor haar sien nie. Netnou, wanneer sy tot bedaring gekom het, sal sy na die polisiekantoor toe gaan en hoor wat sy moet doen. Sy weet nie waar haar bagasie is nie en sy weet nie by wie sy om hulp moet aanklop nie. Wynand se broer erken haar nie en bied nie sy hulp aan nie en sy ken niemand anders nie.

Sy onthou skielik van haar oom en gryp na dié strooihalmpie. Hy is van haar mense en hy sal haar help. Sy is darem nie heeltemal alleen in 'n vreemde wêreld nie. Sy lig 'n betraande gesig op en sien die donkergroen stasiewa met *Bosbok Motel* in goue letters op die deur.

'n Man kom oor die grasperk na haar toe aangestap en sy trek haar asem geskok in. Wynand! Dit kan nie wees nie! Dit kán net nie wees nie.

"Marinda?" vra Hugo Meiring kortaf.

Marinda knik, te verslae om te antwoord. Dis natuurlik Hugo . . .

"Jy hoort nog in die hospitaal. Hulle moes jou nie ontslaan het nie."

"Hulle het nie beddens nie. Hulle – die hospitaal – is vol," antwoord sy onsamehangend.

"Het jy mense op Nelspruit? Iemand by wie jy 'n paar dae lank kan bly?"

" 'n O-oom. Ek weet nie waar hy bly nie. Hy werk in die bank. Hy het nie 'n vrou nie. Hy woon in 'n hotel of iewers. Ek w-weet nie."

Dit lyk of Hugo hom vererg en nie weet wat om te doen nie. Hy staan besluiteloos en kom sit dan langs haar op die parkbank.

"Kyk, ek weet jy is geskok, maar probeer jou regruk. Jy

sal 'n paar dae op Nelspruit of Witrivier moet bly totdat die ondersoek verby is. Verstaan jy wat ek sê?"

"Nee . . . Ja. Watter ondersoek? Ek is jammer . . . Ek voel nie lekker nie."

"Ons voel nie een lekker nie, maar daar is dinge om te doen en reëlings om te tref en ek kan jou nie alleen laat in hierdie toestand nie. Jy moet seker maar saam met my motel toe kom."

"Nee, ek wil nie . . ."

"Ek wil jou ook nie daar hê nie, maar dis 'n praktiese oplossing en dan weet die polisie ten minste waar om jou te vind. Kom!"

Marinda laat toe dat hy haar aan die arm neem en in die stasiewa inhelp.

Hy praat geen woord op pad nie en ná 'n halfuur draai hulle by groot ysterhekke in. Die pad loop deur 'n groot lemoenboord en om grasperke en 'n swembad, dan hou Hugo voor 'n groot grasdakgebou begroei met bougainvillea stil. 'n Skraal donkerkopmeisie kom haastig by die voordeur uit en oor die stoep aangestap.

"Dis Marinda, Ellie," sê Hugo kortaf. "Sal jy haar na 'n kamer neem en hoor wat sy nodig het?"

"Natuurlik, Hugo. Sersant Buitendach wag vir jou in jou kantoor. Ek het hom probeer ontmoedig, maar hy het gesê dis belangrik dat hy met jou praat. Ek dink dis eintlik na mevrou Meiring wat hy soek."

Ellie neem Marinda na 'n kamer op die eerste verdieping, wys haar die badkamer en hoe die lugversorger werk en draai dan onseker rond.

"Ek is jammer, Marinda," sê sy opreg. "Dis 'n verskriklike ding wat gebeur het. Ek voel bitter jammer vir jou."

Die simpatie in haar stem is te veel vir Marinda. Sy val in 'n stoel neer en begin weer huil. Ellie laat haar 'n rukkie begaan en dan kom hurk sy voor Marinda en trek haar hande voor haar gesig weg.

"Moenie so huil nie. Jy sal siek word. Ek het vir jou tee bestel en daarmee saam gaan ek vir jou 'n slaappil gee. Ek gaan jou help om uit te trek en in die bed te klim."

"Weet jy dat dit ék was wat bestuur het?"

"Ons weet, ja. Toe maar, jy sal netnou beter voel."

"Ek sal nie. As ek daardie dromme betyds gesien het, kon ek uitgeswaai het. Ek kon uitgeswaai het . . ."

"Natuurlik. Dit was mistig en reënerig en jy het nie van die verleggings geweet nie . . . Moenie jou te veel aan Hugo steur nie, Marinda. Hy ly aan skok. Die troue was vir hom 'n skok en nou nog boonop die ongeluk. Hy sal jou nie wegjaag nie. Dis omdat hy in so 'n geskokte toestand is dat hy jou nie wou sien nie. Dis nou jou huis ook hierdie en as jy hier wil bly, kan niemand jou wegjaag nie."

"Ek wil nie hier bly nie. Dis net dat ek . . . nêrens anders het om heen te gaan nie. Ek het ook geen geld nie."

"Hugo sal vir jou geld gee . . . Het jy nie ouers nie, Marinda?"

"My ouers is oorsee. Hulle t-toer en kon vir my g-geen adres gee nie. Ek sal hulle eers oor drie weke in Rome by die ambassade kan bereik. Hulle toer en al skryf hulle vir my, sal ek nie kan t-terugskryf nie . . ."

Marinda begin weer hygend huil en Ellie is dankbaar toe die tee opdaag. Sy lui ontvangs toe om die registerklerk te vra om haar botteltjie slaappille op te stuur, dog dis Hugo wat vra om met Marinda te praat.

"Jy kan nie nou met haar praat nie. Sy is nie in 'n toestand om die polisie te woord te staan nie. Sy hoort in die bed."

Daar volg 'n lang monoloog van Hugo se kant af en Marinda hoor vaagweg dat Ellie herhaal dat sy nie in staat is om met mense te praat nie. Dis onmenslik om te verwag Marinda moet nóú 'n verklaring kom aflê. Sy sal nie weet wat sy alles sê nie, nie in haar toestand nie . . .

236

Net ná nege-uur die volgende oggend is daar 'n klop aan Marinda se kamerdeur. Hugo stap binne. Hy kyk ondersoekend na haar en dan ergerlik na die koue en onaangeraakte ontbyt wat op die bedtafeltjie staan.

"Weier jy nou ook om te eet?"

"Ek is nie honger nie."

"Jy moet eet. Ek wil nie nog met 'n siek vroumens ook opgeskeep sit nie."

"Ek is nie siek nie. Dit mag miskien vir jou vreemd klink, maar ek is te hartseer om aan kos te dink."

Hugo se oë flikker gevaarlik.

"Dink jy miskien ek is ongevoelig?"

"Ek kan verstaan dat jy geskok voel oor jou broer se dood, maar gun jy my nie ook mý hartseer nie?"

"Spaar my asseblief die melodrama, of bêre dit vir wanneer jy 'n meer waarderende gehoor het. Is jy nog in 'n 'toestand', of kan jy vir my mooi logies verduidelik hoe die ongeluk gebeur het en hoe dit gekom het dat jý bestuur het?"

Marinda probeer so goed moontlik vertel wat gebeur het en veg om nie te begin huil nie. Dit sal haar deurmekaar maak en sy het gesien dat Hugo geen geduld met trane het nie. Sy gaan nie vir hom die volle storie vertel nie, net die nodigste feite verstrek.

"En jy kies toe die heel gevaarlikste stukkie pad uit – en laat in die aand en in die mistige weer – om te voel hoe dit is om 'n kragtige motor te bestuur?" vra Hugo met ongeloof op sy gesig.

"Ja," sê Marinda uitdagend en kyk hom vas in die oë. "Wynand was moeg en ek het gedink dit sal hom help as ek 'n rukkie lank bestuur."

"Het hy tydens die ongeluk geslaap?"

"Ja." Haar stemtoon daag hom uit om te vra hoe Wynand kon lê en slaap terwyl 'n onervare meisie 'n vreemde motor op 'n onbekende pad en in ongunstige weersomstandighede bestuur het.

237

"Hoe lank het jy al jou rybewys?"

"Twee maande."

"Twee maande!" Hugo is baie skepties. "Jy kon jou rybewys nie so kort tevore gekry het nie."

"Hoekom nie?"

"Jy kan nie na twee maande só goed bestuur nie. Laat ek jou rybewys sien."

"Ek het dit nie by my nie," antwoord sy en frons onbegrypend. Wat bedoel Hugo?

"Baie gerieflik . . . Waar is jou rybewys?"

"Dink jy dat ek miskien nie 'n rybewys het nie?"

"Beslis nie! Alles behalwe. Ek dink dat jy báie goed kan bestuur. Waar is jou rybewys? Die polisie wil dit sien."

"W-Wynand het dit gehad. Dit was saam met ons identiteitsdokumente en die waarborg vir my ring en ons ander dokumente."

"En julle huweliksertifikaat? Of het julle nie een nie?"

"Wat bedoel jy?" vra Marinda deur stywe lippe. "Hoekom vra jy vir my sulke snaakse vrae?"

"Snaaks? Ek glo nie ek vra snaakse vrae nie. Ek dink dis heel logiese vrae om in so 'n situasie te vra. Jy sê jou rybewys en huweliksertifikaat was in Wynand se besit? Het hy dit aan sy persoon gehad of was dit in 'n tas?"

"In die tas met die rits aan die kant . . . Glo jy nie dat ons getroud was nie?"

"Ek glo niks wat ek nie in swart op wit sien nie."

"Wat probeer jy doen, Hugo?"

"Ek probeer my broer teen 'n fortuinsoeker beskerm."

Marinda trek haar asem in en sy is spierwit.

"Laat ons dinge mooi in die oë kyk, Marinda. Ek ken jou van geen Adamskant af nie. Ek skat ek het een maal in my lewe met jou gepraat en dit was toe jy Wynand met 'n prokureur wou dreig. Ek weet nie hoe sterk jou saak was en watter wapens jy gehad het om hom in 'n huwelik te dwing nie. Ek weet nie of hy jou dalk net op vakansie geneem het om jou te sus nie. Ek weet nie of dit jý was wat daardie telegram gestuur het om my in kennis te stel dat julle oorhaastig gaan trou nie. Ek . . ."

"Hoekom sou ek dit gedoen het?"

"Om geld uit my te kry. Waar is daardie tjek wat ek vir Wynand gestuur het?"

"Wynand het dit gewissel."

"Op jóú aandrang?"

"Ek het nie eers geweet watter sake hy by die bank wou gaan doen nie."

"So sê jy, ja. Jy sê baie dinge, maar ek glo hulle nie. Ek wil daardie dokumente sien."

"Het jy dan nie . . . Wynand se goed nie? Het jy nog nie deur sy goed gekyk nie?"

"Dis alles nog in besit van die polisie. Besef jy dat jy vir hulle sal moet bewys dit was 'n ongeluk?"

"Maar . . . Hoekom sou dit nie 'n ongeluk gewees het nie?"

"Wynand is 'n vermoënde man. Jy het dít tog seker geweet? En nou, ná sy dood, word daar groot polisse vrygestel. Miskien onderskat ek jou. Daar gaan seker 'n huweliksertifikaat tussen daardie dokumente uitkom. Vir jou onthalwe hoop ek eintlik dat julle nié getroud is nie. Is julle op huweliksvoorwaarde of in gemeenskap van goedere getroud?"

"Gemeenskap van goedere," fluister Marinda deur droë lippe.

"Dan is ek bevrees jou saak word al hoe slegter. Het Wynand 'n testament laat maak ná julle troue?"

Marinda spring uit die bed uit en kom staan voor Hugo.

"Wat presies is jou bedoeling? Wat probeer jy insinueer?"

"Ek insinueer niks. Ek sê reguit dat jy 'n goeie geleentheid benut het om 'n skatryk jong dame te word, en ek is van plan om jou met alles in my vermoë te beveg en te ver-

239

hoed dat my broer deur so 'n tipe meisie uitgebuit word."

"Dink jy . . . Dink jy ek het opsetlik in daardie dromme vasgery?"

"Dis nie wat ek dink nie. Dis wat die hof gaan beslis."

"Dis . . . Dis . . ." Marinda kan nie verder praat nie. Sy staar vol skok en afgryse na die man voor haar. Toe sy hom die eerste keer gesien het, het dit 'n oomblik lank gelyk asof dit Wynand was wat oor die gras na haar aangestap gekom het, maar nou sien sy dat sy haar misgis het. Daar is nie die geringste ooreenkoms tussen Hugo en Wynand nie. Hulle is albei lank en donker, maar dis al, absoluut al. Toe sy hom geskakel het, het sy gedink daar is dalk 'n misverstand, daarom dat hy haar nie by die hospitaal kom haal het nie. Maar nou besef sy dat hierdie man voor haar haar bittere vyand is. Nuwe trane begin opnuut oor haar wange biggel.

"Ag, nee," sê Hugo koud. "Ek is nie Ellie nie. Jy kan my nie met jou toneelspel bluf nie. Ek loop nou, dus kan jy maar ophou huil en aantrek. Ek sal in my kantoor wees. Kaptein Hermann sal om tienuur by my wees en ons sal dit waardeer as jy ons nie laat wag nie."

Marinda hardloop op die balkon uit en staar verwilderd na die uitgestrekte tuine en Bosveld voor haar. Wat het Hugo aanleiding gegee om hierdie verskriklike dinge van haar te dink? Ag, as Wynand tog net hier was om haar te help, haar te verdedig en vir hulle te sê dat sy hom so diep liefgehad het . . . Maar hy is nie hier nie. Moet sy nie sommer van die balkon af spring en 'n einde aan alles maak nie? Sy wil nie meer lewe nie, nie sonder Wynand nie. Elke aand het sy gebid en dankie gesê vir 'n wonderlike man. Wat het nou oorgebly waarvoor sy die Here kan bedank? Sy glo nie sy sal ooit weer op haar knieë kan gaan nie. Haar lewe vorentoe is leeg en miskien sal dit beter wees as sy ook maar weg is . . .

"Marinda?" roep Ellie vanuit haar kamer. "Waar is jy?"

Dan sien sy Marinda op die balkon en plaas haar arms om die verwese meisie se skouers. "Kom, jy moet aantrek. Ek het vir jou een van my rokke gebring. Jy is seker nie lus om daardie vakansieklere van gister weer te dra nie."

"Dankie, Ellie, vir alles wat jy vir my gedoen het. Vir die nagklere en kamerjas en sommer vir alles . . ."

"Dis die minste wat ek vir Wynand se vrou kan doen," antwoord Ellie stil en Marinda merk meteens dat sy gehuil het.

"Was jy en Wynand goeie vriende, Ellie?"

Ellie knik net, te bewoë om te praat.

"Hy was 'n wonderlike mens, was hy nie?" begin Marinda weer huil.

"Dis nog te rou en seer. Ons moenie van hom praat nie, Marinda. Kom, dan help ek jou aantrek. Hugo en kaptein Hermann wag."

"Ellie, Hugo sê ek het met Wynand oor sy geld getrou en ek het hom ver- . . ."

"Nee," val Ellie haar ferm in die rede. "Hugo het nie al daardie dinge bedoel nie. Ek neem hom bitter kwalik omdat hy vanoggend na jou toe gekom het. Julle is albei ontsteld en hy het geen reg gehad om jou so om te krap nie."

"Is jy Hugo se . . . vriendin?" vra Marinda onverwags.

"Ek is nie Hugo se nooi nie," skud Ellie haar kop.

"Ellie, is dit op Hugo se aandrang dat daar 'n hofondersoek gaan wees?"

"Dis 'n roetine-ondersoek hierdie, een wat ná elke noodlottige motorongeluk gedoen word. Daar is niks om jou oor te ontstel nie."

"Ja, maar Hugo sê –"

"Hugo sê baie dinge. Maar die kaptein het al jou en Wynand se dokumente gebring en ek dink Hugo begin besef dat hy te haastig gepraat het. Moenie Hugo te kras oordeel nie, Marinda. Hy het 'n baie ongelukkige jeug gehad en hy is 'n verbitterde man."

241

"Verbitterd genoeg om almal om hom tot selfmoord te dryf?" vra Marinda in 'n skril stem wat aan histerie grens.

"Marinda!" sê Ellie skerp.

"Ek is jammer. Dis net dat ek netnou baie na aan die einde van my moed was, toe ek daar buite op die balkon gestaan het."

"Jy is nie aan die einde van jou moed nie, Marinda. Jy sal vind dat jy krag van Bo kry om jou deur hierdie donker dae te help. 'n Mens is baie sterker as wat jy dink. Die lewe gaan voort en 'n mens moet dit aanvaar. Jy moet weer die drade optel en die soort lewe lei wat Wynand van jou sou verwag het. Om sý ontwil moet jy sterk wees, Marinda."

6

Kaptein Hermann trek vir Marinda 'n stoel nader en sy stem is simpatiek.

"My innige meegevoel, mevrou Meiring, met die afsterwe van u eggenoot."

Marinda staar hom stom aan. Die formele woorde het haar onverhoeds gevang en seerder gemaak as enige van Hugo se aantygings. Meegevoel met die afsterwe van haar eggenoot . . . Ja, sy is nou 'n weduwee. Op drie-en-twintigjarige ouderdom is sy 'n weduwee. Die mense sal sê: "Arme ding, nog so jonk . . ."

"Sit, Marinda," sê Hugo saaklik en neem agter sy lessenaar plaas.

Marinda gaan sit op die puntjie van die stoel en klem haar koue hande gespanne in haar skoot.

"Kan u vir ons mooi duidelik vertel wat alles gebeur het vanaf die oomblik toe u agter die stuur ingeklim het?" vra die kaptein vriendelik.

"Ek het reeds vir Hugo alles vertel."

"Ek is jammer. Ek besef dis vir u pynlik en ek is jammer om u op hierdie tydstip lastig te val. Maar ongelukkig is dit nodig. Vertel vir my hoe die ongeluk gebeur het en moenie haastig wees nie. Ek het baie tyd."

"Is ek . . . onder a-arres?" stamel Marinda voordat sy kan dink.

"Nee, mevrou," glimlag die kaptein effens.

Marinda kyk vlugtig na Hugo, maar sy gesig is koud en niksseggend. Dan kyk sy voor teen sy lessenaar vas en vertel in 'n sagte stem wat gebeur het vandat sy by die uitgang van Sam Marx se motel uitgery het.

"Jy het nie netnou gesê dit het gereën nie," sê Hugo skerp toe sy klaar is. "Jy het net gesê dit was mistig."

"Terwyl ek bestuur het, het ek nie besef dat dit gereën het nie. Maar agterna, toe ek uitgeklim het, het ek gesien dit reën."

"Het u nie die ruitveërs aangehad nie?" vra die kaptein in 'n poging om haar te help.

"Ek glo nie. Ek kan nie onthou nie. Nee, ek het nie, want ek sou nie geweet het waar die skakelaar is nie."

"Het u nie die kennisgewing langs die pad gesien wat van die verlegging gewaarsku het nie?"

"Ek het 'n bordjie gesien, maar gedink dit sê hoeveel kilometer dit tot op Witrivier is."

"Het Wynand nie die waarskuwings gesien nie?" vra Hugo skerp.

"Hy met mos geslaap."

"Hoe kon hy lê en slaap?"

"Omdat hy volle vertroue in my en my bestuursvernuf gehad het," antwoord Marinda stil en kyk Hugo moedig in die oë. Dis hy wat eerste sy blik laat val.

"Teen watter spoed het u gery, mevrou?"

"Ek weet nie, kaptein. Maar dit was nie vinniger as veertig kilometer per uur nie."

"Die verkeersafdeling wat die opmetings gedoen het,

243

skat jou spoed was tussen veertig en vyf-en-veertig kilometer per uur, te oordeel na die lengte van die remmerke," sê Hugo beskuldigend.

"Ek glo nie dit was vinniger as veertig nie. Dit was 'n vreemde pad en 'n vreemde motor en ek kon nie mooi sien nie."

"Dit was die eerste keer dat jy Wynand se motor bestuur het?"

"Dit was die eerste keer en ek sou dit nie gedoen het nie as hy nie so moeg was nie."

"Van presies waar af het u bestuur?"

"Dit was van die Naboom Motel af," antwoord Marinda onwillig. Sy merk dat Hugo vinnig na haar kyk, maar sy hou haar oë voor op die lessenaar en op die kaptein se pen en aantekeningboekie.

"Ek merk dat jy jou rybewys twee maande gelede gekry het," sê Hugo. Dis 'n feit, nie 'n verskoning nie. "Het jy dit die eerste keer gekry toe jy getoets is?"

"Nee," skud Marinda haar kop. "Die derde keer. Ek is 'n swak bestuurder en moes nie Wynand se motor bestuur het nie. Ek moes dit nooit gedoen het nie! Maar ek wou nie by die motel oornag nie en . . ." Sy kry haar emosies onder beheer en bly stil.

"Het u man 'n voorstel gemaak dat u by die Naboom Motel moes oornag?" wil die kaptein weet.

"Ja."

"Maar u wou nie?"

"Nee."

"Waarom nie?"

"Omdat . . ." Marinda sluk en praat dan kalmer voort. "Omdat my man se broer gesê het hy moet op die een-en-twintigste vir werk aanmeld, het ek gedink dis beter dat ons aanstoot en by die huis kom."

"Ek sien . . . U was nog nooit in 'n motorongeluk betrokke nie – terwyl ú die motor bestuur het nie, mevrou?"

Marinda dink skielik aan die aand toe Wynand haar motor gestamp het. Dit tel seker nie en dis nêrens aangemeld nie. Die polisie sal nie daarvan weet nie.

"Nee, kaptein."

"Dra u 'n bril, mevrou? Ek bedoel om mee te lees, ensovoorts."

"Daar is niks met my oë verkeerd nie, kaptein. Ek was moeg en ontsteld en miskien was my volle aandag nie op die pad nie, daarom dat ek die dromme nie betyds gesien het nie."

"Waarom was u ontsteld?" vra die kaptein, oënskynlik ongeërg.

Marinda word nie gebluf nie. Sy het 'n fout gemaak; sy moes net gesê het sy was moeg en vaak. Sy sal nooit teenoor enigiemand erken dat Wynand dronk was nie. Dít – om sy nagedagtenis te eer – is sy aan hom verskuldig. Niemand sal ooit weet dat hy so dronk was dat hy 'n paar minute tevore nie eers sy vrou se regte naam kon onthou nie. Dis haar en Wynand se geheim en sy sal sorg dat niemand dit te hore kom nie.

Sy onthou skielik van Sam Marx. Hy was by toe Wynand haar Maria genoem het. Hy het gesien dat Wynand so dronk was dat hy nie reguit kon loop nie en dat hy nie in staat was om motor te bestuur nie. Maar daar is geen rede waarom die polisie Sam sal ondervra nie. Hulle weet nie dat sy en Wynand by die motel aangedoen het nie en sy sal dit nooit vir hulle vertel nie.

"Waarom was jy ontsteld, Marinda?" herhaal Hugo die vraag.

"Ek was moeg en hartseer omdat ons wittebroodsdae verby was en my ouers so ver weg is, en ek was nie lus om by die Bosbok Motel aan te kom en Wynand se familie te ontmoet nie," antwoord sy met 'n kloppende hart en hoop dat Hugo daarmee tevrede sal wees.

Hy is nie.

245

"En tog wou jy nie by die Naboom Motel slaap nie?"

" 'n Mens kan nie jou probleme ontduik deur vir hulle weg te hardloop nie," sê sy stil.

Die kaptein gaan vlugtig weer 'n paar puntjies van haar getuienis na en dan klap hy sy sakboekie toe.

"Ek dink dit sal al wees, mevroutjie. Ek is jammer dat ek so baie van u tyd in beslag geneem het."

Hugo staan onwillig op en stap saam met die kaptein na sy motor toe. Marinda dwaal deur die gebou en kom by die ontvangstoonbank uit. Sy is verbaas om Ellie daar aan te tref.

"Is jy die ontvangsdame? Ek het gedink jy is . . . 'n vriendin of iemand van Hugo. Ek onthou Wynand het iets gesê van jou . . ."

Ellie voel nie beledig nie. Sy glimlag simpatiek.

"Ek werk al vier jaar by die Bosbok en ek is goeie vriende met almal, Hugo inkluis, al kan hy soms baie onmoontlik wees en 'n moeilike baas om voor te werk. Maar ek verstaan hom en ek verdra maar sy buie en grille. Sy goeie buie maak op vir die slegtes, en soms kry ek hom jammer."

"Jammer? Ek sou nie sê dat hy 'n mens is wat bejammerenswaardig is nie."

"Nogtans kry ek hom jammer. Hy het twee lelike stelle met vroumense afgetrap en hy is diep seergemaak. Haai, wag, ek moenie van my baas skinder nie. Gaan sit jy op die noordestoep, dan laat ek vir jou tee stuur . . . Hoekom het jy nie jou ontbyt geëet nie?"

"Ek is jammer, Ellie. Dit het baie smaaklik gelyk, maar ek was nie honger nie."

"Dis nie nodig om mý om verskoning te vra nie. Dis nie ek wat die ontbyt voorberei het nie. Maar jy móét eet, Marinda. Jy lyk asof die geringste windjie jou sal omwaai. Is daar werklik geen manier om jou ouers te bereik nie?"

Marinda se lippe begin bewe en sy skud haar kop. Ag, as haar pa net hier was . . .

"Broers of susters?"

"Nee."

"Jy het tog seker vriende wat jy in hierdie tyd by jou wil hê?"

"Ek wil hulle nie met my probleme belas nie en eintlik het ek geen intieme vriende nie. Kennisse, ja, dié het ek baie, maar goeie vriendinne wat ek by my wil hê, nee."

"Sal jy teruggaan Johannesburg toe ná die begrafnis?"

Marinda se hart krimp ineen. Sy net nog nie een maal daaraan gedink nie. Natuurlik sal daar 'n begrafnis wees. Sy byt haar onderlip vas, kyk pleitend na Ellie en vlug dan uit op die stoep.

Die kaptein se motor met die lang lugdraad is besig om stadig deur die lemoenboord te ry. Hugo praat met 'n paar tuinwerkers, gee bevele aan twee kelners en kom dan oor die stoep na haar toe aangestap. Die lig val van agter, sodat sy gesig effens in die skadu is. Toe Marinda vinnig kyk, wil sy haar byna wys maak dis Wynand wat na haar toe aangestap kom; Wynand wat haar aan die hand gryp, en oor die sand agter hom aan gaan sleep. *Dít sal jou leer, jou waternimf met die groen oë!* hoor sy hom roep. *Boelie!* hoor sy haar eie stem antwoord. *Jy smaak pure soutwater!* terg Wynand se liefkosende stem en sy voel sy nat skouers onder haar hande.

"Tee?" vra Hugo hoflik en Marinda skud haar kop ergerlik om die herinneringe van haar af te stoot.

"Is jy so kinderagtig dat jy nie eers soos 'n beskaafde mens 'n koppie tee saam met my wil drink nie?"

"Nee . . . Ja, ek sal graag tee drink, dankie."

"Ek neem aan ek skuld jou in 'n mate 'n verskoning?"

"Dis nie nodig nie, Hugo. Ons was albei ontsteld en het dinge gesê wat ons nie bedoel het nie."

"Ek het elke woord bedoel wat ek vir jou gesê het."

"Jy hoef nie om verskoning te vra nie. As ek Wynand se suster was, sou ek net so gevoel het oor die meisie wat uit

247

die bloute met hom getrou het en die motor bestuur het waarin hy verongeluk het."

"Jy is 'n nugter en saaklike mens, nè? Jy word nie maklik deur hartseer ondergekry nie. Watse werk het jy voor julle troue gedoen?"

"Ek het 'n jaar lank skoolgehou en toe as skoonheidsdeskundige en bemarkingsbeampte by 'n kosmetiekmaatskappy gaan werk."

"Afgesien van die skoolhouery, pas alles mooi in die prentjie. Het jy 'n goeie salaris verdien?"

"Gemiddeld."

"Dan was jy seker baie in jou noppies toe daar 'n ryk man op die horison verskyn het en jy hom so maklik met die gewone storie gevang kon kry."

"Ek was op Wynand self verlief, nie op sy geld nie. Ek het nie geweet hy was 'n ryk man nie."

"Nie 'n ryk man nie? Maar hy ry met 'n duur motor, koop vir jou 'n yslike diamant . . . Het jy gedink hy is 'n arm man?"

"Ek het nie gedink nie. Ons was so verlief dat dit nie sou saakmaak of hy 'n skoorsteenveër was nie."

"Skoorsteenveërs het met die aanslag van elektriese stowe uit die mode geraak – en daarmee saam naïewe en onskuldige meisietjies wat dit opreg met 'n man bedoel," antwoord Hugo onaangenaam. "Jy bluf my nie."

"Verskoon my, Ellie het vir my tee na die noordestoep toe bestel."

"Nou watter stoep dink jy is dit hierdie? Moenie maak of jy die kluts kwyt is nie. Dis Ellie en my bestelling wat sommer saam arriveer. Bly sit. Ons twee het besigheid om oor te gesels."

"Watse besigheid?"

"My liewe meisiekind –" begin Hugo ongeduldig en val homself dan in die rede. "Ek moet sê: vroumens. Jy is natuurlik nie meer 'n meisiekind nie, nè?"

"Noem my liewer Marinda."

"So 'n mondvol . . . Is jy nie Marí of Rinnie of so iets nie?"

"Nee!" roep sy uit en draai haar kop ontsteld weg. Dit was Wynand se troetelnaam vir haar . . .

"Jammer," sê Hugo teësinnig. "Het Wynand jou so genoem?" Sy antwoord nie en Hugo sê onbegrypend: "Dit lyk my jy was regtig lief vir hom gewees."

"Ek het met hom getrou," antwoord sy stil.

"Hier gaan ons weer op dieselfde deuntjie. Het jy vir geld of uit liefde getrou? Dis jammer dié twee kan nooit hand aan hand loop nie, nè? Geld is deesdae te belangrik."

"Ek het Wynand liefgehad."

"Geen meisie is in staat om opreg lief te hê nie. Daar is altyd byfaktore en 'n gekonkel om die hande op die man se beursie te kry."

"Hoekom dink jy is ek in hierdie toestand, Hugo? Is dit nie dalk omdat ek treur omdat die man wat ek so diep liefgehad het, van my af weggeneem is nie?"

"Weggenéém? Ons het nog nie sekerheid oor daardie punt verkry nie. Maar kan dit nie selfverwyt of bekommernis wees wat jou oë so rooi gehuil maak nie? Begin jy spyt kry omdat jy nie meer 'n man het wat jou teen die wreedaard van 'n broer kan beskerm nie? Begin jy jou oor die finansiële posisie van jou en jou kind bekommer?"

"My . . . My wát?"

"Kom nou, Marinda, ons is grootmense. Ek neem aan dis die rede dat jy Wynand so ver gekry het om met jou te trou, en dis ook die rede waarom jy so siek lyk en nie kan eet nie."

"Tot nou toe het ek vir jou verskonings gesoek en myself wysgemaak dat jy geskok is oor jou broer se dood. Maar nou sien ek dat ek verkeerd was. Jy treur nie oor Wynand nie. Al waaroor jy bekommerd is, is wie sy geld gaan erf. Jy kan dit alles kry, Hugo. Ek wil nie 'n sent van

Wynand se geld hê nie. Die mooi herinneringe wat ek van hom en ons wittebroodsdae het, is vir my genoeg. Ek het 'n onderwysopleiding, of so nie kan ek weer by dieselfde maatskappy gaan werk of by my ouers gaan woon. Ek het nie jou jammerte of Wynand se geld nodig nie."

"Hoe edel," spot Hugo neerhalend. "En hoe amper is die mooi woorde en toneelspel oortuigend. As ek nie jou soort meisie so goed geken het nie, het jy my ook gevang. Gelukkig het ek al deur skade en skande wys geword in die weë van julle geslag . . . Drink jou tee."

"Ek wil nie tee drink nie. Ek wil jou nooit weer sien nie. Jy is 'n monster. Jy gaan my mooi herinneringe wat ek van Wynand het, vernietig. En as ek lank genoeg hier bly, sal jy mý ook vernietig. Wynand was reg. Jy is 'n selfsugtige en geslepe man. Geen wonder dat hy jou nie op sy troue wou hê nie. Hy het geweet dat dit 'n onsmaaklikheid aan ons wonderlike dag sou verleen. Al waaroor ek spyt is, is dat dit op mý aandrang was dat hy sy broer van sy voorgenome huwelik laat weet het. Ek is jammer dat jou naam ooit tussen ons ter sprake gekom het en dat ek nie sy gevoelens op daardie stadium kon begryp nie. Ek voel ook vir jou jammer, Hugo. Jy is 'n verbitterde en ongelukkige mens en jy is stadigaan besig om jouself ook te vernietig en alles om jou wat mooi is."

Marinda stap vinnig weg en sien nie Hugo se spierwit gesig nie. Sy sien ook nie die draadstoel voor haar nie, maar toe sy struikel en hard op haar knieë te lande kom, kom help hy haar ook nie op nie. Hy staar haar agterna, die koppie tee voor hom vergete.

"Die kaptein het jou tasse en ander persoonlike goed gebring, Marinda!" roep Ellie van agter die ontvangstoonbank. "Hugo het dit na jou kamer toe laat opdra."

Marinda mompel iets en stap vinnig die trappe op na die eerste verdieping. In haar kamer val sy op die bed neer en huil so dat sy nie asem kan kry nie. Sy kyk verwilderd deur die kamer, en na haar en Wynand se tasse – en dan begin sy weer opnuut huil. Wynand se tasse is vol vakansieklere . . . Hoekom het hulle dit vir haar gebring? Of is dit omdat Hugo 'n sadistiese behae daaruit put om haar te pynig?

Sy maak eerste Wynand se tasse oop en druk sy klere en skoene teen haar bors vas. Sy grysblou hemp wat dieselfde kleur as sy oë gehad het . . . Hy het hierdie hemp en 'n blou denimbroek aangehad toe hulle Margate toe gery het. Uit sy rooi swembroek en handdoek val fyn wit seesand en sy druk dit teen haar wang vas. Die handdoek ruik na die see en dis nog effens klam . . .

Hoekom, ag hoekom, is Wynand nie saam met haar nie? Wat het sy gedoen om hierdie verskriklike ramp te verdien?

Sy soek deur haar tas om van haar eie klere aan te trek, maar dis net vrolike vakansieklere en sy het nie die hart om dit aan te trek nie. Al wit rok wat sy Durban toe saamgeneem het, is die een wat sy tydens haar en Wynand se heel eerste afspraak aangehad het en dit sal sy nooit weer kan aantrek nie.

Sy bly besluiteloos voor haar tas staan. Sy kan nie Ellie se klere dra nie, maar wat moet sy aantrek? Dis alles geel en pienk en vrolike bont rokkies.

Mensig! hoor sy Wynand weer bewonderend sê. *Dis nie dieselfde meisie in haar somber, swart baadjiepakkie nie. Blondines wat bruin gebrand is, lyk pragtig in wit.*

Wynand het nie van haar in donker en somber kleure gehou nie. Hy het daarvan gehou dat sy vrolik lyk. Sy wonder wat sy reaksie sou wees as hy haar op hierdie oomblik moes sien. Hy sou haar nie herken het nie. Dis nie die pasgetroude vroutjie op haar wittebrood nie.

Sy pak Wynand se klere alles op haar bed, vou dit mooi netjies op en plaas dit terug in sy tasse. Dan kom sy skielik op sy sakboekie af en sy is verbaas dat hy dit tussen sy klere ingepak het. Die klere wat hy tydens die ongeluk aangehad

251

het, is nie hier nie, dus het hy nie die boekie in sy sak gedra nie. Sy wonder waar die donkerblou broek en gestreepte hemp is wat hy vir die terugrit aangetrek het. En sy horlosie en sy trouring; sy sal dít baie graag wil hê. Hugo het dit seker en sy sal hom nooit daarvoor vra nie . . .

Sy blaai doelloos deur die boekie, op soek na name en adresse van vriende vir wie sy dalk moet laat weet wat gebeur het. Of sou Hugo dit alles gedoen het? Seker, ja. Hy ken natuurlik Wynand se vriende.

Sy kom skielik af op 'n bladsy met haar eie handskrif en haar hart krimp inmekaar van pyn. Hier het dit alles begin, haar dae van wonderlike geluk en diepste smart. Sy staar verblind deur die trane na die bladsy in die klein, rooi sakboekie. Maar dan loop die trane oor haar wange en sien sy die syfers en letters duideliker.

Sy het nié daardie aand haar telefoonnommer verkeerd neergeskryf nie. Hier staan dit mooi duidelik en reg in haar eie handskrif. Hoekom het Wynand dan vir haar gejok? Hoekom het hy gesê hy kon haar nie opspoor nie?

Marinda gaan sit op die vloer voor die tas en daar is 'n wrang smaak in haar mond. Wynand was nie van plan om haar ná die ongeluk te skakel nie en as sy hom nie geskakel het nie, het sy nooit weer van hom gehoor nie. Hy was nie baie beïndruk met haar nie en hy was ook nie van plan om vir die skade aan haar motor te vergoed nie.

Marinda voel skaam en verneder. Hoekom het Wynand nie agterna die bladsy met haar telefoonnommer op vernietig nie? Hy het mos geweet sy sal seergemaak voel as sy dit ooit te siene kry en besef dat hy vir haar gejok het. Hy kon selfs ééndag vir haar vertel het hoe vinnig hy 'n leuen moes uitdink en miskien sou hulle saam daaroor kon lag. Maar om dit op hierdie manier uit te vind? Dis wreed en verskriklik.

Sy skeur die bladsy uit, skeur dit in fyn stukkies en gooi dit in die snippermandjie. Sy blaai verder deur die boekie, maar sy ken nie een van die name daarin nie. Dis almal meisies se name en dis almal Johannesburg- of Durban-adresse. Sy kom op 'n vrouenaam af met uitroeptekens daaragter en 'n telefoonnommer en datum wat met twee dik lyne onderstreep is. Maar dis . . . Die datum is 'n paar weke ná hulle verlowing, twee dae ná hulle troue!

Sy staar stom daarna. Sou Wynand die vrou twee dae ná hulle troue ontmoet het, of was die bedoeling dat hy haar op daardie dag moes skakel wanneer hy in Durban is? Sy kan nie verstaan nie en sy glo nog dat daar iewers 'n misverstand is. Wynand sou dit nie aan haar gedoen het nie, nooit nie!

Op 'n ingewing waaroor sy skaam kry, soek Marinda die rekening van hulle hotel in Durban. Ja, daar ís 'n ekstra bedrag by vir telefoonoproepe. En sover sy weet, het hulle nooit enige oproepe gemaak nie. Wynand moes mense ge-skakel het sonder dat sy daarvan geweet het. Sy dink mooi terug of hy die geleentheid gehad het, en dan moet sy teenoor haarself erken dat hy dit baie maklik kon gedoen het. Daar was twee aande wat sy kan onthou toe hy laat lus was vir 'n drankie, maar dat sy moeg was en liewer wou gaan slaap. Sy het voorgestel dat hy van die kamerbediening gebruik moes maak, maar hy wou nie. Hy was lus vir vars lug en om 'n bietjie uit te kom. Hy kon baie maklik hierdie Anita Muller gaan skakel het, of . . . ja, hy kon haar baie maklik gaan sien het of 'n afspraak gemaak het om haar iewers te ontmoet. Sy weet nie hoe laat Wynand teruggekom het nie; sy het al geslaap en hy het haar nie wakker gemaak nie.

Marinda skeur die bladsye een vir een uit, skeur dit in fyn stukkies en sit die stukkies in 'n asbakkie. Sy bly be-teuterd met die rooi omslag en 'n paar blanko bladsye op haar skoot sit.

Sy staan stram en styf op, neem die asbakkie en spoel die stukkies papier in die toilet af. Dan trek sy 'n trui oor Ellie se wit rokkie aan. Sy wil 'n lang ent gaan stap om hierdie feite te absorbeer en te leer om dit te aanvaar en daarmee saam te lewe. Dit is nou so en om daarvoor weg te hardloop, sal haar niks baat nie.

Die telefoon lui egter skielik skril en sy bly besluiteloos met haar hand op die deurknop staan.

Dis haar oom en Marinda gryp die gehoorbuis met albei hande vas. O, om weer met een van haar eie mense te praat . . . Hoekom het sy nie lankal haar oom geskakel nie?

"Marinda, kindjie, hoekom het jy my nie laat weet nie?"

"Oom Peet, ek is nog skoon deurmekaar van skok en daar was so baie dinge om te doen . . . Ek het nog niemand van die ander familie of enige van my vriende laat weet nie."

"Ek het nie eers geweet jy is getroud nie."

"Ons het 'n stil troue gehad, oom Peet. Maar ek is jammer, ek is seker ek het vir oom 'n troukaartjie gepos. Dit het baie dol gegaan, want Pappie-hulle het gereed gemaak vir hulle oorsese toer en ons wou trou voor hulle vertrek, anders sou hulle die vakansie uitgestel het."

"Is jou pa-hulle by jou?"

"Nee, oom Peet. Omdat hulle vry sou toer, kon hulle vir my geen adres gee waarheen ek kon skryf nie. Hulle het natuurlik nie verwag so iets sou gebeur nie. Hulle het gedink ek kan met 'n geruste gemoed agtergelaat word en dat my man en sy mense vir my sou sorg."

"Is jy op die oomblik by jou man se mense?"

"Ja, oom Peet. By die Bosbok Motel."

"Dan is jy darem by familie. Dis goed. Ek wou voorstel dat jy na my toe kom, maar ek het nie die geriewe nie en jy is natuurlik gelukkiger by jou oorlede man se mense."

Nog goed bedoelde woorde wat so bitter seermaak. Hulle moet nie van haar "oorlede man" praat nie; dit bring alles so onherroeplik finaal tuis. Al was jy ook met wátter soort man getroud, as hy oorlede is, is jy 'n weduwee en dis 'n verskriklike feit om aan gewoond te raak.

254

"Wanneer is die begrafnis, Marinda?"

"Ons weet nog nie. Ek sal oom Peet laat weet."

"Weet jy dat ons bank jou oorlede man se sake hanteer?"

"Ek het nie geweet nie."

"Sy testament en polisse en ander dokumente is alles by ons. Kan jy die een of ander tyd – miskien môre – Nelspruit toe kom sodat ons 'n paar sakies kan afhandel? En kan jy julle huweliksertifikaat en jou man se doodsertifikaat saambring? As ons dit nie het nie, kan die boedelsake nie voortgaan nie."

Marinda is heeltemal deur die wind. Sy het aangeneem Hugo sal al dié sake hanteer.

"Ee . . . Ek dink my swaer het party dokumente."

"Sou dit Hugo Meiring wees?"

"Dis reg. Is sy besigheid ook by oom-hulle se bank?"

"Nee, dis slegs Wynand Meiring wat by ons gebank het, en dis maar sedert baie onlangs, dié dat ek nie die naam geken het toe jy my destyds oor hom uitgevra het nie. Kon jy hom toe darem opspoor? Ja, natuurlik, julle is dan getroud." Peet Reynecke lag effens verleë. Hy weet nie hoe hy teenoor hierdie broerskind van hom moet reageer nie. Sy klink so kalm en selfversekerd, so asof sy nie pas 'n man aan die dood moes afstaan nie. Dis natuurlik nog die skok . . .

"Is dit al dokumente wat ek moet bring?"

"Bring maar jou identiteitsboekie ook. Al is dit seker nog op jou nooiensvan, maak dit nie saak nie. Ek ken jou mos. Ek wonder net of ek jou nog sal herken? Jy het seker grootgeword. Toe ek jou laas gesien het, het jy nog sproete oor jou neus gehad en blonde vlegsels."

"Ek het nie veel verander nie, oom Peet."

"Dan sal ek jou herken. Dis darem naar dat familie so van mekaar afsterf. Ek sal graag opnuut met jou kennis wil maak en hoor hoe dit met die ander familielede gesteld is.

As jy bank toe kom, vra maar vir enigeen van die meisies agter die toonbank waar meneer Reynecke, die rekenmeester, se kantoor is. Of as ek nie dadelik beskikbaar is nie, kan jy na meneer Van Niekerk, die bestuurder, toe gaan. Ons werk saam met jou oorlede man se boedel. Maar daar is geen haas nie, Marinda. Selfs al kom jy wanneer die begrafnis verby is, dan is dit nog in die haak. En sterk wees, meisie."

Marinda laat vaar haar plan om te gaan stap. Sy sal liewer gaan bad en in die bed klim. Later, wanneer sy so voel, sal sy dalk tee bestel. Maar sy wil nie mense sien nie, sy wil alleen wees en sy wil tyd hê om te dink.

Môre, as sy beter voel, sal sy dalk vir Veronica skakel en haar vertel wat gebeur het. Dalk wil sy die begrafnis bywoon. Sy wens eintlik Veronica sien haar weg oop om te kom, want dan kan sy dalk haar motor vir haar bring. Sy sal minder hulpeloos en afhanklik van Hugo voel as sy haar eie motor het.

7

"Kom, Marinda," sê Hugo en help haar uit die groot, swart motor. "Nou moet jy sterk wees, soos Wynand van jou sou verwag het."

Marinda kyk verward na hom. Dis die eerste keer dat hy simpatiek is teenoor haar en haar probeer bystaan. Sy het gewonder wat sy houding by die begrafnis gaan wees en sy is verlig om te sien hy erken haar en aanvaar sy verantwoordelikheid teenoor sy jonger broer se weduwee. Die afgelope paar dae het sy hom min te siene gekry en dit was Ellie wat haar dorp toe geneem het om die nodigste te gaan koop en gesorg het dat sy soms iets te ete of drinke kry. Aan haarself oorgelaat, sou sy seker in 'n bondeltjie in haar kamer bly sit het en dalk nie eers gereed gemaak het om die begrafnis by te woon nie. Sy voel nog steeds asof sy in 'n droomwêreld verkeer, asof alles wat sedert die ongeluk gebeur het, met iemand anders gebeur het en nie met haar nie.

"Kom," herhaal Hugo half ergerlik. "Die mense kyk vir ons. Probeer jou beteuel en soos 'n beskaafde mens optree."

O, so dís die rede waarom Hugo skielik oor haar besorg is: omdat die mense vir hulle kyk en hy te trots is om te laat blyk hoe sake staan en wat sy gevoelens teenoor sy broer se jong vrou is. Ter wille van sy vriende moet hulle voorgee dat alles normaal is. Hy is bang vir wat die mense van hom sal dink.

Sy trek haar arm weg, dog Hugo kry haar baie ferm aan die elmboog beet en lei haar die trappies op na die kerk toe. Sy kyk vlugtig na hom en sien dat hy nie so kalm is as wat hy probeer voorgee nie. Hy is baie bleek en 'n spiertjie spring-spring langs sy mond.

Die orrel speel gedemp en Marinda merk dat daar nie baie mense in die kerk is nie. Net soos sy, het die Meirings blykbaar nie veel familie nie, of anders kon die familielede nie almal begrafnis toe kom nie. Sy kyk ongemerk rond en herken die oom en tante wat vroeër vanoggend by die motel was en van Pietersburg of Louis Trichardt of iewers af gekom het. En daar is die vrou wat gesê het sy is 'n niggie van Wynand . . . Sy draai haar kop effens meer en kyk of sy nie haar oom kan sien nie, maar dis net vreemde gesigte om haar. Sy sien 'n ouerige man alleen sit en wonder of dit haar oom kan wees. Die lig val egter sleg en sy probeer die gesig vereenselwig met die man wat sy baie jare gelede laas gesien het.

Hugo draai sy kop en kyk na haar. Daar is nie berisping in sy blik nie, maar sy kyk dadelik voor haar.

Sy is bly die ondernemers het die kis voor die preekstoel

geplaas. Deesdae word die kis dikwels in die lykswa buite gelaat en sy kon haar nog nooit met dié moderne gewoonte vereenselwig nie. Vir wie word die diens dan gehou? Vir die agterblywendes? Moet die persoon waarom dit gaan, nie saam met hulle in die kerkgebou wees nie? Dis reg dat Wynand ook hier is, 'n paar treë van hulle af en nie daar buite in 'n onpersoonlike, swart lykswa nie.

By die kerkhof kom staan Ellie ook langs haar, sodat sy tussen haar en Hugo staan. So hoort dit seker. Dit moet lyk of haar man se mense haar onderskraag. Die ouerige man wat sy in die kerk gesien het, kom na haar toe aan en steek 'n hand uit, te bewoë om te praat. Ellie staan dadelik eenkant toe en haar oom plaas sy arm om haar skouers en gee dit 'n ligte drukkie.

Die stemme om die oop graf klink yl en dun in die opelug en Marinda hoor iemand agter haar snik. Dis die meisie in die swart baadjiepak wat in die kerk ook so gehuil het. Seker 'n familielid van die Meirings. Ellie begin ook huil en Marinda voel dat haar keel toetrek.

"Sy son het ondergegaan terwyl dit nog dag was," herhaal die predikant die teksvers. "Terwyl dit nog helder dag was . . . Sy weë is vir ons onverstaanbaar, maar Hy het hierdie jong man in die fleur van sy lewe geroep. Die tyd wat hy aan sy jong vroutjie geleen was, was verstreke. Die Groot Gewer het hom nodiger gehad as sy . . ."

Hugo se arm onderskraag haar, maar sy is so verblind deur trane dat sy nie dadelik die silwerbak met blomblare sien wat die ondernemer vir haar hou nie. Hugo neem 'n hand vol blare en gee dit vir haar. Deur 'n tranewaas sien sy dat dit ligroos roosblare is en hortende snikke skeur deur haar skraal liggaam. Ligroos, net soos die rose in haar ruiker was . . . Ag, hoe anders het alles nie verloop as wat sy daardie dag gedink het nie! Hoe gelukkig was hulle twee nie . . . nie sy of Wynand het geweet wat die toekoms vir hulle inhou nie. En miskien is dit beter so. Miskien is dit goed. Sou sy nog met hom getrou het as sy geweet het wat op haar wag? Sou sy haar toekoms aan hom toevertrou het as sy hom ten volle geken het? Niemand weet nie en dis nie vir die mens beskore om te besluit waar sy meetsnoere in die lewe gaan val nie . . .

Die roosblare val in die oop graf en gaan lê op die donker kis met die ruiker wit lelies wat Wynand se broer vir haar bestel en op die mooi kis laat plaas het.

"Jy ken my nie, Marinda," sê 'n vreemde manstem vir haar en gee haar 'n handdruk. "Maar ek was 'n vriend van Wynand en ek wil net vir jou sê hoe jammer ek is."

Marinda knik en kry dit reg om effens te glimlag. Ander mense kom na haar toe en praat met haar en gee haar 'n handdruk en sy antwoord werktuiglik, maar haar oë bly na die oop graf toe terugdraai. Sy kan nie glo dat Wynand in daardie donker, glimmende kis is nie. Wynand wat altyd so vol lewe en grappies en liefde was; Wynand wat haar so diep seergemaak het en haar vertroue geskok het . . . Het hy haar dan nie net so opreg liefgehad soos sy vir hom nie? Het sy hom dan nie werklik geken nie? Was daar 'n ander sy van die vrolike, sjarmante en aantreklike jong man wat gelyk het of hy die wêreld aan sy voete het?

Toe hulle van die graf af wegdraai en na die motors begin aanstap, is dit Marinda wat vir Ellie moet onderskraag en haar arm om die skraal skouers plaas.

"Kom ons gaan huis toe, Ellie. Wat verby is, is verby en dit kan niks verander as ons by die graf bly nie. Dis nie Wynand daardie nie. Dis maar net die liggaam . . ."

"Hy was so jonk en sy hele lewe het nog voorgelê. Hy was maar sewe-en-twintig . . ."

Daar is baie mense wat ná die begrafnis kom tee drink en 'n paar woordjies met Hugo en Marinda wil wissel. Maar hulle is almal vir haar vreemdelinge en niemand kan haar troos nie, niemand weet wat in haar koue hart opgesluit lê nie.

259

Dan staan Sam Marx skielik voor haar. Marinda deins terug en neem nie die hand wat hy vir haar uitsteek nie.

"Ek is . . . jammer," sê hy onbeholpe.

Dan is Hugo vinnig by en plaas sy arm om haar skouers. Ook hy praat nie met Sam nie en lei Marinda na die man en vrou wat so ver vir die begrafnis gekom het.

"Ag, my hartjie," huil die vrou. "Julle was so kort getroud. Maar net 'n week van getroude lewe. En jou ouers so ver . . ."

Die mense moenie van haar ouers praat nie. Hortende snikke skeur opnuut deur haar en sy is dankbaar toe Hugo haar wegneem en op 'n stoel laat sit. Sy beskermende teenwoordigheid help baie om haar te sterk, maar hy kan nie die plek van haar eie pa en ma inneem nie en sy weet dat dit oëverblindery is. Wanneer al die mense weg is, gaan hy weer haar bittere vyand wees en sal hy nie daar wees om haar by te staan nie. Sy sal nie uit hom krag kan put nie en sy sal weer alleen staan. Sy wens dat Veronica of een van haar ander vriende kon kom. Sy wens Witrivier was nie so ver van Johannesburg en Lichtenburg af nie.

"Jy sal beter voel noudat die begrafnis amper verby is en die ondersoek en baie van die reëlings agter die rug is," sê kaptein Hermann en kom sit langs haar. "Jy het 'n bittere paar dae agter die rug, maar nou is die ergste verby."

"Ek het jou nog nooit bedank nie, kaptein," sê Marinda stil. "Jy het die ondersoek en . . . al die dinge vir my baie maklik probeer maak."

"Ek is jammer dat ek nie kon verhoed dat jy alles moes deurmaak nie," sê hy simpatiek. "Ek weet dat dit vir jou loutere pyniging moes gewees het om terug te gaan na die toneel van die ongeluk en alles so duidelik in herinnering te moes roep, maar om jou ontwil is ek bly dat alle formaliteite nou afgehandel is en ek wil dit net graag persoonlik vir jou sê: Ek het nooit geglo dat dit nié 'n ongeluk was nie. Ek is bly om te sien dat Hugo dit nou ook so aanvaar en dat alle misverstande tussen julle twee uit die weg geruim is."

"Is die misverstande uit die weg geruim?" vra sy wrang voordat sy haarself kan keer. Sy het nie besef dis eintlik met 'n vreemdeling wat sy praat nie. Die afgelope paar dae het sy aan die simpatieke kaptein gewoond geraak en sy het hom meer as 'n vriend gesien as 'n persoon wat maar net sy werk en plig doen. Maar sy het van die begin af aangevoel hy is aan haar kant, hy glo nie die ontsettende beskuldigings wat Wynand se broer gemaak het nie – en sy is dankbaar dat hy sy bes gedoen het om in die kortste moontlike tyd haar onskuld te probeer bewys. Nie dat daar ooit twyfel bestaan het oor hoe die ongeluk gebeur het nie. As Hugo nie daardie oggend na haar toe gekom het nie, sou sy geglo het dis slegs 'n roetineondersoek ná enige noodlottige ongeluk. Maar sy is bly die kaptein en sy sersant het daarop aangedring dat die ongeluk so getrou moontlik gerekonstrueer moes word om vas te stel presies hoe dit gebeur het. Dit was pynlik, maar dit het haar baie smart in die toekoms gespaar en sake bespoedig. As dit nie vir die kaptein se harde werk was nie, glo sy nie dat die begrafnis vandag al sou kon plaasgevind het nie.

"Hoe lank gaan jy hier bly?" vra kaptein Hermann belangstellend.

"Ek weet nie. Ons het nog nie oor my teruggaan besluit nie. Daar is nog te veel sake in verband met die boedel om af te handel en dit sal sake bespoedig as ek op Witrivier is en nie in Johannesburg nie."

"Jy besit nou seker 'n aandeel in hierdie motel?"

"Ek weet nie . . . Ek weet glad nie wat my posisie is nie. As die begrafnis nou eers verby is – en ook die vakansiedae – sal ek moet bank toe gaan sodat die boedelsake kan voortgaan."

"Het jou man nie sy sake deur prokureurs gedoen nie?"

"Tot onlangs was hy en sy broer by dieselfde prokureursfirma, maar om die een of ander rede het hy sy sake na die bank toe geneem."

Marinda weet dat sy nie haar privaat sake met 'n betreklike vreemdeling behoort te bespreek nie, maar hy is eintlik die enigste persoon, afgesien van Ellie en haar oom, wat sy op Witrivier ken – en dis 'n verligting om met iemand te praat. Met Hugo sal sy nooit normaal kan praat nie, daar is reeds te veel tussen hulle gesê.

Sy sien skielik dat Sam gereed maak om te vertrek en maak verskoning.

"Dis 'n vriend van Wynand en ek voel sleg omdat ek netnou nie met hom kon praat nie, ná hy die moeite gedoen het om die begrafnis by te woon."

Dirk Hermann kyk die skraal gestaltetjie in die wit baadjiepak ingedagte agterna. Verbeel hy hom, of het sy in die afgelope paar dae verander? Sy is nie meer so verwese van die hartseer as toe hy haar die eerste keer in Hugo Meiring se kantoor ontmoet het nie. Of het sy maar net tyd gehad om oor die skok te kom en haarself reg te ruk? Dis 'n verskriklike ramp om 'n jong vroutjie oor te kom en hy kan haar seker nie blameer dat sy soms eienaardig opgetree het nie. Sy is baie sterker as wat hy daardie eerste dag gedink het. Hy is bly dat Hugo Meiring haar nou erken en haar bystaan en hy is opnuut bly dat hy die ondersoek probeer bespoedig het. Geen persoon – en allermins nog 'n skraal jong ou meisietjie – kan onder daardie geweldige druk en spanning verkeer sonder dat iets breek nie, en hy is dankbaar dat die ergste nou vir Marinda Meiring agter die rug lê. Nou kan sy vorentoe kyk en oor haar smart kom. Hy wens daar was meer wat hy vir haar kon doen. Sy is 'n minsame en aangename mens en hy is bly dat Hugo die lewe vir haar nou minder onaangenaam maak. Dit was natuurlik vir die ouer broer 'n groot skok, want hy is self maar nog jonk – hoe oud; agt-en-twintig se kant? – maar hy glo nie Hugo het regverdig teenoor Marinda opgetree

262

nie. Vir haar was dit 'n groter skok en wat ook al sy ge-
voel vir die meisie was, hy moes sy persoonlike probleme
opsy gestoot en haar gehelp het. Dit was vir enigeen duide-
lik dat sy baie na aan 'n senu-instorting was en hy is nog
steeds bekommerd oor haar. Hy sal van tyd tot tyd kom
kyk hoe dit met haar gaan en as sy Johannesburg toe gaan,
sal hy besigheid daar uitkrap en gaan hoor hoe sy by haar
veranderde lewensomstandighede aanpas.

"Ek is jammer, Sam, dat ek netnou sulke swak maniere
openbaar het," sê Marinda styf.

"Jy op pad, Sam?" vra Hugo koel en Marinda kyk ver-
baas om. Hy het dan nog netnou daar buite op die stoep
met Ellie en die ander ontvangsdame gestaan en praat.
Hoe het hy so gou hier gekom en hoekom is hy onvrien-
delik teenoor Sam? Hugo weet mos nie wat alles daar by
die Naboom Motel gebeur het nie. "Dankie dat jy gekom
het."

Hugo stap nie saam met Sam na sy motor toe, soos hy
met die meeste van die gaste gemaak het nie. Hy kyk on-
dersoekend na Marinda.

"Jy lyk of jy nie meer op jou voete kan bly nie. Hoekom
gaan jy nie kamer toe nie? Dis nie nodig dat jy die gaste
hoef te onthaal nie. Hulle sal verstaan hoe jy voel en die
motelpersoneel is meer as mans genoeg daarvoor."

"Ek . . . Ek wil liewer nie alleen wees nie en dit was . . .
gaaf van die mense om hiernatoe te kom."

"Wynand het baie vriende gehad," merk Hugo gelyk-
weg op. "Jy sal hulle nog leer ken."

Marinda kyk vinnig op in sy gesig, maar dis niksseg-
gend en sy weet nie hoe sy sy opmerking moet vertolk nie.
Bedoel hy dat Wynand se vriende almal van Sam Marx se
soort is?

"Ken jy vir Sam Marx?"

"Nee."

"M-Maar jy het dan met hom gepraat?"

"Net soos jý met Sam Marx gepraat het terwyl jy hom nie ken nie."

Marinda kyk onthuts na hom, maar een van die kelners kom sê dat daar 'n telefoonoproep vir hom is en hy stap vinnig weg in die rigting van sy kantoor.

"Jy moet vir ons op die plaas kom kuier," sê 'n jong man vir Marinda.

Sy knik en bedank hom, hoewel sy nie die vaagste benul het wie hy is nie.

"Wynand het baie vriende gehad en nou is ons jou vriende ook, Marinda. Laat weet ons as daar ooit iets is waarmee ons kan help."

"Ek sal, dankie."

"Ons het 'n swembad op die plaas en 'n tennisbaan. Speel jy dalk tennis?"

"Ja."

"Dan moet jy een naweek na ons toe kom. Ons sal jou graag ontvang. Wynand het dikwels by ons gekom en ons het lekker partytjies . . . ee . . . lekker dae saam gehad."

"Wil jy nie môre iewers op 'n rustige plekkie saam met my gaan eet nie?" kom vra haar oom. Toe sy nie dadelik antwoord nie, voeg hy by: "Dis môre Kersdag. Het jy vergeet? Ek het gedink jy sal dalk wil wegkom van die gewoel en . . . alles."

"Dankie, oom Peet, ek sal graag saamgaan."

Die volgende oggend skrik Marinda vroeg wakker, ten spyte van die slaappil wat sy gedrink het. Sy bly 'n rukkie stil lê, maar die gedagtes wat deur haar maal, maak te seer en sy kom stram orent.

Nóg 'n dag het aangebreek en sy moet op die een of ander manier daardeur worstel. Dis vandag Kersdag. Verlede Kersfees het sy op Lichtenburg deurgebring by haar ouers en haar vriende . . . Die trane dreig weer om te kom en sy hardloop badkamer toe om die krane oop te draai.

'n Stomende warm bad help altyd. En vanmiddag gaan sy saam met haar oom eet. Dis darem iets om na uit te sien en 'n verskoning om van hierdie neerdrukkende plek af weg te kom.

Nadat sy gebad en 'n wit romp en donkerblou bloes aangetrek het, gaan sy 'n lang ent stap; verder as gewoonlik en tot by die pad wat na Numbihek afdraai. 'n Lang ruk sit sy op 'n groot klip en kyk na die verbygaande motoriste wat blykbaar vir die dag wildtuin toe gaan. Dis halfsewe en hulle is laat. Die wildtuinhek is al 'n halfuur oop. As sy net haar motor hier gehad het, kon sy ook een dag ingegaan het en dalk daar, in die rustige veld en by die diere, rus en vrede vir haar gemoed gaan soek het. In die veld voel 'n mens na aan jou Skepper en kan jy miskien probeer verstaan wat die doel van alles is. Want niks gebeur sonder 'n doel nie . . . Dit herinner haar opnuut aan Wynand en sy staan op om terug te gaan na die Bosbok Motel toe.

Petro, die ander ontvangsdame, is op diens en sy glimlag skamerig.

"Geseënde Kersfees, Marinda. Kom jy vanoggend in die eetsaal ontbyt eet? Daar is 'n spesiale spyskaart."

"Nee dankie, Petro. Daar is altyd te veel mense in die eetsaal en ek sal net tee na my kamer bestel."

Marinda gaan staan buite op haar balkon, maar dan sien sy Hugo in die tuin met die tuiniers praat en gee vinnig pad, dog hy het klaar die skraal gestaltetjie in die wit romp raakgesien en knik met sy kop.

'n Minuut later is daar 'n klop aan haar deur. Sy kan raai wie dit is en maak onwillig oop.

"Geseënde Kersfees, Marinda," sê Hugo en soen haar op die voorkop.

"En . . . vir j-jou ook," stamel sy verward. Sy het nie verwag hy gaan vandag nog steeds tegemoetkomend wees nie. Daar is mos nie meer ander mense nie.

"Wil jy dalk vanoggend kerkhof toe gaan?"

"Nee. Dankie . . ."

"Is daar iets spesiaals wat jy vandag wou doen?"

"Nee."

"Ek het 'n uur of twee vry. Is jy dalk lus om 'n entjie te gaan ry?"

"Nee dankie. Moenie jou oor my bekommer nie. Ek wil nou-nou op die stoep gaan sit en vanmiddag gaan ek saam met my oom eet."

"Waar?"

"Hy het iets van 'n hotel op Nelspruit gesê."

"Ek het gedink op hierdie dag behoort die familie saam die Kersmaal te eet."

"Dis waarom ek saam met my oom wil gaan. Hý is my familie, nie jy nie, Hugo."

"Ek sien," antwoord hy stil, maak verskoning en stap vinnig die gang af.

Sy neem haar skryfblok en gaan sit op die suidestoep, waar sy weet daar nie ander vakansiegangers sal wees nie. Die motel is vol en sy is bang iemand probeer 'n gesprek met haar aanknoop, iemand wat nie weet wie sy is nie. Sy weet nie vir wie sy wil skryf nie, maar sy het 'n behoefte om met iemand te gesels en sy besluit op 'n vriendin saam met wie sy skoolgehou het, maar met wie sy amper al kontak verloor het.

Om elfuur gaan trek sy weer haar wit baadjiepak aan en wag op die voorstoep vir haar oom. Hugo staan by een van die rondawels met 'n groep vakansiegangers en praat, maar ná 'n rukkie kom sit hy op die muurtjie by haar.

"Wag jy vir jou oom?"

"Ja."

"Hoe laat kom hy jou haal?"

"Eenuur."

"Is hy jou pa se enigste broer?"

"Nee."

"Waar is jou ander familie? Op Lichtenburg?"

"In Windhoek."

"Dis ver."

"Ja."

"Dis jammer dat jou ouers ook so ver is. Jy het hulle in hierdie tyd baie nodig."

"Ja."

Hy raak skielik ongeduldig met hierdie skraal meisietjie met die bleek gesiggie en groot, donker oë.

"Kyk, wil jy hê ek moet in duidelike woorde vir jou sê ek is jammer? Of geniet jy jou martelaarsrol? Jy maak dit vir niemand – en allermins jouself – makliker deur hierdie houding in te neem nie." Hy kyk na die stil gesiggie en sug. "Goed, ek vra jou om verskoning vir wat ek daardie oggend in jou kamer vir jou gesê het, en ook vir my houding voor en tydens die ondersoek. Ek weet ek het jou vals beskuldig en ek is jammer. Ons sal nooit vriende wees nie, maar kan ons nie die strydbyl begrawe nie? Jy is immers my broer se vrou en ek is bereid om jou as my skoonsuster te aanvaar."

"Aangesien jy dit in swart op wit gesien het dat ons werklik getroud was, het jy eintlik geen keuse nie, het jy?"

"Kyk, ons finansiële verpligtinge teenoor mekaar gaan veroorsaak dat ons moet saamwerk en indien jy dit nie soos 'n grootmens kan benader nie, gaan ons probleme hê."

"Jy kan met die motel voortgaan soos jy wil. Ek sal nie in jou pad staan nie."

"Jy is nie in 'n posisie om in my pad te staan nie. Jy besit 'n twintigpersent-aandeel in die Bosbok en ek tagtig. Maar jou aandeel is in die hotel bevries en ek sal dit waardeer as jy saamwerk. Die Bosbok is 'n groot onderneming en besigheid staan nie stil nie. Die gaste wil dieselfde diens hê, of die assistent-bestuurder hier is of nié. Hulle het hom nie geken nie en dit gaan hulle nie aan wat in die familie gebeur het nie. Hulle het betaal en wil die driesterdiens hê waarop hulle geregtig is. Ek stel voor jy vergeet jou persoonlike gevoelens teenoor my en gee my die nodige samewerking."

"Moet ons op Kersdag besigheid gesels?" vra sy koel.

Hy spring van die muurtjie af en kom staan voor haar.

"Ek is jammer, Marinda, as dit jou houding is, en miskien voel ek nie meer so skaam oor my haastige woorde nie. Miskien het jy alles verdien wat ek vir jou gesê het. Moenie bang wees ek wil my vriendskap aan jou opdwing nie. Soos ek gesê het, sal ons twee nooit vriende wees nie, maar slegs sakevennote. Is dít wat alles in jou gedagtes omgaan terwyl jy so ewe pateties alleen hier op die stoep sit? Sit jy en dink hoe jy kan wraak neem en my terugbetaal? Ek het gedink jy is 'n sagte mens en ek het myself bitterlik verwyt dat ek jou die oggend ná die ongeluk alleen by die hospitaal gelaat het. Maar nou sien ek dat ek verkeerd was. Jy is 'n harde vrou, wat nie eers deur die afsterwe van jou man sag gemaak is nie. Wynand het natuurlik nie 'n keuse gehad nie, maar ek sou hom iets beters gegun het. Selfs hý het dalk 'n sagter en meer liefdevolle vrou verdien. Miskien is dit beter dat hy weg is en dit alles gespaar is."

Marinda staan sonder 'n woord op toe haar oom voor die deur stilhou. Sy klim in, groet hom en kyk nie terug na die stil gestalte wat op die stoep agterbly nie.

"Hy was reg," sê Marinda se oom toe hulle in die hotel se sitkamer met hulle koffie sit. "Dit lyk my jy sal 'n twintig-persent-aandeel in die motel hê. Jou oorlede man het voor sy huwelik 'n testament opgestel waarin sy broer sy enigste erfgenaam is. Indien hy nie getrou het nie, het sy boedel net so na die broer gegaan. Maar omdat julle in gemeenskap van goedere getroud was, erf jy al sy besittings en gevolglik 'n twintigpersent-aandeel in die Bosbok Motel. Maar jou man het baie skuld gehad en 'n groot oortrokke rekening by die bank, en die boedel sal daarvoor moet instaan."

"Watse skuld het Wynand gehad?" vra Marinda deur stywe lippe.

"Ek is nie eintlik in 'n posisie om dit met jou te bespreek nie. Jy verstaan dat alles vertroulik is, nè? Meneer Van Niekerk sal my verkwalik as ek die boedel met slegs een van die twee mede-erfgename bespreek."

"Ek verstaan, oom Peet. Maar my man se skuld is slegs my verantwoordelikheid. Dis nie nodig dat my swaer daarvan hoef te weet nie. Ek sal al sy skuld betaal."

"Ek begryp jou gevoelens, maar die boedel is wettig verplig om vir alle skuld in te staan. Wat ná die eise en aftrekkings oorbly, word gelykop tussen die twee erfgename verdeel."

"Wat is die presiese bedrag van sy skuld? Ek wil graag weet."

"Die presiese bedrag kan ek nog nie in hierdie stadium sê nie. Daar moet eers 'n kennisgewing vir alle skuldeisers in die koerant verskyn," probeer hy skerm.

"Kan u my sê watter rekeninge hy gehad het? Dié het seker al begin inkom."

"Ja, daar het gister 'n paar rekeninge ingekom."

"Waarvoor?"

"Twee van 'n motorhawe; sy huidige motor en 'n gedeelte van die vorige een was blykbaar nog nie betaal nie. Dan is daar 'n agterstallige rekening van 'n dokter in Johannesburg en twee hotelrekeninge en 'n aantal eise teen sy bank-kredietkaart."

Marinda voel naar, maar sy dwing haarself om deur te druk.

"Die hotelrekeninge – van waar is hulle?"

"Johannesburg en Durban."

Sou dit die rekening van die hotel wees waar hulle hulle wittebroodsvakansie deurgebring het? Sy het gedink Wynand het dit betaal. Hy het nog 'n grappie gemaak dat hy min kontant het en dat hulle tydelik Hugo se troue-tjek sal gebruik om vir die wittebrood te betaal. Sy weet Wynand het die tjek gewissel. Waarvoor sou hy die geld gebruik het?

"Vir hoe 'n groot bedrag was hy oortrokke, oom Peet?"

"Etlike duisende. Maar kom ons gesels nie nou oor hierdie onaangename dinge nie, Marinda."

Marinda hoor dat haar oom van polisse praat wat nou gaan uitkeer, maar sy luister nie. Daardie tjek wat Wynand by Louw Juweliers in Lichtenburg uitgeskryf het – was dit ook op 'n oortrokke rekening? Het die tjek dalk teruggekom?

"Jy sal nie kontant hê nie, Marinda, maar jou aandeel in die motel behoort elke maand vir jou 'n mooi som kontant in te bring. Jy sal nie gebrek ly nie."

"Oom Peet, ek weet nie veel van hierdie dinge af nie. Wanneer my pa daaroor gepraat het, het ek net met 'n halwe oor geluister . . . Maar kan 'n boedel iemand nie 'n voorskot gee nie? Ek sit sonder geld en moes reeds by iemand 'n paar rand leen vir dinge wat ek dringend nodig gehad het."

"Daar sal geen probleem wees nie. Wanneer jy oormôre inkom bank toe, sal ons die sakie afhandel."

"Weet oom dalk of my man aan . . . my swaer geld geskuld het?" vra sy teësinnig, maar dis iets wat sy móét weet.

"Daar is 'n som geld wat vier jaar lank al uitstaande is, maar jou swaer se prokureurs het nog nie die eis teen die boedel gestuur nie . . . Moenie jou oor rekeninge en eise ontstel nie, kindjie. Die boedel is sterk genoeg en sal dit alles dek. Jy sal nie met jou man se skuld sit nie."

"Hoe lank sal dit neem voordat die boedel afgehandel is?"

"Dis moeilik om te sê. Ses maande, 'n jaar . . . dit hang af hoe lank dit by die meester lê."

" 'n Jaar! Moet ek 'n jaar lank op Witrivier bly?"

270

"Nee, kindjie. Dis net die eerste maand of twee wat daar baie vorms sal wees om te teken en besluite om te neem. Daarna kan jy teruggaan Johannesburg toe, of waarheen jy ook al wil gaan. Dan doen ons alles per pos of kan jy net vir 'n paar dae weer Nelspruit toe kom."

"Ek wil nie eers 'n maand of twee hier bly nie, in elk geval nie by die Bosbok Motel nie."

Peet Reynecke lyk effens bekommerd.

"Voel jy jy lê op jou skoonfamilie se nekke? Maar dit is nie die geval nie. Jy is mede-eienares van die motel. En eintlik . . . Ek wil nie onnodig spoke opjaag nie, maar ek weet nie of dit wys sal wees om in 'n ander hotel te gaan bly en onkostes op te jaag nie. Jy is nie 'n arm vrou nie, Marinda, maar soos ek aan jou verduidelik het, sal daar nie kontantgeld oorbly nie en dalk moet jy later nog rekeninge betaal. Ek weet nie of jy dalk kontantgeld van jou eie het, en of jou pa-hulle jou sal help nie . . ."

"My pa mag nooit weet dat Wynand se finansiële posisie so haglik was nie. U het gesê dat hierdie dinge vertroulik is en –"

"Dis vertroulik," val haar oom haar in die rede. "Van mý sal niemand enige feite kry nie . . . Nog 'n lekker koppie koffie?"

8

"Kom ons klim in die motor en ry wildtuin toe," stel Ellie die volgende oggend aan Marinda voor. "Ek het met Petro skofte geruil en Hugo het my môre heeldag vry gegee."

Marinda is baie gretig om van die motel af weg te kom, maar sy wil nie van Ellie se goedheid misbruik maak nie. Ellie is Wynand en Hugo se vriendin en is niks aan haar verskuldig nie.

271

"Sal ons slaapplek in een van die ruskampe kry?" skerm sy.

"Hugo ken een van die kampbestuurders en hy sal vir ons plek kry."

"Vir jou, ja. Maar as ek saamgaan?"

"Moenie kinderagtig wees nie," sê Ellie ongeduldig en Marinda merk vir die eerste keer op dat sy bleek is met donker kringe onder haar oë. Ellie was baie braaf voor die begrafnis, maar in die kerk en by die kerkhof was sy baie hartseer. Sy het Wynand seker goed leer ken as sy al vier jaar lank hier werk. Sy dood was seker vir haar ook 'n geweldige skok.

Marinda voel skaam oor haar selfsug. Sy verbeel haar dis net sý wat hartseer is . . .

"Ek is jammer, Ellie. As Hugo vir ons 'n hut kan kry, sal dit gaaf wees as ons wildtuin toe kan gaan."

"Gaan kry jou goed, terwyl ek met Hugo reël."

Hugo het vir hulle 'n hut by Skukuza gekry, maar hy wil Ellie nie toelaat om met haar eie motor te ry nie. Die bande lyk vir hom effens afgeloop en dis beter as sy een van die motel se motors neem.

"Gaan jy nie alle beskikbare voertuie nodig hê om daardie kongresgangers op die sitrustoer te neem nie?" wil Ellie bekommerd weet.

"Een stasiewa sal nie veel verskil maak nie. Ek is in elk geval genoodsaak om 'n paar motors te huur. Dis 'n groep van oor die vyftig mense. Sal jy asseblief – vóór julle ry – eers gou saam met my kantoor toe kom, Marinda? Ek sal nie veel van jou tyd in beslag neem nie."

Marinda stap met 'n kloppende hart saam met hom en gaan sit op die puntjie van haar gewone stoel voor sy lessenaar. Sy het al lang ure in hierdie kantoor deurgebring. En vandag is die simpatieke kaptein Dirk Hermann nie by nie.

"Sal jy asseblief hierdie vorm onderteken om my trekkingsregte op die kleinkas te gee?" vra hy formeel.

"W-wat is dit?" stamel sy verward. Sy het nie mooi gehoor wat dit is wat sy moet teken nie.

"Die reg om van die los geld in die kasregisters te neem om vir die motors te betaal waarmee ons kongresgangers op 'n toer deur die sitrusnywerheid geneem gaan word. Toe maar, moenie bang wees ek loop jou in nie. Daar word van elke sent kontantgeld verantwoording gedoen en jy sal ook voordeel daaruit trek as die mense tevrede is met die diens en oor ses maande weer van die motel se dienste gebruik maak."

"Ek is jammer. Dis nie dat ek jou wantrou nie; dis net dat ek nie mooi gehoor het wat jy gesê het nie. Waar moet ek teken?"

"Lees die vorm en skryf die bedrae af, sodat jy my nie agterna daarvan kan beskuldig dat ek jou met 'n paar rand ingeloop het nie. Ellie sal nie omgee om 'n paar minute te wag nie."

Marinda word rooi en hou die vorm voor haar gesig terwyl sy probeer lees wat daarin staan, maar sy snap geen woord daarvan nie.

"Tevrede?"

Sy knik en Hugo gee vir haar sy pen.

"Waar moet ek teken?"

"Skryf eers elke bedrag in elke kasregister af soos dit om twaalfuur middernag deur my en die restaurant-bestuurder getel is."

"Ek wil dit nie afskryf nie!"

Hugo haal 'n vel van die motel se skryfpapier uit die laai van sy lessenaar, skryf die bedrae sorgvuldig af, vou die vel papier toe en gee dit vir haar.

"Bêre dit saam met jou ander dokumente. En teken hier."

Marinda teken eers *M. Reynecke*, krap dit dan dood en kyk verskrik op na Hugo.

"Dit maak nie saak nie. Teken net M. Meiring daarnaas en parafeer dit."

273

"Parafeer?"

"Toe maar, jy hoef nie bang te wees dit maak die dokument ongeldig nie. Dis 'n ooreenkoms vir slegs twee partye – jy en ek. Ek sal dit aanvaar indien jy slegs die verandering parafeer. Onthou net, dis M.M. en nie M.R. nie."

"Ek was nie bang dis ongeldig nie. Ek het nie geweet hoe parafeer 'n mens iets nie."

"Dis reg so. Dankie . . . Jy het seker kontant nodig?"

"My oom sal my geld voorskiet."

"Jou oom sit in Nelspruit en of hý vir jou geld uit die boedel voorskiet en of ék dit vir jou gee, dit kom op dieselfde neer, behalwe dat ek sal verkies om nie 'n buitestander hierby te betrek nie. Hoeveel geld wil jy hê?"

"Tweehonderd rand."

Hy skrik nie. Hy haal doodluiters sy beursie uit sy sak en tel die geld op die lessenaar voor haar uit.

Sy neem die geld, steek dit in haar sak en vra dan 'n stukkie papier.

"Om wat mee te maak?" vra Hugo fronsend.

"Om daarop te skryf dat jy my tweehonderd rand voorgeskiet het."

"Dis nie nodig nie," sê hy kortaf.

Marinda haal die gevoude vel papier uit haar sak en skryf die bedrag wat Hugo aan haar voorgeskiet het agterop neer, asook die datum. Dis nie dat sy moedswillig probeer wees nie, dis net dat sy self bang is sy vergeet hoeveel sy aan Hugo skuld.

"Sal jy dit teken, asseblief?"

Hugo krap sy naam langs die bedrag en stoot die papier ergerlik oor sy lessenaar na haar toe.

"Dankie," sê sy saaklik en skryf nog 'n bedrag en datum agterop die vel papier neer.

"Sal jy dit ook teken, asseblief?"

"Watse bedrag is dit? Wil jy nóg geld leen? Wat wil jy met al die geld . . ."

274

"Dis die bedrag wat ek by Ellie geleen het om vir my klere vir die begrafnis te koop en wat ek nou eers besef eintlik van jou afkomstig was. Ek het gesien dat sy die geld uit die kasregister neem en ek moes geraai het dat sy self nie soveel kontant dadelik beskikbaar sou hê nie."

"Ellie het geen reg gehad om dit voor jou oë uit . . ." begin Hugo en bly dan skielik stil. Sy blou oë flikker vererg, maar hy pluk die papier nader en krap sy naam langs die tweede bedrag. "Nog iets?" vra hy uitdagend.

"Ja. Hoeveel geld het Wynand aan jou geskuld en tot hoeveel het die rente in vier jaar opgeloop?"

"Ek dag 'n mens praat nie op Kersdag besigheid nie? Of geld daardie reël nie vir die Reyneckes nie?"

"Hoeveel geld het Wynand aan jou geskuld?"

"Wil jy dít ook sommer nou regmaak?"

"Ek weet dat dit duisende is, maar ek vermoed dat hy ook geld by jou geleen het sonder om jou 'n skriftelike bewys daarvoor te gee. Dis 'n ereskuld wat ek graag wil betaal en ek sal dit waardeer as jy met jou prokureur sal reël dat die rekening by Wynand se eksekuteurs ingehandig word. En voeg asseblief daardie tjek by wat jy as trougeskenk aan ons gestuur het. Onder die omstandighede sal jy verstaan as ek dit liewer nie wil aanvaar nie."

"Hoekom nie? Dit staan mos in swart op wit dat julle wettiglik getroud was. Dit maak 'n mens mos op 'n trougeskenk geregtig."

"Nie van jou af nie en ook nie so 'n groot tjek nie. Ek begryp nou waarom jy dit gestuur het. Jy het geweet Wynand sal kontant die meeste waardeer en dit goed kan gebruik. Ek wil daardie geld asseblief aan jou terugbetaal."

"Ek sal die helfte terugneem," antwoord hy kil. Marinda kan sien dat hy baie, baie kwaad is. "Die helfte wat vir Wynand se vrou bedoel was. Die ander helfte het ek aan my enigste broer gegee en ek wil dit nie terughê nie. Ek hoop hy het dit op iets gespandeer wat hom gelukkig gemaak het."

Marinda kyk vinnig na hom, maar daar is blykbaar geen bybedoeling agter sy duistere woorde nie. Hy het nie opsetlik bedoel om haar seer te maak nie. Of het hy? Het hy 'n vermoede dat Wynand daardie geld alles in Durban gespandeer het, en het hy 'n vermoede waarop dit was? Daar is 'n onaangename smaak in haar mond toe sy na haar pragtige verloofring kyk. Ook daarvoor gaan Hugo die helfte betaal. En sy self die ander helfte . . .

Sy lig haar kop trots op. Hugo sal nooit weet hoe diep sy seergekry het nie. Laat hy maar so lank moontlik dink dat haar illusies oor Wynand behoue is.

"Hy het sy vakansie in Durban geniet," sê sy stil.

"Ek is bly dat julle 'n aangename week by die see deurgebring het. Was die weer gunstig?" vra Hugo hoflik.

"Ek glo nie jy stel werklik belang nie, maar ja. Dit was slegs twee dae koud en reënerig en toe het ons al met die kuspad af gery."

"Ek is bly en ek hoop jy geniet jou twee dae in die wildtuin ook. Sorg dat Ellie nie te vinnig ry nie, en ek hoop julle sien leeus."

Ellie lyk so moeg en lusteloos dat Marinda onnadenkend aanbied om te bestuur. Toe Ellie weier, word sy spierwit en klem die motordeur so styf vas dat haar kneukels wit word. Hugo het buitetoe gestap om hulle weg te sien en sy hoop dat hy nie haar aanbod gehoor het nie. Sy het nie gedink voordat sy gepraat het nie. Marinda weet nie of dit uit hoflikheid is nie, maar Hugo se aandag is blykbaar by twee gaste wat die een of ander probleem met die portier het en hy toon geen reaksie op Ellie se woorde nie. Hy frons na die portier toe en wink een van die kruiers nader.

"Nou ja, Hugo . . ." begin Ellie groet en haar oë skiet vol trane. "Hou maar die fort en ek hoop jou kongresgangers kuier lekker. Jy weet hoe om my te bereik indien jy my nodig het."

"Dankie, Ellie. Rus nou maar lekker uit, en wanneer jy terugkom, wil ek nie meer 'n bleek gesig en rooigehuilde oë sien nie. Ek is jammer dat ek jou nie langer as een dag kan vakansie gee nie."

"Ek weet selfs een dag is langer as wat jy kan spaar en ek hoop Petro kom reg. Moenie vergeet om tafelruikers vir vanaand se dinee te bestel nie en herinner Petro om ekstra vleis te bestel vir môreaand se vleisbraai by die swembad, en probeer onthou om my kat kos te gee."

"Ek is jammer, Marinda, omdat ek netnou kortaf met jou was," sê Ellie verleë toe hulle voor die hek stilhou en die wag met 'n groot papierkardoes en 'n vensterplakkertjie aankom. "Ek is moeg en oorspanne en ek het nie bedoel dat jy nie goed genoeg bestuur nie. Ek het net gedink jy het rus en ontspanning meer nodig as ek. As jy wil, kan jy tot by die kamp bestuur."

"Jy voel Wynand se . . . dood baie erg, nè, Ellie?"

"Wynand het baie foute gehad, maar omdat hy so 'n dierbare persoonlikheid gehad het, het 'n mens hulle oorgesien. Ja, ek was baie geheg aan Wynand en dit sal lank neem voordat ek daaraan gewoond sal raak dat hy nie meer by die Bosbok is nie."

"Jy het hom seker beter geken as ek," sê Marinda versigtig. "Jy het vier jaar lank saam met hom gewerk."

"Ek het saam met hom gewerk, ja, maar jý was met hom getroud. Sal jy ooit kan aanvaar dat hy . . . weg is? Sal jy ooit oor jou verlange kom?"

Marinda weet nie hoe om te antwoord nie. Sy weet nie presies hoe goed Ellie hom geken het nie.

Ellie merk nie haar huiwering nie.

"Hugo lyk baie na Wynand, nè?" gaan sy hartseer voort. "Troos dit of maak dit alles vir jou erger? Bring dit elke keer die herinnering terug?"

"Soms, as ek vinnig kyk, of ek sien Hugo onverwags,

dan kan ek my wys maak dis Wynand, ja. Maar Hugo is 'n bietjie langer en sy hare is effens ligter as wat Wynand s'n was, en hulle persoonlikhede is baie uiteenlopend. Ek dink wat my eerste op Wynand verlief laat raak het, was dat hy my kon laat lag."

"Ja . . ." stem Ellie hartseer saam. "En Hugo lag nooit?"

"Ek het hom nog nooit sién lag nie, maar natuurlik, die omstandighede waarin ek hom leer ken het, is anders."

Ellie vra Marina uit oor hoe sy en Wynand ontmoet het en wanneer hulle besluit het om te trou, en wat haar ouers gesê het en oor hulle vakansie in Durban. Dis vir Marinda 'n verligting om die veiligheidsklep te laat skiet en sy gesels vryelike oor hoe haar trourok gelyk het, wie dit gemaak het en hoe verras almal was en oor haar laaste paar weke by die werk, maar haar diepste gevoelens bly verborge. Sy self het hulle nog net 'n paar keer uitgehaal en ondersoek en probeer ontleed, en sy is bang die verbittering skemer in haar stem deur as sy Ellie toelaat om haar te veel oor die verhouding tussen haar en Wynand uit te vra. Sy self het nog nie gewoond geraak aan haar veranderde gevoelens teenoor haar week lange eggenoot nie en sy sal Wynand se ontrouheid en verraad nooit met enigiemand kan bespreek nie.

Sy vertel vir Ellie van die mooi strand op Park Rynie en dan bly sy meteens stil. Sy sukkel nog steeds om gesels met bestuursvermoë te kombineer en trap eers die rem en koppelaar voordat sy sê: "Kyk daar! Ons gesels so dat ons vergeet om diere te soek! Ek het amper onder daardie olifant se maag deur gery sonder dat ons hom gesien het."

Ellie neem twee foto's en dan vra sy: "Wanneer kan jy julle troufoto's kry?"

"Die man het gesê oor drie weke."

"Jy sal seker Lichtenburg toe wil ry om hulle te gaan haal. Ek sal saamry as jy wil."

"Dankie, Ellie, maar . . . Ek weet nie of ek die moed

sal hê om na die foto's te kyk nie. Miskien later . . . Sal ek maar ry?"

"Ja wat, ek het klaar gekyk . . . Marinda, jy is nie . . . senuweeagtig om weer te bestuur nie?"

"Nee, hoewel hierdie stasiewa baie soos die geel motor voel. Ek is aan my ou rammelkassie met sy baie ratte gewoond . . . Daar's 'n lieflike koedoebul – reg in die middel van die pad!"

Haar laaste woorde laat Marinda naar voel en sy sluk vinnig. *In die middel van die pad* . . . Sy sal daardie woorde nooit kan hoor sonder dat dit haar aan die ongeluk herinner nie. Soms wonder sy wat vir haar en Wynand gedurende hulle huwelikslewe voorgelê het. Hoe lank sou hulle gelukkig saam gewees het? Hoe lank voordat sy Wynand werklik leer ken het?

"Ellie," vra Marinda skielik, "wie was daardie meisie met die swart mantilla wat op die begrafnis so baie gehuil het?"

"Ek weet nie. Ek het haar nie gesien nie."

"Jy móés haar gesien het. Sy het reg agter ons gestaan by die kerkhof en sy was baie bedroef. Was dit 'n . . . vorige nooi van Wynand?"

"Jy het Wynand minder as twee maande geken en jy weet self hoe aantreklik hy was. Hoekom mag hy nie nooiens gehad het voordat hy jou geken het nie?"

"Dis nie nodig dat jy verwytend is nie. Dis heeltemal logies dat Wynand met ander meisies uitgegaan het . . . voor hy my ontmoet het. Ek is nie jaloers nie. Ek wou maar net geweet het."

"Dit was Belinda Slabbert."

"Was hulle baie goeie vriende gewees?"

Ellie kyk haar vreemd aan en bêre eers haar kamera voordat sy antwoord.

"Almal het verwag dat Wynand met Belinda sou trou."

"Ek sien . . . Belinda ook?"

279

"Almal. Ek ook."

"Is dít hoekom Hugo so lank met haar gepraat het, omdat hy haar liewer vir 'n skoonsuster wou hê as vir my?"

"Hugo was maar net menslik en hy het nie langer as twee minute met Belinda gepraat nie. Hy het vir almal gewys dat hy jou bystaan, dat hy Wynand se oorhaastige huwelik aanvaar het en die beste daarvan maak."

"Ellie . . . Wynand en ek het oorhaastig getrou omdat my ouers op 'n oorsese reis sou vertrek en ons in elk geval nie die nodigheid gesien het om langer te wag nie, aangesien ons geweet het ons is vir mekaar bedoel. Daar was geen ander rede nie, wát jy en Hugo en die ander mense ook al mag dink."

Ellie word rooi en vroetel kwansuis met haar donker bril en antwoord nie. Marinda probeer hulle haastige troue nie verder verdedig nie. Miskien maak dit ook nie meer so vreeslik saak wat die res van die wêreld dink nie. Sy is net seergemaak omdat Ellie, wat sy as vriendin aanvaar het, so iets van haar gedink het. Miskien kan sy hulle ook nie blameer nie. Haar dreigemente daardie dag met 'n prokureur en sy weet nie wát alles nie, het seker verdag geklink. Maar dit beteken dat Hugo haar met Ellie – en miskien met Wynand – bespreek het . . .

Sy is dankbaar toe Skukuza-ruskamp om die draai verskyn.

" 'n Slapie, en dan gaan ons teen vieruur se stryk weer 'n entjie ry?" stel Ellie half ongemaklik voor.

"In die haak. Maar terwyl jy slaap, wil ek op 'n bank by die rivier gaan sit en na die veld en die water kyk. Ek sal jou teen vieruur se kant kom wakker maak."

Ná ete die aand kom hulle van die Bosbok Motel se gaste op die stoep teë en Ellie nooi hulle om 'n drankie saam te drink. Marinda voel verlig. Sy het nie lus om te lank alleen met Ellie te wees nie en nou hoef sy nie skuldig te voel as sy haar alleen wil laat en vroeg gaan slaap nie. Sy voel uitgeput nadat sy so lank daar by die rivier gesit het met haar gedagtes. Sy gesels 'n rukkie saam oor al die diere wat hulle gesien het en dan stap sy sonder 'n skuldige gewete hut toe.

Die volgende oggend is hulle baie ongelukkig wat diere betref en beide Ellie en Marinda is bly toe hulle by Onder Sabie-ruskamp arriveer en hulle hande kan was en op die stoep kan ontspan voor middagete.

"En Hugo se leeu kruip ook vir ons weg," sug Marinda moedeloos. "Nie eers 'n ou kameelperd of 'n blouwildebees om die saai pad te breek nie. Ons kon net sowel by Skukuza gebly en brandstof gespaar het."

"Hugo moes saamgekom het. Hy is altyd baie gelukkig met diere."

"Het julle dikwels wildtuin toe gekom?"

"Wynand en ek, ja, maar Hugo is meer pligsgetrou en het nie so maklik 'n blaaskansie gegryp soos Wynand en ek nie."

"Ja, ek kan nie glo dat Hugo 'n naweek of selfs 'n dag sal rus as die motel vol mense is en hy weet daar is werk wat wag nie."

"Hy was nie altyd so nie. Toe ek die Meiring-broers leer ken het, was Hugo die stuitige en vrolike een, die een wat vir die partytjies en grappe en lekker naweke en uitstappies gesorg het."

"Ek kan dit nie glo nie. Dit was seker baie lank gelede?"

"Vyf jaar. Net voor hulle die motel gekoop het."

"Het Wynand Hugo nie kwalik geneem omdat hy die familieplaas verkoop het nie?"

"Hugo het nie 'n keuse gehad nie. Ná die nuwe grondbedeling het Bosbokfontein in die trustgebied geval en was hy verplig om te verkoop. Dit was 'n lieflike ou plaas, maar Hugo het 'n goeie prys gekry."

"Hoe is dit dan dat Hugo alles geërf het en Wynand niks?"

"Foei tog, arme ou Wynand . . . Het hy vir jou vertel dat hy uiteindelik niks van sy ouers geërf het nie? Elke seun het 'n plaas geërf en Wynand meer kontant as Hugo. Maar hy wou die familieplaas gehad het wat sy ouer broer geërf het en ek dink nog steeds dis die rede waarom hy nie op Biesiesvlei wou boer nie en toegelaat het dat die plaas deur sy vingers glip. Ek dink egter ons weet albei Wynand se grootste fout was dat hy nie met geld kon werk nie. Hy het Biesiesvlei net 'n paar jaar gehad, toe moes hy verkoop om sy skuld te delg."

"As Hugo dan 'n beter boer was, hoekom het hy nie sy jonger boetie gehelp om 'n sukses van Biesiesvlei te maak nie?"

"Het Wynand jou getref as iemand wat ooit goeie raad aanneem? Hy wou Bosbokfontein gehad het en was nie bekommerd oor sy eie plaas wat verwaarloos en agteruitgaan nie. Al het Hugo hard probeer, kon hy nie van Wynand 'n boer maak nie. Wynand was meer 'n ou vir die vrolike stadsliggies en lekker oorsese vakansies en perde en vinnige motors."

"Het hy Hugo geblameer omdat hý die familieplaas geerf het?" gaan Marinda direk na die kern van die gevoel tussen die twee Meiring-broers.

"Hy het geen rede daartoe gehad nie. Hugo was die ouer broer en sy ouers het alle reg gehad om die familieplaas aan hom na te laat. Hulle het seker besef Wynand sal die ou familieplaas deur sy vingers laat glip. Maar Biesiesvlei was self 'n spogplaas."

"Kyk, jy het die broers beter as ek geken en jy weet dat hulle nie kon stryk nie. Was die hele vete en kwade gevoelens net oor 'n stuk grond?"

"Ag, dis so 'n lang en ingewikkelde storie en 'n nare besigheid . . . Sal ons nie liewer Hugo se leeus gaan soek nie?"

"Nee. Ek het al baie gewonder of Wynand nie sy broer . . . gehaat het nie, en terwyl ons nou diep dinge praat; wil jy nie asseblief vir my die volle storie vertel nie? Ek voel ek het die reg om te weet hoekom die broers nie kon stryk nie en dit sal my dalk help om hulle albei beter te begryp, en ek sal jou nooit weer so uitvra nie. Ek weet dis vir jou pynlik om oor hierdie dinge te gesels, maar as ek nie by jou hoor nie, wie anders is daar wat ek kan vra? Daar was nie veel tyd om oor ernstige dinge met Wynand te gesels nie en wanneer ek hom tog oor Hugo uitgevra het, was hy altyd óf ontwykend óf hy het kwaad geword en het ek gedink ek sal later uitvind hoekom Wynand nie met sy broer kon stryk nie."

"Ag, dis oor 'n nooi op wie albei verlief was, maar wat Hugo bo Wynand gekies het."

"Belinda?"

"Nee, ek praat nou van baie jare gelede, toe hulle albei nog baie jonk was, pas ná hulle ouers se dood en net nadat Wynand gehoor het hy erf nie die familieplaas nie, soos hy altyd gehoop het. Ek weet ook nie wát hulle albei in die ellendige vroumens gesien het nie, maar ek hoor sy was baie mooi, glo 'n model of iets. Ek het haar nie geken nie. Daar was 'n vaste verhouding tussen haar en Wynand, maar toe sy hoor dis Hugo wat die familieplaas erf, ontdek sy dis eintlik op die ander broer wat sy verlief is en raak aan hom verloof. Maar toe sy begin agterkom Bosbokfontein is nie so 'n ryk en wonderlike plaas as wat sy gedink het nie en dat Hugo 'n groot bedrag aan kontant aan Wynand moes uitbetaal, besluit sy dat nie een van die Meiring-broers so 'n fantastiese vangs is as wat sy gemeen het nie en gee pad, 'n maand voor hulle troue. Later het Hugo by iemand gehoor sy is met 'n Switserse bankier getroud, maar sy is sonder 'n woord weg en het hom nooit laat weet waarom sy nie meer met hom wou trou nie. 'n Regte feeks van 'n vroumens en 'n opperste fortuinsoeker, maar glo beeldskoon."

"Maar dan het hulle mos albei eintlik 'n noue ontkoming gehad en Wynand moes vir sy broer dankie gesê het."

"Hy het gevoel Eleanor sou met hom getrou het indien hy Bosbokfontein gehad het; en hy sou haar kon behou het, beter as Hugo. Hulle was albei nog baie jonk en het veels te veel geld gehad."

"Maar te min vir daardie Eleanor?"

"Blykbaar. Maar dis jare gelede se dinge hierdie en ek dink Hugo was ná 'n paar maande heimlik verlig dat hy uit die vroumens se kloue ontsnap het. Hy het glo sy teleurstelling en vernedering te bowe gekom, weer sy ou vriende begin opsoek, meisies uitgeneem en sy plaas was weer die bymekaarkomplek van die vrolike groep."

"Maar Wynand kon Eleanor nooit vergeet nie?"

Ellie kyk vinnig na Marinda.

"Hoekom sê jy dit op so 'n snaakse manier?"

Marinda is dadelik spyt dat sy dit gesê het. Dis maar nog net 'n vermoede wat sy het . . .

"Ek dink daardie skok het Wynand verander, veral omdat dit so gou op sy ouers se dood gevolg het. Dis jammer dat daar nie 'n suster was wat hom weer vertroue in meisies kon leer nie. By wie het jy hierdie verhaal gehoor, Ellie? By Wynand of Hugo?"

"Hugo sal nooit oor hierdie dinge praat nie, in elk geval nie deesdae nie. Wynand het my vertel."

"En tog moes die meisie hom net so seergemaak het as vir Hugo."

"Ek dink wat vir Hugo die ergste was, was dat hy 'n tyd later amper in presies dieselfde strik getrap het. Dit het hom alle vertroue in meisies – en ook in sy eie oordeel – laat verloor. 'n Mens kan so iets amper nie van Hugo glo nie. Hy is so 'n nugtere en praktiese mens. Maar daardie eienskappe geld blykbaar nie vir hom wanneer dit by hartsake kom nie. Dan maak die liefde hom blind vir die meisie se foute en kan hy nie oordeel nie."

"Kom ons ry terug Skukuza toe, dan vertel jy my so langs die pad hoe Hugo 'n tweede keer sy vingers verbrand het. Ek neem aan dis wat gebeur het?"

"Ja, behalwe dat dit hierdie keer 'n getroude vrou was wat met hom geflankeer het, en dat almal hom gewaarsku het sy bedoel dit nie ernstig nie. Ek het die vrou geken en ek kan tot vandag toe nie glo dat Hugo haar mooi storietjies geglo het en op haar verlief kon geraak het nie."

"Hoe lank gelede was dit?"

"Bietjie meer as twee jaar."

"En sedertdien is hy so – so wreed en gevoelloos en dadelik gereed om net die slegste van sy medemens te glo?"

"Moet Hugo nie veroordeel omdat hy gedink het jy het met Wynand vir sy geld getrou nie. Ná twee sulke ondervindings kan 'n mens Hugo nie blameer dat hy 'n haat in vroumense ontwikkel het nie. Dis bitter ongelukkig dat hy sowaar 'n tweede keer op so 'n soort vrou verlief moes raak. Hy het dit nie verdien nie. Eintlik is hy 'n wonderlike man met 'n warm persoonlikheid en hy sal 'n baie beter eggenoot vir enige vrou uitmaak as wat Wynand ooit sou kon wees."

"Maar tog het jy Wynand verkies?" vra Marinda stil.

Ellie kyk na die blouwildebeeste langs die pad en dan sê sy in 'n stem wat breek: "Hy het my ook laat l-lag . . . en dis waarom ek hom liefgehad het."

"Neem jy my kwalik dat ek hom by jou weggeneem het?"

"Hy was nooit myne om van my weggeneem te kon word nie. Die feit dat hy jou en ander meisies bo my verkies het, moes ek aanvaar en daarby berus. Ou Ellie was maar altyd daar. Soms het hy na my toe teruggekom en ek het altyd bly hoop . . . Maar ek is bly dat dit jý was wat hy op die ou end gekies het, Marinda. Ek is bly jy het hom twee maande van geluk gegee. Ek weet hy was baie verlief op jou en ek is bly dat dit jý was wat tot op die laaste by hom was. Dit sal altyd vir my 'n troos wees dat hy nie alleen was nie en dat hy gesterf het terwyl hy op sy gelukkigste was. Wie weet watter hartseer hy dalk gespaar is? Hy het altyd geglo dat daar met alles 'n goeie doel is en ek glo ook dat daar met sy dood 'n doel was."

"Dink jy dat ek dalk nie goed sou gewees het vir hom nie?"

"Die fout sou by Wynand self gelê het, Marinda. Ons het hom albei liefgehad, maar ek dink jy was ook nie blind vir sy foute nie."

"Bedoel jy dat hy 'n swakheid vir ander vrouens gehad het?" vra Marinda reguit. "Dat hy my vir ander meisies sou verlaat het?"

"Ag, Marinda . . ."

"Miskien is jy reg, Ellie. Miskien sou my liefde nie sterk genoeg gewees het om hom te hou nie. Ek is nie so 'n sterk persoon soos jy nie. Ek is hard en dis nie vir my maklik om te vergewe nie. Ek sou Wynand nooit vergewe het as ek moes uitvind van . . . ander meisies nie. Hugo het my reg opgesom. Ek is 'n harde mens."

"Miskien sou julle huwelik geslaag het. Wie weet? Wie sal ooit weet? En nou sal ons nooit weet nie, nè? Maar sou jy hom nie elke keer maar weer vergewe het nie, Marinda? Jy het hom tog liefgehad . . ."

"Om lief te hê, is om alles te vergewe . . . Nee, Ellie, dan het ek Wynand miskien nie lief genoeg gehad nie. Het Wynand jou van my vertel?"

"Nee, maar ek het geraai daar is weer 'n nuwe nooi. Ek het Wynand te goed geken en ek het geweet dis nie om dowe neute nie, hierdie ryery elke naweek Johannesburg toe. Al was daar ook wátter belangrike kongres of dinee of onthaal by die Bosbok, en al het daar soms harde woorde tussen Hugo en Wynand geval, was daar aan hom geen keer wanneer Vrydagmiddag aangebreek het nie. Elke Vry-dagmiddag, klokslag eenuur, het die geel motor se neus Johannesburg toe gewys, na jou toe."

"Ek was selfsugtig, Ellie. Ek was so in my eie smart verdiep dat ek gedink het ek is al een wat treur. Ek het nie besef dat daar ander is wat net soveel of meer as ek verloor het nie. Selfs Hugo – en ek het gedink hy het geen gevoel vir sy broer gehad nie, omdat hy dit agter daardie masker van trots en onpersoonlikheid probeer verberg het. Dankie, Ellie, dat jy jou eie pyn opsy gestoot het om my las vir my ligter te maak. Ek was in die verlede baie onverdraagsaam teenoor Hugo, en ek het gedink hy is vals wanneer hy gesê het hy is jammer oor alles wat hy gesê het. Ek het hom nie geglo nie, maar in die toekoms sal ek hom dalk beter begryp en meer toegeeflik wees. Ek sal probeer om sy harde woorde te vergewe en die minste te wees."

9

Daar is vir Marinda 'n ruiker blomme van Tania af, 'n brief van Veronica en 'n boodskap dat sy die bank moet skakel, toe sy en Ellie van die wildtuin af by die huis kom.

"Leeus gekry?" vra Hugo hoflik vir Ellie.

Albei meisies trek suur gesigte en skud hulle koppe. Ellie verneem hoe die dinee en sitrustoer afgeloop het en Marinda volg die kruier op kamer toe met haar los bagasie. Hugo het gevra of sy in die huis wil intrek wat aan Wynand behoort het, maar sy het verkies om in die kamer te bly. Petro het vir haar beduie dat dit die wit grasdakhuis aan die einde van die boonste ry rondawels is, maar sy het nog nie genoeg belang gestel om te gaan kyk nie. Sy is bang vir wat sy nog mag ontdek as sy in Wynand se huis en tussen sy persoonlike besittings woon. Sy sal natuurlik die een of ander tyd Wynand se goed moet gaan oppak, maar ook daarvoor het sy nie die lus of energie nie.

Nadat Marinda haar brief gelees het, skakel sy die bank

en vra om met meneer Reynecke te praat. Sy word dadelik deurgeskakel.

Haar oom vra of die paar dae in die wildtuin aangenaam was, of hulle leeus gekry het en of dit beter met haar gaan. Daar is ongelukkig 'n paar dringende sake by die bank wat nie langer uitgestel kan word nie en hulle sal dit waardeer indien sy môre daarheen kan kom.

"Dis 'n bietjie moeilik, oom Peet," huiwer sy. "Ek sit sonder vervoer en ek weet nie hoe ek op Nelspruit sal kom nie."

"Sal jou swaer jou nie bring nie?"

"Ek glo nie, oom Peet. Hy is . . . baie besig en ek het nie die vrymoedigheid om hom lastig te val nie. Ek sal kyk of ek nie 'n huurmotor –"

"Dit sal nie nodig wees nie," val Hugo se stem haar in die rede. "Ek sal Marinda môreoggend met die motor Nelspruit toe bring, meneer Reynecke."

"Wie praat nou?" vra haar oom verbaas.

"Marinda se swaer, Hugo Meiring. Marinda verkeer onder 'n misverstand, meneer Reynecke. Ek is nie te besig om haar te neem waar sy wil wees nie. Nege-uur môreoggend?"

"Nege-uur sal goed wees."

"Reg dan. Tot siens."

Daar is 'n klikgeluid in Marinda se oor, terwyl sy haar nog gereed maak om weer met haar oom te praat.

"Probeer dít weer, meisiekind, en jy sal jammer wees," sê Hugo se stem sag en dreigend in haar oor.

"Hoe durf jy my privaat gesprekke afluister!" roep sy ontsteld uit, dog sy praat met haarself. Hugo het reeds die verbinding verbreek.

Marinda kook van woede. Sy druk die telefoonknoppies ongeduldig op en af.

"Ontvangs, goeiemiddag," groet Petro.

"Meneer Meiring, asseblief!"

"Ek is jammer, maar meneer Meiring is nie nou beskikbaar nie. Kan ek u na meneer Snyders deurskakel?"

"Dis Marinda, Petro, en ek wil nie met meneer Snyders praat nie. Waar is Hugo?"

"Hy is in sy kantoor en het gesê hy wil nie gesteur word nie."

"Dis bog. Skakel my asseblief na hom toe deur."

"Ek is jammer, Marinda, maar ek kan nie meneer Meiring se bevele verontagsaam nie. Hoekom kom jy nie liewer af en gaan praat self met hom nie?"

"Só graag wil ek nie met hom praat nie en ek is bang ek verloor my humeur die oomblik wanneer ek hom sien."

"Is daar iets verkeerd?"

"Baie!"

"Kan ek die portier of iemand opstuur?"

"Dis iets veel erger as 'n lekkende kraan of venster wat nie wil oopgaan nie en die portier of iemand sal nie kan help nie, dankie."

"Jammer, Marinda . . ."

Marinda plak die gehoorbuis neer en stap vererg op en af in die kamer. Watter reg het Hugo om na haar privaat gesprekke in te luister? Hoe durf hy dit doen! Sy het 'n paar dae gelede vir Veronica geskakel. Het hy na daardie gesprek ook ingeluister? Sy glo nie. Sy het hom 'n onmoontlike vent en 'n selfsugtige bees genoem en sy glo nie hy sou die versoeking kon weerstaan het om haar in die rede te val en haar stelling te weerspreek nie.

Sy bedaar effens en gaan sit buite op die balkon. Sy probeer presies onthou wat sy alles vir Veronica gesê het wat sy nie wil hê Hugo moes gehoor het nie. Haar wange brand skielik. Sy onthou dat Veronica gevra het of die broer so oud en vervelig is as wat sy verwag het. Wynand het altyd van "ou Hugo" gepraat en sy het eerlikwaar 'n ouerige pankopbroer verwag wat net soos 'n ou vrou sy neus in haar besigheid sou steek en vervelig sou wees. Nou

289

onthou sy dat sy vir Veronica gesê het: *Oud en vervelig? Alles behalwe . . . Jonk en aantreklik en onvervelig en glad nie wat ek verwag het nie. Hy is 'n onmoontlike vent en 'n selfsugtige bees en ek bly nie lekker hier nie, maar niemand sal hom as vervelig beskryf nie.*

Sy vererg haar opnuut vir Hugo se swak maniere en sy wens vuriglik dat sy leliker dinge van hom gesê het. Hy het dit verdien en dit sal hom goed doen om die waarheid oor homself te hoor. Wag net tot iemand haar weer skakel . . . wag net! Sy sal deeglik van hom skinder en sy naam goed swartsmeer en hy sal niks kan sê nie, want dan verklap hy dat hy haar afgeluister het. Sy wens – oe, sy wéns – die telefoon lui weer en dis iemand met wie sy lekker kan gesels . . .

Later die aand keer Marinda vir Hugo voor op pad na die eetsaal toe. Hy kyk net een maal na haar gesig en dan lig sy mondhoeke effens.

"Gaan jy my kop was omdat ek jou in die rede geval het terwyl jy met jou oom gepraat het? Ek is jammer, maar ek het ook 'n oproep na die bank toe laat deurskakel en toe jou oproep deurkom, het ek gedink dis myne en per abuis in die middel van julle gesprek die telefoon opgetel. Maar ek wil herhaal wat ek gesê het: Moet nooit weer so iets probeer nie, want jy sal jou rieme met my styfloop. As jy in die vervolg iewers heen wil gaan, vra my net. As ek nie beskikbaar is nie, sal ek reël dat een van die motelbestuurders jou neem . . . Verskoon my, ek was eintlik op pad om te gaan kyk of dinge reg is vir vanaand se sitrusdinee."

Marinda maak nog reg om hom terug te antwoord, maar hy is reeds besig om die trappe twee-twee op te hardloop en wag nie vir die skrobbering wat hy goed geweet het sou kom nie.

Die volgende aand is daar weer 'n selfbediening-vleisbraai-by-kerslig om die swembad vir al die gaste, maar Marinda het nog steeds nie die selfvertroue om met vreemde mense te verkeer nie en bestel vir haar tee en roosterbrood in haar kamer. Die onderhoud met die bankbestuurder was lank en vermoeiend en sy het van nog skuld gehoor en die hele dag al het sy 'n verblindende hoofpyn. Sy drink haar tee, peusel aan die roosterbrood, bad en klim dan met haar breiwerk in die bed.

Maar sy kan haarself nie so ver kry om te brei nie. Die agterpant is klaar en die tweede mou halfpad. Dis die trui wat sy op die dag van hulle verlowing belowe het om vir Wynand te brei en daarom kan sy nie daarmee voortgaan nie.

Sy begin bekommerd raak omdat daar nog nie 'n brief van haar ouers af gekom het nie. Neem pos van Europa af dan só lank? Sy hoop hulle het aangename weer oorsee en dat die paar weke vakansie haar oorwerkte pa sal goed doen. Hy is nie meer jonk nie en hy het sewe jaar laas 'n behoorlike vakansie gehad. Hy sukkel al baie lank met hoë bloeddruk en sy hoop albei haar ouers rus goed uit voordat hulle in Rome kom en haar slegte tyding kry. Nog nooit in haar ganse lewe het sy so na iemand verlang as na haar ma en pa nie. Dikwels het sy haarself probeer troos dat hulle tog niks vir haar kan doen nie. Selfs haar pa sal niks aan die enorme bedrae skuld kan doen of die rekeninge kan keer wat steeds inkom nie, en sy sal nie op Lichtenburg na hulle toe kan gaan nie, maar dis net om hulle te sien en te weet hulle is daar as sy hulle nodig kry . . .

'n Paar dae later lui Marinda se telefoon.

"Hier is 'n kuiergas vir jou," sê Petro. "Sal jy afkom?"

Dis Veronica! jubel Marinda en hardloop af sitkamer toe.

Dis kaptein Dirk Hermann in 'n netjiese donker pak en met 'n ruiker blomme in sy arms.

"Ek weet dis 'n bietjie laat," sê hy verleë. "Maar ek wou graag vir jou blomme bring."

291

Marinda is bitter teleurgesteld dat hý haar kuiergas is. Sy het gehoop Veronica kon 'n paar dae verlof kry en haar motor vir haar bring. Sy haat dit om van Hugo se giere en grille afhanklik te wees as sy iewers heen wil gaan. Hy is nie meer aggressief nie, maar sy dink sy het daardie Hugo verkies bo die stywe en formele man wat hy nou is. Hy laat haar bitter ongemaklik voel, en sy vergeet kort-kort haar goeie voornemens in die wildtuin om tegemoetkomend en vergewensgesind te wees.

"Dankie vir die pragtige blomme, kaptein," sê sy skaam.

"Jy kan my gerus maar op my voornaam noem. Die ondersoek is mos verby en ek is nie in my amptelike hoedanigheid hier nie."

"In watter hoedanigheid ís jy hier?" vra sy onnadenkend.

Die kaptein bloos bloedrooi en kyk haastig rond of hy nie 'n kelner sien by wie hy iets te drinke kan bestel nie.

"Ek is jammer, kaptein," probeer Marinda haar taktlose vraag toesmeer – en vererger dinge eintlik. "Maar ek weet nie wat jou voornaam is nie . . ."

Jy het nie 'n indruk op haar gemaak nie, ou maat, vertel die kaptein suur vir homself. *Hugo Meiring het jou dikwels op jou voornaam genoem, maar die meisie het nie genoeg belang gestel om jou naam te onthou nie . . .*

"Dirk," sê hy ongemaklik en verwens die ellendige kelners.

"O . . ."

"Ja."

Daar kom gelukkig 'n kelner met 'n skinkbord verby en Dirk kyk vraend na haar.

"Ee . . . 'n koeldrank, asseblief."

"Sal dit nie dalk jou eetlus bederf nie? Wil jy nie liewer 'n sjerrie drink nie? Ek het eintlik vir jou aandete kom koop . . ."

"Dis gaaf van jou, kap- . . . ee . . . Dis gaaf van jou, maar ek sal nog steeds 'n koeldrank verkies."

"Het jy al enigiets van jou ouers gehoor?" vra Dirk.

"Ek het vandag drié briewe gekry! Daar was blykbaar 'n vertraging met die oorsese pos en een brief moes ek al 'n week gelede ontvang het."

"Geniet hulle die vakansie?"

"Klink so. My pa sê dis net te koud, daar is te veel mense, te veel vreemde tale en alles kos te duur. Maar ek dink hulle geniet albei die rus."

"So, dis 'n doodgewone brief? Hulle weet nog van niks nie? Was hulle nie huiwerig om hulle enigste dogter agter te laat sonder dat hulle gereeld kon hoor hoe dit met haar gaan nie?"

"Hulle het gedink my man sal vir my sorg en ek is in veilige hande en hulle kon met 'n geruste gemoed op die vakansie gaan waarna hulle so lank uitgesien het. Ek is eintlik half spyt ek het daardie boodskap Rome toe gestuur. Hulle sal natuurlik dadelik huis toe kom wanneer hulle hoor wat gebeur het, en dis eintlik onnodig. Dis om pure selfsugtige redes wat ek hulle by die huis wil hê."

"Wanneer 'n vrou haar man aan die dood afgestaan het, wil sy haar ouers by haar hê."

Snaaks, dis nóg formele woorde wat seer moes gemaak het. Maar in haar hart is daar net 'n doodsheid en 'n groot mate van selfbejammering. Dit laat haar nie meer so inmekaarkrimp van pyn en verlange na Wynand nie. Is sy 'n koue en harde en ongevoelige mens, soos Hugo gesê het?

"Sal ons gaan eet?" vra kaptein Hermann.

Marinda huiwer. Hy kyk vraend na haar en sy is verplig om te verduidelik. Netnou dink die arme man sy wil nie saam met hóm gaan eet nie, dat sy iets diepers lees in sy hoflike vriendskapsgebaar.

"Ek het nog nooit in die eetkamer of restaurant gaan eet nie. Ek bestel my maaltye altyd in my kamer."

"Ee . . . Ek glo nie ons twee kan in jou kamer gaan eet nie," glimlag hy.

Marinda lag spontaan – en dadelik voel sy beter. Dis die eerste keer dat sy weer gelag het. Is sy besig om gesond te word, of is dit gevoelloos om te lag ná alles wat gebeur het? Sal die mense nie snaaks van haar dink nie?

Kaptein Hermann dink nie snaaks van haar nie. Hy besef opnuut hoe mooi sy is. Daardie natuurlike blonde hare en goudbruin vel en donkergroen oë . . . En as daardie kringe onder haar oë verdwyn het en sy nie meer so skraal is nie, sal sy . . .

"Slaag ek of druip ek?" vra Marinda en hou dan haar hand voor haar mond. Dit was Wynand se woorde daardie aand toe hulle verdwaal en in Edenvale uitgekom het . . . Sy skud haar kop ongeduldig. *Daar's altyd iets om my te herinner.*

"Slaag, met volpunte," glimlag die kaptein. "Sal ons gaan eet?"

Die eetkamer is baie deftiger as wat Marinda verwag het. Dis kristalkandelare, 'n roomkleurige mat, roomkleurige fluweelgordyne, kelners in aandpakke, kerse en tafelruikers op elke tafel . . . Dis die eetkamer van 'n vooruitstrewende driester-motel.

Die hoofkelner herken Marinda en lei hulle na 'n stil tafeltjie in 'n hoek.

"Sal ons wyn drink?" vra Dirk.

"Nee, ek haat alkohol en . . ." begin Marinda heftig. En dan wonder sy: Hoekom nie? Wat sal 'n glasie tafelwyn saak maak? ". . . Ek sal graag 'n glasie yskoue wyn drink," voltooi sy haar sin lamlendig en kry lag vir die uitdrukking op die kaptein se gesig. Hy dink seker sy is van lotjie getik, en sy weet nie of hy ver verkeerd is nie.

Saam met hulle koffie oorreed die kaptein haar om 'n klein glasie pepermentlikeur te drink.

"Om daardie donker kringe onder jou oë weg te jaag," glimlag hy. "Daar's Hugo. Sal ons hom nooi om 'n likeur en koffie saam met ons te drink?"

"Nee, moet asseblief nie sy aandag trek nie, want netnou . . ." antwoord sy heftig. Maar dis reeds te laat! Hugo het hulle ook gesien. Daar is 'n trek van verbasing op sy gesig en hy kom na hulle tafel aangestap. Hy het heel waarskynlik haar onvriendelike woorde gehoor, maar dit maak nie saak nie. Hy weet goed wat haar gevoelens teenoor hom is.

"Was die bediening en kos na wense?" vra Hugo hoflik.

"Baie goed, dankie," glimlag Dirk. "Wil jy nie saam met ons koffie en likeur drink nie?"

Hugo kyk na die twee glasies en leë wynbottel op die tafel en sy wenkbroue lig.

"Jy is slimmer as ek, Dirk," sê hy koel. "Ek het nie aan wyn gedink om haar na die eetsaal te lok en saam met my te laat eet nie. Nee dankie, ek sal nie indring en julle pla nie. Ek het werk om te doen. Geniet maar julle koffie en drankies."

"Sien jy hoekom ek nie wou gehad het jy moes Hugo se aandag trek nie?" vra Marinda ontsteld.

"Ek het nie sy aandag getrek nie. Ek dink hy het ons gesien lank voordat ek hom gesien het, maar hy het eers nader gekom toe hy gesien het ek kyk vir hom. Hy kon ons nie eintlik ignoreer nie, kon hy?"

"Hy kon!" antwoord sy vies. " 'n Mens kan jou ook nie draai in hierdie plek nie, dan loop jy jou teen Hugo Meiring vas."

"Hy ís die eienaar en bestuurder van die motel . . ."

"Ek weet, ja, maar hoe minder ek met hom te doene kry, hoe beter."

"Ek dag sake het tussen julle twee verbeter ná die ondersoek?"

"Al wat verander het, is dat hy my nie meer daarvan beskuldig dat ek 'n fortuinsoeker is wat die ongeluk opsetlik veroorsaak het nie. Andersins is hy nog steeds sy onbeleefde, onmoontlike self wat sy uiterste probeer om my onwelkom te laat voel."

"Hoekom gaan jy nie 'n tyd lank weg nie?"

"Ek kan nie. Daar is te veel sake om by die bank af te handel. En teen wil en dank is ek 'n vennoot van die Bosbok Motel; en alle tjeks wat Hugo uitskryf, moet deur my ook geteken word. As ek nie hier is nie, sal hy nie die motel kan bestuur nie."

"Jy kan mos 'n klomp blanko tjeks teken en Hugo kan hulle uitskeur soos hy geld benodig."

"Ek het ook sulke planne beraam, maar daar duik gedurig nuwe probleme en dokumente en dinge op wat glo nie wettig is tensy albei handtekeninge daarop is nie. Ek verstaan nie die helfte van die dokumente wat ek teken nie en vir al wat ek weet, het ek dalk reeds alle erfregte en aanspraak op die motel weggeteken."

"Jy moet mooi lees voordat jy iets teken."

"Ja, oom Peet, die rekenmeester."

"Selfs dít wat in fyndruk is."

"Ja, oom."

Marinda glimlag en neem 'n slukkie likeur.

"Hoe lyk jou finansiële posisie? Sal jy heelwat kontant uitkry om vas te belê?"

"Nou klink jy weer soos my pa!" sê Marinda liggies. "Vaste beleggings en rentekoerse en opbetaalde aandele..." Sy glimlag effens, dankbaar toe hy nie sy vraag herhaal nie. Dis nie nodig dat buitestanders hoef te weet hoe benard Wynand se finansiële posisie was nie. Sy lewenspolis waarvan die helfte aan haar uitbetaal word, sal skaars sy garage-rekening betaal.

"Ek is bly ek is nie jou pa nie," sê Dirk liggies.

"Ek is nie 'n moedswillige dogter nie."

"Dís nie die rede waarom ek so gedink het nie."

"Eerlikwaar, ek is baie lief vir my kwaai pa!"

"Dan wens ek miskien weer ek wás jou pa," terg Dirk – en nou eers dring dit tot haar deur wat hy bedoel. Sy bloos en kyk verleë weg.

Die volgende paar dae verloop rustig en stil by die motel. Marinda moet weer 'n paar keer bank toe gaan, maar sy is dankbaar omdat Hugo veels te besig is met reëlings in verband met die veertig rolbalspelers wat tydens hulle toernooi by die Bosbok Motel tuisgaan en met reëlings vir die Nuwejaarsete en twee toergroepe wat 'n week lank by die motel sal oorbly, om haar self te neem; hy stuur dus liewer 'n motelbestuurder saam met haar. Sy weet nie of hy haar nie met die motelvoertuie vertrou en of hy dink sy wil nie alleen dorp toe gaan of wat nie, maar hy stel nooit voor dat sy na willekeur een van die motors of stasiewaens mag gebruik nie en sy het nie die vrymoedigheid om hom te vra nie.

Al wat die rustigheid verbreek, is 'n besoek van Veronica en 'n meisie wat saam met haar werk. Sy arriveer egter in haar eie motor en met die nuus dat Marinda se motor nie padwaardig is nie.

"Stukkend?" vra Marinda ontsteld toe die uitbundige groetery en trane verby is. "Wat skort met my motor?"

"Die ou by die garage sê jy kort 'n nuwe battery, en al vier die bande is te glad om 'n lang pad aan te durf. Ek is jammer, dit gaan jou seker 'n hele paar rand kos om die ding weer padwaardig te kry. Nie dat dit saak maak nie. Jy is nou seker 'n ryk vrou?"

"Ek het my motor nodig," sê Marinda teleurgesteld.

"Koop 'n nuwe een. Rammelkassie pas nie meer by jou verhoogde status nie en sal soos 'n seer oog lyk in hierdie spogplek. Waar is die jong en aantreklike en onvervelige mede-eienaar van die Bosbok Motel?"

Marinda het altyd geweet dat Veronica 'n effens leë en oppervlakkige meisie is, maar vandag irriteer haar vriendin haar.

"Ek weet nie waar my swaer is nie, maar hy het gesê julle kan een van die groot rondawels in die boonste ry kry. Ons is ongelukkig stampvol en daar is geen kamer in die hoofgebou beskikbaar nie. Ek roep net gou 'n kruier om julle bagasie te help aflaai . . ."

"Ons geniet dit om kruiers te roep en links en regs bevele te gee, nè?" skerts Veronica.

"Dis seker lekkerder as om lipstiffie en oogskaduwee en maskara te verkoop," voeg Marietjie by. "Jy merk nie eers ons nuwe soort grimering op nie? Ons was weer by 'n grimeringskursus nadat jy ons laas gesien het."

"Julle lyk mooi, presies soos die plattelanders sal verwag twee skoonheidsdeskundiges uit Johannesburg behoort te lyk."

"Hoekom gebruik jý so min grimering?" raas Veronica. "Jy lyk soos 'n uitgewaste vadoek en ek het jou byna nie herken nie."

"Ag, dis te veel moeite om grimering aan te wend."

"Nie dat jy ooit swaar grimering nodig gehad het nie, maar jy moet jouself nie verwaarloos nie. Ek weet jy sukkel natuurlik om oor Wynand se dood te kom, maar hier kom seker heelwat gegoede manne na julle spogmotel toe en jy moenie jou voorkoms afskeep nie. Voor jy weet waar jy is, is jy oud en dan gaan dit nie so maklik wees om 'n man te kry nie. Kyk maar na my – amper dertig en ek sit nog steeds en stof vergader op die rak."

"Ag, jy sal nog die regte ou ontmoet," dwing Marinda haarself om vriendelik te sê.

Veronica kyk skalks na haar.

"Enige objeksies as ek Don by jou oorneem?"

"Don?"

"Don Lewis, liefie. Jy het hom mos nie meer nodig nie, nè? Ek het twee keer al saam met hom gaan fliek en eet, maar ek het gedink ek moet eers jou toestemming vra voordat ek ons verhouding begin . . . e . . . kultiveer. Enige besware van jou kant af?"

"Jy kan Don met die grootste plesier kry. Hy is 'n oulike ou."

"Dankie . . . Voordat ek vergeet – die eerste foto van jou in die reeks grimeringsadvertensies verskyn binnekort in die tydskrifte."

"Ek het al amper daarvan vergeet en nie gedink Don sal hulle ooit gebruik nie. Hy was bekommerd dat my hare onnatuurlik sal lyk op die foto's en dat my neus te lank is. Ek was toe nie so fotogenies as wat hy gedink het nie . . ."

Veronica en Marietjie is baie in hulle skik met die luukse rondawels en meubels.

"Dis jammer ons bly net een nag," merk Marietjie op. "Ek kan verstaan dat jy nie gretig is om terug te kom Johannesburg toe nie."

Marinda is nie van plan om haar privaat sake met hierdie twee te bespreek nie. Snaaks, noudat sy hulle weer gesien het – en seker omdat hulle nie haar motor gebring het nie – is dit glad nie lekker om in hulle geselskap te wees nie. Sy stel ook nie belang in al die skinderstories oor die mense by die werk nie en sy weet eintlik nie waaroor om met hulle te gesels nie.

"Ek het vir julle tee en botterbroodjies bestel – ons eie, nie gebak op Witrivier nie. Sal ons dit hier geniet of op die stoep?"

"Die stoep, en daarna gaan ons swem, nè?"

Marinda voel verplig om haar swemklere te gaan uitgrawe en die seewater uit te spoel voordat sy dit aantrek en saam met Veronica en Marietjie langs die swembad gaan lê.

Haar twee vriendinne maak dadelik met 'n groep jong motelgaste vriende, dog Marinda gesels nie saam nie en lê met toe oë op haar handdoek. Dis heerlik om weer in die son te lê en bak en sy het al vergeet hoe 'n tonikum die son kan wees en hoe dit alle spinnerakke kan wegstreel. Sy moet lankal al by die swembad kom ontspan het, in plaas van om altyd in haar kamer of op die stoep te sit.

"Waar kruip die medebaas van al hierdie weelde weg?"

vra Veronica onderlangs vir Marinda. "Ek is nogal nuus-
kierig om met hom kennis te maak. Jy het hom net so 'n
klein bietjie té heftig gekritiseer oor die telefoon . . ."

Marinda grinnik effens toe sy aan daardie tweede tele-
foongesprek dink. Al haar geskinder en swartsmeerdery
was toe puur verniet. Toe sy later by Petro navraag gedoen
het waar Hugo min of meer daardie tyd was, moes sy tot
haar verontwaardiging hoor dat hy amper die hele oggend
buite by die rolbalbane was. Hy het nie weer haar privaat
gesprek afgeluister nie en al wat sy nou reggekry het, is om
Veronica se ryk verbeelding onnodig gaande te maak.

"Julle sal hom seker vanaand te siene kry. Ek dink hy
voel nie lus om hom op te dring as ek by my vriende is
nie."

" 'n Jong, onvervelige ryk ou kan hom nooit opdring
nie, liefie."

"Wag totdat jy hierdie een ontmoet en dan praat ons
weer, my vriendin." Marinda lê 'n rukkie met toe oë en dan
vra sy skielik: "Weet jy dalk iets van 'n Eleanor-iemand wat
'n model is? Sy is glo baie mooi en skatryk."

"Eleanor Beaumann? Dis daardie donkerkop wat Don
vir die tandepasta- en woonwa-advertensie gebruik het."

"Wanneer? Ek weet nie van so 'n model nie."

"Dit was lank voor jou tyd. Ek skat jy het daardie tyd
nog op universiteit gesit. Dit was net toe ek vir Tania begin
werk het . . . Hoe weet jy nóú van haar?"

"Die mense hier rond ken haar. Weet jy dalk of sy . . . ee
. . . nog getroud is?"

"Baie deeglik, ja. Sy sal haar ryk man nooit laat weg-
kom nie. Don en Carl en al haar ander kêrels sorg vir die
koek en opwinding, maar ou Dieter vir die brood en dak
oor haar kop."

"Ken jy haar só goed?"

"Almal ken vir Eleanor Beaumann, liefie, maar ekke
verkoop maar net die grimeermiddels wat jy en Eleanor en

ander mense aan die publiek bekend gestel het. Ek beweeg ongelukkig nie in dieselfde sosiale kringe as modelle nie. Ek gaan maar op hoorsê van haar vorige kêrels. Sy trek deur hulle soos 'n warm mes deur botter, en jy moet hoor wat hulle alles van haar te sê het!"

"Don het my nog nie van haar vertel nie."

"Ek glo nie Don maak 'n gewoonte daarvan om sy vorige nooiens met sy huidige te bespreek nie. Maar jy het te lank skoolgegaan en skoolgehou en te lank tydskrifte gekoop vir die liefdestories en nie die advertensies nie, anders sou jy haar onthou het. Sy was beeldskoon. Geld en skoonheid . . . Wat meer verlang 'n meisie?"

" 'n Man vir wie sy lief is."

"Ek is jammer, Marinda, as ek koud en ongevoelig geklink het, maar ek het gedink dis beter om grappe te maak en oor ander dinge te gesels. Ek het gedink jy sal dit verkies om nie oor Wynand en die ongeluk te praat nie. Was ek verkeerd?"

"Nee, Veronica. Ek wil nie oor Wynand gesels nie."

"Onthou net, as jy voel om jou hart uit te praat, is die siniese en wêreldwyse ou Veronica altyd tot jou beskikking. My hart is net so groot soos my mond, en my skouers is breed."

Marinda glimlag bewerig en knik.

"Perde!" roep Marietjie opgewonde uit. "O ja, as julle ouens iewers 'n hondmak poon kan uitkrap en 'n sterk man se hand is op die teuels, sal Veronica en ek en miskien ook Marinda graag vanmiddag saam met julle gaan perdry. Dit sal ons stadsjapies goed doen en help om die vetrolletjies weg te hou. Dis 'n ewige stryd . . ."

10

Een oggend roep Hugo weer vir Marinda na sy kantoor toe, bespreek die afgelope week se inkomstes en uitgawes met haar, verduidelik 'n paar sakies wat hy sien sy nie verstaan nie, laat haar 'n paar vorms en 'n tjek teken en sê dan kortaf: "Ek het besluit dat dit nie die moeite werd is om jou ou motor te laat herstel nie."

"Jý het besluit? Ek het nie eers besef jy het die kwessie van my motor met Veronica bespreek nie. Jy het my vriendinne dan so te sê geïgnoreer en hulle nie soos ander gaste welkom geheet nie."

"Ek het gedink jy sal verkies om alleen met jou vriendinne te kuier en ek maak nié 'n gewoonte daarvan om my teenwoordigheid aan twee alleenlopende jong meisies wat gaste van die motel is, op te dring nie."

"Hulle het net soos die ander gaste vir hulle kamers betaal en was daarop geregtig om hulle deel van die sonnige sjarme van die eienaar-bestuurder te ontvang."

Marinda sien dat Hugo hom vererg en verander haastig die gesprek. Sy is baie skrikkerig vir hom en kom nooit die beste daarvan af as hulle kragte meet nie, dit weet sy uit ondervinding. Sy is egter nog steeds kwaad oor sy opmerking ten opsigte van haar motor.

"Dis mý motor en as daar besluite oor hom geneem moet word, moet dit my besluite wees. Ek wil hom graag laat herstel en hier hê."

"So 'n ou motortjie is nie 'n goeie ekonomiese proposisie nie. Die koste van vier nuwe bande en 'n battery sal meer beloop as die oorspronklike koopprys. Ek het besluit . . . ee . . . wil jý nie besluit om liewer 'n nuwe ligte motortjie te koop nie? Ek is bereid om jou die geld voor te skiet."

"Baie dankie vir jou goedhartigheid, maar ek kan nie nog geld by jou leen nie en my ou motor is heeltemal goed genoeg vir my."

"Geniet jy dit om moedswillig te wees en my uit te tart?"

"Ek is nie moedswillig nie en ek probeer die kwessie van verdere onkoste soos 'n grootmens met jou bespreek," antwoord sy net so koel. "Ek kan nie insien waarom jy jou kosbare tyd op my sake moet mors nie. Die kwessie van jou baie kosbare tyd herinner my aan 'n besluit wat ék geneem het, maar ons sal dit later bespreek. 'n Nuwe battery kos nie soveel nie en ek het nie nuwe bande nodig nie, want ek sal die motor slegs dorp toe gebruik en nie op 'n lang pad neem nie."

"En as jy Lichtenburg toe wil ry?"

"As my pa my nie kan kom haal nie, gaan ek met die trein. Ek wil nie 'n nuwe motor hê nie en daarmee is die saak afgehandel."

"Ek wens jy openbaar daardie besliste houding ook ten opsigte van besigheidsake. Jy is nie juis jou bankbestuurder-pa se dogter wanneer dit by finansiële transaksies kom nie. Hy sal nie so vaag en dom wees nie . . . Wat was die ander besluit wat jy geneem het?"

"Ek weet jy is baie besig en jy oorwerk jou noudat jy nie 'n assistent-bestuurder het nie. Ek weet dat Ellie baie bekwaam is en dat jy haar in die restaurant of kantoor beter sal kan benut indien jy 'n ander ontvangsdame kan kry. Ek sal by Petro die werk leer, sodat Ellie jou kan help tot tyd en wyl jy 'n assistent-bestuurder aanstel."

"Rus nog maar 'n tydjie en oor 'n maand praat ons dalk weer. Dankie vir die aanbod, maar Ellie bly waar sy is."

"Ek sal dalk nie oor 'n maand meer hier wees nie."

"Dan sou dit in elk geval nie die moeite werd gewees het as Petro jou die werk geleer het nie. Gaan lê jy maar by die swembad en . . . Nee, moenie gereed maak om my in te klim nie. Dit was nie sarkasties bedoel nie. Jy is baie bleek en jy het maer geword. Eet meer en ontspan by die swembad en kry jou kragte terug."

"Maer geword? Dís seker vir jou onverstaanbaar."

303

Hugo het die ordentlikheid om rooi te word en weg te kyk.

"En, indien jy nog steeds twyfel, Hugo – daardie agterstallige doktersrekening van Johannesburg is nie myne nie. Ek weet nie vir wie dokter Thuynsma ondersoek het en vir wie die tablette was nie. Dit was nie vir my nie."

Dit lyk eers of Hugo iets wil vra of sê en daar is 'n eienaardige uitdrukking op sy gesig. Marinda het haarself gestaal vir dít wat gelyk het of dit gaan kom, dog Hugo tel 'n pennemessie op en begin afgetrokke daarmee speel. Hy is blykbaar nie haastig dat sy moet loop nie.

"Jy het gesê ek het die gebruik van al die geriewe wat die motel aanbied . . . Sluit dit nie die voertuie in nie? Mag ek asseblief 'n stasiewa gebruik as ek vervoer nodig het?" vra sy huiwerig.

"Nee."

Sy kan dit nie glo nie. So 'n kortaf antwoord nadat sy al haar moed bymekaar moes skraap om dit te vra – en dit is die eerste guns wat sy hom vra . . .

"Hoekom nie?" vra sy uitdagend.

"Die motelvoertuie is almal sessilinders en ek sal nie gerus voel as jy hulle bestuur nie. Nie – en ek herhaal – nié omdat ek nie vertroue in jou bestuursvernuf het nie, maar ek dink dis beter dat jy met 'n ligte en maklik hanteerbare motortjie ry."

"Ellie ry dan met die stasiewaens rond en ek het haar help bestuur toe ons wildtuin toe was."

"Net wanneer dit nie anders kan nie; en Ellie het geen reg gehad om jou te laat bestuur nie. Ek het haar dit verbied."

"Jy dink jy is die baas hier en ons is almal kinders wat jy kan gebied . . ."

"Ek is die baas hier, solank ek 'n tagtig-persent-aandeel besit en jy twintig persent, en solank jy jou soos 'n kind gedra, ja, dan sal ek jou so behandel."

304

"Ek weet nie hoekom ek altyd vir jou verskonings soek en probeer om my nie vir jou te vererg nie. Jy is een van daardie mans wat 'n mens onmiddellik die harnas in jaag, die oomblik wat 'n mens met jou in aanraking kom. Ek sal 'n taxi bestel as ek weer dorp toe wil gaan, of so nie sal ek lóóp. Maar ek sal nie een van jou simpel ou stasiewaens steel nie en ek wens hulle kry almal pap wiele!"

"Jy kan nie iets steel wat gedeeltelik aan jou behoort nie, en nee, ek glo nie een van die voertuie sal pap wiele kry nie. Ek ry hulle nie tot die seil uitsteek nie. En dis nie nodig om dorp toe te loop nie. Wanneer ek of 'n ander bestuurder nie beskikbaar is nie, dink ek kaptein Dirk Hermann sal maar té bereid wees om taxi te speel."

Marinda se oë flits, maar sy sê liefies: "Ja, Dirk is altyd nog daar, nè? Ons het van hóm vergeet . . ."

"Ons het nie," antwoord Hugo kalm. "Ons is baie bewus van kaptein Hermann se bestaan."

"Mag ek maar loop? Ek het geweldig baie werk om te doen. Daar lê 'n pak tydskrifte wat ek nog nie deurgeblaai het nie en daar wag ure wat ek in die son by die swembad moet deurbring."

"Jy mag maar gaan. Dankie vir die twee magtigingsvorms wat jy geteken het, asook die tjek. My persoonlike motor is outomaties en bestuur maklik. Jy is welkom om hom te gebruik as jy vervoer nodig het." Hugo trek sy lessenaar se laai oop. "Hier is die ekstra sleutel."

Marinda neem nie die sleutels in die uitgestrekte hand nie. 'n Oomblik lank onthou sy van 'n ander bos sleutels wat na haar gegooi is, maar sy onderdruk die té duidelike beeld in haar gedagtes.

"Dankie, maar ek sal nie daarvan droom om jou motor te gebruik nie. Baie dankie vir die vriendelike aanbod, maar ek sal nie daarvan gebruik maak nie."

Marinda soek 'n paar tydskrifte en gaan sit daarmee by die swembad. Marietjie en Veronica se vriende stap verby

305

en vra of sy nie dalk vandág lus is vir perdry nie, maar sy skud haar kop. Sy voel nie energiek genoeg nie, dankie.

Sy lees 'n paar kortverhale, kyk na 'n breipatroon en 'n paar resepte, bestudeer 'n kaloriekaart en kyk dan na die advertensies. Daar is nuwe maskara van Tania op die mark en 'n nuwe advertensie vir hulle lipstiffies. Dan kyk sy skielik aandagtig en spring met 'n verbaasde uitroep op. Dis háár mond en tande wat daardie pêrelpienk adverteer! Sy pluk 'n langbroek en trui oor haar nat swemklere aan en hardloop binnetoe.

"Ellie! Kyk hier . . . Herken jy die mond?"

"Dis 'n mooi mond en 'n mooi skakering lipstiffie. Maar wag, dit lyk nie vir my onbekend nie. Is dit . . . Marinda, is dit . . . Eleanor?"

"Nee, man, dis ék! Dis mý mond en tande en mý stukkie ken en wang daardie! Dit was 'n groter foto, maar my hare en oë en die res van my gesig was seker nie mooi genoeg nie, toe sny Don net die mond uit en laat dit opblaas."

Ellie hou die foto langs Marinda en dan lag sy opgewonde.

"Ja, natuurlik is dit jou mond! Waar's Petro, laat ek dit vir haar wys . . ."

"Ek kan dadelik sien dis jy!" sê Petro. "Liewe land, om te dink ons het sowaar 'n model in ons midde! Baie geluk! Meneer Meiring, kom kyk . . . Hier's 'n foto van Marinda in die tydskrif!"

Marinda sou verkies het om nie haar opwinding met Hugo te deel nie, maar sy wil nie Petro se gevoelens seermaak nie.

"Geluk, Marinda," sê Hugo stil. "Jy lyk baie mooi daar."

"Omdat my hare en oë en my voorkop en my neus en ore en die boonste helfte van my wange nie wys nie? Dankie, Hugo."

"Van wanneer af is jy 'n . . . model, Marinda?" wil hy kortaf weet.

"Ek was nog nooit een nie. Dis werk wat ek sommer tussenin gedoen het."

"Tussenin? Ja, dis mos wat alle modelle doen – werk sommer so tussenin al hulle ander . . . ee . . . bedrywighede. Verskoon my asseblief, dames," sê hy koel en stap met lang treë weg.

"Wat sou meneer Meiring makeer?" vra Petro met groot oë toe hy in die tuin uitstap. "Moes ek liewer nie vir hom jou foto gewys het nie? Hou hy nie daarvan dat 'n familie-lid van hom modelwerk doen nie?"

Ellie en Marinda se oë ontmoet en albei is bleek. Dit was onbedagsaam van hulle. Hugo sal dink hulle het dit opsetlik gedoen om hom seer te maak.

Marinda haal haar skouers op, neem haar tydskrif en klim die trap op na haar kamer toe. Moet almal in Hugo se teenwoordigheid dan altyd mooi nadink voor hulle dalk iets taktloos of onnadenkend sê? Is 'n bespreking van fotografiese modelle taboe net omdat hy jare gelede 'n nooi verloor het? Moet haar vreugde gedemp word net omdat hy vol allerhande komplekse is? Sy sal nie toelaat dat hy haar bietjie goeie gelyk bederf nie en sy gaan dadelik vir Don skryf en hom bedank.

Dis wonderlik wat 'n bietjie vreugde aan 'n mens kan doen nadat iemand so diep seergekry het soos sy. Dis asof daardie doodse gevoel vir die eerste keer 'n bietjie lig en sy weer mens voel en moed het om voort te gaan met die lewe. Die verlange in haar is nie meer so fel en skerp nie, en dit is nie na Wynand nie. Dis net na 'n vriend of iemand wat haar kan help en bystaan in haar donker tyd van nood. Sy sien selfs kans om die tyd deur te worstel totdat haar ouers haar kabelgram kry en huis toe kom.

Sy het dit nog nooit in haar hart kon vind om vir Wy-nand kwaad te wees nie. 'n Mens is soos jy is en as hy nie aan een liefde getrou kon wees nie, wie is sy om te oordeel en te verwyt? Hy het haar twee wonderlike maande gegee en daarvoor sal sy ewig dankbaar wees. Al is hy weg en al weet sy nou dat hy haar verraai het, het sy daardie twee maande en 'n goue week by die see gehad. Niemand kan dit van haar wegneem nie. Hoe kan sy vir iemand kwaad wees wat haar die hoogste geluk laat smaak het?

Die volgende dag is die waardeerder daar om 'n opname van al die goedere te maak wat in die boedel gemeld moet word. Marinda het geweet dit gaan 'n baie onaangename paar uur wees en sy wou liewer nie by wees nie, maar Hugo het daarop aangedring.

"Hierdie meubelstukke – dis oudhede, nie waar nie?" steek meneer Mouton in die eetsaal voor 'n stinkhoutkas en -tafel vas.

"Dis my persoonlike eiendom," antwoord Hugo stil. "Al die ander stukke kom van die huis af wat ek van my ouers geërf het."

"Is u tevrede, mevrou Meiring?" Ou meneer Mouton loer oor sy bril na Marinda.

"Ja. Ja, natuurlik. Ek trek nie meneer Meiring se woord in twyfel nie."

Dit was miskien nie baie taktvolle woorde nie, want Hugo kyk ondersoekend na haar.

"Ek het ongelukkig nie 'n bewys om my woorde te staaf nie. Ons kan 'n meneer en mevrou Weyers vra om na die motel te kom en die stukke uit te ken wat aan my ouers behoort het. Hulle is ou familievriende en het dikwels by my ouers aan huis gekom."

"Wil u daarop aandring, mevrou Meiring?" vra die waardeerder.

"Nee. Nee, natuurlik nie. Ek het gesê ek aanvaar meneer Meiring se woord. Ek glo hom. Ek dink nie hy jok nie. Dis sy meubels en ek wil hulle nie hê nie. Eerlikwaar nie." Sy kyk pleitend na Hugo, maar sy gesig bly stil en geslote en hy stap vooruit na die banketsaal.

"Myne," sê hy en wys na die twee skilderye van Pierneef teen die mure en na die waardevolle geelkoper-ornamente op die rakke en om die vuurherd.

Die waardeerder wag dat Marinda bevestigend knik en maak dan 'n vlugtige lys van al die ander ameublement in die saal.

"Is dit nodig? Gaan ons van kamer tot kamer loop en alles opskryf?" vra Marinda hulpeloos. "Daar is seker iewers 'n lys of iets van alles wat op die terrein is?"

"Besit u 'n inventaris, meneer Meiring?"

Hugo knik.

"My prokureurs is in besit van so 'n opname. Dis redelik onlangs gedoen, maar ek stel voor u en my skoonsuster neem die lys en maak 'n paar streekproewe om die akkuraatheid van die opname te toets. Indien u vind dat die gegewens nie met dié van 'n sekere kamer of suite op die lys ooreenstem nie, is u welkom om van kamer tot kamer te loop, in die kaste en badkamers te kyk, alles te soek en op te skryf."

"Nee, ons aanvaar die opname wat jy gemaak het," antwoord Marinda haastig. Sy kyk nie na Hugo nie en streel oor die glimmende hout van die vleuelklavier voor haar.

"Helfte is joune," sê Hugo saaklik. "Ons sal later besluit watter soort byl om te gebruik om alles middeldeur te kap."

Sy kyk weemoedig na hom. Sy kan verstaan dis seker pynlik vir hom om sy en sy broer se besittings te deel, maar waarom moet hy dit nog erger maak? Dis nie sý wat gevra het 'n geswore waardeerder moet uitkom nie. Dis meneer Van Niekerk wat daarop aangedring het. En vir al wat sy omgee, kan Hugo maar al die meubels en skilderye en motors en perde en goed kry. Sy wil dit nie hê nie.

"Sluit dit die ameublement in die twintig rondawels in, meneer Meiring?"

"Ja. Al wat nou oorbly, is my woning. Hierdie kant toe, asseblief . . ."

"Hugo, ek wil niks hê wat in jou huis is nie," pleit Marinda.

"Hoe weet jy ek steek nie dalk 'n paar stawe goud of 'n sakkie diamante onder my bed weg nie? Nee, jy moet gaan kyk en seker maak dat jy jou twintig persent daarvan kry."

"Hoekom is jy vir my kwaad, Hugo?" vra Marinda reguit en steur haar nie daaraan dat 'n buitestander by is nie. "Hierdie formaliteite is pynlik, ek weet. Maar dis nie mý skuld dat dit gedoen moet word nie."

Hugo se oë vernou en 'n spiertjie spring-spring langs sy mondhoek. Een verskriklike oomblik lank dink Marinda dat hy gaan sê dit ís haar skuld, omdat sy die motor bestuur het waarin sy broer verongeluk het, maar dan sê hy koud: "Dis jou bankbestuurder wat op jou aandrang om 'n volledige opname gevra het. Kan ons dit so gou moontlik afhandel, meneer Mouton? My tyd is beperk en ek dink daar wag mense in my kantoor om my te spreek."

"Dis nie ék wat 'n volledige opname gevra het nie!" roep Marinda uit en gee lang treë om by Hugo te bly. "Ek het nie eers gewéét so iets behoort gedoen te word nie."

"By hierdie deur uit, meneer Mouton," sê Hugo saaklik. "Dis my huis daardie laaste een onder die bome."

Marinda probeer om nie te veel rond te kyk nie, maar sy kan haarself nie keer nie. Sy het 'n keer of wat al nuuskierig gewonder hoe Hugo se huis binne lyk. En dis presies soos sy verwag het. Dis diep, gemaklike leerstoele in die sitkamer; rustige matte en gordyne; 'n baie duur hoëtroustel, antieke kaste en tafeltjies en egte skilderye teen die mure. Dis onberispelik netjies, maar 'n mens kan sien dat dit 'n man se huis is. Daar is nêrens 'n teken van 'n vrouehand nie. Sy wonder hoekom hulle hiernatoe moes kom. Dis alles klaarblyklik persoonlike besittings van Hugo en hy hoef dit nie met haar te deel nie.

"Die klavier behoort aan die motel," sê Hugo saaklik

en lig die klap op sodat meneer Mouton kan sien in watter toestand dit is en hoeveel dit werd is.

Marinda kyk stil na die pragtige klavier en sy is om die een of ander onverklaarbare rede skielik weer weemoedig. Speel Hugo saans klavier wanneer hy alleen hier in sy huis is? Sy glo nie Wynand was musikaal nie en sy kan ook nie klavier speel met Hugo vereenselwig nie. Van watter soort musiek hou hy? Seker swaar klassiek . . . Sy kyk vlugtig waar die ander twee is en kyk dan na die musiekstukke in die klavierstoeltjie.

"My persoonlike eiendom," sê Hugo koel en maak die tapisseriedeksel toe. "Wynand het nie klavier gespeel nie."

Marinda is bloedrooi en baie na aan trane. Sy het gedink hy en die waardeerder bespreek die woonwa wat buite onder 'n afdak langs sy motor staan. Sy het nie gedink hy kyk wat sy doen nie. Sy het ook nie gedink daar gaan bladmusiek van die jongste populêre liedjies wees nie, en net voordat Hugo die deksel toegemaak het, het sy die tydskrif sien lê waarin haar foto is. Hierdie uitgawe het maar gister verskyn. Sou hy dit geneem het nadat Petro vir hom die advertensie gewys het, of lees hy gereeld vrouetydskrifte?

Met haar hele hart wens sy dat sy nie so nuuskierig was en in sy goed gekrap het nie. Sy het die ysige berisping verdien, maar dit was vernederend en sy weet nie hoe sy hom ooit weer in die oë sal kan kyk nie.

Sy onthou skielik dat Ellie gesê het Hugo was die vrolike en stuitige een toe sy die Meiring-broers ontmoet het. Maar ná sy ouers se dood en die twee ervarings met vroumense het hy verander. Of het Ellie en sy hulle albei met hom misgis? Is dit net by die werk waar hy koel en ongenaakbaar en korrek is? Is hy weer die ou Hugo wanneer die dag se werk verby is en hy alleen in sy huis voor die klavier sit? Sy wonder of hy nie soms eensaam is nie. Of is daar vriende wat saam met hom na musiek luister en saamsing as hy klavier speel? Sy huis is ver van die hoofgebou af en niemand weet hoe hy sy aande en vrye tyd deurbring nie.

"Die woonwa – dis 'n nuwe model, en maar vier jaar oud – het aan beide my broer en my behoort. Wil u dit van binne sien?"

"Nee wat, dankie," sê meneer Mouton en skryf die geraamde waardasie op sy lys. "Die motor is u eiendom?"

"Korrek. Ek wil die woonwa graag behou, Marinda, en sal jou deel in kontant aan jou uitbetaal as ek mag."

"Ek w-wil hom nie hê nie . . ." stamel Marinda.

"Hy is ongelukkig in die boedel en jy maak meneer Mouton deurmekaar met al die aanbiedinge om van dít of dát afstand te doen. Dis nie wettig nie en jou eksekuteurs sal dit nie goedkeur nie . . . Die silwer in die muurkas behoort uitsluitlik aan my broer se vrou, meneer Mouton. Ek het dit uit Wynand se huis hiernatoe gebring, Marinda – nie omdat ek dit wil hê nie, maar omdat ek bang was vir inbraak. Dis baie kosbaar en het aan ons grootmoeder behoort, so ook die porseleinstukke in hierdie kas. Dit was Wynand s'n, Marinda. Daar is een stuk wat ek graag van jou sal wil koop, maar ons kan later die prys bepaal wat ek jou moet betaal."

"Jy kan dit n-neem. Ek wil niks hê wat aan jou grootmoeder of m-ma behoort het nie. Dit kom my nie toe nie."

"As Wynand se wettige vrou kom dit jou wel toe. Maar ek sal die stukke wat vir my van sentimentele waarde is by jou koop. Jy sal seker die kontant verkies . . . Sal u saam met my na die brandkluis kom, meneer Mouton? Hier is juwelierswares wat ook aan die boedel behoort."

By die voordeur hang 'n foto wat Marinda nie met die inkomslag gesien het nie. Dit vang haar onverhoeds en sy moet vinnig haar trane sluk. Dis 'n foto van 'n baie jonger Wynand en Hugo, met 'n yslike kabeljou wat hulle skynbaar gevang het. Hugo het sy arm om sy jonger boetie se skouers en hulle lyk vrolik en gelukkig en baie lief vir mekaar.

"Daar is baie ander foto's van Wynand, Marinda," merk Hugo stil op. "Ek sal vir jou van hulle gee, maar hierdie een wil ek graag self hou."

"Ek het nie n-na die foto gekyk omdat ek hom graag wil . . . h-hê nie . . ."

"Is u tevrede, meneer Mouton? Marinda?"

"Ek dink dis alles, meneer Meiring."

"Hugo, ek het nie gevra om 'n opname van al ons – jou – besittings nie. Eerlikwaar, ek het nie eers geweet –"

"So het jy al tevore verduidelik," val hy haar kortaf in die rede. "Ek begryp dat jy bang was ek hou sommige goed terug en dis te verstane dat jy veg vir dit wat nou joune is. Dis nie nodig om so vreeslik te verduidelik of dit te ont-ken nie. Ek neem jou nie kwalik nie. As u klaar is, meneer Mouton . . ."

Marinda wil nie middagete eet nie. Sy wil nie eers tee na haar kamer toe bestel nie. Sy gaan bad, drink twee hoof-pynpille en 'n slaappil, trek die gordyne toe en klim in die bed. Sy hoop nie iemand steur haar nie en sy hoop Ellie of Petro sal dink dat sy nie in haar kamer is nie as sy nie die telefoon beantwoord nie. Sy wil slaap en slaap en as sy môre so voel, gaan sy heeldag in die bed bly met 'n boek en 'n pak tydskrifte. Sy wil niemand sien nie, en veral nie mense van die motel nie.

11

Marinda is besig om Ellie met die rekeninge te help toe sy uit die hoek van haar oog 'n motor voor die deur sien verbyry.

"Ek hoop nie dis nog mense nie. Ons is vol," merk Ellie op.

"Dis nie mense nie. Dit was mý motor!"

Marinda gooi die pen neer en hardloop buitetoe. Die bestuurder het reeds die klein vaal motortjie geparkeer en kom na die voordeur toe aangestap.

"Mevrou Marinda Meiring?" vra hy beleef.

"Ja. Het u my motor gebring? Van Johannesburg af?"

"Nee, ek kom van Witrivier af. Die motor het met die trein gekom . . . Waar's Hugo?"

"Ek weet nie. Ek dink hy en meneer Snyders is in sy kantoor. Baie dankie vir die moeite. Ek kan nie gló dat ek weer 'n motor het nie. Moet ek nou iets betaal, of moet ek met Veronica – mejuffrou Kuipers – regmaak?"

"Daar's niks om te betaal nie. Hugo het gister die rekening vereffen."

"Hugo? Maar . . . maar was dit nie mejuffrou Kuipers wat gereël het dat my motor met die trein aangestuur word nie? Ek het telefonies met haar gereël . . ."

"Ek weet nie watter reëlings u met 'n juffrou Kuipers getref het nie. Hugo sal seker weet. Dit was op sy instruksies dat ons die motor van die trein gaan afhaal en herstel het."

Die blink is skielik uit die dag. Sy het gedink sy gaan ewe vermakerig vir hom sê sy ry net gou dorp toe – met haar eie motor wat haar vriendin vir haar op die trein gesit het. En nou is dit deur sy toedoen dat sy vir Rammelkassie het . . .

"Ek wil net gou vir Hugo gaan sê ek is hier en reël vir vervoer terug dorp toe."

"Ek sal u terugneem. Dis nie nodig om Hugo Meiring lastig te val nie."

"Baie dankie, maar ek moet net eers by hom rapporteer en sê wat ons toe alles moes vervang nadat ons die motortjie deur die toets gesit het. Die motor was in 'n gevaarlike

314

toestand, mevrou, en Hugo was bitter ontevrede dat jy so met hom gery het. En dit was nog voordat hy geweet het die remme moes opgetrek word en dat die hoofligte defektief was. Hoe kon u so met hom gery het?"

"Ek het net kort entjies in die stad gery en vir my was die motortjie nog altyd goed genoeg."

"U sal hom nou nie ken nie. Hy loop lekker."

"Hoeveel was die rekening?"

"Dit sal u vir Hugo moet vra. Ek het maar net die werk gedoen. Indien daar nog iets is wat lol, bring die motortjie maar terug na my toe. Maar ek glo nie hy sal gou pla nie."

Marinda neem die werktuigkundige na Ellie toe en vra haar om hom na Hugo toe te neem. Terwyl sy wag, klim sy in die vaal motortjie en gaan sit agter die stuur. Dis gerusstellend om weer die bekende stuurwiel, rathefboom en rempedaal te voel. Dis 'n stukkie van haar ou, bekende lewe wat aan haar teruggegee is, iets waaraan sy kan vashou. Dis nie omdat sy koppig en moedswillig wou wees dat sy nie 'n nuwe motor wou hê nie, of net omdat dit Hugo was wat die voorstel gemaak het nie. Dis omdat sy graag 'n stukkie van die huis en haar lewe in Johannesburg wou hê, hier waar sy in die vreemde is met net onbekende dinge om haar. Maar sy wonder hoe Hugo gereël gekry het dat die motor hier kom.

Die motorwerktuigkundige kom aangestap en vra of sy wil hê hy moet bestuur.

"Ek sal bestuur, dankie. Ek het te veel na my motortjie verlang."

"Dis wat Hugo ook gesê het en daarom moes hy op die eerste trein kom en ons teen so 'n vinnige tempo aan hom werk. Hugo het gesê jy sal beter voel as jy jou motor hier by die motel het."

Marinda trek versigtig en onhandig weg. Haar koppelaarbeheer was nog nooit so goed nie en die pedale voel vreemd hoog en stram.

315

"Ons het die remme opgetrek en 'n nuwe kabel vir die koppelaar ingesit," verduidelik Piet Kruger. "Jy sal dit gou gewoond raak."

Toe hulle by die motorhawe indraai, klim Piet nie dadelik uit nie.

"Ek weet dis nie die tyd of die plek nie . . . maar ek wil net vir jou sê hoe jammer ek is oor wat gebeur het. Ek het Wynand goed geken en dit was vir ons almal by die garage 'n geweldige skok om van sy dood te hoor. Hugo sê jy is baie moedig en ek wil net vir jou sê almal bewonder jou moed. As daar ooit iets is waarmee ek kan help, sê maar net."

"Dankie . . ."

Die werskvoorman is baie vriendelik en hulpvaardig, maar hy wil nie vir Marinda sê hoeveel die rekening is nie.

"Hugo het gesê jy sal kom vra en ek moet jou nie sê nie. Hy het kontant betaal en daar is geen rekening nie."

"Maar ek kan mos nie dat hý alles betaal nie?"

"Moenie jou bekommer nie, mevrou. Hugo het baie geld en 'n paar honderd rand sal geen verskil aan hom maak nie. Dis mos 'n swaer se plig om vir sy weduwee-skoonsuster te sorg."

"Dis nie Hugo se plig nie. Kan u nie onthou presies hoe groot die rekening was nie?"

"Ek kan nie," glimlag hy. "Ek kan niks van 'n vaal mo-tortjie onthou nie."

Marinda stap vererg weg. Dink Hugo sy het geen trots nie? Dit gaan natuurlik weer onaangenaam wees, maar sy sal by hom uitvind hoeveel die rekening was en die boe-del sal dit aan hom terugbetaal. Dis erg genoeg dat hy die helfte van Wynand se skuld moet betaal, sonder dat hare ook nog bygevoeg word.

Sy merk met wrewel op dat selfs die brandstoftenk volgemaak is. Haar swaer is 'n deeglike man en sy kan maar Machadodorp toe ry sonder om by die pompe aan te gaan.

Sam Marx is nie bly om haar te sien nie en nooi haar dikmond sitkamer toe nadat sy gesê het sy wil met hom praat.

"Dis nie nodig dat jý ook met verwyte kom nie, Marinda. Wat gebeur het, het gebeur en dit was nie uitsluitlik my skuld nie. Wynand was oud genoeg om self te besluit wanneer hy genoeg gedrink het en ek het hom nie geforseer om daardie whiskies te drink nie. Dis nie my skuld dat jy moes bestuur en hom verongeluk het nie."

"Ek weet al daardie dinge en ek het nie gekom om jou te verwyt nie."

"Waarvoor anders sou jy al die pad gekom het? Ek het gewag dat jy kom, maar ek het gedink jy gaan daardie kapteintjie saambring. Ek sal nie stilbly as 'n bogmeisie-kind my verwyt nie. Ek het genoeg van Hugo Meiring gehoor en dis nie nodig dat jy met dieselfde storie kom nie. Dit was Wynand se eie skuld dat hy so besope was dat hy nie op sy twee voete kon staan nie en nie kon motor bestuur nie."

"Was Hugo by jou?" vra Marinda verslae.

Sam lag onaangenaam.

"Was Hugo by my? Jy wil weet of Hugo by my was . . . Hy was drie keer by my en ek het amper my motellisensie deur hom en daardie kapteintjie verloor. Maar gelukkig het hulle Wynand geken en geweet hoe lief hy vir sy drankie was. Julle klomp Meirings gaan mý nie vir die ongeluk blameer nie. Dis jý wat in die dromme vasgery het, nie ek nie. Ek het nog voorgestel julle slaap die nag by my oor en ry die volgende oggend verder, wanneer Wynand nugter is."

"Jy weet goed hoekom ek liewer wou ry as om Wynand langer by jou te laat kuier . . . Maar ek het nie gekom om jou te verwyt of met jou rusie te maak nie, Sam. Ek wou

317

jou kom vra om stil te bly oor wat daardie aand gebeur het en hoe dit gekom het dat ek moes bestuur.

"Maar nou sien ek dat ek te laat is. Jy het klaar aan Wynand se broer en seker die hele wêreld uitgelap dat Wynand daardie aand dronk was en met my rusie gemaak het. Baie dankie. Dit was baie bedagsaam en taktvol van jou om die laaste herinneringe op aarde van 'n persoon te beswadder en sy naam swart te smeer. Jy het die broer nie eers mooi herinneringe en illusies gelaat nie, nè? Sy naam word deur die modder gesleep, net sodat Sam Marx nie kwalik geneem moet word omdat hy een ronde drankies ná die ander bestel het en Wynand aangemoedig het om te drink en nog langer te bly nie. Dis oulik dat die broer en die polisie en die ganse dorp nou weet dat Wynand 'n dronklap was en voor al die mense in die sitkamer sy jong getroude vrou beledig het en drankies en sy vriende bo haar verkies het. Dit was baie gaaf van jou, Sam."

Sam word rooi en sê stuurs: "As jy wou gehad het ek moes stilbly, moes jy my vroeër gewaarsku het en nie vir Hugo vertel het dat jy en Wynand by my motel aangekom het nie."

"Ek het jou reeds drie maal geskakel, Sam, maar jy was nooit beskikbaar nie en ek het elke keer my naam gelaat en 'n boodskap dat jy my moes terugskakel, maar jy het dit nie gedoen nie. En ek het vir niemand vertel dat ons daardie aand by die Naboom Motel was nie. Hugo en kaptein Hermann het hulle eie afleidings gemaak."

"Ek weet nie waaroor jy so 'n bohaai maak nie. Almal wat daardie aand in die sitkamer was, het gesien dat Wynand dronk was – en dink jy die skindertonge sou stilgebly het? Die mense in klein dorpies skinder tog te graag oor mense soos Wynand Meiring."

"En jy geniet dit om die middelpunt van die skinderstories te wees en ammunisie vir hulle te gee? Al is dit oor die laaste aand wat 'n vriend van jou op hierdie aarde deurgebring het? Het dit jou baie klandisie gebring, Sam? Hoeveel mense het drankies kom drink net om eerstehandse inligting te kry? Dankie, Sam, dat jy Hugo se herinneringe aan sy broer vir ewig bederf het. Dis presies wat ek van jou verwag het. Ek hoop nie ek loop jou weer iewers raak nie. Ek hoop ek vergeet jou so gou as wat menslik moontlik is."

Wat amper nog seerder maak, is die wete dat dit bejammering is wat sy soms in Hugo se oë gelees het. Dis omdat hy vir haar jammer was dat hy geduldig met haar was, dat hy seker haar motor laat kom het. Nee, hy kan met haar rusie maak en baklei en stry en haar van allerhande dinge beskuldig, maar Hugo Meiring moet haar nie bejammer nie, so iets laat haar trots nie toe nie . . .

Marinda hou by 'n restaurant stil om tee te drink en haar selfbeheersing te herwin voordat sy die lang pad terug aandurf. Sy sal nooit haar selfvertroue agter 'n motor se stuurwiel terugkry nie – nie dat sy ooit veel gehad het nie – en sy is bang om dieselfde pad te ry as daardie verskriklike aand saam met Wynand. Netnou, toe sy die dromme van die verkeerde kant af genader het, het sy vasberade anderpad gekyk en die toneel was in elk geval nie bekend nie. Maar noudat sy dit vanuit die regte rigting moet nader, is sy skielik bang . . .

Die meisie in die swart baadjiepak by die tafel langsaan lyk vir Marinda vaagweg bekend en sy probeer ongemerk omkyk. Die meisie kyk op, staar haar vyandiggesind aan en draai dan haar kop weg. Dis die Belinda-meisie wat ook op Wynand se begrafnis was.

Marinda sluk haar tee haastig en stap dan huiwerig na die meisie toe.

"Ek weet wie jy is," sê sy onbeholpe, "en ek wil net sê dat ek . . . jammer is."

"Jou jammerte is effens laat," antwoord Belinda koud.

"Dit was 'n ongeluk," fluister Marinda deur droë lippe.

"As jy nie goed genoeg kon bestuur nie, moes jy nie agter die motor se stuur ingeklim het nie. Daar was duidelike waarskuwings van die verlegging. Wil jy my vertel jy het nie een van hulle gesien nie?"

"Dit was mistig en ek het nie die pad geken nie."

"Juis te meer rede om stadig te ry en des te meer onbegryplik dat jy geen waarskuwingsbordjies gesien het nie . . . Het jy gesien hoe lyk Wynand se pragtige motor?" vra Belinda onverwags. Sy gee Marinda nie kans om te antwoord nie. "Dis 'n wrak en die motorhawe gaan hom nie eers probeer herstel nie."

"Ek is jammer . . ."

"Die geskiedenis word herhaal, nè? Jy het Wynand gehad en nou is jy natuurlik daarop uit om Hugo ook in te palm, en dan die Meirings se geld. Sodra jy dít het, gaan jy seker doodluiters voort met jou werk as skoonheidsdeskundige . . . Of is jý dalk ook 'n model?"

Marinda word spierwit. Sonder 'n woord draai sy om en stap uit. Haar voet bewe so op die koppelaar dat sy amper nie kan wegtrek nie, maar sy is bang Belinda kom agterna en sê nog iets vir haar.

So, is dít wat die skindertonge van Witrivier van haar sê? Miskien is dit ook maar goed dat niemand haar op daardie advertensie van die lipstiffie sal herken nie. Maar dis nogal waar – die geskiedenis word amper herhaal . . . en is dít dalk die rede waarom Hugo so hard en ongevoelig is? Omdat hy haar met daardie Eleanor assosieer en dink dat hulle voëls van eenderse vere is? Kan sy die arme man blameer?

Net duskant die ry wit dromme trek Marinda van die pad af en staar deur 'n tranewaas na die toneel voor haar. Die eerste twee dromme is windskeef en is met bakstene regop gestut. Is dit die twee wat sy raakgery het? Sy sien dat daar nog glasstukke langs die pad lê. Die motor se voorste ruit? Toe sy laas saam met Hugo en Dirk Hermann by die ongelukstoneel was, het sy nie die glasstukke gesien nie. Maar toe was sy so besig om te huil en te verduidelik wat gebeur het, dat sy niks raakgesien het nie. 'n Oomblik lank wonder sy of sy nie 'n stukkie moet optel om te bêre nie en Wynand se liedjie maal deur haar gedagtes. Nee, sy wil nie nóg iets hê om haar te herinner nie.

'n Motor kom van agter en die mense kyk nuuskierig na die klein, vaal motortjie met net 'n meisie in wat doodstil sit en kyk. Die man verminder snelheid en vra deur die ruit of sy hulp nodig het. Marinda beduie nee, hulle kan maar ry, daar's niks verkeerd nie. Toe hulle verby is, skakel sy die motor aan en ry stadig in die smal strook pad af tussen die dromme en groot klippe. Sy het stilgehou om vir Wynand tot siens te sê, maar selfs dít kry sy nie reg nie. Wynand voel soos iemand wat sy lank, lank gelede geken het. Sy kan nie onthou hoe sy stem geklink het, en hoe sy hande gevoel het en hoe dit gevoel het om sy vrou te wees nie. Daar het te veel dinge intussen gebeur en binne-in haar is daar net 'n koue gevoel van eensaamheid en 'n jammerte dat sy ander mense soveel verdriet aangedoen het. Vir haarself gee sy nie om nie. Sy het lankal nie meer trane vir Wynand nie, vandat sy sy sakboekie deurgeblaai het en die waarheid omtrent haar aantreklike en sjarmante man uitgevind het . . .

Toe Marinda teen skemer voor die Bosbok Motel stilhou, herken sy Dirk Hermann se motor en amper ry sy weer weg. Sy is nie lus om met hom te gesels nie en sy hoop hy het vir Hugo kom kuier.

"Waar bly jy so laat?" Dirk Hermann kom dadelik die trappies af toe hy haar sien stilhou. "Ons was baie bekommerd oor jou. Hugo is op die punt om dorp toe te ry. Gaan sê gou vir hom jy is terug, voordat hy ry!"

"Hoekom? Ek is mos my eie baas en kan wegbly so laat as wat ek wil."

"Nie volgens jou swaer nie. Hy stap al die afgelope uur

op en af en almal is te bang om met hom te praat. Hoekom het jy gesê jy neem net gou die werktuigkundige terug, as jy van plan was om byna die hele dag weg te bly?"

"Dis nou eers sesuur . . ."

"En jy is halftwaalf vanoggend hier weg . . . Daar gaan Hugo! Keer hom gou!"

Dirk hardloop oor die parkeerterrein en swaai sy arms, dog Hugo het reeds die vaal motortjie gesien. Die Mercedes se wiele tol soos hy omdraai en voor die buiteverkope-gebou gaan stilhou. Hy kom nie na hulle toe nie, maar stap met lang treë by 'n sydeur in.

"Jy sal moet gaan vrede maak," sê Dirk met groot oë. "As ek ooit 'n man gesien het wat báie kwaad is . . ."

"Kwaad? Ek dag jy sê hy is net bekommerd?"

"Nee, hy is vir Ellie kwaad omdat sy nie saam met jou gery het nie, vir Petro omdat sý jou ook alleen laat gaan het, vir die werktuigkundige omdat dié nie sommer Witrivier toe geloop het nie, en vir Snyders omdat hy hom so lank in sy kantoor opgehou het. Jy moet hom weer goed kry, Marinda, anders loop almal by die Bosbok vanaand deur."

"Hugo sal maar self weer goed moet word. Ek gaan my nie oor hom moeg maak nie. Vir wie het jy kom kuier? Vir my of vir hom?"

"Vir jou en ek het 'n doos sjokolade gebring, maar met al die ontsteltenis het ek dit iewers neergesit en ek weet nou nie waar nie."

"Dit maak nie saak nie. Kom ons gaan soek tee. Ee . . . dankie, Dirk. Dit was gaaf van jou om aan my te dink."

"Ek dink dikwels aan jou, Marinda . . . Wanneer kom jou ouers?"

"Hulle behoort môre in Rome te wees en my boodskap te kry. As ek gelukkig is, kry hulle dalk nog plek op môre-aand se vliegtuig en oormôreaand is hulle dalk hier. Maar ek is seker te optimisties. Ek het nie juis veel geluk gehad die afgelope tyd nie, het ek?"

"Jou tyd van ongeluk is verby en van nou af sal dit net beter gaan."

"Ja, dit kan nie juis slegter nie . . ."

"Jy sal Wynand seker nooit vergeet nie?"

"Ag, Dirk, daar het dinge gebeur wat my miskien gesterk het en help om sy dood te aanvaar en daaroor te kom."

"Watter dinge?"

"Dis nie aangename dinge nie, maar miskien sal ek jou eendag daarvan vertel. Nou wil ek nog nie daaroor praat nie."

"Sal dit nie help om jou hart uit te praat nie?"

"Nee, Dirk. Ek is nog nie sterk genoeg om daaroor te praat nie."

"Onthou net, ek is daar as jy my nodig het."

"Dankie, Dirk. Jy en almal is so gaaf en simpatiek dat ek eintlik skaam kry. Ek is 'n slegte mens en verdien nie julle vriendelikheid nie."

"Jy is 'n oulike mensie en jy het nie die ramp verdien wat jou getref het nie, Marinda."

"Marinda!" roep Ellie haar en Dirk agterna. "Hier is vir jou nóg twee briewe. Twee uit Frankryk en een uit Holland."

"Lees maar," bied Dirk aan. "Ek sal myself solank met 'n drankie besig hou en dan gaan ons eet."

"Dit klink of my ouers heerlik vakansie hou, maar my pa begin huis toe verlang."

"Het jy dit nooit oorweeg om saam met hulle te gaan nie?"

"Ek het, maar ek was nog nie op verlof by die werk geregtig nie en nadat ek Wynand ontmoet het . . . was ek net nie lus om so lank van hom af weg te wees nie."

"Marinda . . . Het jy uitgevind dat Wynand baie nooiens gehad het voor hy jou ontmoet het?" vra Dirk huiwerig, en sy sagte bruin oë pleit by haar.

"Onder meer . . ."

"Ook . . . ná julle troue?"

"Ek wil nie nou daaroor gesels nie, Dirk . . . Hoekom het jy nooit vir my gesê julle was by Sam Marx nie?"

Dirk lyk baie ongemaklik en kan nie in haar oë kyk nie.

"Dis Hugo se skuld. Hy wou nie hê jy moes weet óns weet wat daardie aand by die Naboom gebeur het nie."

"Omdat hy my bejammer het?"

"Omdat hy weet jy is 'n trotse en eergevoelige meisie wat nie graag die reputasie wil hê dat sy met 'n swakkeling getroud was nie. Maar onthou dít, Marinda: ons het Wynand dalk beter geken as jy. Ek was saam met hom op skool en ons het saam rugby gespeel. Ek het hom goed geken."

Haar lojaliteit teenoor Wynand weerhou haar om die vrae te vra waarop sy so graag antwoorde wil hê.

"Het Wynand nooit gedrink wanneer hy saam met jou was nie?" vra Dirk reguit.

"Hy het," fluister Marinda teësinnig. "Maar daar was altyd 'n rede voor, iets om te vier . . . Ek het gedink ek sal hom ná ons troue van drank probeer afkry."

"Hoe het julle ontmoet? Op 'n partytjie?"

Marinda glimlag effens terwyl sy kortliks vir Dirk vertel hoe Wynand haar motor gestamp het en hoe hulle weer kontak gemaak en verlief geraak het. Vir die eerste keer erken sy ook teenoor iemand dat sy self bedenkinge gehad het oor die wysheid van so 'n halsoorkop-trouery, veral omdat Veronica so skepties was en haar pa nie baie ingenome met sy toekomstige skoonseun was nie.

"Maar wanneer 'n mens so verlief is soos ons twee was, luister jy mos nie na die goeie raad van vriende en jou ouers nie," erken sy weemoedig. "Dis nou genoeg van mý sake. Vertel my liewers van jouself en van die saak waarmee jy en sersant Buitendach besig is. Het julle al 'n leidraad?"

"So klein en niksbeduidend dat daar niks is om te vertel nie. Gaan vra Hugo gou om verskoning en dan gaan ons eet."

"Ek sal môre vir Hugo gaan sê ek is jammer dat hy bekommerd was."

"O nee, jy gaan nou! Ek is self skrikkerig vir daardie swaer van jou, en as jy tot môre uitstel, blameer hy mý dalk nog daarvoor ook."

"Sal jy saam met my kom? Dit sal my moed gee en dalk keer dat ek nie weer juis die verkeerde ding sê en Hugo kwaad maak nie."

"Goed, maar ek dink my teenwoordigheid sal sake net vererger."

"Hoekom moet ek so versigtig vir Hugo wees!" roep sy skielik vies uit. "Liewe land, ek is mos nie meer 'n kind nie. Ek is 'n volwasse vrou en Hugo is nie my baas nie; nie in die minste nie!"

Marinda se brawe woorde steek in haar keel vas toe hulle hom in die restaurant opspoor, in sy aandpak en druk in gesprek met ou meneer Snyders. Nou is daar darem twee mense by om te keer dat Hugo haar kop afbyt, dink sy, en haar hart begin senuweeagtig klop.

"Ek hoor jy het na my gesoek, Hugo," sê sy oënskynlik ongeërg.

Hugo laat hom nie afskrik deur die teenwoordigheid van twee ander mense nie. Hy kyk haar koel en ondersoekend op en af.

"Waar was jy die hele middag?"

"Dorp toe. Ek is jammer, maar ek het nie daaraan gedink om julle te skakel en te sê ek sal laat terug wees nie."

"Wat was jy besig om te doen dat jou goeie maniere en gedagtes so ver weg was?"

Marinda word rooi, maar sy staan haar man.

"Ek was lank by die motorhawe om te probeer vasstel hoeveel geld ek jou skuld. Dis 'n saak wat ek môre asseblief met jou wil bespreek. Ek glo nie ek het jou al bedank vir die moeite met my motor nie."

"Jy glo reg, maar ek het nie veel gedoen nie. Net die telefoon een keer opgetel, die res het my prokureurs gedoen. Was jy die hele middag in die dorp?"

"Ek was," antwoord sy met 'n kloppende hart. Dis duidelik dat Hugo haar nie glo nie. Sy wonder of hy dalk die bank en 'n paar ander mense geskakel het om te hoor of hulle haar gesien het. Hugo Meiring is heeltemal tot so iets in staat.

"Hoekom wou jy dan so graag alleen ry? Hoekom wou jy nie vir Ellie of Petro saamneem nie?"

"Omdat ek graag alleen saam met Piet Kruger . . ." begin Marinda, maar een blik na sy gesig laat haar verskrik stilbly. Dís waarvoor sy bang was; dat hy haar sal kwaad maak sodat sy weer die verkeerde ding sê. "Ek terg sommer," sê sy liefies en kyk verskonend na meneer Snyders. "Ek loop nóú, oom Snyders, en sal u nie verder pla nie. Nogmaals dankie vir jou vriendelike gebaar, Hugo. Ek waardeer dit."

Drie dae later hou 'n stowwerige motor voor die Bosbok Motel stil. Marinda hardloop die trappies af en gooi haar in haar ma se arms. Mevrou Reynecke huil so dat sy nie kan praat nie en haar pa sit sy groot hand onbeholpe op sy dogter se skouer. Albei haar ouers lyk moeg en hulle het in die kort tydjie tien jaar ouer geword.

"Dat julle vakansie op só 'n manier kortgeknip moes word," snik Marinda.

"Dis mos nie jou skuld nie, kindlief," troos haar pa in 'n growwe stem. "Ek sal myself nooit vergewe dat ons so ver weg was toe jy ons nodig gehad het nie. Om te dink jy kon ons nie bereik nie en moes maar alleen sien en kom klaar. My arme kind . . ."

"Wynand se broer het die begrafnis en ander reëlings op

hom geneem en oom Peet was ook daar . . . Kom ons gaan in – hier is te veel mense wat ons aanstaar. Pappa-hulle het die kamer langs myne en ons kan daar gesels. Ons bestel middagete sommer daarnatoe. Ek kan nie vir julle sê wat dit vir my beteken om julle hier te hê nie. My eie mense . . . Oom Peet was dierbaar, maar ons is eintlik vreemdelinge vir mekaar. Ek voel nou kan ek weer die lewe in die gesig staar . . ."

Eers nadat sy tee gedrink het, kan mevrou Reynecke weer in 'n mate normaal gesels en dan sê sy dieselfde ding oor en oor – hoe verskriklik dit vir haar dogter moes gewees het. "Nog so jonk om soveel smart deur te maak . . ."

Daar is 'n ligte kloppie aan die deur en Hugo stap binne. Marinda spring verward op.

"Pappa, Mamma, dis Wynand se broer . . ."

Hugo steek sy hand uit.

"Hugo Meiring. Aangename kennis, meneer Reynecke, mevrou Reynecke . . . My innige simpatie met die verlies van u skoonseun."

"Ons simpatie ook aan jou," antwoord Marinda se pa in 'n growwe stem en gee Hugo 'n handdruk. "Baie dankie vir wat jy vir ons dogter gedoen het. Ons sal dit nooit vergeet nie. Ek is dankbaar dat jy haar bygestaan het toe haar ouers so ver was."

"Ek is bevrees dat ek nie vir Marinda van veel hulp was nie. Toe sy simpatie en hulp die nodigste gehad het, het sy alleen gestaan. Ek is jammer dat ek te selfsugtig was om haar werklik by te staan en ek is bevrees dat ek haar hartseer net erger gemaak het."

"Jy was self geskok en hartseer," antwoord Marinda, bang dat Hugo te veel gaan sê. Haar ouers mag nooit die volle waarheid uitvind nie. Dit sal haar ma en pa breek.

"Ek moes sterk genoeg gewees het om te besef dis jý wat troos en bystand die nodigste het, en ek moes vir eers my persoonlike hartseer opsy gestoot het," sê Hugo opreg.

"Ek sien u het reeds middagete gehad. Is daar nog iets wat ek vir u kan bestel, mevrou Reynecke? Nog koffie of enigiets anders?"

"Nee dankie, Hugo. Ons is heeltemal gemaklik en het alles wat ons nodig het. Dis 'n pragtige kamer en 'n mooi plek wat jy het. Ek is bly dat Marinda hier kon bly en dat jy vir haar gesorg het. Sies tog, jy het self 'n broer aan die dood afgestaan en dan was jy nog so onbaatsugtig om na Marinda ook om te sien. Baie d-dankie . . . d-dankie dat jy hier was . . ."

Hugo kan Marinda en haar ouers nie in die oë kyk nie. Hy laat sy kop sak en speel ongemaklik met die pennestel op die spieëltafel.

"Nou ja . . . Ek sal nie langer indring nie. U het natuurlik baie sake om met Marinda te bespreek. Skakel net indien daar enigiets is wat u nodig het. Marinda, jy weet waar om my te kry as julle my nodig het . . ."

"Wát 'n aangename man," sê mevrou Reynecke toe Hugo weg is. "En hy lyk net soos Wynand . . . Dis darem 'n seën dat hy hier was, Marinda. Dat jy so 'n dierbare en bekwame mens gehad het om jou te onderskraag . . ."

Marinda weerlê nie haar ma se stelling nie. Dis beter dat haar ouers nie weet wat die gevoel tussen haar en Hugo is nie. En sy sal haar oom moet waarsku; haar pa sal natuurlik môre bank toe wil gaan en haar oom moet weet wat om te sê en wat om te verswyg.

Marinda vra oor die vakansie uit, kyk na die poskaarte wat hulle gekoop het, verneem na die vlug, en dan laat sy haar ouers alleen om te bad en 'n bietjie te ontspan ná die lang vlug en lang motorrit Witrivier toe. 'n Vakansie waarvoor hulle elf jaar beplan het, wat op so 'n manier moes eindig en wat hulle geen goed gedoen het nie. Haar arme ouers – sy kry hulle oneindig meer jammer as wat sy haarself kry . . .

"Ek kan in hierdie stadium natuurlik nog nie veel sê nie, Dawid," merk oom Peet op nadat hulle saam met hom tee gedrink het en eers 'n ruk lank oor ander dinge gesels het. "Jy weet self hoe boedels sloer. Maar daar is niks om jou oor te bekommer nie. Marinda besit 'n aandeel in 'n florerende motel en haar man het 'n groot lewenspolis gehad. Dis natuurlik 'n groot jammerte dat haar man nie 'n nuwe testament ná sy troue opgestel het nie, maar wie het nou so iets verwag? Jongmense dink mos nie aan testamente en sulke dinge nie en gelukkig was hulle binne gemeenskap van goedere getroud. Dis outyds, maar nou erf Marinda natuurlik die helfte van al haar man se besittings."

"Hoe goed is sy nagelaat, Peet? Sy is baie vaag oor besonderhede."

Oom Peet loer oor sy bril na Marinda en sê versigtig: "Dis omdat ons self nog geen besonderhede het nie, Dawid. Ek sal jou op die hoogte van sake hou en in kennis stel van elke stap wat ons doen."

En daarmee moet haar pa tevrede wees. Sy ouer broer was nie verniet 'n praktiserende prokureur wat slegs as gevolg van sy asma-aanvalle genoodsaak was om sy praktyk prys te gee en na 'n warmer klimaat te verhuis nie. Oom Peet is versigtig en hy is aan sy kliënt se kant. Hy weet ook dat sy jonger broer nie 'n gesonde man is nie en dat dit nie regverdig sal wees om hom in hierdie stadium te ontstel nie. Marinda gaan nou vir twee weke saam met hulle Lichtenburg toe en sy sal die aanvoorwerk doen sodat haar pa nie moet verwag sy gaan ryk erf nie.

12

Marinda doen inkopies, bring lang ure saam met haar ma in die huis deur, gaan kuier saam met haar by 'n niggie op Vermaas en 'n tante op Ventersdorp, en soek haar ou skoolvriende op, maar sy is vreemd rusteloos en nie gelukkig nie. Dit is te stil en daar is te veel tyd om te dink en haar oor die toekoms te bekommer.

Sy het haar troufoto's gekry en 'n paar waarop Wynand mooi gekom het vir Ellie gestuur, maar dit het haar nie ontstel nie. Dis asof die laggende jongman wat saam met haar die troukoek sny en langs haar voor die kerk staan en haar in die geel motor inhelp, 'n vreemdeling is. Wanneer sy aan hom dink, is dit Hugo se gesig wat voor haar is; Hugo se mond en oë en hare en hande . . . Hulle lyk so eenders dat sy nie die presiese kleur van Wynand se oë kan onthou nie en wanneer sy probeer onthou hoe sy stem geklink het, hoor sy die dik stem van hulle laaste aand saam of hoor sy Hugo se koel en saaklike stem. Dit voel asof Wynand 'n man is wat sy lank gelede geken het, nie asof hy ses weke gelede nog haar man was nie. So baie het in 'n maand en 'n half gebeur, so baie wat sy vir haar ma en pa moet verberg.

Haar arme ma wil tog so graag oor Wynand gesels. Sy dink dit sal haar dogter help om haar smart te bowe te kom. As sy moet weet haar dogter treur nie werklik nie . . . Marinda voel bitter skaam om haar ouers in 'n mate te bedrieg, maar sy weet wat dit aan hulle sal doen om te hoor Wynand was voor hulle troue en tydens hulle verlowing en ook tydens hulle wittebroodsdae ontrou aan sy jong vrou. As hulle moet weet hy het gedrink en skuld gemaak wat hy nie kon betaal nie . . . Nee, dan honderd maal liewer die wit leuentjies en trane wat nie opreg is nie. Wanneer die wonde nie meer so rou is nie, sal sy dalk eendag by haar ouers in die kamer gaan sit en hulle 'n gedeelte van die waarheid vertel. Maar dit sal báie later wees . . .

"Wil jy teruggaan Witrivier toe?" vra Marinda se pa een aand nadat hulle nuus geluister het. "Is jy haastig met die boedelsake en verkies jy om in Wynand se huis te wees? Voel jy daar nader aan hom?"

"Ek weet self nie wat ek wil doen nie, Pappa," sê sy ongelukkig.

Sy weet nie hoekom sy rusteloos is en verlang om terug te wees by die Bosbok nie. Sy weet ook nie of sy daar welkom sal wees nie. Hugo het net die eerste dag geskakel om te hoor of hulle veilig gery het en toe nie weer nie. Hy is seker te besig om aan haar te dink, of anders is hy verlig om van haar ontslae te wees. Hy is dalk bang sy vra om terug te kom as hy skakel om te hoor hoe dit gaan. Sy het al twee keer na die telefoon toe gestap om te hoor hoe dit met almal daar gaan, maar elke keer het haar moed haar op die laaste nippertjie begewe. Sy weet dat hy by die huis is en dat hy baie hard werk, en haar oom het geskryf dat Hugo 'n paar keer by die bank was, maar dis al nuus wat sy het.

Gaan hy dan nooit skakel nie? Stel hy nie belang hoe dit met haar gaan nie? Dis mos maar net 'n kwessie van die telefoon optel. Hy hoef dit ook nie eers self te doen nie; Ellie of Petro kan die oproep deurskakel. Al wat hy moet doen, is om vir haar te vra hoe dit gaan. En of sy dan nie van plan is om ooit weer huis toe te kom nie . . .

Ja, erken sy teenoor haarself, "huis" is vir haar die Bosbok Motel, nie hier op Lichtenburg nie en ook nie 'n woonstel in Johannesburg nie. En dis "huis toe" waarheen sy wil gaan . . . Sy sien Hugo oor die ontvangstoonbank na die telefoon reik, en sy sien hom in die eetsaal in sy donker aandpak en in 'n ou seilbroek in die tuin en op daardie groot, bruin perd se rug, en voor die klavier in sy sitkamer sit . . . En dis waar sy wil wees.

Net om haarself besig te hou, pak sy die volgende dag die tasse uit waarin die linnegoed is wat sy inderhaas ge-

331

koop het net voor hulle troue. Die handdoeke sal sy self gebruik en sy sal die tafeldoeke en beddekens weggee as geskenke. Dit is vir haar van geen waarde nie en sy sal nie hartseer voel as 'n ander persoon dit gebruik nie.

Oor die pragtige trougeskenke voel sy sleg. Sy sal dié wat sy nie self kan gebruik nie ook graag weggee, maar sy is bang om mense se gevoelens seer te maak. Party van die goed moet seker agter in haar kaste weggepak word of vir haar ma gegee word. Dis eintlik sonde dat dit nutteloos lê en nie gebruik word nie.

"Ek wil nie jou goed hê nie," antwoord haar ma beslis. "Bêre dit vir wanneer jy dit eendag mag nodig kry. Dis lieflike goed en jy trek dalk weer eendag in 'n woonstel in, of trou weer. Moenie alles weggee nie, my kind. Ek weet dit maak seer om die goed te sien, maar pak dit weg en bêre dit vir die dag wanneer jy dit nodig het . . ."

Daardie aand skakel Ellie. Marinda is verheug om haar stem te hoor en vra uit oor alles wat by die motel aangaan. Sy wil weet of die rolbalspelers al weg is, hoe die huweliksonthaal in die banketsaal afgeloop het, of die motel vol is en . . . hoe dit met Hugo gaan.

"Goed, maar hy werk te hard. Hy het 'n vakansie baie nodig, maar ou meneer Snyders sal nie alleen kan regkom nie. Hy het 'n jong ou van Nelspruit as assistent-bestuurder aangestel, maar ek weet nie of Gert van Wyk die pas sal kan volhou nie. Hugo is nie 'n maklike man om voor te werk nie. Sy standaarde is te hoog en hy verwag dat almal teen dieselfde tempo moet werk as hy. Ek glo nie Gert sal lank bly nie. O ja, groete van Dirk Hermann af. Hy sê die leidraad word darem groter en vra hoekom jy nie vir hom tot siens gesê het voordat jy in die grammadoelas gaan wegkruip het nie."

"Ek het vergeet om vir hom te sê dat ek saam met my ouers weggaan. Sê vir hom ook maar groete."

Ellie se oproep het Marinda ontstem. Sy is vies vir dié

Gert van Wyk omdat hy nie meer van die verantwoorde-likhede van Hugo se skouers kan afneem nie. Hugo werk hard. Sedert hulle die motel gekoop het, het hy nog nie va-kansie geneem nie. En sy weet dat hy die afgelope vier jaar baie min hulp van Wynand gehad het. Dit was Wynand wat kort-kort gekla het hy is moeg en hy kort 'n blaaskans, verkieslik in Johannesburg of Durban waar sy vriende is. Sy is verbaas dat Hugo dit so aanvaar het. Hoekom het hy Wynand nie gedwing om meer verantwoordelikheid aan die dag te lê nie? Hugo kan enigiemand dwing om enigiets te doen, as hy net wil . . . Hoekom het hy Wynand toe-gelaat om al die verantwoordelikheid op sy skouers af te laai? Was dit omdat hy sy jong broer jammer gekry het?

Marinda sug en kyk na die tafeldoek wat sy begin bor-duur het. Dit sal ook agter in 'n kas weggepak word. Sy het nie lus om dit klaar te maak nie en sy kan nie eers meer onthou hoe om die steke te werk nie. Of dalk begin sy 'n nuwe een om haar besig te hou. Sy kan nie so ledig sit nie.

"Hoekom gaan speel jy nie tennis nie?" stel mevrou Reynecke voor en kyk bekommerd na haar bleek en luste-lose dogter. "Of hoekom gaan swem jy nie? Jy was altyd so lief om te swem en in die son te lê."

"Ek het nie lus nie, Mamma."

"Sal ons tweetjies bietjie dorp toe gaan?"

"As Mamma wil. Daar is niks wat ek wil koop nie."

"Ek ook nie. Ek het gedink ons kan 'n bietjie in die win-kels gaan rondloop en by Pappa gaan tee drink."

"As Mamma lus het . . ."

"Ek dink aan jóú, kindlief."

"Ek het meer lus om by die huis te bly en 'n rukkie te gaan lê. Ek is moeg en my kop is seer."

"Gaan lê, dan bring ek vir jou tee en hoofpynpilletjies."

Marinda hoor 'n rukkie later dat daar kuiermense is en dat haar ma hulle in 'n fluisterstem sitkamer toe nooi. Die stemme is gedemp en sy kan nie hoor wie dit is nie. Sy stoot die komberse van haar af, maar trek nie die gordyne oop nie en bly op die bed sit. Dis 'n neerdrukkende atmosfeer wanneer almal te bang is om hard te praat of te lag of iets te sê wat jou dalk mag seermaak. Dis beter as mense jou normaal behandel, anders word jy nie gesond nie. Dis beter as hulle met jou raas of rusie maak en jou kwalik neem as jy in 'n bondeltjie wil gaan sit en jou verbeel jy is die enigste persoon wat hartseer is of iets oorgekom het. Dis beter vir jou eie gemoedsrus.

Sy pluk die gordyne oop, trek 'n skoon rok aan en borsel haar hare, maar dis lank voordat sy sitkamer toe gaan en aanbied om vir die mense koffie te maak . . .

Amper aan die einde van die derde week is daar 'n poskaartjie in die posbus. *Jou motor se battery is besig om weer pap te word.* Net daardie een sinnetjie – en ook nie van wie dit kom nie. Maar Marinda weet en in haar hart sing dit: Hugo het haar darem nie heeltemal vergeet nie. Bedoel hy dat dit tyd geword het dat sy huis toe kom? Sy wil graag gaan, maar sy wil 'n uitnodiging in duideliker woorde as dít hê . . .

Agterop 'n poskaart skryf sy: *Koop 'n nuwe battery of ry met die motor.* Sy leen haar pa se motor en gaan pos die kaartjie by die groot posbus. Amper stuur sy dit spoedpos, maar bedink haar. Hugo het syne per gewone pos gestuur: hý was nie haastig vir 'n antwoord nie.

"Wil jy nie Johannesburg toe gaan en jou vriende gaan opsoek nie?" stel haar pa een aand voor. "Jy kan my motor neem."

"Nee dankie, Pappa. As ek lus was, sou ek met die trein gegaan het. Maar daar is niemand by wie ek wil gaan kuier nie . . . Is Pappa dan al moeg vir my? Kuier ek te lank? Toe maar, een van die dae gaan ek terug huis toe en dán gaan my pa na my verlang . . ."

"Jy weet dis vir ons heerlik om jou hier te hê," sê haar pa in die growwe stem waaraan sy die afgelope paar weke gewoond geraak het. "Maar ek weet dat ons jou nie vir altyd hier kan hou nie. Die lewe gaan voort en jy sal terug-gaan."

Hugo se antwoord kom nie gou nie en toe Marinda dit een Maandagoggend uit die posbus haal, is dit darem twee reëltjies. *Ek het my eie motor, dankie. Moet ek jou daar-mee kom haal?*

Nee, dít wil Marinda nie hê nie. Sy wil by die Bosbok Motel en by hom wees, maar hy moenie die lang pad ry net om haar te kom haal nie. Sy antwoord nie op sy poskaart nie en dis drie dae voordat sy 'n besluit neem en dit een aand ná ete aan haar ouers stel.

"Dis reg dat jy na Wynand se huis en na sy mense toe gaan," sê haar pa dadelik. "Dis jou motel ook en al jou belange is daar. Maar as Hugo sy weg oopsien om jou te kom haal, hoekom wil jy met die trein gaan?"

"Dis uit pligsbesef dat Hugo aangebied het om my te kom haal. Hy is baie besig en kan nie eintlik die tyd afknyp nie. Ek sal met die trein gaan."

"Dis amper twee dae se treinry," protesteer haar ma.

"Ek is nie haastig om daar te kom nie, Mams, en dit sal lekker wees om trein te ry. Ek sal sorg dat ek naaldwerk het om my mee besig te hou."

"Jy kry dalk nie eers plek op môreaand se trein nie."

"Soos ek gesê het, Mams, daar is geen haas nie. Ek het baie dinge om oor na te dink voor ek op Witrivier arri-veer."

"Sal jy en oom Peet my op die hoogte van sake hou?" wil haar pa weet. "En laat weet as jy ons nodig het of as ek jou moet kom haal."

Treinry was nog altyd vir Marinda opwindend, maar sy vee trane af toe die trein uit Lichtenburg se stasie trek en sy

335

by die venster uithang om vir oulaas vir haar ma en pa te wuif. Sy het berge eetgoed en stapels tydskrifte en 'n nuwe tafeldoek wat sy begin borduur het om haar besig te hou. Sy moes 'n paar dae wag voordat sy 'n eersteklas-koepee vir haarself kon kry, maar dit was die moeite werd. Sy het nie lus om 'n dag en 'n driekwart in die geselskap van 'n vreemde deur te bring nie. Dis lekkerder om alleen te wees en haar geheime en nuutgevonde geluk te koester sonder dat daar mense is wat vrae vra en met haar gesels. Sy wuif nog vir oulaas met 'n wit sakdoek en gaan sit dan met die pak tydskrifte.

Uit amper elkeen kyk haar eie mond met die sagte pienk lipstiffie na haar en sy voel 'n lekker warm gevoel deur haar sprei. Min het sy geweet watter vreugde sy uit daardie paar foto's gaan put wat Don Lewis een Maandagmiddag in sy ateljee van haar geneem het. Hierdie foto gaan twee maande lank verskyn en dan volg daar een van haar waar sy voor die spieël sit en 'n brief lees. Don het nog gesê sy moet haar verbeel dis 'n liefdesbrief wat sy lees, sodat sy die regte geheimsinnige glimlaggie kon hê. En sy het gemaak asof die brief van Wynand was . . . Hoe anders sou haar glimlaggie nie gewees het nie as sy toe geweet het wat sy vandag weet . . . Sy sou glad nie geglimlag het nie.

Toe die trein by Middelburg trek, het sy reeds klaar gewas en aangetrek en staan sy buite in die gangetjie. Die mooi wêreld begin nou-nou en sy wil dit nie mis nie. Sy kan al amper Nelspruit se berge sien . . .

Maar dis lang ure voordat Nelspruit nie meer pers in die vertes lê nie, en Marinda het al een hoek van die tafeldoek klaar en haar hare drie keer geborsel voordat die trein by Witrivier intrek.

Sy herken dadelik Hugo Meiring se lang, skraal gestalte in die wit langbroek en blou hemp.

"Gee jou tasse deur die venster aan," beveel hy.

"Ek het . . . net die e-een tas," stamel Marinda skaam.

"Nou gee dan jou e-een tas aan," spot hy.

"Hy is swaar . . ."

"Beteken dit jy kan hom nie oplig nie, of beteken dit jy is bang ek laat hom aan hierdie kant val?"

"Nee . . ."

Marinda gryp haar tas en gee dit vir Hugo deur die venster aan. Sy kan nie besluit of hy vriendelik of vies is nie. Het hy netnou geterg of gespot? Hoe het hy geweet sy gaan op hierdie trein wees?

"Het jy nie nog los goed nie?"

"Nee. Dis net hierdie sak."

"Dan hét jy mos nog los goed. Gee die sak vir my aan!"

Hy is in 'n slegte bui, besluit sy met 'n kloppende hart. Hy was natuurlik met dringende dinge besig toe hy alles moes los om stasie toe te kom.

"Is dit nóú alles?"

"Nog net ek self . . ."

"Wil jy spring of gaan jy om loop?"

"E-Ek sal by die deur uitklim."

"Ek sal jou nie laat val nie!"

Maar Marinda stap met die gangetjie af en klim by die deur aan die einde van die wa uit.

"Miskien sóú ek jou laat val het. Jy het vet geword," grinnik Hugo verleë. "Groet jy 'n mens nie, meisiekind?"

Marinda steek haar hand uit, dog Hugo stoot dit weg, trek haar sag nader en soen haar op die voorkop.

"Welkom tuis, Marinda."

"Dankie, Hugo," bloos sy en moet eers stilstaan om tot verhaal te kom. "Hoe het jy geweet ek is op die trein?"

"Ek het sakke mielies kom haal," spot hy eers. "Nee, jou pa het my gesê."

"Wanneer het jy met my pa gepraat?"

"Het jy nie geweet daar bestaan so iets soos 'n telefoon nie? Seker nie. Anders sou jy die telefoon opgetel het en my laat weet het jy kom terug."

"Ek wou jou nie m-moeite aandoen nie," stamel sy.

"En toe het jy dit reggekry om my net méér moeite aan te doen. 'n Oproep wat nie wou deurkom nie en waarvoor ek 'n uur moes wag, jou pa se stem wat ek skaars kon hoor, gevolglik 'n verkeerde trein wat ek gister kom ontmoet het . . . Hoekom kon jy nie één maal in jou lewe inskiklik gewees het nie?"

"Ek hou van t-treinry," sê Marinda die eerste ding wat in haar gedagtes kom.

"O, dan is dít wat jou pa gesê het waarvan jy hou. Ek kon nie mooi hoor nie. Nou ja, as jy verkies het om met die trein te ry, is daar seker niks meer om te sê nie. Sal ons na die motor toe stap, of verkies jy om die hele oggend op die stasie te staan?"

"Ons kan maar stap. Jy is seker haastig."

"Eintlik, ja. Ek wou voorstel dat ons op die dorp tee drink, maar miskien is dit die beste dat ons reguit huis toe gaan."

Hugo stryk met lang treë en haar tasse vooruit en Marinda draf bedremmeld agterna. Sy weet nie wat gebeur het nie. Die een oomblik was Hugo vriendelik en gaaf en het hy gelyk of hy bly was om haar te sien, maar toe verander sy bui om die een of ander onverklaarbare rede. Is dit omdat sy liewer met die trein wou kom? Is hy só kleingeestig en kinderagtig?

"Jy kan nie alles dra nie," haal sy hom uitasem in. "Gee vir my die sak . . . Hy is swaar."

"Is dit hoekom ek liewer die dame hóm moet laat dra? Ek dink die tas is swaarder. Wil jy hóm nie liewer dra nie?"

"Nee . . . Hugo, wág vir my!"

Hy antwoord nie en stryk ergerlik die platform af, deur die uitgang en na sy wit Mercedes toe in die parkeerterrein.

"Is daar iets wat jy op die dorp benodig?" vra hy formeel.

"Nee."

"Dan ry ons reguit huis toe. Ek vra om verskoning – ek het nie verneem hoe dit met jou ouers gaan nie."

"Dit gaan goed, dankie," antwoord sy in 'n stywe stemmetjie en gaan sit so ver as moontlik in haar hoekie van die motor.

Hugo ry vinnig, maar hy is 'n beter bestuurder as wat Wynand was. Sy aandag bly op die pad en hy sal nie iets roekeloos aanvang nie; nie soos Wynand wat sommer vir die grap teen 'n rooi verkeerslig sou oorry nie.

Marinda kyk na die smal, bruingebrande hande op die stuurwiel en na die ontoegeeflike profiel wat effens van haar af weggedraai is – en haar hart krimp inmekaar. Is dit omdat hy so baie na Wynand lyk dat sy van die begin af teen haar sin tot hom aangetrokke gevoel het? Wat is dit in die Meiring-broers wat haar soos 'n magneet trek en waarteen sy geen wapens het om mee te veg nie? Die mondhoeke wat net so effentjies opkrul, of die sterk, ferm ken met die kuiltjie? Wynand se mond het anders gelyk en hy het nie 'n kuiltjie in die middel van sy ken gehad nie, onthou sy skielik. Dis iets binne-in wat haar onweerstaanbaar aantrek.

Sy dink sy weet reeds lankal dat sy Hugo liefhet, liewer as wat sy sy jonger broer gehad het en liewer as wat sy ooit weer 'n ander man sal hê. Dís hoekom sy so rusteloos en ongelukkig op Lichtenburg was. En dís hoekom hy dit so maklik kan regkry om haar te kwets en te verneder en seer te maak: omdat sy hom liefhet. Vier weke lank het haar hele wese gesmag om by hom te wees en hom te sien en met hom te praat, en dit was wonderlik om hom netnou deur die treinvenster te sien . . . Hoekom het sy hom nou weer kwaad gemaak? Hoekom sit hy met daardie manlike hande van hom styf om die stuurwiel geklem, stip voor hom op die pad en kyk, en sit sy in 'n verlate bondeltjie in die verste hoekie van die Mercedes? Hoe gaan sy hom weer goed kry?

"Dit was gaaf van jou om al die moeite te doen," sê sy in 'n klein stemmetjie.

"Dis 'n plesier," antwoord hy hoflik.

"Hoe gaan dit by die motel?"

"Besig."

"En met Ellie?"

"Goed. Sy stuur groete. Dirk Hermann stuur ook vir jou groete."

"Ellie het sy groete vir my oor die telefoon gegee, dankie. Hoe gaan dit met hom?"

"Probeer jy uit hoflikheid die gesprek aan die gang hou, of wil jy regtig weet?"

Dis 'n moeilike vraag om te beantwoord en sy moet mooi dink om nie weer die verkeerde ding te sê en Hugo opnuut kwaad te maak nie. Sy glo nie hy is baie ingenome met haar en Dirk se vriendskap nie. Sy het selfs een heerlike oomblik lank gehoop dis dalk omdat hy jaloers is. Dit kan haar nie 'n duit skeel hoe dit met Dirk gaan nie, maar sy durf ook nie teenoor Hugo erken dat sy spyt is omdat sy die een of ander iets gesê het om hom kwaad te maak en nou desperaat probeer om hom weer goed te kry deur vrae te vra en hoflike –

"Jy wil blykbaar regtig weet, want die hoflike gesprek het skielik ten einde geloop," onderbreek sy koue stem haar gedagtes. "Dit gaan goed met Dirk Hermann. Hy sal seker vanaand of môreaand kom groet en oudergewoonte weer vir jou blomme en sjokolade bring. Hy boer by die motel en jy sal nie lank hoef te wag voordat hy weer daar is nie. Beteuel maar jou ongeduld nog 'n rukkie; ons is amper by die huis."

Marinda bly stil in die hoekie sit. Sy het geen verweer teen Hugo nie. As hy dit geniet om onaangenaam te wees en voor te gee dat daar 'n verhouding tussen haar en die gawe speurder is, laat hom maar begaan. Die tyd sal hom wel leer dat Dirk 'n vriend is en niks meer nie. Sy sal geduldig wag totdat hy weer goed geword het en dan van voor af probeer om hom nie kwaad te maak of om te krap nie. Sy sal haar uiterste doen om vriende te maak. Sy weet net nie of haar uiterste bes goed genoeg is nie. Maar wanneer 'n mens iemand so liefhet soos sy Hugo Meiring het, hou jy maar aan probeer en verdra jy en kan jy hom enigiets vergewe. Sy wens sy kan daardie dierbare kop met die mooi mond en oë en hare 'n oomblik lank styf teen haar vasdruk en die moeë lyne wegstreel.

13

Om alles te kroon, staan Dirk Hermann se motor voor die deur toe Marinda en Hugo stilhou. Hugo lig sy wenkbroue veelbetekenend vir haar, klim uit, roep 'n kruier nader en stap sonder 'n verdere woord weg. Sy bly beteuterd langs die motor staan en kyk hom agterna. Is haar tuiskoms en die blye weersiens – van haar kant af, altans – nou verby? Gaan dinge nou maar aan asof sy nie amper 'n maand lank weg was nie? Gaan hy nie eers saam met haar tee drink nie?

Ellie is darem bly om haar te sien en knipoog skalks.

"Daar wag iemand vir jou in die sitkamer."

"Ek weet," sê Marinda dikmond. "Ek het nie lus om met hom te gesels nie."

"Jy sal hom moet gaan groet. Hy voel baie seergemaak omdat jy nie tot siens gesê het voor jy weg is nie en hy het hier geboer om te hoor watter nuus ons van jou het. Hugo het verstaan dat jy gister sou kom en vir Dirk die blye tyding gegee, maar dit was toe nie 'n korrekte blye tyding nie en arme ou Dirk draai al van gisteroggend af hier rond om uit te vind wanneer jy dan arriveer. Ek weet nie wat word van sy werk nie. Die inbrekers breek seker in, die moordenaars moor en die diewe dief. Maar die kaptein wag vir jou . . ."

"Ag, ek sal seker moet gaan dag sê."

Dirk is vreeslik bly om Marinda te sien.

"Ek het vir jou blomme gebring," sê hy verleë. "Hulle sê mos 'n mens moet dit met blomme sê . . ."

"Dankie, Dirk."

"Jy is seker moeg en dors. Lus vir 'n koppie tee?"

By gebrek aan iemand beters, sal sy seker maar saam met Dirk moet tee drink . . .

"Dit sal lekker wees, dankie."

"Is jy moeg en wil jy gaan uitpak, of sal jy vanaand saam met my gaan eet?"

"Nee, nee en ja, dankie," glimlag sy effens. Sy wens dit was Hugo wat so konstant met sy uitnodigings was. Sy het nog nie die moed om alleen in die eetkamer of restaurant in te stap nie en sy weet haar kanse is goed om Hugo vanaand daar te vind. Dis nie mooi nie, maar sy sal arme Dirk gebruik om 'n kans te maak om Hugo te sien.

Hugo is in die restaurant, ja, maar hy kom nie soos gewoonlik 'n rukkie by hulle tafel gesels nie. Daar is net 'n paar mense besig om te eet, maar hy is blykbaar báie besig en vertrou ou oom Snyders nie om alleen die fort te hou nie.

Dirk vra uit oor haar kuier in Lichtenburg, hoe dit met haar ouers gaan, of hulle die vakansie geniet het en of sy bly is om terug te wees, en stel uiteindelik voor dat hulle hulle koffie liewer in die sitkamer moet gaan drink.

Marinda is verlig. Dis 'n pyniging om Hugo te sien en na hom te sit en staar en nie met hom te mag praat nie. Hy sien hulle uitstap en sien Dirk die rekening by meneer Snyders betaal, maar hy maak asof hulle een-nag-motelgaste is en steur hom nie aan hulle nie. Marinda se ken lig uitdagend en sy stap kop omhoog saam met Dirk uit die restaurant. Hugo kan na die maan vlieg. As hy dan moeds-

342

willig wil wees . . . Sy hoop hy het gesien hoe sorgsaam Dirk haar trui om haar skouers gehang het.

"Marinda, ek wou hê ons moet in die sitkamer kom sit omdat hier minder mense is," merk Dirk op toe hy vir haar 'n stoel uittrek.

Sy kyk onbegrypend na hom.

"Maar daar was nie baie mense in die restaurant nie."

"Die paar wat daar was, het jou aandag afgetrek. Jy het niks geluister wat ek gesels het nie en werktuiglik op my vrae geantwoord."

"Ek is jammer, Dirk, maar ek is moeg. Ek het nie veel op die trein geslaap nie. Wat het jy gevra waarop ek verkeerd geantwoord het?"

"Nee, ek het toe maar besluit om liewer nie te vra nie."

Marinda frons. Waarop stuur die man af? Al wat sy begeer, is dat hy tot siens sê, huis toe gaan en haar alleen laat sodat sy kan gaan bad en slaap. Sy is doodmoeg en haar kop draai. Sy kon regtig nie op die trein slaap nie en die weersiens het haar uitgeput. Of is dit die feit dat Hugo nie ook bly was om haar te sien nie, wat haar sommer moeg en moedeloos gemaak het? Sommer moeg gemaak het vir alles en . . . Sy hoor met 'n skok Dirk se laaste woorde.

". . . en daarom het ek gedink ek sal jou tyd gee om daaroor na te dink. Ek is nie haastig vir jou antwoord nie, Marinda. Ek weet jy is nog geskok en hartseer, maar ek het gedink dit sal jou troos om te weet wat my gevoelens teenoor jou is."

Daar is verslaentheid en ongeloof op Marinda se gesig te lees. Het Dirk so pas 'n liefdesverklaring gemaak wat sy nie eers gehoor het nie?

"Ek is j-jammer," hakkel sy. "Ek het nie g-geluister wat jy gesê het nie, Dirk. Ek is vreeslik jammer."

Dirk bloos bloedrooi en glimlag skewerig.

"Ek moes die tyd en plek beter gekies het. Jy is moeg en ek moes nie gepla het nie . . ."

343

"Jy het nie gepla nie, ek het net nie gehoor wat jy gesê het nie."

"Ek het gesê ek weet jy is nog geskok oor Wynand se dood en dit sal jou lank neem om daaroor te kom, maar ek het jou lief, Marinda. Ek het jou lief vandat ek jou daardie eerste keer in die wit rokkie in Hugo se studeerkamer ontmoet het . . . Moet nie nou vir my enige antwoord gee of jou daaroor bekommer nie. Ek wil net hê jy moet weet jy het 'n opregte vriend wat enigiets vir jou sal doen, enige tyd . . . as dit jou enigsins sal help om Wynand se dood te bowe te kom . . ."

Omdat sy so moeg is, is Dirk se eenvoudige woorde skielik vir haar te veel. Sy is alreeds so diep ongelukkig en nou nog boonop dít . . . Trane begin al hoe vinniger oor haar wange loop en Dirk gee ontsteld vir haar sy sakdoek.

"Moenie huil nie, Marinda . . . Ek wou jou nie hartseer maak nie. Dit was juis om jou hartseer te verlig dat ek dit vir jou wou sê. Ek moes liewer stilgebly het. Nou het ek jou laat huil . . ."

Dirk se ongelukkige gesig maak dat sy onbeheers begin huil. Sy mompel 'n verskoning en stap vinnig uit die sitkamer, op met die trap en tot in haar kamer, waar sy op die bed neerval en haar kop in die kussing verberg . . .

Eers ignoreer sy die telefoon, maar toe dit aanhou lui, gryp sy die gehoorbuis met 'n ongeduldige uitroep.

"Ellie sê sy dink daar is iets verkeerd," klink Hugo se stem bruusk in haar oor. "Is sy reg?"

"Nee," probeer Marinda haar stem onder beheer kry. "Daar's n-niks verkeerd nie."

"Huil jy?"

"N-nee . . ."

"Het daardie ellendige Dirk iets gesê om jou te ontstel?" wil Hugo ergerlik weet. "Het hy weer oor die ondersoek gepraat?"

"Nee, hy het nog nooit weer oor die ongeluk gepraat nie."

"Ek sien," sê Hugo kortaf.

Marinda wonder wat hy sien, maar sy vra nie. Wanneer sy met Hugo te doene het, het sy al geleer: hoe minder sy praat, hoe beter en hoe minder die kanse dat sy net mooi weer die verkeerde ding sal sê. En vanaand is sy juis deurmekaar . . . Selfs die feit dat dit met hom is wat sy praat, kan haar nie laat ophou huil nie. Dalk is dit omdat sy so moeg is, of dalk oor arme Dirk, of dalk is dit vertraagde reaksie ná Hugo se onverklaarbare houding op die stasie.

Hugo aarsel 'n oomblik, asof sy plig vir hom sê hy kan die huilende meisie nie sommer so los nie. Hy moet seker iets vir haar doen. Sy is immers sy broer se weduwee en hy is seker vir haar verantwoordelik.

Marinda kan aanvoel hy dink aan 'n manier om die gesprek taktvol te beëindig en skielik wil sy nie hê hy moet die gehoorbuis neersit nie. As sy dan nie by hom kan wees nie, is die tweede beste om darem met hom te kan praat, al is dit oor die telefoon.

"Hugo . . ." begin sy onseker. Daar is geen bemoedigende reaksie nie. "Dirk het . . . het vir my . . ." Sy begin weer huil en kan nie verder praat nie.

"Ek dink ek weet presies wat Dirk vir jou gesê het, maar ek kan nie verstaan waarom jy daaroor huil nie?" sê Hugo se koel stem.

"Jy moenie vir my . . . k-kwaad wees nie."

"Ek is nie in die minste vir jou kwaad nie. Ek neem jou ook nie in die minste kwalik nie. Ek weet jy is baie eensaam en ek is dankbaar jy het weer 'n . . . vriend. Moenie bang wees jy maak mý gevoelens seer nie. Dink net mooi daaroor sodat jy nie 'n tweede keer verkeerd kies of 'n verkeerde besluit neem nie."

"Hugo, ek het nie –"

345

"Goeienag, Marinda. Lekker slaap," val hy haar kortaf in die rede en plaas die gehoorbuis neer.

Vir die tweede keer wel die skok en ongeloof in Marinda op, gemeng met 'n diep gevoel van verslaentheid. Hoekom gebeur dinge altyd gelyk wanneer 'n mens moeg en jou weerstand laag is? Al waarvoor sy vanaand lus was, was om vroeg in die bed te klim en met geen mens te praat nie. Sy is nie vanaand in staat om probleme op te los of misverstande uit die weg te ruim nie. Hugo dink nou blykbaar sy is op Dirk Hermann verlief. Is dít dalk die rede waarom hy so onvriendelik teenoor haar is? Dis seker maar net een van die redes en sy kan hom nie eintlik verkwalik nie. Wynand was sy broer en hy sal dit moeilik aanvaar dat sy so gou weer iemand in Wynand se plek kon stel . . .

Hy weet natuurlik niks van die hartseer en vernedering wat Wynand haar aangedoen het en wat haar liefde vir hom doodgemaak het nie. Maar hy moet tog 'n vae idee hê dat alles nie pluis is nie. Hy weet van die aand by die Naboom Motel en van die doktersrekening in Johannesburg. Maar dis ook al. Hy weet Wynand het te veel gedrink en hy dink waarskynlik nog steeds die doktersrekening was vir háár. Dit was té gerieflik net voor hulle troue en hy glo mos sy het 'n wapen gehad waarmee sy Wynand gedwing het om met haar te trou. En nou glo hy sy het Dirk aanleiding gegee om 'n liefdesverklaring teenoor haar te maak . . .

Wat dínk hy, watter soort meisie is sy? Geen wonder hy het so 'n hekel aan haar en vergelyk haar met daardie Eleanor wat hom so sleg behandel het nie. Hy het meer as genoeg rede om haar te haat.

Sy skakel die lig af en klim met klere en al in die bed. Sy maak haar oë toe en probeer haarself kalmeer en dwing om helder te dink. Maar ná 'n rukkie skakel sy weer die lig aan en sit regop in die bed. Sy sal nooit aan die slaap kan raak nie, al drink sy ook 'n paar slaappille. Sy weet sy moet met Hugo gaan praat. Sy kan dit nie tot môre uitstel en hom vanaand alleen en ongelukkig in sy huis laat sit en homself allerhande verkeerde dinge wysmaak nie.

Sy skakel af ontvangs toe en vra om met hom te praat.

"Meneer Meiring is al huis toe," sê die nagportier. "Kan ek 'n boodskap neem, dame?"

"Nee . . . Nee dankie, dis nie dringend nie."

Sy stap met 'n kloppende hart op die balkon uit. Dit sou oneindig makliker gewees het om in die sitkamer of iewers in die motel met Hugo te gaan praat. Hoe kan sy so laat in die aand na sy huis toe gaan? Dit sal hom net sterk in sy idee dat sy een van dáárdie soort vroumense is . . .

Sy wens sy het gerook of iets gedoen waarmee sy haar senuwees kon kalmeer. Sy stap badkamer toe en drink 'n glas koue water, maar dit help nie veel nie. Haar moed is baie min. Sy probeer haarself oortuig dat sy tot môre kan wag om die misverstand uit die weg te ruim en haarself te verdedig. Maar dan dink sy aan Hugo wat alleen en seker diep ongelukkig by die huis is. Dit sal net 'n paar minute duur en dan sal hy en sy albei lekkerder slaap. Hy sal ook 'n hoër dunk van haar hê as sy nie van haar verpligtinge af weghardloop nie.

Sy drink nog 'n glas koue water, was haar hande en gesig en borsel haar hare. Grimering sal op hierdie laat stadium ook nie meer help nie. Haar oë is rooi en opgehewe, daar is pers kringe onder haar oë en sy lyk in die algemeen soos 'n wrak.

Voordat haar moed haar kan begewe, neem sy 'n skoon sakdoek en haar sleutel en trek die deur agter haar toe.

Dis doodstil in die gebou en sy stap saggies by 'n sydeur uit en oor die verlate terrein. Sy is te ontsteld om bang te wees en stap vinnig al met die donker pad verby die lang ry rondawels en motorafdakke na Hugo se huis aan die verste punt in die groot lemoenboord.

Daar brand lig in die sitkamer en sy hoor musiek deur die venster. Hugo wat klavier speel, of die radio? Sy klop huiwerig aan die deur en wag met 'n bonsende hart dat hy kom oopmaak.

Maar sy wag verniet so gespanne: Hugo kom maak nie oop nie. Hy het haar seker deur die venster gesien en wil nie met haar praat nie. Hy wonder seker met watter lastigheid sy nou weer kom pla. Skielik besef Marinda dat sy uiters voorbarig was om so laat in die aand na sy huis toe te kom. Geen wonder hy maak nie die deur oop nie.

Sy vlieg om en hardloop oor die donker stoep, maar sy kyk nie voor haar nie en val oor 'n bougainvillea-struik in 'n sementbak.

Die musiek hou dadelik op en die stoeplig gaan aan. Hugo maak die voordeur oop en kyk verbaas na die meisie wat pynlik orent kom en haar klere afstof.

"Marinda! Wat op aarde maak jy hier?" vra hy kwaad. "Het jy seergekry?"

"Nee, ek makeer niks. Ek loop nou dadelik weer. Ek is jammer dat ek jou gesteur het. Ek weet jy wou nie die deur oopmaak nie. Ek is jammer ek het geval en sal dadelik loop. Dis net . . ."

"Kan ek asseblief ook 'n woord inkry?" vra hy kwaad. "Wat het jy gemaak dat jy geval het?"

"Ek wou vinnig en saggies weghardloop, maar dit was donker en ek het nie gekyk waar ek loop nie."

"Jy wou vinnig en saggies weghardloop?" frons hy. "Hoekom?"

"Ek het geklop, maar toe jy nie wou oopmaak nie, besef ek dat jy nie met my wil praat nie, en toe wou ek weghardloop en toe . . ."

". . . val jy oor die plant," voltooi hy haar sin. "Hou op om soveel bog te praat, Marinda, en staan stil sodat ek kan sien of jy seergekry het."

"Dis net my knie, maar ek sal in my kamer 'n pleister gaan opplak. Dis niks seer nie en ek sal nou liewer loop."

"Nog steeds die onafhanklike en hardkoppige meisiekind wat weier om enige hulp van my te aanvaar! As jy weet hoe kwaad dit my maak . . . Maar jy het dit natuurlik al agtergekom en dis hoekom jy daarmee aanhou. Dis mos vir jou heerlik om my kwaad te maak. Jy geniet dit om my hulp van die hand te wys en my seer te maak . . . Staan stil en hou op om weg te rem. Al wat ek wil doen, is om na jou stukkende knie te kyk. Ek verseker jou ek het geen by-bedoelings nie . . . Dis 'n lelike plek. Jy moet maar inkom sodat ek iets daarop kan sit."

"Ek het hegpleister in my kamer."

"Marinda, vir die eerste en enigste keer in jou lewe – bly stil en maak soos ek voorstel."

Marinda laat gedwee toe dat hy haar badkamer toe neem, die grond en stukkies blare van haar knie afwas, self aansmeer en 'n pleistertjie opplak. Dan neem hy haar sitkamer toe, druk haar in 'n stoel neer en gee vir haar 'n drankie, nog steeds sonder om te praat.

"Nou," sê hy ergerlik, "nou sal ek luister na al daardie onsin wat jy netnou gepraat het. Wat het jy gesê? Jy het geklop of iets, maar ek wou nie oopmaak nie?"

"Ja, maar dit maak nie saak nie. Ek weet dit sal sleg lyk as iemand moes sien ek kom amper in die middel van die nag alleen by jou huis kuier, en jy het reg gedoen om nie vir my oop te maak nie."

"Dink jy nou wraggies ek sou nie oopgemaak het nie en jou alleen in die donker laat staan het?" vra hy ergerlik. "Ek het niemand hoor klop nie. Hoekom het jy in elk geval nie die deurklokkie gelui nie? Dis waarom dit daar aangebring is – sodat ek kan hoor as iemand wil hê ek moet my voordeur oopmaak."

"Ek het nie die k-klokkie gesien nie."

"En toe was jy van plan om weer alleen in die donker huis toe te loop?" vra hy sag.

Marinda skrik vir sy misleidende sagte stem. Hugo is baie, baie kwaad.

"Ek sou niks oorgekom het nie. Regtig nie! Ek het geen mens gesien op pad hierheen nie en ek sou geskree het as iemand my wou molesteer."

"Seker net so sag geskree het as wat jy geklop het," sê Hugo sarkasties. "Drink jou drankie."

"Ek h-hou nie van whisky nie . . ."

"Dis nie whisky nie. Dis limonade met 'n klein bietjie brandewyn in. Drink dit."

Marinda neem 'n sluk en stik byna. Hugo wag totdat sy klaar gehoes het en bied haar dan sy sakdoek aan.

"Jy versamel vanaand die manne se sakdoeke, nè?" sê-vra hy skielik. "Wat wil jy met almal maak? In jou dagboek plak?"

"Dirk het vir my sy sakdoek gegee omdat ek gehuil het."

"Ek het gesien, ja. Van wie se sakdoek dink jy het ek gepraat?"

"Hugo, dis oor Dirk wat ek met jou kom praat het."

"Ek het so afgelei, ja. Moet net nie my raad kom vra nie. Ek weet nie of hy 'n goeie man vir jou sal wees nie. Uit dure ondervinding het ek nou al drie keer geleer dat ek mense nie kan oordeel nie en hulle vertrou het, terwyl hulle in werklikheid vals en agterbaks was."

"Ek is nié op Dirk verlief nie!" roep sy uit.

"Ek glo nie dit maak veel saak wanneer jy besluit of jy met 'n ou wil trou nie," sê hy koel. "By jou is daar mos gewoonlik ander oorwegings. Of is jy bang 'n polisieman sal hom nie so maklik laat vang soos 'n jong outjie wat nog sy hele lewe lank vroumense nie kon weerstaan nie?"

"Ek gaan nié met Dirk Hermann trou nie!"

"Het hy te min geld? Ek weet hy verdien volgens jou standaarde nie 'n wafferse salaris nie, maar jy moet seker maak of daar nie 'n ryk ou tante of 'n ouma is wat sieklik is en haar geld dalk aan Dirk gaan nalaat nie. Vra jou oom by die bank om ook Dírk se privaat sake uit te snuffel. Julle Reyneckes is mos goed met daardie soort ding."

"Laat my oom asseblief uit die argument. Ek weet nie hoe jy dit te hore gekom het nie, maar my oom het slegs gedoen wat ek hom gevra het en ek glo nie dis oneties om iemand se telefoonnommer uit te vind vir iemand nie."

Hugo lag ongelowig.

"Telefoonnommers? Is dít wat banksaldo's deesdae genoem word? Maar miskien jok jy nie, want ek glo nie jy sou nog gedink het Wynand is so 'n uitstekende vangs as jou oom sy rooi bankbalans raakgesien het nie. Maar hoekom Sherlock Holmes speel? Het Wynand nie sy telefoonnommer vir jou gegee nie?"

"Hy het vergeet."

"Hoe dom van my . . . 'n Man gee mos nie vir elke vroumens sy telefoonnommer net vir íngeval nie. Hy vergeet gerieflikheidshalwe. Ou Wynand het natuurlik al uit ondervinding geleer wanneer om iets baie haastig te vergeet en pad te gee."

"Het jy jou broer só goed geken?" vra sy deur bleek lippe. Dis heel waarskynlik die laaste keer in haar lewe dat sy met Hugo sal gesels en sy moet kalm bly sodat sy al die misverstande uit die weg kan ruim, soos die doel van haar koms hierheen was.

"Kyk, Marinda, ons is grootmense," sê hy ongeduldig. "Wynand was jou man en my enigste broer, maar dit maak ons nie noodwendig blind vir sy foute nie. Laat ons reguit praat. Ons was albei lief vir hom – jy in 'n meerdere mate as ek – maar ons het albei geweet dat hy te lief was vir sy drankies, dat dit hom aggressief gemaak het, dat hy geen verantwoordelikheidsin ten opsigte van geld en dames gehad het nie en dat 'n mens hom nie kon vertrou nie. Dit het nie gemaak dat ons hom as gevolg van dié foute verag en verstoot het nie. Uit deernis het ons hom probeer help, maar ek glo nie enigeen van ons twee het nog illusies oor hom nie. Ek is jammer as ek jou seermaak, maar die tyd van skerm en takt aan die dag lê, is verby."

"Aangesien jy self sê jy het geen illusies oor jou broer gehad nie, sál ons reguit praat. Tot nou toe wou ek Wynand beskerm en jou herinneringe aan jou broer mooi hou, maar aangesien jy hom beter as ek geken het en jy weet wat daardie aand by Sam se motel gebeur het, mag ek asseblief iets verduidelik en 'n misverstand uit die weg ruim?"

"Was jy ook by Sam Marx?" vra hy skerp.

"Ja, maar toe was dit reeds te laat. Hy het klaar vir jou alles vertel en Wynand swartgesmeer om homself te verdedig. Ek is jammer dat ek te laat was om hom te keer, maar ek het nie vervoer gehad om op Machadodorp te kom nie en hy het my telefoonoproepe geïgnoreer."

"Wil jy vir my sê jy het die feit dat Wynand dronk was, tydens die ondersoek verswyg net om herinneringe aan Wynand skoon te hou? Is dit hoekom jy so vaag was oor die rede waarom jý bestuur het, waarom jy te ontsteld was om jou volle aandag by die pad te hou? Net omdat jy wou hê ek moes nie sleg van Wynand geglo het nie?"

"Hy was jou bróér . . ."

"Ek het hom soos 'n broer liefgehad, maar ek het al sy foute geken en verdra en hom altyd probeer help . . . Dit was dom van jou, Marinda. Jy kon 'n aanklag van manslag of van roekelose bestuur teen jou gehad het. Dit alles net om 'n illusie te behou wat lankal nie meer bestaan het nie?"

"Ek het nie geweet hoe goed jy Wynand geken het nie. Mag ek nóú verduidelik en die groot misverstand uit die weg ruim? Dis om pure selfsugtige redes, want dit maak saak wat jy van my dink. Toe ek Wynand met 'n prokureur wou dreig, was dit om hom te dwing om my vir die skade aan my motor te vergoed nadat hy my 'n paar dae tevore by 'n verkeerslig gestamp het. Ek het gedink hy sou skrik en betaal as ek met 'n prokureurstorie kom. Maar ek het gejok. Ek ken geen prokureurs nie. As jy dink ek jok – Veronica was 'n getuie, ek het 'n stuk van my gebreekte agterste lig asook die rekening van die motorhawe en my naam in 'n bewerige handskrif in Wynand se sakboekie. Nee wag, ek het daardie bladsy opgeskeur . . ."

Hugo vra nie hoekom sy 'n herinnering aan haar en Wynand se ontmoeting vernietig het nie. Diep in sy hart het hy reeds 'n vermoede, maar die storie wat Marinda hom so pas vertel het, verdring alles. Daar is te veel nuwe dinge om eers te absorbeer en 'n nuwe beeld van die skraal meisietjie met die bleek gesig en tekens van onlangse trane is besig om in sy gedagtes vorm aan te neem. Hy wil dit egter nie erken nie en stoot die nuwe gestalte ongeduldig weg. Daar is nog te veel vrae waarop hy nie antwoorde het nie en hy moenie sy gevoel vir hierdie meisie vrye teuels gee nie. Sy is net soos die ander, met haar mooi gesiggie en aanvallige maniertjies waaragter sy 'n vals innerlike wegsteek. Hy moenie dink sy is anders nie . . . Sy het 'n rukkie ná Wynand se dood getreur net om die skyn te bewaar, maar toe het haar trane wonderbaarlik vinnig opgedroog en het sy nooit weer Wynand se naam genoem nie. Sy eerste indrukke van haar was reg: sy is 'n ongevoelige vrou, ten spyte van die eienaardige gevoel wat hy soms ervaar het wanneer hy in daardie groot, groen oë gekyk het.

"Die bladsy opgeskeur?" vra hy verbaas. "Sou 'n mens nie verwag jy wil so 'n herinnering bewaar nie? Julle vroumense is mos sentimentele goed. Of nee wag, jý is nie sentimenteel nie. Alles behalwe . . ."

"Julle vroumense, sê jy . . . Ek is nou moeg daarvoor om so genoem te word en 'een van dáárdie soort meisies' te wees. Dink jy nie ek mag dalk 'n individu met 'n persoonlikheid van my eie wees nie? Maar nee, alle lede van die vroulike geslag word oor een kam geskeer, en dit net omdat twee vroumense jou swak behandel het. Net omdat jy twee keer in jou lewe 'n bloutjie geloop het, het jy 'n grief teen die hele wêreld en probeer jy almal met wie jy in aanraking kom verneder."

"Twéé? Ek herhaal dat dit drié was – en die derde keer was die dwaling die ergste, veral nadat ek haar eers leer ken het en begin glo het dat ek in my verbittering dalk 'n fout gemaak het, maar toe eintlik 'n vierde keer ontnugter is. Ek laat my baie maklik deur 'n mooi gesiggie om die bos lei en ek leer blykbaar nooit my les nie. Deur skade en skande het ek nog nie wys geword nie. Teen my beterwete glo ek altyd die mooi storietjies en verskonings en glo ek dat die fout by my lê. Ek begin wonder of ek nie verkeerd was met my beskuldigings nie, en net wanneer ek sowel my verstand as my hart begin glo, word ek opnuut geskok en ontnugter. Vier keer nou al, en nóg . . ."

"Ek gee nie om of dit twee of drie of tién keer is nie. Hoekom haal jy jou frustrasies en komplekse op my uit? Ek weet jy is hartseer oor Wynand, maar het ek nie meer rede as jy nie? Ek het hom vertrou en hom diep liefgehad en nie so iets verwag nie. Terwyl jy self twee of drie sulke onaangename ondervindings gehad het en weet hoe pynlik en vernederend dit is, hoekom vererger jy mý lyding? Of geniet jy dit as 'n ander persoon dieselfde stel as jy aftrap en ook seerkry?"

Hugo draai sy glas om en om tussen sy vingers en dit lyk vir Marinda of hy nie eers hoor wat sy sê nie. Sy sit haar eie glas neer, soek haar sakdoek en staan op.

"Ek sal jou nie langer steur nie. Ek weet nou dat dit dom van my was om na jou toe te kom en 'n greintjie jammerte vir jou medemens by jou te kom soek. Jy hoef nie saam te stap nie. Ek verkies om alleen te loop."

Marinda is reg: Hugo is ingedagte. Maar dis na hierdie woorde van haar wat hy nie geluister het nie. Haar voriges het hy baie goed gehoor.

"Wat bedoel jy?" vra hy onbegrypend en dieselfde spiertjie spring-spring weer langs sy mondhoek.

"Is dit vir jou snaaks dat ek verkies om alleen te loop? Dink jy ek wil saam met jóú –"

"Nie dít nie," val hy haar ongeduldig in die rede. "Ek wil weet wat jy nou-nou bedoel het. Hoekom het jy gesê jy het Wynand vertrou en daarom seerder gekry? Watter stel het jy afgetrap? Waarvan praat jy alles? Ek is jammer, maar my gedagtes was vroeër vanaand baie ver weg en ek is nog nie volkome mét jou nie."

"Ag, Hugo, laat ek liewer gaan. Wat help dit om jou oor die verlede te praat? Ek het my met Wynand misgis, maar dis my eie skuld en ek kan nie nou by jou kom troos soek nie."

"Wat probeer jy sê, Marinda?" vra hy dringend. Hy aarsel en vra dan ongelowig: "Moenie vir my sê . . . Nee, selfs van Wynand kan ek dit nie glo nie. Marinda, het Wynand ander . . . vriendinne gehad, al was hy met jou getroud?"

"Ek wil liewer kamer toe gaan. Wat sal dit ons baat om oor Wynand se swakhede te praat? Hy kon dit nie verhelp nie en miskien was ek te naïef om te verwag hy moet aan my getrou bly net omdat ek sy ring dra. Deesdae maak sulke dinge mos nie meer so baie saak nie. Dit word in die samelewing aanvaar dat 'n man en vrou hulle eie vriende het en aan mekaar ontrou is. Dis net ek wat nog outyds is en so geskok was deur daardie soort dinge . . . Nou wil ek loop."

"Hou asseblief op om elke twee minute te sê jy wil kamer toe gaan en om my vrae te ontwyk. Het Wynand nog steeds sy ander nooiens aangehou, al was hy met jou getroud?"

"Kom ons vergeet daarvan. Wynand is nie hier om homself te verdedig nie en dalk kon hy verduidelik."

"Sit asseblief, Marinda, en drink jou drankie klaar sodat ons hierdie ding kan uitpraat. Ek weet Wynand was nooit in staat om aan een meisie getrou te bly nie. Was dit ook die geval wat sy vrou betref?"

Marinda knik ongelukkig en draai haar sakdoek om en om tussen haar vingers.

"Het jy dit ná sy dood eers uitgevind?"

355

"Ja . . . Ek het niksvermoedend deur sy sakboekie geblaai en tot die ontnugterende ontdekking gekom. Ek is jammer, Hugo, maar jy was reg. Ek ís 'n harde mens wat nie kan vergewe nie. Dit het my liefde vir Wynand doodgemaak en ek kan hom nie vergewe nie. Dit was vir my 'n vernedering en ek kan nie huigel nie. Wanneer ek aan Wynand terugdink, is dit met jammerte dat hy sulke dinge kon doen en met jammerte omdat sy lewe so kort was, maar dis nie meer met liefde nie. Dis amper asof ek hom verwyt – oor die verraad en die drankies wat hy so maklik gedrink het en wat van hom 'n onplesierige mens gemaak het en . . . en sommer alles. Ek is jammer omdat jy vir my en Wynand se skuld verantwoordelik gehou word, maar ek het besluit om weg te gaan en te begin werk en ek sal dit maandeliks aan jou terugbetaal. Sodra ek weet hoe groot my salaris sal wees, sal ek jou laat weet vir hoe groot paaiemente ek kans sien."

"Marinda, jy is regtig die moedswilligste mens wat ek nog teëgekom het. Het jy nog nie geleer wanneer om stil te bly nie? As ek vir jou geld wil gee, dan protesteer jy en praat teë totdat ek voel of ek kan skree . . . Jy wil nie gratis in jou kamer woon nie, wil nie 'n nuwe motor van my aanvaar nie, wil nie toelaat dat ek vir jou ete koop nie, wil nie dat ek jou op Lichtenburg kom haal nie, wil nie dat ek jou dorp toe neem nie, wil nie dat jou ouers 'n kamer vir één nag beset sonder dat jy die geld met geweld vir my gee nie . . . Wat moet ek met so iemand maak? Om kwaad te word vir jou help blykbaar niks. Dit vererger sake net. Het jy nie geweet dat ek al daardie dinge en nog meer vir jou wou doen nie? Het jy nie geweet hoe kwaad dit my maak as jy elke aanbod van hulp in my gesig teruggooi en niks met my te doene wil hê nie? Elke sent wat ek vir jou gegee of betaal het, moes opgeskryf en geteken word; elke ding wat ek uit die boedel wou koop, is deur jou bank aan my geskenk . . . Jy wou niks van my neem nie en my nie toelaat

356

om vir jou verantwoordelikheid te aanvaar en jou proble-me te help dra nie. Hoekom nie? Haat jy my soveel?"

"Ek sal jou nooit kan haat nie, Hugo. Maar ek het al te veel op jou gesteun en my aan jou opgedring, waar ek geen reg gehad het nie. Ek moes daardie eerste oggend by die hospitaal al besef het dat ek geen aanspraak op jou het nie. Indien jy my geken het, of as Wynand en ek 'n lang verhouding gehad het of as dit 'n huwelik met die normale tydsverloop was, sou jy dalk anders oor my gevoel het. Maar ek moes daardie oggend al besef het ek moet jou nie skakel en jou hulp vra nie. Jy was niks aan my verskuldig nie en ek moes self sien en kom klaar. Maar ek het nie be-sef jy sou vermoed dat dit nie 'n normale huwelik was van twee persone wat mekaar liefgehad het nie."

"Marinda . . ." Hugo word rooi en soek na woorde. "Ek het nie van jou geweet nie en die eerste tyding wat ek van Wynand se planne gehad het, was die telegram op sy troudag. Dis nie die eerste keer dat so iets met Wynand gebeur het nie, en toe Ellie daardie eerste oggend gesê het jy kan nie in jou 'toestand' 'n verklaring aflê nie en toe jy so siek en bleek was en niks kon eet nie . . ." Hy soek na nog woorde, maar hy weet nie hoe om voort te gaan nie. "Ek was onnosel en ek het geen verweer nie. Ek het dade-lik die ergste geglo, totdat ek jou leer ken het en besef het van watter stoffasie jy gemaak is. Maar toe was dit reeds te laat. Jy het my gehaat en elke keer as ons twee met mekaar in aanraking gekom het, het ek sake vererger en jou verder seergemaak en verneder. Ek was verward en elke keer het ek net mooi die verkeerde ding gesê om jou –"

"Nee, Hugo dit was ék wat elke keer vir jóú opnuut seergemaak het. Dit was ék wat die verkeerde –"

"Nee, Marinda. Jy was geduldig en verdraagsaam." Hy grinnik skaam. "Behalwe wanneer ek jou só kwaad ge-maak het dat jy nie geweet het wat jy sê nie. En dan was dit altyd weer jy wat die minste was en om verskoning gevra

357

het. Jý het om verskoning gevra nadat ek jou valslik van allerhande dinge beskuldig het; jý het elke keer maar probeer voorgee dat daar nie harde woorde tussen ons geval het nie en dat ek nie skreiend onregverdig teenoor jou was nie. En dit terwyl jy jou eie groter hartseer en pyn in jou rondgedra het ... Nou wil ek jou om verskoning vra, maar eers wil ek myself probeer verdedig sodat jy nie met 'n té lae dunk van my hiervandaan weggaan nie."

Toe sy self gesê het sy gaan weg, het dit nie so verskriklik finaal geklink nie, maar noudat dit Hugo is wat dit sê, kan Marinda dit nie verduur nie. Haar diepste begeerte is om hier te bly en sy sal tevrede wees as sy Hugo elke dag net één maal kan sien of dalk met hom kan praat. Hy kan met haar rusie maak en haar beledig of haar selfs ignoreer, maar sy wil nie van hom af weggaan nie. Sy wonder as sy 'n woonstel op Witrivier kry en op die dorp werk soek, of sy hom nie dalk af en toe toevallig sal raakloop en 'n paar woordjies met hom kan wissel nie. Sy sal mos die reg hê – hulle is darem aangetroude familie. As sy hom net kan sien en weet dat dit goed gaan en ...

"Ek het probeer verduidelik waarom ek die onmoontlike van jou geglo het ten opsigte van die haastige huwelik, maar nou wil ek ook probeer verduidelik hoekom ek gedink het jy is 'een van daardie soort meisies' wat net agter 'n man se geld aan is en enigiets sal doen om dit te kry. Nou gaan ek baie jare terug en haal oeroue koeie uit 'n sloot wat al lankal toegegroei is. Jy het netnou gesê ek is 'n verbitterde mens en jy is reg. Maar ek wil graag vir jou verduidelik hoekom dit so is en hoekom ek so teen my gevoel vir jou gestry het. Jy sien, ek was dadelik tot jou aangetrokke, en daarom was dit logies om te dink ek het 'n dérde keer verkeerd geoordeel. Twee keer was ek tot meisies aangetrokke wat net in geld belang gestel het. En toe daag jý uit die bloute op, ek raak halsoorkop op jou verlief, maar jy kan geen bevredigende verduideliking gee

oor die ongeluk nie, en ek onthou van die dekselse pro-
kureur, die haastige –"

"Hugo!" val sy hom uitasem in die rede. "Jy praat aan-
mekaar en afgesien van drie dinge, sê jy dieselfde ding oor
en oor. Wat het jy bedoel met . . ." Skielik is sy te skaam
om hom te vra. Maar sy is seker hy het iets gesê van sy
gevoel vir haar, dat hy tot haar aangetrokke gevoel het en
selfs nou-nou dat hy halsoorkop op haar verlief geraak
het. Is dit dalk omdat sy so moeg is dat sy yl en dinge hoor
wat sy graag wíl hoor, of praat hy self deurmekaar, of . . .

"Watter drie dinge?" vra Hugo kortaf. "Luister jy nie
mooi na wat ek so hard probeer vertel nie?"

"Ek luister, Hugo. Ek luister na elke woord. Maar ek
dink jy wil my van Eleanor en daardie ander vrou vertel,
en ek wil nie hê jy moet nie. Moenie vir my kwaad wees
nie, maar ek . . . ken reeds die tragiese verhale. Dis nie
nodig om jouself te pynig en daaroor te praat nie. Ek weet
daarvan en ek kon nog altyd verstaan waarom jy so 'n he-
kel aan vroumense ontwikkel het. Maar wil jy nie asseblief
herhaal wat jy netnou drie keer gesê het nie?"

"Drie keer! Wat het ek drie keer gesê?"

"Ag, Hugo, het jy nie gesê jy het moontlik 'n effense
gevoel vir my nie? Ek het jou so vreeslik lief dat dit genoeg
sal wees as daardie gevoel maar net een van jammerte of
vriendskap is. Sien jy nie kans om met my vriende te wees
nie?"

"Nee," sê hy reguit, "ek het jou te lief om ooit vriende
met jou te wees, want . . ." Hy besef nou eers wat hy gesê
het en bly doodstil. "Wat het jý gesê?"

"Ek is jammer, maar ek het jou l-lief. Ek kon dit nie help
nie. Ek het probeer keer, maar eerlikwaar, ek kon nie. Ek
is jammer . . ."

"Marinda . . ." sê hy met verwondering in sy stem. Dan
is hy by haar, maar steek onseker vas. "Weet jy wat jy sê?
Ek is Hugo, nie Dirk Hermann nie . . ."

"Dis Hugo wat ek liefhet en niemand anders nie . . ."

"En dis vir jou wat ek liefhet, Marinda, en niemand anders nie . . . Weet jy hoe lief ek jou het? Weet jy dat ek jou liefgehad het van daardie eerste oggend af toe jy so verwese daar op die bankie voor die hospitaal gesit het? Dis hoekom ek so bitterlik met jou rusie gemaak het. Ek het gedink juis omdat ek jou liefgekry het, is jy die soort meisie wat al daardie aantygings verdien het. Ek was bang om op my eie oordeel staat te maak. As ek jou nie so liefgehad het nie, sou ons vriende kon wees, sou jy nie so ongelukkig gewees het nie. Marinda, my allerliefste, ek het jou té lief gehad . . ."

Sy arms sluit om haar en hy soen haar hare, die trane wat oor haar wange loop, haar voorkop – en uiteindelik vind sy lippe die sagte, bewende mond.

"Daar mag nooit weer vir jou trane wees nie, my liefste. Jy het genoeg getreur. Ek sal probeer vergoed vir my aandeel aan die trane. Kan jy my ooit vergewe?"

"Om lief te hê is om alles te vergewe. Maar dan moet jy my altyd en altyd liefhê . . ."

"Ek sal jou liefhê, vir altyd en altyd," fluister hy. "Ek sal my lieflike, moedswillige, hardkoppige, pragtige vrou nooit weer laat weggaan nie."

"Ek sal weier om ooit weer van jou af weg te gaan," fluister Marinda. Sy wil nog meer sê, maar die dierbare mond met die mondhoeke wat aan die kante so effentjies opkrul, sluit gebiedend op hare en soen haar woorde en haar laaste trane weg.

Kaptein Casanova

1

Daar heers pandemonium toe 'n tweede aankondiging oor die luidsprekers in die vertreksaal weerklink.

"Dames en here, dit spyt Jakaranda Lugdiens om 'n verdere vertraging van vlug JA nul-een-drie na Las Palmas, Parys en Londen aan te kondig. Passasiers in besit van geldige reiskaartjies word versoek om by die dienstoonbank vir oornagreëlings aan te meld."

"Ek het dringende sake in Londen!" roep 'n man uit. "Ek kan nie tot môre hier by die een of ander hotel sit nie!"

"Oornagreëlings? As ek dít vooraf geweet het, het ek met SAL gevlieg."

Hul sentimente word deur die res van die Boeing 747 se passasiers gedeel.

"Geen redes, geen verduidelikings nie. Net verskonings. Ons moet op ons regte aandring en hulle dagvaar!"

"Ek is vanaf Heathrow op 'n New York-vlug bespreek. Wat nou?"

"Moenie kla nie, vriend," paai sy jong buurman, "jy kan 'n ander aansluiting haal, maar ek speel môre in die Franse Ope. Daar is net een so 'n kampioenskap."

Almal mik na die dienstoonbank.

Met drie internasionale vertrekke se laat besprekings, toergroepe, ekstra sekuriteitsbeamptes en verminderde vragruimte as gevolg van die vertraging, is Jakaranda se personeel onder druk. 'n Paar tydelike ontvangsdames help ook – nog in opleiding en privaatklere. Die enigste pers uniform wat die passasiers van vlug 013 kan sien en bykom, is dié van 'n lugwaardin: Petri Pretorius, self nog nuut en onervare genoeg om soos Daniël in die leeukuil te voel.

"Ek is jammer," herhaal sy. "Ek weet 'n vertraging veroorsaak baie ongerief, maar dis weens onvermydelike omstandighede."

"Het die kaptein verslaap? Gisteraand te laat partytjie gehou, of wat?"

Petri ken nie hul bevelvoerder nie, weet net wat sy naam is en hoe hy lyk: kaptein De Villiers, wat in die lugdiens se promosiebrosjures verskyn. Nogal 'n romantiese voorkoms en baie manlik. Sy is seker die vertraging is nie as gevolg van sy onbevoegdheid nie. Hy het vroeg aangemeld en netnou het sy 'n bemanningslid met vier strepe buite die vliegtuig sien staan.

Petri onthou wat aspirant-waardinne omtrent passasiershantering geleer het.

"Tegniese probleme buite ons beheer," sê sy dus.

"Waarom is ons tasse afgelaai?"

Ander passasiers kom nader, wat dieselfde vraag vra.

Petri het ook gesien die bagasie staan op die laaiblad. Dit lyk nie goed nie en sy het nie dadelik 'n gerusstellende verduideliking nie.

"Grondbeheer het waarskynlik besef die mense het hul tasse vir oornagdoeleindes nodig." Dit is die breedgeskouerde tennisspeler wat olie op die troebel water probeer gooi.

"Dankie, Niek." Petri glimlag in sy rigting, maar 'n bekommerde frons trek tussen haar wenkbroue saam. "Wat nou van jou wedstryd môre?"

Nico haal sy skouers op. "Ek sou waarskynlik in skoon stelle verloor het."

"Teen die Fransman? Nooit. Jy sou minstens die halfeindronde gehaal het. Dis my skuld. Jy moes dalk ook maar met SAL gevlieg het."

"Hul lugwaardinne is nie so mooi soos Jakaranda s'n nie."

"Jy is bevooroordeeld. As jy nie gewag het om saam met my te vlieg nie, was jy al gister by die bane en het jy meer oefentyd gehad."

Hy is filosofies. "Geld is nie alles nie, engel. Tennis ook nie."

Petri is lief vir Nico en sou graag langer met hom wou gesels, maar 'n iesegrimmige man eis om oor aandete en hotelkoste ingelig te word.

"Alles sal op die lugdiens se rekening wees," antwoord sy.

"My skoonseun reis die hele pad na Brighton om my op Heathrow te ontmoet. Kan die lugdiens hom laat weet? Wat van sý koste?"

Petri weet nie. Sy wens Janine wil kom help. Maar hul hoofwaardin is nêrens in sig nie.

In plaas van meer senioriteit in die persoon van Jakaranda se personeelhoof of skakelbeampte, daag die pers se lughaweverteenwoordiger op.

"Ek hoor nul-een-drie is gekanselleer en passasiers onbepaald na hotelle herroeteer."

Dit is nuuswaardig. Vir die koerante en televisie. Die joernalis en sy kameraman konsentreer op Petri – lang, koperkleurige hare wat glad agteroorgekam is, donker oë en hoë wangbene; fotogenies en modelmateriaal.

"Koos, kry 'n nabyskoot," beveel hy. "Afgesien van 'cheese', wat het jy nog oor die fiasko te sê, poppie?"

"Dis net 'n vertraging, soos talle rederye gereeld het."

"Julle vlieg ook 'n Boeing. Is dit weer die kruisbedrading wat lol? Enjin een wat brand, dan skakel julle nommer twee af?"

Petri raak senuagtig. Waar is Janine? Of ander senior waardinne?

Die fotograaf sien ook haar potensiaal en swaai sy lens in haar rigting. 'n Vooraansig, dan af na die rooikop se figuur . . .

"Ek is net 'n junior," skerm Petri.

"Het jy al aan modelwerk gedink?" vra hy.

"Nee. Ons vlug is nie gekanselleer nie, hy sal môre-oggend vertrek."

"Kry haar op beeld dat sy praat – 'n verklaring maak."

"Ons mag nie persverklarings uitreik nie." Petri draai weg. "Ek moet na die passasiers omsien."

"Net 'n paar woorde. Ons sal uitsny wat jou in die moeilikheid sal bring. In die lig van vliegrampe wat dees-dae voorbladnuus is, wat dink jy van sekuriteitsmaatreëls op lughawens?"

"Dit is toereikend."

"Die standaardverklikkers is oudmodies en honde kan nie plastiekplofstof uitruik nie. Reken jy daar behoort be-ter voorsorg getref te word?"

"Geen kommentaar."

"Moenie my daardie een gee nie. Kom, Delila, gee ons 'n breek . . ."

Petri hou nie van die aggressiewe verslaggewer nie. "Hier is kinders en oumense. Diere en sportmanne. Gee julle om as ek aan hulle dink, eerder as aan 'n modelloop-baan?"

"Koos, skiet die krankes en hondehokke. Kry film van Nico Loodts – daardie blonde ou wat soos 'n branderplank-ryer lyk. Check, maar ek dink hy is nommer negentien op die ranglys en was in die Australiese kwarteind. Die ou agter hom lyk na George Garfield, die gholfspeler."

Koos stel nie in obskure sportmanne belang nie, meer in die lugwaardin.

"Juffie, kan jy bietjie links draai vir 'n profiel? Meer ont-spanne lyk, asseblief?"

Die passasiers drom om hulle saam. "Ons het duur vir 'n sitplek betaal, maar niemand weet wat aangaan nie. Hoe lank moet ons op die lughawe bly sit?"

Die man met die dringende sake in Londen is meer aggressief as die koerantman. "Wat presies beteken 'tegniese probleme'?"

"En 'onvermydelike omstandighede'?" eggo sy vrou.

Petri weet nie wat om te antwoord nie en Nico is ook van stryk. Sy kry hulp uit 'n onverwagte oord: kaptein De Villiers – sy donker hare deurmekaar, sonder sy baadjie en pet en met kommerlyne om sy mond. Maar steeds sjarmant, bereid om verantwoordelikheid te aanvaar en tot hulp van sy bemanning te wees.

"Tegnies: Die suikerpot het in die petroltenk geval. Onvermydelik: Dit sal ure duur om die glukose uit die tenk te pomp."

Petri het gehoop so 'n antwoord sal die spanning breek, maar die koerantman het nie 'n sin vir humor nie. "Twak. Wanneer reken u sal u vertrek, kaptein?"

"Nou. Ons ry nóú. Almal aan boord!"

"Gaan JA nul-een-drie vertrek?"

"Enige oomblik van nou af."

Die pers verloor belangstelling, sprei in 'n ander rigting en die kameras verdwyn.

Petri het gehoop haar bevelvoerder het na die 747 verwys. Maar dit is na die passasiersbus, nie die vliegtuig waarheen hulle moet gaan nie.

Buite begin dit reën. Nog 'n ry busse met portiers daag by die vertrekeindpunt op, met sekuriteitsbeamptes in reënjasse.

Johan de Villiers kyk om hom rond. "Wie is hier vir hotelreëlings? Net jy, juffrou Pretorius? Doen 'n aankondiging en sien asseblief toe dat passasiers oor nagstopfasiliteite ingelig word."

Petri aarsel. Sy weet nie hoe en oor watter mikrofoon nie. 'n Aankondiging, met watter bewoording?

Op pad terug na die laaiblad let Johan de Villiers die amandelvormige oë op. Donkerbruin. Amper swart, met 'n sagtheid daarin wat 'n mens aan fluweel herinner.

Hy bly 'n oomblik staan. "Wat is fout, bloeisel?"

Petri huiwer, druk dan moedig deur. "Mag ek Burgerlike Lugvaart se geriewe gebruik, kaptein? Moet ek 'n standaard-noodaankondiging doen?"

Johan kyk 'n tweede keer, merk dan die onsekerheid en senuwees. "Is jy 'n nuwe skeepskat?"

Petri knik. "Nog in sellofaan toegedraai."

Hy het tyd vir onderstebo glimlag. "Jammer, bloeiseltjie, dinge buite is chaoties. Waar is Jennie?"

Blykbaar Janine Oberholzer. Petri het gehoor hulle is glo verloof. "Elders besig, kaptein."

Johan onthou hy het haar by die assuransietoonbank gesien, waar ook probleme ontstaan het. Eerder as om die sku groentjie verder te verskrik of Janine te laat roep, tel hy self die mikrofoon op.

"Dames en here, kaptein De Villiers van vlug JA nul-een-drie. My spyt weer eens oor die vertraging deur veiligheidsmaatreëls genoodsaak – maatreëls wat ook noodsaak dat u hier oornag, waartydens verblyf en bykomende uitgawes op die lugdiens se onkoste sal wees."

Hy hou die mikrofoon vas. "Wat nog? Vervoer en moontlike vertrektyd?"

Hy is nie net aantreklik nie, maar nog vriendelik en bekwaam daarby. In teenstelling daarmee voel Petri meer junior as haar twee maande ondervinding op oorsese roetes.

"As kaptein nie omgee nie . . ."

Johan wens hy het die klassieke skoonheid onder meer positiewe omstandighede ontmoet. Hy het vyftien minute, waarvan tien reeds gebruik is . . . Maar die oë wat die kameraman in ekstase gehad het, bekoor hom ook. Hy druk weer die knoppie aan die mikrofoon. "Dames en here, vervoer is vanaf die vertreksaal na 'n nabygeleë hotel gereed. U word versoek om alle handbagasie met u saam te neem. Verdere aankondigings sal later gedoen word om u ten opsigte van die beoogde vertrektyd op die hoogte te hou. Namens die hotelgroep asook Jakaranda Lugdiens wens ek u 'n aangename nagrus en 'n voorspoedige reis môre toe."

Johan kyk verskonend na Petri. "Impromptu. Reg so?"

"Perfek. Dankie, kaptein." Sy kan nie help om op te let hoe bruingebrand hy is nie; manliker, langer en leniger as Nico, met die mees romantiese mond en glimlag wat sy nog gesien het. Sy wonder of hy en Janine binnekort gaan trou? Wat maak dit saak? wonder sy ergerlik. Hy is verloof, en sy binnekort ook. Sy is onbillik teenoor arme Nico, wat die gaafste vriend is wat enige meisie kan verlang.

'n Donderslag klink op en die reën val harder. Tussen die reënjasse en sambrele deur pyl 'n man in 'n verslete hemp en broek op haar af. "Hoe gaan die stormweer die vliegtyd beïnvloed?" eis hy.

"Die reën sal moontlik môre opklaar," antwoord sy.

"Ek probeer die meteorologiese buro kontak, maar hulle is doof en dood."

"Die kantoor sluit vyfuur smiddae, meneer."

Dit lyk asof hy nie registreer wat sy sê nie. "Altocumulus op twaalfduisend-driehonderd en 'n kopwind van vierkomma-ses. Agtuur, sewe-en-veertig minute?"

Hy weet meer as Petri en sy skatting klink akkuraat.

"Omtrent nege-uur," stem sy saam.

"Omtrent . . .? Passasiers is geregtig om presies te weet!"

Nie eers die stuurkajuit se bemanning kan die vlugduur tot op 'n minuut bepaal nie. "Agtuur, vyftig minute," gee sy toe, meer om die eksentrieke man gelukkig te hou.

"Sewe-en-veertig." Met 'n laaste kyk na haar verdwyn hy met sy ewe gehawende kajuitsak in die naaste kleedkamer.

Janine daag op. "Haai! Petronella J.C. Pretorius? Jy lyk te lig vir so 'n swaar handvatsel. Wat noem ek jou?"

"Petri, as jy wil."

"Ek wil. Enigiets is beter as Petronella Johanna Catharina. Jammer, Petri, dat ons jou in die front-line gelos het. Ek was by Avion Life. 'n Ou wou 'n polis vir tweemiljoen uitneem. Kan jy dit glo?"

"'n Versekeringspolis?"

"Lewenspolis. Die maksimum hier by die agentskap is honderdduisend. Selfs dié se premie kon hy skaars bybring. Die laaste rand moes hy met silwer en sente bymekaarskraap. Die man is getik as jy my vra. Hoe gaan dit hier?"

"Goed, onder omstandighede. As gevolg waarvan is die vertraging?"

"Nugter weet. Ek wou in Londen lakens en handdoeke koop; nou sal ek nie tyd hê nie."

"Enjinprobleme?"

"Nee. Waar is die res van die mense? Selma-hulle en Ronnie?"

"Ek weet nie. Al wie ek gesien het, was die kaptein en nou jy."

Een na die ander volgelaaide bus vertrek, elk met 'n lid van die bemanning aan boord om na die insittendes om te sien.

By die hotel is vyfsterdiens gereël. Telekse, faksmasjiene, rekenaars, skoonmaak. Luukse suites met telefone en televisie. Saunas, etes, drankies.

"Honderd-drie-en-dertig plus twee babas," kontroleer die hotelbestuurder, dankbaar dit is die 747-Combi, wat meer vrag as sitplekke het. Die 747 Super-B met driehonderd-vyf-en-tagtig passasiers sou 'n krisis veroorsaak het.

"Honderd-twee-en-dertig," rapporteer die onderbestuurder. "Een kort."

Janine en die hoofkelner vergelyk die kamersleutels met die passasierslys. Hulle kom tot dieselfde slotsom: iemand het op die lughawe agtergebly.

"Daardie ou met die voorliefde vir draaie loop," raai 'n

370

kelner. "Ek het hom nie hier gesien nie. Maak seker of die luidsprekers in die kleedkamers werk."

Die busbestuurder is hulpvaardig. "Ek moet in elk geval teruggaan vir 'n laaste klompie goed. Ek sal hom soek en hierheen bring."

Janine hanteer die aansluitingskonneksies, die senior waardinne die telekse en boodskappe, en Petri en die ander juniors die minder dringende probleme – bababottels en kamerdiens.

Toe dit rustiger gaan en daar 'n verposing is, stel Nico voor: "Koffie by my? Of twee by jou?"

Petri is dors en sou graag wou, net om 'n paar oomblikke te ontspan. "Jammer, Niek, miskien later," maak sy verskoning. "Die kaptein het gevra dat ons 'n paar minute moet vergader. Dit sal seker nie lank duur nie. Sien jou nou-nou."

Kaptein De Villiers is nie op reëls en regulasies ingestel nie. Netnou was hy sonder sy pet, nou is sy das losgeknoop. Hy lyk moeg en gespanne. In sy kamer wag hy totdat hy almal se aandag het. Dan praat hy in 'n saaklike stemtoon: "Ek hoef dit nie uit te spel nie – julle weet teen hierdie tyd seker almal dat dit nie suiker in die brandstof was nie."

Die eerste offisier en derde vlieënier lyk geamuseer.

Johan de Villiers glimlag ook vlugtig, genoeg om enige meisie se knieë week te maak. Maar dit strek nie verder as sy mond nie. Die blouselblou oë is nugter en berekenend.

Janine is al een wat waag om dit hardop by die naam te noem. " 'n Bomwaarskuwing?"

Hy knik. " 'n Naamlose oproep na 'n plaaslike polisiekantoor. Ons is nie in 'n posisie om enige dreigement te verontagsaam nie. As ons, die vliegtuig en honderd-drie-endertig onskuldiges die lug ingeblaas word, gaan die wêreld op ons nekke neerkom. Ons het geweet, ons is vooraf gewaarsku, ondanks en desnieteenstaande het ons gevlieg . . .

371

Nie ek, ons redery of enige ánder is bereid om so 'n risiko te loop nie." Johan de Villiers wag op kommentaar, teë-stribbeling, vrae, klagtes. Daar is niks nie, net 'n doodse, afwagtende stilte onder sy twee dosyn kollegas.

"Bagasie, wat eerste onder verdenking was, het geen ongeïdentifiseerde stuk of enige ander inligting opgelewer nie, behalwe dat een passasier blykbaar lig reis en nie 'n tas ingeweeg het nie. Dis nie 'n oortreding nie. Die vrag is ook afgelaai en deursoek. Alles in die ruim is uitgeklaar. Handbagasie en persoonlike besittings is deur sekuriteits-kontrole by die deure nagegaan. Die grondingenieurs soek nou vir 'n obstruksie aan die struktuur. Dames en here, dit mag 'n siek grap wees, of nie. Ek is oop vir voorstelle."

In die kamer het 'n kil atmosfeer ontstaan. Niemand rea-geer nie.

"Die vorige pseudo-grapjas wat 'n vals alarm gemaak het, het vier jaar gekry," merk die boordtegnikus op.

Petri dink aan die man wat die buitensporige lewenspolis wou uitneem. Maar aangesien Janine dit nie as belangrik ag nie, bly sy ook stil, bang hulle lag vir die groentjie wat op hol is – pas oorsee en niks gewoond nie.

"Daar was 'n snaakse teddiebeer," skerts 'n kelner in 'n poging om die spanning te verlig.

Petri het dit ook gesien – bo-op die gehawende, geruite kajuitsak van die meteorologiese fanatikus.

Selma van Wyk en 'n ander meisie lag. "Dis nie 'n mis-daad om vir jou kleinkinders 'n teddie te koop nie, is dit?"

Almal stem saam: Nee, dit is nie. Speelgoed, soeweniers en geskenke is bo verdenking.

"Twee oproepe," deel kaptein De Villiers hulle mee, "van dieselfde histeriese en onsamehangende persoon. Geen naam of adres is verstrek nie. Voordat die polisie die oproeper se identiteit kon vasstel, is die verbinding ver-breek. Al wat die polisie weet, is dat dit 'n vrou was, deur-mekaar en onbetroubaar. Laat ons hoop daar kom niks van nie. In elk geval, dankie vir jul tyd. As enigeen meer uitvind, ek is heelnag beskikbaar. Intussen, lekker slaap en sien julle môre. Sesuur roeptyd, agtuur vliegtyd."

Die koffie wat Nico na sy kamer bestel het, is yskoud.

"Heerlik," sê Petri en neem 'n sluk. "Het jy die kabelgram Parys toe gestuur?"

"En antwoord ontvang." Nico sug en trek 'n suur gesig. "No show: walk-over for opponent."

Petri is ontsteld. "Dis my skuld. Al wat die Fransman het, is 'n afslaan. Sy handrug is power en sy voorarm nie veel meer werd nie. Jy sou gewen het."

Nico kom sit by Petri en trek haar op sy skoot. "Die groter manne op die baan het dieselfde probleem as ek gehad."

Petri weet wat hy bedoel: vroumense. "Daarom het hul loopbane daaronder gely," herinner sy hom.

"Ek weet. Maar ek kan nie konsentreer as ek nie weet waar jy jou bevind, wanneer jy terugkom en wanneer ek jou weer gaan sien nie."

"Ons is nog jonk, ek en jy albei. Ek wil die wêreld sien en jy wil geld maak. Ons moet 'n kompromie aangaan. Nog twee jaar. Dan is die reislus uit my uit en jy skatryk en gevestig. Dan kan ons aan die toekoms dink."

"Twee jaar?" Nico is ongeduldig. "Terwyl ek intussen nie weet wie waar by my nooi aanlê nie?"

Hy het voorheen oor haar kollegas gekla, meer as een keer. Selfs daaroor rusie gemaak en teenoor hulle uitgevaar, asof hy haar nie vertrou nie. Petri wil 'n argument vermy en praat ligweg: "Soos ek al hoeveel keer verduidelik het, is driekwart van die ouens wat saam met my vlieg, oud en koud en getroud."

"Vanaand se kaptein ook?"

Petri kyk anderpad.

"De Villiers, die een met die flikkers vir die meisies. Is hy ook oud en koud?"

Petri is op veiliger terrein. "Hy is verloof."

"Wie sê so?"

"Die skindertonge. Binnekort getroud."

"Wanneer?"

"Hoe sal ek weet? Ek ken hom nie. Vanaand was die eerste keer dat ek hom ontmoet het."

"Hopelik ook die laaste keer." Hy neem Petri se hand in syne en soen haar. "Ek kan vir my vrou sorg. Ná ons troue kan jy ophou vlieg, hoef jy nie weer sente te tel nie."

"Moenie oorhaastig wees nie. As jy Wimbledon wil wen, moet jy los wees. Vry, sonder verpligtinge teenoor 'n vrou en gesin wat jou konsentrasie verdeel."

"Dis groter stres om ongetroud te wees." Nico trek haar nader. "Ná ons troue, waar gaan ons woon?"

Petri speel saam. "Monaco, die Riviera. Die Outback of die Kalahari."

"Ek wil 'n span kinders hê. Twee dogtertjies wat soos jy lyk en tien seuns wat ook soos jy lyk." Sy arms gaan om haar en hy trek haar stywer teen hom vas. "Jy kan vir die meisiekinders hokkiestokke en vir die seuns krieketkolwe koop. Dis maak nie saak as hulle nooit tennis speel nie. Solank ons twee bymekaar is."

Petri voel soos Janine. Oplaas Oxfordstraat, leerware in Madrid, Delft in Amsterdam, 'n koekoekhorlosie in Switserland en belastingvrye artikels in Las Palmas en Hongkong. Nog ses maande, 'n jaar – daarna sal sy bereid wees om van die kosmopolitiese lewe afskeid te neem, huis op te sit en kinders groot te maak.

"Solank ons saam is," beaam sy met haar kop teen sy bors.

Nico se arms om haar raak dwingend, eisend. "Ek het jou lief, Petri. Die Franse of Suid-Afrikaanse Ope, selfs Wimbledon . . . Jy is belangriker as geld of titels."

Petri is van vieruur vanmiddag af aan die gang en onder druk. Sy is moeg en gespanne. Bekommerd en onrustig.

Wat sy nodig het, is gerusstelling, nie bykomende eise nie.

Toe Nico se omhelsing te besitlik word, stoot sy hom weg. "Môre is 'n lang dag. Ons moet gaan slaap."

"Ek is nie vaak nie." Hy skuif haar agteroor op die stoel met sy mond teen hare. "Moenie altyd wil vlug sodra ek ernstig raak nie."

Petri beur regop. "Niek, nee . . ."

Hy laat haar nie gaan nie. "Ons ken mekaar al lank. Ons gaan trou."

"Eendag."

"Hoekom trou ons nie môre nie? Of vanaand nie?"

"Jy is laf."

"Ek dag jy gee vir my om. Hoekom keer jy altyd, stribbel jy teë, soek uitstel?"

"Niek, jy is te haastig. Moenie . . . Nee!" Petri se stem is skerp. Sy wikkel haar los en staan op. "Gáán trou verskil van ís getroud. Ons is intussen vriende, elk met sy eie lewe en keuses. Moenie ons verhouding bederf nie."

"Jy is outyds."

"Ja."

"Preuts."

"Noem dit wat jy wil, ek is soos ek is."

Hy is verleë en ná 'n rukkie weer homself: boetvaardig en vol berou.

"Jy is reg. Hoe sal ek in die toekoms regkom sonder 'n slim, praktiese vrou wat kophou?"

"Jy is 'n wenner, jy sal altyd bo uitkom."

"Sal ek? Sonder jou?"

"Ja." Petri staan by die deur. Mense loop in die gang verby en sy is skielik baie formeel. "Ek hoop u voel nou beter, meneer Loodts."

"Hoe kan ek, as jy my gaan verlaat? Hoe lyk dit met nog 'n bietjie medikasie, juffrou Pretorius?"

"Goeienag, meneer Loodts," groet Petri.

"Nag, juffrou," antwoord hy sedig. "Kan ek jou bel as

ek 'n nagmerrie het? Sal jy by my op die bed kom sit en my hand vashou?"

Met 'n laaste vies kyk na hom klap Petri die deur toe en stap weg.

2

Middagete op vlug 013 is oor die see, bykans tweeduisend kilometer wes van Gaboen. Die 747 is in stasies gedeel: kleurklas voor, standaardklas in seksies van agt rye per kombuis. Die diens verloop vlot. Binne twee uur is die skinkborde ingeneem, koffie geskink en die trollie opgeruim. Daarna volg bababottels, poskaarte, vrae en hoofpynpille. Petri speel oppasser, posman, navigator en verpleegster.

Toe die rolprent begin, gaan sit sy agter in die kajuit en skop ongemerk haar skoene uit. Gister en vandag was veeleisend. Miskien moet sy haar vlerkies vir 'n trouring verruil, dink sy. Nico verdien ondersteuning en kameraadskap. Hy het van kleins af baie vir sy sport opgeoffer. Ná matriek wou hy onderwyser word, maar vier studiejare weg van die internasionale tenniswêreld sou te lank gewees het. "Ek sal ses jaar lank alles insit," het hy belowe. "Alles prysgee, alles inboet. Maar ek wil probeer. Wie weet, ek slaan dalk die boerpot."

Hy het: die binnenshuise titel in Milaan, die eindstryd in Florida, asook die Duitse Ope. *Wunderkind*, het 'n dagblad in München hom genoem in dieselfde paragraaf as die wêreld se kampioene.

Petri het lugwaardin geword sodat sy kans sou hê om van sy toernooie by te woon. In Brussel het sy hom op sy beste gesien: vlughoue, netspel, beweeglikheid op die baan, veggees – alles was daar, behalwe ervaring. Dié sal hy mettertyd kry. Veral in Parys, wat die vuurdoop vir Wimbledon is.

Nou is die Franse Ope van die baan af . . . Petri sug. Sy help 'n seuntjie legkaarte bou en is besig om een van die babas op te pas toe Janine die gang afkom.

"Haai, Petronella J.C.! Sake onder beheer?"

Petri wens Mariëtte, wat goed met kinders is, was by. Sy skuif die skreeuende kleintjie na haar ander heup en voer hom sjokolade. "Afgesien van blou moord omdat sy ma gaan hare kam het, onder beheer."

"Het julle 'n Botha in standaardklas?"

Petri probeer 'n suigstokkie. "Toe maartjies, Mamma kom nou . . ." Sy onthou die deurmekaar kamersleutels gisteraand. Dieselfde van met verwarrende voorletters. "Drie Bothas. Hoekom?"

"Johan was pas weer in radioverbinding met Jan Smuts. Dieselfde vrou het kort tevore weer die polisie gebel, nou minder histeries nadat daar nie 'n bom en 'n neerstorting was nie. Nou is sy skielik nie meer seker op presies watter vlug haar man – G.J. Botha – bespreek is nie. Johan vra ons moet kontroleer. Het julle 'n G.J.?"

Petri is bly toe die kind se ma eindelik terugkom, met oogskadu en maskara en ander klere aan, wat verklaar waarom sy so lank weggebly het.

"Ek sal gaan kyk, Janine."

Soos Petri onthou het, lewer die passasierslys drie Bothas op: P.G, G.J. en J.G.

"Lyk een van hulle asof hy in Groendakkies hoort?" vra Janine.

"Nee. Die baba se ma is toevallig die P.G. . . . Sy is normaal, behalwe die geel oogskadu. Die ander Bothas is 'n skoolmeisie en die outjie met die teddiebeer."

"Niemand wat soos 'n kaper of terroris lyk nie?"

"Hoe lyk 'n kaper? Een is te jonk, een te oud. Tensy P.G. se swaar grimering 'n vermomming is."

"En die suigstokkie 'n gekamoefleerde masjiengeweer," spot Janine. Sy is tevrede, maar ná 'n paar minute stap hul kaptein die kombuis binne waar Petri opruim en glase wegpak.

"Dagsê, bloeisel. Jy lyk fleurig. Fris en vars. Nie of jy 'n slaplose nag gehad het nie."

Petri bloos. "Dankie, kaptein."

"Ek raai ek veroorsaak vir jou onnodige ergernis, maar soek ook vir Bothma, en Botes – enige voorletters. Dit mag 'n spelfout, tikfout of van sy kant af opsetlike verbloeming wees om ons te mislei."

Petri het aanvaar die bomwaarskuwing was 'n vals alarm. Sy sleep weer die dokumentetas uit die jaskompartement en soek met haar vinger teen die lys name af.

"Geen Bothma of Botes nie."

"Niks verdags onder enige van die ander mense nie?"

"Nee, kaptein."

"'n Skoolkind en 'n ma." Hy skud sy kop. "Waar sit oupa G.J.?"

"Twee-en-veertig C."

Haar kaptein lyk afgetrokke. "Laaste ry, langs die paadjie, met ruimer beenspasie as die ander sitplekke. Rokerseksie, geen uitsig op die doek nie."

"Maar wel oor die volle kajuit en vliegtuig . . ."

"Ruimer beenspasie vir groter beweeglikheid?" Hy kyk ondersoekend na Petri. "Hoe oud skat jy hom?"

"Dis moeilik. Dalk jonger as wat hy lyk."

"Blommetjie, ek dink jy is straks reg."

Almal by Jakaranda noem die waardinne bloeisels of blommetjies. Petri is daaraan gewoond. Maar komend van Johan de Villiers, is die bynaam skielik nuut – sy kan nie help om van hom te hou nie. Maar sy moet ook onthou dat hy en Janine Oberholzer verloof is, dat hy aan 'n ander meisie behoort.

Sy dwing haar gedagtes terug na meneer G.J. Botha.

"Dieselfde man wat nie by die hotel opgedaag het nie en volgens Hannes Scholtz 'n voorliefde het om lang rukke in kleedkamers deur te bring?" vra hy.

Petri is bly dat sy 'n intelligente bydrae kan maak. "Ook vreemd verwaarloos, kaptein. In die koue reën sonder 'n jas of 'n baadjie, en met 'n onnatuurlike belangstelling in die weerstoestande."

"Die weer?"

"Altocumulus en kopwinde. Veral die vlugduur, tot op die laaste minuut."

Johan frons. "Hoekom reken jy so?"

Petri verduidelik van die meteorologiese buro, sy obsessie oor akkurate inligting en die man se aggressie. "Maar dalk is ek bevooroordeeld," voeg sy by.

"Ek ook." Hy glimlag vlugtig vir Petri. "Dankie, nooi. Hou kop, ek is nou-nou terug."

"Weer oor die bom, of wat gaan aan?" vra 'n kelner.

Petri sluk. "Wim, ek hoop nie die kaptein dink wat ek dink hy dink nie . . ." Sy kyk die breë rug en donker agterkop agterna. Hy is blykbaar nie haastig nie – vertoef 'n oomblik by die laaste ry, gesels hier en daar met 'n passasier, beantwoord vrae en praat lank met Janine.

Dit is nie net die weer nie, onthou sy. Die man is ook behep met sy kajuitsak, waarin hy kort-kort vroetel of na iets soek. Dis waarskynlik onbelangrik, maar sy moes dit ook teenoor kaptein De Villiers genoem het.

"Die kaptein het kom rondkyk en is pas baie haastig die trap op stuurkajuit toe. Nie om dowe neute nie," hou Wim vol.

Petri wil nie 'n vals alarm veroorsaak nie. "Ons moet maar wag en sien."

'n Tweede besoek deur die bevelvoerder aan die passasierskajuit, kort op die hakke van die eerste, is abnormaal en sal agterdog wek. Ná 'n verdere radiogesprek met Jan Smuts se veiligheidsafdeling stuur Johan Janine agtertoe.

"Petri, hoe lyk dit met 'n bietjie tee?" stel hul hoofwaardin voor.

Petri maak, ook vir Hannes en Wim en 'n ou tannie wat aan hoogtevrees ly. Daarna dra sy hare en Janine s'n na 'n opklapbankie oorkant die kombuis waar hulle meer privaat is. Sy neem 'n sluk, sit dan die koppie neer. "Jy het nie slegs kom tee drink nie, nè?"

Janine is net so reguit. "Nee, maar dit lyk minder verdag as ons regtig oor 'n koppie tee kommunikeer."

"Waaroor?"

"Die persoon wat pas voor vertrektyd 'n lewenspolis van tweemiljoen wou uitneem, is dieselfde meneer Gerhardus Jakobus Botha."

Petri verstyf. Dit duur 'n rukkie om in te neem wat Janine gesê het. "Gerhardus Jakobus? G.J. Botha? Die man wie se vrou die polisie gebel het?"

"Einste hy. Ons het intussen ook by die reisagent vasgestel dat hy slegs die minimum deposito op sy kaartjie betaal het en die res oor 'n maksimum periode afbetaal."

Petri raak koud toe sy die implikasies besef. Tog weier haar verstand om dit te aanvaar en soek sy uitkomkans. "Baie mense koop reiskaartjies op skuld. Dis nie te sê dat hulle nie van plan is om die balans te betaal nie."

"In sy geval wel."

"Hoekom sou hy tot op die laaste nippertjie gewag het om versekering uit te neem as hy iets beplan?"

"Praat sagter en drink jou tee," maan Janine. "Ons wil nie slapende honde wakker maak nie. Moontlik het hy vooraf by ander versekeringsmaatskappye ook assuransie uitgeneem. Of dalk was hy bang sy vrou vind uit wat hy doen, kry snuf in die neus en probeer hom keer. Soos blykbaar wel die geval was, behalwe dat sy te laat was."

"Tweemiljoen? En dan skaars genoeg geld vir die premie op honderdduisend? Dit rym nie."

"Hy maak dalk nie resitasietjies nie."

"Hoe het sy vrou uitgevind?"

"Ek weet nie."

"Sy kon haar misgis het. Of hierdie is dalk 'n ander meneer G.J. Botha."

"Jy is 'n optimis. Kan wees, maar daar is te veel toeval dat ons houtgerus kan wees. Jy sê jy het gisteraand met die man gesels?"

"Eintlik net gepraat. Hy is nie gesellig nie. Vanoggend het hy my geïgnoreer, net voor hom sit en staar met die teddiebeer op sy skoot. Hy wou ook nie eet nie."

Janine het ook die ou oom so gesien – albei arms styf en beskermend om die beertjie, asof dit 'n baba is.

"Foei tog, 'n mens moenie oordeel nie," merk Petri op. "Dalk het hy nie kinders nie."

"Ek ken mense wat honde as hul kinders beskou, maar 'n stuk dooie speelgoed? Meer as getik. Koekoes as jy my vra. Jy sê hy wou niks eet nie?"

"Ek dink omdat daar nie plek was om die tafeltjie oor sy skoot af te slaan nie. Hy het ook niks gedrink nie, net kort-kort in sy sak gepeuter."

"Baadjiesak?"

"Nee, kajuitsak."

"Waar is die sak?"

"Dis te groot vir die hoederak. Hy het dit onder sy sitplek ingeskuif."

"Ja, ek het dit ook netnou opgemerk. Dit steek halfpad uit tussen sy voete en dié van die vrou langs hom."

"Moet ek die sak probeer skuif?"

"Nee! Onder geen omstandighede nie. Moenie eers daarna kyk of dit hoegenaamd aanraak nie. Ons weet nie wat binne-in is nie. 'n Bom of handgranate of wat nie. Al sê jy hy is ongesellig, is jy die enigste een wat kontak met hom gehad het. As ek of Johan instorm, gaan hy lont ruik. Jy is die aangewese een wat met hom moet gaan gesels – kalm en vriendelik en doodnormaal."

381

Petri se keel is droog, die soort droog waarvoor tee nie help nie. "Wat moet ek probeer uitvind?"

"Enigiets van nut wat kan aandui wie en wat hy is."

Petri vee haar klam handpalms aan haar romp af. "Ek is bang ek vang 'n gemors aan."

"Jy sal nie. Gesels normaalweg oor koeitjies en kalfies. Of hy met vakansie gaan, hoe lank, of hy al voorheen op Las Palmas was. Wat hy doen, of hy getroud is, of hy kinders het, ensovoorts. Niks aardskuddends nie – soos met 'n gewone passasier. Sien jy kans?"

Petri knik. "Ek dink so. Ek hoop so."

"Probeer sy aandag aftrek en sodoende tyd wen. Ons land oor twee uur, dan klim hy af en is die krisis verby. Met afdoende bewyse kan ons vra dat hy op Las Palmas aangehou en sy bagasie deursoek word."

"Goed." Petri bêre die koppies, dankbaar om te sien haar hande is nie te erg bewerig nie.

"Kuier hier en daar, werk dan stadig en geleidelik jou pad agtertoe tot jy op twee-en-veertig C kan konsentreer," gee Janine raad.

"Het ek tyd?" Petri huiwer. "Twee uur voor landing, maar . . ."

"Maar wat as hy besluit om binne twee minute die vliegtuig op te blaas?" voltooi Janine. Ook sy lyk senuagtig en minder selfversekerd. "Ons weet nie. Rapporteer onmiddellik indien jy bruikbare inligting bekom."

Petri het na raad en vermanings geluister. Maar die teorie en die praktyk verskil. Hoe haas 'n mens jou langsaam met struikelblokke langs die pad?

35A vra lemoensap. 37B het 'n vuil koppie waarvan hy ontslae wil raak. Daarna kom Nico, wat uit liefde meer skade as goed doen.

"Hallo, engel. Ek dag jy het my vergeet?"

"Hoe kan ek, ná gisteraand?"

"Ek dag dis juis as gevolg van gisteraand . . ."

382

"Nee."

"Nog lief vir my?"

"Ja."

"Sonder teëstribbeling, ruiterlik erken? Dis te maklik." Nico frons. "Wat is verkeerd, Petri?"

"Niks nie."

Hy ken haar te goed, merk dadelik die bekommerde trek om haar oë, die hand wat telkens na haar bloes se kraag voel – dieselfde onwillekeurige gebaar wat hy leer ken het as sy handrug ongeslaag was of as hy besig is om te veel dubbelfoute te maak.

"Wat is fout?" herhaal hy.

"Niks nie. Wil jy nog koffie of lemoensap hê?"

"Eerder vir jóú."

"Die prys van 'n reiskaartjie koop 'n sitplek, nie die lug-waardin nie," herinner Petri hom.

"Wat koop haar gawes? 'n Trouring?"

"Ons gesels later. Ek is 'n bietjie haastig," skerm sy.

Nico hou op terg. "Roep as jy my nodig het of daar iets is waarmee ek kan help."

"Dankie, Niek. Ek sal jou by jou aanbod hou."

Petri kuier by 41F en bewonder die tjalie wat die vrou hekel en die stapel foto's van haar kleinseun op Brighton, wat al 'n maand oud is sonder dat sy ouma hom gesien het . . .

Dan is sy by 42C.

"Hallo, meneer Venter," groet sy vrolik, hopende dat haar strategie werk. Indien dit lyk asof hulle nie weet wie hy is nie, sal dit hom meer op sy gemak stel.

Hy korrigeer haar nie en groet nie terug nie.

"Iets vir u? Tee? Koffie?" Sy kry selfs 'n ligte nooit in. "Vonkelwyn of 'n lugsiekpilletjie?"

Hy staar stom voor hom.

Petri probeer weer. "Het u die rolprent geniet?"

"Wat?"

"Die rolprent. 'n Dame vertel my sy het destyds toe hierdie rolprent gedraai het, hom misgeloop. Al rede hoekom sy op die vlug is, is sodat sy die rolprent kan sien. Nogal 'n duur fliek . . ."

Steeds is daar nie antwoord nie. Net die stug gesig en die vingers wat aanhoudend teen die armleuning trommel.

"Gaan u met vakansie, meneer Venter?" verneem Petri.

Dit lok 'n reaksie uit. "Wat vra jy so baie vrae?" wil hy verdedigend weet.

"Driekwart van die mense op die Boeing gaan met vakansie. Las Palmas is pragtig, met palmbome en wit strande. Die winter- en somertemperatuur wissel nooit meer as vier grade nie. Was u al voorheen daar?"

"Nee."

"Gaan u by u kinders of familie kuier?"

Die vingers hou op trommel, vee oor sy mond. "Hoe weet jy ek gaan nie Londen toe nie?"

Petri hou kop. "Ek raai sommer. Of gaan u in Londen of Parys by u kinders kuier?"

Sy merk dat sy gesig 'n ongesonde, bleek kleur onder die blas vel het. Hy is natgesweet, maar verbloem dit deur kort-kort sy bolip en voorkop teen die wollerige, oranje teddiebeer te druk om die sweet te absorbeer.

"Ek het nie meer kinders of 'n vrou nie."

Dus kan dit nie sy vrou wees wat gebel het nie.

Petri sou beter gevoel het as sy stem nie onverwags gebewe en op die laaste woord gebreek het nie, as sy nie skielik besef het dit is nie net sweet nie – deel van dit wat hy kort-kort afvee, is 'n nattigheid agter die dikraambril. Sy sou ook meer gerus gevoel het as hy nie die woord "meer" bygevoeg het nie . . .

Die dreuning van die vier JT9D-7 Pratt-en-Whitney-motore klink plotseling vreemd. Sagter, meer gedemp en minder skril.

Aan die hol kol op haar maag en die drukking teen

haar oortrommels kom Petri agter dat hulle besig is om te daal.

Sy kyk op haar horlosie. Dié is op Greenwich-tyd plus een uur, ingestel – volgens die Kanariese Eilande wat 'n uur agter Suid-Afrika is. Tensy haar horlosie se battery pap is, weet sy nie hoe hulle nou al vir landing gereed kan maak nie.

Die man op 42C kyk ook op sy horlosie – die soveelste keer in vyf minute. Soos gisteraand, besef Petri. Sy moet dit ook onthou en noem, saam met die bleek gespannenheid, die sweet en emosionele toestand.

"Hoe laat is dit?" vra meneer Botha.

"Twintig oor twee."

"Op die kop?"

"Negentien minute oor twee," gee sy toe om hom gelukkig te hou.

Dié keer vroetel hy met die teddiebeer voordat hy dit weer styf met albei hande op sy knieë vashou.

Hy lyk so verlore en hartseer, Petri kry hom jammer. Sy wil hom van haar budgie vertel. Van Willempie met sy krom snawel wat vir haar ook soos 'n kind is, wat by die bure moet bly wanneer sy op 'n vlug weg is.

Maar agter haar in die kombuis hoor sy 'n klokkie lui, dringend en aanhoudend. Aan die oranje lig teen die dienspaneel sien sy dit is die stuurkajuit wat roep, nie 'n passasier wat diens verlang nie.

Om die indruk van normaliteit oor te dra en vir die wis en die onwis 'n bondgenoot te skep, praat sy met die vrou langsaan op 42B.

"Enigiets wat u verlang? Nog koffie?"

"Parakalo?"

Petri probeer Duits en Frans.

"Parakalo?" herhaal mevrou Kasakis.

Grieks, lei Petri af. Sy onthou hoe sy en Nico in Athene saam sinsnedes gepapegaai het om dankie te sê, asseblief, goeiedag en goeienag.

"Kalimera," groet sy.

Hannes Scholtz wink na haar. Hy praat gedemp, onderlangs. "Jammer, maar Marcelle en Mariëtte is besig. Die kaptein vra dat jy so gou moontlik na die stuurkajuit kom."

4

Toe sy by die stuurkajuit instap, voel Petri aan dat iets drasties verkeerd is. Iets wat met die onverwagte hoogteverlies en verminderde kragtoevoer van die motore verband hou. Kaptein De Villiers is in 'n radiogesprek, die boordtegnikus kyk skaars op en daar is niks van die gemoedelike atmosfeer van voorheen nie. 'n Oomblik lank wonder sy of dit 'n foutiewe enjin is, maar toe kaptein De Villiers die oorfone wegskuif en omdraai om na haar te kyk, weet sy intuïtief dit is meneer G.J. Botha – meer as slegs 'n lewenspolis en 'n halfbetaalde kaartjie na Las Palmas.

"Doeane het laat weet dis ook hy wat nie 'n tas ingeweeg het nie," stel die eerste offisier haar in kennis.

In die onnatuurlike stilte klink Peet van Schalkwyk se stem vanaf die ingenieurspaneel hard en kras. "Sy vrou sê hy besit 'n skietsertifikaat. Hy het veertig jaar lank voor hy afgetree het by 'n myn gewerk, waar hy met geligniet en plofstowwe te doen gehad het."

"Hy lyk vir my onstabiel," las Petri by. "Steeds stug, maar ook emosioneel, bleek en natgesweet." Sy herhaal hul gesprek en wat sy uitgevind het. Veral die feit dat hy gesê het hy het nie meer kinders of 'n vrou nie. "Dalk is hy geskei," soek sy oplaas gerusstelling. "Of miskien is sy vrou en kinders dood."

"Hierdie is nie meer 'n geval van spekuleer, wag en sien nie. Die man is gevaarlik. Op Las Palmas wag 'n afdeling speurders en veiligheidspolisie hom in, maar tot dan is ons op onsself aangewese om die situasie te ontlont." Johan de Villiers praat saaklik. "As hy plofstof in sy besit het, is dit duidelik byderhand – in sy handbagasie versteek. Ons moet dit van hom af wegkry. Wie sit langsaan?"

" 'n Mevrou Kasakis."

"Prakseer 'n aanvaarbare verskoning – 'n dubbelbespreking, enige rede – sodat sy moet opstaan en van sitplek moet verwissel."

"Ja, kaptein." Petri aarsel. "Sy verstaan nie 'n woord Afrikaans of Engels nie."

Selfs hul bevelvoerder is 'n oomblik van koers. Hy weet ook nie wat 'n dubbelbespreking of sitplekduplisering in Grieks is nie.

"Of gee voor die sitplekgordel werk nie na behore nie en is dus 'n veiligheidsrisiko tydens landing."

Die gordel is 'n beter verskoning, behalwe dat Petri steeds nie weet hoe om so iets aan Elena Kasakis tuis te bring sonder om haar gewelddadige buurman op hol te jaag nie. Dit sou makliker wees om die dinamietdeskundige self te verskuif, maar hulle durf dit nie waag nie. Hy het netnou reeds vir haar onvoorspelbaar gelyk. Om druk op hom uit te oefen maak dalk net daardie haarbreedte verskil tussen latente normaliteit en geestelike wanbalans. Sy sidder toe sy dink wat die gevolge mag wees.

" 'n Kennis van my is aan boord," sê sy. " 'n Vriend wat 'n tyd lank in Athene gewoon het. Hy sal kan help."

Johan de Villiers wil nie buitestanders betrek nie. Hy lyk skepties.

"Nico Loodts," verduidelik Petri. "Nie geneig tot histerie nie, fiks en prakties."

"Ons kan ekstra spiere gebruik, skipper." Peet wou 'n grap maak, maar slaag eerder daarin om die situasie te vererger en sy bevelvoerder te antagoniseer.

"Ek reken ek en jy is mans genoeg om die situasie te

hanteer," antwoord kaptein De Villiers koel. Hy wend hom na Petri. "Wie sit langs haar, by die venster?"

"Die onvergeselde minderjarige, kaptein."

Johan onthou die vlugbesonderhede: Antonie van der Veen. 10 PAR BARNARD: 326-6633.

'n Seuntjie van tien, op pad na Parys sonder die begeleiding van 'n volwassene, met 'n telefoonnommer van waarskynlik sy oupa of ouma wat na sy koms uitsien. Hulle kan nie die jong Tonie of sy grootouers hierby betrek nie.

"Loodts? Die tennisspeler?"

"Ja, kaptein. Niek het aangebied om te help indien ons hom nodig kry."

Johan de Villiers het beveel dat niemand, afgesien van die interne personeel, van die situasie bewus mag wees nie. Maar dit is 'n krisis, almal weet van die bomwaarskuwing en Loodts is blykbaar meer as net 'n kennis van Petri Pretorius . . . Nie baie welkom nie, tog dalk nuttig.

"Waar sit hierdie Loodts?"

"Drie rye voor 42C."

Naby genoeg, bereidwillig, fiks en bewus van wat kan gebeur, besef Johan. Daarby het hy kennis van Grieks. Vyf positiewe feite, belangriker as persoonlike oorwegings.

"Goed. Lig hom in. Gebruik Loodts as jy dit nodig vind, Petri," gee hy toestemming. "Maar werk vinnig en kry mevrou Kasakis weg van Botha."

"Reg, kaptein." Sy byt haar onderlip en haar oë is groot en donker. "Gaan jy die bom – wat ook al in die sak is – van hom afneem?"

Johan knik. "Terwyl sy besig is om uit te skuif, sal Botha waarskynlik opstaan om haar te laat verbykom. Dit sal my hopelik 'n kans bied."

Gaan hulle geweld gebruik? Wat as hy hom teësit? Petri is te bang om te vra. Meneer Botha het nie vir haar na die hoflike soort gelyk nie. Sy sluk droog. "En as hy bly sit?"

"Sal sy aandag steeds 'n rukkie lank afgetrek wees ter-

388

wyl mevrou Kasakis oorklim. Jou en Loodts se taak is om vir afleiding te sorg, 'n onderbreking. Die res is my en Peet se verantwoordelikheid."

Gaan hulle hom oorrompel en die sak gryp, onwetend wat binne-in is? Onwetend of die bom enige oomblik kan ontplof?

Peet van Schalkwyk is 'n goeie keuse, want raak die boordtegnikus beseer, is die vlieëniers opgelei om sy werk te behartig. Maar as daar met die bevelvoerder en die Boeing iets gebeur, sal die eerste offisier en derde vlieënier in staat wees om oor te neem en te land?

Johan de Villiers weet wat deur haar gedagtes gaan. Hy steek sy hand na Petri uit. "Kophou, bloeiseltjie. Ons sal veilig anderkant uitkom, ek belowe jou."

Dit is asof die ligte skielik knipper toe hy aan haar raak, asof 'n hittegolf oor haar spoel toe Johan de Villiers haar hand bemoedigend in syne neem en sy vingers om hare sluit. Petri wil stywer aan hom vashou, vergeet wat besig is om te gebeur en haar verbeel hulle is op pad Hongkong of Taipei toe – enige bestemming, enige ander vlug, behalwe dié een.

"Paella en sangria, vanaand op Gran Canariaplein?" stel hy voor.

Petri weet hy probeer haar opbeur. "Dankie, kaptein." Ete, besef sy. Hy en Janine en sy, mits hy later die uitnodiging onthou en sy aanstaande tot 'n derdemannetjie instem.

Johan laat nie dadelik haar hand gaan nie en hou dit stywer vas as wat nodig is. "Kophou," herhaal hy sag. "As jy my nodig kry, sal ek by wees om te help." Hy maak 'n verstelling om die enjins te sinchroniseer en praat met Las Palmas-beheertoring. Sy stem is skielik weer saaklik en onpersoonlik. "En Loodts ook. Spiere en al . . ."

"Ja, kaptein." Of moes sy nee gesê het? Dit is duidelik dat hy nie veel erg aan Nico het nie. En sy? As sy hom liefhet, as hulle gaan trou, hoekom sien sy uit na 'n afspraak met 'n ander man?

"Sterkte, gesiggie . . ."

"Dankie. Vir u en Peet ook, kaptein."

Haar stywe glimlag en oënskynlik ongeërgde houding toe sy in die passasierskajuit terugkom, lei die ander mense om die bos; nie Nico nie. Hy kyk vraend op toe Petri langs hom tot stilstand kom.

"Nee dankie, nie nog lemoensap nie. Ek het genoeg vitamien C in om tien eindrondes te hou." Nico lyk ernstig en laat sy stem sak. "Of kom jy erken wat verkeerd is?"

Netnou het hy haar nie geglo nie, nou ontken sy dit nie meer nie. Gelukkig is Nico alleen in die ry. Petri gaan sit langs hom, buite sig en hoorafstand van die ander mense. Hy weet van die bomwaarskuwing. Sy bring hom op die hoogte tot en met die jongste verwikkeling: meneer G.J. Botha het ook geen bagasie ingeweeg nie, was by 'n myn werksaam en is klaarblyklik met plofstof vertroud.

"Heelwat daarvan is toeval en omstandigheidsgetuienis," argumenteer Nico.

"Nee." Petri is verby die fase van uitkoms en verskonings soek. Nou is sy realisties, soos Johan de Villiers. "Parakalo?" vra sy.

Nico het sedertdien meer geleer en stel haar nie teleur nie. "Me sinkorite? Ne?"

"Dankie, Niki."

"Waarvoor?"

"Vir meer as wat jy besef."

Petri mors nie tyd deur uit te brei nie. Later, ná Las Palmas, sal sy hom 'n druk en 'n soen gee en verduidelik hoekom. Vir eers is dit voldoende dat hy nog genoeg Grieks onthou. "Kapteinsbevele: Ek en jy moet mevrou Kasakis met 'n aanvaarbare verskoning na veiligheid bring en 'n obstruksie veroorsaak. Kaptein De Villiers stel voor 'n defekte sitplekgordel. Weet jy hoe om dit in Grieks te sê?"

390

"Weet De Villiers wat hy doen?"

"Ek dink so."

Nico sê 'n woord wat Petri nog nooit gehoor het nie.

Is hy kwaad? Gedagtig aan sy antipatie jeens haar bemanningslede, vra sy: "Beteken dit snert, vervlaks, bom of sitplek?"

In ander omstandighede sou Nico gelag het. "Dit beteken stoel se poot."

"Wát?"

"Een aand in Athene het ons almal te veel ouzo gedrink en die ameublement in die restaurant so effens verniel. My Grieks is verroes. 'n Stukkende poot is die naaste wat ek aan 'n defekte sitplek kom. Kan ek sê die stoel se voet is stukkend en tante Elena Kasakis moet na 'n ander stoel skuif?"

"Sitplek."

"Ek weet nie wat 'n sitplek is nie."

"Stoel is goed genoeg."

Nico speel duiwelsadvokaat. "Goed en wel. Maar waarom was die stoel se poot tot dusver doeltreffend? Botha sal deur ons plan sien."

"Hy sal nie. Hy verstaan nie Grieks nie. Al wat sal gebeur, is dat ons na die voetstukke wys, praat en beduie en dan sy buurvrou skuif. Hy sal niks agterkom nie."

"Ons sal dit stadig moet aanpak."

"Ons het nie tyd nie. Gisteraand al wou hy alles tot in die fynste detail weet. Dis nou sestien uur later. Net duskant Las Palmas, waar hy afklim."

"Sonder bagasie, met assuransie en 'n lewenspolis." Nico klink soos Peet – somber. "Is dit net ek en jy wat die verskuiwing hanteer?"

"Die senior waardinne is besig, die ander juniors en kelners het nie kontak met Botha gehad nie."

Janine kom help, klaarblyklik omdat sy oor Nico Loodts ingelig is. "Haai, Niek. Hoe gaan dit met meneer Spiere?

391

Geniet jy die aandag en is jy opgewasse vir die taak wat voorlê?"

"Mooi waardinne vol beloftes, proteïene en vitamines. Goeie diens, maar my sitplek is nie lekker nie."

Petri tel die aanknopingspunt op en draai in die rigting van 42C. "U sitplek? Die voetstuk, meneer Loodts? Ek verstaan daar is ander mense met dieselfde probleem."

"Ja," beaam Janine. "Veral in die laaste ry by die deur. Ry twee-en-veertig. Die middelste stut is gebuig."

"Kan julle dit herstel?" vra Nico.

"Onmoontlik terwyl ons in vlug is," eggo Petri.

"Ons sal genoodsaak wees om die persone te verskuif."

Hulle oorspeel en praat onnatuurlik. Petri kyk onderlangs oor haar skouer na 42C. 'n Paar van die ander passasiers luister, maar genadiglik lyk meneer G.J. Botha asof hy horende doof en siende blind is.

"Meneer Loodts, u is tegnies aangelê. Sal u asseblief gou na twee-en-veertig B kom kyk?" versoek Petri. "Ek dink daar is dieselfde probleem as by u."

Voor en agter hulle is hoë rugleunings en mense wat in die rolprent geïnteresseer is, eerder as in tuisgemaakte bomme en die junior lugwaardin se amoreuse aktiwiteite. Nico soen haar op die voorkop, dan op die mond. Hy hou haar teen sy bors vas. "Ek het jou lief, wat ook al gebeur, onthou dit."

Nico is heel amptelik toe hy die paadjie afstap en by ry 42 stop.

Hy groet meneer Botha, maak selfs 'n skertsende opmerking oor instandhoudingspersoneel se onbekwaamheid wat kajuitklaring betref.

"Die wát?" Nie die wollerige, oranje beer, sy hempsmou of 'n opgebondelde stuk sakdoek is meer doeltreffend nie. Strome sweet tou teen sy wasbleek gesig af en vorm 'n donker poel op sy skoot sonder dat mevrou Kasakis se buurman 'n poging aanwend om dit te verbloem of af te vee.

392

Nico praat en verduidelik. Petri verstaan niks. Elena Kasakis blykbaar gedeeltelik.

"Ne."

Ne, onthou Petri is nie nee nie, maar ja.

Nico beduie na die sitplek se onderstel. "Kali andamossi. Kaput. Finis."

Die terme is internasionaal en Elena Kasakis snap wat hy by haar wil tuisbring. Sy knik en neem haar handsak, daarna haar sambreel en reënjas vanaf die hoederak. Sy het geen beswaar daarteen om te trek nie, veral as dit na 'n venster kan wees.

Meneer G.J. Botha lyk ook nie asof hy sy swaarlywige, anderstalige buurvrou met die lang elmboë sal mis nie. Toe sy opstaan, skuif hy reg en annekseer die gemeenskaplike armleuning.

Johan en Peet kom die paadjie af, kalm en oënskynlik op skakelwerk tussen die passasiers en personeel ingestel.

Peet van Schalkwyk hurk met 'n skroewedraaier by die laaste ry. Dié wat merk dit is weer die kaptein op besoek aan die kajuit, is min gepla en stel meer in koning Arthur, Lancelot en Guinevere belang.

Noodplan A verloop volgens plan, afgesien daarvan dat, vir 'n Casanova, Johan de Villiers vroueposture sleg evalueer en nie betyds probleme voorsien het nie.

Elena Kasakis is oorgewig en lomp. Die Boeing tydings daling is ook nie baie stabiel nie. En haar buurman is nie hoflik genoeg om op te staan en vir haar plek te maak nie. Toe die vliegtuig te midde van lugleegtes effens kantel, verloor sy haar balans.

Johan bied sy arm aan om haar te help.

Tant Elena is te oud en stel nie in die jong kapteintjie se potensiaal belang nie. Sy gryp na die hoederak en haar buurman se benerige kniekoppe.

Gert Botha was afsydig. Met die armleuning gemaklik in sy besit, selfs toegeeflik. Sy gedagtes is by sy vrou en kinders en ses maande oue kleinseun, wat nou 'n beter lewe sal hê met die uitbetaling van die assuransie. Hulle sal genoeg geld hê, nie net vir water en ligte en kos nie, maar ook vir luukses soos 'n nuwe motor en 'n wasmasjien. Hulle sal sy opgehoopte skuld kan betaal en ryk wees. As hy weg is . . . 'n Klein prys om te betaal vir dié wat hy liefhet, om homself op te offer om sy gesin uit die ellende van armoede te verlos.

In die donker gate van die myn was dit sy droom om eendag te vlieg, oorsee te gaan, soos die rykes. Hy kon van 'n gebou afgespring het, maar hy was bang. Vir gif ook, of om voor 'n trein in te ry. Hy het in elk geval die motor verkoop, anders sou hy nie vir die polisse en vliegtuigkaartjie geld gehad het nie. Nee, dit is beter so. So is alles gou, vinnig, binne-in die vliegtuig verby. Maria is 'n goeie vrou en Elsie en Hardus is slim kinders. Hulle moes by 'n universiteit gaan leer het, dan het Elsie nie met 'n dronk man gesit en Hardus met dagga en dwelms deurmekaar geraak nie. Met Gertjie moet dit anders wees. Hy moet eendag iemand word. 'n Dokter of 'n predikant. Hy moet ryk wees en in 'n groot dubbelverdiepinghuis bly . . .

Elena Kasakis, wat haar ewewig verloor het en bo-oor hom val, ruk Gert Botha uit sy droom tot die werklikheid terug.

"Oppas! Pas op!"

Sy verstaan nie. Om haar balans te herwin, druk sy teen sy knieë en teen die bonkige lyf van die opgestopte teddiebeer.

Gert Botha se skreeu is yl en onbeheers. Daar was 'n wekker wat hy met groot sorg, versigtig met boetseerklei en gom, in posisie teen die dinamiet geplaas het, met 'n wig van vuurhoutjies teen die aansteker geanker om eers netnou af te gaan. Oor vier-en-veertig minute. Op Las Palmas, waar die brandweer en dokters is. Hy wil nie onskuldige mense doodmaak nie, net homself.

394

"Kom weg!" skree hy.

Om weg te kom, moet Elena Kasakis oorklim. Die verspotte beer het haar lank genoeg gepla. Nou kan hy nuttig wees . . . Sy druk harder met albei hande op sy maag en klouter verder.

Iewers lui 'n wekker.

Hy was nog nie reg nie, nou dwing hulle hom . . . Gert Botha word blind van woede. Buite homself en beangs spring hy op. Onnosele, vet skepsel! Hy stamp die vrou eenkant toe en slinger die dinamiet van hom weg – met geweld, so hard en so ver as wat hy kan. Dit is egter swaar en hy het nie genoeg krag nie. Die hoederak is in die pad en dit val teen die volgende ry sitplekke.

Nou, noudat dit te laat is, weet hy hy wil nie doodgaan nie. Hy sal regkom, teruggaan myn toe en hospitaal toe. Hy is nie siek nie, hy sal behandeling kry, gesond word en regkom.

Veraf hoor Petri iemand uitroep, skril en aanhoudend: "Ek wil nie! Wil nie . . .!"

Sy skree ook – vir Antonie van der Veen om uit te kom, te hardloop, te vlug. Maar die seuntjie is te stadig, snap nie. Hy kyk onseker na haar en reageer nie. Ook nou, te laat, besef sy dit was die teddiebeer, nie die sak nie. Die bom was op sy skoot, die hele tyd binne sig. Hy het knaend sy arms daarom gehad. Hoekom het hulle aanvaar die bom was in die kajuitsak?

Johan het dit vermoed. Peet sou op die sak konsentreer, hy op die oud-skofbaas en die plofstof op sy skoot. Maar hy het te lank gewag en nie rekening gehou met die Griekse vrou, die dalingsratio en die lugstrome nie.

Nico besef wat gaan gebeur. Hy ruik rook en hoor die sisgeluid van die brandende lont. Sy reflekse is vinnig en hy reik blindelings na Petri.

"Antonie, gryp die kussing! 'n Kombers!" waarsku Petri.

Slegs 'n deel van Nico se brein reageer in die sekondes

wat oorbly. Hy sleep Antonie orent, stamp hom tussen die sitplekke in en val dwarsoor hulle om met sy lyf Petri en die seuntjie teen die geweld van die ontploffing te beskerm.

"Val plat!" roep Johan uit.

'n Verblindende slag volg. 'n Knalgeluid, soos 'n kanonskoot. Nog een volg, en nog een. Ontploffing ná ontploffing – geligniet en dinamietkerse, soveel as wat 'n plofstofkenner in 'n uitgeholde speelgoedbeer kon inpas. Die klank van brekende glas en skeurende metaal weerklink. Die geluid van allooi en staal en veselglas wat skreeu, soos die dakstutte en rakke wat losgeruk is, probeer hulle histeries skuiling soek, storm na die deure, pluk aan die handvatsels en veroorsaak 'n paniekbevange stormloop na die uitgange.

Dan kom die wind . . . drukverlaging. 'n Tierende tornado wat hulle meesleur en alles met hom saamsleep. Beddegoed, sakke en los voorwerpe. Borde, koppies, glase, kameras, selfs 'n bril en 'n skoen uit die hoederak. Boeke en tydskrifte, koerante en sambrele – alles dwarrel in 'n waas van onherkenbaarheid verby. Nico se arms om Petri raak slap en sy greep om Antonie bied geen weerstand teen die krag van die orkaan nie. Petri is daarvan bewus dat hy val, dat hy swaar teen haar terugsak en Antonie van der Veen van hulle weggesleep word.

"Keer! Help hom!" Haar kreet word deur die gedruis uitgedoof.

Wat van die babas en die wiegie vorentoe?

Petri reik na die seuntjie, maar hy skuif steeds verder weg buite haar bereik. Sy voel hoe haar bloes teen haar lyf wapper en een van die knope afbreek. Haar hare is deur haar gesig, stof in haar oë en mond. Sy kan nie praat nie en niks sien nie. Dit is slegs 'n refleksbeweging wat haar laat uitreik en vasklou toe haar skouer iets solieds tref. Die verwronge afskorting word 'n anker vir nog liggame, tussen 'n bondel komberse en repe mat, tasse en vrag. Die gewig is te swaar en die suigkrag te sterk.

Die houtskot kraak, bars uitmekaar en tref Petri teen die slaap. 'n Pyn flits deur haar kop, haar boarm. Dan spoel die druisende orkaan oor haar. Voor haar word alles donker. Die gesuis en geloei vervaag. Die dreuning van die enjins en die sweepslae van die swiepende hoederakke raak weg. Sy verloor haar bewussyn en sak inmekaar bo-oor Nico en Peet, en Gert Botha se geruite kajuitsak.

4

Toe Petri bykom, is sy gedisoriënteer. Sy lê stil, terwyl haar verstand sukkel om deur die newels te breek. Ná 'n rukkie dwing sy haar loodswaar ooglede oop. Sonder om haar kop te draai, kyk sy om haar rond. Sy sien 'n onderstebo kasdeksel, 'n rooi mat en stroke wit voorwerpe wat soos watte lyk. Petri herken niks en kan nie onthou hoekom sy op die vloer lê of hoe sy daar gekom het nie. Sy probeer opstaan, maar 'n skerp pyn brand deur haar skouer en sy het nie krag in haar bene nie. Toe sy teen die afskorting terugsak, merk sy 'n blink voorwerp langs haar lê. Dit is haar horlosie. Sy tel dit op. Die knip is gebreek en die wysers staan op kwart oor drie. Amper kwart oor. Veertien minute oor drie . . .

Iets roer in haar geheue en geleidelik kom alles terug. Sy herken die watte as sponsrubber wat uit geskeurde sitplekke kom en sien dit is bloed aan die mat. Haar skouer het blykbaar seergekry. Haar bloes is ook rooi gevlek.

Dan onthou sy plotseling die teddiebeer en die bom, die ontploffings en die slag teen haar kop. Die laaste newels verdwyn en sy kruip orent. Die wind is minder sterk en die vliegtuig is nog in die lug, maar besig om te daal, en daar is 'n onnatuurlike vibrasie in die stertgedeelte. Maar hulle vlieg nog. Bo-oor die vibrasie by die laaideur hoor sy die motore dreun. Al vier klink normaal en albei vlerke is horisontaal. Die wete dat hulle nie neergestort het nie, dat die vliegbemanning blykbaar veilig en die 747 onder beheer is, gee haar die krag om om haar te kyk.

Al die afskortings en gordyne is afgeruk, sodat sy die volle lengte van die 747 kan sien. Die kajuit is in chaos. Verwronge sitplekke en mense is rondgesaai – party regop, ander sit en lê tussen die puin van handbagasie en kombuisvoorrade. In die gang hurk 'n tienermeisie wat histeries huil en haar kop vashou.

Toe Petri fronsend soek waar die gedruis vandaan kom, ontdek sy met 'n skok wolke en blou lug. Waar voorheen 'n slot en die laaideur was, is 'n gapende gat waardeur die wind kolk en druis. Deur 'n tweede skeur in die vloer doem die see op – grys en onstuimig en onheilspellend naby onder die stuurboordvlerk. So naby dat sy die golwe kan sien, die deining wat deur die voortstuwende romp van die Boeing 747 veroorsaak word. Voor die deur is sommige van die vensters weg, en duskant is daar net 'n leë spasie waar twee rye sitplekke was. Mense was . . .

Petri druk haar hande voor haar mond om nie ook soos die tienermeisie beheer te verloor nie. Sy onderdruk die narigheid wat in haar keel opstoot en draai haar kop weg.

As gevolg van verminderde lugdruk het die suurstofmaskers outomaties uit die oorhoofse paneel geval. Sy trek een nader en neem diep teue. Drie, vier keer. Stadigaan neem die duiseligheid en die siek gevoel af en is haar brein helder.

Antonie! onthou sy. Sy soek verdwaal na waar sy onthou Nico haar en die seuntjie gegryp het. En Nico . . . Wat het van hom en Johan en Janine geword? En al die ander?

Sy kry eerste vir Wim – onder 'n hoop veselglas wat sy opsy stoot om te kan verbykom. Petri verstar. Sy roep na hom in 'n hees fluistering.

"Wim . . .? Wim!"

'n Man kom nader. "Is jy beseer, juffie?"

"Ek is reg. Maar . . . Maar die kelner . . ."

Hy kyk swyend na die stil figuur, buk en voel Wim se pols – eers aan sy gewrig, daarna teen sy nek. Dan maak hy Wim se gesig met sy baadjie toe. "Ons kan niks meer vir hom doen nie."

"Wat het gebeur?" roep 'n passasier uit.

"Daar was 'n ontploffing. 'n Hele reeks ontploffings. Was dit 'n bom?"

Petri sien Janine en Hannes Scholtz tussen die mense deur beweeg om beseerdes te help. Sy is dankbaar hulle is ongedeerd. Behalwe arme Wim. Maar daar is baie ander mense dood. 'n Entjie weg sien sy 'n figuur wat toegemaak onder 'n kombers lê, roerloos, met net 'n stukkie bruin skoen wat uitsteek. Sy wil nie kyk nie, wil nie weet wie dit is nie.

"Ons is nie seker nie, meneer," skerm Hannes.

"Hoe kan julle nie seker wees nie?" Dit is die aggressiewe man van Jan Smuts met die dringende besigheid in Londen. "Ons het 'n bomwaarskuwing ontvang. Ons was twaalf uur lank vertraag. Het julle mense nie intussen die vliegtuig deursoek nie?"

"Die tegnici het," antwoord Janine ontwykend en bang om te veel te erken voordat daar 'n ondersoek was. Sy vryf met 'n bewende hand oor haar gesig en draai weg om die histeriese tienermeisie se kop te verbind en haar tot bedaring te bring.

"Petri!" roep sy. "Bly om jou te sien . . . Wat makeer jou skouer?"

"Lyk my dis die sleutelbeen." Petri maak dit ligweg af. "Dis nie erg nie. Het jý seergekry?"

"Nee. Net geskok en die kluts kwyt. Alles het gelyk gebeur. Ek kan dit nie glo nie . . ."

"Wim is dood."

"En Mariëtte."

"Nee!" Petri druk geskok haar hande teen haar mond.

Mariëtte van Onselen – ook 'n junior, soos sy. Vrolike Mariëtte wat kleuterskoolonderwyseres was en kom vlieg het om die wêreld te sien. Blonde, lewenslustige Mariëtte . . . Sy ook?

"Wie nóg?" vra Petri skor. "Meneer Botha?"

"Ek weet nie, ek sien hom nie. Ook miskien maar goed . . . Hier is 'n dokter aan boord. Kry hulp vir jou skouer."

Belangriker vir Petri op die oomblik is die passasiers. Sy buk by 'n ou dame wat uitgestrek oor drie sitplekke lê, blykbaar ongedeerd, maar in 'n toestand van skok. "Kan ek help? Hoe voel u?"

"Beter, kindjie, noudat die vliegmasjien besig is om af te gaan."

Petri onthou die ou dame ly aan hoogtevrees. Sy moet liewer nie daardie gat in die vloer sien nie – die opening regoor die see nie . . .

"Het tannie seergekry?"

"Nee, my hartjie, ek was gelukkig. Net my ore het toegeslaan van die slag en my bril is weg. Gaan ons land?"

Hopelik, aangesien hulle besig is om te daal, dink Petri. Sy weet nie of die Boeing se struktuur 'n landing sal kan deurstaan nie, of hulle Las Palmas gaan haal nie, of hulle nie dalk 'n noodlanding op die see oorweeg nie. Miskien is die brandstoftenks beskadig en het hulle nie 'n keuse nie.

"Ja, tannie," antwoord sy met meer sekerheid as wat sy in haar binneste voel. "Rus ondertussen maar 'n bietjie. As ek kan, as die kombuis nog werkende toebehore het, sal ek nou-nou vir u tee bring."

Petri lawe 'n ander ou dame met 'n bietjie water. "Het iemand die seuntjie gesien?" vra sy. "Antonie van der Veen. 'n Klein blonde seuntjie wat in die agterste ry gesit het."

"Ja, daarso." 'n Hand beduie na voor in die kajuit. "Ek dink sy arm is gebreek."

Petri wil huil. Antonie was haar verantwoordelikheid. 'n

Jong, onskuldige kind . . . Dankie tog dat dit al is – slegs 'n gebreekte arm, dat hy nie deur 'n erger lot getref is nie.

Op pad na hom kom Petri op Nico af waar hy agter die afskorting lê. Haar asem ruk in haar bors. Hy lê so stil . . .

"Niek?" prewel sy. "Niki, kan jy my hoor?"

Hy antwoord nie.

Haar keel trek toe. Met koorsagtige haas kniel Petri by hom en voel sy pols en hartklop. Sy is te verskrik om veel te registreer – of hy nog lewe, of sy hart klop, of hy asemhaal. Sy voel na sy hand, of dié warm is.

"Versigtig, moenie hom beweeg nie," waarsku dieselfde ouerige man van netnou, besig om met 'n stuk hoederak en stroke gordyn Antonie se arm te spalk. Seker die dokter van wie Janine gepraat het.

"Lewe hy nog?" fluister Petri.

Dokter Bruckner knik. "Moenie hom probeer skuif nie," herhaal hy. "Die beste wat jy kan doen, is om hom stil en warm te hou en vir hom suurstof te gee, indien moontlik. Geen vloeistof – niks per mond nie. Kaptein De Villiers het vir intensiewe mediese hulp gevra. Ambulanse staan gereed en die hospitaal is gereed om noodgevalle te hanteer."

"Op Las Palmas?"

Dit klink na 'n dom vraag, maar hy verstaan wat sy bedoel. "Las Palmas, ja. Moed hou, juffrou, ons gaan dit maak."

Nico ook?

Petri vergeet van die vibrasie, die vermiste laaideur, die see en die gate in die Boeing se romp wat deur die dinamiet veroorsaak is; van die verswakte struktuur, die brandstoftenks en watter bykomende skade moontlik aan die 747 aangerig is.

Nico is bewusteloos of in 'n koma – Petri ken nie die verskil nie. Sy hartklop was baie flou en sy gesig het nie 'n druppel kleur nie.

"Dokter, hoe ernstig is sy toestand?" vra sy.

401

Hy huiwer. Diagnose sonder 'n behoorlike ondersoek is gevaarlik.

Petri kyk weer na Nico, na die onnatuurlike posisie waarin hy lê, met sy kop half skeef gedraai. "Is sy . . ." Sy probeer dit sagter stel. "Lyk dit asof sy nek beseer is?"

Die mooi lugwaardinnetjie ken blykbaar die tennisspeler goed. Dalk is Loodts haar kêrel.

"Ons sal x-strale moet neem om vas te stel," antwoord dokter Bruckner. Hy klink soos Janine – versigtig om 'n definitiewe uitspraak te maak.

Petri bring 'n draagbare suurstofsilinder, plaas die masker oor Nico se neus en mond en draai die kraantjie oop. Sy vou 'n kombers om hom en gebruik kussings wat as 'n buffer sal dien om hom teen verdere stampe te beskerm. Sy wens sy kon meer vir hom doen – hom teen haar vashou, met hom praat en belowe alles sal regkom.

Die elektriese bedrading in die kombuis is beskadig en geen skakelaar werk nie. In een wasbak is nog 'n bietjie water oor. Daaruit skep Petri 'n halfkoppie en neem dit vir tant Ellie. Met die oorblywende vloeistof maak sy 'n spons nat en vee versigtig oor Nico se gesig daarmee. Sy vel is koud en klam; sy weet nie of die koeligheid verligting bring nie.

"Niek, ek is nie kwaad oor gisteraand nie. Ek is lief vir jou en sal met jou trou. Enige plek saam met jou gaan woon," fluister sy.

Hy lê stil, ook toe Petri sy hand versigtig optel om sy pols te voel. Die beste wat sy kan doen, is om hom warm te hou, het die dokter gesê. Vroeër, sonder isolering en met 'n oop kajuit op agtduisend meter, was die temperatuur benede vriespunt. Nou egter, op vierduisend meter, nader aan die Kanariese Eilande, ses-en-twintig grade noord van die ewenaar, is die atmosfeer warmer. Sonder lugreëling, amper drukkend. Nogtans maak Petri hom met 'n ekstra kombers toe.

Die kussings as beskermende skokdempers om hom was net betyds. Vanaf die warm Atlantiese Oseaan stoot 'n lugstroom op en die makrostraler skommel gevaarlik. Mense gil en verdring mekaar by die uitgange. Nog 'n gedeelte van die bagasierak breek los. Die vibrasie vererger en by die geskeurde gat verdwyn 'n kajuitsak wat te na aan die rand gelê het. Petri skerm vir haar skouer, stamp haar kop in die proses en hou krampagtig aan die kajuitwand vas totdat die vliegtuig weer stabiel is.

Daar is 'n gesuis en gekraak van statiese elektrisiteit, 'n stem wat oor 'n luidspreker kom.

"Dames en here, daar is geen rede tot paniek nie. Alles is onder beheer."

'n Oomblik lank dink Petri dit is kaptein De Villiers en haar gemoed is ligter, amper vrolik, asof die krisis nie so erg is nie en hulle almal veilig daardeur sal kom. Dan besef sy dit is nie Johan de Villiers nie, maar Ronnie Momberg – die hoofkelner – met 'n handmegafoon. Die interkom werk blykbaar nie. "U word versoek om asseblief kalm te bly en alle beskikbare veiligheidsgordels vas te maak," vervolg hy.

Hoewel die wind nie meer dieselfde skrikwekkende suigkrag as voorheen het nie, sleep Petri en Selma van Wyk oorblywende handbagasie na veiligheid en skuif mevrou Kasakis 'n tweede keer – weg van die gat in die romp en die maalkolk wat by die laaideur ontstaan het.

Die Griekse vrou praat en beduie emosioneel en met baie handgebare. Dit is ooglopend die teddiebeer wat sy beskryf en waarna sy uitvra.

Die ontploffing was 'n ongelukkige sameloop van omstandighede, haar buurman se skuld en nie hare nie, probeer Petri by haar tuisbring. Dit is 'n wonderwerk dat die vrou nog leef. Die tydskrifrak en die ry hoë rugleunings was haar redding. Of anders was dit nog net nie Elena Kasakis se tyd om te gaan nie . . .

403

"Botha morte." Ingeval die twee lugwaardinne nie verstaan nie, trek sy met haar wysvinger oor haar keel en beduie na die gat by die laaideur. Haar hande maak swaaibewegings na buite.

Dieselfde narigheid van netnou kruip weer tot op die krop van Petri se maag. Meneer Botha is skynbaar ook deur die opening na buite gesuig.

Mevrou Kasakis hou drie vingers op, met dieselfde swaaibewegings na buite.

Hý, plus nog drie mense . . . Petri druk haar vuis teen haar mond en sluk. Sy wens daar was water wat vir haar dor keel en die naarheid sou help.

Antonie is asvaal en het traanstrepe oor sy stowwerige wange. Maar hy is dapper en verbasend kordaat, te jonk om die omvang van die gebeure te besef. "Ek wed jou my pa en my oupa was nog nooit in 'n vliegtuigongeluk nie," spog hy.

"Ons gaan nie 'n ongeluk maak nie, ons gaan veilig land."

Gedagtig aan die vroeë trane het Petri bedoel om hom gerus te stel, maar dit was nie goeie sielkunde nie. Antonie lyk teleurgesteld.

"Die vliegtuig is stukkend. Die deur het afgeval en die vlerke spring kort-kort so op en af. Hulle gaan ook breek. Dan sal ons nie kan land nie."

Petri verduidelik van lugleegtes, van warm en koue strome en dat die vlerke veerkrag met 'n speling van meer as drie meter het. Dit is egter nie wat Antonie wou hoor nie. Hy lyk al hoe meer afgehaal.

Die vrou voor hom kyk om en knipoog verskonend vir Petri. "Jy het darem 'n ontploffing beleef. 'n Groot storie wat jy vir jou maatjies by die skool kan gaan vertel," troos sy.

"Dinamiet binne-in 'n teddiebeer?" Antonie trek 'n suur gesig. "Hulle sal sê ek skiet varke en vir my lag."

Petri kry ook 'n skewe glimlag, wat haar beter laat voel. "Hoe gaan dit met jou arm?"

Onder die deurmekaar kuif is die twee blou oë onnatuurlik blink en sy onderlip bewe. "My arm is vreeslik seer . . ."

Agt jaar oud is steeds net 'n klein seuntjie, besef Petri. Die bravade is bloot 'n fasade waaragter hy sy vrees wegsteek. Sy maak nie die fout om hom soos 'n babatjie op te tel en te troetel nie. "As ek my noodhulptas kan opspoor, sal ek vir jou 'n pil bring."

"Sal 'n pilletjie die seer wegvat?" Die trane dreig om oor te loop.

Mevrou Greyling het drie seuns en weet hoe om die Adamsgeslag te hanteer. "Jy gaan 'n yslike berg gips om jou arm kry, dikker as jou bobeen. Al jou maats sal jaloers wees en vra om hul name op die gips te skryf. Boonop sal jy twee maande lank nie hoef skoolwerk te doen nie."

Die blink word 'n ander soort blink. Antonie lyk in sy noppies en lus om sy ander arm ook te breek.

"Tannie se hemp het bloed aan," merk hy op. In sy oë gee dit die lugwaardin aansien. "Is dit seer?"

"Die bloed? Nee. My skouer, ja. Hy is ook vreeslik seer."

"Dal sal tannie ook baie gips kry," bemoedig hy haar.

"En twee maande lank nie skinkborde hoef te dra nie. Dit sal lekker wees."

"Hoekom wou daardie man die vliegtuig opblaas?" vra mevrou Greyling onderlangs.

Petri weet nie of sy die polis en assuransie mag noem nie. "Ons weet nie vir seker nie. Vermoedelik was hy geestelik versteur."

"Gaan ons neerstryk?"

Aan haar oortromme kan Petri voel hulle is steeds besig om te daal – om te land, of as gevolg van struktuur- of enjinprobleme, weet sy nie. Die see kom al nader en die 747 tref nog 'n lugleegte. In die kombuis val 'n houer glase klingend teen die wasbak. 'n Siddering trek deur die romp en vir Petri lyk dit ook asof die vlerke wil afbreek.

"Selma!" skree sy en soek na haar senior kollega.

"Hier. Wat skort? Nog 'n teddiebeer of 'n gat in die stert?"

"Nee. Wie vlieg?"

"Johan."

"Die kaptein? Johan de Villiers? Is hy veilig?" Petri se stem breek. "Hy was reg langs die twee en veertig C toe die bom ontplof het."

Selma kyk ondersoekend na Petri. Gaan dit om beheer in die stuurkajuit of om meer persoonlike redes? "Peet sit bo in die sitkamer, buite aksie en in 'n toestand van skok. Kallie neem waar as boordtegnikus. Almal ly aan skok. Maar toe ek hom laas gesien het, het ons kaptein net 'n pleister onder sy oog gehad."

Petri is moedig, soos Antonie en tant Ellie en Elena Kasakis. Maar haar skouer pyn en Wim en Mariëtte en Nico is te vars in haar geheue. Haar selfbeheersing begin verbrokkel.

"Is sy oog beseer?"

Vroeër was Selma ook histeries toe sy gehoor het daar is 'n bom aan boord. Janine moes haar 'n kalmeermiddel gee. Nou is sy egter kalmer, glo sy vas hulle gaan land, gaan veilig op Las Palmas aankom. Sy sit haar arm om die jonger meisie se skouer.

"As Johan nie kon sien nie, was ons lankal neus eerste in die water. Hy is heelhuids. Ons gaan dit maak, suster."

"Hoe weet jy? Omdat Janine en Ronnie vir die passasiers so sê? Alles onder beheer, terwyl die vliegtuig besig is om stuk vir stuk op te breek?"

"Dié is nie 'n Viscount of 'n Comet nie. Dis 'n Boeing, 'n sewe-vier-sewe-makrostraler. Volgens Seattle die veiligste vliegtuig ter wêreld."

Petri het ook die advertensie gelees, met Johan de Villiers

se glimlaggende foto daarby. "Almaskie. Indien hy nie uitmekaar geskiet is nie. Selma, ek was by toe Botha die dinamiet van hom weggeslinger het. Ek het gesien hoeveel daar was. Ek, en jy ook, het die reeks ontploffings gehoor en die skade besef. Hoe lank kan ons nog in die lug bly?"

"Ure. Selfs met al vier enjins afgeskakel, kan ons hoogte hou en sweef. Op vierduisend meter, nog minstens twee uur. Maar Las Palmas is 'n driekwartier ver." Selma kyk op haar horlosie. "Beter: veertig minute. Jy hoef nie jou bikini aan te trek nie. Ons gaan op vaste grond land, sussie."

Petri kry dit reg om waterig te glimlag.

Selma is soos Antonie – dapper en vol bravade, tot op 'n punt. "Ek was altyd bang vir nul-een-drie," erken sy met 'n hortende snik. "Vlug dertien. Dis ongelukkig."

"Bygeloof is duiwelsdinge."

"Volgens IATA-verslae is Jakaranda Lugdiens een van die veiligste rederye ter wêreld, met die beste rekord. Tog, toe 'n bom geplant word, is dit op vlug dertien."

"Toevallig. Gerhardus Botha kon ewe maklik besluit het hy vlieg op JA nul-een-vyf tot op Ilha do Sal, nul-een-een na Windhoek of na Abidjan. Wat gebeur het, het niks met die vlugnommer te doen nie."

Selma lyk nie oortuig nie. " 'n Mens lees in die koerante en sien op televisie vliegtuie wat neergestort het. Maar dit gebeur altyd met ander mense. Jy dink jy is uitgesonder; jy glo nie so 'n ramp kan jou ook tref nie."

Petri begryp wat Selma by haar probeer tuisbring. "Ek weet wat jy wil sê. Wim het ook net aan die romantiese gedink – die plekke wat hy wou sien. Nie Mariëtte of enigeen van ons het geglo dis 'n gevaarlike beroep toe ons lugwaardinne geword het nie. Ons het net aan die besienswaardighede – Londen, Rome, New York, Parys, Hongkong – en die opwinding en inkopies gedink."

Albei meisies is stil, elk met haar eie hartseer, skok, angs en ontnugtering om te verwerk. Dan vra Selma: "Wat wou

Johan en Peet bereik? Die bom van hom afneem en onskadelik stel?"

"Ja. Toe loop dinge verkeerd."

"Janine reken die man was skiso. Ongebalanseer."

Hulle vind troos in mekaar se nabyheid, maar dit is 'n tydelike luukse ten koste van beseerdes wat hulle dienste nodig het. Selma haas haar in die gang op toe dokter Bruckner vir haar wink. Petri vind nog 'n onbeskadigde suurstofsilinder vir 'n man wat reeds een hartaanval gehad het en nou benoud voel. Haar noodhulptas staan wonderbaarlik nog op sy plek onder die jaskompartement. Daaruit haal sy lugsiekpilletjies, pleisters, 'n aspirien vir Antonie en 'n kalmeermiddel vir die hartlyer.

Sy kniel by Nico, maar vind sy toestand onveranderd. Indien moontlik, is sy gesig meer gedreineer, met 'n grysblou kring om sy mond. Hy lê steeds roerloos, in dieselfde posisie waarin sy hom 'n rukkie gelede gelaat het.

Ronnie Momberg kom op haar af. "Nekbesering," sê hy.

Ronnie lyk sleg. Sy hare hang en sy uniform is aan flarde, vuil en besmeer.

"Hoe lyk die stuurkajuit?" vra sy.

"Beter as hier. Die ontploffing het nie in die neusgedeelte veel skade aangerig nie, die wind ook nie. As julle ruimte soek, kan julle ongevalle keurklas toe skuif."

"Daar is oral skerp voorwerpe en obstruksies. Ek dink almal moet voorlopig ter wille van veiligheid bly waar hulle is. Ons is laag en gaan netnou erger skommel."

Ronnie lyk stroef. "Die landing gaan nie 'n piekniek wees nie . . . dalk nóg beserings veroorsaak."

"Werk die hidroliese stelsel?"

"Wie weet?"

"Kan die wiele uitkom?"

In antwoord hierop hoor hulle die wielskagte oopskuif. Die flappe aan die vlerk sak na vyf-en-veertig grade. Ronnie hou sy duim op. "Hulle werk!"

Hulle is nog in een stuk – 'n neerstorting in die see en blykbaar ook 'n buiklanding op die aanloopbaan is nie hulle voorland nie. Ronnie en Petri waag dit om optimisties oor Las Palmas te voel.

Hy neem weer die megafoon. "Dames en here, maak asseblief seker dat alle sigarette uitgedoof en julle gordels vas is."

"Land ons?" Dit is een stem wat vra, maar alle oë is om die beurt vreesbevange op die see, die kajuit en die megafoon gerig.

Ronnie klim oor die rommel van 'n verminkte babawiegie en met die spiraaltrap op na die boonste verdieping om uit te vind.

Petri onthou die twee babas waarvan sy in die harwar vergeet het – Botha en Geldenhuys. Sy gee vir P.G. Botha junior die oorblywende aspirien en Pietie Geldenhuys kry die laaste slukkie water.

Die Londense sakeman se vrou maak haar gordel los en staan regop. "Ek het kinders by die huis. Moet hulle tevrede wees daarmee dat hulle ouers verdrink of verbrand het? Name op 'n statistieklys word? Ons het die reg om te weet wat aangaan, wat ons kans op oorlewing is."

Die tienermeisie hou aan kerm en hou die verband om haar kop vas.

'n Koor stemme antwoord. Daar was vooraf 'n bomwaarskuwing. Waarom het Jakaranda Lugdiens niks gedoen om die ramp te verhoed nie?

"Wat van beheerpunte by doeanes? Jou bagasie word met laserstrale deursoek. Jy self ook. Wat baat tegnologie as 'n bom kan deurglip en openlik aan boord geneem kan word?"

"Wat baat kontrole?" eis 'n ander passasier.

"Reisgeld het die afgelope jare vertiendubbel, soos petrol en belasting. Waarvoor? Swakker kontrole en groter risiko's? Wie ly daaronder? Ons."

Selma en Hannetjie Malan probeer wal gooi. Marcelle en Lien en die ander lugwaardinne probeer help.

Die megafoon het 'n sterker drakrag en kom tot hul redding. "Dames en here, u word versoek om u skoene uit te trek en alle skerp voorwerpe aan u persoon te verwyder, insluitend kunsgebit, brille, vulpenne en sakrekenaars, met die oog daarop dat u moontlik van die glybaan gebruik sal maak om die vliegtuig te evakueer."

Almal besef die erns van die situasie, gehoorsaam en wag op verdere instruksies.

"Die posisie tydens 'n noodlanding is 'n geboë houding: die gesig teen 'n kussing op die skoot gestut, met albei arms om die knieë geklem."

Aan bakboordkant verskyn die eiland se kuslyn en op die horison speldepuntkolletjies van geboue, plantasies, strate en huise, rooi dakke en bome. Alledaags, maar buite bereik – 'n skyn van normaliteit vir die kreupel vliegtuig en sy vasgevange insittendes, drie kilometer weg. So naby, en so ver . . .

Bokant die teëldakke en balkonne vol malvas soek die insittendes angsbevange na kussings, improviseer hulle met stukke mat en opgerolde tydskrifte – enigiets wat as 'n buffer sal dien.

Te midde van die chaos en paniek kom 'n laaste aankondiging deur: "Passasiers word gewaarsku dat daar meer as een slag kan wees, dat u moet bly sit tot die vliegtuig heeltemal tot stilstand gekom het."

5

"Die gereedhou-sein vir landing sal 'n flikkering van die gordelligte wees," maan Ronnie Momberg oor die megafoon toe die mank makrostraler laag oor Maspalomas

410

vlieg, oor die vallei van Angostura sirkel en op drieduisend meter stadig oor Generalissimo Franco-hawe inkom.

Die veraf speldekoppe op die horison word lemoenboorde, piesangplantasies, die plat kelk van die uitgewerkte Bandama-vulkaan. Petri was daar op haar eerste vlug, toe die eerste offisier 'n bromponie gehuur en haar saamgenooi het. Soos Mariëtte van Onselen, geniet sy dit om die wêreld te sien. Nou sal sy egter tevrede wees om net veilig in 'n hotelkamer te wees.

Die vloer kantel. As sy nie vasgegordel was nie, het sy die dak getref. Nico, dink sy, hou uit. Hou aan . . . Nog net vyf minute.

Die tienermeisie huil onbeheers en steek die omsittendes aan.

"Antonie, nee! Bly sit!" keer sy toe hy opspring.

Hy hardloop na Petri en gryp haar vas. "Ek wil nie gips met name op hê nie! Ek wil in die skool wees, nie die hospitaal nie!"

"Toe maar, toe maartjies . . ." Petri praat met hom soos met 'n baba, maar hy gee nie om nie. Ondanks die spalk, klou hy haar vas en snik hartverskeurend terwyl hy na sy ma en pa roep.

Selma steur haar nie aan reëls en regulasies wat haar posisie tydens 'n noodgeval betref nie. Sy strompel die paadjie af en sak langs Petri neer. "Dit was te alleen daar eenkant. Gee jy om?"

"Ek was ook alleen. En bang. Dankie dat jy gekom het."

"Wat word van my honde as ek nie teruggaan nie?"

"Jy sal." Petri se bleek gesig weerspreek haar woorde. 'n Vlaag stof pluk aan haar bloes, sif deur haar hare. Die flappe sak na negentig grade en die vier Pratt-en-Whitney-motore skakel oor na maksimum trukrag. Sy verstyf en klem Antonie van der Veen krampagtig vas.

Deur die skeur in die vloer is alles opeens spierwit. Branders? Seesand?

411

"Seepskuim," sê Selma. "Op die aanloopbaan gespuit teen 'n moontlike brand."

Kaptein De Villiers is bekend vir sy hantering van vrouens en sagte landings. Dié keer voel-voel hy egter versigtig in 'n eerste, tentatiewe landingspoging na die teerblad om die stabiliteit van die onderstel te toets, seker te maak dat die wiele sluit en 'n laaste verstelling aan die vlerkremme te maak. Hy hanteer die stuurstang soos 'n seepbel, 'n temperamentele merrieperd wat vir hom die July moet wen.

"Trim! Rigtingroer vyf grade oos, noordoos. Ontwasemer. Klappe. Kragversnelling!" roep hy die bevele na sy medevlieëniers uit.

"Mediese hulp, brandweer, landingsprioriteit bevestig," rapporteer Kallie, wat die verbinding met die beheertoring behartig.

"Waar is daardie Air France Concorde?"

"Agter ons, kaptein, op agtduisend. Ons het voorkeur."

"Ek sou so hoop."

Die 747 sirkel kort en kom dan stadig in met loeiende brandweerwaens weerskante van die aanloopbaan. Johan de Villiers lyk kalm, afgesien van sy kneukels wat wit om die stuurstang span. Hy vind tyd om vlugtig na sy bemanning te kyk. "Hier gaan ons – soos voor die kansel: in lief en leed, in voor- en teëspoed . . . Rookligte, gordelwaarskuwings aan?"

"Aan." Krit Kritzinger druk 'n skakelaar.

Onder in die kajuit begin die ligte by die dienseenhede hul waarskuwing flikker. Vinnig aan en af, om die beurt wit en rooi – die gereedhou-sein.

"Hou vas!" roep Hannetjie uit.

Petri druk Antonie se kop teen haar skouer.

Nog 'n toetslanding volg, tussen die ambulanse en brandweerwaens. Dan, flappe uit en wiele uit, teen amper staakspoed, maak die onderstel kontak.

Die hidroliese stelsel, die remme en rompstruktuur hou.

Die 747 stryk seepglad neer. Baba Botha op sy ma se skoot word nie eens wakker nie en die laaste slukkie water in tant Ellie se glas toon skaars 'n rimpeling.

Die insittendes kyk verward en verdwaas om hulle rond.

"Ons is op die grond!"

Op die grond . . . Nou eers dring dit tot hulle deur. 'n Paar passasiers klap halfhartig hande. Die chaos, die herinnering aan wat gebeur het, aan dié wat dit nie gemaak het nie, demp die vreugde en dankbaarheid.

Al het hulle 'n voorsprong gehad, bly die brandweerwaens teen die straler se spoed van driehonderd-en-tagtig kilometer per uur agter. Hulle versnel en probeer byhou, kies dan kortpad na die parkeerblad om by te staan as hul dienste benodig word.

Die makrostraler gebruik die volle lengte van die aanloopbaan voordat dit wiegend by die verste punt tot stilstand kom – verwyder van die ander verkeer op Gandolughawe indien 'n brand ontstaan, indien die brandstoftenks nie teen verdere ontploffings bestand is nie.

Die bedrywigheid om die vliegtuig lyk soos 'n miernes. Voertuie, dokters, beamptes, polisie en busse – almal swerm op die donker vliegtuig af.

Petri voel verdwaas en Selma kan geen woord uitkry nie.

"Daar was toe niks, g'n ongeluk nie," kla Antonie. Hy wriemel los. "Is daar buitekant 'n afseiler? Ek wil sien!"

Van oorkant die kombuis kyk Lien na haar gekoude naels. "Ek het vergeet om die musiek aan te skakel."

Petri is bang haar lag ontaard in 'n snik. "Die bandopnemer werk nie. Wat wou jy speel? 'Uit dieptes gans verlore'?"

"Psalm honderd-ses-en-veertig."

"Ek is nie 'n kerk-ou nie, maar volgende Sondag wil ek gaan." Selma is bewoë en aangedaan. "Laas keer het ons saam met Mariëtte 'n motor gehuur – almal ons ete-toelaes saamgegooi – om op Teror na die tempel van die Maagd te gaan kyk. Sy het gesê die eiland is mooi – ons het 'n Las Palmas-nagstop gehad."

"Wim ook. Hy het altyd strand toe gemik. Hoe oud was hy? Negentien? Twintig? Hy het nie eers 'n nooi gehad nie. So min van die lewe gehad."

"Die ander ook. Dalk selfs Gerhardus Botha."

"Moenie," keer Lien. "Anders word ons neuroties. Wees bly ons het geland."

'n Passasier wat hulle kon hoor, eggo die lugwaardinne se sentimente. "Ek is die laaste een vir wie die jong kelner-tjie 'n skinkbord gebring het."

Selma kyk deur die venster. "Die pers- en televisiemense is hier."

Antonie se glybaan is toe nie nodig om die vliegtuig te evakueer nie. Tog werk die grondpersoneel blitsvinnig om die trappe by elke deur in posisie te kry en die insittendes die vliegtuig te laat ontruim.

Ná al die stof en rook en benoudheid is die vars lug buite 'n lafenis. Petri stoot die laaideur wyer oop. Mariëtte was reg, besef sy. Sy het nie besef hoe mooi Gando se sinkdak-geboue en die plat aanloopbaan is nie, die Faro de Aringa-ligtoring, die veraf huise en stegies en seebries nie.

Alle hulp word benut – draagbare, rolstoele, simpatieke arms van paramedici, dokters en noodhulpbeamptes.

Die eerste bus wat vertrek, is oorvol. Die eerste halfdo-syn ambulanse ook, met loeiende sirenes. Oral waar Pe-tri kyk, is mense, kameras en polisie. 'n Onderhoud word met George Garfield gevoer, met tant Ellie, met ander pas-sasiers wat beseer is of gesinslede verloor het.

Petri baan haar weg tussen die obstruksies deur na Nico.

"Kan jy my hoor, Niki?" fluister sy. "Dis verby. Jy is vei-lig, op pad hospitaal toe. Die dokters daar sal jou help."

Hy hoor nie. Sy draagbaar verdwyn saam met die ry in

'n wagtende ambulans. Petri wil saamgaan, maar die deure klap toe. Op die dak flits 'n draaiende rooi lig en die sirene doof die vrae uit wat sy wou gevra het. In die plek van die ambulans trek 'n nuwe bus in wat gevul moet word. 'n Grondwaardin neem Antonie van der Veen in haar sorg, 'n tweede een mevrou Botha en die ander ma's met babas en kinders.

Dan kom die speurders, assuransieverteenwoordigers, vingerafdrukdeskundiges, bomdeskundiges en Gando-lughawe se bestuurder, saam met dié van Jakaranda Lugdiens.

Selma, Hannetjie, Tertia en Lien Truter word ondervra en hul verklarings afgeneem. Dit is die verwagte vrae. Hoeveel ongevalle? Die verloop van gebeure. In watter stadium hulle van die vermeende bom bewus geword het en watter maatreëls getref is.

"Wat is jy – nog 'n lugwaardin? Hoeveel is daar?" vra luitenant Castillo vir Petri.

"Elf, op hierdie roete."

Hy leun nader om haar naamplaatjie te lees. "Juffrou Pretorius, weet u hoe die bom aan boord gesmokkel is?"

"Metaalverklikkers of honde tel nie plastiekspringstof op nie. By die doeane word verrassingstoetse gedoen, maar nie op alle bagasie nie."

Die polisieman weet hoe ondoeltreffend en tydrowend veiligheidsmaatreëls op lughawens is. "Ek ken 'n geval waar 'n dame 'n staalpen in haar heup gehad het. Dit het 'n vertraging van veertig minute gekos om vas te stel waarom die verklikkers bliep as sy deurstap."

"Daar is getuienis van plofstof in 'n kind se speelgoed," verklaar die luitenant. "Kan u dit bevestig, juffrou Pretorius?"

"Dis korrek."

"Het u kontak met die vermeende saboteur gehad?"

"In 'n mate." Ronnie Momberg het gekla Janine skuif haar pligte op hom af, omdat sy nie verantwoordelikheid

415

wil aanvaar indien foute gemaak word nie. Petri voel 'n verwantskap met hom. Sy is onseker wat sy mag sê en wat nie. Sy soek na hul hoofwaardin, maar Janine Oberholzer is nie beskikbaar nie. Petri gebruik haar eie oordeel. Sy herhaal haar kennismaking met Gert Botha nadat die vertraging aangekondig is, haar tweede gesprek met hom die aand by die hotel en hul daaropvolgende kommunikasie, wat daartoe gelei het dat sy sekere feite teenoor hul bevelvoerder geopper het, in die lig van bykomende inligting wat hulle intussen ontvang het.

"Dankie." Luitenant Castillo maak aantekeninge. "Ek aanvaar u sal tuis wees by die Santa Catalina Hotel, waar ek met u kan kontak maak indien nodig."

"Ja, so nie by die hospitaal."

In die agtergrond hoor sy hul hoofwaardin praat. 'n Spaanse mengsel. "Señor Gomez, vra vir señorita Pretorius. Sy sal weet. Hulle is op troue."

Petri se skouer pyn ondraaglik. Troue? Wat bedoel Janine?

"Nicolas Loodts – die tennisspeler," verduidelik die televisieverslaggewer. "Hoe ernstig is sy toestand, señorita Pretorius?"

" 'n Nekbesering." Petri wonder hoe hulle uitgevind het. Haar oë brand. Noudat sy dit hardop gesê het, word Nico se beserings meer werklik. Sy toestand is ernstig. Hy kom dalk nooit weer reg nie.

Nuuswaardig, maar die Spanjaard stel meer in 'n nuwe, persoonlike benadering vir die aandbulletin belang.

"Was Nicolas Loodts aan boord omdat u die lugwaardin was?"

"Niek wou met Jakaranda Lugdiens vlieg," antwoord Janine, "ondanks 'n bomwaarskuwing en 'n vertraging, om by haar te wees."

Leonardo Gomez maak notas. "Señorita Pretorius, hoe sal sy beserings u huweliksplanne beïnvloed?"

416

"Ons het nie onmiddellike planne nie," skerm Petri.

Janine lag. "Sy is beskeie. Hulle het klaar 'n huis gekoop en was soos pasgetroudes op die vliegtuig. Sy het skoon van die ander passasiers vergeet."

"Is nie."

"Is!"

Stry help nie. Petri weet nie of dit 'n regstreekse uitsending vanaf die ramptoneel is nie. Sy wil nie redekawel en 'n swak indruk skep nie. Janine is kinderagtig. Seker 'n vertraagde skokreaksie.

Die vermistes en die danseres wat deur Afrika getoer en haar enkel beseer het, het nuuswaarde, so ook die vrou en kind wat langs die bommoordenaar gesit het. Gomez beweeg aan vir nog stories.

Hul boordtegnikus is genadiglik weer op die been, merk Petri op. Peet van Schalkwyk dwaal onderdeur die romp na die stertgedeelte van die 747, waaraan die ergste skade tydens die ontploffing aangerig is. Hy was bo in die sitkamer. Afgesonder. Toe hy die omvang van die skade sien, besef hy blykbaar ook hoe naelskraap hulle ontkoming was. Peet kyk na die gat by die laaideur, na die gapende bodem. Sy bene vou en hy kap om.

Petri sien hoe hy steier en op die teerblad neersyg, hoe hy op 'n draagbaar gelaai word, 'n dokter hom suurstof en 'n inspuiting gee. Dit is egter nie Peet wat haar vasgenael by die venster hou nie. Iemand anders was by, wat hom ondersteun het . . . Sy probeer verby die bagasiewaentjie en malende mense kyk.

Dan sien sy hom. Net 'n arm en 'n stukkie mou. Vier strepe daarop. Sy wil huil en dankie sê tegelyk.

Janine, Joe, Marcelle – hulle het gesê sy oog is beseer, hoewel hy kan sien. Tog het sy dit nie geglo nie, gevrees hulle smeer toe om 'n toestand van normaliteit te skep. Maar dit wás hy by Peet, wat hom regop gehou het tot mediese hulp kon bykom.

417

Hoekom maak dit soveel saak? Petri wil nie haar emosies ontleed nie. Gert Botha is dood – iewers saam met die oorblyfsels van sy dinamietbeer in die Atlantiese Oseaan. Daar kan nie nog 'n bom ontplof nie. Dit behoort voldoende te węes. Waarom vra sy ook dat kaptein De Villiers asseblief ongedeerd moet wees?

Petri sien dokter Bruckner 'n span ambulansmanne na haar kant toe beduie. "Dis net my skouer. Ek sal self 'n pleister opplak. Ek wil nie moeite veroorsaak nie."

"Dié kort meer as 'n pleister. Kom, juffie, jy het hulp nodig," beveel die dokter.

Op haar bloes gewaar sy vars bloedkolle. Die narigheid en duiseligheid is terug. Petri se kop draai en sy is deurmekaar. Sy hou aan 'n stut vas en vryf oor haar oë. Sy praat mompelend.

"Wat?" vra 'n stem.

"Dit was mos hy?"

"Wie?"

"Johan . . ."

Sy het gedink dit is Selma by haar, maar hoor Janine kil sê: "Sy yl. Kry 'n rolstoel."

Soos Peet, probeer Petri op haar voete bly terwyl sy haar skouer vashou.

"Ek kan loop." Haar tong sleep, sy hoor dit self. Deur 'n mistige newel sien sy Johan nader kom. "Daardie skouer lyk sleg, moes verbind gewees het en die bloeding gestelp. Petri hoort in die hospitaal."

In 'n bed, om te kan slaap en van die pyn, die bom, die druk te vergeet . . . Dit klink onmoontlike hemel op aarde.

"Ek dink sy oordryf."

"Hoekom?"

"Om aandag te trek."

"Ek glo nie, Jen."

Petri stry teen die draagbaar wat haar wil wegneem. "Die vrou voor Antonie – kyk na haar."

418

"Wat van haar?"

"Soek haar . . ."

"Groentjies het almal muisneste," kla Janine. "Dié een meer as ander. Verliefdes hoort op binnelandse roetes, waar daar nie kompetisie met ander rederye is nie."

Mevrou Greyling het normaal voorgekom, wou nie aandag op haar vestig nie, tog bly Petri onrustig. Haar sitplek was in die volgende ry, net voor dié van Elena Kasakis. Sy het haar nie tussen dié wat afgeklim het, opgemerk nie.

"Een-en-veertig A . . ."

Janine is krities. "Petri se afdeling. Sy moes vroeër gemeld het dat die dame hulp benodig, of aan my rapporteer het."

"Ek sal gaan kyk," bied Johan aan.

"Dis onnodig. Ek het toegesien dat alle insittendes die vliegtuig ontruim het," verklaar Janine.

Sy is seker ook onnodig bekommerd. Petri wil vra dat Johan dubbel seker moet maak. Maar die inlaai van die draagbaar stamp haar arm teen die ambulans se deur. Been knars opmekaar en haar oë kan opeens nie fokus nie. Koue sweet vorm op haar voorkop en sy onderdruk 'n uitroep van pyn. Sy is dofweg van die prik van 'n naald bewus, 'n hand wat 'n kombers om haar vou.

"Moed hou, gesiggie."

"Dis net haar arm. Effens gekneus, niks ernstigs nie," hou Janine vol.

"Ek dink dis meer as net gekneus."

"Jy maak 'n berg van 'n molshoop. My knie is baie seerder. Ek hoort ook in die hospitaal."

Santa Maria. Saint Mary's. Die hospitaal van die Maagd Maria in die Avenida Perez, onthou Petri, waar Niek sal weet of hy ooit weer 'n kans op Wimbledon sal hê. Sy moet sý gesig onthou, nie dié van 'n man wat nie aan haar behoort nie.

6

"Gebreekte sleutelbeen," diagnoseer dokter Bruckner ná x-strale en konsultasie met 'n Spaanse kollega. "Te oordeel na die kneusings en vleiswond, juffie, moes die een of ander voorwerp jou baie hard teen die kop en jou skouer getref het."

Die afskorting, vermoed Petri. Of die hoederak. Sy en Antonie was gelukkig om so lig daarvan af te kom – sy met net 'n gebreekte sleutelbeen en hy met slegs 'n gekraakte gewrig. Die danseres se enkel is vergruis en Alicia Segova sal in die toekoms met 'n kierie moet loop. Albei mevrou Greyling se bene is by die heup gebreek, een passasier het sy oog verloor en 'n ander het ernstige breinbeserings opgedoen. Afgesien van talle snywonde, gebarste oortromme en nog beenbreuke, bestaan daar ook die gevaar van breinskade as gevolg van die paar minute wat hulle in die dun lugruim sonder suurstof was voordat die 747 na 'n veilige hoogte met leefbare lugdruk gedaal het.

"Alles as gevolg van een man wat kop verloor het, tou opgegooi het en ná sy dood sy gesin skatryk wou agterlaat," merk Petri op, terug in die saal nadat haar skouer verbind is.

"Niks so normaal soos skisofrenie nie. Stapelgek," verklaar Janine. "As hy wou selfmoord pleeg, hoekom 'n hele vliegtuig saam met hom opblaas? Kon hy nie ewe rustig 'n oordosis slaappille gedrink het nie? Of miergif, en niemand gepla het nie? Geen polis betaal in elk geval uit indien die begunstigde sy eie lewe geneem het nie. Selfs al was hy vir tweemiljoen verseker, sou sy erfgename nie 'n sent daarvan ontvang het nie. Ná sy dood is hulle in werklikheid slegter daaraan toe, want nou verval Botha se mynpensioen en sit sy gesin sonder daardie inkomste, hoe karig dit ook al was. Armer, en met die wete dat hy 'n moordenaar was. Sewe mense dood en tientalle beseer. Miljoene rande skade aan 'n makrostraler, afgesien van die bagasie en vrag wat daarmee heen is. Waarvoor? Sodat hy op televisie en in die koerante kan kom? Ten koste van sy familie wat die res van hul lewens gebrandmerk is?"

Neuroties en ongebalanseer, het Petri hom opgesom. Net jammer sy vrou het sy toestand nie betyds besef en vroeër alarm gemaak nie. Nou erken sy hy was depressief. Hy het voorheen gedreig hy gaan 'n einde aan alles maak. Hy het geknak nadat hy te lank ondergronds in die doolhowe van die myn geworstel het om siel en liggaam aanmekaar te hou, terwyl sy droom altyd was om eendag te vlieg.

"Vry deur die lug soos 'n voël," het mevrou Botha sy woorde aangehaal toe die polisie haar opgespoor en ondervra het. "Vry, soos 'n vliegtuig . . ."

"Wat nie sy óf haar kloustrofobiese man besef het nie, is dat 'n vliegtuig nooit vry is nie. Selfs 'n reusemakro is mensgemaak, meganies aanmekaargesit, weerloos teen bomme en die elemente. Stukke metaal en veselglas kan voortbestaan, maar die vliegtuig self nie."

"Of sy insittendes, wat meer vir hul reiskaartjies as Gert Botha betaal het nie," eggo Hannes. "Sommiges ook pensionarisse wat 'n leeftyd gespaar het om oorsee te gaan. Parys en Londen te sien, Amsterdam, Rome, Switserland. Sewe van hulle het nie eers by Las Palmas uitgekom nie."

Ook Selma is kras. "Geen individu het die reg om sy frustrasies op die samelewing uit te haal nie. Pleks dat hy sy deposito liewer vir sielkundige behandeling gebruik het."

"Dié het hy glo wel gehad, volgens Maria Botha en speurluitenant Gus Geyer van John Vorsterplein. Hul mediese fonds het verval en die rekening van die kliniese sielkundige het hulle geruk. Hy moes die wasmasjien verkoop om die onkoste te dek, en die yskas om ander agterstallige skuld te betaal. Daar was nie geld vir kos en klere nie. Hardus, die oudste, wat altyd losies betaal het, het met die verkeerde mense deurmekaar geraak. Sy geld is deur dagga en kokaïen ingesluk. En toe kom Gertjie . . ."

Johan het kortliks die omstandighede geskets toe hy by die hospitaal kom kyk het hoe dit in die ongevallesale gaan. "Volgens luitenant Geyer, die laaste strooi. Hy is ses maande oud – Gert Botha se kleinseun en naamgenoot, vir wie hy met sy lewe 'n beter toekoms wou koop."

"Het Gertjie nie 'n ma en pa wat vir hom sorg nie?" wil Selma weet.

"Hy het. Ma Elsie. Nie suksesvol op skool nie en klaarblyklik ook nie in die huwelik nie. Gertjie se pa drink, rand haar aan en blaas al sy geld op die perde. Hy was glo ook al 'n keer in die hof vir kindermishandeling."

"Die ses maande oue babatjie?"

"Hy het die kind se kop teen die muur gestamp en hom met sigaretstompies gebrand."

'n Klein, weerlose babatjie . . . Selfs Janine het niks te sê nie.

Johan maak 'n draai by mevrou Greyling, mevrou Claassens, by Nico en by Petri.

"Hoe gaan dit?"

Haar glimlag is net so onderstebo soos syne. "Goed, dankie. En met u?"

Hy moes ook steke in die sny onder sy oog kry. Johan voel aan die strook hegpleister oor sy wangbeen en na die verband om sy regterhand. "Beter as wat ek verdien. Ons moes die kajuitsak vergeet het en op die teddiebeer gekonsentreer het."

"Ons het nie geweet mevrou Kasakis sal struikel nie."

"Ek moes dit voorsien het."

"Hoe kon u as u nie in daardie stadium van al die feite bewus was nie?"

"Dankie. 'n Kampvegter wat my minder skuldig laat voel."

"U het nie skuld daaraan gehad nie, kaptein."

"'Kaptein' en 'u' . . . Jy laat my honderd jaar oud voel, Petri," terg hy.

"Ek is jammer."

"Jy, veral, het niks om voor verskoning te vra nie. As ek na jou geluister het, kon ons die ramp verhoed het. My naam is Johan. Want ons saam deurleef het, regverdig voorname."

Petri voel ongemaklik. Vroeër in gesprekke met ander, het sy hul bevelvoerder op sy voornaam genoem, maar nou kan sy skielik nie.

"Kan die welsyn nie die babatjie help nie?"

"Hulle sal, noudat die geval bekend en onder die soeklig is."

" 'n Kind het geen verweer teen 'n dronk pa nie."

"En 'n treurige ma en 'n paranoïese oupa nie."

Die interkom word aangeskakel. "Captain De Villas. Please come to reception for a message."

"Ek?" raai hy. "Seker 'n boodskap dat die grootmenere van Boeing Seattle op pad is. Lyk my vanaand se ete het neergestort. Wat van môreaand?"

Petri weet nie wanneer sy uit die hospitaal ontslaan word en weer 'n mes en vurk sal kan hanteer nie.

Janine is egter by en Petri bly formeel. "Dankie, kaptein. U is egter onder geen verpligting nie."

Johan, het sy geleer, is onkonvensioneel. Hy steur hom nie aan sy aanstaande se teenwoordigheid nie en neem haar hand in syne. Bemoedigend, simpatiek, soos met Eloïse Greyling en Alicia, tant Ellie en mevrou Claassens wat glassplinters in haar oë gekry het. Petri vra niks meer nie, sy is net dankbaar dat hy wel tussendeur sy ander pligte 'n paar minute aan haar kon afstaan.

Sy wil nie betrokke raak nie. Maar dieselfde elektrisiteit as tydens sy eerste aanraking is weer daar. Sy weet nie of hy dit ook aanvoel nie. Al wat Petri weet, is dat hy haar hand langer vashou, anders as mevrou Greyling of Alicia s'n.

423

"Nie 'n verpligting nie, 'n aand om na uit te sien," verseker hy haar. "Of ons kan môreaand forelle op Maspalomas gaan eet as jy wil."

Wil? Sy weet sy sal nie kan nee sê nie.

Nico is opnuut in haar gedagtes – Nico, wat steeds in 'n koma is en nog nie bygekom het nie; wie se loopbaan ook dalk verwoes is, soos dié van Alicia Segova; wat aarvoeding ontvang en dalk nooit weer in 'n restaurant sal kom nie, nie vir paella óf dorelle nie. Sy het volgehou sy het hom lief, al kon hy haar nie hoor nie. As hy nie regkom nie, het sy nie 'n keuse nie. Wie anders sal na hom omsien? Sy ouers is oud en het reeds te veel vir hom opgeoffer. Hulle het 'n vaste verhouding gehad. Sy kan hom nie nou in die steek laat en 'n nuwe las laai op sy pa en ma wat vir haar so goed was nie.

"Ons kon môreaand in Soho of Earl's Court gaan eet het," kla Janine. "Hoekom het hy nie voor 'n trein ingespring of rottegif gedrink nie?"

Petri is meer toegeeflik. " 'n Persoon wat emosioneel versteur is, redeneer nie normaal nie. Ek glo nie Gert Botha wou opspraak wek nie. Sy brein kon nie funksioneer nie, daarom het hy geglo die assuransie sou die ramp as 'n ongeluk aanvaar, gehoop die ondersoek sal aandui dat die neerstorting te wyte was aan natuurlike oorsake."

"Wat noem jy natúúrlike oorsake?"

" 'n Lugstroom. Enjinstaking. 'n Brand as gevolg van 'n kortsluiting of risikovrag. Jy was ook op kursus en weet wat kan gebeur."

"Aan wie se kant is jy? Die terroriste en saboteurs s'n?"

"Nee."

Janine wil nie toegee dat hulle dit iewers in hul harte moet vind om te vergewe nie, te verstaan, en vir Gert en Maria Botha jammer te voel nie.

"Jy en Selma is onrealisties. Ek voel vere vir die Bothas. 'n Sielsieke hoort in 'n inrigting, nie op 'n vliegtuig nie."

424

"Ons moet dankbaar wees sy het broodgeld vir 'n tele-
foonoproep opgeoffer," tree Johan vir Maria Botha in die
bres. "Anders het jy nie nou heelhuids, met al jou ledemate
en sintuie, hier gesit nie, Jen. Wees dankbaar jy is nie net 'n
nommer, 'n statistiek op 'n rekord nie."

"Wat bedoel jy?"

"Ek dink jy weet, Jennie."

"Weet wat?" dring sy aan.

Hy probeer olie op die water gooi. "Ons is almal moeg
en oorspanne. Kom, ek neem jou hotel toe . . ."

Met 'n simpatieke en besorgde Johan de Villiers aan
haar sy, is Janine Oberholser weer op haar stukke. Selfver-
sekerd en bekwaam, haar katterigheid en stroomop hou-
ding vergete.

"Ons het by die hospitaal gedoen wat ons kan. By die
hotel is meer mense wat ons aandag en hulp nodig het. Ja,
kom, ons moet ry."

Petri kyk hoe sy by Johan inhaak, hom deur toe trek.
Sy kry die indruk Janine is inskiklik slegs om haar eienaar-
skap te bewys en hom weg te kry.

Maar blykbaar wil sy eers 'n meer positiewe indruk skep
deur reg te maak wat sy verbrou het. "Jammer, Petri,"
maak sy berouvol verskoning. "Ná wat ons beleef het, kan
'n mens seker verskoon word as jy skepties of liggeraak
was. Jammer as ek haastig geoordeel het oor jou en Eloïse
Greyling wat nie afgeklim het nie. Sal jy my vergewe? En
laat weet indien jy hulp nodig het? Jy weet ek bedoel dit
opreg. Ek is jou vriendin – ek sal dadelik kom as jy my
nodig het."

Ook Petri is vol begrip en simpatie. "In die haak. Jy lyk
gedaan. Gaan slaap, Janine, en moet jou nie oor my be-
kommer nie. Hier is niks meer wat jy by die hospitaal kan
doen nie."

Janine is oordrewe besorg. "Daardie arm lyk nie goed
nie. Moet ek vra dat hulle jou skouer in gips spalk?"

425

" 'n Sleutelbeen kan nie gespalk word nie."

"Hy behoort verbind te wees met 'n stewige verband wat die skouer stut."

"Hy is."

"Sal jy bel as jy my nodig het?"

"Dankie, ek sal."

"Het jy geld? Genoeg kleingeld? Ken jy die hotel se nommer?"

"Ja."

Uiteindelik, ná nog hoeveel versekerings, is Janine tevrede dat sy haar plig nagekom het en dit nie lyk asof sy nie in die juniortjie belangstel nie. By die deur van die saal kyk sy oor haar skouer.

"Jy weet dit nie, Petronella Johanna Catharina, maar jy is die ster van die dag. Die heldin van die ramp. Onthou om vanaand televisie te kyk." Sy hou Johan se arm besitlik vas. "Jy ook, liefste. Die bulletin behoort interessant te wees."

Petri kry 'n hol gevoel op haar maag. Voordat sy kan uitvra, rem Janine Johan weg en wink die saalsuster vir Petri.

"Petrizia, pronto!"

Petri herken haar naam. Ook die woord 'pronto', wat gou of vinnig beteken. Sy sukkel regop.

"Señor Lodz!"

Petri vlieg uit die bed na die saal langsaan. 'n Dokter en 'n ander suster staan by Nico se bed, besig om die hart-longmasjien te monitor. Maar sy oë is oop. Helder. Dit is die goeie nuus wat suster Conzalves haar wou meedeel.

"Niek, hallo! Is jy by?" roep sy uit.

Nico hyg benoud. Hy hoes en sukkel om asem te kry. Verder lê hy roerloos, onnatuurlik stil, en steeds aan die respirator gekoppel. Hoewel hy by sy bewussyn is, lyk hy nog of hy in 'n kritieke toestand en niks beter is nie.

Petri steek vas en frons. Sy kyk vraend na die dokter. "Is daar iets verkeerd?" vra sy op Engels.

426

"No hablo inglés."

Vroeër kan hy homself verstaanbaar maak. Nou skielik praat hy nie Engels nie.

"Is daar iets verkeerd?" herhaal Petri.

Hy werk met ander pasiënte en kyk weg toe Petri hom uitvra.

"Lo siento mucho."

Hy is jammer. Petri weer nie waaroor nie en probeer uitvind. Of sy longe beskadig is. Sy hart.

Die dogter skud sy kop en vertrek na die saal langsaan.

"Weet u waar dokter Bruckner is?" vra sy Nico se buurman.

"Ek weet nie."

"As hy bygekom het, hoekom is hy steeds aan die masjien gekoppel? Hoekom is daar gedurig dokters by sy bed?"

"Ek weet nie."

"Lê hy die hele tyd so stil?"

Hy antwoord haar vraag nie direk nie. "Hy het netnou gepraat."

"Wat het hy gesê?"

"Ek kon nie hoor nie."

Almal is ontwykend, besef Petri. Iets ís verkeerd . . . Die suurstofmaskers wat wild in die orkaan se suigkrag gewapper het, is meteens weer vars in haar geheue. Die verlaagde lugdruk en vinnige daling na 'n leefbare hoogte . . .

"Niek, het jy pyn?" vra sy.

Sy oë flikker moeisaam in haar rigting, sukkel om te fokus.

Petri loop tot langs hom, neem die koue hande in hare. "Nico, ken jy my? Weet jy wie ek is?"

Hy soek met sy oë na haar. Sy kan sien dit is vir hom 'n inspanning om te fokus, asem te kry en te praat. Hy sukkel voordat hy haar naam mompelend uitkry.

"Pe . . . tri."

427

Petri. Hy ken haar. Die belangrikste vraag wat sy gevrees het, is deur Nico self beantwoord.

Haar vrees is ongegrond. Die vermoede wat sy gehad het, is nie werklikheid nie.

" . . . gebeur?" prewel hy skor.

Hy weet wat om hom aangaan. Hy kan dink en registreer. Wat ook al verder met hom skort, hy het nie breinskade nie.

"Jy was op 'n vliegtuig." Petri aarsel, onthou dan hoe dit voel om in die duister gelaat te wees, hoeveel erger haar oorvrugbare verbeelding as die werklikheid was. Dit sal geen doel dien om ontwykend of misleidend te wees nie. Vroeër of later sal die herinneringe vanself terugkom – later, in die nag wanneer hy alleen is, skrikwekkender as nou terwyl die son skyn, wanneer hy voorwerpe om hom kan onderskei en sy by hom is.

" 'n Bom het op die vliegtuig ontplof, Niki. Jy is beseer en in die hospitaal. Maar jy sal regkom en gesond word."

Sy oë soek na gips of verbande.

"Net jou nek." 'n Troos. Of nie? Hoewel dit warm, amper bedompig in die hospitaal is, kry Petri koud en wens sy sy het 'n warm kamerjas gehad.

"Nek?"

"Jy wou verhoed dat die bom ontplof. Jy wou my en Antonie teen die bom beskerm."

"Bom?"

Hy neem nie in wat sy sê nie. Sy ooglede sak swaar terug en hy haal stadig en snorkend asem.

"Is hy terug in 'n koma?" vra Petri.

"Hy slaap," antwoord sy buurman. Petri onthou die gryskopman het vorentoe, in die middel van die kajuit, gesit, maar kan nie sy van onthou nie. Sy sien nie letsels nie. Blykbaar is hy net vir skokbehandeling en observasie opgeneem.

"Hoe gaan dit met u?" verneem sy.

"Goed. Ek is op môreaand se vlug na Londen bespreek."

Hy is dapper. Sy weet nie of sy die moed sal hê om so gou weer op 'n vliegtuig te klim nie.

"Is dit normaal dat Nico so gou aan die slaap geraak het? So diep en so vas slaap?"

"Ja. Moenie hom steur of wakker maak nie."

"Slaap hy? Is dit al?"

"Ja. Los hom. Slaap is goed vir hom."

Petri maak 'n draai by die ander beddens en by Peet. Hy is immers beter en gesels normaal. Wat gebeur het nadat die dinamiet en geligniet die kajuitdeur getref het, kan hy egter nie onthou nie: nie hoe hy die gang en die trap tot in die stuurkajuit opgekom het nie, ook nie die noodlanding en dat hy omgekap het nie. Petri vra na Mariëtte uit, hoe dit gebeur het, maar hy weet nie.

Haar tas is een van dié wat in die vragruim beskadig is en verlore geraak het.

Petri sit in 'n verbleikte, te groot hospitaaljurk langs Nico se bed na die egalige bliep-bliepgeluid van die hartmasjien en luister toe meneer Claassens in die hoek van die saal die televisie aanskakel.

"Nege-uur. Tyd vir die nuus. Hulle sal die ongeluk wys."

Petri wil nie kyk na dít waarop Janine geskimp het en sy van die onderhoud met die verslaggewer onthou nie.

Suster Conzalves is moederlik en besorg, bring vir haar 'n slaappil.

"Mañana kan jy weer by señor Lodz sit, Petrizia." Sy sit haar arm om Petri. "Amore? Grande amore, si?"

Of hy haar groot liefde is? Petri weet nie. Gisteraand by die hotel het sy eise haar benoud gemaak en het sy hom weggestoot, verskonings gesoek – dat hulle albei nog jonk is, te veel dinge wil doen om nou al gebind te wees. Maar talle van haar skoolmaats, sommige jonger as sy, is lankal getroud, het 'n gesin. Hoekom keer sy en hou sy terug? En

429

wat van die elektrisiteit tussen haar en Johan de Villiers? Nog nooit het sy dieselfde gevoel met Nico ondervind nie.

Dit is Petri se beurt om voor te gee sy verstaan nie.

Oom Claassens draai die stel se klank harder. 'n Britse studenteverpleegster kyk ook en vertaal wat gesê word. Nuwe gevegte het in Afganistan uitgebreek en nog 'n olietenkskip het by Alaska op die rotse geloop. In Londen het twee moltreine gebots. Op Gando-lughawe op die Kanariese Eilande het 'n makrostraler van 'n Suid-Afrikaanse redery 'n geslaagde noodlanding ná 'n ontploffing aan boord uitgevoer.

Hulle wys die hawe met die straler wat laag oor die see inkom. Dan die landing, die skade aan die romp en die beseerdes. Peet, Alicia, die gholfspeler en Nico. Tannie Claassens en die tienermeisie. Die hooflugwaardin wat soos 'n rolprentster lyk, en die junior in teenstelling vuil, stowwerig en vol bloed, wat op troue staan met die verlamde tennisspeler.

"Ons het nie onmiddellike planne nie." Petri hoor self hoe bot en onvriendelik sy klink.

"Soos twee verliefdes op die vliegtuig," lag 'n sjarmante Janine. "Sy het skoon van die ander passasiers vergeet."

Asof sy nie haar werk gedoen het nie en heeltyd met Nico sit en handjies vashou het . . .

"Hulle het klaar 'n huis gekoop."

"Is nie!"

"Petri is beskeie. Hulle haak dalk nog hier op die eiland af."

Janine Oberholzer verdien 'n toekenning vir haar vertolking. Asof die kameras saamspeel, is die laaste skoot van Nico op 'n draagbaar en Antonie huilend by die grondwaardin, terwyl Petri selfbewus haar hare platvee en haar bloes regtrek. 'n Toevallige en onwillekeurige gebaar, maar dit skep die indruk dat sy meer in haar voorkoms belangstel as in die ramp en beseerde kind.

Petri draai weg.

Dit was nie vertraagde skok nie, maar fyn beplan. Janine was slim. Baie slim.

Petri weet wat sy wou bereik: 'n swak beeld van haar, Petri, oordra, dit tuisbring dat sy nie beskikbaar is nie. Sy het gedink Janine is kinderagtig, nou besef sy nee – volwasse en pure vrou. Maar hoekom?

Sy onthou hoe besitlik Janine aan Johan vasgehou het en dat sy hom so gou moontlik van die hospitaal wou wegkry. Dit gaan om Johan, besef sy. Janine het gesien hy is vriendelik met haar, na haar mening té vriendelik. Te besorg en simpatiek. Sy was bang iets is tussen hom en die juniortjie aan die ontwikkel en wou hom afskrik voordat die vriendskap kon vorder.

Janine en haar motiewe is skielik bysaak. Petri hoor weer die beeldkommentaar, op Spaans, sodat sy nie kan volg nie. Wat was dit van die internasionale tennisspeler?

Paralítico? Dit is die woord wat Gomez gebruik het. Dit beteken meer as net 'n nekbesering.

Sy het op skool Latyn geneem. In Lissabon en Madrid hier en daar 'n woord opgetel en met improvisasie leer afleidings maak. Sy het nie die verpleegster nodig om te vertaal nie.

Paralítico? Baie Engelse woorde spruit uit dieselfde herkenbare stamboom.

Verlam?

Skielik weet Petri wat verkeerd is, waarom die dokter, buurman en suster almal ontwykend was, waarom suster Conzalves vertroostend kalmeermiddels en slaappille aangedra het. Sodat sy, soos Nico, ook kan vergeet en ontvlug . . .

Nico was benoud. Hy het gesukkel om asem te kry. Maar nie na sy kraag, mond of keel gereik soos normaalweg die geval sou wees nie. Hy lê doodstil. Roerloos. Vanselfsprekend sal 'n gebreekte nek pynlik wees, maar hy het gesê nee, hy het nie pyn nie. Want hy kan niks voel nie. Hy lê stil, want hy kan nie sy arms of sy hande beweeg nie.

Nou verstaan sy ook waarom die hartlongmasjien aangeskakel bly. Omdat hy nie nou self kan asemhaal nie. Sy hart kan nie alleen, vanself klop nie.

Al wat funksioneer, is sy brein, sy oë, gehoor en spraaksintuie. Verder, van sy nek af ondertoe, niks. Verder, van sy nek af, is hy verlam.

7

Hoe kon hulle tydens die televisie-opname, voor x-strale geneem is en 'n ondersoek op Nico gedoen is, met sekerheid weet? Of het die televisiemense vooraf die hospitaal geskakel om die jongste nuus vir die bulletin gereed te hê?

Eers die volgende oggend kry Petri 'n moeë en oorwerkte dokter Bruckner in die hande. Sy keer hom in die gang voor.

"Dokter, het u 'n oomblik tyd?"

"Seker. Hoe vorder jou skouer, juffie?"

"Beter, dankie."

"Indien jy bekommerd is: jy sal nie blywende skade oorhou nie. Ná 'n paar weke sal jy die gebruik van jou arm ten volle herwin."

"Dankie, dok. Maar dis nie waaroor ek met u wou praat nie."

Hy sug, wetend wat gaan kom. "Hier is 'n kantoor wat hulle vir my geleen het. Sal ons daar gaan gesels?"

"Asseblief, as u tyd het."

Hy bied Petri 'n stoel aan en neem agter die lessenaar plaas. "Nico Loodts?"

In Petri sluimer die hoop dat sy verkeerd verstaan het en oorhaastig gevolgtrekkings gemaak het. "Wat is die kanse op herstel?" Sy wag, maar hy antwoord nie. "Nico het bygekom, hy kan praat en onthou. Hy het nie breinskade nie. Maar verder, dokter?"

"Die derde en derde nekwerwels is gekraak, wat disfunksie in die motoriese impulse van die rugmurg veroorsaak."

"Rugmurg? Wat die senuwees na die arms en bene en die res van die liggaam beheer?"

"Dis korrek."

"Impulse van die nekwerwels af ondertoe? Na ál die ledemate?"

"Ek wens ek kon vir jou beter nuus gegee het . . ."

"Niek het veggees en deursettingsvermoë, anders sou hy nie gekom het waar hy is nie. As dit moet, sal hy enige terapie aanpak, operasies deurstaan, ongeag die koste, opoffering, pyn of hoe lank dit sal duur. Maar intussen? Sal hy in 'n . . . 'n . . ." Petri byt haar onderlip vas. "Sal hy in 'n bed of 'n rolstoel moet leef?"

"Hy is 'n kwadrupleeg, nooi."

Een woord wat alles sê. Eers nou dring die feite ten volle tot Petri deur. Dit is nie nodig dat dokter Bruckner verduidelik of die res van haar vrae beantwoord nie. Nie net 'n bed en 'n rystoel nie. Hy sal nie self kan eet, hom aantrek of versorg nie; nie sit of loop of motor bestuur nie; nie alledaagse dinge doen soos hare kam en tande borsel, skryf of lees of skeer nie. Hy sal nooit weer aan sport kan deelneem nie. Tennis, wat sy hele lewe was, behoort nou tot die verlede. Dit is al wat Nico oorhou – net 'n verlede, sonder 'n toekoms.

Hy wag op die histerie, trane of selfverwyt. Daar is niks. Petri bedank hom. Sy loop terug saal toe, krul haarself in 'n bondeltjie en trek die komberse tot teen haar ken op, asof sy koud kry.

Hy gee haar tyd om die feite te verwerk en tot verhaal te kom. Ná 'n paar draaie en 'n kuier by die jong tiener, trek dokter Bruckner 'n bankie nader en leun met sy elmboë op die voetenent van haar bed.

"Weet Nico?" vra sy.

"Ek het gisteraand probeer."

"Het hy dit ingeneem?"

Hy stut sy kop tussen sy handpalms. Eers dink Petri hy het nie gehoor nie. "Ja. Ja, nooi, ek dink Nico het verstaan."

"Wat was sy reaksie?"

"Wat sou jou reaksie gewees het as jy hy was?"

Petri weet nie. Niemand wat self nog nie so 'n situasie moes beleef en oorleef, kan hom dit indink nie.

"Was hy verbitterd? Opstandig?"

"Hy het alle reg daartoe."

"Teenoor my? Verwyt hy my omdat hy op die vliegtuig was en dit ek was wat hom gevra het om Elena Kasakis te verskuif?"

"Nico het jou nodig – jou hulp en veral jou begrip baie nodig, nooi."

Dokter Bruckner herinner haar aan Nico se pa. Groot en sterk, maar agter die growwe stem en dikraambril 'n klein hartjie en weerloos teen slegte nuus. Hoe gaan sy aan oom Lasie die tyding oordra?

"Ek sal Nico bystaan," antwoord sy sag. "Ook sy ouers."

"Het hulle ander kinders?"

" 'n Jonger seun, standerd vyf, wat baie talent toon, afrigting ontvang en ook al toernooie gewen het. Durf hulle weer hul drome om hom bou? Of moet ek Boetie oorreed om sport te vergeet, op sy skoolwerk en liewer op seëls, visse of akademiese kwalifikasies te konsentreer?"

Dokter Bruckner wens hy was op pad na Timboektoe, Hongkong of Siberië. Enige ander plek as Frankfurt. Nog een operasie wag waar hy wil assisteer, daarna moet hy vertrek om ander verpligtinge na te kom. Te gou, met te veel pasiënte wat hy moet agterlaat.

"Wat 'n mens ook al aanpak, as jy jou doelwitte ont-
neem word, wag daar seerkry en ontnugtering, sinisme en
frustrasie. Is Nico kerkvas?"

"Daar was nooit kans nie. Sondae moes hy oefen of
speel. Of inpak. Of vlieg."

"Musiek? Video's? As hy daarin 'n belangstelling het,
kan dit die leemte help vul."

"Daarvoor was daar ook nooit tyd nie. Die duur prys
van beroepsport . . ."

Dokter Hans Bruckner kyk op sy horlosie. "Tyd: 'n
luukse waaraan ek ook my lewe lank 'n tekort gehad het.
Ek moet gaan inpak."

Petri weet hy was op pad na 'n simposium in Duitsland
en vertrek vanaand om die laaste dag se referate by te
woon.

Hy skryf sy adres en telefoonnommer in Frankfurt neer
en oorhandig die velletjie papier aan haar. "Ek wens ek
kon meer doen. As jy my nodig het, weet jy waar om my
te kry, nooi."

"Ek sal u nooit vergeet nie." Haar stem breek. "Wat u
vir ons gedoen en beteken het . . ."

"Jy het gesê Nico is 'n vegter. Moet jou nie aan sy aan-
vanklike swartgalligheid steur nie. Dis sy manier om terug
te baklei."

"Ek het belowe om te verstaan. Ek sal."

"Jy is sterker as wat jy dink. Maar skryf of bel, al is dit
in die middel van die nag. Al is dit net om raad te vra of te
gesels. Vir my vriende maak ek altyd tyd."

"Dankie, dok."

"Kyk na jouself. Sterkte, Petri."

Met 'n laaste groet is hy weg en sy alleen.

Toe suster Conzalves na haar soek, vind sy Petri langs-
aan, by Nico.

Hierdie keer praat sy min, verduidelik net dat die dokter
gesê het daar is geen komplikasies nie, haar skouer herstel

435

goed. As sy haarself oppas en belowe om te rus, kan sy ontslaan word en huis toe gaan as sy dit verkies.

Nico hoor en verstaan. Petri wens sy kon weet wat deur sy gedagtes maal terwyl hy doelloos voor hom uitstaar.

Sy konsentreer daarop om nie te vra of hy pyn het nie. "Hoe voel jy, Niki?" vra sy die soveelste keer.

"Dood."

"Is daar iets wat ek vir jou kan bring, wat jy nodig het?"

"Ja."

Petri is optimisties. Dit is die eerste keer dat hy iets vra. Skeerseep? Tandepasta? Vrugte?

"Wat het jy nodig?"

"Twee arms en twee bene."

Dokter Hans, dink Petri, kan ek nou al raad vra?

Sy praat oor ander dinge. "Huis toe . . . Wat die suster bedoel, is dat ek hotel toe kan gaan. Dit sal lank duur voor ek weer tuis is."

Hy sluit sy oë, maar aan sy asemhaling kan Petri hoor dat hy nie slaap nie.

Selma het haar aangeraai om normaal te gesels, oor al-ledaagse dinge, hom nie oorbodig en uitgesluit laat voel nie.

" 'n Ander sewe-vier-sewe is op pad om ons vlug te ver-vang." Toe dit lyk asof hy luister, brei Petri uit. "Om ons vrag oor te neem en die oorblywende passasiers na hul bestemmings te neem."

"Wat doen iemand soos ek by die huis?" vra hy.

Op dié vraag was Petri voorbereid, het sy 'n antwoord probeer bedink verlede nag terwyl sy slaaploos rondgerol en van die een sy na die ander in die donker saal gedraai het.

"Ons gaan vir jou stapels video's en musiekbande kry."

"Ek haat video's."

"Sal ek die koerante bring en vir jou die berigte oor die ramp voorlees?"

"Ek is lam, nie blind nie. Ek kan self lees."

Hoe sal hy die koerant kan vashou? Omblaai? Gelukkig is die berigte voorbladnuus.

Petri bring vir hom 'n Engelse koerant en stut die blaaie teen sy bedtafel. Hy lees nie, kyk skaars na die foto's.

"Afrigting was 'n agterdeur indien ek dit nie maak nie. Wat nou? Sal jy vertroue hê in 'n seniele afrigter wat in 'n rolstoel op die baan rondgestoot word?"

"Wat van die boek oor afrigting van jong spelers?"

"Ek kan nie skryf nie."

"Dis soos opstelle op skool – die taalversorging word deur die uitgewers gedoen. Die belangrikste is die feite wat jy weergee, die inligting. Dié ken jy, want sy was self in 'n stadium 'n beginner."

"Ek bedoel skrýf," herhaal hy. "Met 'n pen of 'n potlood. Of tik. Ek sou kon leer – met al tien vingers. Maar ek het nie eers één nie."

"Jy kan die teks op band sit, dan tik ek dit vir jou."

"Sedert wanneer is jy 'n diktafoon-tikster?"

"Ek het tik tot standerd agt geneem. Dis net 'n kwessie van oefen."

Hy staar na haar. Petri wens sy het nie die woord oefen gebruik nie. Dit het te veel herinneringe.

"Botha is dood."

Petri sukkel om met sy luime tred te hou. Sy is bly hy vermy nie die gebeure nie. Om daaroor te praat, is 'n uitlaatklep. Opgekrop, versteek in sy onderbewussyn, kan dit skade doen en hom in 'n ongebalanseerde, neurotiese sielsieke omskep.

"Sewe mense is dood."

Hy het 'n beheptheid met die dood. Petri weet nie of sy daarvan moet wegskram nie. Wat gebeur het, het gebeur.

"Ja. Mariëtte van Onselen en Wim Coetzer ook. En nog ander mense."

"Deur die gat in die vliegtuig uitgesuig. Die water was seker koud."

437

"Hulle was dood voor hulle die water getref het."

"Wie het jou van die ander sewe-vier-sewe en die spesiale vlug vertel?"

"Die kaptein."

"Wanneer was hy by jou?"

"Gister. Eergister. Ek kan nie onthou nie."

"Johan?"

"Kaptein De Villiers," antwoord sy.

"Wie wil jy om die bos lei? Op Jan Smuts al kon jy nie jou oë van hom afhou nie. Toe al het jy hom bo my verkies. Noudat ek soos 'n dooie sak mielies hier lê, kan jy seker nie wag om na hom toe te gaan nie."

Petri lê haar wang teen syne, ru en ongeskeer. "Jy weet dis nie waar nie. Moenie dinge uit die lug gryp nie."

"Uit die lug?" Die baie praat put hom uit. Hy raak kort-asem en hyg; hoes, soek na asem.

Petri hou 'n glas water teen sy mond. Sy gesig lyk ouer, met groewe langs sy mond en donker kringe onder sy oë, besef sy. Selfs sy skouers lyk skraler en sy vel het 'n onge-sonde, grys kleur.

Nico se mond vertrek. "Toe ek nog dertiende op die ranglys was, kon ek met hom meeding. Maar toe al was ek nie goed genoeg nie. Hy is 'n vlieënier. Ryk, aantreklik, 'n haan onder die vroumense. En ek? 'n Koolkop, 'n sak vrot patats."

"Jy hoef nie mee te ding nie. Ek het jóú lief, nie vir hom nie."

"Ek wil nie jou jammerte hê nie."

"Ek kry jou nie jammer nie."

Hy draai sy kop weg. "Dankie. Vir niks."

"Wat ek bedoel, is dat ek jou liefhet omdat jy jý is. Nie uit jammerte nie."

"By die hotel al het jy teëgestribbel, gekla jy is moeg en haastig en kastig in uniform. Net verskonings om van my ontslae te raak."

"Dit was die waarheid, nie verskonings nie."

"Verskonings om na hom toe te kan gaan."

"Is nie. Hy is verloof aan Janine Oberholzer. Hulle gaan trou."

"En ons nie. Laas het jy dit twee jaar uitgestel. Hoeveel jaar nou?"

"Ek het gesê ons kan trou, enige dag wat jy verkies."

"Wanneer het jy so gesê?"

"Ek weet nie. Ná die bom. Of die landing. Alles was te deurmekaar en my skouer te seer; ek kan nie presies onthou nie."

"Toe ek bewusteloos was." Om sy mond is 'n siniese trek. "Toe ek nie kon hoor nie. Toe daar nie getuies naby was nie."

"Ek het gedink jy is net beseer, jy kan hoor."

"Toe is ek lam en doof."

"Jou gehoor is nie aangetas nie."

"Dit sou beter gewees het as ek doof was. As ek nie kon hoor van my nekwerwels en rugmurg nie."

"Saint Mary's is 'n klein hospitaaltjie. Jy sal so gou moontlik oorgeplaas word na 'n hospitaal in Londen, waar spesialiste en intensiewe mediese hulp beskikbaar is."

"Ná verdere x-strale dieselfde nuus? Ek glo nie ek kan dit 'n tweede keer deurmaak nie."

"Ek het vir dokter Bruckner gesê jy het moed en deursettingsvermoë, anders sou jy nie gekom het waar jy is nie."

"Waar? In 'n hospitaalbed, vasgekluister aan masjiene? Dit het nie moed gekos nie. Dit was maklik. Al wat ek gedoen het, was om 'n bom te probeer keer."

"Jy het my en Antonie teen die ontploffing beskerm. Anders was dit ek of hy wat nou hier gelê het."

"Dan was ek vir jóú jammer, vol vals beloftes dat jou toestand geen verskil maak nie en ek met jou sal trou."

"Die masjien is net tydelik. Jou hart en longe funksioneer."

"Darem twee goed. Nou kort ek nog net hande, bene en arms."

Petri voel sy bereik niks. Sy doen meer skade as goed en ontstel Nico eerder as om hom te kalmeer. Haar skouer pyn en haar hoofpyn raak ondraaglik. Sy is dankbaar toe die matrone op haar ronde by die saal instap en Nico se kaart bestudeer. Dankbaar vir die verposing, die morfien-inspuiting en die slaapmiddel wat sy vir die pasiënt aanbeveel.

"Preteus?" vra sy. "Señorita Preteus?"

"Pretorius. Si."

"Vendaje? Fiebre?"

Nee, antwoord suster Conzalves. Petrizia het nie 'n koors nie en geen ontsteking in die wond nie.

Sy kan ontslaan word, bevestig die matrone. Preteus, asook drie ander Suid-Afrikaners.

Petri wens sy kon nog 'n nag in die hospitaal oorbly. Sy wil nie vanaand by die hotel wees nie. Nico het haar nodig. Haar plek is by hom en sy wil nie saam met Johan de Villiers gaan eet nie. Nie vanaand nie en ook nie môreaand nie. Selfs al is Janine by, is sy bang vir haarself en haar eie emosies. Sy skuld Nico haar lojaliteit. Hy is klaar skepties en agterdogtig. As hy môre vra waar sy was, sal hy weet as sy jok of iets probeer toesmeer. Sy mag hom nie verder seermaak nie.

Petri weet nie waarom morfien nodig is as Nico nie pyn het nie. Sy is verlig toe die rustige asemteue aandui dat die slaapmiddel 'n uitwerking het en sy 'n rukkie kan wegglip.

Die matrone verduidelik en die Britse verpleegster vertaal. Nee, dit is nie moontlik dat sy nog 'n nag kan oorbly nie. As gevolg van wat gebeur het, het 'n dringende tekort aan beddens en mediese personeel ontstaan. Sommige van die plaaslike pasiënte moes reeds vir die slagoffers plek maak. Selfs die kraamsaal is ontruim. 'n Keisersnee wag en 'n drieling is op pad. Haar bed is aan 'n ander pasiënt

440

toegestaan en hulle is oortuig sy sal by die hotel net so gemaklik wees.

Die kamerbediende het reeds die lakens afgetrek en haar bed skoon oorgetrek vir die volgende pasiënt.

"Bagagem?" vra die Spaanse vrou.

Dit klink soos bagasie. Petri beduie haar tas is weg. Sy het nie persoonlike besittings om in te pak voor sy vertrek nie. Sy vou die jurk op en trek weer haar stukkende, gehawende uniform aan. Die bloes is gewas en gestryk, maar dit is asof 'n rook- en kordietreuk steeds daaraan kleef. Petri voel naar en bewerig en baie alleen. Hotel toe? Wat gaan sy daar maak? Wag, en dan terugkom hospitaal toe wanneer Nico wakker is? Sy wens dokter Bruckner was nog hier, dan sou sy minder verlore gevoel het.

Buite val 'n mistroostige reëntjie en die wind huil om die hoeke van die hospitaal. Van die warm sonskyn en Mediterreense klimaat wat sy Gert Botha beloof het, is daar geen teken nie. 'n Vullislorrie is besig om plastieksakke vol rommel te versamel en 'n maer, uitgehongerde kat kerm by die agterwiele. Nêrens is 'n bus of 'n bekende gesig te sien nie.

"Taxi?" verneem die deurportier.

Petri het nie pesetas om vir 'n taxi te betaal nie. Maar hoe anders gaan sy by die hotel kom?"

"Si."

"No," korrigeer 'n ander stem.

Die deurwag draai na die nuwe aankomeling. "No, señor?"

"Si. Me taxi."

Petri kyk om. Sy probeer keer, maar kan nie. Die trane stroom onkeerbaar. Dit is Johan. Ook bleek en moeg, met 'n pleister onder sy oog, 'n skewe glimlag en in 'n armoediger uitrusting as haar eie: 'n uniformbroek, 'n vreemde hemp en 'n gekreukelde trui bo-oor.

Hy steek sy arm uit en trek haar nader. "Ja, die skok begin my ook nou eers inhaal . . . Ek is jammer. Ek wou vroeër kom, maar ek kon nie. Huil, Petri. Huil jou hart uit as dit jou beter sal laat voel."

Petri kan nie praat nie, net in die neersiftende reën aan sy nat trui vashou en haar trane vrye teuels gee. Oor Mariëtte en Wim, Nico en sy ouers en Wimbledon, oor Johan de Villiers en sy gehawende voorkoms, oor die mistroostige vullislorrie, oor haarself en hom en wat kon gewees het . . .

Johan is stil, hou haar warm teen hom vas en druk haar kop teen sy skouer.

Die kat kerm opnuut, soek vergeefs na kos in die rommel wat uit die sakke op die straat val.

"Asseblief, het jy nie iets vir hom om te eet nie?" vra Petri.

"Ek het hom netnou 'n sny brood gegee." Johan red 'n stuk vis wat uit 'n skinkbord oorgebly het en sit dit op die sypaadjie neer. Die kat bespring sy buit, kyk met patetiese geel oë na hulle en vlug in 'n nat, donker steeg af.

"Ek weet," fluister Johan met sy mond teen hare. "Ons altwee voel soos hy . . ."

Petri klem hom vas en huil harder. Sy neem die sakdoek wat hy haar aanbied, en maak daarvan ook 'n bedremmelde bondeltjie, erger as die vullissakke en die patetiese kat.

"Ek is jammer . . ." kry sy dit gesmoor uit, tussen die neusblaas en stortvloed trane deur.

Hy klink soos dokter Bruckner en oom Lasie. "Alles reg, astertjie. Ek hou van rooi, opgehewe oë en 'n lopende neus."

Petri rem weg. "My neus loop nie!"

"Blaas hom. Alles reg . . . Selfs in die beste families kry jy waterwerke en nat neuse. Dis nie 'n skande nie, nie ná wat jy deurgemaak het nie."

Sy sielkunde werk. Petri blaas en snuif, kry dan 'n waterige glimlag reg.

442

"Dankie, kaptein."

"Denada. Esta bueno."

Sy is skaam. "My derde taal is Duits. Ek praat nie Spaans nie."

"Ek ook nie."

"Dit het goed geklink. Wat het jy gesê?"

"Jy is mooi en pragtig, selfs met toutjieshare, en besig om my laaste skoon hemp te verrinneweer."

"Drie woorde kan nie so baie beteken nie."

"Hulle is die enigstes wat ek ken. Juffrou Petreus, sal jy dit aanvaar dat jy mooi en pragtig is, dat kaptein De Villiers nie goed genoeg in Spaans onderleg is om jou voortreflike deugde verder te besing nie?"

Petri weet hy terg haar om haar beter te laat voel en haar te troos. Nico het haar daarvan beskuldig dat sy Johan de Villiers aantreklik vind. Sy sou kon byvoeg dat hy die manlikste en aantreklikste ou is wat sy al ooit teëgekom het. Simpatiek. Gaaf en bekwaam. Romanties en onweerstaanbaar. As hy haar weer vir ete nooi, weet sy nie of sy sterk genoeg sal wees om nee te sê, om van Nico en Janine te onthou nie.

"Taxi?" herhaal die deurwag toe die vashouery en oë-kykery te lank aanhou. Hy is Latyns, self warmbloedig en met 'n oog vir 'n mooi vrou, maar sy werk is om die laaisone by die ingang obstruksievry te hou en die señor se motor staan dubbel geparkeer, met 'n verkeersbeampte aan die onderpunt van die straat op pad.

"Por favor . . ." Johan draai sy sjarme oop vir die boetebessie wat met 'n boekie vol pienk kaartjies in aantog is. "Ek ry nóú. Gouer as gou!"

Sy hartbrekende glimlag gee die deurslag. En die blinkblou oë en sokkerspeler-voorkoms. Die verkeerskonstabel bekyk hom onderlangs en sit haar pen weg. Sy laat hom duidelik verstaan dat hy nie hier mag parkeer nie.

Johan is boetvaardig. "Scusi."

443

Petri klim haastig in die motor wat Johan het – 'n af-slaandak-Volksie wat aan die lughawebestuurder se dogter behoort.

"Tee of koffie? Of paella en sangria?" vra hy.

"Nee, dankie. Ek is jammer, kaptein. Dankie dat u my kom haal het. Ek waardeer dit. As u nie omgee nie, sal ek verkieslik na die hotel toe gaan."

Johan wil haar beter leer ken, 'n uur of twee weg van ander mense saam met haar deurbring. Maar hy wil die rooikoppie nie in 'n moeilike posisie plaas nie. "Reg, ek neem jou hotel toe."

Hy konsentreer op die verkeer, op die padtekens en om regs in die pad te hou – verby die hawe, die Santa Catalina-plein en die mark waar hy tussen rye belaaide donkies moet deurvleg.

"Hoe vorder Nico?" wil hy weet.

"Sy nek is gebreek. Hy kan nie loop of staan nie. Nie sy arms of hande gebruik nie."

"Ek weet."

"Darem op 'n manier beter. Die hartlongmasjien is nie meer nodig nie."

"Dis goed. Sodra hy sterk genoeg is, word hy Londen toe oorgeplaas."

"Ja. Mevrou Greyling en Alicia ook."

"Die res vertrek vanaand Parys toe. Antonie van der Veen ook. En met jou? Hoe gaan dit met jou?"

"Goed." Petri is skaam. "Ek is jammer ek was so 'n tranedal, kaptein."

Johan wag geduldig. Die arme donkies is oorlaai en hy druk nie die toeter om hulle aan te jaag nie. "Ek wens ek kon ook huil."

Om sy mond is dieselfde groewe as om Nico s'n. Petri wens sy kan weer haar kop teen sy skouer laat rus en hom bemoedig, met haar vinger oor die pers skadu's onder die blinkblou oë streel, hom troos soos hy haar getroos het.

444

"Was dit baie erg in die stuurkajuit?"

"Ek het nie geweet hoeveel is dood nie. Al wat ek besef het, was dat ons die oorlewendes veilig op Gando moes kry."

"Met Peet buite aksie en sonder 'n boordtegnikus."

"Die stuurkajuit was in een stuk. Julle mense daar agter was slegter daaraan toe."

"Genadiglik onthou 'n mens agterna nie veel daarvan nie."

"'n Kommissie van ondersoek is aangestel en die minister van vervoer het in Pretoria 'n verklaring uitgereik. Het jy Nico se mense laat weet, of sal dit makliker wees as ek dit doen?"

"Hy is my verantwoordelikheid. Ek kan nie wegvlug nie."

"Nee." 'n Oomblik lank lyk dit asof Johan meer wil sê. Maar die bestuurder agter hulle is minder bedagsaam as hy. Sy toeter skel 'n belediging en hy wys die Volkswagen moet ry, ophou om die verkeer te blokkeer.

Die oomblik tussen Johan en Petri is verlore. Die Volksie se enjin brul en Johan swaai uit in 'n stadiger baan.

"As jy wil, sal ek jou help om die oproep deur te skakel," bied hy aan.

"Dankie, kaptein."

"Ek noem jou lankal Petri. Jy weet seker ook my naam is Johan."

"Ja."

Toe hy stilhou, sukkel sy met net een onbeholpe hand met die deur se handvatsel.

"Ek hou van afhanklike meisies." Hy maak vir haar die deur oop.

"Dankie."

"Kaptein?" Sy is verleë. "Dankie . . . Baie dankie dat jy my kom haal het. Ek waardeer jou moeite. Ook die sakdoek en trooswoorde."

"Dit was vir my 'n aangename voorreg, mejuffrou Pretorius," antwoord hy oordrewe formeel.

Petri klim uit. "Dankie, Johan. Dankie, vir meer as wat jy besef."

"Wil jy vanaand hospitaal toe gaan?"

Dit is nie 'n kwessie van wil nie. Sy moet. Sy het nie 'n keuse nie.

"Ja."

Oplaas sit Johan sy arms om haar, hou haar beskermend vas. "Twee mense saam – op die verkeerde tyd, die verkeerde plek."

"Twee skepe in die nag."

Sonder dat sy dit uitspel, weet Petri hy begryp wat sy bedoel.

Sy hande sak terug teen sy sye en hy laat haar vry. Toe hulle die trap na die hotel se voorportaal opstap, is hulle slegs kollegas. Tien wêrelde en tien armlengtes uit mekaar. Albei met ander lojaliteite en verpligtinge waaraan hulle niks kan verander nie en waarmee hulle moet saamleef.

8

Janine daag eers die volgende dag by Petri se hotelkamer op. "Jammer, maat, dinge gaan dol. Ek jaag soos 'n klimtol op en af lughawe toe en terug. Die dokter en driekwart van die oorblywendes is darem nou eindelik weg, plus klein Van der Veen."

"Voel hy beter?"

"Kinders het 'n verbasende herstelvermoë. Johan het hom van sy Mirage-dae in die lugmag vertel. Nou wil die outjie met alle geweld eendag 'n vlieënier word."

"Dis goed dat hy nie na dese 'n vrees vir vliegtuie het nie."

"Hannetjie en Lien Truter oorweeg dit om te bedank. En jy?"

" 'n Gert Botha gebeur net een keer in 'n leeftyd met 'n mens. Ons is nou veiliger as voorheen en hoef nie halsoorkop te bedank nie."

"Ek dink tog ná alles wat jou getref het, moet jy vra om 'n tyd binnelands te vlieg. Daar is minder druk en 'n sewe-drie-sewe of Airbus sal minder herinneringe hê."

Nie assosiasies nie en ook nie 'n kaptein De Villiers op die roete nie, dink Petri. Of bedoel Janine dit opreg en is sy onnodig katterig?

Janine hou 'n plastieksak na Petri uit. "Ek het vir jou 'n rok gebring."

"Joune?"

"Ek het dit nog nooit aangehad nie. Hoekom ek die rok gekoop het, weet ek nie. Geel pas my nie. As jy dit kan benut, is jy welkom." In die sak is ook 'n trui, sykouse en grimering. "Neem wat jy nodig het. Ek wil niks terughê nie."

Sy trek Petri se bed reg, gooi die asbakkie uit en maak die venster oop. Dan kyk sy om. "Ek voel soos 'n skurk omdat jy die nuus omtrent Nico oor die televisie moes hoor."

"Moenie sleg voel nie. Ek het dit vroeër al vermoed. Hy het te stil gelê, nie pyn gehad nie, met die hartlongmasjien aan hom gekoppel. Ek het geweet . . ."

"Saint Mary's se toerusting is onvoldoende. Hulle sal in Londen meer vir hom kan doen."

"Hy word môre na Westminster oorgeplaas. Hy en mevrou Claassens en Alicia Segova."

"Ek het gehoor, ja. Dis beter so. Wat gaan jy doen? Ons het almal 'n maand siekverlof. Gaan jy saam met Nico?"

"Ek moet eers by die huis kom en sake daar regkry."

"By jou ouers uitspan en afskakel?"

"Ek het nie ouers nie."

"Ek is jammer."

"Jy hoef nie te wees nie. Ek het hulle nooit geken nie. Hulle is oorlede toe ek klein was. Wat 'n mens nooit gehad het nie, mis jy nie."

"Waar het jy grootgeword?"

"Johannesburg, die Kaap, 'n paar jaar in Bloemfontein."

"By familie?"

"Deels. In die kinderhuis. Net waar ek 'n dak oor my kop kon kry."

"Nico is meer as net 'n dak oor jou kop. Hy lyk na 'n gawe ou, met 'n pa en ma wat nou joune ook is. Hoe het hulle die nuus verwerk?"

"Tant San was sterk, oom Lasie gebroke. Hy kon skaars met my praat. Sy boetie wou net weet wat word nou van sy ouboet se rakette."

"Lugdiens kan reël dat jy gratis saam met Nico vlieg."

Gister in die motor op pad hospitaal toe, het Johan dit met Petri bespreek en aangebied om te reël dat sy saam Londen toe kan gaan. Petri herhaal haar argumente van die vorige aand.

"Ek kan in hierdie stadium nie veel vir hom beteken nie. Ek ontstel hom meer as wat ek help. Met traksies, x-strale, terapie en wat ook al nog op hom wag, sal ek meer in die pad as van nut wees. Sy ouers het my nodiger. Ek moet eers my eie sake in orde kry en by hulle uitkom. Ek sal oor 'n week of wat soontoe gaan."

Janine peuter by die gordyne en kyk weer na die asbak-kie. "Wie was by jou wat gerook het?"

Sy verwag blykbaar dit was Johan. "Joe. Hy stook soos 'n lokomotief."

"En Nico? Moet hy die rokery ook nou prysgee?"

"Gelukkig een genade – hy is gesondheidsbewus en 'n anti-roker. Ongelukkig ook anti-musiek en -video's. Ek wil sy aandag van homself aflei, vir hom nuwe belangstellings opbou. Dink jy 'n hond of 'n kat sal werk?"

"Dit sou nie vir my nie. Ek het 'n renons in diere en kan

nie hondehare op beddens verdra nie. Dalk is 'n kat beter. Een wat buite bly."

Petri onthou die natgereënde kat wat Johan kos gegee het, waaroor hy besorg was. Sal hy aanpas by 'n vrou wat 'n weersin in diere het?

"Het Nico versekering?" wil Janine weet.

"Alle beroepsportmanne het."

"Dus, al slaan hy in sy lewe nooit weer 'n bal nie, sal jy versorg wees, sal julle 'n goeie inkomste uit sy beleggings hê."

"Geld is nie alles nie. Nico sal die Grand Slam-prysgeld vir liefdadigheid skenk – elke sent – net vir die voorreg om weer vyfuur op 'n koue wintersoggend teen 'n muur sy afslaan te kan oefen."

"Geld wat stom is, maak reg wat krom is."

Petri hoop dat Janine reg is en dat Nico met haar sal saamstem. Dag ná dag raak hy meer verbitterd en opstandig, meer veeleisend en beskuldigend oor verhoudings tussen bemanningslede. Uit radeloosheid het sy gejok – dat sy met die bus in- en uitry, dat Johan by sy verloofde is, besig met die polisie en deskundiges uit Seattle, te besig is om haar heen en weer hospitaal toe te karwei.

Janine is ook wantrouig. "Ronnie neem meneer Coetzee – die hartlyer – vanaand Gando toe vir die Iberia-vlug. Johan is tot oor sy ore toegegooi met die assuransie-eise en ondersoeke. Gee jy om as Ronnie jou vanaand oplaai?"

"Ek kan alleen gaan. Ek het 'n tjek gewissel en sal 'n taxi haal."

"Dis nie nodig nie. Koop vir Nico iets spesiaal om hom op te beur. Hy sal daarvan hou en die verandering sal jou goed doen. Sesuur in die hotel se foyer? Ek sal Ronnie sê."

Petri het Janine se raad gevolg, maar Nico let nie op na haar voorkoms nie, bedank Petri nie vir die bottel naskeer-

middel en Chinese sypajamas wat sy met haar laaste pese-
tas vir hom gekoop het nie. Hy groet skaars.

"Hier lê ek op 'n agterlike vulkaniese eilandjie vol pie-
sangs. Ek wil in Parys wees. Ek sou die Fransman in skoon
stelle geklop het."

"Strooppotte. Jou afslaan en handrug is beter."

"Is? Wás . . . Ek moes 'n week vroeër gevlieg het. Dan
was ek nou in Parys."

'n Week vroeër het net Maria Botha van Gert Botha se
neuroses geweet.

"Môre is jy in Londen," bemoedig Petri hom.

"Om wat te doen? Af te slaan? Ek kan nie eers hare kam
nie."

"Jou hare makeer niks nie."

"Net ek. Ek wil nie soos 'n geslagte skaap Westminster
toe gepiekel word nie. Wat kan hulle vir my doen? Nog x-
strale neem, nog slegte nuus gee. Ek kan daarsonder klaar-
kom. Sonder Franse tennisspelers ook."

"Wil jy hê ek moet jou hare kam?"

"Nee."

" 'n Spieël bring sodat jy self kan sien hulle is netjies?"

"Hoekom het jy nie die koerante vir my gebring nie?
Was jy bang ek vind uit wat die woord 'paralítico' bete-
ken?"

Petri herinner hom nie daaraan dat sy uit die koerante
vir hom voorgelees het, dat hulle steeds op sy bedkassie
lê nie. Sy vee die blonde kuif van sy voorkop weg, stre-
perig wit deur die son gebleik. Nou sal sy hare donkerder
word, die strepies verdwyn, weg uit die son . . . Toe sy die
uitdrukking in Nico se oë sien, trek sy haar hand terug en
waag dit nie weer om aan hom te raak nie.

" 'n Helikopter sal jou Gando toe neem vir die British
Airways-vlug."

"Gando?" spot hy. "Wie beïndruk jy? Die Casanova-
kapteintjie? Jy is nie 'n vlieënier of navigator nie. Hoe-

kom praat jy nie gewoonweg van die Las Palmas-lughawe nie?"

"Gando is korter en die amptelike naam. Het jy al voorheen in 'n helikopter gevlieg?"

"Dikwels. Ek word lugsiek. Daar's niks met my verkeerd nie. Almal kom dit oor, nie net ek nie. Ek is siek vir pille en inspuitings. My arms lyk soos 'n sif, soos 'n dwelmverslaafde s'n."

Petri soen hom en sit haar arms om hom. "Ek sal kom groet en jou help aantrek voor julle vertrek."

"Wuif, jou tong klik en wegstap. Dit help baie, maak die hele wêreld reg. Dit sal ook baie help om Alicia Segova weer te laat dans."

"Ek is spyt ons het haar nooit sien optree nie. Sy is op wêreldstandaard en 'n fantastiese persoon. 'n Mens kan nie anders as om van haar te hou nie."

"Soos van die wintie-kapteintjie." Hy lag skor. "Is jy jaloers? Op 'n kwadrupleeg en 'n kreupel danseres met 'n opgeboude skoen en 'n kierie?"

"As jy en sy gesels, is ek bly."

"Ons gesels nie, ons huil saam."

"Dis ook kommunikeer en uitreik. Mag ek julle op Las Palmas-lughawe kom wegsien?"

Hy bly stug. "Maak soos jy wil, soos jy tussen jou amoreuse bedrywighede deur tyd vind."

"Ek het nie bedrywighede nie. Ek gaan voorlopig huis toe om te kyk wat by my woonstel aangaan, die huur en telefoon en ander rekeninge te betaal en jou ouers te sien. As jý wil, sal ek graag volgende week Westminster toe wil kom."

"Maak dit drie weke."

"Dan sal ek nie lank kan bly nie. Ek het net 'n maand siekverlof."

"Ek bind jou nie. Gaan na 'n casino of 'n eiland toe as jy wil."

Sy bly geduldig. "Ek wil nie. Ek wil by jou wees."

"Ek is 'n koolkop."

Petri leen by Johan. "Ek is mal oor koolkoppe."

Haar sielkunde werk. 'n Oomblik lank is hy weer die ou Nico wat sy leer ken en voor lief geword het. "En ek oor rooikoppe. Rissiepitte vir wie jy jou beste voet voorsit. Vir wie jy alles sal opoffer – jou lewe sal gee."

Wat hy wel byna gedoen het . . .

"Ons sal ritse televisiestelle koop," belowe sy. "Vir die sitkamer, die slaapkamer en woonkamer. Ek was nog nooit een vir ry en parkeer en toustaan by Ellispark nie. Ons gaan rustig by die huis sport kyk, met 'n koppie sop of ontbyt of aandete op 'n skinkbord op ons skote. Solank jy by my is wanneer ons saam aan 'n boek werk, vleisbraai, onder 'n boom gesellig saam tee drink, die huis en die tuin en die honde geniet, gesels en belange deel, sal ek gelukkig wees."

Petri het gehoop om die toekomsprentjie minder donker te skilder, maar die oomblik van opflikkering is weg.

"Jy sal die gat vir die boom moet grawe, my stoel in die koelte moet stoot, die vuur moet aanpak en self die vleis moet braai, die tee vir my met 'n strooitjie ingee en die hond moet kosgee. Dis te veel om van 'n vrou te vra. Al wat ek is, is 'n parasiet. Sal jy met so 'n bestaan tevrede wees? Jy probeer hard, maar jy weet nie waarvan jy praat nie."

"Ek wil jou as mens hê – selfs in 'n rolstoel is beter as om vlug ná vlug te doen, ouer en eensamer te word en niemand te hê met wie ek my lewe kan deel nie."

"Ek kan niks met jou deel nie."

"Jy kan. Knorrig, moeilik, dwars en stroomop, maak nie saak nie. Jy bly jý en ek het jou lief."

Vir Nico is dit nie genoeg nie. "Dis nie wat jy voor die bom gesê het nie."

"Ek was moeg en gespanne."

"Jy het my daardie aand niks geskuld nie. Jy moes toe meer finaal gewees het. Uitgemaak en my die deur gewys het. Dan het jy nie nou uit plig en skuldgevoelens gebonde gevoel nie."

"Om aan 'n man gebind te wees, gee 'n meisie sekuriteit. Sy het 'n lewensmaat gekry. Nou maak dit nie meer saak as sy op 'n Saterdagaand sonder 'n afspraak alleen sit nie. Sy kan ontspan met die wete dat sy 'n man gevang gekry het."

"'n Halwe man."

Petri bly geduldig en praat oor ander dinge. "Môre dié tyd is jy in Londen. In die verlede was jy altyd óf by die bane óf in transito. Nou sal jy tyd hê om meer van die stad te sien."

"Al die teaters."

"Die Haymarket en Covent Garden. Die London Palladium. Die *Mousetrap* en al die popsterre wat jy altyd graag wou sien."

"Jy klink soos 'n reisagent." Hy kyk haar in die oë. "Ek bedoel operasieteaters."

Haar fout, besef sy. Sy was onnadenkend.

Nico lees haar gedagtes. "Hulle maak voorsiening vir gestremdes. In die meeste teaters is skuinsvlakke langs die trappe aangebring. Jy sal my berg op kan uitstoot, mits jy fiks is en nie hoëhakskoene of 'n lang rok dra nie."

"Jy is oorsensitief. As daar skuinstes is, beteken dit baie mense maak daarvan gebruik."

"Seniele honderdjariges. Ek is vier-en-twintig."

"Ons kan musiek op band koop."

"En gesellig onder 'n boom met 'n koppie tee, wat ek deur 'n strooitjie suig, daarna sit en luister?"

"As jy wil."

"Ek wil nie. Dit sal nie werk nie, Petri. Jy besef nie waarvoor jy jou inlaat nie. Jy verdien 'n beter lewe."

"Ek verdien niks."

"Jy is onselfsugtig en opofferend. Jy verdien alles."

"Jy is my alles."

"Vergeet my, dan sal jy gelukkiger wees."

"Ek sal nie."

In die gang lui 'n klok. Die besoekuur is verby.

"Dit kan werk," hou sy vol.

Hy skud sy kop. "Ek moet jou teen jouself beskerm. Sien jou miskien oor 'n maand of meer . . ."

"Gouer. Môre, wanneer ek jou kom wegsien."

"Dis te ver om elke dag die ent pad van die hotel af uit te kom. Jy was ook beseer. Dok Hans het beveel jy moet rus."

Die nagsuster kom in, beduie na haar horlosie en lui weer die klok.

"Sien jou môre . . ." herhaal Petri.

"Tot siens."

"Ek dag jy is al weg," sê Ronnie toe sy buite by hom in die hotel se kombi klim.

"Ek wou die kuier by Nico so lank moontlik rek."

"Ek moet weer 'n slag terug lughawe toe. Is jy haastig?"

"Ek het niks te doen nie. Ons het almal te veel tyd – tyd om te veel te dink."

"Meneer Coetzee kort nog medikasie wat te laat opge-daag het en agtergebly het. Ek moet dit gou deurneem. Gee jy om? Moet ek jou eers gaan aflaai?"

Petri gee nie om nie, totdat hulle voor die lughawegebou stilhou.

Sy is onvoorbereid op die uitwerking wat die beskadigde 747, weggesleep, eenkant op die verste punt van die par-keerblad, op haar het. Haar maag trek op 'n knop en haar keel is droog. Sy herleef die paniek, die skok, die angs. Die ontploffings en die tornado. Die see reg onder die gat in die vloer – so naby dat sy elke oomblik verwag het die vlerk skep water . . .

454

"Kan ek bly sit?" vra sy.

Ronnie kyk na haar bleek gesig en haar hande wat gespanne op haar skoot saamgeklem is. "Wat makeer? Is Nico erger?"

"Ja." Sy kyk deur die voorruit. "Nee, dis sommer net ek wat so 'n lafaard is. Miskien later. Maar ek wil nie nou die vliegtuig sien nie."

"Die werktuigkundiges het die kajuit en deurmekaarspul in die kombuis opgeruim. Die mat is vervang en nêrens is glas of oorblyfsels nie. Daar is selfs nuwe gordyne. Jy sal ons ou vriend nie herken nie."

Afgesien van die versplinterde skeure, vermiste laaideur en ontbrekende sitplekke . . .

"Ek sal hier vir jou wag," hou Petri vol.

Sy bly alleen in die bussie agter, in die donker en die reën wat weer neersif. Vriend, het Ronnie die vliegtuig genoem. Nie eers Nico is meer haar vriend nie. Hy kritiseer alles wat sy doen, veroordeel en verwyt, verstoot haar en wil nie die toekoms aanvaar nie. Wat gaan van hom word? Van haar?

"Nee wat," het sy ligweg teenoor Janine geantwoord, "ek het nie vrees oorgehou nie." In die neutrale en onpersoonlike hotelkamer was dit maklik om dapper te wees. Maar nou? Die eerste keer terug op 'n lughawe? Noudat sy die eerste maal ten volle besef wat kón gebeur het?

In haar gedagtes hoor Petri die nuusberig. *'n Makrostraler met honderd-vyf-en-dertig passasiers en negentien bemanningslede word vermis. Hoewel die soektog voortduur, word vermoed dat alle insittendes omgekom het . . .*

Maande later die wrakstukke wat uitspoel, waaruit die kommissie van ondersoek na afloop van forensiese laboratoruimtoetse probeer vasstel wat die oorsaak van die ramp was . . .

"Is jy nog hier?" vra 'n manstem by die venster.

Petri is bly Ronnie het gekom, sodat hulle kan ry. Sy wil wegkom van die vliegtuig en lughawe af.

"Het jy die medikasie afgelewer?"

Dit is nie Ronnie Momberg wat die deur oopmaak en inklim nie.

"Jy lyk mooi," sê Johan.

In 'n tweedehandse rok wat vir haar te groot is, haar gesig uitgewas en al haar lipstiffie seker afgekou. Petri is dankbaar dit is aand en hulle staan nie naby 'n straatlig nie.

"Naand, kaptein."

Hy kom langs haar sit. "Ronnie sê jy is bang om uit te klim."

Petri skuif dieper weg in haar donker hoekie. "Jy kom gereeld by die vliegtuig. Dis die eerste keer wat ek hier is."

Hy is ernstig. "Ek weet. Ek verstaan."

Wat sy nodig het, is simpatie, maar ook praktiese realisme, besef sy.

"Die grondingenieurs het reeds met herstelwerk begin, improvisasie hier en daar, tydelik, net om ons weer in die lug en op eie bodem te kry. Die wand is met veselglas verseël en die laaideur met 'n nuwe vervang wat van Jan Smuts af opgevlieg is. Kom kyk self. Dis verby. Wat gebeur het, is vergete. Ons is reg om om die wêreld te vlieg."

"Ek sal jou aan jou woord hou."

"Nee, kom kyk."

Petri voel soos Nico. Sku en negatief en onseker.

"Kom!" Hy trek haar orent. "Daar is niks om voor bang te wees nie. Ontspan. Skakel af."

Sy kan nie, nie met hom so naby aan haar nie. Petri is oorbewus van sy hand wat veilig en warm om hare sluit. Sy byt haar onderlip, stribbel teë en rem terug. Soek verskonings en nog redes. Dan, op Johan se volgehoue aandrang, klim sy uit en volg hom teësinnig oor die laaiblad.

"Haai daar. Welkom," groet Ronnie. "Kom jy die gordyne inspekteer? Hulle is beter as die oues."

Petri kyk om haar rond. "Die nuwe mat en kaste ook," stem sy saam.

"Reg vir nog honderdduisend kilometer reg om die wêreld," bevestig Johan.

Petri soek na stukke skinkborde en koppies, jasse en gebreekte sambrele en kameras. Ronnie was reg. Daar is nie oorblyfsels nie.

"Tyd is 'n belangrike faktor. Elke dag wat die kêrel ledig staan, beteken 'n verlies vir die lugdiens. Hy is Vrydag in die lug."

"Suid-Afrika toe?"

"Jan Smuts se werkswinkel toe."

Petri begin selfvertroue kry. Sy druk 'n skewe suurstofmasker terug en tel 'n verdwaalde stuk koerant op wat by die deur ingewaai het. 'n Weekoue uitgawe. Van voordat hulle vertrek het. Toe weervoorspellings en verwagte sneeu op die Drakensberge nog saak gemaak het.

"En die vermiste ry sitplekke?" vra sy.

"Rome is nie in een dag gebou nie."

"Hulle word volgende week in die werkswinkel vervang en die res van die beskadigde sitplekke nagegaan," antwoord Johan. Hy kyk ondersoekend na haar. "Jy lyk beter. Vóél jy beter, Petri?"

"Ja, dankie. Ek moes nie so 'n papbroek gewees het nie."

"Ek was ook, die eerste keer. Erger as jy. 'n Span osse kon my nie hier naby kry nie."

Hoe sê 'n mens vir jou bevelvoerder hy jok? Petri wens sy kon sy hand vashou om te sê dankie, sy weet, sy verstaan ook – dat hy haar op haar gemak wil stel.

"Gaan kyk na die kombuis en die deur. Toets die mikrofoon en die oonde. Bly nog 'n rukkie, dan sal jy tuis wees," raai hy aan.

"Ek wil nie Ronnie se tyd mors nie."

"Hy hoef jou nie terug te neem nie. Ek sal vir jou sorg."

Ek sal vir jou sorg . . . Woorde wat dreig om haar keel weer te laat brand en die trane te laat oorloop. Sy moenie meer daarin lees nie. Wat hy bedoel, is hy sal sorg dat sy by die hotel kom.

"Dankie, kaptein."

"Kaptein?" eggo hy.

Sy kyk weg. "Johan."

"Het jy van ons ete-afspraak vergeet?"

"Nee."

"Nee, jy het nie onthou nie, of nee, jy is nie honger nie?"

Gister het sy 'n sny roosterbrood gehad en vanmiddag koeldrank saam met Janine. 'n Ete is onweerstaanbaar. Veral saam met Johan. Net hierdie enkele, uitsonderlike aand, neem sy haar voor.

"Nee, nie een van die twee nie." Ingeval hy nie verstaan nie, voeg sy by: "Ja, asseblief."

Hulle is slegs kollegas, besluit Petri. Soos 'n skoolhoof sy personeel wil behou, so moet hy die lugdiens geld bespaar en verhoed dat te veel opgeleide bemanningslede bedank. Dit gaan nie om hom en haar nie. Janine en Nico bly belangriker.

9

Onhandig, met slegs een arm, het Petri haar hare gewas en opgekam soos hy daarvan hou, om mooi te lyk wanneer sy Nico gaan wegsien.

Sy kon net sowel nie die moeite gedoen het nie. Die landingsblad op die grasperk voor die ongevalle-afdeling is oop en onbeskut. Die draaiende rotorlemme van die Super Frelon waai haar hare in toutjies, gras in haar oë en die komberse byna van die drie wagtende draagbare af.

"Groete aan Piccadilly!" skree sy bo-oor die gedruis van die helikopter se lemme en enjin.

"Wát?"

Sy skerm met haar sakdoek vir Nico se oë. "En Trafalgar!"

Steeds hoor hy nie, is hy op ander dinge ingestel as Londen se besienswaardighede. Hy knyp sy oë toe teen haar pogings om te help. "Laat staan my."

"Ek is bang die stof pla jou."

"Ek is nie 'n baba wat jy moet oppiep nie. My ooglede funksioneer."

Petri bêre die sakdoek.

"Los my. Moenie agternakom nie."

Bedoel hy sy moet eenkant toe staan as hy ingelaai word?

Die dwarrelwind ruk aan die gordels wat sy slap figuur op die draagbaar in posisie hou, verwaai sy nuwe pajamas en die laken oor sy kop. Petri waag dit nie om weer te help nie.

"Ek het dit bedoel toe ek gevra het jy moenie agternakom nie. Nie nou of later of oor 'n maand nie."

"Hoekom nie?"

"Kuier by my ouers as jy daarby baat sal vind. So lank as wat jy wil."

"Wanneer sien ek jou dan weer?"

" 'n Jaar. Twee jaar." Net aan die vorming van sy lippe kan Petri die woorde uitmaak. "Ons is nie vir mekaar bedoel nie."

"Ekskuus?"

Hy kan nie harder praat nie, maar sy oë sê meer. "Tot siens, Petri."

"Wat bedoel jy?"

Twee verpleegsters werk met hom, verstel aan die drup en tel die staander op. Die draagbare word ingelaai. Eerste mevrou Claassens wat glassplinters in haar oë gekry het, wie se oë verbind is en wat nie van die stof en die gras bewus is nie. Dan die twee ander pasiënte. Die laaste wat Petri sien, is Alicia wat met haar kierie vir die omstanders wuif voordat sy en Nico en mevrou Claassens in die Super Frelon se ruim wegraak.

Sy hardloop agterna en koes onder die wentelende lemme in. "Asseblief, kan ons nie tot op Gando saamgaan nie?" Binne-in die romp sal dit stiller wees, sodat sy en Nico behoorlik kan praat; mevrou Claassens en Alicia se mense sal ook rustiger kan afskeid neem.

By die deur hurk 'n man in 'n oorpak. Vlieënier of verpleër, sy weet nie. Hy wys sy moet tru staan tot buite die wit kalksirkel se veiligheidsgrens, agter die tekens waar die ambulanse parkeer.

Hy beduie met 'n groen sinjaal. Die skril dreuning verskerp. Die wielstutte lig en die helikopter kies soos 'n naaldekoker koers – skeefweg oor die hawe, die vulkaan, dan 'n dowwer wordende kol oor die dorpie San Cristobal, die berge en die piesangplantasies.

Dit was te halsoorkop, te lawaaierig. Onbevredigend. Selfs al kry sy vervoer uit lughawe toe, sal dit te laat wees, besef Petri. Volgens die skedule het British Airways reeds geland en draagbare met pasiënte word op die laaste minuut ingelaai. Al wat sy sal vind, is nóg 'n kleiner wordende stippel noordwaarts oor die see . . .

Sy bly hulpeloos staan, wuif oplaas, hoewel sy weet die Frelon het nie vensters nie en Nico sal haar nie kan sien nie – hulle is reeds te ver weg.

Sy draai na oom Claassens langs haar, wat waarskynlik dieselfde emosies as sy ervaar.

"Soveel geraas, 'n mens kon skaars groet."

Of kon hulle? Hét Nico?

"Die meisie wat dans, se mense wou ook kom groet het."

Petri het die Spaanse groep gesien – vriende, familie, bewonderaars en mededansers wat Alicia Segova kom weg-sien het.

Oom Claassens is aangedaan. "Dis net haar voet. Olga kan blind wees."

"Dokter Perez was optimisties – hopelik net 'n ingeplante lens in die een oog om die beskadigde retina te vervang."

"Haar oorbelle is toe nooit gekry nie. Hulle is ná die bom in die wind afgeruk en nog altyd weg."

Petri weet daarvan – van die oorkrabbetjies wat 'n ge-skenk met hul goue bruilofherdenking was. "Ek het gister gesoek waar u gesit het en onder die sitplekke, selfs tussen die kussings en armleunings, maar hulle nie gevind nie."

"Ek het die skoonmakers ook gevra."

"Ek ook. Sonder sukses. Ek glo dit het vir u sentimentele waarde gehad. Ek is jammer oor die skade."

"Nou is Olga ook weg."

"In Londen sal hulle gespesialiseerde hulp kry en sodra daar op 'n volgende vliegtuig plek is, kan oom weer by haar wees."

"Sy is moedeloos. Soos jou kêreltjie . . . Gaan jy ook op die eerste vliegtuig Engeland toe?"

"As hy my wil hê. Moskou of New York toe, as hy my nodig het."

"Vandag se jongetjies is anderster. As hy reken jy moet wag, moet jy nie haastig wees nie."

Petri weet hy kon nie hoor wat Nico sê nie. Blykbaar het Nico ook teenoor Olga Claassens of Alicia gepraat.

Die vorige aand by die Malaga-restaurant wat op die strand uitkyk en met die see wat hoogwater tot teen die stoep opstoot, oor 'n bord kreef en mossels en garnale, het Johan gesê sy moet haar nie Nico se swartgalligheid aantrek nie. Hy ly erger aan skok; met die verlies van sy ledemate maak hy meer deur as hulle ander almal saam.

Petri het saamgestem, onthou dat sy toestand aan haar te wyte was. Sy kan beweeg, rondloop, doen wat sy wil. Sy

461

het nog haar werk, 'n toekoms, 'n loopbaan, wat minder belangrik as syne is.

"Sodra Nico nuus oor 'n operasie het, as iets vir hom gedoen word en daar vordering is, begin 'n nuwe fase vir hom en sal hy minder depressief wees," het Johan haar bemoedig.

"Al gebeur 'n wonderwerk en kom Nico reg, sal hy nooit weer tennis speel nie. Nie eers sosiaal nie. Sy koördinasie sal te swak wees. Selfs vir afrigting. Al wat oorbly, is om te studeer of dalk 'n boek of iets dergeliks te probeer skryf."

Johan het belanggestel. " 'n Boek? Oor tennis? 'n Handleiding oor styl en tegniek?"

"Minder ambisieus." Petri het 'n sluk sangria geneem, anderpad gekyk na die meeue en die golwe en die reën oor die see. " 'n Handleiding vir parapleë. Ek het baie daaroor nagedink. Dit sal van meer nut wees vir rugbyspelers wat in 'n skrum beseer is, renjaers, duikers, stoeiers. Die bokskryt is die beste voorbeeld, behalwe dat minder van hulle nekbeserings oorleef. Maar daar is talle ander sportmanne in rolstoele wat dieselfde trauma as hy deurmaak, vir wie Nico se verwerking van sy gestremdheid van waarde kan wees. Ek sal hom help. Die tikwerk, navorsing, foto's, reklame en bemarking hanteer."

"Moenie jouself dryf om te vergoed, om boetedoening te doen nie."

"Ek wil. Ek moet."

"Jy moet aan jouself ook dink."

Petri was steeds hartseer en vol selfverwyt. "Ek dink te veel aan myself en te min aan hom."

Die paella het vir die honger gehelp. Die sangria om die toekoms in die oë te staar en haar skuldgevoelens af te stomp. Nie net teenoor Nico nie, Janine ook.

Hoekom het sy nie vroeër lugwaardin geword nie? het sy getob. As sy vroeër by die lugdiens aansoek gedoen het, was sy nou 'n senior en het die rooster anders uitgewerk,

462

het haar en Gert Botha se paaie nie gekruis nie, het sy Johan de Villiers in gunstiger omstandighede leer ken.

Petri onthou nie veel van die koffie wat hulle buite op die stoep gedrink het nie, van die branders wat teen die kliptrappe gebreek het nie; net die meeue wat knaend, koersloos oor die strand bly krys het.

Johan het van oliebesoedeling vertel, van 'n tenkskip wat ses maande tevore by San Cristobal op die rotse geloop het. "By ons is dit herfs, hier begin die lente. Hulle wil nes maak, maar verlede jaar se broeiplek is vol olie, 'n vreemde substansie wat hulle nie ken en kan verwerk nie."

Hulle het oor meeue gesels, honde, kuns en musiek. Boeke en video's. Traksies, katte en moderne mediese vooruitgang. Ook in 'n mate oor hulself. Petri het agtergekom sy was reg oor hom en Janine – dat hulle nie dieselfde voorkeure en belangstellings het nie.

Maar dit was gister . . .

Nou kyk Petri na die lug om haar, wat leeg is, na die wit sirkel op die verwaaide grasblad wat vol herinneringe, maar sonder lewe is.

"Hoe sal 'n koppie koffie smaak, oom Clasie?" bied sy aan.

Hy weet van 'n plek om die hoek, waar hy lang ure tussen besoekure omgesit het.

Die kafee is bar, met 'n visreuk en net 'n selfbedieningstoonbank. Petri spoor koppies op en louwarm kanne met tee en koffie.

"Melk en suiker?" vra sy.

"Net so. Dokter Perez het ook van die lense gesê. Moet sy hulle elke dag insit en uithaal, 'n masjien koop om in die nag die lense te kook – soos waslappe en witgoed?"

Petri verduidelik dat die lens op die retina ingeplant word, permanent is en nie soos gewone kontaklense saans verwyder en ontsmet hoef te word nie.

"En die krieketspeler? Kry hy ook van dié goed?"

463

"Tennisspeler. Nee, dis nie sy oë wat beseer is nie, maar sy nekwerwels en rugmurg."

" 'n Genade. Anderster moes hy nou ook dié goed kry."

Was dit maar al, so maklik . . .

Hy drink nie sy koffie nie, proe skaars aan die toebroodjies wat sy op die skinkbord saamgebring het.

"Al kan sy hulle dalk nooit weer sien nie, moet ons die oorbelle vir Olga kry. Hulle was duur en toe vat ek nog van ons neseier se geld vir die vakansie. Sy't gesê die Kaap is reg, op die Karoo-ekspres. Eers dag ek die Blou Trein, om dit spesiaal te maak – ons aftree én die vyftig jaar . . . Toe sien ek die advertensie in die Sondagkoerant. 'n Toer na die eilande: Las Palmas, Madeira en die Asores. Hoe kon ek weet?"

Hoe kon enigeen vooraf weet?

"Het oom-hulle kinders? Kleinkinders?" vra sy.

"Niks. Dis net ons twee oues van dae, en ek en Olga het ook nie meer lank om te gaan nie . . ."

Petri het ook nie 'n eetlus nie. "Wil oom hê ons moet weer op die vliegtuig na die oorbelle gaan soek?"

Hy staan gretig op. "As jy dink ons sal hulle kry."

Petri verneem by die toonbank na 'n taxi. Niemand verstaan mekaar nie. Sy gaan haal oom Clasie en loop straatblokke op en af tot hulle uiteindelik 'n bushalte opspoor.

Die eerste rokende diesel ry Alcaravaneras toe.

Die ou oom neem oor. "No caravan! Aeroplane!"

"Cristobal," beduie die drywer. Dié roete loop verby die lughawe.

"Wanneer? Eers Krismis?"

Hulle probeer die tydtafel teen die paal by die bushalte ontsyfer. Al weet sy dit is onmoontlik, wensdenkery, bly Petri kyk of 'n rooi oopdak-Volksie nie dalk in die straat af kom op soek na hulle nie.

"G'n Christenmens kan die uitlanders se Grieks uitmaak nie!"

"Spaans. Ons is die uitlanders, oom."

Hy is koulik en moeilik. "Waar's daai blink uitlandertjie?"

"Wie, oom?"

"Daai blink Stefaans met die sebrastrepe op sy moue."

"Die kaptein? Ek wens ek het geweet."

"Sersant of kolonel, hy was te behep met Botha. Wat die vent gekort het, was 'n paar taai klappe, dan het ons nie die gemors gehad nie. Wat was hy so danig met die vent?"

"Hy wou die kajuitsak en die bom in die hande kry en onskadelik stel."

"Hy was baie danig, veral met jou. Mooi uniform en al die blinkigheid net vir jou. Waar's hy nou? Het sy mooi woorde opgedroog?"

Nico was nie onnodig agterdogtig en skepties nie, besef Petri. Ander mense het haar en Johan ook saam gesien.

"Hy is besig, oom, met die ondersoek en die kommissie."

" 'n Spul slim Piete wat self nog nooit 'n bom gehoor afgaan het nie."

San Cristobal, onthou Petri. Toe 'n bus met die naam voorop verbykom, klim hulle in. Nico het gesê sy is nie 'n navigator nie. Maar Petri hou koers. Crisobal is naby Gando, onthou sy. Aan die oostekant van die eiland, suid van die hawe. Toe Petri 'n vliegtuig bokant hulle laag sien inkom – wiele en flappe uit – weer sy hulle is reg, nie ver van die lughawe nie.

"Lui die klokkie, oom."

"Om te wat?"

"Om af te klim."

Krit Kritzinger is in beheer by die 747; hy en Peet en die Seattle-ingenieurs en die werktuigkundiges, tot oor hul ore toegegooi onder die werk en nie geneë met 'n onderbreking nie.

"Julle kan nie nou in die kajuit ingaan nie. Die hele plek staan vol onderdele en ons werk vier-en-twintig uur 'n dag om in die lug te kom. Elke minuut kos geld. Wag vir Johan dat hy toestemming gee, dan kan julle gaan borsspelde soek."

Haar metgesel bring sy kant. "Oorbelle. Wie's dié Jan wat nie op sy pos is nie?"

"Die baas. Wag tot hy kom. Op die oomblik is die kajuit taboe."

"Ons is nie sommer hierjys nie. Dié meisie was die lugwaardin."

"Ek reken tog koffie is 'n goeie plan," stel Petri taktvol voor.

Oom Claassens is soos 'n bulterriër wat nie los waar hy vasgebyt het nie. "Jan? Jan wie?"

"Johan de Villiers."

"Wie?"

Petri lei hom weg. "Die blink Stefaans, oom. Kom ons soek iets te drinke."

Gando se koffie is warmer. Hul toebroodjies varser. Petri bestel ham en kaas.

"De Villiers? Wat weet 'n Fransmannetjie?"

"Baie. Hy is die bevelvoerder. Ons kan nie nou in die kajuit rondkrap nie, oom. Ons moet wag tot hy opdaag."

" 'n Verwyfde uitlandertjie?"

"Hy is nie verwyf nie."

"Hoe weet jy?"

Sy weet uit ondervinding – die vorige aand laat, op die stoep by die restaurant. "Neem my woord daarvoor. Ek kan oom waarborg hy is nie verwyf nie. Eerder te veel van 'n man."

Gelukkig vra hy nie sy moet oor bewyse uitbrei nie. "Vir wat so 'n fênsie naam? Hoekom nie Botha of Venter of Smit nie?"

Petri wonder of sangria nie vir hom ook sal deug nie.

466

"Waar bly die man?"

Petri het afgelei Kempton Park, op 'n plot met 'n dam vol eende en makoue. 'n Grasdakhuis met – tipies vrygesel – meer kamers as meubels. Maar sy glo nie dit is wat oom Claassens bedoel het nie.

"Hy sal nou-nou kom."

"Krismis ook. Van waar af?"

"Ek weet nie. Nog koffie, oom?"

"Koffie, seg jy? Dié afgewaterde brousel?"

"Of tee?"

"Ek is g'n Sap of 'n Ingelsman nie."

Petri is dankbaar toe Krit deur die venster na haar wink.

"Net jy," maan hy. "En jy beter 'n valhelm dra. Johan is terug en wil jou sien, gouer as gou. Jou, nie daardie korrelkop nie. Waar het jy hom opgetel?"

"Hy was op die vlug. Sy vrou het die splinters in haar oog gekry."

Krit stoot sy vingers deur sy hare. "Jammer. Te veel werk en te min slaap. As Johan reken hy kan my spaar, sal ek julle na die goed help soek."

Hul eerste offisier was toegeeflik; sy bevelvoerder toe hy die trappe twee-twee opklim, is nie. Een kyk na Johan se gesig laat Petri besef wat Krit met 'n valhelm bedoel het.

"Waar de duiwel was julle? Ek het nie tyd om die hele dekselse eiland plat te ry nie. Wat het jy en daardie oom Klaas op 'n vervlakste bus loop maak?"

Hulle het gesê hy het 'n kort humeur, maar dit is 'n nuwe faset van haar kaptein wat Petri nou leer ken. Sy skrik, staan met groot oë 'n tree tru agter die yskas in, sodat dit as buffer kan dien. Sy is aan die verdedig. Vol redes, verskonings en verduidelikings.

Nie aanvaarbaar nie en nie goed genoeg nie.

"Bog en snert. 'n Kind van ses kan 'n bustydtafel lees. Verwag jy ek moet 'n ganse dag se werk prysgee om jou te gaan soek? Jou bomsieke vriend het die bagasieruim aan flarde geskiet, erger as wat ons gemeen het. Ek kon dit nie so laat nie. Wat foeter julle na 'n bus toe? Jy kon verdwaal het of oor die kop geslaan gewees het. Wat was die haas? Kon jy nie vyf minute gewag het tot ek kom nie?"

"Ek het gedink jy is te besig."

"Te besig om my plig te doen?"

"Nee. Net besig, met 'n vol program, baie verpligtinge."

"Ek probeer my verpligtinge nakom, maar jy maak dit moeiliker."

Die vorige aand was hy onweerstaanbaar in dieselfde natgereënde trui en broek. Nou, in 'n vars hemp en dag, in uniform, wil Petri haar arms om sy nek sit en erken hy het dringender pligte en sy weet sy is minder belangrik, hom in haar arms vashou, haar wang teen syne lê en met haar mond die afgematte lyne op sy gesig wegstreel.

Hy ontplof seker as sy dit waag.

"Ek het gedink jy mag dalk na ons kom soek."

"Gedínk? Dis 'n katastrofe – as jý die dag dink."

"Verwag, vermoed jy mag na ons soek."

"Nie mag nie, hét! By die hospitaal met die Frelon wat reeds weg was, by die bushalte, met die bus wat gery het, Timboektoe toe. Ek het nie tyd om heeldag agter vroumense aan te karring nie. Hoekom het jy nie gebel of gewag nie?"

"Ek weet julle het baie werk. Ek wou nie pla of jou onderbreek nie. Ek is jammer."

"Jammer help minder as niks. Die busmense dink ek is mal. Ek ook."

"Ek het in die straat gekyk of ek jou sien."

"Vyf sekondes, toe jou eie simpel koers gekry. Het jy nie gedink ek kan moontlik bekommerd wees nie?"

Petri herinner hom nie daaraan dat sy nie so simpel was nie, dat sy wel by die lughawe uitgekom het nie. Sy glo nie dit is wat hy wil hoor nie. "Dankie dat jy was."

Hy klink soos Nico. "Wat?"

"Dankie dat jy ons kom soek het. Ek waardeer jou opoffering en vra om verskoning dat ons reeds weg was en jy ons nie kon kry nie, dat jy jou tyd en petrol gemors het. Verskoning omdat die busmense gedink het jy is mal. Dit was my fout en ek is jammer oor jou moeite en bekommernis."

Nederig en opreg bedoel, maar wanneer 'n man so kwaad was, is hy nie bereid om so maklik weer goed te word nie.

"Jy ken nie Las Palmas nie. Jy is dom en naïef. Jy kon in die hawe geëindig het, tussen 'n spul matrose wat net een ding in gedagte het."

"Ek het nie."

"Jy kón."

"Goed, ek gee toe ek kon, dat ek onnosel en naïef is. Dankie dat jy besorg was, kaptein, dat jy omgegee het wat van ons word."

Toe sy stilbly, besef Petri daardie een woord was onnodig en gaan hom opnuut die harnas inja. Maar dit is te laat om oor te begin. Sy wag vir die storm.

"Ek het hoeveel keer gesê ek is nie honderd jaar oud nie en moenie my kaptein noem nie! My naam is Johan! As dit vir jou te moeilik is, my tweede naam is Philippus! My pa was Wilhelmus en my oupa Marthinus! Kies watter een jy wil!"

"Ek was ontsteld nadat Nico weg is. Ek weet jy is besig, jy kan nie kort-kort onderbreek word om na bemanningslede om te sien nie. Ek wou nie pla en gedurig van jou afhanklik wees nie. Ek wou jou moeite spaar en my eie probleme oplos."

"Teen hierdie tyd behoort jy te weet dis nie moeite nie, ek gee om wat met jou gebeur."

Voorheen het hy gesê dit was sy plig en deel van sy verantwoordelikheid. Dit gee haar moed. "Dankie," antwoord sy bedees. "Dankie dat jy omgee."

"Het jy dit nie geweet nie?"

"Nie geweet nie – gehoop . . ."

Hy kyk haar op en af, maar bedaar.

"Goed, ek erken ek het oorreageer. Ek was laat en die Frelon vroeg. Jy was emosioneel oor Nico se vertrek, dit het gereën en jy moes aan oom Clasie dink. In die omstandighede het jy gedoen wat jy moes en seker beter oor die weg gekom as waarvoor ek jou krediet gee."

Komend van 'n eiewyse, manlike chauvinis is dit 'n kompliment. Hy het erken hulle is vriende en hy gee vir haar om, anders sou hy nie so te kere gegaan het omdat sy tussen die matrose of die bodem van die hawe kon beland het nie. Goeie nuus en belowend.

Die sny onder sy oog het weer begin bloei. Hy vryf ongeduldig oor sy wang en sy voorkop. "Wat het Krit oor krappe gebrom?"

"Mevrou Claassens s'n."

"Soek jy hulle?"

"Asseblief."

"Het jy hulp nodig?"

Petri is versigtig om hom nie weer te irriteer of verdere eise te stel nie. Om nie weer, soos met Nico, hom op te piep nie. "Toe maar, dankie, ek sal regkom."

Halfpad bo-oor 'n gasbottel en lugboor, sy gedagtes by die vordering van die herstelwerk aan die vragruim, gaan hy staan.

"Krappe? Wat se goed?"

"Krabbe. Oorkrabbetjies. Twee robyne in goud geset, wat mevrou Claassens gedra het en wat tydens die drukverlaging verlore geraak het."

Johan kyk na die hoederak en tel tot by tien. Dit help nie veel nie. "Hoekom het jy nie lankal so gesê nie?"

"Jy het my nie kans gegee nie."

"Behoed my van dom vroumense . . . Hulle is in die kluis. Die polisie het die robyne gevind en vir veilige bewaring in die kluis weggesluit."

"Albei?"

"Hoeveel ore het 'n vroumens? Drie? Dit sou beter gewees het, dan sou hulle kon hoor as 'n mens praat."

Hy lyk minder soos 'n donderwolk, meer soos die aand op die stoep by die Malaga. Sy is te verheug om haar aan die hael en blitse te steur. "Dankie. Duisend dankies!" Uit vreugde vergeet Petri haarself. Sy gooi haar arms om hom en gee hom 'n druk.

"Namens tannie Olga," verduidelik Petri. "Oom! Oom, ons het hulle!"

Johan is nie ingenome met die onderbreking nie. Waarop hy gehoop het en wat hy in hierdie stadium nodig het, is 'n behoorlike omhelsing, nie namens ander mense en met uitroepe wat haar aandag verdeel nie.

Hy stoot die gassilinder en die ander obstruksie opsy. "Vergeet oom Klaas."

"Hy laat hom nie vergeet nie. Die krabbetjies maak vir hom baie saak."

"En vir my. Vergeet tannie Olga ook . . ." Hy leun oor die yskas. "Les nommer een: Moenie drukkies en soentjies uitdeel as jy dit nie bedoel nie."

Petri mik na die wasbak, maar dit is te ver. "Ek het niks bedoel nie. Ek wou net dankie sê."

"Ek verkies bedankings op 'n meer tasbare wyse."

Hy lyk nog lank nie afgekoel nie. Maar toe hy haar nader trek, rem sy nie weg nie.

"Dankie dat jy die oorkrabbetjies gebêre het. En ek hét gedink ons doen die regte ding om 'n bus te haal. Ek wou jou nie kwaad maak nie."

"En ek wou nie met jou rusie maak nie; onredelik wees nie."

"Jy was nie onredelik nie."

"Ek was. 'n Bus was die regte ding. Ek moes vroeër gery het, betyds gewees het."

"Jy was nie te laat nie . . ."

471

"Hou op om na die wasbak te kyk!" sê hy geïrriteerd.

Petri kyk na hom.

Sy greep versag. Sy stem ook. "Ek het gesê jy is nogal nie lelik nie. Nou, met jou hare so los oor jou skouers, lyk jy vroulik en verleidelik."

Die rekke het gebreek en die knippies het uitgeval. Petri voel selfbewus aan haar windverwaaide hare wat seker in alle rigtings staan. Hy spot. Om haar te vlei, is sy manier van vrede maak, al lyk sy soos 'n omgekeerde sprinkaan.

"Ek wou respektabel lyk, maar dis 'n hamerkopnes."

Hy laat haar gaan. "Goed lyk vir Nico. Natuurlik. Is hy toe veilig weg?"

"Met groot geraas."

"Steeds negatief en vol verwyte?"

Johan het gevra sy moet toegewings maak teenoor Nico, verstaan en begryp en haar nie laat ontstel nie. Maar wat van hóm? Hy was bevelvoerder van die rampvlug. Daar is groter druk op hom as die res van die bemanning of die passasiers.

"Ja. Meer op die oorlogspad as jy. Al een wat hy naby hom toegelaat het, was Alicia."

"Wat het jy gemaak?"

"Ek wou haar oë uitkrap."

'n Rukkie lank was hy ontspanne, die bom vergete, soos by die restaurant. Nou is hy skielik weer 'n vreemdeling, die gemoedelikheid en kameraadskap weg.

"Het jy?"

"Teruggeveg? Ek moes. Ek wou in die helikopter saamgaan, maar Nico wou nie."

Petri weet nie wat verkeerd geloop het nie. Een oomblik was hy haar vriend, het hy gelyk asof hy na haar wil uitreik, haar hare streel of erger deurmekaarkrap. Die volgende oomblik staan hy eenkant, agter die wasbak en halfpad in die gang, hande in die broeksakke gesteek, sy gesig koud en geslote.

472

"Ek weet Nico is vir jou belangrik. Ek sal vir die juwele teken, dan kan jy hulle afhaal en aan meneer Claassens terugbesorg. Sal jy dan verkas en ons in vrede laat sodat ons die krat in die lug kan kry?"

"Ja. Ek wou nie pla nie."

"Jy het."

Die kafeteria is te ver dat oom Claassens haar kan hoor. Maar Krit het hom gaan roep en aan hom die goeie nuus meegedeel.

Toe hy kop eerste instorm, help die ou oom nie om die situasie beter te maak nie. "Gekry, seg jy? Deur wie? Die kapteintjie? Nie sleg vir 'n blink Stefaans nie, nè?"

Petri waag nie om na Johan te kyk nie.

Indien sy gehoop het hy besef nie dit is na hom wat verwys word nie, ruim oom Clasie alle twyfel uit die weg.

"Maar dis mos die kaptein dié, g'n sebra nie. 'n Boer, soos ek en jy. Ek kyk hom so uit – nog pure man ook. Vir wat het jy gesê hy's 'n verwyfde uitlandertjie?"

"Oom!" Petri is verontwaardig. "Is nie, ek het nie!"

Hy luister nie na haar nie en Johan de Villiers ook nie.

"Dankie. Baie dankie. Nou weet ek waar ek staan." 'n Man wat netnou so kwaad soos hy was en hom nou opnuut vererg, steur hom blykbaar nie aan obstruksies in sy pad nie. Hy klim oor die boor en silinder, stryk in die gang af. By die nuwe vloerpaneel steek hy vas en kyk kil oor sy skouer.

"Juffrou Pretorius, ek het verduidelik ons doen alles in ons vermoë om op Jan Smuts te kom."

Sy knik. "Ja, kaptein, ek weet, daarom wou ek u nie onderbreek nie."

"Ek moes nie toegelaat het dat jy daarin slaag nie. Die sewe-vier-sewe is tydelik aanmekaargetimmer. Sorg dat jy en jou kollegas jul sake agtermekaarkry. Ons vlieg Vrydag met hom huis toe. Dié wat nie reg is nie, bly agter. Ek sal instruksies in dié verband by ontvangs op die kennisgewingbord sit."

473

Johan wag tot almal in die vertrek plaasgeneem het en hy sy bemanning se volle aandag het.

"Dames en here, julle weet wat gebeur Vrydag – ons vertrek met die vliegtuig na Jan Smuts. Die rede waarom ek julle byeengeroep het, is om te beklemtoon dat dit julle vrye, individuele keuse is om daarmee te vlieg. Hoewel die makro op toetsvlugte in een stuk gebly het, kan nie ek of enigiemand anders honderd persent lugwaardigheid waarborg nie. Die alternatief is sewe beskikbare sitplekke Saterdag op Iberia. Die res sal dan Sondag of Maandag op TAP en KLM bespreek word. Die besluit word aan julle oorgelaat en geeneen sal verkwalik word indien hy of sy verkies om van die alternatiewe vlugreëlings gebruik te maak nie."

"Ons is een dood skuldig," merk Ronnie op.

Dit som blykbaar almal se gevoelens op, behalwe Lien Truter en Hannetjie Malan s'n wat nie die byeenkoms bygewoon het nie. En Joe wat senuweeagtig verneem hoeveel brandstof hulle kan inneem.

"Maksimum. Vol tenks. Genoeg om direk Jan Smuts toe te vlieg en terug, met voldoende speling indien ons moet sirkel."

" 'n Direkte vlug met landingsregte op Ilha do Sal indien nodig, kaptein?"

"Ook op Abidjan en Luanda in 'n noodgeval."

'n Ander junior vra huiwerig: "Hoe lyk die weersomstandighede?"

" 'n Goeie vraag, Marcelle. Volgens meteorologie: gunstig. 'n Stertwind en 'n tien persent kans op stratocumulus, wat nie probleme behoort op te lewer nie."

"Wie is in beheer – julle of die Yanks?" wil Janine weet.

"Ek en Krit, twee Amerikaners wat bystaan en die een wat by Peet oorneem. Ook 'n ekstra radioman, plus die tegnici wat aan boord sal wees."

Hy wag op nog vrae. Daar is nie.

"Uit die aard van die saak sal ons geen vrag of passasiers dra nie; daar sal nie lugdrukbeheer wees nie en ons sal sonder elektrisiteit in die agterste kombuis moet klaarkom."

Dit raak Hannes. "Wat bedien ons, kaptein?"

Johan is verskonend. "Koue vleis en slaai. Drinkgoed uit warmflesse. Ek wil die hidroliese stelsel soveel moontlik spaar."

Krit is, soos gewoonlik, negatief. "Sonder lugreëling? Dit sal 'n warm en stamperige rit wees."

Selma kyk op. "Jy het van lugwaardigheid gepraat. Toetse. Waarborge wat jy nie kan gee nie, Johan."

Hy is eerlik. "Met die minimum tyd tot ons beskikking het ons die maksimum hoeveelheid toetsvlugte ingepas. Ons gaan laag en stadig vlieg. Die eerste liggie of alarm wat aangaan, en ons draai terug of gaan sit op Ilha do Sal of Abidjan. Bagasie word in die kajuit gelaai. Al wat ek wel kan waarborg, is dat slegs tasse en persoonlike besittings gelaai sal word. Geen teddiebere nie."

'n Paar lag en dit is asof die spanning verlig is.

"Tien uur, 'n leë vliegtuig en vir elkeen 'n oop ry om op te slaap. Lekker. Watter rolprent wys ons?" spot Ronnie.

Almal teenwoordig kan 'n gepaste titel uitdink.

Johan bestel vrugtesap en bier vir die manne wat belangstel.

"Een drankie agt uur voor vertrektyd is toelaatbaar. Moenie deurmekaar raak nie – nie ágt een uur voor dienstyd nie." Hy gesels nog lank. Oor geligniet, lugweerbaarheid en assuransie wat nie op lughawens geadverteer behoort te word nie, oor hoe veiligheidsmaatreëls doeltreffender wêreldwyd by alle vertrekpunte toegepas kan word.

Toe hy laataand 'n tweede keer op sy horlosie kyk, word Petri onwillekeurig aan Gert Botha herinner. Sy skram van die nagmerrie weg. Hulle sal veilig daar aankom. Nico sal regkom . . . Saterdag voor ontbyt is hulle veilig tuis.

475

"Slaaptyd. Kry 'n goeie nagrus in," sê Johan. "Oplaai-tyd: sestien uur. Bedenkings of vrese in die tussentyd: julle is welkom om te kom gesels – dis waarvoor ek hier is – om spoke hok te slaan as ek kan. Ek is nou en môre beskikbaar, as daar iets is wat julle nog wil weet."

Al wie agterbly, is Janine en Selma. Die ander verdwyn stilweg kamers toe.

'n Ongeskeduleerde vlug – in uniform of nie? Johan het nie gespesifiseer nie en Petri glo nie dit is die soort vraag waarvoor hy beskikbaar was nie, veral komend van haar. Om aan die veilige kant te wees, was sy haar bloes uit en stryk haar romp. Sosiaal en bekwaam, maar sy ken makliker kapteins as hy. Sy moet maar haar sykouse óók was en stryk. 'n Gebreekte sleutelbeen is nie genoeg verskoning om soos 'n winkel op die eerste dag van 'n uitverkoping te lyk nie.

Sy moet haar sake reël en afhandel, het hy beveel. Nico is weg en sy het nie eers 'n tas om te pak nie. Net vannag slaap, môreoggend opstaan en aantrek.

Tuis wag meer pligte en eise. Die belangrikste is Nico se ouers. Daarna dié van Mariëtte en Wim. Dan die roudiens en begrafnis. Dit sal haar nie baat om dit te probeer vermy nie. As sy in haar woonstel wegkruip, voorgee dat sy self te ernstig beseer is, sal sy haarself later verwyt dat sy 'n lafaard was en haar plig versuim het. Ook teenoor Nico.

Hy het haar uitkomkans gebied, sodat sy nie aan 'n parapleeg gebonde hoef te wees nie. Alicia. Sy is beskikbaar, maar té ooglopend om geloofwaardig te wees. Hulle kan nie eers behoorlik met mekaar gesels nie. Hul agtergronde verskil. Alicia lyk te broos en fyn om in die warm son agter 'n tennisbal aan te hardloop. Sy weet seker nie eers hoe tel 'n mens of waarmee slaan jy die bal nie. En Nico het nog nooit vir partytjies of ontspanning tyd gehad nie. Sy glo nie hy was al ooit by 'n diskoteek nie. Sy weet nie of hy hoegenaamd kan dans nie. Wat nog van flamenco en fandangio

476

en die andalucio of die malaga met kastanjette? Nico wou haar seerkry en gebondenheid spaar. Sy verstaan, waardeer dit en stel sy onselfsugtige gebaar op prys. Sy sal hom die twee weke toelaat wat hy gevra het. Maar nie 'n maand nie. Dit is te lank, vir hom én haar om elkeen afsonderlik die trauma te verwerk en by die nuwe omstandighede aan te pas. Op die langste veertien dae, dan gaan sy kyk hoe hy vorder. Sy en dalk sy ouers, wat ook bekommerd is, wat hom ook liefhet en omgee wat van hom word.

16h00. Vieruur môremiddag, vervoer Gando toe. Vertrektyd, met doeane-uitklaring en ander formaliteite, seker eers sewe-uur, met 'n lang nag voor. Petri neem Johan se raad. Bad is te ongemaklik met haar arm en verband. Sy stort, klim in die bed en slaap.

Selma daag halfvier op, sy en Susan en Marcelle en die res, maar nie Hannetjie en Lien nie. Ook Joe is nie daar nie.

"Die bangjanne verkies KLM," sê Janine neerhalend toe hulle op Gando by doeane en immigrasie toustaan. "En jy, hoekom is jy in jou purper uitgedos, Petronella?"

Janine dra denims, soos die ander, nie uniform nie.

"Ek het nie geweet nie. Johan het nie gespesifiseer nie."

"Hy het."

"Is nie. En ek was te bang om te vra."

"Sjuut!" Janine beduie na agter en onderlangs met haar wysvinger voor haar mond.

Petri kyk om. Sy moes geweet het hy moet ook deur doeane gaan, maar het nie opgelet Johan staan in die ry reg agter hulle nie.

Hy is nie beïndruk nie. "Juffrou Pretorius, ek het vrae verwelkom en beklemtoon hierdie is 'n ongeskeduleerde vlug. Jy is groot genoeg en oud genoeg om soos 'n volwassene behandel te word, of hoe? Moet 'n mens alles vir julle met 'n lepel ingee?"

Eers is Petri verleë omdat dit geklink het of sy agteraf

skinder, dan omdat hy die kwessie van uniforms miskien wel genoem het en sy nie aandag gegee het nie. Dan dink sy: Hy het haar beledig, netnou geïgnoreer en nie eers die hoflikheid gehad om te groet nie. Wie is Johan de Villiers op stuk van sake om sy rang rond te gooi? Grootkop, maar nie veel ouer as sy nie en as sy vroeër begin vlieg het, was sy ook nou meer senior. Hy kan 'n vliegtuig hanteer, sy 'n motor net so goed. Of beter. 'n Trekker en vragmotor ook. Wat maak hom so wonderlik dat hy dink hy is ver verhewe bo haar?

Haar stem is koeler as syne. "Nie 'n lepel nie. 'n Mes en vurk sal deug."

"Sal jy dán die feite inneem?"

Op die vliegtuig is hy haar baas. Maar die immigrasie-saal is neutrale terrein. Dalk gaan sy in elk geval bedank, dus maak dit nie saak as hy in sy verslag meld die een junior was nie onderdanig genoeg nie. "Nee, ek het 'n sub-normale IK."

Hy plak sy paspoort en gesondheidsdokumente op die toonbank neer. "Ek het nie gesê jy het 'n lae IK nie."

"Ek dink jy hét, by meer as een geleentheid."

"Simpel het niks met 'n lae intelligensie te doen nie."

"Die twee is dieselfde. Ek is jammer indien my uniform jou aanstoot gee. Indien jy nie sulke onbenullighede ont-hou nie, my tas het in die ontploffing weggeraak. Ek het nie privaatklere om aan te trek nie."

Behalwe 'n rok wat sy nou die aand aangehad het . . . Afgesien daarvan, reken Petri dat sy haar saak bewys en die ronde gewen het.

" 'n Bietjie slimmer. 'n Bietjie meer kop gebruik, juffrou Pretorius, en 'n groot toekoms wag op jou by die lug-diens."

Hy stap weg en gee haar nie kans om te antwoord nie.

Petri is lus en keer haar noodhulptas op sy kop om. Bot-tels, pille, die hele spul. Is dit steeds omdat sy in die reën met die morrige oom Claassens haar eie pad gesoek het

478

pleks daarvan om op die verwyfde uitlandertjie te wag? Die belangrike blink Stefaans met die ritse goue strepe op sy moue . . .?

Janine is geamuseer. "Jy het mos geglo hy is wonderlik, die antwoord op enige meisie se drome. Nou weet jy wat ek moet verduur."

"Ek het nooit gedink hy is wonderlik nie," ontken Petri heftig.

"Nie?" Janine klink skepties.

Petri klim die trappe twee-twee op vliegtuig toe. "Jy kan hom kry. Gratis en verniet. Ek sal vir julle 'n duur trougeskenk gee. Die handdoeke en tafeldoeke wat jy in Marble Arch wou koop."

Janine lag. "En ek vir jou en Nico. Moet jou nie aan Johan steur nie. Hy hou nie van rooikoppe nie. Hy kan dit nie verhelp nie en jy ook nie."

"Moet ek my hare bleik of kleur?"

"Dit sal sy aggressie vererger. Moenie dat hy jou ontstel nie. Op die volgende vlug het jy 'n nuwe kaptein. Jy sien Johan dalk eers oor twee jaar weer, ná ons troue, nadat ek hom bearbei het en hy bedaar het."

"Oor twee jaar is drie jaar te gou."

In die verlede was vertrektyd 'n harwar van voorrade nagaan. Kontrolepunte. Vorms en handtekeninge. Passasierslyste en vluginligting. Die kajuit wat voorberei word – tydskrifte en klerehangers, babawiegies en bottels, kleedkamers, suurstofsilinders, noodtoerusting, koerante en spesiale etes.

Nou is dit onnatuurlik stil. Elkeen doen wat hy wil. Geen aankondigings, geen musiek nie. Ná 'n uur, suidwaarts oor die see, strek Marcelle haar met kussing en kombers op 'n ry sitplekke uit en Janine verdwyn stuurkajuit toe. Petri gaan sit met die koerant by Selma.

"Senuweeagtig?" vra sy.

"Nie eintlik nie. En jy?"

"Eienaardig genoeg, nee. Ek dag ek sou wees, maar dit is net nog 'n vlug." Sy blaai deur die koerant. "Foto's van Elena Kasakis en die oorledenes. Heelwat oor Gert en Maria Botha."

"Ek het gesien. Sy assuransie gaan die eis beveg, en die slagoffers se naasbestaandes gaan 'n eis teen sy boedel instel."

"Hy het niks gehad nie. Waarmee kan hy betaal?"

Ná ete, ná 'n stapel tydskrifte en 'n boek waarvan sy al drie dae aan dieselfde bladsy lees, soek Petri 'n stil sitplek in die verste uithoek. Sy stel die leuning agteroor en probeer afskakel.

Met 'n bietjie verstand wag daar 'n groot toekoms op haar in die lugdiens . . . Hoe sy ooit kon dink sy hou van hom, en selfs op hom verlief kon raak, weet sy nie. Hy is 'n arrogante, verwaande vent. Hoe gouer hierdie vlug verby is, hoe beter.

Haar toekoms lê by Nico, al kan hulle in Londen niks vir hom doen nie. Sy sal met graagte uit die lugdiens padgee en haar lewe daaraan wy om Nico op te pas en te versorg. As hy haar wil hê . . .

Laat staan my. Los my, hoor sy weer sy stem. Dit was nie slegs omdat sy oorbeskermend was en hom soos 'n hulpelose babatjie behandel het nie. Hulle was maats, vriende, al van skooljare af. Het hy ouer geword en haar ontgroei? Uitgevind hulle was te jonk, dit was oppervlakkige tienerliefde sonder werklike meelewing met mekaar? Of iemand anders gevind teenoor wie hy kan uitpraat, 'n geesgenoot wat hom dieper kan liefhê?

Johan de Villiers het 'n nooi, 'n verloofde. Hy het hom net uit plig oor haar ontferm, want hy hou nie van rooikoppe nie. Nico verkies waarskynlik ook 'n ander meisie bo haar. Janine en Alicia . . . Albei verkieslik bo haar, want sy is oppervlakkig en simpel.

Die een is te besig om agter vroumense aan te karring,

die ander een in Londen – op pad om te trou of op pad na 'n operasie. Wat ook al die redes, die boodskap is duidelik. Sy is oorbodig. Oos van die son en wes van die maan. Nêrens pas sy in nie.

Petri staan op en soek 'n kombers. 'n Hele stapel. Hulle help nie. Aandete ook nie. Koue vleis en slaai vererger die leemte van mislukking en eensaamheid in haar binneste.

Die landing ses uur later, skuins voor dagbreek, met die gelapte Boeing, is makliker en met minder drama as op die Kanariese Eilande. Behalwe dat meer joernaliste, rubriekskrywers en fotograwe op die mank vliegtuig wag. Nog afgevaardigdes en beamptes en ondersoekkomitees.

Petri het haar vuurdoop gehad en haar les geleer. Sy sien nie kans vir nog onderhoude en vrae nie. Al bagasie wat sy het, is Janine se rok en haar toiletware wat geen probleme by doeane oplewer nie. Sy glip ongemerk by 'n sydeur uit – verby die internasionale aankomssaal en die skare afwagtende gesinne, belangstellendes en nuuskieriges – oor die skemer sypaadjie na waar die lugdiensvervoer op die laaisone wag.

Janine se familie het haar en Johan kom ontmoet. Haar pa en ma en haar broer – lank en breedgeskouer. Hulle lag en gesels. Kuier saam. Laai tasse in. Te besig met mekaar om haar op te merk.

Die motorbestuurder is onbelangstellend. "Net een om weg te neem?"

Petri klim in. "Die ander se mense het hulle kom haal."

"Wat is die adres?"

Soveel het gebeur. Dit voel soos 'n leeftyd wat sy weg was. Petri moet dink voordat sy haar adres kan onthou en kan terugsit met die wete dit is verby. Sy gaan huis toe . . .

Eers die volgende dag, ná nog 'n koorsige nag met 'n hoofpyn en die stywe verband wat aan haar arm begin skaaf,

kan sy in haar woonstel tuis raak en weer die drade optel –
gaan pos uithaal, by die buurvrou haar budgie en potplan-
te kry en die moed bymekaarskraap om by die telefoon
uit te kom. Sy skakel Nico se ouers, sy vriende en ander
instansies wat hom met blyke van meegevoel onderskraag
het. Dan, impulsief, bel sy die laaste familielid by wie sy
loseer het.

Tant Anna herken nie haar stem nie. Sy was nie bekom-
merd nie, want sy het vergeet Petri het lugwaardin geword.
Sy kan nie onthou hoe oud sy teen dié tyd is of hoe hulle
Petro genoem het nie.

Die begonia het meeldou en die palm is verwelk. Petri
ook. "Cornelius!" roep sy. "Wil jy nie fluit en my opbeur
nie?"

Die budgie druk sy kop onder sy vlerk.

"Cornelia?" probeer sy.

Steeds is daar geen reaksie nie. Ná 'n vol saadbak is die
voëltjie nie lus vir geselskap nie.

"Min troos, jý," verwyt Petri. Sy maak plantvoeding vir
Joachim en Jeremia aan. Hulle bly siek lyk. Sy stof af, sluk
'n pynpil en klim terug in die bed.

Dit is tyd dat sy trou. Wanneer 'n mens met jouself en
jou plante begin praat, het jy 'n man nodig. Maar wie?
Nie een van die moontlikhede wil hul opsie uitoefen nie.
Altwee verkies skynbaar 'n blondine bo 'n rooikop.

By die roudiens Woensdagmiddag dra Petri nie 'n uniform
nie, maar 'n swart baadjiepak en wit bloes. In die vlieg-
tuigloods sit sy by meneer en mevrou Loodts en Nico se
jong boetie. Sy praat met tant Ellie en mevrou Bruckner.
Met Antonie se ma. Dan die pa. Simpatiseer met die Van
Onselens en die Coetzers. Met die ander oorledenes se
naasbestaandes en die kaptein van die vlug wat op Las
Palmas by hulle die vliegtuig sou oorneem.

Verteenwoordigers van ander rederye woon die diens by,

die topbestuur van Jakaranda, saam met die minister van vervoer, sy adjunkdirekteur en ander hooggeplaastes. In die loods sit rye lugdienspersoneel die gehoor vol, selfs uit streekdienste en die binneland, almal om medelye te kom betoon. Ook Joe, Lien en Hannetjie. Ook in privaatdrag. Selma het gekom, Marcelle, Hannes, Piet Broodryk, Ronnie en Kallie en die res. Selfs Krit. En Janine, weer saam met haar broer, wat die hele tyd naby is, aan haar sy om haar te ondersteun.

Almal het 'n behoefte aan tee ná die verrigtinge; 'n behoefte aan gesels en saam verkeer – behalwe Petri.

"Hallo," groet 'n jong ou, frisgeboude, bruingebrand en ongemaklik in 'n pak klere met 'n boordjie en das.

Sy het hom nie in die saal opgemerk nie. Nico se dubbelspelmaat, wat ook 'n vriend moes afstaan. Soos dominee Huysamen van Wim Coetzer gesê het: "Sonsondergang terwyl sy dag nog skaars gebreek het . . ."

"Dawid!"

"Dag, Petri," groet hy stilweg.

"Wanneer het jy teruggekom?"

"Gister."

Sy weet dit beteken slegte nuus. Hy is ook in die enkels en gemengde dubbels uitgeskakel. Sy vra nie uit nie.

"Ek kon nie konsentreer nie," verduidelik hy.

"Jy moes afgeskakel het. Ter wille van Nico. Hy sou wou hê jy moet die fakkel laat brand."

"Ek kon nie, nie eers vir Niki nie."

Niki. Haar en sy ma se troetelnaam vir hom, vir daardie bitter man in die hospitaalbed en op die draagbaar . . . Tydens die diens was sy dapper; nou kom die gemis skerper. "Dawie, wat verder? Wat gaan van hom word?"

Versigtig om nie teen haar beseerde skouer te druk nie, sit hy sy arm om haar middel en soen haar op die voorkop.

"Wat van jóú?"

483

Hy is al stukkie verlede wat oorgebly het. Petri verbeel haar sy kan die bane en die opwinding van toernooie aan hom ruik. Warm asfalt, die rubber van die balle, die opwinding van 'n stel elk, dieselfde smeer vir krampspiere wat Nico gebruik het. Sy hande om haar lyf voel soos Nico s'n. Sy naskeermiddel herinner haar ook aan Nico, toe alles nog goed gegaan het en hy nie na narkose en ontsmettingsmiddels geruik het nie.

"Vir jou het ek nog altyd 'n fakkel gedra," bieg hy. "As Niki nie my hand in die as geslaan het nie, was ék op die vlug, in plaas van hy."

"Dankie. Ek weet jy bedoel dit nie, maar dankie." Sy hou aan hom vas en put krag uit die sterk, gespierde skouer, sy teenwoordigheid, sy arms wat haar vashou en 'n rukkie lank laat ophou onthou.

Johan de Villiers kies daardie oomblik om met Nico se ouers en vriend te kom simpatiseer.

"Goeiemiddag. Dawid Visser?"

Dawie steek sy hand uit. "Aangename kennis, kaptein De Villiers. Dankie vir wat u vir Nico beteken het."

"Daar was te min wat ek vir hom kon doen. Ek het die uitslae gevolg. Dit is jammer, maar te verstane in die omstandighede. Was jy ná die toernooi in Londen?"

"Twee keer."

"Hoe gaan dit met hom?"

"Beter."

Petri, oom Lasie en tant San wag gespanne. Hoopvol. Beter? Beteken dit Nico is aan die herstel, besig om reg te kom?

"Hy is van die drup af en kry vaste kos."

Nie die vordering waarop hulle gehoop het nie.

"Hamburger en chips?" vra sy boetie. "Hy is lief daarvoor."

"Jellie en sop. Teen die plafon is spieëls aangebring sodat hy kan sien wat langs sy bed is."

"Is dit al?" vra oom Lasie.

"Een vinger aan sy linkerhand reageer op impulse."

"Niki was regs," antwoord sy ma.

"Met die spieëls is hy rustiger, meer gelate," antwoord Dawid. "Hy praat van studeer."

"Studeer? Hoe? Kan hy 'n boek met sy linkerhand vashou?"

Dawid is realisties en wil hulle nie vals hoop gee nie. "Sy reaksie op pynimpulse is positief. Tot nuwe toetse gedoen is en hy baat by 'n terapieprogram vind, kom Nico oor die weg met 'n stokkie in sy mond."

Vir sy pa en ma is dit skreiend. Onverwerkbaar. Hulle begryp nie en staar hulpeloos na Dawid.

"Soos hy jou met die eerste aanblik verseker, sy verstand makeer niks nie. 'n Meisie saam met hom in die hospitaal neem vir Niki diskette in die biblioteek uit. Sy voer die disket in die komper; verder kom hy self oor die weg. Hy is trots. Dit gaan stadig, maar hy kan al die skerm lees en sy eie elementêre leesprogramme skryf."

"Vir 'n boek?" vra oom Lasie.

"Hy wil eers net die werking van die rekenaar onder die knie kry voor hy verder probeer."

Sy ma voel soos Petri – vol deernis, bereid om alles op te offer sodat hy kan huis toe kom, waar hulle na hom kan omsien en kan versorg.

"Het hy die Franse Ope gevolg?"

"Ek wou hom daarin laat deel en meeleef. Hy stel nie belang nie."

"Hy moet kontak hou met wat in die verlede vir hom saak gemaak het. Petri moet by hom kom, hom help."

"U kan hom besoek. U het twee kaartjies na Londen, enige tyd wat vir u geleë is," herhaal Johan.

"Ons kan nie; ons is oud en sieklik. Wat van Boetie en die huis?"

"Ons was in Oos-Londen laas toe hy gespeel het. Londen is te ver. Ons was nog nooit in Engeland nie. Petri kan meer vir hom doen."

Uiteindelik, ná 'n aanbod dat hy en die Suid-Afrikaanse ambassadeur na hulle sal omsien, merk Johan haar op. Hy knik kortaf. "Dag, juffrou Pretorius."

Sy groet net so saaklik. "Dag, kaptein De Villiers."

"Hoe gaan dit?"

"Piekfyn, en met u?"

"Goed," antwoord hy, hoewel dit nie so lyk nie. Hy is maer, met kringe onder sy oë, asof hy te hard werk en nie genoeg slaap kry nie. Petri hoef nie na sy wonde te vra nie. Iemand het rooi ontsmetmiddel daaraan gesmeer. Janine of sy aanstaande skoonma.

"Jy is ingelig ten opsigte van reisvoordele. Die keuse is joune. Jy en jou skoonouers kan by Nico aansluit wanneer julle verkies."

Skoonouers? Sy en Nico is nog nie getroud nie. Gratis kaartjies vir almal. Die lugdiens se goedgunstigheid, nie syne nie. Wanneer hy 'n bietjie belangstel in 'n ongeval se ouers en nooi, dan dink hy alles is reg.

So maklik is hy nie bereid om te vergewe en te vergeet nie. Die meeue en die Malaga-restaurant is ver terug in die verlede. Sy wonder of hulle en die stoep met die golwe ooit bestaan het.

"Ek sal met die roosterklerk reël."

"Dis goed. En verder – kom jy reg?"

"Meer op dreef wat intelligensie betref, dankie, kaptein."

Hy het genoeg hoflikheid en integriteit om ongemaklik te lyk. "Ek reken ons was albei laas effens haastig."

"Ons het geduldig in 'n tou gestaan, wetend 'n mens kan formaliteite nie aanjaag nie. U was haastig, kaptein, nie ek nie."

Johan probeer weer. "As ek liggeraak was, vra ek om verskoning."

"Sal u my ook verskoon?" Petri draai weg. "Dawie, ek bly die week by oom Lasie-hulle. Tant San hou van kuiergaste. Kom jy by ons oorbly?"

11

'n Uur later, agter die stuurwiel van oom Lasie se motor, met die oom en tant San buite hoorafstand op die agterste sitplek, kyk Dawid tersluiks na Petri. "Die bom was nie sy skuld nie. Wat is dit met jou en Johan de Villiers?"

"Wedersydse antipatie."

"Hoekom?"

"Botsende bioritmes op verskillende golflengtes."

"Hy lyk nie na 'n nare ou nie."

"Hy is."

"Ek het gedink hy was nogal aangenaam."

"Ek nie. Onthou jy die pad of moet ek beduie?"

Dawid onthou. Hy vra nie verder uit nie.

Die middag skrum hy en Boetie op die grasperk. Speel krieket. Oefen draaiballe, 'n lynstaan en 'n laagvat. Maar bly van die tennisbaan af weg.

Eers die volgende oggend, nadat Petri vir hulle roereier en tamatie gemaak het, praat tant San. "Om 'n rekenaar te leer werk, is goed vir Nico se moraal. Maar hierdie meisie met die diskette, wie is sy?"

"Ek kan nie haar naam onthou nie," skerm Dawid.

"Haar naam is Alicia," antwoord Petri.

"Is sy 'n vriendin van hom?" wil tant San weet.

"Meer as net 'n vriendin," sê Petri reguit.

Dawid kan haar nie in die oë kyk nie. "Jy het geweet?"

"Ja. Ek dink ek het lankal geweet. Op Las Palmas al."

"Dat hulle 'n verhouding het?"

"As ek nie reeds daarvan bewus was nie, het hy dit die

487

dag toe hy met die helikopter weg is, vir my gesê en finaal afskeid geneem."

Om die tafel heers 'n stilte. Tant San behou haar teenwoordigheid van gees. "Maar hoe kan hy 'n nooi hê as hy . . . terwyl hy . . ." Sy stamel, struikel, kry nie die woord uit nie.

"Omdat sy ook gestrem is," voltooi Petri. "Sy was saam met hom in die hospitaal, waar hulle mekaar leer ken het."

"Segova? Wat op die vliegtuig haar voet gebreek het? Sy is 'n Spanjaard. Hoe verstaan hulle mekaar?"

"Hy leer haar Afrikaans, sy leer hom Spaans. Hulle kom goed reg."

Nie net ten opsigte van taal nie, dink Petri. Nou weet sy hoekom Dawid na Johan gevra het, hom geprys het en aan haar wou verkoop. Sodat arme, verstote sy miskien weer eendag hoop op 'n kêrel sal hê nadat die vorige een haar ingeruil het.

"Jy en Niki het ook goed reggekom," hou tant San vol.

"Ná die ongeluk het sy behoeftes verander. Alicia kan beter daarin voorsien as ek, meer met hom deel, want sy is in dieselfde posisie. Sy was baie talentvol en moes ook 'n loopbaan prysgee."

Oom Lasie is omgekrap. " 'n Danseres? 'n Spanjool? Hy kan jou nie soos 'n vloerlap weggooi nie. Ek bid hy kom tot sy sinne."

"Nee, oom. Dis goed dat hy Alicia ontmoet het. Ek het hom nooit reg verstaan en genoeg waardeer nie."

"As julle mekaar weer sien, wie weet . . .?"

"Wie weet?" eggo Petri. "Ek sal altyd vir hom lief bly." Sy dra die skottelgoed kombuis toe en begin opwas. Platonies lief . . . Nico was altyd net 'n vriend, 'n maat. Daardie ekstra vonkel, towerkrag, fisieke aantrekkingskrag of wat die bestanddele van liefde ook al is, was afwesig. Sy het probeer lap, wou haar emosies dwing, want sy kon die gebrek aanvoel – aan die begin van hul verhouding reeds, op Mauritius, in Athene, Madrid en die aand op Jan Smuts voor hul vertrek. Nico het dit ook gevoel; hy wou ook red en kompenseer. Met eise, aggressie, besitlikheid. Later verwyte en distansiëring. Hy was jonk en sy dom. Anders het albei lankal aanvaar hulle het uitmekaar gedryf, besef hulle het mekaar met verloop van tyd afgesterf. Dan was 'n vliegtuigramp nie nodig om daardie feit tuis te bring nie.

Ná middagete, nadat Dawid vertrek het, wil Petri nie die twee verslae oumense alleen laat nie. Sy kuier nog 'n week om hulle geselskap te hou en op te beur, hulle te help met die verwerking van Nico se toestand en nou sy voorkeur vir 'n vreemde, uitlandse meisie . . .

Sy gesels rugby met Boetie. Bel Westminster toe. Skryf bedankings. Beantwoord die telefoon en briewe en kalmeer oom Lasie – vertel hom van flamenco en fandangio, van Alicia en haar mooi persoonlikheid.

Dan, die volgende Donderdag, pak sy ook, soos Dawid, haar goed om 'n eie, nuwe lewe te begin. Sonder Nico Loodts. Om alleen en onafhanklik nuwe drade op te tel en aan te gaan. Sonder Johan en tante Anna en ouers wat geleen is en nooit werklik hare was nie.

Toe sy haar voordeur oopsluit, loer haar buurvrou deur die venster.

"Hier het vir jou blomme en 'n pakkie gekom."

"Blomme?" Petri frons. "Van wie?"

"Ek weet nie. Daar is nie 'n kaartjie by nie."

Dit is 'n enorme ruiker rooi rose, deur 'n bode van die bloemistewinkel afgelewer. En 'n pakkie, per hand afgelewer, wat Lettie se man, Frank, in ontvangs geneem het.

"Skeur oop, kyk wat is binne-in," hits Lettie haar aan.

Petri kry 'n skêr, knip die toutjies los en skeur die papier af.

Hulle kyk onbegrypend na die inhoud van die kartondoos: 'n krieketkolf. Geen nota, geen boodskap daarby nie. Wie sal vir haar 'n kolf as geskenk gee?

"Dis vir Nico se boetie bedoel. Seker van Dawid Visser," raai sy.

"En die rose?"

" 'n Verkeerde adres."

Lettie kyk na die afleweringsfaktuur. "Dis aan jou gerig. Mejuffrou K. Pretorius, Astrahof sewentien."

"K? Verkeerde Pretorius," herhaal Petri. Hoewel sy seker is dit is Dawid wat nie Nico se adres of haar voorletters onthou het nie, is sy nogtans nuuskierig. "Hoe het die man gelyk? Korterig, blond, amper soos Nico?"

Haar buurvrou dink na. "Langer, donkerder, die bietjie wat ek van hom deur die venster gesien het. Frank het gesê sy naam was Cilliers. Of Viljee."

"Visser? Het hy 'n sweetpak aangehad?"

"Nee. 'n Donkerpers broek en hemp, met 'n boordjie en das."

Nie Dawid nie. Pers . . .? Petri verstyf. " 'n Uniform?"

"Ek het nie opgelet nie. Die pampoen was besig om te brand."

"Het hy iets gesê?" dring Petri aan.

"Net groete en dat Frank die pakkie vir jou moet gee."

"Ek ken nie 'n Cilliers wat krieket speel nie. Iewers is daar 'n fout. Die persoon sal seker die een of ander tyd die kolf kom terugvra en verduidelik hoekom dit 'n misverstand was."

"Die lugdiens. 'n Onbekende bewonderaar. Of 'n vrygewige bloemiste."

"Of Nico?"

"Beslis nie hy nie. Maak nie saak of dit die hoofbestuurder self was nie, ek het nagedink, gewik en geweeg en die afgelope week besluit wat die voordeligste vir almal sal wees. Môre gaan ek die roosterklerk sien. Agtuur môre-oggend, sodra die kantoor open. Hoe gouer ek dit afgehandel en die formaliteite agter die rug kry, hoe beter vir almal."

Lettie verstaan nie wat sy bedoel nie. "Vir wie?"

"Nico, Janine, die kaptein. En vir my eie sieleheil en gemoedsrus."

"Waarheen gaan jy? Londen toe?"

"Die Suidpool. Of die Noordpool. Watter een ook al die verste is."

Haar telefoon lui.

"Hy het die hele week kort-kort gelui. Gaan antwoord," sê haar buurvrou. "Ek sal môre oorkom en Frank intussen na die man se klere vra."

Viljee? Villiers? Dit kon nie Johan gewees het nie, besluit Petri. En Dawid skuld haar niks. Hy sou nie blomme en presente gekoop het nie. En nou nog bel ook nie . . .

Dit is nie Dawid nie, dit is Janine. Vreemd stug en anders as gewoonlik. "Petri? Ek sukkel al dae lank om jou in die hande te kry."

"Ek was die naweek by Nico se ouers."

"Geen wonder daar was nooit antwoord nie. Is jy nou tuis?"

"So pas."

"Mag ek myself vir tee nooi?"

"Natuurlik. Jy is welkom. Weet jy waar ek woon?"

"Astrahof. Smitstraat. Nie ver van my af nie. Dankie. Sien jou oor 'n kwartier."

Iets is verkeerd, vermoed Petri. Dit is nie 'n gewone sosiale besoek nie. Het sy meer omtrent die Bothas uitgevind? Probleme met die ondersoek teëgekom of besef hulle het êrens fouteer?

Petri dra haar tas in en beskou die blomme en die pakkie. Daar is steeds geen leidrade nie. Sy gaan haal vir Cornelius en gee hom kos, maak vensters oop. Voordat sy die ketel kan volmaak en koppies regsit, lui Janine die deurklokkie.

Sy lyk, soos altyd, asof sy uit 'n modetydskrif gestap het. Haar blonde hare lyk asof sy pas van 'n haarkapster kom, maar haar oë is troebel. Sy hou haar handsak vas en sit gespanne op die voorste punt van die stoel.

"Jammer as ek myself aan jou opdwing, maar ná alles wat ons saam deurgemaak het, beskou ek ons as vriendinne."

"Ons is. En dis waarvoor vriendinne daar is – om by uit te pak of raad te vra. Is dit nuus oor Gert Botha? Sy vrou of die babatjie?"

"Nee. Eersgenoemde."

Petri maak tee, bring koekbordjies. "Waaroor wil jy kla?"

"Dis tot hiertoe en nie verder nie. Finaal. Ek gaan Johan se ring teruggee." Janine steek 'n tweede sigaret aan. "Jy sal verstaan, want jy was in dieselfde bootjie. Ek en hy was ook verloof, soos jy en Nico. Dieselfde lot het my getref. 'n Ander meisie . . ."

Het Janine opgedaag om haar te konfronteer? Asseblief nie, vra Petri. Nie so gou ná die vlug en Nico en Alicia nie. Haar weerloosheid is op 'n laagtepunt. Daar is niks tussen haar en Johan nie. Janine het nie nodig gehad om te kom en haar te verwyt en rusie te soek nie.

"Privaat verloof," voeg Janine by, "al twee jaar, waarin hy my tweehonderd keer gekul het. Tweeduisend keer bedrieg het. Dit is nou die einde. Ek is nou moeg daarvoor. Ek kan dit nie meer verdra nie."

Petri se keel is droog en haar verstand staan stil. Janine gaan sy ring teruggee . . . Eers nou dring die woorde ten volle tot haar deur.

"Gedurig is dit slegte weer, opleiding in die nabootser, dan 'n spesiale vlug . . . Die versinsels was legio. Ek kon maar net na die rooster kyk om te sien wie vlieg saam met hom, dan het ek geweet hy sal weer laat wees, weer redes prakseer. Maar ek is nou moeg vir sy ontrouheid. Siek en sat vir juniors wat nie hul plek ken nie."

Juniors? Het sy dit op haar bedoel? Janine speel kat en muis met haar . . . Weet sy van haar aangetrokkenheid tot hom en die aand by die restaurant?

"Niemand kan stry nie: Johan is sjarmant en aantreklik – 'n Don Juan, onweerstaanbaar, selfs in een van sy buie. Meisies kan nie vir hom nee sê nie. Jy het dit ook al ervaar, soos dosyne ander voor jou. Moenie stry of dit ontken nie."

Petri kyk stom na haar. Nou gaan die rusie, die konfrontasie en die verwyte kom. Dit was net een aand . . . Hoe het Janine uitgevind?

"Selfs op die lughawe het jy steeds geglo hy is wonderlik."

"Ek het nie. Ek was kwaad. Ek sou bedank, wil nog steeds."

Janine neem 'n sluk tee. "Bedank oor Botha, nie oor onbenullighede nie. Maar moenie impulsief wees soos Lien nie. Jy is 'n gebore waardin, goed met kinders en oumense. Beter as die meeste groentjies. Ek haat hulle. Dis altyd die jongetjies vir wie Johan ogies maak. Tien in 'n ry. Twintig. Hoeveel jaar, terwyl ek my trots en selfrespek probeer behou en voorgee ek hoor nie die skinderstories nie? Nou het ek aan die einde van die pad gekom. Ek kan die vernederings nie meer vat nie. Dié keer praat Peet ook. Selfs Krit, en jy weet hoe teruggetrokke hý is. Dié keer is Johan glo ernstig. Dit gaan oor diere. Katte en honde. Kan jy dit glo? Hy het in die stuurkajuit verklaar hy gaan 'n eerbare vrou van hierdie juniortjie maak. Dié keer is dit anders – nou is hy ernstig. Hy het haar lief en is ernstig oor haar."

Petri krimp inmekaar. Sy is verleë, berouvol, wetend sy het op verbode terrein oortree. Sy skuld Janine meer as tien dosyn verskonings. Twintig verduidelikings. Sy was aandadig aan die leuens en die bedrog. Vriendinne? Janine het aan haar 'n rok afgestaan, wou meer gee en na haar omsien. En sy steek haar vriendin in die rug . . .

Sy kan Janine nie in die gesig kyk nie. Maar tussendeur die skaamte kan Petri die opwelling van vreugde nie onderdruk nie. 'n Eerbare vrou van haar maak . . . Johan wil met haar trou! Die aand op Las Palmas het hy gesê sy is besonders, van die eerste oomblik af het hy geweet sy gaan diep spore in sy lewe trap. Sy het geweet hy het 'n reputasie met meisies en hom daaroor geterg. Nou, die eerste keer, besef sy hy was ernstig. Hy het rede gehad om die volgende dag dwars en afsydig te wees nadat sy hom weggestoot het, gespot en nie geglo het nie. Want hy het dit bedoel dat hy ernstig oor haar voel. Hy het dit vir Peet gesê, vir Krit, Janine self. Hoeveel meer bewyse wil sy hê?

Dit was nie doelbewus nie. Sy wil nie hê Janine moet dink dat sy met opset tussenbeide wou kom, 'n plaasvervanger vir Nico wou soek nie.

"Dit was die atmosfeer van die meeue en die golwe," bieg Petri. "Dis waar dit begin het. Ek was nie daarop ingestel om hom uit te lok nie. Ek wou jou nie te na kom nie. Ek is jammer."

Dit lyk asof Janine nie luister nie. "Jammer? Waarvan praat jy? Jy moet bly wees. 'n Meter hoog in die lug spring! Ek het die roosters gesien. Jy is volgende maand op die Suid-Amerikaanse roete, daarna Hongkong en die Ooste. Weet jy wat dit beteken? Jy word bevorder. Senior waardin! Is jy nie bly nie?"

Petri voel verward. Het Janine nie gehoor wat sy sê nie?

"Ek dag jy is kwaad vir my."

"Oor klagtes dat jy aan sekere passasiers eksklusief aandag gegee het ten koste van ander? Nee. Dit was vanselfsprekend, want Nico was ernstig beseer. Ek het dit so in my vlugverslag aangeteken, jou ander deugde besing en jou vir bevordering aanbeveel. Ek reken nie jy moet nou bedank nie, maat. 'n Groot toekoms wag op jou by die lugdiens."

Johan se woorde, wat sy gedink het sarkasties bedoel was . . .

"Soos ek gesê het, jy is stukke beter as die beginners van deesdae. In elk geval hope beter as daardie Katinka Beyers-affêre."

Petri begin beter voel, minder skuldig, want dit lyk nie asof Janine haar kwalik neem nie. Anders sou sy nie 'n positiewe vlugverslag ingedien het en bevordering aanbeveel het nie.

Sy eet 'n stukkie van die sjokoladekoek wat tant San vir haar ingepak het. "Wie is Katinka Beyers?"

Janine is opnuut bitter. Giftig. "Johan se jongste oorwinning. 'n Klein flerrie as daar ooit een was. Ek sal haar met liefde arseen gee. Of 'n teddiebeer, as dit sou help."

Petri besef dat sy en Janine by mekaar verbypraat, dat Janine nie van die aand by die Malaga weet en na háár verwys nie. Of is dit Janine se manier om haar in eie munt terug te betaal, om haar in te lig wat op haar wag as sy met Johan sou trou en hy 'n voorliefde vir junior lugwaardinne behou?

"Hoekom? Wie is Katinka Beyers?" vra sy weer.

"Sy jongste vonds oor wie hy, soos gewoonlik, op hol is. Hy boer by haar, elke aand, elke naweek. Ek erken eerlik ek het aanvanklik gedink dis hierdie keer jý wat hom betower, maar ek was verkeerd. Jy is goed opgevoed, te ordentlik om los en vas verhoudings met kapteins aan te gaan, hopende jy kry 'n ryk man. Nee, ek bedoel daardie flerrie wat pas begin vlieg het en nou dink sy kan haar gewig rondgooi. Ek het soveel keer al vergewe en vergeet. Maar hierdie nuutste witkop-affêretjie is die laaste druppel in die emmer. Ek is moeg. Siek en sat vir sy voortdurende rondlopery. Dis nou tot siens."

Petri voel soos Peet. Sy druk haar duim en voorvinger teen haar oë, probeer kophou. Byhou en registreer.

Janine kyk besorg na haar. "Weer jou skouer? Hoe lyk jy so bewerig? Het jy pyn of voel jy weer duiselig?"

'n Witkop? Saans en elke naweek by haar? "Nee . . ."
Petri is nie seker of dit haar stem is, of sy hardop gepraat
het nie.

"Moenie jou aan die nuwe groentjies steur nie. As jy 'n
senior is, is hulle nie belangrik nie." Janine skuif gemakliker
terug op die stoel, druk haar sigaret dood en sit haar handsak
op die vloer neer. "Miskien was ek ook impulsief en onno-
dig op hol. Johan het 'n moeilike tyd agter die rug. Soos ons
almal. 'n Bietjie uitbreek is miskien tog regverdig."

Janine weet nie van die aand by die Malaga nie. Van
haar en Johan nie. Sy het nie op háár en hom gesinspeel
nie, dring dit tot Petri deur.

"Uitbreek?" Sy is dankbaar dat haar stem so normaal
klink.

"Met Katinkatjie. Maandag is hy terug, spot hy weer
met die maklike juniortjies wat beskikbaar is as jy net jou
vingers klap, wat soos ryp pruime in jou skoot val. Dis dié
soort ding wat lugwaardinne 'n slegte naam gee."

'n Naweek weg saam met 'n ander meisie? Oor wie hy
ernstig voel, 'n geesgenoot – omdat Katinka Beyers ook
van diere hou?

'n Hoofpyn klop opnuut met siek hamerslae teen haar
slape. Petri onthou vaagweg dat Janine opgestaan het,
haar vir die koek en tee bedank het, dat Janine op pad uit
nog gepraat het – dat niemand iemand kwalik neem nie.
Waarskynlik vergewe sy Johan die tweeduisendste keer en
aanvaar sy versekerings dat Katinka Beyers net maar nog
'n onbenullige juniortjie was vir bloot 'n tikkie afleiding.

Nadat sy die voordeur toegemaak het, laat rus Petri
haar koorsige voorkop teen die kosyn. Sy sien nie Janine
Oberholzer se gesig toe sy die trap afklim nie; sien nie haar
selfvoldane en tevrede glimlag nie.

Katinka Beyers . . . Janine ken haar nie en weet nie of
daar so 'n persoon bestaan nie. Of sy pienk of groen hare
het nie. Maar sy het haar doel gedien. Dit het dink en 'n

rok gekos. Geel, wat haar pas. Maar dit was die moeite werd. Juniortjies moet op hul plek gehou word.

Sy wuif vrolik vir Petri se buurvrou, klim in haar motor en ry weg.

12

Petri is ontstoke en ontnugter. Oom Lasie het na haar as 'n vloerlap verwys. Maar sy voel soos die vloer self – waarop getrap is. Sy voel asof sy in 'n bodemlose see geval het. Die see bestaan uit water, en water is veronderstel om 'n mens skoon te was. Maar sy voel vuil, gebruik. Nie eers die see sal haar kan afwas nie.

Kastig spesiaal . . . Kamma vir haar 'n gevoel ontwikkel daardie heel eerste dag toe sy nie geweet het hoe om 'n aankondiging oor hotelreëlings en nagstopfasiliteite te maak nie. Vir 'n ander een seker toe sy nie geweet het hoe om 'n eier te kook of brood te sny nie. Dit is afgesaag en deursigtig, seker wat hy vir almal sê – al tweeduisend van sy nooiens. En Katinka Beyers saam met wie hy die na-week weg is. Het hy vir haar ook paella gaan koop en die meeue gaan wys?

Sangria met meeue. Is dit wat hulle dit deesdae noem? Sy kan beter beskrywings vir sy optrede die aand op die stoep uitdink.

Petri wag nie tot die volgende oggend agtuur nie. Dieselfde middag, voordat die roosterkantoor sluit, bel sy.

"Hallo, Hank? P.J.C. Pretorius hier."

Hy herken haar stem. "Petri? Ons heldin. Verveeld met siekverlof? Hoekom is jy so formeel?"

"Vir die rekord. Sodat jy die regte Pretorius-lêer trek. Daar is 'n P.C. Pretorius sover ek weet."

" 'n Juniortjie. Ek sal julle nie verwar nie."

"Moenie met my oor juniors praat nie."

Hy lag. "Is jy as senior te deftig? Geluk met die bevordering."

"Dankie, maar nee dankie. Hoekom ek gebel het, is om te sê ek aanvaar dit nie." Iemand klop buite aan haar voordeur, maar Petri steur haar nie daaraan nie. "Skrap my naam van die rooster en gooi my lêer in die asblik."

"Jy gaan Hongkong toe."

"Ek wil nie eers Timboektoe toe gaan nie!"

Die klop word herhaal. Harder en dringend. Seker haar buurvrou wat ongebrande pampoen wil leen. Petri wil niemand sien nie, nie eers vir Lettie nie. Groot genoeg en oud genoeg om soos 'n volwassene behandel te word, het hy gesê. Wat is 'n volwasse meisie? Een wat in sy skoot val as hy sy vingers klap? Wat dink naweke en oppervlakkige flirtasies is modern en mode?

Kastig omgee wat met haar gebeur . . .! Sy is op die rand van 'n senu-ineenstorting, maar wat gee hy om? Hy daag nie op om te verduidelik dat, behalwe Janine, dit net sy was nie; Katinka en die ander stringe nooiens maak nie saak nie. Of dink hy sy is ook een van sy los meisies?

"Suid-Amerika toe," hou Hank 'n wortel voor haar neus. "Was jy al ooit in Rio?"

"Was jy al ooit in Kempton Park met 'n masjiengeweer teen jou voordeur? Net 'n oomblik – ek gaan gou kyk wie besig is om my deur af te breek . . ."

Petri kan nie glo wie op haar drumpel staan nie. Sy wens sy het nie oopgemaak nie.

"Nie 'n geweer nie – 'n wit vlag," sê Johan. "Of moes ek nóg 'n krieketkolf saamgebring het?"

Sy groet nie. "Om wat mee te maak?"

"My oor die kop mee te slaan. Jy het genoeg rede."

So dit wás hy, besef sy. De Villiers, wat vir Frank na Cilliers of Viljee geklink het. Langer as Dawid, donkerder, in 'n uniformbroek en -baadjie.

498

'n Krieketkolf om hom oor die kop mee te slaan . . . Dus erken hy sy het rede om gewelddadig te wees. Petri wens daar was liewer 'n hamer of 'n lang, skerp mes in die pakkie om tussen sy ribbes in te druk.

"Ek is met 'n telefoonoproep besig," merk sy koel op.

"So het ek afgelei."

"Dis swak maniere om ander mense se gesprekke af te luister."

Hy is ongesteur. "Sê groete vir Hank. Sê hy moet jou van die Suid-Amerikaanse roete afhaal."

"Hoekom? Ek is pas bevorder."

"Jy gaan ophou vlieg."

"Wat van my groot toekoms by die lugdiens?"

"Vergeet dit. Ek sal jou Rio en Beunos Aires gaan wys. Op ons wittebroodsvakansie, as jy wil. Gaan jy my nie innooi nie?"

"Wittebroodsvakansie? Jy het 'n hoop. Ek is volwasse genoeg om nie vir daardie slap riem te val nie. Loop. Vat jou kolf en loop!"

Sy druk die deur toe, maar sy reflekse is vinniger. Hy kry 'n voet tussen die deur en die kosyn in.

"Wag eers. Ek bedoel dit. Ek wil met jou praat."

"Jy het te veel gepraat. Jou plig nagekom. Dankie. Tot siens."

"Dis nie my plig nie."

"Voorheen was dit jou plig en verantwoordelikheid."

"Daardie storie se einde sal ek ook nooit hoor nie. Jy het my verkeerd verstaan. Ek het vir jou kom kuier uit vrye keuse – omdat ek wil."

"Bagasie en al, vir die naweek? Die hele maand? Ek is nie beskikbaar nie. Jy het mos 'n hekel aan rooi hare. Gaan terug na jou witkop. Sy sal jou soos 'n ryp vy verwelkom. Ek nie. Noem my 'n suurpruim of outyds as jy wil. Ek geniet dit om preuts te wees."

Hy verstaan geen woord wat sy sê nie, probeer terug-

499

gaan en by die kern van die probleem uitkom – om vrede te maak. "Ek is jammer oor oom Clasie, die bus en die oorkrabbetjies."

Dit voel so lank terug, Petri het daardie episode al vergeet. "En dat ek simpel is en dat dit 'n katastrofe is as ek die dag so ver kom om te dink?"

Hy grinnik. "Ek was nie ver uit die kol nie, maar goed – dis waarvoor die rose daar is."

Ook van hom? Petri is lus en gooi hulle van die balkon af. Sy sou 'n onbekende bewonderaar verkies het. "Ek hou meer van kannas en kakiebos."

"Wat sê?"

"Iets baie belangrik wat ek nie in die gang kan staan en uitskreeu nie."

Aan die ander kant van die deur is 'n onverwagte stilte. Hy vermoed sy is besig om nuwe stoom op te bou, maar maak van die verposing gebruik om die res van sy voet by die opening in te kry en die deur wyer oop te stoot.

"Verwyfde uitlandertjies is mal oor rooi. Rooi rose en rooi hare en rooikoppe in rooi bikini's."

"Dit was nie ék wat jou verwyf en 'n blink Stefaans genoem het nie."

Minder op die oorlogspad en 'n graad minder aggressief. 'n Eerste aanduiding dat die rissiepit effe afkoel? Hy skep moed. Genoeg om deur die opening te skuif en in te stap.

"Dankie vir jou gasvryheid en gulle ontvangs. Ek stel dit op prys."

"Dis nie nodig om sarkasties te wees nie."

"Nou kan jy 'n stap verder ontdooi en die deur toemaak. Stap drie: Gaan sit op daardie stoel," beveel hy.

"Ek wil nie sit nie. Ek is nie daardie soort meisie nie. My goeie naam is op die spel en ek wil nie hê mense moet uitvind jy het by my gekuier nie."

"Sluit dan die deur, sit, Petri, dat ons kan praat," versoek Johan.

"Dat jy jou vingers kan klap?" vra sy, hoewel met minder bravade as voorheen.

Netnou was hy vrolik, optimisties. Nou is daar geen sweem van 'n glimlag op sy gesig nie. "Sit!"

Petri besef sy moet liewer gehoorsaam; óf dit, óf sy word met geweld op die stoel neergeplak.

Hy kom staan met gevoude arms voor haar. "Wie het gesuggereer jy is 'n los meisie?"

"Jy!"

"Sien jy hoekom ek reken jou IK is moronies?"

"Ek trek Siberië toe, as gevolg van 'n te groot dosis kapteins wat lugwaardinne 'n slegte naam gee. Op die oomblik is hierdie woonstel nog myne en die huur tot die einde van die maand betaal. Jy het geen reg gehad om in te stap en oor te neem asof die plek aan jou behoort nie."

"Ek neem nie oor nie. Ek bring net vrede-offers."

Hierdie keer is dit twee papierkardoese met 'n kreef, biefstukke, aartappels, slaai en broodrolle. Johan loop kombuis toe asof dié ook aan hom behoort. "Ek het gedink dis rustiger as ons hier eet, eerder as in 'n restaurant vol steurings. Is jy net dekoratief of kan jy kos maak ook?"

"Ek gril vir voelers en tentakels."

"Pure dom Transvaler." Hy soek in die kas na potte en panne.

"Hou op om my name te noem." Sy stap agterna kombuis toe. "En my kaste deurmekaar te krap!"

Hy gee vir Petri 'n mes aan. "Skil solank die aartappels."

"Ek is nie honger nie. Blomme? Hoekom K? Het jy Katinka op jou brein gehad?"

"K vir kruidjie-roer-my-nie. Hoe hou jy van jou biefstuk? Halfgaar?"

"Ek hou nie van biefstuk nie. Dankie vir die wapen om my mee te verdedig, die stingels vol dorings en die skubbe wat my skoon kombuis soos 'n donkie se stert laat lyk. Ek sal vir Boetie die kolf gee en jou vir die onkoste vergoed. Sal jy nou asseblief loop en my in vrede laat om met my telefoongesprek voort te gaan?"

Hy tel die gehoorbuis op. "Hank, is jy nog daar? Niks om jou oor te ontstel nie, net 'n geval van tipies vroulike histerie. Dit sal netnou oorwaai."

Johan probeer dink wat hy nagelaat het om vir Petri te sê. "Jammer as ek oorbeskermend ten opsigte van die matrose was, jou navigasievermoëns onderskat het of nie vriendelik genoeg teenoor Dawid was nie. Is hy vir jou belangrik?"

"As Nico se vriend, ja. Dit het niks met jou te doen nie. Ek is nie 'n kruidjie-roer-my-nie nie. Net opgevoed met sedelike norme. Anders as jy."

"Nee, nie anders nie. Dieselfde as ek." Johan sleep vir haar 'n stoel nader. Hy kook die kreef. Soek sout en botter. "En Nico? Maak hy nog vir jou saak?"

Petri is opnuut kwaad. "Jy weet van Alicia. Moenie dit invryf nie."

"Is jy oor daardie tranedal?"

"Ek is nooit histeries nie. Ek het aan oom Lasie en tant San verduidelik dit was ten beste, omdat sy vir Nico 'n beter vrou as ek sal wees."

"Ek stem saam. Want hy hou nie van honde en katte en musiek nie."

"Janine ook nie." Petri skakel die stoof af en bêre die pan.

"Janine is 'n skoolmaat, 'n tienerliefde. Ons is soos jy en Nico, wat ook ouer geword het en mekaar ontgroei het."

"As jy geweet het, hoekom het jy gevra?"

"Om dubbel seker te maak."

"Skoolmaats? Tieners wat mekaar afgesterf het? Dis nie wat Janine my vertel het nie."

"Jenny hou nie van kompetisie nie, verkies haar brood aan drie kante gebotter. Een aan die lyn, een aan die hoek, een as 'n agterdeur indien sake nie na wense verloop nie."

"Wat bedoel jy?"

"Lank voor sy van Gert Botha gehoor het, toe sy nog gedink het 'n teddiebeer se enigste nut is 'n speelding vir kinders, was sy al moeg vir 'n lewe uit tasse in hotelle, wou sy 'n huisvrou-beroep hê, onthaal en gevestig raak. Haar uitset benut. Sy het 'n paar kandidate aan haar lyn gehad. Toe besluit sy nie John Kramer óf ek is die regte een nie. Dit is beter om Gerhard Malan in te katrol omdat hy, van ons drie, die beste sosiale proposisie is."

"Vir wat?"

"Waarvóór. As jy 'n boek wil redigeer, moet jy jou taal ken."

"Ek stel nie daarin belang nie. Nico leer nou rekenaar-programme skryf. Waarvóór?" korrigeer sy haarself.

"Om mee te trou."

Petri verstaan geen woord van wat hy sê nie. Sy skil die aartappels. "Wie is Gerhard Malan?"

" 'n Ryk prokureur. Meer suksesvol as 'n onderwyser en 'n lugdienskapteintjie. Jy het hom ontmoet – op die lug-hawe en by die roudiens."

"Haar broer?"

"Haar aanstaande."

"Aanstaande wat?"

"Jy klink soos 'n grammofoon wat vashaak. Verloofde. Eggenoot. Man."

"Ek dag jy en sy is verloof. Vir wie het sy lakens en tafel-doeke gekoop?"

"Vir haar en Gerhard. Soos ek ook vir Jennie gesê het, Gerrie sal 'n beter man vir haar wees as ek of John."

"Omdat jy te veel Katinkas aan die hoek het?"

Johan tel op sy vingers. "Jy het nou al 'n paar keer haar naam genoem, wie op aarde is Katinka Beyers?"

"Jou jongste vonds. Jou nuutste belangstelling op vlugte en oor naweke."

Vir die eerste keer gee hy behoorlik aandag aan wat sy sê. "Ek het Saterdag en Sondag gewerk. Terug op Las Palmas. Ons het 'n kruispatroon met 'n Shakleton en 'n Albatros oor die gebied van die ontploffing gevlieg, met die hoop om oorblyfsels of leidrade op te tel. Daar was geen lugwaardin aan boord nie."

"Het julle iets gevind?"

Hy skud sy kop. "Dis al te lank. Daar was nie oorlewendes nie. Net 'n stuk onindentifiseerbare veselglas wat selfs van 'n skip afkomstig kon wees."

"Die ongelukstoneel? Ek het gereken Mauritius of die Seychelle sou 'n meer gepaste milieu wees."

"Saam met Marinka?"

"Katinka."

Johan vergeet van stowe en potte en panne. Hy is moeg daarvoor om 'n suksesvolle vrygesel te probeer wees.

"Sannie of Suzi. Marinka of Katinka. Ek gee nie om wát jou naam is nie. Jy praat van naweke, ek praat van 'n leeftyd. Saam, ek en jy. Vir altyd."

"Met tweehonderd ander visse aan jou hoek?"

"Net een. Van die begin af was dit jy, altyd net jy. Toe jy hulpeloos met twee groot fluweeloë na my gekyk het en gevra het watter mikrofoon en hoe moet die bewoording van die aankondiging lui, het ek geweet hierdie een is nie so dom en leeg as wat sy lyk nie. Sy is die vroumens vir wie ek my lewe lank gewag het en met wie ek die res van my lewe wil deel."

Hy vee haar hare van haar voorkop weg, soen haar en probeer haar nader trek, maar so maklik is Petri nie bereid om te vergewe en oor te gee nie. "Ek dag jy hou nie daarvan om agter vroumense aan te karring nie."

"Jy is nie 'n vroumens nie."

"Dankie vir die kompliment."

"Jy is onkruid."

Pragtig, nóg beter."

Hy is geamuseer. "Jakarandabloeisels is as onkruid verklaar, omdat opslagbotsels die inheemse plantegroei verdring."

"Baie dankie."

Hy is ernstig toe hy Petri se gesig sien. "Jy is nie, nee. Vol dorings en tentakels, ja, maar 'n bloeisel, blommetjie en 'n pragtige rooi roos."

Petri is nie beïndruk nie. "Die kreef brand."

Johan hou ook nie van kreef, van skubbe en halfgaar biefstukke nie; is ook nie honger nie.

"Laat dit oorkook of brand. Dit maak nie saak nie. Ons het 'n lang pad geloop, Petri. Ek en jy, saam met Janine en Nico. Gert en Maria Botha. Dawid en Alivia en Katinka. Maar dis nou verby, al die ander mense is in die verlede. Dis net ons wat oorgebly het."

"En Hank . . ."

"Ek het jou lief; ek wil met jou trou." Johan se arms vou om haar, sluit om haar soos hy al lank begeer om te doen, sonder teddiebere en veselglas en lugbore, laaideure en oom Clasies wat hom telkens onderbreek. Hy laat haar teësinnig gaan, net lank genoeg om die telefoon te soek. "Hank? Is jy nog daar?"

Hank is nie. Net die sentrale.

"Watter nommer wou u gehad het?" vra die dame.

"Die roosterkantoor, asseblief. Meneer Hank Groenewald."

Ná 'n ruk is die roosterklerk terug op die lyn. "Ons is blykbaar afgesny. Hallo, Johan? Is dit jy? Petri se siekverlof is verstreke. Wat doen sy Saterdag? Kan sy die naweek vlieg?"

"Nee, ek glo nie sy sal tyd hê om te vlieg nie."

Petri sit regop. "Waarheen? Rio toe?"

Johan is besig om nog misverstande uit die weg te ruim. Hy het twee arms en albei hande nodig. Maar hy staan tydelik een af om die telefoon te hanteer.

"Nee, sy kan nie Suid-Amerika toe gaan nie. Sy is te besig."

"Te besig?" vra Hank.

"Besig om te trou," antwoord Johan. "En jy? Wat doen jy Saterdag, Hank?"

"Sny gras, lees koerant . . ."

"Dus nie te besig om strooijonker te kom wees nie."

Hank voel hy is deel van die verrigtinge. "Hoe vorder jy? Het jy gevra? Het sy ja gesê?"

"Ek weet nie. Ek is nie seker nie. Maar dit gee my 'n verskoning om weer te vra en daaraan te werk . . ." Johan trek Petri opnuut nader, teen hom, albei arms om haar.

"Les nommer twee: Moenie oor haarkapsels en ander mans praat as jou toekomstige aanstaande besig is om die jawoord te vra nie."

Toekomstige aanstaande . . . Petri wil nie praat en vra nie. Nie rusie maak of nog antwoorde soek nie. Net by hom wees en haar kop teen sy bors lê. Van bomme en dinamiet en Janine vergeet. Hom vashou en alles vergeet. By hom wees. Vir altyd.

Ook beskikbaar!

Ook beskikbaar!

Ook beskikbaar!

ETTIE BIERMAN *Keur 7*

Koue water en kaviaar
Marietjie, Maraia, Maryne
Onrus op Rustfontein